精裝本·中

第三七回至六八回

全本金瓶梅詞話

叁

第三七回至五四回

金瓶梅

第三十七回

馮媽媽說嫁韓愛姐

西門慶包占王六兒

第三十七回

馮媽媽說嫁韓氏女　西門慶包占王六兒

吳舩輕舸更遲遲　別酒重斟惜醉攜
滄海侵愁光蕩漾　亂山那恨色高低
君馳蕙楫情何極　我憑蘭干日向西
咫尺烟波幾多地　不須懷抱重淒淒

話說西門慶打發蔡狀元。安進士去了。一日騎馬帶眼紗在街上。喝道而過。撞見馮媽媽。便教小廝叫住。問他。爹說問你尋的那女子。怎樣的。如何不往宅裡回話去。那婆子兩步走到跟前。說這幾日。我雖是看了幾個女子。都是賣肉的。挑担兒的。怎好回你老人家話。不想天使其便。眼跟前一個人家女兒。就想不起來十分人材屬馬兒的交新年十五歲若不是老婆子昨日打他門首過他娘在門首請進我吃茶我不得看見他哩纔弔起頭兒沒多幾日戴着雲髻兒好不筆管兒般直縷的身子兒纏得兩隻腳兒一些些搽的濃濃的臉兒又一點小小嘴兒鬼精靈兒是的他娘說他是五月端午養的小名叫做愛姐休說俺每愛就是你老人家見了也愛的不知怎麼樣的了西門慶道你看這風媽媽子我平白要他做什麼家裡放着好少兒實對你說了罷此是東京蔡太師老爺府裡大管家翟爹要做二房圖生長托我替他尋你若與他成了管情不虧你因問道是誰家的女子問他討個庚帖兒來我瞧馮媽媽道誰家的我救你老人家知道了罷遠不一千近只在一磚不是別人是你家

開、絨線的。韓夥計的女孩兒。你老人家要相看。等我和他老子說。討了帖兒來約會下個日子。你只顧去就是了。西門慶分付道。旣如此這般。就和他說。他若肯了。討了帖兒來宅内回我話。那婆子應諾去了。兩日西門慶正在前廳坐的。忽見馮媽媽來回話。拏了帖兒。與西門慶瞧。上寫着韓氏女命年十五歲。五月初五日子時生。便道。我把你老人家的話。對他老子說了。旣是大爹可怜見孩兒。也是有造化的。姐只是家寒。沒辦備的。西門慶道。你對他說。不費他一絲兒東西。凡一應衣服首飾粧奩廂櫃等件。都是我這里替他辦備。還與他二十兩財禮。敎他家止備女孩兒的鞋脚就是了。臨期還叫他老子。送他往東京去。比不的與他做房裡人。翟管家。要圖他生長做娘子。難得他女兒生下一男半女也不愁個大富貴馮媽媽問道他那里請問你老人家幾時過去相看好預備西門慶道既是他應允了我明日就過去看看罷他那里再三有書來要的急就對他說休教他預備什麽我只吃鍾清茶就起身馮媽媽道爺爺你老人家上門兒怪人家就是雖不稀罕他的也畧坐坐兒夥計家莫不空教你老人家來了西門慶道你就不是了你不知我有事馮媽媽道既是恁的等我和他說一面先到韓道國家對他渾家王六兒一五一十說了一遍宅內老爹看了你家孩子的帖兒甚喜不盡說來不教你這里費一絲兒東西一應粧奩陪送都是宅內管還與你二十兩銀子財禮只教你家與孩兒做些生活鞋脚兒就是了到明日還教你官兒送到那里難得你家姐

姐一年半載有了喜事你一家子都是造化的了不愁個大富
貴明日他老人家衙門中散了就過來相看教你一些兒休預
備他也不坐只吃一鍾茶看了就起身王六兒道眞個媽媽子
休要說謊馮媽媽道你當家不恁的說我來哄你不成他好少
事兒家中人來人去通不斷頭的婦人聽言安排了些酒食與
婆子吃了打發去了明日早來伺候到晚韓道國來家婦人與
他商議已定早起往高井上叫了一担甜水買了些好細菓仁
放在家中還往鋪子裡做買賣去了丟下老婆在家艷妝濃抹
打扮的喬模喬樣洗手剔甲揩抹盃盞乾淨剝下菓仁頓下好
茶等候西門慶來馮媽媽先來攛掇西門慶衙門中散了到家
換了便衣靖巾騎馬帶眼紗玳安琴童兩個跟隨逕來韓道國

家。下馬進去。馮媽媽連忙請入裏面坐了。良久。王六兒引着女兒愛姐出來拜見。這西門慶。且不看他女兒。不轉睛只看婦人。見他上穿着紫綾襖兒。玄色段紅比甲。玉色裙子。下邊顯着趫趫的兩隻腳兒。穿着老鴉段子。羊皮金。雲頭鞋兒。生的長跳身材。紫膛色。瓜子臉。搯的水鬢長長的。正是未知就里何如。先看他粧色油樣。但見

淹淹潤潤。不搽脂粉。自然體態妖嬈。嬝嬝娉娉。懶染鉛華。生定精神秀麗。兩彎眉畫遠山。一對眼如秋水。檀口輕開。勾引得狂蜂蝶亂。纖腰拘束。暗帶着月意風情。若非偷期崔氏女。定然聞瑟卓文君。

西門慶見見。心搖目蕩。不能定止。口中不說。心內暗道。原來韓

道國。有這一個婦人在家。怪不的前日那些人鬼混他。又見他
女孩兒生的、一表人物、暗道他娘母兒生的這般模樣、女兒有
個不好的、婦人先拜見了、教他女兒愛姐。轉過來望上。向西門
慶花枝招颭。綉帶飄飄。也磕了四個頭。起來侍立在旁。老媽連
忙拏茶上來。婦人取來。抹去盞上水漬。令他去遞上。西門慶把
眼上下觀看。這個女子。烏雲疊鬢。粉黛盈腮。意態幽花酴麗。肥
膚嫩玉生香。便令玳安氊包內。取出錦帕二方。金戒指四個。白
銀二十兩。教老媽安放在茶盤內。他娘忙將戒指。帶在女兒手
上。朝上拜謝。回房去了。西門慶對婦人說。遲兩日。接你女孩兒
往宅裡去。與他裁衣服。這些銀子。你家中替他做些鞋腳兒。婦
人連忙。又磕下頭去。謝道俺每頭頂腳蹅。都是大爹的。孩子的

事。又教大爹費心。俺兩口兒。就殺身也難報。虧了大爹。又多謝爹的插帶厚禮。西門慶問道。韓夥計不在家了。婦人道。他早辰說了話。就往鋪子裡走了。明日教他往宅裡。與爹磕頭去。西門慶。見婦人說話乖覺。一口一聲。只是爹長爹短。就把心來惑動了。臨出門上覆他。我去哩。婦人道。再坐坐。西門慶道。不坐了。于是竟出門。一直來家。把上項告與月娘說了。月娘道。也是千里姻緣着線穿。既是韓夥計這女孩兒好。也是俺每費心一場。西門慶道。明日接他來。住兩日兒。好與他裁衣服。我如今先拏十兩銀。替他打半副頭面簪鐶之類。月娘道。及緊儹做去。正好後日。教他老子送去。咱這里不着人去罷了。西門慶道。把鋪子關兩日也罷。還着來保同去。就府內問聲。前日差去節級。送蔡駙馬的禮到也不曾話休饒舌過了兩日西門慶果然使小厮接韓家女兒他娘王氏買了禮親送他來進門與月娘大小衆人磕頭拜見道生受說道蒙大爹大娘并衆娘每擡舉孩兒這等費心俺兩口兒知感不盡先在月娘房擺茶然後明間內管待李嬌兒孟玉樓潘金蓮李瓶兒都陪坐西門慶與他買了兩疋紅綠潞紬兩疋綿紬和他做裏衣兒又叫了趙裁來替他做兩套織金紗段衣服一件大紅粧花段子袍兒他娘王六兒安撫了女兒晚夕囘家去了西門慶又替他買了半嫁粧描金箱籠鑑粧鏡架盒礶銅錫盆淨桶火架等件非止一日都治辦完備寫了一封書信擇定九月初十日起身西門慶問縣裡討了四名快手又撥了兩名排軍執袋弓箭隨身來保韓道國雇了四

乘頭口。緊緊保定車輛煖轎。送上東京去了不題。丢的王六兒在家。前出後空。整哭了兩三日。一日西門慶無事。騎馬來獅子街房里觀看。馮媽媽來遞茶。西門慶與了一兩銀子。說道前日韓夥計孩子的事累你。這一兩銀子你買布穿。婆子連忙磕頭。謝了。西門慶又問你這兩日。沒到他那邊走走。馮媽道老身那一日沒到他那里做伴兒坐。他自從女兒去了。本等他家裡沒人。他娘母靠慣了他。整哭了兩三日。這兩日纔踅下些兒來了。他又說孩子事多累了。爹問我爹曾與了你些辛苦錢兒沒有。我便說他老人事忙。我連日宅裡也沒曾去。蹅他老人家多少與我些兒。我敢爭。他也許我等他官兒回來。重重謝我哩。西門慶道他老子回來。巳定有些東西。少不的謝你。說了一回話兒

左右無人。悄悄在婆子耳邊。如此這般。你鬧了。到他那里。取巧
見和他說。就說我上覆他。閑中我要他那里坐半日。看他意何
如。肯也不肯。我明日還來討回話。那婆子掩口冷冷笑道。你老
人家。坐家的女兒偷皮匠。逢着的就上。一鍬撅了個銀娃娃。還
要尋他娘母兒哩。夜晚些等老身慢慢皮着臉對他說。爹你還
不知這婦人。他是咱後街宰牲口王屠的妹子。排行叫六姐。屬
蛇的。二十九歲了。雖是打扮的喬樣。倒沒見他輸身。你老人家。
明日准來。等我問他。討個話來回你。西門慶道。是了。說畢。騎馬
來家。婆子打發西門慶出門。做飯吃了。鎖了房門。慢慢來到牛
皮巷婦人家。婦人開門。便讓進裏邊房里坐。道我昨日下了些
麵。等你來吃。就不來了。婆子道。我可知要來哩。到人家。便就有

許多事掛住了腿子。動不得身。婦人道。剛纔做的熱騰騰的飯兒。炒麵觔兒。你吃些。婆子道。老身纔吃的飯來。呼些茶罷。那婦人。便濃濃點了一盞茶。遞與他。看着婦人吃了飯。婦人道。你看我恁苦。有我那冤家。靠定了他。自從他去了。弄的這屋裡空落落的。件件的都看了我。弄的我鼻兒烏。嘴兒黑。相個人模樣。倒不如他死了。扯斷腸子罷了。似這般遠離家鄉去了。你教我這心怎麼放的下來。急切要見他。也不能勾。說着眼駿駿的哭了。婆子道。說不得。自古養兒人家熱騰騰的。養女兒家冷清清。就是長一百歲。少不得也是人家的。你如今這等抱怨。到明日你家姐姐。到府裡。脚硬生下一男半女。你兩口子受用。就不說我老身了。婦人道。大人家的營生。三層大。兩層小。知道怎樣的。

等他的長俊了我每不知在那里晒牙揸骨去了婆子道怎的恁般的説你每姐姐比那個不聰明伶俐愁針指女工不會各人裙帶衣食你替他愁兩個一遞一口説勾良久看看説得入港婆子道我每説個傻話兒你家官見不在前後去的恁空落落的你晚夕一個人兒不害怕麽婦人道你還説哩都是你弄得我肯晚夕來和我做做伴兒婆子道只怕我一時來不到我保舉箇人兒來與你做伴兒你肯不肯婦人問是誰婆子掩口笑道一客不煩二主宅里大老爹昨日到那邊房子里如此這般對我説見孩子去了丟的你冷落他要來和你坐半日兒你怎麽説這里無人你若與凹上了愁沒吃的穿的使的用的走上了時到明日房子也替你尋得一所强如在這僻格剌子里

婦人聽了微笑說道他宅里神道相似的幾房娘子他肯要俺這醜貨見婆子道你怎的這般說自古道情人眼內出西施一來也是你緣法湊巧爹他好閑人兒不留心在你時他昨日巴巴的肯到我房子裡說又與了一兩銀子說前日孩子的事累我落後沒人在根前話就和我說教我來對你說你若肯時他還等我回話去典田賣地你兩家願意我莫非說謊不成婦人道既是下顧明日請他過來奴這里等候這婆子見他吐了口兒坐了一回千恩萬謝去了到次日西門慶來到一五一十把婦人話告訴一遍西門慶不勝欣喜忙秤了一兩銀子與馮媽媽拏去治辦酒菜那婦人聽見西門慶來收拾房中乾淨薰香設帳預備下好茶好水不一時婆子拏籃子買了許多雞魚嗄

飯菜蔬菓品來廚下替他安排端正婦人洗手剔甲又烙了一筯麵餅明間內揩抹卓椅光鮮西門慶約下午時分便衣小帽帶着眼紗玳安棋童兩個小廝跟隨逕到門首下馬進去分付把馬回到獅子街房子裡去晚上來接止留玳安一人答應西門慶到明間內坐下良久婦人扮的齊齊整整出來拜見說道前日打攪孩子又累爹費心一言難盡西門慶道一時不到處你兩口兒休抱怨婦人道一家兒莫大之恩豈有抱怨之理磕了四個頭馮媽媽拏上茶來婦人遞了茶見馬回去了玳安把大門關了婦人陪坐一回讓進裏坐房正面紙門兒廂的炕床掛着四扇各樣顏色綾段剪貼的張生遇鶯鶯蜂花香的吊屏兒上卓鑑粧鏡架盒罐錫器家活堆滿地下插着棒兒香上面

設着一張東坡椅兒西門慶坐下婦人又濃濃點一盞胡桃夾鹽筍泡茶遞上去西門慶吃了婦人接了盞在下邊炕沿兒上陪坐問了回家中長短西門慶見婦人自已拏托盤兒說道你這里還要個孩子使總好婦人道不瞞爹說自從俺家女兒去了凡事不方便那時有他在家如今少不的奴自已動手西門慶道這個不打緊明日教老馮替你看個十三四歲的丫頭子且胡亂替替手脚婦人道也得俺家的來少不得東軿西湊的央馮媽媽尋一個孩子使西門慶道也不消該多少銀子等我與他那婦人道怎好又費煩你老人家自恁累你老人家還少哩西門慶見他會說話心中甚喜一面馮媽媽進來安放卓兒西門慶就對他說尋使女一節馮媽媽道爹既是許了你拜謝

拜謝兒南首趙嫂兒家有個十三歲的孩子我明日領來與你看也是一個小人家的親養的孩兒來他老子是個巡捕的軍因倒死了馬少椿頭銀子怕守備那里打把孩子賣了只要四兩銀子教爹替你買下罷婦人連忙向前道了萬福不一時擺下案碟菜蔬篩上酒來婦人滿斟一盞雙手遞與西門慶纔待磕下頭去西門慶連忙用手拉起說頭里已是見過不消又下禮了只拜拜便了婦人笑吟吟道了萬福旁邊一個小杌兒上坐下廚下老媽將嗄飯菓菜一一送上又是兩筯軟餅婦人用手揀肉絲細菜兒裹捲了用小碟兒托了遞與西門慶吃兩個在房中盃來盞去做一處飲酒玳安在廚房裡老馮陪他是有坐處打發他吃不在話下彼此飲勾數巡婦人把座兒挪近西

門慶根前與他做一處說話遞菓兒然後西門慶與婦人一遞
一口兒吃酒見無人進來摟過脖子來親嘴咂舌婦人便舒手
下邊籠揝西門慶玉莖彼此淫心蕩漾把酒停住不吃了掩上
房門褪去衣褲婦人就在裏邊炕床上伸開被褥那時已是日
色平西時分西門慶乘着酒興順袋內取出銀托子來使上婦
人用手打弄見奢稜跳腦紫强光鮮沉甸甸甚是粗大一壁坐
在西門慶懷裡一面在上兩個且摟着脖子親嘴婦人乃曉起
一足以手導那話入牝中兩個挺一回西門慶摸見婦人柔膩
牝毛疎秀意欲交接令婦人仰卧于床背把雙枕以手雙足置
之于腰眼間肆行抽送怎見的這場雲雨但見
威風迷翠榻殺氣瑣鴛衾珊瑚枕上施雄翡翠帳中鬬勇男

見忿怒挺身連刺黑纓鎗女帥生嗔拍胯着撻追命劍一來
一往祿山會合太眞妃一撞一衝君瑞追陪崔氏女左右迎
湊天河織女遇牛郎上下盤旋仙洞嬌姿逢阮肇鎗來牌架
崔郎相共薛瓊瓊砲打刀迎雙漸逆連蘇小小一個鶯聲嚦
嚦猶如武則天遇敖曹一個燕喘吁吁好似審在逢呂雉初
戰時知鎗亂刺利劍微迎次後來雙砲齊攻膀脾夾湊男兒
氣急使鎗只去扎心窩女帥心忙開口要來吞腦袋一個使
雙砲的往來攻打內襠兵一個輪膀脾的上下夾迎臍下將
一個金雞獨立高蹺玉腿弄精神一個枯樹盤根倒入翎花
來刺牝戰良久朦朧星眼但動些兒麻上來鬪多特欵擺纖
腰再戰百愁挨不去散毛洞主倒上橋放水去淹軍烏甲將

軍虛點鎗側身逃命走膞膏落馬須臾踩踏肉為泥溫緊粧
呆頃刻跌翻深澗底大披掛七零八斷猶如急雨打殘花錦
套頭力盡觔輸恰似猛風飄敗葉硫黃元帥盔歪甲散走無
門銀甲將軍守住老營還要命正是愁雲托上九重天一塊
敗兵連地滾

原來婦人有一件毛病但凡交姤只要教漢子幹他後庭花在
下邊揉着心子纔過不然隨問怎的不得丟身子就是韓道國
與他相合倒是後邊去的多前邊一月走不的兩三遭見第二
件積年好咂髲兒把髲兒長常遠放在口裏一夜他也無個足處
隨問怎的出了毯禁不得他吮咂挑弄登時就起自這兩椿兒
可在西門慶心坎上當日和他纏到起更纔回家婦人和西門

慶說。爹到明日再來早些白日裏。咱破工夫脫了衣裳。好生耍
耍。西門慶大喜。到次日。到了獅子街線舖里就兊了四兩銀子。
與馮媽媽。討了丫頭使喚。改名叫做錦兒。西門慶想着這個甜
頭兒。過了兩日。又騎馬來婦人家行走。原是棋童玳安兩個跟
隨。到了門首。就分付棋童把馬回到獅子街房里去。那馮媽媽。
專一替他提壺打酒。街上買東西整理。通小慇懃兒。圖些油菜
養口。西門慶來一遭。與婦人一二兩銀子盤纏。白日裡來。直到
起更時分。纔家去。瞞的家中鉄桶相似。馮媽媽每日在婦人這
里打勤勞兒。往宅里也去的少了。李瓶兒使小廝叫了他兩三
遍。只是不得閑。要便鎖着門去了。一日。一日小廝畫童兒撞見
婆子來家。李瓶兒說道。媽媽子成日影兒不見。幹的什麼猫兒

頭差事。叫一遍。只是不在。通不來這里走走。見。忙的你恁樣兒的。丢下好些衣裳帶孩子被褥。等你來幫着。丫頭每折洗折洗再不見來了。婆子道。我的奶奶。你倒說的且是好。寫字的拏逃軍。我如今一身故事兒哩。賣盐的做雕鑾匠。我是那鹹人兒。李瓶兒道。媽媽子。你做了石佛寺裡長老。請着你就是不閑。成日撰的錢。不知在那里。婆子道。老身大風刮了頰耳去了。嘴也赶不上在這里。撰什麼錢。你惱我。可知心裡急急的要來。再轉不到這里來。我也不知。成日幹的什麼事兒哩。後邊大娘。從那時與了銀子。教我門外頭。替他稍個拜佛的蒲甸兒來。我只要忘了。昨日甫能想。賣蒲甸的。賊蠻奴才又去了。我怎的回他。李瓶兒道。你還敢說沒有他甸兒。你就信信拖拖拖。跟了和尚去了罷了他與了你銀子這一向還不替他買將來你這等裝憨打呆的婆子道等我沒也對大娘說去就交與他這銀子去昨日騎騾子差些兒沒弔了他的李瓶兒道等你弔了他的你死也這媽媽一直來到後邊未曾入月娘房先走在厨下打探子兒只見玉簫和來興兒媳婦坐在一處見了說道老馮來了貴人你在那里來你六娘要把你肉也嚼下來說影邊兒就不來了那婆子走到跟前拜了兩拜說道我纔到他前頭來乞他聒聒了這一回來了玉簫道娘問你替他稍的蒲甸兒怎樣的婆子道昨日拏銀子到門外賣蒲甸的賣了家去了直到明年三月裡纔來哩銀子我還拏在這里姐你收了罷玉簫笑道怪媽媽子你爹還在屋里兌銀子等出去了你還親交與他罷又道你且

坐的我問你韓夥計送他女兒去了多少時了也待將來這一回來你就造化了他還謝你謝兒婆子道謝不謝隨他了他連今纔去了八日也得盡頭纔得來家不一時西門慶兌出銀子與賁四拏了庄子上去就出去了婆子走在上房見了月娘也沒敢拏出銀子來只說蠻子有幾個粗甸子都賣沒了回家明年稍雙料好蒲甸來月娘是誠實的人說道也罷銀子你還收着到明年我只問你要兩個就是了與婆子幾個茶食吃了後來到李瓶兒房里來瓶兒因問你大娘沒罵你婆子道被我如此支吾調的他喜歡了倒與我些茶吃賞了我兩大餅定出來了李瓶兒道還是昨日他往喬大戶家吃滿月的餅定媽媽子不虧你這片嘴頭子六月裡敢子也釘死了又道你今日與我

洗衣服不去罷了婆子道你收拾討下漿我明日蚤來罷後晌
時分還要往一個熟主顧人家幹些些勾當兒李瓶兒道你這老
貨偏有這些些胡枝扯葉的得你明日不來我與你荅話那婆子
說笑了一回脫身走了李瓶兒留他你吃了飯去婆子道還飽
着哩不吃罷恐怕西門慶往王六兒家去兩步做一步正是媒
人婆地里小鬼兩頭來回抹油嘴一日走勾千千步只是苦了
兩隻腿畢竟未知後來如何且聽下回分解

第三十八回

王六兒棒槌打擣鬼

潘金蓮雪夜弄琵琶

第三十八回

西門慶夾打二搗鬼　潘金蓮雪夜弄琵琶

麗質溫柔更老成　玉壺明月適人情
輕回玉臉花含媚　淺蹙蛾眉雲鬢鬆
勾引蜂狂桃蕊綻　潛牽蝶亂柳腰新
令人心地常相憶　莫學章臺贈淡情

話說馮婆子。走到前廳角門首。看見玳安。在廳槅子前。拏着茶盤兒伺候。玳安望着馮媽媽。撅嘴兒。你老人家先往那里去。俺爹和應二爹說話哩。說了話。打發去了。就起身。先使棋童兒送酒去了。那婆子聽見。兩步做一步。走的去了。原來應伯爵來。說攬頭李智黃四。派了年例。三萬香蠟等料。錢粮下來。該一萬兩銀

子也有許多利息上完了批就在東平府見關銀子來和你計
較做不做西門慶道我那里做他攬頭以假充真買官讓官我
衙門里搭了事件還要動他我做他怎的伯爵道哥若不做教
他另搭別人在你借二千兩銀子與他每月五分行利教他關
了銀子還你你心下如何計較定了我對他說教他兩個明日
拏文書來西門慶道既是你的分上我挪一千銀子與他罷如
今我庄子收拾還沒銀子哩伯爵見西門慶吐了口兒說道哥
若十分沒銀子看怎麼再撥五百兩銀子貨物兒湊個千五兒
與他罷他不敢少下你的西門慶道他少下我的我有法兒處
又一件應二哥銀子便與他只不教他打着我的旗兒在外邊
東騙西騙我打聽出來只怕我衙門監里放不下他伯爵道哥

說的什麼話。與守者不得辭其責。他若在外邊打哥的旗兒。常沒事罷了。若壞了事。要我做什麼。哥你只顧放心。但有差遲。我就來對哥說。說定了。我明日教他好寫文書。西門慶道。明日不教他來。我有勾當。教他後日來說罷。伯爵去了。西門慶教玳安伺候馬。帶上眼紗。問棋童去。沒有。玳安道。來了。取挽手兒去了。不一時。取了挽手兒來。打發西門慶上馬。逕往牛皮巷來。不想韓道國兄弟韓二搗鬼。耍錢輸了。吃的光睜睜兒的。走來哥家問王六兒討酒吃。袖子里掏出一條小腸兒來。說道。嫂我哥還沒來哩。我和你吃壺燒酒。那婦人恐怕西門慶來。又見老馮在廚下。不去兜攬他。說道。我是不吃。你要吃。拏過一邊吃去。我那里耐煩。你哥不在家。招是招非的。又來做什麼。那韓二搗鬼把眼兒涎瞪着又不去看見桌底下一罈白泥頭酒貼着紅紙帖兒問道嫂子是那里酒打開篩壺來俺每吃耶嚛你自受用婦人道你趁早兒休動是宅里老爹送來的你哥還沒見哩等他來家有便倒一甌子與你吃韓二道等什麼哥就是皇帝爺的我也吃一鍾兒纔待搬泥頭被婦人劈手一推奪過酒來提到屋裡去了把二搗鬼仰八叉推了一交半日扒起來惱羞變成口裡喃喃吶吶罵道賊淫婦我好意帶將兒來見你獨自一個冷落落和你吃盃酒你不理我倒推我一交我教你不要慌你另敘上了有錢的漢子不理我了要把我打開故意的連我罵我訕我又趁我休教我撞見我教你這不值錢的淫婦白刀子進去紅刀子出來婦人見他的話不防頭一點紅從耳畔起須

史紫脹了雙腿便取棒槌在手趕着打出來罵道賊餓不死的殺才倒了你那里味醉了來老娘這里撒野火兒老娘手裡饒你不過那二搗鬼口裡喇喇哩哩罵淫婦直罵出門去不想西門慶正騎馬來見了他問是誰婦人道情知是誰是韓二那厮見他哥不在家要便耍錢輸了吃了酒來毆我有他哥在家常時撞見打一頓那二搗鬼一溜跑了西門慶又道這少死的花子等我明日到衙門裡與他做功德婦人道又教爹惹惱西門慶道你不知休要慣了他婦人道爹說的是自古良善被人欺慈悲生患害一面讓西門慶明間內坐西門慶分付棋童回馬家去叫玳安兒你在門首看但掉着那光棍的影兒就與我鎖在這里明日帶衙門裡來玳安道他的魂兒聽見爹到了不知

走的那里去了。西門慶坐下。婦人見畢禮。連忙屋裡叫丫鬟錦兒拏了一盞菓仁茶出來。與西門慶吃。就叫他磕頭。西門慶道也罷。倒好個孩子。你且將就使着罷。又道老馮在這里。怎的不替你拏茶。婦人道。馮媽媽他老人家。我央及他廚下。使着手哩。西門慶又道。頭里我使小廝。送來的那酒。是個內臣送我的竹葉清酒。哩裡頭有許多藥味。甚是峻利。我前日見你這里打的酒。道吃不上口。我所以拏的這鐔酒來。婦人又道了萬福說多謝爹的酒。正是這般說。俺每不爭氣。住在這僻巷子里。又沒個好酒店。那里得上樣的酒來吃。只往大街上取去。西門慶道。等韓夥計來家。你和他計較。等子獅子街那里。替你破幾兩銀子。買下房子。等你兩口子。亦發搬到那里住去罷。舖子里又近。買東西諸事方便婦人道爹說的是看你老人家怎的可憐見離了這塊兒也好就是你老人家行走也免了許多小人口嘴咱行的正也不怕他爹心裡要處自情處他在家和不在家一個樣兒也少不的打這條路兒來說一回房里放下卓兒請西門慶房裡寬了衣服坐須臾安排酒菜上來卓上無非是些雞鴨魚肉嗄飯點心之類婦人陪定把酒來斟不一時兩個並肩疊股而飲吃得酒濃時兩個脫剝上床交歡自在頑耍婦人早已床炕上鋪的厚厚的被褥被裡薰的噴鼻香西門慶見婦人好風月一徑要打動他家中袖了一個錦包兒來打開裏面銀托子相思套硫黃圈藥煮的白綾帶子懸玉環封臍膏勉鈴一弄兒淫器那婦人仰卧枕上玉腿高蹺口舌內吐西門慶先把勉

鈴教婦人自放牝內然後將銀托束其根硫黃圈套其首臍膏貼于臍上婦人以手導入牝中兩相迎奏漸入大半婦人呼道達達我只怕你蹾的腿酸拏過枕頭來你墊着坐等我淫婦自家動罷又道只怕你不自在你把淫婦腿吊着合你看好不好西門慶真個把他脚帶解下一條來拴他一足吊在床槅子上低着搜摫的婦人牝中之津如蝸之吐涎綿綿不絕又搜出好些白漿子來西門慶問道你如何流這些白纔待要抹之婦人道你休抹等我吮咂了罷于是蹲跪他面前吮吞數次嗚咂有聲咂的西門慶淫心頓起吊過身子兩個幹後庭花龜頭上有硫黃濡研難濇婦人蹙眉隱忍半晌僅沒其稜西門慶于是顛作抽已而婦人用手摸之漸入大半把屁股坐在西門慶懷里

回首流眸作顫聲叫。達達慢着些。往後越發粗大。教淫婦怎生挨忍。西門慶且扶起股觀其出入之勢。因叫婦人小名王六兒。我的兒你達不知心里怎的。只好這一庄兒。不想今日遇你。正可我之意。我和你明日生死難開。婦人道。達達。只怕後來要的絮煩了。把奴不理怎了。西門慶道。相交下來。纔見我不是這樣人。說話之間。兩個幹勾一頓飯時。西門慶令婦人沒高低淫聲浪語叫着。纔過婦人在下。一面用手舉股。承受其精。樂極情濃一泄如注。已而拽出那話來。帶着圈子。婦人還替他吮咂淨了。兩個方纔並頭交股而臥。正是一般滋味美。好耍後庭花。有詩為証。

美冤家。一心愛折後庭花。尋常只在門前里走。又被開路先

鋒。把住了。放在戶中難禁受。轉絲韁。勒回馬。親得勝。弄的我
身上麻。蹺損了奴的粉臉。粉臉那丹霞。

西門慶。與婦人。摟抱到二鼓時分。小廝馬來接。方纔起身回家。到次日早衙門裡。差了兩個緝捕。把二搗鬼。拏到提刑院。只當做掏摸土賊。不由分說。一夾二十。打的順腿流血。睡了一個月。險不把命花了。往後嚇了影再不敢上婦人門纏提了。正是恨小非君子。無毒不丈夫。遲了幾日。來保韓道國一行人。東京回來。備將前事。對西門慶說。翟管家見了女子。甚是歡喜。說費心。留俺在府裡。住了兩日。討了回書。送了爹一匹青馬。封了韓夥討女兒五十兩銀子禮錢。又與了小的二十兩盤纏。西門慶道勾了。看了回書。書中無非是知感不盡之意。自此兩家。都下眷

生名字。稱呼親家。不在話下。韓道國與西門慶磕頭拜謝回家。
西門慶道。韓夥計你還把你女兒這禮錢收去。也是你兩口兒
恩養孩兒一塲。韓道國再三不肯收。說道蒙老爹厚恩禮錢已
是前日有了。這銀子。小人怎好又受得從前累的老爹好少哩。
西門慶道你不依我就惱了。你將回家不要花了。我有個處那
韓道國就磕頭謝了。拜辭回去。老婆見他漢子來家滿心歡喜。
一面接了行李。與他拂了塵土。問他長短。孩子到那里好麽。這
道國把往回一路的話。告訴一遍。說好人家孩子到那里。就與
了三間房。兩個丫鬟伏侍衣服頭面是不消說。第二日就領了
後邊見了太太翟管家甚是歡喜。留俺每住了兩日。酒飯連下
人都吃不了。又與了五十兩禮錢我再三推辭大官人又不肯。

還教我拏回來了。因把銀子與婦人收了。婦人一塊石頭方落地。因和韓道國說咱到明日還得一兩銀子。謝老馮你不在虧他常來做伴兒。大官人那里。也與了他一兩。正說着。只見丫頭過來遞茶。韓道國道。這個是那里大姐。婦人道。這個是咱新買的丫頭。名喚錦兒。過來與你爹磕頭。磕了頭。丫頭往廚下去了。老婆如此這般。把西門慶勾搭之事。告訴一遍。自從你去了。來行走了三四遭。纔使四兩銀子。買了這個丫頭。但來一遭。帶一二兩銀子來。第二的。不知高低。氣不憤。走這里放水。被他撞見了。拏到衙門里打了個臭死。至今再不敢來了。大官人見不方便。許了要替咱每大街上買一所房子。教咱搬到那里住去。韓道國道。嗔道他頭里不受這銀子。教我拏回來。休要花了。原來就是這些話了。婦人道。這不是有了五十兩銀子。他到明日。一定與咱多添幾兩銀子。看所好房兒也是我輸了身一場。且落他些好供給穿戴。韓道國道。等我明日往鋪子裡去了。他若來時。你只推我不知道。休要怠慢了他。凡事奉他些兒。如今好容易撰錢。怎麼趕的這個道路。老婆笑道。賊強人。倒路死的。你倒會吃自在飯兒。你還不知老娘怎樣受苦哩。兩個又笑了一回。打發他吃了晚飯。夫妻收拾歇下。到天明。韓道國宅裡討了鑰匙。開鋪子去了。與了老馮一兩銀子謝他。俱不必細說。一日西門慶同夏提刑衙門回來。夏提刑見西門慶騎着一匹高頭點子青馬。問道。長官那疋白馬怎的不騎。又換了這匹馬。到好一匹馬。不知口裡如何。西門慶道。那馬在家歇他兩日兒。這馬是

昨日東京翟雲峯親家送來的。是西夏劉參將送他的。口裡纔
四個牙兒。脚程緊慢。多有他的。只是有些毛病兒。快護糟蹬。
初時着了路上走。把膘息跌了許多。這兩日纔吃的好些兒了。
夏提刑道。這馬甚是會行。只好長騎着。每日𨁾街道兒罷了。不
可走遠了。他論起在咱這里。也值七八十兩銀子。我學生騎的
那馬。昨日又瘸了。今早來衙門裡來。旋拏帖兒問舍親借了這
匹馬騎來了。甚是不方便。西門慶道。不打緊。長官没馬。我家中
還有一匹黃馬。送與長官罷。夏提刑舉手道。長官下顧。學生奉
價過來。西門慶道。不須計較。學生到家。就差人送來。兩個走到
西街口上。西門慶舉手分路來家。到家就使玳安把馬送去。夏
提刑見了大喜。賞了玳安一兩銀子。與了回帖兒。說多上覆明

日到衙門裡面謝過了兩月乃是十月中旬時分夏提刑家中做了些菊花酒叫了兩名小優兒請西門慶一敘以酬送馬之情西門慶家中吃了午飯理了些事務往夏提刑家飲酒原來夏提刑備辦一席齊整酒餚只為西門慶一人而設見了他來不勝歡喜降堦迎接至廳上敘禮西門慶道如何長官這等費心夏提刑道今年寒家做了些菊花酒閒中屈執事一敘再不敢他客于是見畢禮數寬去衣服分賓主而坐茶罷着棋就席飲酒敘談兩個小優兒在旁彈唱正是得多少金尊進酒浮香蟻象板催箏唱鷓鴣不說西門慶在夏提刑家飲酒單表潘金蓮見西門慶許多時不進他房里來每日翡翠衾寒芙蓉帳冷那一日把角門兒開着在房內銀燈高點靠定幃屏彈弄琵琶

等到二三更。便使春梅瞧數次。不見動靜。正是銀箏夜久慇懃弄。寂寞空房不忍彈。取過琵琶。橫在膝上。低低彈了個二犯江兒水。以遣其悶。在床上和衣兒又睡不着。不免

悶把幃屏來靠。和衣強睡倒。

猛聽的房簷上。鐵馬兒一片聲響。只道西門慶來到。敲的門環兒響。連忙使春梅去瞧。他回頭娘錯了。是外邊風起落雪了。婦人于是彈唱道。

聽風聲嘹喨。雪洒窗寮。任冰花片片飄。

一回兒燈昏香盡。心裡欲待去剔續。見西門慶不來。又意兒懶的動旦了。唱道

懶把寶燈挑。慵將香篆燒。只是捱一日似三秋。盼一夜如半夏。捱過今宵。怕到

明朝細尋思這煩惱何日是了。瘤想負心賊當初說的話兒。心中由不的我傷情兒。想起來今夜裡心兒內焦悞了我青春年少。誰想你弄的我三不歸四捕兒着他你撇的人有上稍來沒下稍。

且說西門慶約一更時分從夏提刑家吃了酒歸來。一路天氣陰晦。空中半雨半雪下來。落在衣服上。多化了。不免打馬來家。小廝打着燈籠。就不到後邊。逕往李瓶兒房來。李瓶兒迎着。一面替他拂去身上雪霰。西門慶穿着青絨獅子補子。坐馬白綾襖子。忠靖巾。皂靴棕套。貂鼠風領。李瓶兒替他接了衣服。止穿綾敞衣。坐在床上。就問哥兒睡了不曾。李瓶兒道。小官兒頑了這回。方睡下了。西門慶分付叫孩兒睡罷。休要沉動着。只怕諕醒他。迎春于是拏茶來吃了。李瓶兒問今日吃酒來的早。西門慶道。夏龍溪還是前日因我送了他那匹馬。今日全爲我費心治了一席酒請我。又叫了兩個小優兒。和他坐了這一回。見天氣下雪來家早些。李瓶兒道你吃酒。教丫頭篩酒來你吃。大雪裡來家。只怕冷哩。西門慶道還有那葡萄酒。你篩來我吃。今日他家吃的。是自造的菊花酒我嫌他歆香歆氣的。我沒大好生吃于是迎春放下卓兒就是幾碟醃雞兒嗄飯。細巧菓菜之類。李瓶兒拏杌兒在旁邊坐下。卓下放着一架小火盆兒。這里兩個吃酒潘金蓮在那邊屋裡冷清清。獨自一個兒坐在床上懷抱着琵琶。卓上燈昏燭暗。待要睡了。又恐怕西門慶一時來。待要不睡。又是那馳困又是寒冷。不免除去冠兒。亂挽烏雲。把帳兒放下半邊來。擁衾而坐。正是倦倚綉床愁懶睡。低垂錦帳綉衾空。
早知薄倖輕抛棄。辜負奴家一片心。

又唱道

懊恨薄情輕棄。離愁閒自惱。

又喚春梅過來。你去外邊再瞧瞧。你爹來了沒有。快來回我話。那春梅走去。良久回來。說道。娘。還認爹沒來哩。爹來家。不耐煩了。在六娘屋里吃酒的不是。這婦人不聽罷了。聽了如同心上戳上幾把刀子一般。罵了幾句負心賊。由不得撲簌簌眼中流下淚來。一逕把那琵琶兒放得高高的。口中又唱道。

論殺人好恕。情理難饒。負心的天鑒表。好教我題起來。又是那疼他。又是那恨他。
心痒痛難撓。愁懷悶自焦。叫了聲賊。狠心的冤家。我比他何如。鹽也是這般鹽。醋也是這般醋。

磚兒能厚，瓦兒能薄，你一旦棄舊憐新。讓了甜桃，去尋酸棗。不合今日，教你哄了。奴將你這定盤星兒錯認了。合想起來，心兒里焦，悞了我青春年少。你撇的人，有上稍來沒下稍。

爲人莫作婦人身，百般苦樂由他人。
痴心老婆負心漢，悔莫當初錯認眞。

常記的當初相聚，痴心兒望到老。誰想今日他把心變了，把奴來一旦輕拋不理，正如那日被雲遮楚岫，水淹藍橋，打拆開鸞鳳走。到如今當面對語，心隔千山，隔着一堵墻，咫尺不得相見。心遠路非遙，意散了，如鹽落水，如水落沙相似了。情踪魚雁杳，空教我有情難控訴。地厚天高，空教我無夢到陽臺，夢斷魂勞，俏冤家這其間心變了。合想起來，心兒裡焦，悞了我青春年少。你撇的人，有上稍來無下稍。

西門慶正在房中。和李瓶兒吃酒。忽聽見這邊房里。彈的琵琶
之聲。便問是誰彈琵琶。迎春答道。是五娘在那邊彈琵琶响。李
瓶兒道。原來你五娘還沒睡哩。綉春。你快去請你五娘來吃酒。
你說俺娘請哩。那綉春去了。李瓶兒忙教迎春那邊安下個坐
兒。放個鍾筯在面前。良久。綉春走來說。五娘摘了頭。不來哩。李
瓶兒道。迎春。你再去請你五娘去。你說娘和爹請五娘哩。不多
時。迎春來說。五娘把角門兒關了。說吹了燈睡下了。西門慶道。
休要信他小淫婦兒。等我和你兩個拉他去。務要把他拉了來。
咱和他下盤棋耍子。于是和李瓶兒同來打他角門。打了半日。
春梅把角門子開了。西門慶拉着李瓶兒進入他房中。只見婦
人坐在帳上。琵琶放在傍邊。西門慶道。怪小淫婦兒。怎的兩三

轉請着你不去。金蓮坐在床。紋絲兒不動。把臉兒沉着。半日說道。那沒時運的人兒。丟在這冷屋裡。隨我自生兒由活的。又來揪採我怎的。沒的空費了你這個心。留着別處使。西門慶道。怪奴才。八十歲媽媽沒牙。有那些唇說的。李大姐。那邊請你。和他下盤棋兒。只顧等你不去了。李瓶兒道。姐姐可不怎的。我那屋里擺下棋子了。咱每閑着。下一盤兒。賭盃酒吃。金蓮道。李大姐。你每自去。我摘了頭。你不知我心里不耐煩。我如今睡也。比不的你每心寬閑散。我這兩日。只有口遊氣兒。黃湯淡水。誰嘗着來。我成日睜着臉兒過日子哩。西門慶道。怪奴才。你好好兒的。怎的不好。你若心內不自在。早對我說。我好請太醫來看你。金蓮道。你不信。敎春梅拏過我的鏡子來。等我瞧。這兩日。瘦的相個人模樣哩。春梅把鏡子。真個遞在婦人手裡。燈下觀看。正是。

羞對菱花拭粉粧。　爲郎憔瘦減容光。

閉門不顧閒風月。　任您梅花自主張。

羞把菱花來照。娥眉懶去掃。暗消磨了精神。折損了丰標。瘦伶仃不甚好。

西門慶。拏過鏡子。也照了照。說道。我怎麽不瘦。金蓮道。拏什麽比的你。每日碗酒塊肉。吃的肥胖胖的。專一只奈何人。被西門慶。不由分說。一屁股挨着他坐在床上。摟過脖子來。就親了個嘴。舒手被里摸見他還沒脫衣裳。兩隻手齊插在他腰里去。說道。我的兒。真個瘦了些。金蓮道。怪行貨子。好冷手。氷的人慌。莫不我哄了你。不成。正是香褪了海棠嬌。衣憁了楊柳腰。
說道我着香腮。拋下珠淚來。我的苦惱。誰人知道。眼淚打肚里流罷了。

悶下無聊。攘攘勞勞。淚珠兒到今滴盡了。合想起來心裡亂焦。悮了我青春年少。撇的人來有上稍來落下稍。

亂了一回。西門慶還把他强死强活。拉到李瓶兒房內。下了一盤棋。吃了一回酒。臨起身。李瓶兒見他這等臉酸。把西門慶攛掇過他這邊歇了。正是得多少腰瘦故知閒事惱。淚痕只為別情濃。有詩為証。

自從別後減容光。　萬轉千回懶下床。
虧殺瓶兒成好事　得教巫女會襄王

畢竟未知後來如何且聽下回分解

第三十九回　寄法名官哥穿道服

散生日敬濟拜冤家

第三十九回

西門慶玉皇廟打醮　吳月娘聽尼僧說經

漢武清齋夜築壇　自斟明水醮仙官
殿前玉女移香案　雲際金人捧露盤
絳節幾時還入夢　碧桃何處更驂鸞
茂陵烟雨埋弓劍　石馬無聲蔓草寒

話說當日西門慶在潘金蓮房中。歇了一夜。那婦人恨不的鑽入他腹中。在枕畔千般貼戀。萬種牢籠。淚揾鮫鮹。語言温順。實指望買住漢子心。不料西門慶外邊。又刮剌上了韓道國老婆王六兒。替他獅子街。石橋東邊。使了一百廿兩銀子。買了一所門面兩間。倒底四層房屋居住。除了過道。第一層間半客位。第三層除了半間供養佛像祖先。一間做住房，裡面依舊廂着炕床。對面又是燒煤火炕。收拾糊的乾淨。第四層除了一間廚房，半間盛煤炭。後邊還有一塊做坑廁，俱不必細說。自從搬過來那左近街坊隣舍。都知他是西門慶夥計。又見他穿着一套兒齊整絹帛衣服。在街上搖擺。他老婆常揷戴的頭上黃烘烘。打扮模樣。在門前站立。這等行景。不敢怠慢。都送茶盒與他。又出人情慶賀。那中等人家。稱他做韓大哥韓大嫂。以下者趕着。以叔嬸呼之。西門慶但來他家。韓道國就在舖子裡上宿。教老婆陪他。自在頑耍。朝來暮往。街坊人家。也多知道這件事。懼怕西門慶有錢有勢。誰敢惹他。見一月之間。西門慶也來行走三四次與王六兒打的。一似火炭般熱。穿着器用的。比前日不同。看看膓月時分。西門慶在家亂着送東京并府縣軍衛本衛衙門中節禮。有玉皇廟吳道官、使徒弟送了四盒禮物。一盒肉。一盒銀魚、兩盒菓餡蒸酥。并天地䟽。新春符、謝灶誥。西門慶。正在上房吃飯。玳安兒拏進帖來。上寫着玉皇廟小道吳宗嚞頓首拜。西門慶揭開盒兒看了。說道。出家人、又教他費心。送這厚禮來。分付玳安。連忙教書童兒。封一兩銀子。拿回帖與他。月娘在旁。因話題起一個出家人。你要使的頭節尾、常受他的禮、到把前日李大姐。生孩兒時。你說許了多少願醮。就教他打了罷。西門慶道。早是你題起來。我許下一伯廿分醮、我就忘死了、月娘道。原來你這個大謅答子貨。誰家願心。是忘記的。你便有口無心許下。神明都記着。嗔道孩子。成日恁啾啾唧唧的。原來都這願心壓的他。此是你幹的營生。西門道。既恁說。正月裡。就把這醮願在吳道官這廟裡。還了罷。月娘道。昨日李大姐說。這孩子有些病痛兒的。要問那裡討個外名。西門慶道。又往那裡討外名就寄名在吳道官這廟裡罷。因問玳安。他廟裡有誰在這裡。玳安道。是他第二個徒弟應春。跟了禮來。西門慶一面走出外邊來。那應春兒連忙跨馬磕頭。說家師父多拜上老爹。沒什麼孝順。使小徒來送這天地疏。并些微禮兒與老爹賞人。西門慶止還了半禮。說道。多謝你師父厚禮。讓他坐。說道。小道怎麼敢坐。西門慶道。你坐。我有話和你說。那道士頭戴小帽。身穿青布直掇。下邊履鞋淨襪。謙遜數次。方纔把椅兒挪到旁另坐下。西門慶換茶來吃了。說道。老爹有甚鈞語。分付。西門慶道。正月裡。我

有些醮願要煩你師父替我還還兒在你本院也是那日就送
小兒寄名不知你師父閑不閑徒弟連忙立起身來說道老爹
分付隨問有甚人家經事不敢應承請問老爹訂在正月幾時
西門慶道就訂在初九爺旦日那個日子罷徒弟道此日又是
天誕玉匣記上我請律爺交慶五福駢臻修齋建醮甚好那日
開大殿與老爹鋪壇請問老爹多少醮款西門慶道也是今歲
七月爲生小兒許了一百廿分清醮一向不得個心淨趂着正
月裡還了罷就把小兒送與你師父向三寶座下討個外名徒
弟又問請問那日延請多少道衆西門慶道教你師父請十六
衆罷說畢左右放卓兒待茶先封十五兩經錢另外又封了一
兩酧荅他的節禮又說道衆的襯施你師父不消偹辦我這裡

連阡張香燭一事帶去。喜歡的道士。屁滾尿流。臨出門謝了又謝。磕了頭兒又磕。到正月初八日。先使玳安兒送了一石白米。一担阡張。十斤官燭。五斤沉檀馬牙香。十二疋生眼布。做襯施。又送了一對京段。兩罈南酒。四隻鮮鵝。四隻鮮雞。一對豚蹄。一脚羊肉。十兩銀子。與官哥兒寄名之禮。西門慶預先發帖兒請下吳大舅。花大舅。應伯爵。謝希大。四位相陪。陳經濟騎頭口。先到廟中。替西門慶瞻拜。到初九日。西門慶也沒往衙中去。絕早冠帶。騎大白馬。僕從跟隨。前呼後擁。送出東門。往玉皇廟來。遠遠望見結綵的寶旛。過街榜棚。進約不上五里之地。就是玉皇廟。至山門前下馬。睜眼觀看。果然好座廟宇。天宮般蓋造。但見

青松鬱鬱。翠栢森森。金釘朱戶。玉橋低影軒宮。碧瓦雕簷。繡

槅高懸寶檻。七間大殿。中懸勅額金書。兩廡長廊。彩畫天神帥將。祥雲影裡。流星門高接青霄。瑞霞光中。欝羅臺直侵碧漢。黃金殿上。列天帝三十二尊。白玉京中。現臺光百千萬億。三天門外。離婁與師曠猙獰。左右堦前。白虎與青龍猛勇。寶殿前仙妃玉女。霞帔曾獻御香花。玉陛下四相九卿。朱履肅朝丹鳳闕。九龍床上。坐着個不壞金身萬天教主玉皇張大帝。頭戴十一冕旒。身披袞龍青袍。腰繫藍田帶。按八卦九宫。手執白玉圭。聽三皈五戒。金鐘撞處。三千世界盡皈依。玉磬鳴時。萬象森羅皆拱極。朝天閣上。天風吹下步虛聲。演法壇中。夜月常聞仙珮响。只此便爲眞紫府。更于何處覔蓬萊。

西門慶由正門而入。見頭一座流星門上。七尺高朱紅牌架列

着兩行門對。大書

黄道天開。祥啟九天之閶闔。迓金輿翠蓋以延恩。

玄壇日麗。光臨萬聖之幡幢。誦寶笈瑤章而闡化。

到了寶殿上。懸着二十六齋題。大書着靈寶答天謝地報國酧恩。九轉玉樞盟。寄名吉祥普滿齋壇兩邊一聯。

先天立極。仰大道之巍巍。庸申至悃。

昊帝尊居。鑒清修之翼翼。上報洪恩。

西門慶進入壇中香案前。旁邊一小童。捧盆巾灌手畢。鋪排跪請上香。鋪毡褥行禮。叩壇畢。原來吳道官諱宗嚞。法名道真。生的魁偉身材。一臉鬍鬚。襟懷洒落。廣結交。好施捨。見作本宮住持。以此高貴達官。多往投之。做醮席設甚齊整。迎賓待客。一團和氣。手下也有三五個徒弟徒孫。一呼百諾。西門慶會中。常在建醮。每生辰節令。疏禮不缺。何況西門慶。又做了刑名官來此做好事送公子寄名。受其大禮。如何不敬。那日就是他做齋功主行法事。頭戴玉環九陽雷巾。身披天青二十四宿大袖鶴氅。腰繫絲帶。忙下經筵來。與西門慶稽首。小道蒙老爹錯愛。迭受重禮。使小道卻之不恭。受之有愧。就是哥兒寄名。小道禮當叩祝三寶。保安增延壽命。尚不能以報老爹大恩。何以又叨受老爹厚賞。許多厚禮。誠有媿赧。經襯又且過厚。令小道愈不安。西門慶道。厚勞費心辛苦。無物可酧。薄禮表情而已。敘禮畢。兩邊道衆。齊來稽首。一面請去外方丈。三間廠廳。名曰松鶴軒。多是朱紅亮槅。那裡自在坐處待茶。西門慶四面粉牆。擺設湖山瀟

酒堂中。椅卓光鮮。左壁掛黃鶴樓白日飛昇。右壁懸洞庭湖三
番渡過。正面有兩幅吊屏。草書一聯。引兩袖清風舞鶴。對一方
明月談經。西門慶剛坐下。就令小厮棋童兒。拏馬接你應二爹
去。只怕他沒馬。如何這咱還沒來。玳安道。有姐夫騎的驢子。還
在這裡。西門慶道也罷。分付棋童。快騎接去。那棋童從山門裡
面牽出來騎了。一直去了。吳道官誦畢經下來。遞茶陪西門慶
坐敘話。老爹敬神。一點誠心。小道怎敢惹罪。各道多從四更起
來到壇。諷誦諸品仙經。并玉皇恭行醮經。今日三朝。九轉玉樞
法事。多是整做。將官兒的生月八字。另具一字文書。奏名于三
寶面前。起名叫做吳應元。太乙司命。桃延合康壽齡。永保富貴
遐昌。小道這裡。又添了二十四分。荅謝天地。十二分慶讃上帝。

二十四分薦亡。共列一百五十八分醮款。西門慶道。多有費心。不一時打動法鼓。請西門慶到壇看文書。西門慶從新換了大紅五彩獅補吉服。腰繫蒙金犀角帶。到壇有絳衣表白在方先宣念齋意。

大宋國山東清河縣縣牌坊居住。奉道祈恩酬醮保安信官西門慶。本命丙寅年七月廿八日子時建生。同妻吳氏。本命戊辰年八月十五日子時建生。表白道。還有寶眷。小道未曾添上。西門慶道。你只添上個李氏辛未年正月十五日申時建生。同男官哥兒。丙申年七月廿三日申時建生。領家眷等。即日投誠。拜干洪造。言念慶一介微生。三才末品。出入起居。每感龍天之護佑。迭遷寒暑。常蒙神聖以匡扶。職列武班。叨承禁衛。沐恩光之寵渥。享符祿之豐盈。莅任刑名。每思圖報。恭逢盛世。仰賴帡幪。是以修設清醮。共廿四分位。荅報天地之洪恩。酧祝皇王之巨澤。又修設清醮十二分位。茲逢天誕。慶讃帝真。介五福以遐昌。迓諸天而下邁。良願于去歲七月二十三日。因爲側室李氏生男官哥兒。是慶要祈坐蓐無虞。臨盆有慶。恭對將男官哥兒寄于三寶殿下。賜名吳應元。期在出幼圓滿。另行請祈天地位下。告許清醮一百廿分位。續箕裘之胤嗣。保壽命之延長。附薦西門氏門中。三代宗親等冤。祖西門京良。祖妣李氏。先考西門遹。妣夏氏。故室人陳氏。及前亡後化。昇墜罔知。是以修設淨醮十二分位。恩資道力。均證生方。共列仙醮一百八十分位。仰干化單。俯賜勾銷。謹以宣和三年正月初九日天誕良辰特就大慈玉皇殿伏延官道修建靈寶荅天謝地報國酧盟慶神保安寄名轉經吉祥普滿大齋一晝夜延三境之司尊迓萬天之帝駕日近清光出入金門而有喜時加美秩褒封紫誥以增榮一門長叨均安四序公和迪吉公于道力今滿方來謹意

宣畢齋意鋪設下許多文書符命表白一一請看揭開第一張說道此是棄世功果影發文書申請三天三境上帝十極高真三官四聖泰玄都省及天曹大皇萬滿真君天曹掌醮司真君天曹降聖司真君到壇證監功德的奏收又揭起第二張此是申請東岳天齊大生神聖帝子孫娘娘監生衛房聖母元君并當時許還願日受禱之神今日勾銷項願典者祠家侍奉長生

香火。三教明神。勾銷老爹昔日許的願欵。及行下七十五司地府真官案吏主者。到壇來受追薦護送亡人生天。此一票。是玉女靈官。天神師將。功曹符使。土地等神。捧奏三天門運遞關文。此一張。玉清揔召萬靈真符。高功發遣公文受事官符。此一張。是召九斗陽芒流星火全紾大將。開天門的符命。看畢此處。又到一張卓上。揭起頭一張來。此是早朝開啟請無佞太保康元帥。九天靈符監齋使者。嚴禁齋儀。監臨厨所。此一張。是請正法馬趙温關四大元帥。崔盧竇鄧四大天君。監臨壇監門。及玄壇四靈神君。九鳳破穢大將軍。淨壇蕩穢以格高真。此一字。是早朝啟五師箋文。晚朝謝五師箋文。此一字。是開闢二代捲簾化壇真符。此一字。是請神霄辟非大將軍。鳴金鍾陽牒。神雷禁壇大將軍擊玉磬陰牒。此一字是安鎮五方眞人雲象。東方九炁鎮天玉字眞文。南三炁鎮天玉字眞文。西方七炁鎮天玉字眞文。北方五炁鎮天玉字眞文。中央一炁鎮天玉字眞文。請五老上帝安鎮壇垠。證監功德。俱是五方顏色彩畫的。此一字早朝頭一遍。轉經高上神霄。玉眞王南極長生大帝。第二遍轉經高上碧霄。東極青華生大帝。第三遍轉經高上青霄。九天應元雷聲普化天尊。午朝第四遍轉經高上玉霄。九天雷祖大帝。第六遍轉經高上泰霄。六天洞淵大帝。晚朝第七遍轉經高上紫霄。深波天主帝君。第八遍轉經高上景霄。青城益筭可幹司丈人眞君。第九遍轉經高上絳霄。九天採訪使眞君。九道表箋掠剩報應。幽枉積逮起。四司。謝四司箋。此又一字是午朝高功捧奏

拜進三天玉陛黄素朱衣并遣旨介直符醮吏者當同日受事
功曹護送章表殿遞云盤關文一字是三天持寶籙大將軍并
金龍茇龍騎吏火府賁簡童子靈寶諸符命不可細數此一字
是晚朝謝恩誠詞都疏及一百八十表醮經醮雲鶴馬子俵分
錢馬滿散關文又一卓案上此是哥兒三寶蔭下寄名外一家
文書符索牒劄其餘不暇細覧請謝高功老爹今日十分費心
西門慶于是洞案前炷了香畫了文書左右捧一疋尺頭與吳
道官畫字固辭再三方令小童收了然後一個道士向殿角頭
砧磔磔擂動法鼓有若春雷相似合堂諸衆一派音樂响起吳
道官身披大紅五彩雲織法氅脚穿雲根飛舄朱履手執牙笏
關發文書發壇召將兩邊鳴起鍾來鋪排引西門慶進壇裏向

三寶案。左右兩邊上香。西門慶于是睜眼觀看。果然鋪設齋壇齊整。但見

位按五方。壇分八級。上層供三清四御。八極九霄。十極高真。雲宮列聖。中層山川嶽瀆。社會隍司。福地洞天。方輿博厚。下層冥官幽壤。地府羅酆。江河湖海之神。水國泉扃之衆。兩班醮筵森列。合殿官將威儀。香騰瑞靄。千枝畫燭流光。花簇錦筵。百盞銀燈散彩。天地亭。左右金童玉女。對對高張羽蓋。玉帝堂。兩邊執圭捧劍。重重密布幢旛。風清三界步虛聲。月冷九天乘沆瀣。金鐘撞處。高功來進奏虛皇。玉珮鳴時。多講登壇朝玉帝。絳綃衣。星辰燦爛。美蓉冠。金碧交加。監壇神將猙獰。直日功曹猛勇。道衆齊宣寶懺。上瑤臺酌水獻花。真人密

誦靈章按法劍踏罡步斗。青龍隱隱來黃道。白鶴翩翩下紫
宸
西門慶剛遶壇拈香下來。被左右就請到松鶴軒閣兒裡。地鋪
錦毯爐焚獸炭。那裡坐去了。不一時應伯爵謝希大來到。唱畢
喏。每人封了一星折茶銀子。說道實告要送些茶兒來。路遠這
些微意權為一茶之需。西門慶也不接。說道奈煩自恁請你來
陪我坐坐。又幹這營生做什麼。吳親家這裡點茶。我一總多有
了不消拏出來了。那應伯爵連忙又唱喏。說哥真個俺每還收
了罷。因望着謝希大說道。都是你幹這營生。我說哥不受拏出
來倒惹他訕兩句好的。良久吳大舅花子油都到了。每人兩盒
細茶食來點茶。西門慶都令吳道官收了。吃畢茶。一同擺齋放

了兩張桌。桌上堆的鹹食齋饌。點心湯飯。甚是豐潔。西門慶寬去衣服。同吃了早齋。原來吳道官。叫了個說書的。說西漢評話鴻門會。吳道官發了文書。走來陪坐。問哥兒今日來不來。西門慶道。正是小頑還小哩。房下恐怕路遠。諕着他。來不的。到午間。拿他穿的衣服來。三寶面前攝受過。就是一般。吳道官道。小道也是這般計較最好。西門慶道。別的倒也罷了。他是有些小膽兒。家裡三四個丫鬟。連養娘輪流看視。只是害怕。貓狗都不敢到他根前。吳大舅道。孩兒們好容易養活大。正說着。只見玳安進來說。裡邊桂姨銀姨。使了李銘吳惠。送茶來了。西門慶道。叫他進來。李銘吳惠兩個拿着兩個盒子。跪下揭開。都是頂皮餅。松花餅。白糖萬壽糕。玫瑰搽穰捲兒。西門慶俱令吳道官收了。

因問李銘。你每怎得知道。今日我在這裡打醮。李銘道。小的今早辰。路見陳姑夫。騎頭口問來。纔知道爹今日在此做好事。歸家告訴桂姐三媽。說還不快買禮去。旋約了吳銀姐纔來了。多上覆爹。本當親來。不好來得。這盒粗茶兒。與爹賞人罷了。西門慶分付。你兩個等着吃齋。吳道官一面讓他二人下去。自有坐處。連手下人。多飽食一頓。話休饒舌。到了午朝拜表畢。吳道官預備了一張大插卓。簇盤定勝。高頂方糖。菓品各樣。托葷蒸碟鹹食素饌。點心湯飯。又有四十碟碗。又是一罈金華酒。哥兒的一頂黑青段子銷金道髻。一件玄色紵絲道衣。一件綠雲段小襯衣。一雙白綾小襪。一雙青潞紬納臉小履鞋。一根黃絨線縧一道三寶位下的黃線索。一道子孫娘娘面前紫線索。一付銀項圈條脫。刻着金玉滿堂長命富貴。一道朱書辟非黃綾符上書着太乙司命。桃延合康八字。就扎在黃線索上。都用方盤盛着。又是四盤美果。擺在卓上。差小童經袱內。包着宛紅紙經疏。將三朝做過法事。一一開載節次。請西門慶過了目。方纔裝入盒擔內。共約八擡。送到西門慶家。西門慶甚是歡喜。快使棋童兒家去。賞了道童兩方手帕。一兩銀子。且說那日是潘金蓮生日。有吳大妗子。潘姥姥。楊姑娘。郁大姐。都在月娘上房坐的。見廟裡送了齋來。又是許多羹果。插卓禮物。擺了四張卓子。還擺不下。都亂出來觀看。金蓮便道。李大姐。你還不快出來看哩。你家兒子。師父廟裡送來了。又有許多他的小道冠髻。道衣兒。噫。你看又是小履鞋兒。孟玉樓又走向前。拿起來手中看。說道大姐姐你看道士家也精細的這小屨鞋白綾底兒都是倒扣針兒方勝兒絹的這雲兒又且是好我說他敢有老婆不然怎的扣搽的恁好針腳兒吳月娘道沒的說他出家人那裡有老婆想必是顧人做的潘金蓮接過來說道士有老婆相王師父和大師父會挑的好汗巾兒莫不是也有漢子王姑子道道士家掩上個帽子那裡不去了似俺這僧家行動就認出來金蓮說道我聽得說你住的觀音寺背後就是玄明觀常言道男僧寺對着女僧寺沒事也有事月娘道這六姐好恁囉說白道的金蓮道這個是他師父與他娘娘寄名的紫線瑣又是這個銀脖項符牌兒上面銀打的八個字帶着且是好看背面墜着他名字吳什麼元棋童道此是他師父起的法名吳應元金蓮道這

是個應字。吽道大姐姐。道士無禮。怎的把孩子改了他姓了。月
娘道。你看不知禮。因使李瓶兒。你去抱了你兒子來。穿上這道
衣。俺每瞧瞧。好不好。李瓶兒道。他纔睡下。又抱他出來。金蓮道
不妨事。你搡醒他。那李瓶兒真個去了。這潘金蓮識字。取過紅
紙袋兒。扯出送來的經疏。看上面西門慶底下同室人吳氏。傍
邊只有李氏。再沒別人。心中就有幾分不忿。拏與衆人瞧。你說
賊三等兒九格的。强人。你說他偏心不偏心。這上頭。只寫着生
孩子的。把俺每都是不在數的。都打到贅字號裡去了。孟玉樓
問道。有大姐姐沒有。金蓮道。沒有大姐姐。倒好笑。月娘道。也罷
了。有了一個。也多是一般。莫不你家有一隊伍人。也多寫上。惹
的道士不笑話麽。金蓮道。俺每都是劉湛兒鬼兒麽。比那個不

出材的那個不是十個月養的哩正說着李瓶兒從前邊抱了官哥兒李嬌兒道拿過衣服來等我替哥哥穿李瓶兒抱着孟玉樓替他戴上道髻兒套上項牌和兩道索唬的那孩子只把眼兒閉着半日不敢出氣兒玉樓把道衣替他穿上吳月娘分付李瓶兒你把這經疏納個阡張頭兒親往後邊佛堂中自家燒了罷那李瓶兒去了金蓮見玉樓抱弄孩子說道穿着這衣服就是个小道士兒金蓮接過來說道什麽小道士兒倒好相個小太乙兒被月娘正色說了兩句便道五姐你這個什麽話孩兒們上快休恁的那金蓮訕訕的不言語了一回那孩子穿着衣服害怕就哭起來李瓶兒走來連忙接過來替他脫衣裳時就拉了一抱裙奶屎孟玉樓笑道好個吳應元原來拉屎也

有一托盤。月娘連忙教小玉。拿草紙替他抹。不一時那孩子就
磕伏在李瓶兒懷裡睡着了。李瓶兒道。小大哥原來困了。媽媽
送你到前邊睡去罷。吳月娘。一面把卓面多散了。請大妗子楊
姑娘。潘姥姥。衆人出來吃齋。看看晚來。原來初八日。西門慶因
打醮。不用葷酒。潘金蓮晚夕。就沒曾上的壽。直等到今晚來家
就與他遞酒。來到大門站立。不想等到日落時分。只見陳經濟
和玳安自騎頭口來家。潘金蓮。問你爹來了。經濟道。爹怕來不
成了。我來時。醮事還未了。纔拜懺。怕不弄到起更。道士有個輕
饒素放的。還要謝將吃酒。金蓮聽了。一聲兒沒言語。使性子回
到上房裡。對月娘說。賈瞎子傳擄。乾起了個五更。隔墻掠肝能
死心塌地。兜肚斷了帶子。沒得絆了。剛纔在門首。跕了一回。只

見陳姐夫騎了頭口來了說爹不來了醮事還沒了先打發他來家月娘道他不來罷咱每自在晚夕聽大師父王師父說因果唱佛曲兒正說着只見陳經濟掀簾進來已帶半酣兒說我來與五娘磕頭問大姐有鍾兒尋個兒篩酒與五娘遞一鍾兒大姐道那裡尋鍾兒去只恁與五娘磕個頭兒到這回等我遞罷你看他醉脸兒恰好今日打醮只好了你吃的恁憨憨的來家月娘便問道你爹真個不來了玳安那奴才沒來陳經濟道爹見醮事還沒了恐怕家裡沒人先打發我來了留下玳安在那裡荅應哩道士再三不肯放我強死強活拉着吃了兩三大鍾酒纔來了月娘問今日有那幾個在那裡經濟道今日有大舅和門外花大舅應二叔和謝三叔李銘又有吳惠兩個小優

兒夜黑不知纏到多咱晚今日只吳大舅來了門外花大舅教爹留住了也是過夜的數金蓮沒見李瓶兒在根前便道陳姐夫連你也叫起花大舅來是那們兒親死了的知道罷了你叫他李大舅纔是怎叫他花大舅經濟道五娘你老人家鄉里姐姐嫁鄭恩睁着個眼兒閉着個眼兒罷出兒子不知他什麽帳兒只是夥裡分錢就是了大姐道賊囚根子快磕了頭趂早與我外頭挺去又口裡恁汗邪胡說了陳經濟于是請金蓮轉上磞跟蹌蹌磕了四個頭往前邊去了不一時房中掌上燈燭放下卓兒擺上菜兒請潘姥姥楊姑娘大妗子與衆人來了金蓮遞了酒打發坐下吃了一遞吃到酒闌收了家活擡了卓出去月娘分付小玉把儀門關了炕[illegible]小卓兒衆人圍定兩個姑

子在正中間。焚下香。秉着一對蠟燭。都聽他說因果。先是大師
父說道。
蓋聞大藏經中。講說一段佛法。乃是西天第三十二祖下界。
降生東土。傳佛心印。昔日唐高宗天子。咸亨三年。中夏記是
不題。却說嶺南鄉泡渡村。有一張員外。家豪大富。廣有金銀。
呼奴使婢。員外所取八個夫人。朝朝快樂。日月奢華。貪戀風
流。不思善事。忽的一日出門遊翫。見一夥善人。馱載香油細
米等物。人人稱念佛號。向前便問。你這些善人何往。内中一
人答曰。一者打齋。二者聽經。員外又問你等打齋聽經。有何
功德。衆人言說。人生在世。佛法難聞。人身難得。法華經云。說
的好。若人有福。曾供養佛。今生不捨。來生榮華富貴。從何而

來古人云、龍聽法而悟道。蟒聞懺以生天。何况人乎。張員外
到家。便吽安童去後房請出你八個奶奶來。不一時。都到堂
前。員外說婆婆我今黄梅寺修行去。把家財分作八分。各人
過其日月。想你我如今。只顧眼前快樂。不知身後如何。若不
修行。求出火炕。定落三塗五苦。有夫人聽說。便道員外。你八
寶羅漢之體。有甚業障。比不的俺女流之輩。生男長女。觸犯
神祇。俺每業重。你在家裡修行。等俺八個替你躭罪。你休要
去罷。正是
婆婆將言勸夫身。員外冷笑兩三聲。
大師父說了一回。該王姑子接偈。月娘李嬌兒孟玉樓潘金蓮
孫雪娥李瓶兒西門大娘并玉簫多齊聲接佛。王姑子念道。

說八個衆夫人。要留員外。　告丈夫。休遠去。在家修行。
你如今。下狠心。撇下妻子。　痛哭殺。兒和女。你也心疼。
閃得俺。姊妹們。無處歸落。　好教我。一個個。怎過光陰。
從小兒。做夫妻。相隨到老。　半路里。丟下俺。倚靠何人。
兒扯爺。女扯娘。搥胸跌脚。　一家兒。大共小。痛哭傷情。

金字經

夫人聽說淚不乾。苦勸員外莫歸山。顧家園。兒女永團圓。休遠去。在家修行都一般。

白文

員外便說。多謝你八個夫人。我明日死在陰司。你們替我躭罪。我今與你們遞一鍾酒。明日好在閻王面前承當。飲酒中問。員外說了一計夫人與我把燈剔一剔。員外哄的夫人剔燈。一口把燈吹死。唬的八個夫人失色。連忙叫梅香。快點燈來。員外取出鋼刀劍。唬殺八個衆夫人。

又偈

老員外喚梅香把燈點起。將鋼刀。拿在手。指定夫人。
那一個。把明燈。一口吹死。圖家財。害我命。改嫁別人。
若不說。一劍去。這頭落地。一個個。心害怕倒在埃塵。
有八個。老夫人。慌忙跪下。告員外你息怒。饒俺殘生。
你分明。一口氣。把燈吹死。吃幾鍾。紅血酒。拏劍殺人。
你若還。殺了俺。八個夫人。到陰司。告閻君取你眞魂。
員外冷笑。便叫八個夫人。你哄我當身吹燈不認。如何認我

陰司躭罪。八個女流之輩。倒哄男身笑殺年高有德人。說的
八個夫人。閉口無言。員外想人生富貴。都是前生修來。便叫
安童連忙與我裝載數車香油米麵。各樣菜蔬錢財等物。我
往黃梅山裡。打齋聽經去也。

金字經

夫人聽我說根源。梵王天子棄江山。不貪戀要結萬人緣。多
全捨。萬古標名在世間。

員外今日修行去。　親戚隣人送起程。

念了一回。吳月娘道。師父餓了。且把經請過。吃些甚麽。一面令
小玉。安排了四碟素菜兒。兩碟鹹食兒。四碟兒糖薄脆蒸酥。菊
花餅。扳搭饊子。請大妗子。楊姑娘。潘姥姥。陪着二位師父用一

個兒大妗子說。俺每不當家的。都剛吃的飽。教楊姑娘陪個兒
罷。他老人家又吃着個齋。月娘連忙用小描金碟兒。每樣揀了
個點心。放在碟兒裡。先遞與兩位師父。然後遞與楊姑娘。說道
你老人家陪二位請些兒。婆子道。我的佛爺。不當家。老身吃的
可勾了。又道這碟兒裡是燒骨朶。姐姐你拿過去。只怕錯揀到
口裡。把衆人笑的了不得。月娘道。奶奶這個是頭裡廟上送來
的。托葷鹹食。你老人家只顧用。不妨事。楊姑娘道既是素的等
老身吃。老身乾淨眼花了。只當做葷的來。正吃着。只見來興兒
媳婦子惠香。走來。月娘道。賊臭肉你也來做什麽。惠香道。我也
來聽唱曲兒。月娘道。儀門關着你打那裡進來了。玉簫道他在
厨房封火來。月娘道。嗔道恁王小的鼻兒烏嘴兒黑的。成精鼓

鵜來聽什麼經。當下衆丫鬟婦女。圍定兩個姑子。吃了茶食。收
過家活去。搽抹經卓乾淨。月娘從新剔起燈燭來。炷了香。兩個
姑子。打動擊子兒。又高念起來。從張員外在黃梅山寺中修行。
白日長跪聽經。夜晚參禪打坐。四祖禪師。觀見他不是凡人。定
是個眞僧出世。問其鄉貫住處姓甚名誰。員外具說前因一遍。
弟子把家財妻子棄了。實爲生死出家。四祖收留座下。做了徒
弟。白日教他栽樹。夜晚椿米。六年苦行已滿。驚動護法韋馱尊
天。驚覺四祖。教他尋安身立命之處。與了他三座寶貝。斗蓬簑
衣灣棗棍。往南去濁河邊投胎奪舍。尋房兒居住。三百六十日。
經果圓成。你如今年紀高大。房兒壞了。傳不得眞妙法。度脫不
得衆生。直說到千金小姐。姑嫂兩個。在濁河邊洗濯衣裳。見一

借人借房兒住不合答了他一聲那老人就跳下河去了潘金蓮熬的磕困上來就往房裡睡去了少頃李瓶兒房中綉春來叫說官哥兒醒了也去了只剩下李嬌兒孟玉樓潘姥姥孫雪娥楊姑娘大妗子守着聽到河中漂過一顆大鮮桃來小姐不合吃了歸家有孕懷胎十月王姑子唱了一個耍孩兒

一靈真性投胎内這個消息誰得知人人不識西來意呀的一聲孕男女認的娘生鐵面皮纔得見光明際崑崙頂上轉大千沙界古彌陀分南北東西

說千金小姐來到嫂子房中吃咱兩個曾在濁河邊洗衣見了那老人問咱借房兒住他如何跳在河内諕的我心中驚怕又吃了一個仙桃我如今心頭膨悶好生疑悔腹中成其身孕正

是十月腹中母懷胎。千金小姐淚盈腮

千金說。在綉房。成其身孕　　心中悔。無可奈。忍氣吞聲

一個月。懷胎着。如同露水　　兩個月。懷胎着。纔却朦朧

三個月。懷胎着。纔成血餅　　四個月。懷胎着。骨節纔成

五個月。懷胎着。纔分男女　　六個月。懷胎着。長出六根

七個月。懷胎着。生長七竅　　八個月。懷胎着。着相成人

九個月。懷胎着。看看大滿　　十個月。母腹中。准備降生

五祖投胎在母腹中。因為度衆生。婆婆男女不肯回心。古佛下界轉凡身。借胎出殼。久後度母到天宮

五祖一佛性　　投胎在腹中

權住十個月　　轉凡度衆生

念到此處月娘兒大姐也睡去了大妗子挺在月娘裡間床上睡着了楊姑娘也打起欠呵來桌上蠟燭也點盡了兩根問小玉這天有多咱晚了小玉道已是四更天氣雞鳴呌月娘方令兩位師父收拾經卷楊姑娘便往玉樓房裡去了郁大姐在後邊雪娥房裡宿歇只有兩個姑子月娘打發大師父和李嬌兒一處睡去了王姑子和月娘在炕上睡兩個還等着小玉頓了一甌子茶吃了纔睡大妗子在裡間床上和玉簫睡月娘因問王姑後來這五祖長大了怎生成了正果王姑子道這裡爺娘見他有身孕教他哥哥祝虎把千金小姐赶將出去要行殺害多虧祝龍慈心放他逃生走在垂楊樹下自縊驚動天上太白李金星教他尋茶討飯隨緣度日不覺十月滿足來到仙人庄

神庙裡。降生下五祖。紫霧紅光。罩滿了廟堂。小姐見孩兒生下。就盤膝端坐。心中害怕。不比尋常。後又到天喜村王員外家塲裡宿歇。塲中火起。拏起見員外。見小姐顏色。就要留下做小。子母兩個下拜。登時把員外夫人。多拜死了。家奴院公。拏住子母。後員外甦省過。說道只怕是好人。留在家中。養活六歲。五祖方說話。不由為母的。一直走到濁河邊枯樹。取了三座寶貝。逕往黃梅寺聽四祖說法。遂成正果。後還度脫母親生天。月娘聽了。越發好信佛法了。有詩為証

聽法聞經怕無常　紅蓮舌上放毫光
何人留下禪空話　留取尼僧化稻粮

畢竟未知後來如何。且聽下回分解

第四十回

抱孩童瓶兒希寵

裝丫鬟金蓮市愛

第四十回

抱孩童瓶兒希寵　粧丫鬟金蓮市愛

善事須好做　無心近不得
你若做好事　別人分不得
經卷積如山　無緣看不得
財錢過壁堆　臨危將不得
靈承好供奉　起來吃不得
兒孫雖滿堂　死來替不得

話說當夜月娘。和王姑子一炕睡。王姑子因問月娘。你老人家。怎的就沒見點喜事兒。月娘道。又說喜事哩。前日八月裡。因買了對過喬大戶房子。平白俺每都過去看。上他那樓梯。一脚蹅滑了。把個六七個月身扭吊了。至今再誰見什麼孩子來。王姑子道。我的奶奶。六七個月。也成形了。月娘道。半夜裡吊在榪子裡。我和丫頭。點燈撥着瞧。倒是個小廝兒。王姑子道。我的奶奶。可惜了。怎麼來扭着了。還是胎氣坐的不牢。月娘道。我只上他家樓梯子窄趔。不知怎的一脚滑下來。還虧了孟三姐一手扶住我。不然一吊下來了。王姑子道。你老人家養出個兒來。强如別人。你看他前邊六娘。進門多少時兒。倒生了個兒子。何等的好。月娘道。他各人的兒女。隨天罷了。王姑子道。也不打緊。俺每同行一個薛師父。一紙好符水藥。前年陳郎中娘子。也是中年無子。常時小產了幾胎。白不存。也是吃了薛師父符藥。如今生了好不醜滿。抱的小廝兒。一家兒歡喜的要不得。只是用着一件物件兒難尋。月娘問道。什麼物件兒。王姑子道。用着頭生孩子的衣胞。拏酒洗了。燒成灰兒。揀着符藥。揀壬子日。人不知鬼不覺。空心用黃酒吃了。算定日子兒不錯。至一個月就坐胎氣。好不準。月娘道。這師父是男僧女僧。在那裡住。王姑子道。他也是俺女僧。也有五十多歲。原在地藏庵兒住來。如今搬在南首裡法華庵兒做首座。好不有道行。他好少經典兒。又會講說金剛科儀。各樣因果寶卷。成月說不了。專在大人家行走。要便接了去。十朝半月不放出來。月娘道。你到明日請他來走走。王姑子道。我知道。等我替你老人家討了這符藥來着。止是這一件兒難尋。這裡沒尋處。恁般如此。你不如把前頭這孩子的房兒。借情跑出來便了罷。月娘道。緣何損別人安自己的。我與你銀子你替我慢慢另尋便了。王姑子道這個倒只是問老娘尋他纔有。我替你整治這符水你老人家吃了。管情就有。難得你明日另養出來。隨他多少。十個明星當不的月。月娘分付你却休對人說。王姑子道好奶奶傻了我肯對人說。說了一回。各人多睡了。一宿晚景題過。到次日西門慶打廟裡來家。月娘纔起來梳頭。玉簫接了衣服坐下。月娘因說昨日家裡六姐等你來上壽。怎的就不來了。西門慶悉把醮事未了。吳親家晚夕費心擺了許多卓席。吳大舅先來了。留住我和花大哥應二哥謝希大。兩個小優兒彈唱着。俺每吃了半夜酒。今早我便先進城來了。應二哥他三個還吃酒哩。昨日甚是難爲吳親家。破費了許多錢。告訴了一回。玉簫遞茶吃了。也沒往衙門裡去。走到前邊書房裡捱在床上。就睡着了。落後潘金蓮。李瓶兒梳了頭。抱着孩子出來。多到上房。陪着吃茶。月娘向李瓶兒道。他爹來了。這一日在前頭哩。我教他吃茶食。他不吃。丫頭有了飯了。你把你家小道士。替他穿上衣裳。抱到前頭。與他爹瞧瞧去。潘金蓮道。我也去。等我替道士兒穿衣服。于是戴上銷金道髻兒。穿上道衣。帶了項牌符索。套上小鞋襪兒。金蓮就要奪過去。月娘道。教他媽媽抱罷。況自你這蜜褐色挑繡裙子。不耐汚。撒上點子臢到了不成。于是李瓶兒抱定官哥兒。潘金蓮便跟着來到前邊西廂房內。書童見他二人掀簾。連忙就躲出來了。金蓮見西門慶。臉朝裡睡炕床上。指着孩子說。老花子。你好睡。小道士兒。自家來請你來了。大媽媽房裡。擺下飯。教你吃去。你還不快起來。還推鼾兒。那西門慶吃了一夜酒的人。倒去頭。那顧天高地下。鼾睡如雷。金蓮與李瓶兒一邊一個。坐在床上。把孩子放在他面前。怎禁的鬼混。不一時把西門慶弄醒了。睜開眼看。見官哥兒在面前。頭上戴着銷金道髻兒。身穿小道衣兒。項圍符索。喜歡的眉開眼笑。連忙接過來。抱到懷裡。與他親個嘴兒。金蓮道。好乾淨嘴頭子。就來親孩兒。小道士兒吳應元。你噦他一口。你說昨日在那裡使牛耕地來。今日乏困的你這樣的。大白日強覺昨日叫五媽。只顧等着你。你恁大膽。不來與五媽磕頭。西門慶道。昨日醮事等的晚。晚夕謝將。又整酒吃了一夜。今日到這咱時分還一頭在這裡睡。回還要往尚舉人家吃酒去。金蓮道。你不吃酒去罷了。西門慶道。他家從昨日送了帖兒來。不去惹人家不怪。金蓮道你去晚夕早些兒來家。我等着你哩。李瓶兒道他大媽媽擺下飯了。又做了些酸笋湯。請你吃飯去哩。西門慶道。我心裡還不待吃。等我去呵些湯罷。于是起來往後邊去了。這潘金蓮見他去了。一屁股就坐在床上正中間。翹蹬着地爐子。說道這原來是個套炕子。伸手摸了摸褥子裡。說道倒且是燒的滚熱的炕兒。瞧了瞧旁邊卓上放着個烘硯瓦的銅絲火爐兒。隨手取過來。叫李大姐。那邊香几兒上牙盒裡盛的甜香餅兒。你取些來我。一面揭開了。拿幾個在火炕內。一面夾在襠裡。拏裙子褁的沿沿的。且薰熱身上坐了一回。李瓶兒說道咱進去罷。只怕他爹吃了飯出來。金蓮道。他出來不是怕他麽。于是二人抱着官哥。進入後邊來。良久西門慶吃了飯。分付排軍備馬，午後往尚舉人家吃酒去了。潘姥姥先去了，且說晚夕王姑子要家去，月娘悄悄與了他一兩銀子，叫他休對大師父說，好歹往薛姑子，帶了符藥來，王姑子接了銀子，和月娘說，我這一去，只過十六日兒纔來罷，就替你尋了那件東西兒來，月娘道也罷，你只替我幹的停當，我還謝你，于是作辭去了，看官聽說，但凡大人家，似這樣僧尼牙婆，決不可擡舉，在深宮大院相伴着婦女，俱以講天堂地獄，談經說典爲由，背地裡說釜念欵送煖偷寒，甚麼事兒不幹出來，十個九個，都被他送上災厄，有詩爲証

最有緇流不可言　深宮大院哄嬋娟
此輩若皆成佛道　西方依舊黑漫漫

却說金蓮晚夕。走在月娘房裡。陪着衆人坐的。走到鏡臺前。把鬏髻摘了。打了個盤頭揸髻。把臉搽的雪白。抹的嘴唇兒鮮紅。戴着兩個金燈籠墜子。貼着三面花兒。帶着紫銷金箍兒。尋了一套大紅織金襖兒。下着翠藍段子裙。要裝丫頭。哄月娘衆人耍子。叫將李瓶兒來。與他瞧。把李瓶兒笑的前仰後合。說道姐姐。你裝扮起來。活像個丫頭。等我往後邊去。我那屋裡。有紅布手巾。替你蓋着頭。對他們只說他爹又尋了個丫頭。諕他們諕。管定就信了。春梅打着燈籠在頭裡走。走到撞見陳經濟。笑道我道是誰來。這個就是五娘幹的營生。李瓶兒叫道姐夫。你過來。等我和你說了着。你先進去。見他們。只如此如此這般這般。經濟道。我有法兒哄他。于是先走到上房裡。衆人都在炕上坐着吃茶。經濟道。娘你看爹平白裡。叫薛嫂兒。使了十六兩銀子。買了人家一個二十五歲。會彈唱的姐兒。剛纔拏轎子。送將來了。月娘道。真個。薛嫂兒怎不先來對我說。經濟道。他怕你老人家罵他。送轎子到大門首。他就去了。丫頭便教他每。領進來了。大妗子還不言語。楊姑娘道。官人有這幾房姐姐勾了。又要他來做什麽。月娘道。好奶奶。你禁的有錢。就買一百個。有什麽多。俺每多是老婆當軍。在這屋裡充數兒罷了。玉簫道。等我瞧瞧去。只見月亮地裡。原來春梅打燈籠。叫了來安兒小廝打着。和李瓶兒後邊跟着。搭着蓋頭。穿着紅衣服進來。慌的孟玉樓。李嬌兒。都出來看。良久。進入房裡。玉簫挨在月娘邊說道這個是主子。還不磕頭哩。一面揭了蓋頭。那潘金蓮捧燭也似磕下頭去。忍不住撲矻的笑了。玉樓道。姸丫頭不與你主子磕頭。且笑。月娘也笑了。說道。這五姐成精死了罷。把俺每哄的信了。玉樓道。月娘我不信。楊姑娘道。姐姐。你怎的見出來不信。玉樓道。俺六姐平昔磕頭也學的那等磕了頭。起來倒退兩步纔拜。楊姑娘道。還是姐姐看的出來。要着老身。就信了。李嬌兒道。我也就信了。剛纔不是揭蓋頭。他自家笑。還認不出來。正說着。只見琴童兒抱進毡包來。說爹來家了。孟玉樓道。你且藏在明間裡等爹進來。等我哄他哄。不一時。西門慶來到。楊姑娘。大妗子。出去了。進入房內椅子上坐下。月娘在旁不言語。玉樓道。今日薛嫂見轎子送人家一個二十歲丫頭來。說是你教他送來。要他的。你恁許大年紀。前程也在身上。還幹這勾當。西門慶笑道。我那裡教他買丫頭來。信那老淫婦哄你哩。玉樓道。你問大姐姐不是。丫頭也領在這裡。我不哄你。你不信我。我叫出來你瞧。于是叫玉簫你拉進那新丫頭來。見你爹。那玉簫掩着嘴兒笑。又不敢去拉。前邊走了走兒。又回來了。說道他不肯來。玉樓道。等我去拉。恁大胆子的奴才。頭兒没動。就扭主子。也是個不聽指教的。一面走到明間內。只聽說道。怪行貨子。我不好駡的人。不進去。只顧拉人。拉的手脚兒不着。玉樓笑道。好奴才。誰家使的。你恁没規矩。不進來見你主子磕頭。一面拉進來。西門慶灯影下。睜眼觀看。却是潘金蓮。打着揸髻。裝丫頭。笑的眼没縫兒。那金蓮就坐在傍邊椅子上。玉樓道。好大膽丫頭。新來乍到。就恁少條失教的。大剌剌對着主子坐着。道撅臭。與他這個主子兒了。

月娘笑道。你趁着你主子來家。與他磕個頭兒罷。那金蓮也不動。走到月娘裡間屋裡。一頓把簪子拔了。戴上髮髻出來。月娘道好淫婦。討了誰上哩話。就戴上髮髻了。衆人又笑了一回。月娘告訴西門慶說。今日喬親家那裡使喬通送了六個帖兒來。請俺每吃看燈酒。咱到明日。不先送些禮兒去。教玉簫拿帖兒與西門慶瞧。見上面寫着。

十二日寒舍。薄具菲酌。奉屈魚軒。仰冀貴臨。不勝榮幸。右啟。

大德望西門大親家老夫人粧次。　下書眷末喬門鄭氏歛衽拜。

到明日咱家發柬。十四日也請他娘子。并周守備娘子。荆都監娘子。夏大人娘子。張親家母。大妗子。也不必家去了。教黃四叫

將花兒匠來。做幾架烟火。王皇親家。一起扮戲的小廝每來扮
西廂記的。你每往院中。再把吳銀兒李桂兒接了。西門慶看畢
說道明早叫來。與兒買四樣餚品。一罈南酒。送了去就是了。你
每在家看燈吃酒我和應二哥。謝子純往獅子街樓上吃酒去。說
畢。不一時放下卓兒。安排酒上來。潘金蓮遞酒。眾姊妹相陪吃
了一回。西門慶因見金蓮。裝扮了頭。燈下艷粧濃抹。不覺淫心
蕩漾。不住把眼色遞與他。這金蓮就知其意。行陪着吃酒。就到
前邊房裡。去了。冠兒。挽着杭州攢。重勻粉面。復點朱唇。原來早
在房中。先預備下一卓酒齊整菓菜。等西門慶進房。婦人還要
自己與遞酒。不一時西門慶果然來到見婦人。還挽起雲髻來。
心中喜甚。摟着他坐在椅子上。兩個說笑。不一時。春梅收拾上

酒菜來。婦人從新與他遞酒。西門慶道。小油嘴兒。頭裡已是遞過罷了。又教你費心。金蓮笑道。那個大夥裡酒兒不筭這個是奴家業兒。與你遞鍾酒兒。年年累你破費。你休抱怨。把西門慶笑的沒眼縫兒。連忙接了他酒。摟在懷裡膝蓋兒坐的。春梅斟酒。秋菊拿菜兒。金蓮道。我問你到十二日。喬家請俺每多去。只教大姐姐去。西門慶道。他旣是下帖兒多請你每。如何不去。到明日。叫妳子抱了哥兒。也去走走。省的家裡尋他娘哭。金蓮道大姐姐。他每多有衣裳穿。我老道只自知數的。那幾件子。沒件好當眼的。你把南邊新治來那衣服。一家分散幾件子。裁與俺每穿了罷。只顧放着。怎生小的兒也怎的。到明日咱家擺酒。請衆官娘子。俺每也好見他。不惹人笑話。我長是說着。你把臉兒憨着。西門慶笑道。既是恁的。明日叫了趙裁來。與你每裁了罷。金蓮道。及至明日叫裁縫做。只差兩日兒。做着還遲了哩。西門慶道。對趙裁說。多帶幾個人來。替你每儹造兩三件出來。就勾了。剩下別的。慢慢再做也不遲。金蓮道。我早對你說過。好歹揀兩套上色兒的與我。我難向他們多有。我身體沒與我做什麼大衣裳。西門慶笑道。賊小油嘴兒。去處掐個尖兒。兩個說話飲酒。到一更時分。方上床。兩個如被底鴛鴦。帳中鸞鳳。畫樓燕語。不肯即休。覆應即再聚雲情。一時不肯即休。整狂了半夜。到次日西門慶衙門中回來。開了箱櫃。打開出南邊織造的夾板羅段尺頭來。使小廝叫將趙裁來。每人做件粧花通袖袍兒一套。遍地錦衣服一套。粧花衣服。惟月娘是兩套。大紅通袖遍地錦袍兒四套粧花衣服在捲棚一面使琴童兒叫趙裁去這趙裁正在家中吃飯聽的西門慶宅中叫連忙丟下飯碗帶着剪尺就走時人有幾句誇讚這趙裁好處

我做裁縫姓趙　月月主顧來叫
針線緊緊隨身　剪尺常掖靴靿
幅摺赶空走儧　截彎病除手到
不論上短下長　那管襟扭領拗
每日肉飯三飡　兩頓酒兒是要
剪截門首常出　一月不脫三廟
有錢老婆嘴光　無時孩子亂叫
不拘誰家衣裳　且交印鋪睡覺

隨你催討終朝　只拏口兒支調
十分要緊騰挪　又將後來頂倒
問你有甚高强　只是一味老落

不一時走到，見西門慶坐在上面。連忙磕了頭。卓上鋪着氊條，取出剪尺來。先裁月娘的。一件大紅遍地錦五彩粧花通袖襖，獸朝麒麟補子段袍兒。一件玄色五彩金遍邊葫蘆樣鸞鳳穿花羅袍。一套大紅段子遍地金通袖麒麟補子襖兒，翠藍寬拖遍地金裙。一套沉香色粧花補子遍地錦羅襖兒。大紅金枝綠葉百花拖泥裙。其餘李嬌兒。孟玉樓，潘金蓮。李瓶兒，四個多裁了一件大紅五彩通袖粧花錦雞段子袍兒。兩套粧花羅段衣服。孫雪娥只是兩套。就沒與他袍兒。須臾共裁剪三十件衣服兌了五兩銀子。與趙裁做工錢。一面叫了十來個裁縫。在家攢造。不在話下。正是金鈴玉墜粧閨女。錦綺珠翹飾娃娃畢竟未知後來如何。且聽下回分解

第四十一回

兩孩兒聯姻共笑嬉

二佳人憤深同氣苦

新刻金瓶梅詞話卷之四

第四十一回

西門慶與喬大戶結親　潘金蓮共李瓶兒鬭氣

富貴雙全世業隆　聯翩朱紫一門中
官高位重如王導　家盛財豐比石崇
晝燭錦幃消夜月　綺羅紅粉醉春風
朝懽暮樂年年事　豈肯潛心任始終

話說西門慶在家中。裁縫攢造衣服。那消兩日。就完了。到十二日喬家使人邀請。早辰西門慶先送了禮去。那日月娘并衆姊妹大妗子。六頂轎子。一搭兒起身。留下孫雪娥看家。妳子如意兒抱着官哥。又令來與媳婦惠秀伏侍。疊衣服。又是兩頂小轎西門慶在家看着賁四、叫了花兒匠來、紮縛烟火在大廳捲棚內掛燈、使小厮拏帖兒、往王皇親宅內、定下戲子、俱不必細說、後晌時分、走到金蓮房中、金蓮不在家、春梅在旁、伏侍茶飯、放卓兒吃酒、西門慶因對春梅說、十四日請衆官娘子。你每四個。多打扮出去、與你娘跟着遞酒、也是好處、春梅聽了。斜靠着卓兒說道、你若叫、只叫他三個出去、我是不出去、西門慶道、你怎的不出去、春梅道、娘每都新裁了衣裳、陪侍衆官戶娘子、便好看、俺每一個一個、只像燒煳了卷子一般、平白出去、惹人家笑話、西門慶道、你每多有各人的、衣服首飾、珠翠花朶雲髻兒、穿戴出去、春梅道、頭上將就戴着罷了、身上有數那兩件舊片子、怎麽好穿、少去見人的、倒沒的羞剌剌的、西門慶笑道、我曉的你這小油嘴兒你娘每做了衣裳都使性兒起來不打緊叫趙裁來連大姐帶你四個每人都替你裁三件一套段子衣裳一件遍地錦比甲春梅道我不比與他我還問你要件白綾裙兒搭襯着大紅遍地錦比甲兒穿西門慶道你要不打緊少不的也與你大姐裁一件春梅道大姑娘有一件罷了我却沒有他也說不的西門慶于是拏鑰匙開樓門揀了五套段子衣服兩套遍地金比甲兒一疋白綾裁了兩件白綾對衿襖兒惟大姐和春梅是大紅遍地錦比甲兒迎春玉簫蘭香都是藍綠顏色衣服都是大紅段子織金對衿襖翠藍邊拖裙共十七件一面叫了趙裁來都裁剪停當又要一疋黃紗做裙腰貼裡一色多是杭州絹兒春梅方纔喜歡了陪侍西門慶在屋裡吃了一日

酒。按下家中不題。且說吳月娘。衆姊妹到了喬大戶家。原來喬大戶娘子。那日請了尚舉人娘子。并左隣朱臺官娘子。崔親家母。并兩個外甥姪女兒。段大姐。及吳舜臣媳婦兒鄭三姐。叫了兩個妓女。席前彈唱。聽見月娘衆姊妹。和吳大妗子到了。連忙出儀門首迎接。後廳敘禮。趕着月娘。呼姑娘。李嬌兒衆人。都排行叫二姑娘。三姑娘。稱着吳大妗子。那邊稱呼之禮也。與尚舉人。朱堂官娘子。敘禮畢。段大姐。鄭三姐。向前拜見了。各依次坐下。丫鬟遞過了茶。喬大戶出來拜見。謝了禮。他娘子讓進衆人房中去寬衣服。就放卓兒擺茶。無非是蒸煠細巧茶食。菓餡點心。酥菓甜食。諸般菓蔬。擺設甚是齊整。請堂客坐下吃茶。妳子如意兒和惠秀在房中等着。看官哥兒。另自管待。須臾吃了茶。

到廳。屏開孔雀。褥隱芙蓉。正面設四張卓席。讓月娘坐了首位其次就是尚舉人娘子。吳大妗子。朱堂官娘子。李嬌兒。孟玉樓潘金蓮。李瓶兒。喬大戶娘子。關席坐位。傍邊放一卓。是段大姐。鄭三姐共十一位。尚家兩個妓女。在旁彈唱。上了湯飯。廚役上來。獻了頭一道水晶鵝。月娘賞了二錢銀子。第二道是頓爛烤蹄兒。月娘又賞了一錢銀子。第三道獻燒鴨。月娘又賞了一錢銀子。喬大戶娘子。下來遞酒。遞了月娘過去。又遞尚舉人娘子。月娘就下來往後房換衣服。勻臉去了。孟玉樓也跟下來。到了喬大戶娘子卧房中。只見妳子如意兒看守着官哥兒在炕上鋪着小褥子兒。倘着他家新生的長姐。也在傍邊臥着。兩個你打我下兒。我打你下兒頑耍。把月娘玉樓見了喜歡的要不得。

說道他兩個。倒好相兩口兒。只見吳大妗子進來。說道。大妗子。你來瞧瞧。兩個倒相小兩口兒。大妗子笑道。正是孩兒每。在炕上張手兒蹬脚兒的。你打我。我打你。小姻緣一對兒耍子。喬大戶娘子。和衆堂客多進房來。吳妗子如此這般說。喬大戶娘子道列位親家聽着。小家兒人家。怎敢攀的我這大姑娘府上。月娘道親家好說。我家嫂子是何人。鄭三姐是何人。我與你愛親做親就是我家小兒也玷辱不了你家小姐。如何却說此話。玉樓推着李瓶兒說道。李大姐。你怎的說。那李瓶兒只是笑。吳妗子道喬親家。不依我就惱了。尚舉人娘子。和朱堂官娘子。皆說道難爲吳親家厚情。喬親家你休謙辭了。因問你家長姐。去年十一月生的。月娘道。我家小兒。六月廿三日生的。原大五個月。

正是兩口兒衆人于是不由分說把喬大戶娘子和月娘李瓶兒拉到前廳兩個就割了衫襟兩個妓女彈唱着旋對喬大戶說了拏出菓盒三段紅來遞酒月娘一面分付玳安琴童快往家中對西門慶說旋擡了兩罈酒三疋段子紅綠板兒絨金絲花四個螺甸大菓盒兩家席前掛紅吃酒一面堂中画燭高爇花灯燦爛麝香靉靉喜咲匆匆席前兩個妓女啟朱唇露皓齒輕撥玉阮斜把琵琶唱一套鬭鵪鶉

翡翠窓紗鴛鴦碧瓦孔雀銀屏芙蓉綉榻幕捲輕綃香焚睡鴨灯上　下下這的是南省尚書東床駙馬

紫花兒序　帳前軍朱衣畫戟門下士錦帶吳鈎坐上客繡帽宮花按教坊歌舞依内苑奢華板撥紅牙一派簫韶准備

下立兩個美人如畫。粉面銀箏。玉手琵琶。

金蕉葉　我倒見銀燭明燒絳蠟。纖手高擎着玉斝。我見他舉止處。堂堂俊雅。我去那燈影兒下。孜孜的覷着。

調笑令　這生那里每曾見他。莫不我眼睛花。呀我這裡手抵着牙兒事記咱。不由我眼兒裡見了他。心牽掛。莫不是五百年前。歡喜冤家。是何處綠楊曾繫馬。莫不是夢兒中。雲兩巫峽。

小桃紅　玉簫吹徹碧桃花。一刻千金價。燈影兒裡。斜將眼稍兒抹。諕的我臉紅霞。酒盃中嫌殺春風凹。玉簫年當二人未曾擡嫁。俺相公培養出牡丹芽。

三兒台　他說幾句凄凉話。我淚不住行兒般下。鎖不住心猿意馬。我是個嬌滴滴洛陽花。險些露出風流的話靶。這言詞道耍不是耍。這公事道假不是假。他那裡按樹尋根。我這裡指鹿道馬。

禿厮兒 我勸他似水底納瓜。他覷我似鏡裡觀花。更做道書生自來情性耍。調戲咱好人家嬌娃。

聖藥王 你看我怎救他。難按納。公孫弘東閣鬧諠譁。散了玳瑁筵。漾了這鸚鵡斝。踢番了銀燭絳籠紗。扯三尺劍離匣。

尾聲 從來這秀才每色膽天來大。把俺這小膽文君諕殺。忒火性卓王孫。强風情漢司馬。

當下衆堂客與吳月娘喬大戶娘子李瓶兒三人。都簪了花掛了紅。遞了酒。各人都拜了。從新復安席坐下飲酒。廚子上了一道菓餡壽字雪花糕。喜重重滿池嬌並頭蓮湯。剛了一道燒花猪肉。月娘坐在上席。滿心歡喜。叫玳安過來。賞一疋大紅與廚役。兩個妓女。每人都是一疋。俱磕頭謝了。喬大戶娘子。還不放起身。還在後堂留坐。擺了許多勸碟。細菓攢盒。約吃到一更時分。月娘等方纔拜辭回家。說道親家。明日好歹下降寒舍。那裡久坐坐。喬大戶娘子道。親家盛情。家老兒說來。只怕席間不好坐的。改日望親家去罷。月娘道。好親家。再沒人親家只是見外。因留了大妗子。你今日不去。明日同喬親家。一搭兒裡來罷。大妗子道。喬親家。別的日子你不去罷。到十五日。你正親家生日。你莫不也不去。喬大戶娘子道。親家十五日。好明日子。我怎敢不去。月娘道。親家若不去。大妗子我交付與你。只在你身上。于是生死把大妗子留下了。然後作辭上轎。頭裡兩個排軍。打着兩個大紅燈籠。後邊又是兩個小廝。打着兩個燈籠喝的路走。吳月娘在頭裡。李嬌兒。孟玉樓。潘金蓮。李瓶兒。一字在中間。如意兒和惠秀。然後妳子轎子裏用紅綾小被。把官哥兒褁得沒沒的。恐怕冷。脚下還蹬着銅火爐兒。兩邊小廝圍隨。到了家門首下轎。西門慶正在上房吃酒。月娘等衆人進來。道了萬福坐下。衆丫鬟都來磕了頭。月娘先把今日。酒席上結親之話告訴了一遍。西門慶聽了。道今日酒席上。有那幾位堂客。月娘道。有尚舉人娘子。朱序班娘子。崔親家母。兩個姪女。西門慶說。做親也罷了。只是有些不撇陪。月娘道。倒是俺嫂子見他家新養的姐。和咱孩子在床炕上睡着。都蓋着那被窩兒。你打我一下兒我打你一下兒。恰是小兩口兒一般。纔叫了俺每去。說將起來。酒席上。就不因不由。做了這門親。我方纔使小厮來。對你說擡送了花紅菓盒去。西門慶道。既做親也罷了。只是有些不搬陪。些喬家雖如今有這個家事。他只是個縣中大戶。白衣人。你我如今見居着這官。又在衙門中管着事。到明日會親酒席間。他戴着小帽。與俺這官戶。怎生相處。甚不雅相。就前日荊南岡。央及營里張親家。再三赶着。和我做親。說他家小姐。今纔五個月兒。也和咱家孩子同歲。我嫌他没娘母子。也是房裡生的。所以没曾應承他。不想倒與他家做了親。潘金蓮在旁。接過來道。嫌人家是房裡養的。誰家是房外養的。就是今日喬家這孩子。也是房裡生的。正是險道神。撞見那壽星老兒。你也休說我的長我也休嫌你那短。這西門慶聽了此言。心中大怒。罵道賊淫婦。還不過去。人這裡說話。也插嘴插舌的。有你什麼說處。金蓮把臉羞的通紅了。抽身走出來。說道誰這裡說我有說處可知我沒說處哩。看官聽說。今日潘金蓮在酒席上。見月娘與喬大戶家做了親。李瓶兒都披紅簪花遞酒。心中甚是氣不憤。來家又被西門慶罵了這兩句。越發急了。走到月娘這邊屋裡哭去了。西門慶因問大妗子。怎的不來。月娘道。喬親家母。明日見有他衆官娘子。說不得來。我留下他在那裡。教明日同他一搭兒裡來。西門慶道。我說自這席間坐次上。也不好相處的。到明日怎麽廝會。說了回話。只見孟玉樓。也走過這邊屋裡來。見金蓮哭泣。說道你只顧惱怎的。隨他說了幾句罷了。金蓮道。早是你在旁邊聽着。我說他什麼歹話來。又是一說。他說別家是房裡養的。我說喬家是房外養的。也是房裡生的。那個紙包兒包着。瞞得過人。賊不逢好死的強人。就睜着眼。罵起我來。罵的人那絕情絕義。我怎來的沒我說處。改變了心。教他明日現報了我的眼。我不說的。喬小妗子出來。還有喬老頭子的些些氣兒。你家的失迷了家鄉。還不知是誰家的種兒哩。人便圖往扳親家耍子兒。教他人拏我惹氣。罵我管我毡事。多大的孩子。又是我一個懷抱了。尿泡種子。平白子扳親家。有錢沒處施展的。爭破卧单。沒的蓋。狗咬尿胞空喜歡。如今做濕親家還好。到明日休要做了乾親家纔難。吹殺燈擠眼兒。後來的事。看不見的勾當。做親時人家好。過後三年五載。方了的纔一個兒。玉樓道。如今人也賊了。不幹這個營生。論起來也還早哩。纔養的孩子。割什麼衫襟。無過只是圖往來。扳陪着耍子兒罷了。金蓮道。你的便浪擷着圖扳親家耍子。平白教賊不合鈕的强人罵我。我養蝦蟆得水蠱兒病。着什麼來由來。玉樓道。誰教你說話不着個頭頂兒就說出來。他不罵你罵狗。金蓮道。我不好說的。他不是房裡是大老婆就是喬家孩子。是房裡生的。還有喬老頭子的些氣兒。你家失迷家鄉。還不知是誰家的種兒哩。玉樓聽了一聲兒沒言語。坐了一回。金蓮歸房去了。李瓶兒見西門慶出來了。從新花枝招颭。與月娘磕頭。說道今日孩子的事。累姐姐費心。那月娘笑嘻嘻。也倒身還下禮去。說道你喜呀。李瓶兒道。與姐姐同喜。磕畢頭起來。與月娘李嬌兒坐着說話。只見孫雪娥大姐來。

與月娘磕頭。與李嬌兒。李瓶兒道了萬福。小玉拿將茶。正吃茶。只見李瓶兒房裡丫鬟綉春來請。說哥兒屋裡尋哩。爹使我請娘來了。李瓶兒道。妳子慌的三不知。就抱的屋裡去了。一搭兒去也罷了。是孩子沒個燈兒。月娘道頭裡進門。我教他抱的房裡去。恐怕晚了。小玉道頭裡如意兒抱着他來安兒打着燈籠。送他來。李瓶兒道。這等也罷了。于是作辭月娘。回房中來。只見西門慶在屋裡。官哥兒在妳子懷裡睡着了。因說是你如何不對我說。就抱了他來。如意兒道大娘見來安兒打着燈籠。就趂着燈兒來了。哥哥哭了一回。纔拍着他睡着了。西門慶道。他尋了這一回。纔睡了。李瓶兒說畢。望着他笑嘻嘻說道今日與孩子定了親。累你。我替你磕個頭兒。于是插燭也似磕下去。喜歡的西門慶滿面堆笑連忙拉起來做一處坐的一面令迎春擺上酒兒兩個這屋裡吃酒且說潘金蓮到房中使性子沒好氣明知西門慶在李瓶兒這邊一經因秋菊開的門遲了進門就打兩個耳刮子高聲罵道賊淫婦奴才怎的叫了恁一日不開你做什麼來搯兒我且不知你答話于是走到屋裡坐下春梅走來磕頭遞茶婦人問他賊奴才他在屋裡做什麼來春梅道在院子裡坐着來他叫了我那等推他還不理婦人道我知道他和我兩個毆業党太尉吃匾食他也學人照樣兒行事欺負我待要打他又恐西門慶在那屋裡聽見不言語心中又氣一面卸了濃粧春梅與他搭了鋪上床就睡了到次日西門慶衙門中去了婦人把秋菊教他頂着大塊柱石跪在院子裡跪的

他梳了頭。教春梅扯了他褲子。拏大板子要打他。那春梅道好乾净的奴才。教我扯褲子。倒没的污濁了我的手。走到前邊旋叫了畫童兒小廝。扯去秋菊底衣。婦人打着他罵道賊奴才淫婦。你從幾時就恁大來。别人興你。我却不興你。姐姐你知我見的。將就膿着些兒罷了。平白撑着頭兒逞什麽强。姐姐你休要倚着。我到明日洗着兩個眼兒看着你哩。一面罵着又打。打了大罵。打的秋菊。殺猪也似叫。李瓶兒那邊纔起來。正看着妳子官哥兒。打發睡着了。又諕醒了。明明白白。聽見金蓮這邊打丫鬟罵的言語兒妨頭。聞一聲兒不言語。諕的只把官哥兒耳朶握着。一面使綉春去。對你五娘說。休打秋菊罷。哥兒纔吃了些妳。睡着了。金蓮聽了。越發打的秋菊狠了。罵道賊奴才。你身上打着一萬把刀子。這等叫饒。我是恁性兒。你越叫我越打。莫不爲你拉斷了路行人。人家打了頭。也來看着你。好姐姐。對漢子說。把我別變了罷。李瓶兒這邊分明聽見指罵的是他。把兩隻手氣的冷。忍氣吞聲。敢怒而不敢言。早辰茶水也沒吃。摟着官哥兒。在炕上就睡着了。等到西門慶衙門中回家。入房來看官哥兒。見李瓶兒哭的眼紅紅的。睡在炕上。問道你怎的這咱還不梳頭收拾。上房請你說話。你怎logical的眼恁紅紅的。李瓶兒也不題金蓮那邊指罵之事。只說我心中不自在。西門慶告說。喬親家那裡。送你的生日禮來了。一疋尺頭。兩罈南酒。一盤壽桃。一盤壽麵。四樣嗄飯。又是哥兒近節的兩盤元宵。四盤蜜食。四盤細菓。兩掛珠子吊灯。兩座羊皮屏風燈。兩疋大紅官段。一頂青段攃的金八吉祥帽兒。兩雙男鞋。六雙女鞋。咱家倒還沒往他那裡去。他又早與咱孩兒近節來了。如今上房的請你計較去。只他那裡使了個孔嫂兒。和喬通押了禮來。大妗子先來了。說明日喬親家毋不得來。直到後日纔來。他家有一門子做皇親的喬五太太。聽見和咱門做親。好不喜歡。到十五日。也要來走走。咱少不得補個帖兒請去。李瓶兒聽了。方慢慢起來梳頭。走到後邊。拜了大妗子。孔嫂兒。正在月娘房裡待茶。禮物都擺明間內。都看了。一面打發回盒起身。與了孔嫂兒喬通每人兩方手帕五錢銀子。寫了回帖。又差人補請帖。送與喬太太去了。正是但將鐘鼓悅和愛。好把犬羊爲國羞。有詩爲証

西門獨富太驕矜　襁褓孩童結做親

不獨資財如糞土　也應嗟歎後來人

畢竟未知後來如何且聽下回分解

第四十二回

逞豪華門前放烟火

賞元宵樓上醉花燈

第四十二回

豪家攔門玩烟火　貴家高樓醉賞燈

星月當空萬燭燒　人間天上兩元宵
樂和春奏聲偏好　人蹈衣歸馬亦嬌
易老韶光休浪度　最公白髮不相饒
千金博得斯須刻　分付譙更仔細敲

話說西門慶。打發喬家去了。走來上房。和月娘。大妗子。李瓶兒商議。月娘道他家既先來與咱家孩子送節。咱少不的也買禮過去。與他家長姐近節。就權為揷定一般。月娘道應不差了禮數。大妗子道。咱這裡少不的立上個媒人。往來方便些。月娘道是孔嫂兒。咱家安上誰好。西門慶道。一客不煩二主。就安上老馮罷。于是連忙寫了請帖八個。就叫了老馮來。教他同玳安拿請帖盒兒。十五日請喬老親家母。喬五太太。并尚舉人娘子。朱序班娘子。崔親家母。段大姐。鄭三姐來赴席與李瓶兒做生日。并吃看燈酒。一面分付來興兒拿銀子。早往糖餅舖。早定下蒸酥點心。多用大方盤。要四盤蒸餅。兩盤菓餡團圓餅。兩盤玫瑰元宵餅。買四盤鮮果。一盤李乾。一盤胡桃。一盤龍眼。一盤荔枝四盤羮肴。一盤燒鵞。一盤燒雞。一盤鴿子兒。一盤銀魚乾。兩套遍地錦羅段衣服。一件大紅小袍兒。一頂金絲縐紗冠兒。兩盞雲南羊角珍燈。一盒衣翠。一對小金手鐲。四個金寶石戒指兒。應伯爵來講李智黃四官銀子事。看見問其所以。西門慶告訴與喬大戶結親之事。十五日好歹請令正來陪親家坐的。伯爵道。嫂子呼喚。房下必定來。西門慶道。今日請衆堂官娘子吃酒。
十四日早裝盒担。教女婿陳經濟。和賁四穿青衣服。押送過去。
喬大戶那邉酒筵管待。重加荅賀。回盒中。回了許多生活鞋脚。
俱不必細說。且說那日院中吳銀兒。咱每往獅子街房子內。先
送了禮來。買了一盤壽桃。一盤壽麵。兩隻燒鴨。一副豕蹄。兩方
綃金汗巾。一雙女鞋來。與李瓶兒上壽。就拜乾兒相交。月娘收
了禮物。打發轎子回去。李桂姐。只到次日纔來。見吳銀兒在這
裡。悄悄問月娘。他多咱來了。月娘如此這般告他。說昨日送了
禮來。拜認你六娘做乾女兒了。李桂姐聽了。一聲兒沒言語。一
日只和吳銀兒使性子。兩個不說話。却說前廳有王皇親家二
十名小厮唱戲。挑了箱子來。有兩名師父領着。先與西門慶磕

頭西門慶分付西廂房做戲房。管待酒飯。堂客到時。吹打迎接。大廳上玳筵齊整。錦茵匝地。先是周守備娘子。荊都監母親。荊太太。與張團練娘子。先到了。俱是大轎。排軍喝道。家人媳婦跟隨。裡邊月娘。衆姊妹。多穿着袍出來迎接。至後廳敘禮。與衆親相見畢。讓坐遞茶。等着夏提刑娘子到。纔擺茶。不料等的日中。還不見來。小廝邀了兩三遍。約午後時分。纔喝了道來。擡着衣匣。家人媳婦跟隨。許多僕從擁護。鼓樂接進去後廳。與衆堂客見畢禮數。依次席坐下。先在捲棚內擺茶。然後大廳上坐。春梅玉簫迎春蘭香。都是雲髻珠子纓絡兒金燈籠墜。遍地錦比甲大紅段袍。翠藍織金裙兒。惟春梅寶石墜子。大紅遍地錦比甲兒。席上捧茶。斟酒。那日王皇親家樂。扮的是西廂記。不說畫堂深處。珠圍翠繞。歌舞吹彈飲酒。單表西門慶那日。打發堂客甚上茶。就騎馬約下應伯爵謝希大。往獅子街房裡去了。分付四架烟火。拿一架那裡去。晚夕堂客根前放。兩架那裡樓上設放圍屏卓席。掛上灯。旋叫了個廚子。生了火。家中抬了兩食盒下飯菜蔬。兩坛金華酒。叫了兩唱的。董嬌兒韓玉釧兒。原來西門慶。先使玳安顧下轎子。請王六兒同往獅子街房裡去。見婦人爹說請韓大嬸。那裡晚夕看放烟火。那婦人笑道。我羞剌剌。怎麼好去哩。你韓大叔知道。不嗔玳安道。爹對韓大叔說了。教你老人家快收拾哩。若不是使了老馮來請你老人家。今日各宅眷奶奶吃酒。六姐見他看哥兒那裡抹嘴去。見爹巴巴使了我來。因叫了兩個唱的。沒人陪他。那婦人聽了。還不動身。一回只見韓道國來家。玳安道。這不是韓大叔來了。韓大嬸這裡不信我說哩。婦人向他漢子說。真個教我去。韓道國道。老爹再三說兩個唱的。沒人陪他。請你過去。晚夕就看放烟火等你。還不收拾哩。剛纔教我把鋪子也收了。就晚夕一搭兒裡坐坐。保官兒也往家去了。晚夕該他上宿哩。婦人道。不知多咱纔散。你到那裡坐回就來罷。家裡沒人。你又不該上宿。說畢。打扮穿了衣服。玳安跟隨。逕到獅子街房裡來。昭妻一丈青。又早床房裡收拾乾淨。下床炕帳幔褥被。多是見成的。安息沉香。薰的噴鼻香。房裡吊着兩盞紗燈。地平上火盆裡籠着一盆炭火。婦人走到裡面炕上坐下。良久來昭妻一丈青。走出來。道了萬福。拿茶吃了。西門慶與應伯爵。看了回燈。纔到房子裡。兩個在樓上打雙陸。

樓上掛了六扇窓戶掛着簾子。下邊就是灯市。十分熱鬧。打了回雙陸。收拾擺飯吃了。二人在簾裡。觀看燈市。但見

萬井人烟錦綉圍。香車駿馬閙如雷。
鰲山聳出青雲上。何處遊人不看來。

伯爵因問明日喬家那頭。幾位人來。西門慶道。有他家做皇親家五太太。明日我又不在家。早辰從廟中上元醮。又是府裡周菊軒那裡。請吃酒。西門慶覌人叢裡謝希大祝日念同一個戴方巾的。在燈棚下看燈。指與伯爵瞧。因問那戴方巾。這個人你不認的他。如何跟着他一答兒裡走。伯爵道。此人眼熟。不認的他。西門慶便叫玳安。你去下邊悄悄請了謝爹來。休教祝麻子和那人看見。玳安小厮眼裡說話賊。一直走下樓來。挨到人閙

裡。待祝日念。和那人先過去了。從傍邊出來。把謝希大拉了一把。慌的希大回身觀着。却是他玳安。道爹和應二爹。在這樓上。請謝爹說話。希大道。你去。知道了。等陪他兩個到粘梅花處。就去見你爹。玳安便一道烟去了。不想到了粘梅花處。這希大向人鬧處。就扠過一邊。由着祝日念。和那一個人。只顧哩尋他。便走來樓上。見西門慶應伯爵。二個作揖。因說道哥來此看燈。早辰就不說。呼喚兄弟一聲。西門慶道。我早辰對衆人。不好邀你每的。已托應二哥。到你家請你去。請你不在家。剛纔祝麻子。沒看見你這裡來。因問那戴方巾的是誰。希大道。那戴方巾的。是王昭宣府裡王三官兒。今日和祝麻子。到我家。央我同許不與先生那裡借三百兩銀子。央我和老孫祝麻子作保。要斡前程入武學肄業。我那裡管他這門帳。剛纔陪他燈市裡。走了走。聽見哥使盛价呼喚。我只伴他到粘梅花處。交我乘人亂。就抜開了。走來見哥。因問伯爵。你來多大回了。伯爵道。哥使我先到你家。你不在。我就來了。和哥在這裡。打了這回雙陸。西門慶問道。你吃了飯不曾。叫小厮拿飯來你吃。謝希大道。可知道哩。早辰從哥那裡出來。和他兩個。搭了這一日。誰吃飯來。西門慶分付玳安。厨下安排飯來。與你謝爹吃。不一時。搽抹卓兒乾淨。就是春盤小菜。兩碗稀爛下飯。一碗爛肉粉湯。兩碗白米飯。希大獨自一個。吃了裏外乾淨。剩下些汁湯兒。還泡了碗飯吃了。玳安收下家活去。希大在傍。看着兩個打雙陸。只見兩個唱的門首下了轎子。擡轎的。各提着衣裳包兒。笑進來。伯爵早已在窓裏看見說道兩個小淫婦兒這咱纔來分付玳安且別教他往後邊去先叫他樓上來見我希大道今日叫的是那兩個玳安道是董嬌兒韓玉釧兒忙下樓說道應二爹叫你說話兩個那裡肯來一直往後走了見了一丈青拜了引他入房中看見王六兒頭上戴着時樣扭心鬏髻兒羊皮金箍兒身上穿紫潞紬襖兒玄色一塊瓦領披襖兒白挑線絹裙子下邊顯着趫趫兩隻金蓮穿老鴉段子紗綠鎖線的平底鞋兒拖的水鬢長長的紫膛色不十分搽鉛粉學個中人打扮耳邊帶着丁香兒進門只望着他拜了一拜多在炕邊頭坐了小鐵棍拿茶來王六兒陪着吃了兩個唱的上上下下把眼只看他身上看一回兩個笑一回更不知是什麼人落後玳安進來兩個唱的悄悄問他每房

中那一位是誰。玳安沒的回荅。只說是俺爹大姨人家。接來這看燈。兩個聽的進房中。從新說道。俺每頭裡。不知是大姨。沒曾見的禮。休怪。于是插燭。磕了兩個頭。慌的王六兒連忙還下半禮。落後擺上湯飯來。陪着同吃。兩個拿樂器。又唱與王六兒聽伯爵打了雙陸。下樓來小淨手。聽見後邊唱。點手兒叫過玳安。問道你告我說。兩個唱的。在後邊唱與誰聽。玳安只是笑。不做聲。說道你老人家。曹州兵備。好管事寬。唱不唱。管他怎的。伯爵道。好賊小油嘴。你不和說。愁我不知道。玳安笑道。你老人家。知道罷了。又問怎的。說畢。一直往後走了。伯爵上的樓來。西門慶又與謝希大。打了三貼雙陸。只見李銘吳惠。兩個驀地上樓來磕頭。伯爵道。好呀。你兩個來的正好。在那裡來。怎知道俺每在這裡。李銘跪下。掩口說道。小的和吳惠。先到宅裡來。宅裡說爹每在這邊房子裡擺酒。前來伏侍爹們。西門慶道。也罷。你起來伺候。玳安快往對門。請你韓大叔去。不一時。韓道國到了。作了揖坐下。一面收拾放卓兒。廚下拿春盤案酒來。琴童便在旁邊用銅布甑兒篩酒。伯爵與希大居上。西門慶主位。韓道國打横坐下。把酒來斟。一面使玳安後邊。請唱的去。少頃韓玉釧兒董嬌兒。兩個慢慢條斯禮上樓來。望上不當不正。磕下頭去。伯爵罵道。我道是誰來。原來是這兩個小淫婦兒。頭裡知道我在這裡。我吽着。怎的不先來見我。這等大胆。到明日一家。不與你個功德。你也不怕。董嬌兒咲道。哥兒那裡隔墻掠見腔兒。可不把我諕殺。韓玉釧道。你知道愛奴兒。掇着獸頭城以裡掠。好個丟醜見的孩兒伯爵道哥你今日忒多餘了有了李銘吳惠在這裡唱罷了又要這兩個小淫婦做什麼還不趁早打發他去大節夜還逐趕幾個錢兒等住回晚了越發沒人要了韓玉釧兒道哥兒你怎的沒着大爹叫了俺每來答應又不伏侍你哥你怎的閑出氣伯爵道傻傻小刺骨兒你見在這裡不伏侍我你說伏侍誰韓玉釧道唐胖子吊在醋缸裡把你撅酸了伯爵道賊小淫婦兒是撅酸了我等住回散了家去時我和你答話我左右有兩個法兒你原出得我手董嬌兒問道哥兒那裡兩個法兒說來我聽伯爵道我頭一個兒對巡捕說了拿你犯夜到第二日我拿個拜帖兒對你周爺說摟你一頓好拶子十分不巧只消三分銀子燒酒把擡轎的灌醉了隨你這小淫婦兒去天晚

到家沒錢。不怕鴇子不打。管我腿事。韓玉釧道。十分晚了。俺每不去。在爹這房子裡睡。再不。教爹這裡差人。送俺每王媽媽支錢一百文。不在于你。好淡嘴。女又十撇見。伯爵道。我是奴才。如今年程歎保了。拏三道三。說笑回。兩個唱的。在傍彈唱了春景之詞。衆人纔拿起湯飯來吃。只見玳安兒走來。報道。祝爹來了。衆人多不言語。不一時。祝日念上的樓來。看見伯爵和謝希大在上面。說道。你兩個好吃。可成個人。因說謝子張哥。這裡請你。也對我說一聲兒。三不知就走的來了。教我只顧在粘梅花處那裡尋你。希大道。我也是慢行。纔撞見哥在樓上。和應二哥打雙陸。走上來作揖。被哥留住了。西門慶因令玳安兒拏椅兒來。和我祝兄弟在下邊坐罷。于是安放鍾筯在下席坐了。廚下拿

了湯飯上來。一齊同吃西門慶。只吃了一個包兒呷了一口湯
因見李銘在旁。都遞與李銘。遞下去吃了。那應伯爵謝希大祝
日念韓道國。每人青花白地吃一大深碗。八寶攢湯。三個大包
子。還零四個挑花燒賣。只留了一個包兒壓碟兒。左右收下湯
碗去。斟上酒來飲酒。希大因問祝日念道。你陪他還到那裡纔
拆開了。怎知道我在這裡祝日念于是如此這般。告說我因尋
了你一回。尋不着。就同王三官。到老孫會了。往許不與先生那
里借三百兩子去。乞孫寡嘴老油嘴。把借契寫差了。希大道你
毋休寫上我。我不管。左右是你與老孫作保。討保頭錢使。因問
怎的寫差了。祝日念道。我那等分付他。寫了文書。滑着些。立與
他。三限纔還他這銀子。不依我。教我從新。把文書又改了。希大

道。你文書上怎麼寫着。念一遍我聽。祝日念道。依着了我這等寫。

立借契人王宷。係招宣府舍人。休說因爲要錢使用。只說要錢使用。憑中見人孫王化。祝日念作保。借到許不與先生名下。不要說白銀軟斯金三百兩。每月休說利錢。只說出納梅兒五百文。約至次年交還。別要題次年。只說約至三限交還。那三限。頭一限。風吹轆軸打孤雁。第二限。水底魚兒跳上岸。第三限。水裡石頭泡得爛。這三限。交還他。平白寫了垓子點頭。那一年纔還他。我便說垓子點頭。倘忽遇着一年他動。怎了。教我改了兩句。說道如借債人東西不在。代保人門面南北躲閃。恐後無憑。立此文契不用。到後又批了兩個字。後空

謝希大道你這等寫着還說不滑稽及到水裡石頭爛了時知
他和尚在也不在祝日念道你到說的好有一朝天旱水淺朝
廷挑河把石頭乞做功的夫子兩三鍬頭坎得稀爛怎了那裡
少不的還他銀子眾人說笑了一回看看天晚西門慶分付樓
上點起灯又樓簷前一邉一盞羊角玲灯甚是奇巧不想家中
月娘使棋童兒和排軍人擡送了四個攅盒多是美口糖食細
巧菓品也有黃烘烘金橙紅馥馥石榴甜磂磂橄欖青翠翠藕
蔆香噴噴水梨又有純蜜盞蔕透糖大棗酥油松餅芝麻象眼
骨牌減煠蜜潤絛環也有柳葉糖牛皮纏端的世上稀奇寰中
少有西門慶吽棋童兒向前問問他家中眾奶奶們散了不曾還
在那裡吃酒誰使你送來棋童道大娘使小的送來與爹這邉

下酒。衆奶奶們還未散哩。戲文扮了四摺。大娘留住大門首吃酒。看放烟火哩。西門慶問有人看没有。棋童道。擠圍滿街人看。西門慶道。我分付下平安兒。留下四名青衣排軍。拏欄杆在大門首。攔人伺候。休放閑雜人挨擠。棋童道。小的與平安兒兩個同排軍。多看放了烟火。衆奶奶們。七八散了。大娘纔使小的來了。並没閑雜人攪擾。西門慶聽了。分付把卓上飲饌。多撤下去。將攢盒擺上。厨下拏上一道果餡元宵來。兩個唱的。在席前遞酒。西門慶分付棋童。囘家看去。一面重篩美酒。再設珍羞。教李銘吳惠。席前彈唱了一套燈詞。雙調新水令。

鳳城佳節賞元宵。遶鰲山瑞雲籠罩。見銀河星皎潔。看天塹月輪高。動一派簫韶。開玳宴盡歡樂。

川撥棹　花燈兒兩邊挑。更那堪一天星月皎。我到見綉帶風飄。寶蓋微搖。鰲山上燈光照耀。剪春蛾頭上挑。

第七兒　一壁廂舞着唱着。共彈着。驚人的這百戲其實妙。動人的高戲怎生學。笑人的院本其實笑。

梅花酒　呀一壁廂舞鮑老。仕女每打扮的清標。有萬種妖嬈。更百媚千嬌。一壁廂舞迓鼓。一壁廂躧高撬。端的有笑樂。細氤氳蘭麝飄。笑吟吟。飲香醪。

喜江南　呀今日喜孜孜開宴賞元宵。玉纖慢撥紫檀槽。灯光明月兩相耀。照樓臺殿閣。今日個開懷沉醉樂淘淘。

唱畢。吃了元宵。韓道國先往家去了。少頃。西門慶分付來昭將樓下開下兩間。吊掛上簾子。把烟火架擡出去。西門慶與衆人在樓上看。教王六兒陪兩個粉頭。和來昭妻一丈青。在樓下觀看。琴安和來昭。將烟火安放在街心裏。須臾點着。那兩邊圍看的。挨肩擦膀。不知其數。都說西門大官府。在此放烟火。誰人不來觀看。果然紮得停當好烟火。但見

一丈五高花樁。四圍下山棚熱鬧。最高處一隻仙鶴。口裏啣着一封丹書。乃是一枝起火。起去萃山律。一道寒光。直鑽透斗牛邊。然後正當中。一個西瓜砲迸開。四下裡人物皆着。觱剝剝萬個轟雷皆燎徹。彩蓮舫。賽月明。一個趕一個。猶如金燈冲散碧天星。紫葡萄。萬架千株。好似驪珠倒挂。水晶燕泊。霸王鞭。到處响喨。地老鼠。串遶人衣。瓊盞玉臺。端的旋轉得好看。銀蛾金彈。施逞巧妙難移。八仙捧壽。名顯中通。七聖降

妖。通身是火。黃烟兒。綠烟兒。氤氳籠罩萬堆霞。紫吐蓮。慢吐蓮。爍爛爭開十段錦。一丈菊與烟蘭相對。火梨花共落地桃爭春。樓臺殿閣。頃刻不見巍峩之勢。村坊社鼓。彷彿難聞歡鬧之聲。貨郎担兒上下光焰齊明。鮑老車兒首尾迸得粉碎。五鬼鬧判。焦頭爛額見猙獰。十面埋伏。馬到人馳無勝負。總然費却萬般心。只落得火滅烟消成煨燼。

玉漏銅壺且莫催　星橋火樹徹明開
萬般傀儡皆成妄　使得遊人一笑回

那應伯爵見西門慶有酒了。剛看罷烟火。下樓來。見六兒在這裡。推小淨手。拉着謝希大。祝日念。也不辭西門慶。就走了。玳安便道。二爹那裡去。伯爵便向他耳邊說道。傻孩子。我頭裡說的那本帳。我若不起身。別人也只顧坐着。顯的就不趣了。等你爹問你。只說俺每多跑了。落後西門慶。見烟火放了。問伯爵等。那裡去了。玳安道。應二爹和謝爹。多一路去了。小的攔不回來。多上覆爹。西門慶就不再問了。因叫過李銘吳惠來。每人賞了一大巨杯酒。與他吃。分付我且不與你唱錢。你兩個到十六日。早來答應。還是應二爹三個。并眾夥計當家兒晚夕在門首吃酒。李銘跪下。道小的告稟爹。十六日。和吳惠左順鄭奉三個。多往東平府新陞的。胡爺爺那裡。別任官身去。只到後晌纔得來。西門慶道。左右俺每晚夕纔吃酒哩。你只休悞了就是了。二人道小的並不敢悞。於是跪着吃畢酒。出門拜辭西門慶。分付明日家中。堂客擺酒。李桂姐。吳銀姐。多在這裡。你兩個好歹來走一走。

與兩個唱的。一同出門。不在話下。西門慶分付來昭。玳安。琴童。看着收家活。滅息了燈燭。就往後邊房裡去了。且說來昭兒子小鐵兒。正在外邊看放了烟火。見西門慶進去了。于是來樓上見他爹老子。棹一盤子襍合的肉菜。一甌子酒。和些元宵。拿到屋裡。就問他娘一丈青。手裡拏着燒胡䀀子。被他娘打了兩下。不防他走在後邊院子裡頑耍。只聽正面房子裡笑聲。只說唱的還沒去哩。見房門關着。于是眼裡望裡張看。見房裡掌着灯燭。原來西門慶。和王六兒兩個在牀沿子上行房。西門慶已有酒的人。把老婆倒按在牀沿上。灯下褪去小衣。那話上使着托子。幹後庭花。一手一陣。往來排打。何止數百回。排打的連聲响喨。其喘息之聲。往來之勢。猶賽折床一般。無處不聽見。這小孩子。正在那裡明覷。不防他娘一丈青走來後邊。看見他孩子。揪着頭角兒揪到那前邊鑿了兩個栗爆。駡道賊禍根子。小奴才兒。你還少第二遭死。又往那裡聽他去。于是與了他幾個元宵。吃了。不放他出來。就嚇住他上炕睡了。西門慶和老婆足幹搗有兩頓飯時。纔了事。玳安打發擡轎的酒飯吃了。跟送他到家。然後纔來。同琴童兩個。打着燈兒。跟西門慶家去。正是不愁明月盡。自有暗香來。有詩爲證。

南樓玩賞頓忘歸　揔有風流得幾時

囘來明月三更轉　不覺歡娛醉似泥

畢竟未知後來如何。且聽下囘分解。

第四十三回

爭寵愛金蓮鬭氣

賣富貴吳月攀新

第四十三回

爲失金西門慶罵金蓮　因結親月娘會喬太太

細推今古事堪愁　貴賤同歸土一丘
漢武玉堂人豈在　石家金谷水空流
光陰自旦還將暮　艸木從春又到秋
閑事與時俱不了　且將身入醉鄉遊

話説西門慶歸家。已有三更時分。到于後邊吳月娘還未睡。正和吳大妗子衆人坐着説話。見李瓶兒。還伺候着與他遞酒大妗子見西門慶來家。就過那邊屋裡去了。月娘見他有酒了。打發他脱了衣裳。只教李瓶兒與他磕了頭。同坐下。問了回今日酒席上話。玉簫點茶來吃。因有大妗子在。就往孟玉樓房中歇了一夜。到次日廚役早來收拾擡辦酒席。西門慶先到衙門中拜牌。大發放。夏提刑見了。致謝昨房下厚擾之意。西門慶道日昨甚是簡慢。恕罪恕罪。來家有喬大戶家。使了孔嫂兒引了喬五太太那裡家人。送禮來了。一罈南酒。四樣餚品。西門慶收了。管待家人酒飯。孔嫂兒進裡邊。月娘房裡坐的。吳舜臣媳婦兒。鄭三姐轎子先來了。拜了月娘眾人。多陪着孔嫂兒吃茶。正值李智黃四。関了一千兩香蠟銀子。賁四從東平府。押了來家。應伯爵打聽得知。亦走來幫扶。交與西門慶。令陳經濟拿天平在廳上盤秤兌明白收了。還欠五百兩。又銀一百五十兩利息。當日黃四。拿出四錠金鐲兒來。重三十兩。筭一百五十之數。別的搗換了合同。西門慶分付二人。你等過灯節。再來計較。我連日家中有事。那李智黃四老爹長。老爹短。千恩萬謝出門。應伯爵因記掛着二人。許了他些業障兒。趂此機會。好問他。正要跟隨同去。又被西門慶叫住說話。西門慶因問昨日。你每三個怎的三不知。不和我說。就走了。我使小廝落後趕你不着了。伯爵道昨日甚是深擾哥。本等酒勾多了。我見哥也有酒了。今日嫂子家中擺酒。已定還等哥說話。俺每不走了。還只顧纏到多咱。我猜哥今日也沒得往衙門裡去。本等連日辛苦。西門慶道我昨日來家。已有三更天氣。今日還早到衙門。拜了牌。坐廳大發放。理了回公事。如今家中治料堂客之事。今日觀裡打上元醮拈了香回來。還赶了往周菊軒家吃酒去。不知到多咱。纔得來家。伯爵道。還是虧哥好神思。你的大福。不是面奬。若是第二個也。

成不的。兩個說了一回。西門慶要留伯爵吃飯。伯爵道。我不吃飯去罷。西門慶又問嫂子怎的不來。伯爵道。房下轎子已叫下來便來也。舉手作辭出門。一直赶往李智黃四去了。正是假饒駕霧騰雲術。取火鑽冰只要錢。却說西門慶。打發伯爵去了。把手中拿着黃烘烘四錠金鐲兒。心中甚是可愛。口中不言。心裡暗道。李大姐。生的這孩子。甚是脚硬。一養下來。我平地就得此官。我今日與喬家結親。又進這許多財。于是用袖兒。抱着那四錠金鐲兒。也不到後邊。徑往花園內李瓶兒房裡來。正往潘金蓮角門首所過。只見金蓮正出來看見。叫住問道。你手裡托的是什麽東西兒。過來我瞧瞧。那西門慶道。等我回來與你瞧。托着一直往李瓶兒那邊去了。這婦人見叫不回他來。心中就有

幾分羞訕。說道什麽罕稀貨。作的這等謊人子。剌剌的不與我
瞧罷。賊跌折腿的。三寸貨強盜。正麽剛遂進他門去。正走着。硶
齊的。把那兩條腿撻折了。纔見報了我的眼。却說西門慶。拿着
金子。走入李瓶兒房裡。見李瓶兒纔梳了頭。妳子正抱着孩子
頑耍。西門慶一徑裡。把那四個金鐲兒抱着。教他手兒撾弄。李
瓶兒道。是那裡的。只怕冰了他手。西門慶悉把李智黃四。今日
還銀子。推折利錢。約這金子。這李瓶兒生怕冰着他。取了一方
通花汗巾兒。與他熱着耍子。只見玳安走來。說道雲夥計。騎了
兩疋馬來。在外邊。請爹出去瞧。西門慶問道。雲夥計他是那裡
的馬。玳安道。他說是他哥雲參將邊上稍來的馬。只說會行。正
說着。只見後邊李嬌兒。孟玉樓。陪着太妗子。并他媳婦兒鄭三

姐。多來李瓶兒房裡。看官哥兒。西門慶丢下那四錠金子。就往外邊大門首。看馬去了。李瓶兒見衆人來到。只顧與衆人見禮。讓坐。也就忘記了孩子。拿着這金子。弄來弄去。少了一錠。只見妳子如意兒問李瓶兒。說道娘沒曾收哥兒耍的那錠金子。只三錠。少了一錠了。李瓶兒道我沒曾收。我把汗巾子替他褁着哩。如意兒道。汗巾子也落在地下了。我料來那裡得那錠金子來。屋裡就亂起來。妳子問迎春。迎春就問老馮。老馮道耶嚛耶嚛。我老身就瞎了眼。也沒看見。老身在這裡恁幾年。就是折針。我也不敢動。娘他老人家知道我。就是金子我老身也不愛你每守着哥兒。沒的冤枉起我來了。李瓶兒笑道。你看這媽媽子說混話。這裡不見的。不是金子。却是什麼。又罵迎春賊臭肉。平自亂的是些什麽。等你爹進來。等我問他。只怕是你爹收了。怎的只收一錠兒。孟玉樓問道。是那裡金子。李瓶兒道。是他爹外邊。拿來的與孩子耍。誰知道是那裡的。不想西門慶在門首看了一疋馬。衆夥計家人。多在跟前。教小廝來回騎。溜了兩邊。西門慶雖是兩疋東路來的馬。鬃尾醜。不十分會行。論小行也罷了。因問雲夥計道。此馬你令兄那裡要多少銀子。雲離守道。兩疋只要七十兩。西門慶道。也不多。只是不會行。你還牽了去。另有好馬騎來。倒不說銀子。說畢。西門慶進來。只見琴童來請。六娘房裡。請爹哩。于是走入李瓶兒房裡來。李瓶兒問他金子。你收了一錠去了。如何只三錠在這裡。西門慶道。我丟下。就出來了外邊看馬。誰收那錠來。李瓶兒道。你沒收。却往那裡去了。尋了這一日。沒有。妳子推老馮急的那老馮賭身罰呪只是笑。西門慶道。端的是誰拿了。由他慢慢兒尋罷。李瓶兒道。頭裡要尋。已後邊和大妗子女兒兩個來時亂着。就忘記了。我只說你收了出去。誰知你也沒收。就兩躭了。尋起來謊的他們多走了。手是把那三錠。還交與西門慶收了。正值賁四傾了一百兩銀子來。交西門慶。往後邊收兌銀子去。且說潘金蓮聽見李瓶兒這邊攘。不見了孩子耍的一錠金鐲子。得不的風兒就是雨兒就先走來房裡告月娘說。姐姐你看三寸貨幹的營生。隨你家怎的有錢也不該拿金子與孩子耍。月娘道。剛纔他每告我說他房裡好不翻亂。說不見了金鐲子。端的不知那裡的金鐲子。金蓮道。誰知他是那裡的。你還沒見他頭裡從外邊拿進來。那等用襖子袖兒托着。恰是八蠻進寶的一般。我問他是什麽。拿過來我瞧瞧。頭兒也不回。一直奔命往屋裡去了。遲了一回。反亂起來。說不見了一錠金子。乾凈就是他學三寸貨。說不見了由他。慢慢兒尋罷。你家就是王十萬。也使不的。一錠金子。至少重十來兩。也值個五六十兩銀子。平白就罷了。篭裡走了鱉。左右是他家一窩子。再有誰進他屋裡去。正說着。只見西門慶進來。兌收賁四傾的銀子。把剩的那三錠金子。交與月娘收了。因告訴月娘。此是李智黄四還的。這四錠金子。拿到與孩子耍了耍。就不見了一定。分付月娘。你與我把各房裡丫頭。叫出來審問審問。我使小廝街上買狠觔去了。早拿出來便罷。不然我就教狠觔抽起來。月娘道論起來。這金子。也不該拿與孩子。沉甸甸氷着他怕一時砸了他手脚怎了。潘金蓮在旁接過來說道不該拿與孩子耍只恨拿不到他屋裡頭裡叫着想回頭也怎的恰似紅眼軍搶將來的不教一個人兒知道這回不見了金子虧你怎麼有臉兒來對大姐姐說教大姐姐替你查考各房裡丫頭教各房裡丫頭口裡不笑破罷了也咲幾句說的西門慶急了走向前把金蓮按在月娘炕上提起拳來罵道狠殺我罷了不看世界面上把你這小挃刺骨兒就一頓拳頭打死了單管嘴尖舌快的不管你事也來插一脚那潘金蓮就假做喬張就哭將起來說道我曉的你倚官仗勢倚財為主把心來橫了只欺貧的是我你說你這般把這一個半個人命兒打死了不放在意裡那個攔着你手兒哩不成你打不是有的是我隨你怎麽打。難得只打的有這口氣兒在着。若没了。愁我家那病媽媽子來。不問你要人。隨你家怎麽有錢有勢。和你家一來一狀你説你是衙門裡千户。便怎的。無故只是個破紗帽。債殼子。窮官罷了。能禁的幾個人命耳。就不是教皇帝敢殺下人也。怎的幾句。説的西門慶反呵呵笑了。説道你有這原來小搯刺骨兒這等刀嘴。我是破紗帽窮官。教丫頭取我的紗帽來。我這紗帽那塊兒放着破。這裡清河縣問聲。我少誰家銀子。你説我是債殼子。金蓮道。你怎的叫我是搯刺骨來。因蹺起一隻脚來。你看老娘這脚。那些兒放着歪。你怎罵我是搯刺骨。那刺骨也不怎的。月娘在旁笑道。你兩個銅盆撞了鐵刷帚。常言惡人見了惡人磨。見了惡人没奈何。自古嘴强的爭一步。六姐也虧你這個嘴頭子。不然嘴鈍些兒也成不的。那西門慶見奈何不過他穿了衣裳往外去了。迎見玳安來說周爹家差人邀來了。備馬了。請問爹先往打醮處去。往周爺家去。西門慶分付打醮處。教你姐夫去罷。到了那裡。拈了香。快來家裡看伺候馬。我往你周爺家吃酒去。就是了。說書童兒。拿冠帶過來。打發穿了。繫上帶。只見王皇親家。扮戲兩個師父。率衆過來。與西門慶叩頭。西門慶教書童看飯與他吃。說今日你等用心唱伏侍衆奶奶。我自有重賞。休要上邊打箱去。那師父跪下說道。小的每。若不用心答應。豈敢討賞。西門慶因分付書童。他唱了兩日。連賞賜封下五兩銀子賞他。書童應諾。小的知道了。西門慶就上馬。往周守備家吃酒去了。单表潘金蓮在上房陪吳妗子坐的。吳月娘便說。

你還不往屋裡。勻勻那臉去。㨪的恁紅紅的。等住回人來看着。什麼張致。誰教你惹他來。我倒替你捏兩把汗。若不是我在根前勸着。挪石鬼是也有幾下子。打在身上。漢子家。臉上有狗毛。不知好歹。只顧下死手的。和他起來了。不見了金子。隨他不見去。尋不尋。不在你。又不在你屋裡不見了。平白扯着脖子。和他強怎麽。你也去了。這口氣兒罷。幾句說的金蓮。閉口無言。往屋裡勻臉去了。不一時。只見李瓶兒和吳銀兒。多打扮出來。到月娘房裡。月娘問他。金子怎的不見了。剛纔惹得他爹。和六姐兩個在這裡。好不辨了這回嘴。差些兒沒曾辨惱了。打起來。乞我勸開了。他爹便往人家吃酒去了。分付小廝。買狠觔去了。等他晚上來家。要把各房丫頭。拶起來。你屋裡丫頭。老婆。管着那一門兒來。就看着孩子耍。便不見了他一錠金子。是一個半個錢的東西兒也怎的。李瓶兒道。平白他爹。拿進四錠金子來。與孩子耍我亂着陪大妗子。和鄭三姐。並他二娘坐着說話。誰知就不見了一錠。如今丫頭推妳子。妳子推老馮。急的那媽媽。哭哭啼啼。只要尋死。無眼難明勾當。如今寃誰的是。吳銀兒道。天麼天麼。早是今日。我在好。每常我還和哥兒耍子。這邊屋裡梳頭。沒曾過去。不然難爲我了。雖然爹娘不言語。你我心上何安。誰人不愛錢。俺裡邊人家。最忌叫這個名聲兒。傳出去醜聽。正說着。只見韓玉釧兒董嬌兒兩個。擺着衣包兒進來。笑嘻嘻先向月娘大妗子。李瓶兒。磕了頭。起來。望着吳銀兒拜了一拜。說道銀姐。昨已來了沒家去。吳銀兒道。你兩個怎的曉得。董嬌兒道昨日俺兩個都在燈市街房子裡唱來。大爹對俺們說。教俺今日來唱伏侍奶奶。一面月娘讓他兩個坐下。須臾小玉拏了兩盞茶來。那韓玉釧兒董嬌兒連忙立起身來接茶。還望小玉拜了一拜。吳銀兒因問你兩個昨日唱多咱散了。韓玉釧道。俺們到家。也有二更多了。同你兄弟李銘。都一路去來。說了一回話。月娘分付玉簫。早些打發他們吃了茶罷。等住回只怕那邊人來忙了。一面放下卓兒。兩方春槅。四盒茶食。月娘使小玉。你二娘房裡。請了桂姐來。同吃了茶罷。不一時。和他姑娘來到。兩個各道了禮數。坐下同吃了茶。收過家活去。忽見迎春打扮着。抱了官哥兒來。頭上戴着金梁段子。八吉祥帽兒。身穿大紅裝衣兒下邊白綾襪兒段子鞋兒。胷前項牌符索。手上小金鐲兒。李瓶兒看見。說道小大官兒。沒人請你。來做甚麼。一面接過來。放在膝蓋上。看見一屋裡子把眼不住的看了這頭。看那一個。桂姐坐在月娘炕上。笑引鬪他耍子。道哥子。只看就這裡想。必只要我抱他。於是用手引了他。引兒那孩子就撲到懷裡。教他抱着。吳大妗子。咲道恁點小孩兒。他也曉的愛好。月娘接過來。說他老子。是誰。到明日大了。管情也是小飄頭兒。孟玉樓道。若做了小飄頭兒。教大媽媽。就打死了。那李瓶兒道。小厮。你姐姐抱只休溺了你姐姐衣服。我就怍打死了。那桂姐道。耶嘅。怕怎麼溺了。也罷。不妨事。我心裡要抱哥兒耍耍兒。于是與他兩個嘴揾嘴兒耍子。只見孟玉樓也來了。董嬌兒。韓玉釧兒。下來行禮畢。坐下。說道俺兩個來了這一日。還沒曾唱個兒。與娘們聽。因叫小玉姐。你取樂器來。等俺唱。那小玉便取箏和琵琶。遞與他二人。當下韓金釧兒琵琶。董嬌兒彈箏。吳銀兒也在旁邊陪唱。於是唱了一套繁華滿月開。金索掛梧桐。唱出一句來。端的有落塵遶梁之聲。裂石流雲之響。把官哥兒諕的在桂姐懷裡。只磕倒着。再不敢擡頭。出氣兒。月娘看見。便叫李大姐。你接過孩子來。教迎春抱的屋裡去罷。好箇不長俊的小厮。你看諕的那臉兒。這李瓶兒。連忙接過來。教迎春掩着他耳朶。抱的往那邊房裡去了。於是四個唱的。齊合着聲兒。唱這一套詞道。

繁花滿月開。錦被空閑在。劣性冤家。悞得我忒毒害。我前生少欠他。今世裡相思債。廢寢忘飡。倚定門兒待。房櫳靜悄如何捱。

（罵玉郎）冷清清房櫳靜悄如何捱。獨自把幃屏倚。知他是甚情懷。想當初同行同坐同懽愛。到如今孤另另怎別劃。愁戚戚酒倦釃羞懨懨花慵戴。

（東甌令）花慵戴酒倦釃。如今曾約前期不見來。都應是他在那裡那裡貪歡愛。物在人何在。空勞魂夢到陽臺。只落得泪盈腮。

（感皇恩）呀。只落得兩泪盈腮。都應是命裡合該。莫不是你緣薄。咱分淺都應是一般運拙時乖。怎禁那攪閙人是非。施巧計裁排。撕擣碎合歡帶。破分開鸞鳳釵。水渰浸楚陽臺。

（針線箱）把一床絃索塵埋。兩眉峯不展開。香肌瘦損愁無奈。懶刺繡傍粧臺。舊恨新愁。教我如何捱。我則怕蝶使蜂媒不再來。臨鸞鏡也問道朱顏未改。他又早先改。

（採茶歌）改朱顏瘦了形骸。冷清清怎生捱。我則怕梁山伯不戀祝英臺。他若是背義忘恩尋罪責。我將那盟山誓海說的明白。

（解三醒）頓忘了盟山誓海。頓忘了音書不寄來。頓忘了枕邉許多恩和愛。頓忘了素躰相挨。頓忘了神前兩下千千拜。頓忘了表記香羅紅繡鞋。說將起旁人見了。珠泪盈腮。

（烏夜啼）俺如今相離三月如隔數載。要相逢甚日何年再。則我這瘦伶仃形躰如柴。甚時節還徹了相思債。又不見青鳥書來。黃犬音乖。每日家病懨懨懶去傍粧臺。得團圓便把神羊賽。意斷搜心相愛。早成了鸞交鳳友。省的着蝶笑蜂猜。

尾聲把局兒牢鋪擺。情人終久再歸來。美滿夫妻百歲諧。

四個唱的。正唱着。只見玳安進來。月娘便問。你邀請的衆奶奶們。怎的這咱還不見來。玳安道。小的到喬親家娘。那邊邀來。朱奶奶尚舉人娘子。都過喬親家娘家來了。只等着喬五太太到了。就往咱這裡來。月娘分付。你就說與平安兒小廝說教他在大門首看着。等奶奶們轎子到了。就先進來說。玳安道大門前邊大廳上鼓樂迎接哩。娘們都收拾伺候就是了。月娘分付玳安。後廳明間。鋪下錦毯。安放坐位。捲起簾來。金鈎雙控。蘭麝香飄。春梅迎春。玉簫蘭香。都打扮起來。家人媳婦。都插金戴銀。披紅垂綠。準備迎接新親。只見應伯爵娘子兒應二嫂。先到了。應寶跟着轎子。月娘等迎接進來。見了禮數。明間內坐下。向月娘拜了又拜。說俺家的常時打攪這裡。多蒙看顧。良久。只聞喝道之聲漸近。月娘道。姑娘好說。常時累你二爹。前廳鼓樂响動。平安兒先進來報道。喬太太轎子到了。須臾。黑壓壓一羣人。跟着五頂大轎。落在門首。惟喬五太太轎子在頭裡。轎上是垂珠銀頂。天青重沿綃金走水轎衣。使藤棍喝路。後面家人媳婦坐小轎跟隨。四名校尉。擡衣箱火爐。兩箇青衣家人。騎着小馬後面隨從。其餘者就是喬大戶娘子。朱臺官娘子。尚舉人娘子。崔大官媳婦。段大姐。并喬通媳婦。也坐着一頂小轎。跟來收疊衣裳。吳月娘這裡。穿大紅五彩遍地錦。百獸朝麒麟段子通袖袍兒腰束金鑲寶石鬧妝。頭上寶髻巍峩。鳳釵雙插。珠翠堆滿。胸前繡帶垂金。項牌錯落。裙邊禁步明珠。與李嬌兒孟玉樓。潘金蓮李瓶兒孫雪娥。一箇箇打扮的似粉粧玉琢。錦繡耀目。都出二門迎接。只見衆堂客。簇擁着喬五太太進來。生的五短身材。約七旬多年紀。戴着疊翠寶珠冠。身穿大孔宮繡袍兒。近面視之。鬓髮皆白。正是眉分八道雪。髻綰一窩絲。眼如秋水微渾。鬓似楚山雲淡。接入後廳。先與吳大妗子叙畢禮數。然後與月娘等廝見。月娘再三請太太受禮。太太不肯。讓了半日。止受了半禮。次與喬大戶娘子。又叙其新親家之禮。彼此道及款曲謝其厚儀已畢。然後向錦屏正面。設放一張錦裀座位坐了。喬五太太。其次坐就讓喬大戶娘子。喬大戶娘子再三辭說。姪婦不敢與五太太上僭。讓朱臺官尚舉人娘子。兩箇又不肯。彼此讓了半日。喬五太太坐了首座。其餘客東主西。兩分頭坐了。當中大方爐火廂籠起火來。堂中氣煖如春。春梅迎春。玉簫蘭香。一般兒四箇丫頭。都打扮起來。身上一色都大紅粧花段襖兒。藍織金裙。綠遍地金比甲兒。在根前遞茶。良久。喬五太太對月娘說。請西門大人出來拜見。敘敘親情之禮。月娘道。拙夫今日衙門中理公事去了。還未來家哩。喬五太太道。大人居于何官。月娘道。乃一介鄉民。蒙朝廷恩例。實授千戶之職。見掌刑名。寒家與親家那邊結親。實是有玷。喬五太太道。娘子說那裡話。似大人這等崢嶸也殼了。昨日老身聽得舍姪女與府上做親。心中甚喜。今日我來會會。到明日席上好廝見。月娘道。只是有玷老太太名目。喬五太太道。娘子是甚怎說話。想朝廷不與庶民做親哩老身說起來話長。如今當今東宮貴妃娘娘。係老身親姪女兒他父母都沒了。止有老身老頭兒在時。曾做世襲指揮使。不幸五十歲故了。身邊又無兒孫輪着輪着別門姪另替了手裡沒錢。如今倒是做了大戶。我這箇姪兒雖是差役立身。頗得過的日子。庶不玷污了門戶。說了一回。吳大妗子對月娘說。抱孩子出來與老太太看看。討討壽。李瓶兒慌的走去。到房裡分付奶子。抱了官哥來。與太太磕頭。喬太太看了誇道好箇端正的哥哥。即呌過左右。連忙向氈包內。打開。捧過一端宮中紫閃黃錦段。并一付鍍金手鐲。與哥兒戴。月娘連忙下來拜謝了。請去房中換了衣裳。須臾前邊捲棚內安放四張卓席擺下茶。每卓四十碟。都是各樣茶果甜食美口。菜蔬蒸酥點心。細巧油酥餅饊之類。兩邊家人媳婦丫頭侍奉伏侍。不在話下。吃了茶。月娘就

去後邊山子花園中。開了門。遊玩了一回下來。那時陳經濟。打
醮去。吃了午齋回來了。和書童兒玳安兒又早在前廳。擺放卓
席齊整。請衆奶奶們遞酒上席。端的好筵席。但見
屏開孔雀。褥隱芙蓉。盤堆異果奇珍。瓶挿金花翠葉。爐焚獸
炭。香裊龍涎。器列象州之古玩。簾開合浦之明珠。白玉碟高
堆麟脯。紫金壺滿貯瓊漿。煮猩唇。燒豹胎。果然下筯了萬錢。
烹龍肝。炮鳳髓。端的獻時品滿座。梨園子弟。簇捧着鳳管鸞
簫。內院歌姬。緊按定銀箏象板。進酒佳人雙洛浦。分香侍女
兩嫦娥。正是兩行珠翠列堦前。一派笙歌臨座上。
須臾吳月娘。與李瓶兒遞酒。堦下戲子鼓樂響罷。喬太太與衆
親戚。又親與李瓶兒把盞祝壽。李桂姐。吳銀兒。韓玉釧兒。董嬌

兒。四個唱的。在席前錦瑟銀箏。玉面琵琶。紅牙象板。彈唱起來。唱了一套壽比南山。下邊鼓樂響動。戲子呈上戲文手本。喬五太太分付下來。教做王月英元夜留鞋記。廚役上來獻小割。燒鵝。賞了五錢銀子。比及割凡五道。湯陳三獻。戲文四摺下來。天色已晚。堂中畫燭流光者如山疊。各樣花燭都點起來。錦帶飄飄。彩繩低轉。一輪明月。從東而起。照射堂中。燈光掩映。來興媳婦惠秀。與來保媳婦惠祥。每人拏着一方盤。果餡元宵。都是銀鑲茶鍾。金杏葉茶匙。放白糖玫瑰。馨香美口。走到上邊。春梅迎春。玉簫蘭香四人。分頭照席捧遞。甚是禮數周詳。舉止沉穩。堦下動樂。琵琶箏纂。笙簫笛管。吹打了一套燈詞畫眉序。花月滿春城。唱畢。喬太太和喬大戶娘子。叫上戲子。賞了兩包。一兩銀子。四個唱的。每人二錢。月娘又在後邊明間內。擺設下許多果碟兒。留後座。四張卓子。都堆滿了。唱的唱。彈的彈。又吃了一回酒。喬太太再三說晚了。要起身。月娘衆人欵留不住。送在大門首。又攔了遞酒。看放烟火。兩邊街上看的人。鱗次蜂脾一般。平安兒同衆排軍。執棍攔擋。再三還湧擠上來。須臾放了一架烟火。兩邊人散了。喬太太和衆娘子。方纔拜辭月娘等起身。上轎去了。那時已有三更天氣。然後又送應二嫂起身。月娘衆姊妹歸到後邊來。分付陳經濟。來興。書童。玳安兒看着廳上。收拾家活。管待戲子。并兩箇師範酒飯。與了五錢銀子唱錢。打發去了。月娘分付出來。剩饌下一卓餚饌。半罈酒。請傳夥計。賁四。陳姐夫。說他們管事辛苦。大家吃鍾酒。就在大廳上。安放一張卓兒你爹不知多咱纔回。於是還有殘燈未盡。當下傳騣計賁四。經濟來保上坐。來興書童。玳安平安打橫。把酒來斟。來保叫平安兒。你還委箇人大門首。怕一時爹回。沒人看門。平安道我教畫童看着哩。不妨事。於是八箇人。猜枚飲酒。經濟道。你每休猜枚。大驚小唱的。惹後邊聽見。咱不如悄悄行令兒耍子。每人要一句。說的出免罰。說不出罰一大盃酒。該傳騣計先說。堪笑元宵草物。賁四道。人生歡樂有數。經濟道。趁此月色燈光。來保道。咱且休要辜負。來興道。纔約嬌兒不在。書童道。又學大娘分付。玳安道。雖然剩酒殘燈。平安道。也是春風一度。衆人念畢。呵呵笑了。正是飲罷酒闌人散後。不知明月轉梅梢。畢竟未知後來如何。且聽下回分解。

第四十四回

避馬房侍女偷金

下象棋佳人消夜

第四十四回

吳月娘留宿李桂姐　西門慶醉撥夏花兒

窮途日日困泥沙　上苑年年好物華
荊林不當車馬道　管絃長奏絲羅家
王孫草上悠揚蝶　少女風前爛熳花
懶出任從愁子笑　入門還是舊生涯

話說經濟。同傳夥計衆人。前邊吃酒。吳大妗子轎子來了。收拾要家去。月娘欵留。再三說道嫂子。再住一夜兒。明日去罷。吳大妗子道。我連在喬親家那裡。就是三四日了。家裡沒人。你哥衙裡又有事。不得在家。我家去罷。明日請姑娘衆位。好歹往我那裡大節坐坐。晚夕告百倫兒來家。月娘道。俺們明日只是晚上些去罷了。吳大妗子道姑娘。早些坐轎子去。晚夕同坐了來家就是了。說畢裝了兩個盒子。一盒子元宵。一盒子饅頭。叫來安兒送大妗子到家。李桂姐等四個都磕了頭。拜辭月娘。也要家去。月娘道。你們慌怎的。也就要去。還等你爹來家着你去。他去分付我留下你們。只怕他還有話和你們說。我是不敢放你去。桂姐道。爹去吃酒到多咱晚來家。俺們原等的。他娘先教我和吳銀子先去罷。他兩個今日纔來。俺們住了兩日。媽在家裡不知怎麼盼望。月娘道。可可的就是你媽盼望這一夜兒等不的。李桂姐道。娘且是說的好。我家裡沒人。俺姐姐又被人包住了。寧可拿器來唱個與娘聽。娘放了奴去罷。正說着。只見陳經濟走進來叫。剩下的賞賜與我。月娘說道。喬家并各家貼轎賞一錢。

共使了十包。重三兩。還剩下十包在此。月娘收了。桂姐便道。我央及姑夫。你看外邊俺們的轎子來了不曾。經濟道。只有他兩個的轎子。你和銀姐的轎子沒來。從頭裡不知誰回了去了。桂姐道。姑夫你真個回了。你哄我哩。那陳經濟道你不信瞧去不是我哄你。劉言未罷。只見琴童抱進氊包來說。爹家來了。月娘道。早是你每不去了。這不你爹來了。不一時西門慶進來。戴着冠帽。已帶七八分酒了。走入房中。正面坐下。月娘便道你董嬌兒韓玉釧兒二人向前磕頭。西門慶問道。人都散了。更已深了。怎的我教他唱。月娘道。他們這裡求着我要家去。且說西門慶向桂姐說。你和銀兒亦發過了節兒去。且打發他兩個去罷。月娘道如何。我說你們不信。恰相我哄你一般。那桂姐把臉兒若低着不言語。西門慶問玳安。他兩個轎子在這裡不曾。玳安道。只有董嬌兒韓玉釧兒兩頂轎子何候着哩。西門慶道。我也不吃酒了。你們拿樂器來唱十段錦兒我聽。打發他兩個先去罷。當下四個唱的。李桂姐彈琵琶。吳銀兒彈箏。韓玉釧兒撥阮。董嬌兒打着緊急鼓子。一遞一個唱十段錦。二十八半截兒。吳月娘。李嬌兒。孟玉樓。潘金蓮。李瓶兒。都在屋裡坐的聽唱。先是桂姐唱山坡羊。

俏寃家。生的出類拔萃。翠衾寒。孤殘獨自。自別後。朝思暮想。想寃家。何時得遇。遇遇見寃家如同往。如同往。該吳銀兒唱。

金字經　惜花人。何處落和春。又殘倚遍危樓。十二欄。十二欄。韓玉釧唱。

駐雲飛　悶倚欄杆。燕子鶯兒怕待看。色戒誰曾犯。思病誰經慣。董嬌兒唱　呀。減盡了花容月貌。重門常是掩。正東風料峭。細雨漨濺。落紅千萬點。桂姐唱。

畫眉序　自會俏冤家。銀箏塵鎖怕湯抹。雖然是人離起尺如隔天涯。記得百種恩情。那里討半星兒狂詐。吳銀兒唱。

紅綉鞋　水面上鴛鴦一對。順河岸步步相隨。怎見個打漁船驚拆在兩下裡飛。韓玉釧唱。

耍孩兒　自從他去添憔瘦。不似今番病久。才郎一去正逢春。急回頭雁過了中秋。董嬌兒唱。

傍粧臺　到如今瑤琴絃斷少知。曾花好時誰共賞。桂姐唱

鎖南枝　紗窗外月兒斜。久想我人兒常常不捨。你為我力

盡心謁我為你珠淚偷揩。吳銀兒唱。

桂枝香 楊花心性。隨風不定。他原來假意兒虛名。到使我眞心陪奉。韓玉釧唱。

山坡羊 惜玉憐香。我和他在芙蓉帳底抵面共。你把衷腸來細講。講離情如何把奴拋棄。氣的我似醉如痴來。呵。何必你別心另叙上。知巳幾時。得重整佳期。佳期。實相逢如同夢裡。董嬌兒唱。

金字經 彈淚痕羅帕班。江南岸。夕陽山外山。李桂姐唱。

駐雲飛 嗏。書寄兩三番。得見艱難。再猜霜毫寫下喬公案。滿紙春心墨未乾。吳銀兒唱。

江兒水 香串懶重添。針兒怕待拈。瘦體嵓嵓鬼病懨懨。倦將這舊恩情重檢點。愁壓挨兩眉翠尖。空惹的張郎憎厭。這些些時鶯花不捲簾。韓玉釧唱。

畫眉序　想在枕上温存的話。不由人窓顫身麻。董嬌兒唱。

紅綉鞋　一個兒投東去。一個兒向西飛。撇的俺一個兒南來。一個兒北去。李桂姐唱。

耍孩兒　你那裡偎紅倚翠銷金帳。我這裡獨守香閨淚暗流。從記得說來呪負心的隨燈兒滅。海神廟放着根由。吳銀兒唱。

傍粧臺　美酒兒誰共斟。意散了如瓶兒。難見面似參辰。從別後幾月深。畫劃兒。畫損了掠兒金。韓玉釧唱。

鎖南枝　兩下裡心腸牽罣。誰知道風掃雲開。今宵復顯出

團圓月重今情郎把香羅再解訴說情誰負誰心須共你說
個明白董嬌兒唱
桂枝香　怎忘了舊時山盟為証坑人性命有情人從此分
離了去何時直得成李桂姐唱
尾聲　半叉綉羅鞋眼兒見了心兒愛可喜才捨着搶白忙
把這俏身挨

唱畢西門慶與了韓玉釧董嬌兒兩個唱錢拜辭出門留李桂
姐吳銀兒兩個這裡歌罷忽聽前邊玳安兒和琴童兒兩個嚷
亂簇擁定李嬌兒房裡夏花兒進來稟西門慶說道小的倒送
兩個唱的出去打燈籠往馬房裡拌草牽馬上槽只見二娘房
裡夏花兒躲在馬槽底下號了小的一跳不知甚麼緣故小的

每問着他又不說。西門慶聽見。便道那奴才在那裡。與我拿來。就坐出外邊明間。穿廊下椅子上坐着。一邊打着。一個簇把那丫頭兒揪着跪下。西門慶問他往前邊做甚麼去。那丫頭。不言語。李嬌兒在傍邊說道。我又不使你。平平白白往馬坊裡做甚麼去。見他慌做一團。西門慶只說丫頭要走之情。即令小廝與我與他搜身上。他又不容搜。於是琴童把他一拉倒在地。只聽滑浪一聲。滾身從腰裡吊下一件東西來。西門慶問是甚麼。玳安遞上去。可霎作怪。却是一定金子。西門慶燈下看了。道是頭裡不見了的那定金子。尋不見原來是你這奴才偷了。他說是拾的。西門慶問是那裡拾的。他又不言語。西門慶於是心中大怒。令琴童往前邊去取拶子來。須臾把丫頭拶起來。拶的殺豬也是叫。撥了半日。又敲二十敲。月娘見他有酒了。又不敢勸。那丫頭挨恐不過。方說我在六娘房裡地下拾的。西門慶方命放了撥子。又分付與李嬌兒領到屋裡去。明日叫媒人。即時與我拉出去賣了。這個奴才。還留着做甚麼。那李嬌兒沒的話兒說便道恁賊奴才。誰叫你往前頭去來。養在家裡。也問我聲兒。三不知就出去了。你就拾了他屋裡金子。也對我說一聲兒。那夏花兒只是哭。李嬌兒道。撥死你這奴才纔好哩。你還哭。西門慶道罷。把金子交與月娘收了。就往前邊李瓶兒房裡去了。那小廝多出去了。月娘令小玉關上儀門。因叫道玉簫來。問他頭裡這丫頭也往前邊去來麼。小玉道。二娘三娘陪大妗子娘兒兩個往六娘那邊去。他也跟了去來。誰知他三不知。就偷了他這

定金子在手裡頭裡聽見娘說爹使小廝買狼觔去了誆的他
要不的在廚房問我狼觔是甚麼教俺每衆人笑道狼觔敢是
狼身上的觔若是那個偷了東西不拿出來把狼觔抽將起來
就纏在那人身上抽攢的手脚兒都在一處他見咱想必慌了
到晚夕趕唱的出去就要走的情見大門首有人纔藏入馬坊
裡鑽在槽底下躲着不想被小廝又看見了揪出來月娘道那
裡看人去恁小丫頭原來這等賊頭鼠腦的到就不是個哈咳
的且說李嬌兒領夏花兒到房裡李桂姐晚間甚是說夏花兒
你原來是個俗孩子你恁十五六歲也知道些人事兒還這等
懵懂要着俺裡邊纔使不的這裡沒人你就拾了些東西來屋
裡悄悄交與你娘似這等把出來他在傍邊也好救你你怎的

不望他題一字兒。劉纔這等撥打着。好麼乾淨俊丫頭。常言道。穿青衣抱黑柱。你不是他這屋裡人。就不管他。劉纔這等掠掣着你。你娘臉上有光沒光。又說他姑娘。你也忒不長俊。要着是我。怎教他把我房裡丫頭。對衆撥恁一頓撥子。又不是拉到房裡來。等我打。前邊幾個房裡丫頭怎的不撥。只撥你房裡丫頭。你是好欺負的。就鼻子口裡沒些些氣兒。等不到明日。真個教他拉出這丫頭去罷。你也就沒句話兒。說你不說等我說。休教他領出去。教別人好笑話。你看看孟家的。和潘家的。兩家一所狐狸一般。你原鬬的過他了。因叫個夏花兒過來。問他你出去不出去。那丫頭道。我不出去。桂姐道。你不出去。今後要貼你娘的心。凡事要你和他一心一計。不拘拿了甚麼。交付與他。教似元宵一般擡舉你。那夏花兒說。姐分付我知道了。挨下這裡。教唆夏花兒不題。且說西門慶走到前邊。李瓶兒房裡。只見他李瓶兒。和吳銀兒炕上做一處坐的。心中就要脫衣去睡。李瓶兒道。銀姐在這裡。沒地方兒安插。你且過一家兒罷。西門慶道。怎的沒地方兒。你娘兒兩個在兩邊。等我在當中睡就是。李瓶兒便燃了他眼兒道。你就說下道兒去了。西門慶道。我如今在那里睡。李瓶兒道。你過六姐那邊去睡一夜罷。西門慶坐了一回。起身走了。說道也罷也罷。省的我打攪你娘兒們。我過那邊屋裡睡去罷。于是一直走過金蓮這邊來。金蓮聽見西門慶進房來。天上落下來一般。向前與他接衣解帶。鋪陳牀鋪乾淨。展放鮫綃。款設珊枕。吃了茶。兩個上牀歇宿不題。李瓶兒這裡。打發西門慶出來。和吳銀兒兩個燈下。放炕桌兒。擺下黑白棋子。對坐下象棋兒。分付迎春。定兩盞茶兒。拿個菓盒兒。把這甜金華酒兒。篩一壺兒來。我和銀姐吃。因問銀姐你吃飯。教他盛飯來你吃。吳銀兒道娘。我且不餓。休叫姐盛來。李瓶兒道也罷。銀姐不吃飯。你拿個盒盖兒我揀粧裡有菓餡餅兒拾四個兒來。與銀娘吃罷。須臾迎春。拿了四碟小菜。一碟糟蹄子觔。一碟鹹鷄。一碟爊鷄蛋。一碟炒的荳芽菜拌海蜇。一個菓盒。都是細巧菓仁兒。一盒菓餡餅兒頓儞在傍邊。少頃與吳銀兒下了三盤棋子。篩上酒來。拿銀鍾兒兩個共飲。吳銀兒叫迎春姐你遞過琵琶來。我唱個曲兒與娘聽。李瓶兒道姐姐。不唱罷。小大官兒睡着了。他爹那邊又聽着。教他說咱。擲骰子耍耍罷。于是教迎春。遞過色盆來兩個擲骰兒賭酒爲樂。擲了一回。吳銀兒因叫迎春姐你那邊屋裡。請過你媽兒來。教他吃鍾酒兒。迎春道。他摟着哥兒在那邊。炕上睡哩。李瓶兒道。教他摟着孩子睡罷。拿一甌子酒送與他吃就是了。你不知俺這小大官。好不伶俐人。只離來開他就醒了。有一日兒。在我這邊炕上睡。他爹這裡敢動一動兒。就睜開眼醒了。恰似知道的一般。教奶子抱了去那邊屋裡。只是哭。只要我摟着他。吳銀兒笑道。娘有了哥兒。和爹自在覺兒也不得睡一個兒。爹幾日來這屋裡走一遭兒。李瓶兒道。他也不論。遇着一遭也不可止。兩遭也不可止。常進屋裡看他。爲這孩子來看他。不打緊。教人把肚子也氣破了。相他爹和這孩子。背地咒的白湛湛的。我是不消說的。只與人家墊舌根。誰和他有甚麼大閒事。寧可他不來我這裡還好。第二日。教人眉兒眼兒的只說俺們。什麼把攔着漢子爲甚麼。剗繞到這屋裡。我就攛掇他出去。銀姐你不知俺這家。人多舌頭多。自今日爲不見了這定金子。早是你看着。就有人氣不憤。在後邊調白你大娘。說拿金子進我這屋裡來了。怎的不見了。落後不想是你二娘屋裡丫頭偷了。繞顯出個青紅皂白來。不然綁着鬼。只是俺這屋裡丫頭和奶子老馮媽媽。急的那哭。只要尋死。說道若沒有這金子。我也不家去。落後見有了金子。那咱繞肯去。還打了燈家去了。吳銀兒道。娘也罷。你看爹的面上。你守着哥兒慢慢過到那裡。是那裡。論起後邊大娘。沒甚言語也罷了。倒只是別人。見娘生了哥兒。未免都有些些兒氣。爹他老人家有些些主就好。

李瓶兒道。若不是你爹和你大娘看覷。這孩子也活不到如今。說話之間。你一鍾。我一盞。不覺坐到三更天氣。方纔宿歇。正是

得意客來情不厭。知心人到話相投。有詩爲証

畫樓明月轉窗寮　相伴嬋娟宿一宵
玉骨氷肌誰不愛　一枝梅影夜迢迢

畢竟未知後來何如且聽下回分解

第四十五回　應伯爵勸當銅鑼

李瓶兒解衣銀姐

第四十五回

桂姐央留夏花兒　月娘含怒罵玳安

佳名號作百花王　幻出冰肌異衆芳
映日妖嬈呈素艷　隨風冷淡散清香
玉容兵妬啼粧女　雪臉渾如傳粉郎
檀板金尊歌勝賞　何誇魏紫與姚黃

話說西門慶因放假。沒往衙門裡去。早辰起來。前廳看着。差玳安送兩張卓面。與喬家去。一張與喬五太太。一張與喬大戶娘子。俱有高頂方糖。時件樹菓之類。喬五太太賞了玳安兩方手帕。三錢銀子。喬大戶娘子。是一疋青絹。俱不必細說。原來應伯爵。自從與西門慶作別。赶到黃四家。黃四又早擬中。封下十兩銀子謝他。大官人分付教俺過節去。口氣兒只是搗那五百兩銀子文書的情。你我錢粮拿甚麽支持。應伯爵道。你如今還得多少纔勾。黄四道。李三哥他不知道。只要靠着問那内臣借一般。也是五分行利。不如這裡借着。衙門中勢力兒就是上下使用也省些。如今找着再得出五十個銀子來。把一千兩合用。就是每月也好認利錢。應伯爵聽了。低了低頭兒說道。不打緊。假若我替你說成了。你夥計六人怎生謝我。黄四道。我對李三說夥中再送五兩銀子與你。伯爵道。休說五兩的話。要我手段。五兩銀子要不了你的。我只消一言替你每巧一巧兒。就在裡頭了。今日俺房下往他家吃酒。我且不去。明日他請俺每晚夕賞燈。你兩個明日絕早買四樣好下飯。再着上一鐔金華酒。不要叫唱的。他家裡有李桂兒。吳銀兒。還沒去裡。你院裡叫上六名吹打的。等我領着送了去。他就要請你兩個坐。我有傍邊。那消一言半句。管情就替你說成了。我出五百兩銀子來。共搗一千兩文書。一個月滿破認他五十兩銀子。那裡不去了。只當你包了一個月老婆了。常言道。秀才取添無真。進錢粮之時。香裡頭多上些木頭。蠟裡頭多攙些桕油。那裡查帳去。不圖打點。只圖混水。借着他這名聲兒。纔好行事。于是計議已定。到是李三黃四。果然買了酒禮。伯爵領着兩個小厮。擡着送到西門慶家來。西門慶正在前廳打發卓面。只見伯爵來到。作了揖。道及昨日房下。在這裡打攪。回家晚了。西門慶道。我昨日周南軒那裡吃酒回家。也有一更天氣。也不曾見的新親。說老早就去了。今早衙門中放假。也沒去看着。打發了兩張卓面。與喬親家那裡去。說畢坐下了。伯爵就喚李錦。你把禮擡進來。不一時。兩個抬進儀門裡放下。伯爵道。李三哥黃四哥再三對我說。受你大恩節間沒甚麽。買了些微禮來孝順你賞人。只見兩個小厮向前扒在地下磕頭。西門慶道。你們又送這禮來做甚麽。我也不好受的。還教他擡回去。伯爵道。哥你不受他的。這一擡出去。就醜死了。他還要叫唱的來伏侍。是我阻住他了。只叫了十六名吹打的。在外邊伺候。西門慶卽令與我叫進來。不一時把十六名樂工叫至當面跪下。西門慶向伯爵道。他既是叫將來了。莫不又打發他。不如請他兩個來坐坐罷。伯爵得不的一聲兒。卽叫過李錦來。分付到家。對你爹說。老爹收了禮了。這裡不着請去了。叫你爹同黃四爹早來這裡坐坐那李錦應諾下去。須臾收進禮去。西門慶令玳安封二錢銀子賞他。磕頭去了。六名吹打的下邊伺候。少頃棊童兒拿茶上來那裡吃。西門慶陪伯爵吃了茶。說道有了飯請問爹。西門慶讓伯爵西廂房裡坐因問伯爵你今日沒會謝子純張伯爵道。我早辰起來時。李三就到我那裡看着打發了禮來。誰得閑去會他。西門慶即使棊童兒快請你謝爹去。不一時書童兒放卓兒擺飯。畫童兒用罩漆方盒兒拿了四碟小菜兒。都是裡外花靠小碟兒精緻。一碟美甘甘十香瓜茄一碟甜孜孜五方豆豉。一碟香噴噴的橘醬。一碟紅馥馥的糟筍。四大碗下飯一碗大燎羊頭。一碗滷𤋮的炙鴨。一碗黃芽菜並炸的餛飩雞蛋湯。一碗山藥膾的紅肉圓子。上下安放了兩雙金筋牙兒伯爵面前是一盞上新白米飯兒西門慶面前。于是一甌兒香噴噴軟稻粳米粥兒兩個同吃了飯收了家火去。揩抹的卓兒乾淨。西門慶與伯爵兩個坐着賭酒兒打雙陸。伯爵趂謝希大未來。乘先問下西門慶說道。哥明日找與李智黃四多少銀子。西門慶道。把舊文書收了。另搗五百兩銀子文書就是了。伯爵道。這等也罷了。哥你總不如再找上一千兩到明日也好認利錢。我又一句話。那金子你用不着。還筭一百五十兩與他。再找不多兒了。西門慶聽罷道。你也說的是。我明日再找三百五十兩與他罷。改一千兩銀子文書就是了。省的金子放在家。也只是閒着。兩個正打雙陸。忽見玳安兒走來說道。責四拿了一座大螺甸大理石屏風。兩架銅鑼銅鼓連鐺兒說是白皇親家的。要當三十兩銀子。爹當與他不當他。西門慶道。你教賁四拿進來我瞧。不一時賁四同兩個人擡進去。放在廳堂上。西門慶與伯爵下雙陸。走出來撒看。原來是三尺闊。五尺高。可卓放的螺蜔描金大理石屏風。端的是一樣黑白分明。伯爵觀了一回。悄與西門慶道。哥你好細瞧。恰相好似蹲着個鎮宅獅子一般。兩架銅鑼銅鼓。都是彩畫生粧雕刻雲頭。十分齊整。在傍一力攛掇說道。哥該當下他的。休說兩架銅鼓。只一架屏風。五十兩銀子還沒處尋去。西門慶道。不知他明日贖不贖。伯爵道。沒的說。贖甚麼。下坡車兒營生。及到三年過來。七八本利相等。西門慶道也罷。教你姐夫前邊鋪子裡兌三十兩與他罷。剛打發去了。西門慶把屏風拂抹乾淨。安在大廳正面。左右看視。金碧彩霞交輝。因問吹打樂工吃了飯不曾。琴童道。在下邊打發吃飯哩。西門慶道。叫他吃了飯。來吹打一回我聽。于是廳內擡出大鼓來。穿廊下邊一架安放銅鑼銅鼓。吹打起來。端的聲震雲霄。韻驚魚鳥。正吹打着。只見棋童兒請了謝希大到了。進來與二人唱了喏。西門慶道。謝子純。你過來。估估這座屏風兒值多少價。謝希大近前觀看了半日。口裡只顧誇奬不已。說道。哥你這屏風買的巧也得一百兩銀子與他。少了他不肯。伯爵道。你看連這外邊兩架銅鑼銅鼓帶鐺鐺兒。通共與了三十兩銀子。那謝希大拍着手兒叫道。我的南無耶。那裡尋本兒利兒。休說屏風。三十兩銀子。還攪給不起這兩架銅鑼銅鼓來。你看這兩座架。做的這工夫。硃紅彩漆。都照依官司裡的樣範。

少說也有四十觔响銅。該值多少銀子。恠不的一物一主。那裡有哥這等大福。偏有這様巧價兒來尋你的。說了一回。西門慶請入書房裡坐的。不一時李智黃四也到了。西門慶說道你兩個如何又費心。送禮來。我又不好受你的。那李智黃四慌的下了禮說道。小人惶恐。微物胡亂與爹賞人罷了。蒙老爹呼喚。不敢不來。于是搬過坐兒來。打横坐了。須叓小厮畫童兒。拿了五盞茶上來。衆人吃了。收下盞托去。少頃玳安走上來。請問爹在那裡放卓兒。西門慶令擡進卓兒。就在這裡坐罷。于是玳安與書童兩個。一肩搭擡進一張八仙瑪瑙籠漆卓兒進來。騎着火盆安放在地平上。伯爵希大居上。西門慶主位。李智黃四兩邉打横坐了。須叓拿上春槃按酒。大盤大碗湯飯點心。無非鵝鴨鷄蹄。各樣下飯之類。酒泛羊羔湯浮桃浪。樂工都在窓外吹打。西門慶吽了吳銀兒席上遞酒。這裡前邊飲酒不題。却說李桂姐家保兒。吳銀兒家丫頭蠟梅。都吽了轎子來接他姐姐家去。那桂姐聽得保兒來。慌的走到門外。和保兒兩個悄悄說了半日話。回到上房告辭。要回家去。月娘再三留他。俺們如今便都往吳大妗子家去。連你們也帶了去。你越發晚了。從他那裡起身。也不用轎子伴俺每走百病兒。就往家去便了。桂姐道。娘不知我家裡無人。俺姐姐又不在家。有我王姨媽那裡。又請了許多人來做盒子會。俺媽不知怎麼盼我。昨日等了我一日。他不急時。不使將保兒來接我。若是閑常日子。隨娘留我幾日。我也住了。月娘見他不肯。一面教玉簫將他那原來的盒子。裝了一盒元宵。一盒白糖薄脆。交與保兒揣着。又與桂姐一兩銀子。打發他早去。這桂姐先辭月娘衆人。然後他姑娘送他到前邊。教畫童替他抱了氈包。竟來書房門首。教玳安請出西門慶來說話。這玳安慢慢掀簾子。進入書房。向西門慶說道。桂姐家去。請爹說話。應伯爵道。李桂兒這小淫婦兒原來還沒去哩。西門慶道。他今日纔家去。一面走出前邊來。看見李桂姐穿着紫丁香色潞州紬粧花肩子對衿襖兒。白展光五色線挑的寬襴裙子。用青點翠的白綾汗巾兒搭着頭。面前花枝招颭。綉帶飄飄。磕了四個頭。就道打攪爹娘這裡。西門慶道。你明日家去罷。桂姐道。家裡無人。媽使保兒拿轎子來接了。又道。我還有一件事對爹說。俺姑娘房裡那孩子。休要領出去罷。俺姑娘昨日晚夕。又打

了他幾下。說起來還小哩。恁怎麼不知道。吃我說了他幾句。從
今改了。他也再不敢了。不爭打發他出去。大節間。俺娘房中沒
個人使。你心裡不急麼。自古木杓火杖兒短。強如手撥剌。爹好
歹看我分上。留下這丫頭罷。西門慶道。既是你恁說。留下這奴
才罷。一面分付玳安。你去後邊對你大娘說。休要叫媒人去了。
玳安向畫童兒抱着桂姐氈包。說道。拿桂姨氈包等我抱着。教
畫童兒後邊說去罷。那畫童應喏。一直往後邊去了。桂姐與西
門慶說畢話。東窓子前揚聲叫道。應花子。我不拜你了。你娘家
去。伯爵道。拉回賊小淫婦兒來。休放他去了。叫他唱一套兒。且
與我聽聽着。桂姐道。等你娘閒了。唱與你聽。伯爵道。由他乾乾
淨淨。自你兩個梯巳話兒。就不教我知道了。恁大白日就家去

了。便盃了賊小淫婦兒了。投到黑還趕接好幾個漢子桂姐道。汗邪了你這花子。一面笑出去。玳安跟着打發他上轎去了。西門慶與桂姐說了話。後邊更衣去了。應伯爵向謝希大說李家桂兒這小淫婦兒。就是個眞賊牢的強盜。越發賊的疼人子。恁個大節。他肯只顧在人家住着。鴇子來叫他。又不知家裡有甚麼人兒等着他哩。謝希大道。你好猜。悄悄向伯爵耳邊。如此如此。這般這般。說未數句。伯爵道。悄悄裡說道。哥正不知道哩。不一時西門慶走的脚步兒响進來。兩個就不言語了。這應伯爵就把吳銀兒摟在懷裡。和他一遞一口兒吃酒說道。是我這乾女兒又溫柔又軟欵。強如李家狗不要的小淫婦兒。一百倍了。吳銀兒笑道。二爹好罵。說一個就一個。百個就百個。一般一方之地也有賢有愚可可兒一個就比一個來。俺桂姐沒惱着你老人家西門慶道。你問賊狗材。單骨只倜倜說白道的。伯爵道。你休管他家等我守着我這乾女兒過日子。乾女兒過來拿琵琶且先唱個兒我聽。這吳銀兒不忙不慌輕舒玉指款跨鮫綃把琵琶在于膝上低低唱了一回柳搖金。

心中牽掛。飯不飯茶不茶。難割捨我俏冤家。凄涼因爲我心上放不下。更不知你在誰家。要離別與我兩句伶仃話拋閃殺奴家。閃賺殺奴家。你休要把奴來干罷。

伯爵吃過酒。又遞謝希大吳銀兒又唱道。

常懷憂悶。何時得趣我心。牽掛着我有情人姊妹們掏骨的緊。老尊堂不放鬆。顯的我言兒無信不愛你寶和金。只愛你只愛你生的胖兒俊我和你做夫妻。死了甘心。教奴和你往來相趁。

這裡和吳銀前邊遞酒彈唱不題。且說畫童兒走到後邊。月娘正和孟玉樓李瓶兒大姐雪娥并大師父。都在上房裡坐的。只見畫童兒進來。月娘纔待使他叫老媽來。夏花兒出去。畫童便道爹使小的對大娘說教且不要領他出去。罷了。月娘道你爹教賣他怎的又不賣他了。你實說是誰對你說教休要領他出去。畫童兒道。剛纔小的抱着桂姨氊包桂姨臨去。對爹說央及留下了。且將就使着罷休領出去了。爹使玳安進來對娘說玳安不進來在爹根前使小的進來了。奪過氊包送桂姨去了。這月娘聽了就有幾分惱在心中罵玳安道怪賊兩頭紬番獻勤欺王的奴才。嗔道他頭裡使他教媒人，他就說道，爹教領出去。原來都是他弄鬼。如今又幹办着送他去了。住回等他進後來我和他答話。正說着，只見吳銀兒前邊唱了進來。月娘對他說，你家臘梅接你來了。李家桂兒家去了。你莫不也往家去了罷。吳銀兒道，娘既留我，我又家去，顯的不識敬重了。因問蠟梅，你來做甚麼。蠟梅道，媽使我來瞧瞧你。吳銀兒問道，家裡沒甚勾當。蠟梅道，沒甚事。吳銀兒道，既沒事，你來接我怎的。你家去罷。娘留下我，晚夕還同眾娘每往妗奶奶家走百病兒去。我那裡回來，纔往家去哩。說畢，蠟梅就要走。月娘道，你叫他回來，打發他吃些甚麼兒。吳銀兒道，你大奶奶賞你東西吃哩。等着，就把衣裳包子帶了家去。對媽媽說，休教轎子來，晚夕我走了家去。

因問吳惠化怎的不來。臘梅道。他在家裡害眼哩。月娘分付玉
簫。臘梅到後邊拿下兩碗肉。一盤子饅頭。一甌子酒。打發他吃。
又拿他原來的盒子。裝了一盒元宵。一盒細茶食。回與他拿去。
原來吳銀兒的衣裳包兒。放在李瓶兒房裡。李瓶兒連忙又早
尋下。一套上色織金段子衣服。兩方銷金汗巾兒。一兩銀子。安
放在他氈包內與他。那吳銀兒喜孜孜辭道。娘我不要這衣服
罷。又笑嘻嘻道。實和娘說。我沒個白襖兒穿。娘收了這段子衣
服。不拘娘的甚麼舊白綾襖兒與我一件兒穿罷。李瓶兒道。我
的白襖子多寬大。你怎的穿。于是叫迎春拿鑰匙上大廚櫃裡拿
一疋整白綾來。與銀姐。對你媽說。教裁縫替你裁兩件好襖兒。
因問你要花的要素的。吳銀兒道。娘我要素的罷。留襯着比甲。

兒好穿。笑嘻嘻向迎春說道。又起動冉姐往樓上走一遭。明日我沒甚麼孝順。只是唱曲兒與姐姐聽罷了。須臾迎春從樓上。取了一疋松江潤機尖素白綾。下號兒寫着重三十八兩遞與吳銀兒。銀兒連忙花枝招颭。綉帶飄飄。插燭也是與李瓶兒磕了四個頭。起來又深深拜了迎春八拜。李瓶兒道。銀姐你把這段子衣服。還包了去。早晚做酒衣兒穿。吳銀兒道。娘賞了白綾做襖兒。又包了這衣服去。于是又磕頭謝了。不一時臘梅吃了東西。交與盒子氈包都拿回家去了。月娘便說。銀姐你這等我纔喜歡。你休學李桂兒那等喬張致。昨日和今早只相卧不住虎子一般。留不住的。只要家去。可可兒家裡就忙的恁樣兒。連唱也不用心唱了。見他家人來接。飯也不吃就去了。就不待見

了。銀姐你快休學他。吳銀兒道。好娘這裡一個爹娘宅裡。是那
裡去處。就有虛簧。放着別處。便敢在這裡使桂姐年幼。他不知
事。俺娘休要惱他。正說着。只見吳大妗子家。使了小廝來定兒。
來請說道。俺娘上覆三姑娘。好歹同衆位娘并桂姐銀姐。請早
些過去罷。又請雪姑娘也走走。月娘道。你到家對你娘說。俺們
如今便收拾去。二娘害腿疼不去。他在家看家哩。你姑夫今日
前邊有人吃酒。家裡沒人。後邊姐也不去。李桂姐家去了。連大
姐銀姐。和俺每六位去。你家少費心整治甚麼。俺每坐一回。晚
上就來。因問來定兒。你家叫了誰在那裡唱。來定兒道。是郁大
姐。說畢。來定兒先去了。月娘一面同玉樓金蓮李瓶兒大娘。并
吳銀兒。對西門慶說了。分付奶子在家看哥兒。都穿戴收拾定

當。共六頂轎子起身。孤定珉安兒。棋童兒。來安兒。三個小廝。四名排軍跟轎。徑與大妗子家來。正是

萬井風光春落落　千門燈火夜漫漫
此生此夜不長見　明月明年何處看

畢竟未知後來何如。且聽下回分解。

第四十六回　元夜遊行遇雨雪

妻妾戲笑卜龜兒

第四十六回

元夜遊行遇雪雨　妻妾笑卜龜兒卦

帝里元宵。風光好。勝仙島蓬萊。玉塵飛動。車喝繡轂。月照樓臺。三宮此夕歡諧。金蓮萬盞。撒向天街。迓鼓通宵。華燈競起。五夜齊開。

此隻詞兒。是前人所作。單題這元宵景致。人物繁華。且說西門慶那日打發吳月娘衆人。往吳大妗子家吃酒去了。李智黃四約坐伯爵趕送出去。如此這般告訴。我已替你二公說了。准在明日還找五百兩銀子。那李智黃四。向伯爵打了恭。又打恭。到黃昏時分。就告辭去了。廂房中和謝希大還陪西門慶飲酒。只見李銘撅簾子進來。伯爵看見便道李日新來了。李銘扒在地下磕頭。西門慶問道。吳惠怎的不來。李銘道。吳惠今日東平府官身也沒去。在家裡害眼。小的叫了王柱來了。便叫王柱進來。與爹磕頭。那王柱掀簾進入房裡。朝上磕了頭。與李銘站立在旁。伯爵道。你家桂姐剛纔家去了。你不知道。李銘道。小的官身到家。洗了洗臉就來了。並不知道。伯爵同西門慶說。他兩個怕不的還沒吃飯哩。哥。分付拿飯與他兩個吃。書童在旁說。一爹叫他等一等。亦發和吹打的一答裡吃罷。沒也拿飯去了。伯爵令書童取過一個托盤來。卓上掉了兩碟下飯。一盤燒羊肉。遞與李銘等。拿了飯你每拿兩碗。在這明間吃罷。說書童兒我那傻侄子。常言道方以類聚。物以群分。你不知他這行人。故雖是當院出身。小優兒比樂工不同。一槩看待也罷了。顯的說你我不幫襯了。被西門慶向伯爵頭上打了一下。笑駡道。恠不的你這狗材。行記中人。只護行記中人。又知這當差的苦甘。伯爵道。傻孩兒。你知道甚麽。你空做子弟一塲。連借玉憐香四個字。你還不曉的甚生。說粉頭小優兒。如同鮮花兒。你惜憐他越發有精神。你但折剉他。敢就八聲甘州。懨懨瘦損。難以存活。西門慶笑道。還是我的兒曉的道理。那李銘王柱。須臾吃了飯。應伯爵叫過來。分付你兩個會唱雪月風花共裁剪不會。李銘道。此是黄鍾。小的每記的。于是拿過箏來。王柱彈琵琶。李銘搊箏。頓開喉音。黄鍾醉花隂。

雪月風花共裁剪。雲雨夢香嬌玉軟。花正好。月初圓。雪壓風嵌。人比天涯遠。這此時欲寄斷鵬篇。爭柰我無岸的相思。好着我難運轉。
喜鶯遷　指滄溟爲硯。管城毫逮筆如椽。松烟將泰山作墨硯。萬里青天爲錦箋。都做了草聖傳。一會家書。書不盡心事。一會家訴。訴不盡熬煎。
出隊子　憶當時初見。見俺風流小業寃。兩心中便結下死生緣。一載間澤如膠漆堅。誰承望半路番騰。倒做了離恨天。
二三朝不見。渾如隔了十數年。無一頓茶飯不掛牽。無一刻光陰不唱念。無一個更兒將他來不夢見。
四門子　無一個來人行。將他來不問遍。害可人有似風顛。相識每見了重還勸。不由我記掛在心間。思量的眼前活現。作念的口中粘涎。襟領前。袖兒邊。泪痕流遍。想從前我和他。

語在前。那時節嬌小當年。論聰明貫世何曾見。他敢眞誠處有萬千。

刮地風　憶咱家爲他情無倦。淚江河成春戀。俺也曾坐並着膝。語並着肩。俺也曾芰荷香效他交頸鴛。俺也曾把手兒行。共枕眠。天也是我緣薄分淺。

水仙子　非干是我自專。只不見的鸞膠續斷絃。憶枕上盟言。念神前發愿。心堅石也穿。暗暗的禱告青天。若咱家負他前世緣。俏寃家不趂今生願。俺那世裏再團圓。

尾聲　囑付你衷腸莫更變。要相逢則除是動載經年。則你那身去遠。莫教心去遠

說話唱了看看晚來。正是金烏漸漸落西山。玉兔看看上畫闌。

佳人款款來傳報。報道月移花影上紗窓。西門慶命收了家火。使人請傳夥計。韓道國。雲主管。賁四陳經濟。大門首。用一架圍屏。圍安放兩張桌席。懸掛兩盞羊角燈。擺設酒筵。堆集許多春槃菓盒。各樣餚饌。西門慶與伯爵希大。都一代上面坐了。夥計主管兩邊打横。大門首兩邊。一邊十二盞金蓮燈。還有一座小烟火。西門慶分付等堂客來家時放。先是六個樂工。擡銅鑼銅鼓。在大門首吹打。動起樂來。那一回銅鑼銅鼓又清。吹細樂上來。李銘王柱。兩個小優兒箏琵琶。上來彈唱燈詞畫眉序。花月满春城。云　云那街上來往圍看的人。莫敢仰視西門慶帶忠靖冠。絲絨鶴氅。白綾袄子。玳安與平安兩個。一遞一桶放花兒。兩名排軍各執攬杆。攔擋閑人。不許向前擁擠。不一時碧天雲靜。

一輪皓月東升之時。街上遊人十分熱鬧。但見

戶戶鳴鑼擊鼓。家家品竹彈絲。遊人隊隊踏歌聲。士女翩翩垂舞調。鰲山結綵。巍峩百尺矗晴雲。鳳禁縟香。縹緲千層籠綺隊。閑廷內外。溶溶寶月光輝。畫閣高低。燦燦花燈照耀。三市六街人鬧熱。鳳城佳節賞元宵。

且說後邊春梅迎春。玉簫蘭香。小玉衆人。見月娘不在。聽見大門首吹打銅鼓彈唱。又放烟火。都打扮着走來。在圍屏背後扒着望外瞧。書童兒和畫童兒。兩個在圍屏背後火盆上篩酒。原來玉簫和書童舊有私情。兩個常時戲狎。兩個因按在一處奪瓜子兒磕。不防火盆上。坐着一錫瓶酒。推倒了。那火烘烘望上騰起來。漰了一地灰起去。那玉簫還只顧嘻笑。被西門慶聽見。

使下玳安兒來問。是誰笑。怎的這等灰起。那日春梅。穿着新白綾襖子。大紅遍地金比甲。正坐在一張椅兒上。看見他兩個推倒了酒。一經搗聲罵玉簫。好個怪浪的淫婦。見了漢子。就邪的不知怎麼樣兒的了。只當兩個把酒推倒了纔罷了。都還嘻嘻哈哈。不知笑的是甚麼。把火也淵死了。平白落了人恁一頭灰。那玉簫見他罵起來。諕的不敢言語。往後走了。慌的書童兒走上去。回說。小的火盆上篩酒來。扒倒了錫瓶裡酒了。那西門慶聽了。更不問其長短就罷了。先是那日賁四娘子。打聽月娘不在。平昔知道。春梅玉簫。迎春蘭香。四個是西門慶貼身答應得寵的姐兒。大節下安排了許多菜蔬菓品。使了他女孩兒長兒來。要請他四個去他家裡散心坐坐。衆人領了來見李嬌兒。嬌

見說。我燈草拐杖不定。你還請問你爹去。問雪娥。雪娥亦發不
不敢承攬。看看挨到掌燈已後。賁四娘子又使了長兒來邀四
人。蘭香推玉簫。玉簫推迎春。迎春推春梅。要今齊了。往李嬌兒
轉央和西門慶說。放他去。那春梅坐着紋絲兒也不動。及罵玉
簫等。都是那沒見食面的行貨子。從沒見酒席。也聞些氣兒來。
我就去不成。也不到央及他家去。一個個鬼攛掇的也似。不知
忙的是甚麼。你教我半個眼兒看的上。那迎春玉簫蘭香。都穿
上衣裳。打扮的齊齊整整。出來。又不敢去。這春梅又只顧坐着
不動身。書童見賁四嫂。又使了長兒來邀。說道。我被着爹罵兩
句也罷。等我上去替姐們禀禀去。一直走到西門慶身邊。掩口
對耳說道。賁四嫂家。大節間。要請姐們坐坐。姐教我來禀問爹。

去不去。西門慶聽了。分付教你姐每收拾去。早些來。家裡沒人。這書童連忙走下來說道。還虧我到上頭一言。就准了。教你姐快收拾去。早些來。那春梅慢慢纔往房裡勻施脂粉去了。不一時四個都一答兒裡出門。書童扯圍屏掩過半邊來。遮着過去。到了責四家。責四娘子見了。如同天上落下來的一般。迎接裡間屋裡。頂槅上點着綉毬紗燈。一張卓兒上整齊菓。春盛堆滿滿的。赶着春梅叫大姑。迎春叫二姑。玉簫是三姑。蘭香是四姑。都見過禮。又請過韓回子娘子來相陪。教下人家。另是一分菓蔬。當下春梅迎春上坐。玉簫蘭香對席。責四嫂與韓回子娘子打橫。長兒往來盪酒拿菓。按下這裡不題。西門慶因叫過樂工來。分付你們吹了一套。東風料峭好事近與我聽。正值後邊拿上玫瑰元宵來。銀金匙。衆人拿起來同吃。端的香甜美味。入口而化。甚應佳節。李銘王柱席前又拿樂器接着彈唱此詞。端的聲慢悠揚。挨徐合節。道

東野翠烟。喜遇芳天晴曉。惜花心。惟春來又起得偏早教人探取間東君。肯與我春多少。見丫鬟笑語回言道。昨夜海棠開了。

千秋歲　杏花稍見着黎花雪。一點梅豆青小。流水橋邊流水橋邊。只聽的賣花人聲。聲頻耳。鞦韆外行人道。我只聽的粉墻內。佳人歡笑。笑道春光好。我把這花篮兒旋簇。食壘高挑。

越恁好　鬧花深處。滴溜溜的酒旗招。牡丹亭佐。倒尋女伴

鬪百草。翠巍巍的柳條。忒楞楞的曉鶯飛過樹稍。撲簌簌亂橫。舞翩翩粉蝶兒飛過畫橋。一年景四季中惟有春光好。向花前暢飲。月下歡笑。

紅綉鞋　聽一派鳳管鸞簫。見一簇翠圍珠繞。捧玉樽醉頻倒。歌金縷。舞甚麼。恁明月上花稍。月上花稍。

尾聲　醉教酩酊眠芳草。高把銀燈花下燒。韶光易老。休把春光虛度了。

這裡彈唱飲酒不題。且說玳安與陳經濟。袖着許多花炮。又叫兩個排軍。拿着兩個燈籠。竟往吳大妗子家。接月娘衆人。正在明間。和吳大姨。吳二妗子。吳舜臣媳婦兒鄭大姐在傍彈唱着。正飲酒。見了陳經濟來。教二舅和姐夫房裡坐。你大舅今日不在家。衛裡看着造冊哩。一面放卓兒。拿春盛點心酒菜上來。陪經濟。玳安走到上邊。對月娘說。爹使小的來接娘們來了。請娘早些家去。恐晚夕人亂。和姐夫一答兒來了。月娘因着頭裡惱他。就一聲兒沒言語荅他。吳大妗子。便叫來定兒拿些甚麽兒與玳安兒吃。來定兒道。酒肉湯飯。都前頭擺下。和他一處兒吃罷。吳月娘道。忙怎的。那裡繞來作到。就與他吃罷。教他前邊站着。我每就起身。吳大妗子道。三姑娘慌怎的。上門兒惟人家。比來大姑娘們。在俺這裡大節下。姊妹間衆位開懷大坐坐兒。左右家裡有他二娘。和他姐在家裡。怕怎的。老早就要家去。是別人家又是一說。因叫郁大姐。你唱個好曲兒。伏侍他衆位娘。說你。孟玉樓道。他六娘好不惱他哩。不與他做生日。郁大姐連忙下席來。與李瓶兒磕了四個頭。說道。自從與五娘做了生日。家去就不好起來。昨日妗奶奶這裡接我去。教我纔收拾閑了來。若好時怎的。不與你老人家磕頭。金蓮道郁大姐你六娘不自在哩你唱個好的與他聽。他就不惱你了。那李瓶兒在旁只是笑。不做聲。郁大姐道。不打緊。拿琵琶過來。等我唱。大妗子叫吳舜臣媳婦。鄭三姐。你把你二位姑娘。和衆位娘的酒兒斟上。這一日還沒上過鍾酒兒。那郁大姐接琵琶在手。唱一江風道。

子時那這凄涼。如何過羅幃錦帳。和衣臥。歹哥哥你許下我子丑時來。不覺寅時錯。疼心腸等他待如何。拋閃了我。愿神靈降與他灾和殃。

卯時的亂挽起烏雲髻。羞對菱花鏡。想多情穿不的錦綉衣裳。戴不起翡翠珍珠。觧不開心頭悶。辰時巳過了。巳時不見影。奴家為你憂成病。

午時排。這相思真個害害的我魂不在。想多才。你記的月下星前。誓海盟山。誰把你輕看待。他若是未時來。也把奴愁懷觧。申時買個猪頭兒賽。

酉時下。不由人心牽掛。誰說幾句知心話。誆冤家。你在謝館秦樓。倚翠偎紅。色胆天來大。戍時點上燭。早晚不見他。亥時去卜個龜兒卦。

正唱着。月娘便道。怎的這一回子恁凉凄凄的起來。來安在旁說道。外邊天寒。下雪哩。孟玉樓道。姐姐你身上穿的不单薄。我倒帶了個綿披袄子來了。咱這一回夜深不冷麼。月娘道。見是

下雪。叫個小廝。家裡取皮袄來。咱們穿。那來安連忙走下來。對
玳安說。娘分付教人家去取娘們皮袄哩。那玳安便叫琴童兒。
你取去罷。等我在這裡伺候。那琴童也不閘一直家去了。少頃
月娘想起金蓮的皮襖。因問來安兒。誰取皮袄去了。來安道。琴
童取去了。月娘道。也不問我就去了。玉樓道。剛繞短了一句話。
就教他拿俺的皮袄。他五娘沒皮袄。只取姐姐的來罷。月娘道。
怎的家中沒有。還有當的人家一件皮袄。取來與六娘穿。就是
了。月娘便問玳安那奴才。怎的不去。却使這奴才去了。你叫他
來。一面把玳安叫到根前。吃月娘儘力罵了幾句。好的好奴才
是你怎的不動。又遣將兒使了那個奴才去了。也不問我聲兒。
三不知就去了。但坐壇遣將兒。惟不的你做了大官兒。恐怕打

勸他展指兒巾就。只遣他去。玳安道。娘錯怪了小的。頭裡娘分付教小的去。小的敢不去。若使來安下來。只說教一個家裡去。月娘道。那來安小奴才。敢分付你。俺們恁大老婆還不敢使你哩。如今但的你這奴才們。想有些摺兒也怎的。一來至于烟薰的佛像。掛在墻上。有恁施主。有恁和尚。你說你恁行動兩頭戳舌獻勤出尖兒。外合裡表。奸懶食饞。奸消流水。背地瞞官作弊。幹的那繭兒。我不知道。頭裡你家主子沒使你。送李桂兒家去。你怎的送他人拿着毡包。你還匹手奪過去了。留了頭不留了頭。不在你使。你進來說。你怎的不進來。你使就恁送他裡頭爲嘴吃去了。却使別人進來。須知我若罵。只罵那個人了。你還說你不久慣牢成。玳安道。這個也沒人。就是畫童兒過的舌。爹見他抱着毡包教我你送送你桂姨去罷使了他進來時娘說留了頭不留了頭不在於小的小的管他怎的月娘大怒罵道賊奴才還要說嘴哩我可不這裡閑着和你犯牙兒哩你這奴才脫脖倒坳過颺了我使着不動耍嘴兒我就不信到明日不對他說把這欺心奴才打與他個爛羊頭也不筭與大妗子道玳安兒還不快替你娘們取皮袄去他惱了又道姐姐你分付他拿那裡皮袄與他五娘穿潘金蓮接過來說道姐姐不要取去我不穿皮袄教他家裡稍了我的披袄子來我穿罷人家當的赤色好也歹也黄狗皮也似的穿在身上教人笑話也不氣長久後還贖的去了月娘道這皮袄纔不是當倒是當人李智少十六兩銀子准折的皮袄當的王招宣府裡那件皮袄與李嬌

兒穿了。因分付玳安。皮襖在大櫥裡。教玉簫尋與你。就把大姐
的皮襖也帶了來。那玳安把嘴谷都走出來。陳經濟問道。你往
那去。玳安道。精是攮氣的營生。一遍生活兩遍做。這咱晚又往
家裡跑一遭。逕走到家。西門慶還在大門首吃酒。傅夥計雲主
管都去了。還有應伯爵謝希大韓道國賁四衆人吃酒未去。便
問玳安。你娘們來了。玳安道沒來。使小的取皮襖來了。說畢。便
往後走。先是琴童到家。上房裡尋玉簫要皮襖。小玉坐在炕上。
正沒好氣說道。四個淫婦。今日都在賁四老婆家吃酒哩。我不
知道皮襖放在那裡。往他家問他要去。這琴童一直走到賁四
家。且不叫。在窗外悄悄覷聽。只見賁四嫂說道。大姑和二姑。怎
的這半日酒也不上。菜兒也不揀一筯兒。嫌俺小家兒人家。整

治的不好吃也恁的。春梅道四嫂。俺們酒勾了。貴四嫂道。耶嚛
沒的說。怎的這等上門兒怪人家。又叫韓回子老婆。便是我的
切憐。就如東副東。一樣三姑四姑根前酒。你也替我勸勸兒。怎
的單板叫長姐篩酒。來斟與三姑吃。你四姑鍾兒斟淺些兒罷。
蘭香道。我自來吃不的。貴四嫂道。你姐兒們。今日受餓。沒甚麼
可口的菜兒管待。休要笑話。今日要叫了先生來唱與姑娘們
下酒。又恐怕爹那裡聽着。淺房淺屋。說不的。俺小家兒人家的
苦。說着。琴童兒敲了敲門。衆人多不言語了半日。只聽長兒問
是誰。琴童道是我。尋姐說話。一面開了門。那琴童入來。玉簫便
問。娘來了。那琴童看着待笑。半日不言語。玉簫道。怪雌牙兒。因
問着你看着雌的那牙。問着不言語。琴童道。娘們還在妗子家吃

酒裡。見天陰下雪。使我來家取皮袄來。都教包了去哩。玉簫道。皮袄在外描金厢子裡不是。叫小玉拿與你。琴童道。小玉說教我來問你要。玉簫道。你信那小淫婦兒。他不知道怎的。春梅道。你每有皮袄的。都打發與他。俺娘也沒皮袄。自我不動身。蘭香對琴童。你三娘皮袄問小鸞要。迎春便向腰裡拿鑰匙。與琴童兒。教綉春開裡間門拿與你。那琴童兒走到後邊上房小玉。和玉樓房中小鸞。都包了皮袄。交與他。正拿着往外走。遇見玳安問道。你來家做甚麼。玳安道。你還說哩。爲你來了。平白教大娘罵了我一頓好的。又使我來取五娘的皮袄來。琴童道。我如今取六娘的皮袄去也。玳安道。你取了還在這裡等着。我一答兒裡去。你先去了不打緊。又惹的大娘罵我。說畢。玳安來到上房。

小玉正在炕上籠着爐臺拷火。口中嗑瓜子兒。見了玳安。問道
原來你也來了。玳安道。你又說哩。受了一肚子氣在這裡。于是
把月娘罵他一節。前後訴說一遍。着琴童取皮襖。嗔我不來說
我遣將兒。因爲五娘沒皮襖。又教我來。去說大櫥裡有李三准
折的一領皮襖。教拿與我去哩。小玉道。玉簫拿了裡間門上鑰
匙。都在賁四家吃酒哩。教他來拿。玳安道。琴童往六娘房裡去
取皮襖便來。也教他吽去。我且歇歇腿兒。拷拷火兒着。那小玉
便讓炕頭兒與他。並肩相挨着向火。小玉道。壺裡有酒。篩盞子
你吃。玳安道。可知好哩。看你下顧。小玉下來把壺坐在火上。抽
開抽屜。拿了一盞子臘鵝肉。篩酒與他。無人處兩個就摟着咂
舌親嘴。正吃着酒。只見琴童兒進來。玳安讓他吃了一盞子。便

使他叫玉簫姐來。拿皮襖與五娘穿。那琴童把毡包放下。走到賁四家。叫玉簫。玉簫罵道。賊囚根子。又來做甚麽。又不來遞與鑰匙教小玉開門。那小玉開了。裡間房門取了一把鑰匙。通了半日。白通不開。鎖了門。那玉簫道。不是那個鑰匙。娘櫥裡鑰匙。在牀褥子底下哩。小玉又罵道。那淫婦丁子釘在人家。不來爾頭來回。只教使我着能開了櫥裡。又沒皮襖。琴童兒又往賁四家問去。來回走的抱怨了。就死也死三日三夜。以省合氣。又撞着恁瘟死鬼。小奶奶兒門把人瘟也沒出了。向玳安你說此回去又惹的娘罵。不說屋裡鎖。只惟俺們走去又對玉簫說。裡間娘櫥裡尋沒有皮襖。玉簫想了想笑道。我也忘記在外間大櫥裡。到後邊又被小玉罵道。淫婦吃那野漢子搗昏了。皮襖在這裡卻到處尋。一面取出來。將包袱包了。連大姐披襖。都交付與玳安琴童兩個拿到吳大妗子家。月娘又罵道。賊奴才你說同了都不來罷了。那玳安又不敢言語。琴童道。娘的皮襖。都有了。等着姐又尋這件青廂皮襖。于是打開取出來。吳大妗子燈下觀看。說道也好一件皮襖。五娘你怎的說他不好。說是黃狗皮那裡有恁黃狗皮。與我一件穿也罷了。月娘道。新新的皮襖兒。只是面前歇胸舊了些兒。到明日從新換兩個遍地金歇胸。穿着就好了。孟玉樓拿過來。與金蓮戲道。我兒你過來。你穿上這黃狗皮。娘與你試試看好不好。金蓮道。有本事到明日。問漢子要一件穿。也不枉的平白拾了人家舊皮襖來。披在身上做甚麼。玉樓戲道。好個不認業的。人家有這一件皮襖。穿在身念佛。

于是替他穿上見寬寬大大潘金蓮纔不言語。當下吳月娘是
貂鼠皮袄。孟玉樓與李瓶兒俱是貂鼠皮袄。都穿在身上。拜辭
吳大妗子。二妗子起身。月娘與了郁大姐。一包二錢銀子。吳銀
兒道。我這裡就辭了妗子。列位娘磕了頭罷。當下吳大妗子。與
了一對銀花兒。月娘與李瓶兒每人袖中摘去一兩銀子與他。
磕頭謝了吳大妗子同二妗子。鄭三姐。都還要送月娘。衆人因
見天氣落雪月娘阻回去了。琴童道頭裡下的還是雪這回沾
在身都是水珠兒。只怕濕了娘們的衣服。問妗子這裡討把傘
打了家去。吳二連忙取了傘來。琴童兒打着頭裡。兩個排軍打
着燈籠。一簇男女跟了。走幾條小巷到大街上。陳經濟路上放
了許多花炮。因叫銀姐。你家不遠了。俺們送你到家。月娘便問

他家去那裡。經濟道。這條衚衕内。一直進去。中間一座大門樓。就是他家。那吳銀兒道。我這裡就辭了娘們家去。月娘道。地下濕。姐家去了罷。頭裡巳是見過禮了。我還着小廝送你到家。因吩過玳安。你送送銀姐家去。經濟道。娘我與玳安兩個去罷。月娘道也罷姐夫你與他兩個同送他送。那經濟得不的一聲同玳安一路送去了。吳月娘衆人便回家來。潘金蓮路上說大姐姐你原說咱每送他家去。怎的又不去了。月娘笑道。你也只是個小孩兒哄你說着耍了兒。你就信了。麗春院裡那處是那裡。你我送去。潘金道。像人家漢子在院裡嫖院來。家裡老婆沒曾往那裡尋去。尋出沒曾打成一鍋粥。月娘道。你來時兒。他爹到明日往院裡去尋他尋。試試倒沒的丟人家漢子當粉頭拉了去看你那兩個眼兒裡說着看看走東街口上將近喬大户門首只見喬大户娘子和他外甥媳婦段大姐在門首站立遠遠的見月娘這邊一簇男女過來拉請月娘進去月娘再三說道多謝親家盛情天晚了不進去罷那喬大户娘子那裡肯放說道好親家你怎的上門兒恠人家強把月娘衆人拉進去了客位內掛着燈擺設酒菓有兩個女兒彈唱飲酒不題却說西門慶在家門首與伯爵衆人飲酒酒已將闌先是伯爵與希大二人整吃了一日項顙吃不下去見西門慶在樓子上打盹趕眼錯把菓碟兒帶减碟都收拾了個淨光倒在袖子裡都收拾了個淨光和韓道國就走了只落下賁四又不敢徃屋裡去直陪着西門慶打發了樂工酒來吃了各都與了賞錢打發出門看

着收了家火滅息了燈燭歸後邊去了只見平安走來責四家叫道姐們還不起身爹進去了那春梅聽見和迎春玉簫等慌的行囘不顧將拜了責四嫂辭的一溜烟跑了只落下蘭香在後邊了別了鞋趕不上罵道你們都搶棺材奔命哩把人的鞋都別了白穿不上到後邊打聽西門慶在李嬌兒房裡都來磕頭大師父見西門慶進入李嬌兒房中都躲到上房和小玉在一處玉簫進來道了萬福那小玉還說玉簫娘那裡使了小廝來要皮襖你就不來昏兒教我來拿我又不知那根鑰匙開櫥門甫能開了又沒有落後却在外邊大櫥櫃裡尋出來你放在裡頭又昏搶了你不知道姐姐們都乞勾來了罷一個也曾見長出㞞兒來那玉簫倒吃相的臉飛紅便道惟小淫婦兒如何

狗撾了臉似的人家不請你怎的和俺每使性兒小玉道我稀罕那淫婦請大師父在傍勸道說姐姐們義讓一句兒罷你爹在屋裡聽着只怕你娘們來家頓下些茶兒伺候着正說着只見琴童抱進毡包來玉簫便問娘來了琴童道娘們來了又被喬親家娘在門首讓進去吃酒哩也將好起身兩個纔不言語了不一時月娘等從喬大戶娘子家出來到家門首賁四娘子走出來厮見陳經濟和賁四一面取出一架小烟火來在門首又看放了一回烟火方纔進來衆人與李嬌兒大師父道了萬福雪蛾走來向月娘根前磕了頭與玉簫等三人見了禮月娘因問他爹在那裡李嬌兒道劉纔在我那屋裡我打發他睡了月娘一聲兒沒言語只見春梅迎春玉簫蘭香進來磕頭李嬌

兒便說今日前邊賁四嫂請了四個出去坐了回兒就來了月
娘聽了半日沒言語罵道恁賊精狗肉們平白去做甚麼誰教
他去來李嬌兒道問過他爹纔去來月娘道問他好有張主的
貨你家初一十五開的廟門早了都竟出些小鬼來了大師父
道我的奶奶恁四個上畫兒的姐姐還說是小鬼月娘道上畫
兒只畫兒半邊兒平白放出做甚麼與人家喂眼兒孟玉樓見
月娘說來的不好就先走了落後金蓮見玉樓起身和李瓶兒
大姐也走了止落下大師父和月娘同在一處睡了那雪霰直
下到四更方止正是香消燭冷樓臺夜挑菜燒燈掃雪天一宿
晚景題過到次日西門慶往衙門中去了月娘約飯時前後與
孟玉樓李瓶兒三個同送大師父家去因在大門裡首站立看

見一個鄉里卜龜兒卦兒的老婆子穿着水合袄藍布裙子勒黑包頭背着褡褳正從街上走來月娘使小廝叫進來在二門裡鋪下卦帖安下靈龜說道你卜卜俺們那老婆扒在地下磕了四個頭請問奶奶多大年紀月娘道你卜個屬龍兒命的女那老婆道若是大龍兒四十二歲小龍兒三十歲月娘道是三十歲了八月十五日子時生那老婆把靈龜一擲轉了一遭兒住了揭起頭一張卦帖兒上面畫着一個官人和一位娘子在上面坐其餘多是侍從人也有坐的也有立的守着一庫金銀財寶老婆道這位當家的奶奶是戊辰生戊辰巳巳大林木為人一生有仁義性格寬洪心慈好善有經佈施廣行方便一生操持把家做活替人頂缸受氣還不道是喜怒有常主下人不

足。正是喜怒起來笑嘻嘻。惱將起來鬧哄哄。別人聽到日頭半天還未起你人早在堂前禁轉。梅香洗銚鐺雖是一時風火性。轉眼却無心就和人說也有笑也有只是這疾厄宮上着刑星。常沾些啾唧。吃了你這心好濟過來了。往後有七十歲活哩。孟玉樓道你看這位奶奶命中有子沒有。婆子道休恠婆子說兒女宮上有些貴。往後只好招過出家的兒子送老罷了。不能隨你多少也存不的。玉樓向李瓶兒笑道就是你家吳應元見做道士家名哩。月娘指着玉樓你也叫他卜卜。玉樓道你卜個土十四歲的女命十一月二十七日寅時生那婆子從新撇了卦帖。把靈龜一卜。轉到命宮上住了。揭起第二張卦帖來。上面畫着一個女人。配着三個男人。頭一個小帽商旅打扮。第二個穿

紅官人第三個是個秀才也守着一庫金銀有左右侍從人伏
侍婆子道這位奶奶是甲子年生甲子乙丑海中金命犯三刑
六害夫主尅過方可玉樓道已尅過了婆子道你為人温柔和
氣好個性兒你惱那個人也不知喜歡那個人也不知顯不出
來一生上人見喜下欽敬為夫主寵愛只一件你饒與人為了
美多不得人心命中一生替人頂缸受氣小人駁襍饒吃了還
不道你是你心地好了去了雖有小人也拱不動你玉樓笑道
剛纔為小廝討銀子和爹亂了這回子亂將出來自我吃了卻
是頂缸受氣月娘道你看這位奶奶往後有子沒有婆子道濟
得好見個女兒罷了子上不敢許若說壽倒儘有月娘道你上
上這位奶奶李大姐你與他八字兒李瓶兒笑道我是屬羊的

婆子道。若屬小羊的。今年廿七歲。辛未年生的。生幾月。李瓶兒道。正月十五日午時。那婆子卜轉龜兒到命宫上磴住了。揭起卦帖來。上面畫着兩個娘子。三個官人。頭個官人穿紅。第二個官人穿綠。第三個穿青。懷着個孩兒。守着一庫金銀財寶。傍邊立着個青臉獠牙紅髮的鬼。婆子道。這位奶奶。庚午辛未路傍土。一生榮華富貴。吃也有。穿也有。所招的夫主都是貴人。爲人心地有仁義。金銀財帛不計較。人吃了轉了他的。他喜歡。不好吃不轉他倒惱。只是吃了比肩不和的虧。凡事恩將仇報。正是比肩刑害亂擾擾。轉眼無情就放刁。寧逢虎摘三生路。休遇人前兩面刀。奶奶你休怪我說。你儘好疋紅羅。只可惜尺頭短了些。氣惱上要忍耐些。就是子上也難爲。李瓶兒道。今巳是寄名做了道士婆子道。既出了家無妨了。又一件。你老人家。今年計都星照命。主有血光之災。仔細七八月要見哭聲纔好。說畢。李瓶兒袖中掏出五分一塊銀子。月娘和玉樓。每人與錢五十文。剛打發卜龜卦婆子去了。只見潘金蓮和大姐從後邊出來。笑道。我說後邊不見原來你們都往前頭來了。月娘道。俺們剛纔送大師父出來。卜了這回龜兒卦。你早來一步。也教他與你卜卜兒也罷了。金蓮搖頭兒道。我是不卜他。常言筭的着命。筭不着行。想着前日道士打看。說我短命哩。怎的哩說的人心裡影影的。隨他明日街死街埋。路死路埋。倒在洋溝裡就是棺材。說畢。和月娘同歸後邊去了。正是萬事不由人計較。一生都是命安排。有詩爲証

甘羅發早子牙遲　彭祖顏回壽不齊
范丹家貧石崇富　筭來各是只爭時

畢竟未知後來何如。且聽下回分解

第四十七回

苗青謀財害主

西門枉法受贓

第四十七回

王六兒說事圖財　西門慶受贓枉法

風擁狂瀾浪正顛　孤舟斜泊抱愁眠
離鳴叫切寒雲外　驛鼓清分旅夢邊
詩思有添池草綠　河船天約晚潮昇
憑虗細數誰知巳　惟有故人月在天

此一首詩。單題塞北以車馬爲常。江南以舟楫爲便。南人乘舟。北人乘馬。盖可信也。話說江南楊州廣陵城內。有一苗員外。名喚苗天秀。家有萬貫資財。頗好詩禮。年四十歲。身邊無子。止有一女。尚未出嫁。其妻李氏。身染痼疾在牀。家事盡托與寵妾刁氏。名喚刁七兒。原是楊州大馬頭娼妓出身。天秀用銀三百兩。

娶來家納爲側室。寵嬖無比。忽一日有一老僧。在門首化緣。自
称是東京報恩寺僧。因爲堂中缺少一尊。鍍金銅羅漢。故雲遊
在此。訪善紀録。天秀問之不吝。即施銀五十兩與那僧人。僧人
道。不消許多。一半足以完備此像。天秀道。吾師休嫌少。除完佛
像。餘剩可作齋供。那僧人問訊致謝。臨行向天秀説道員外。左
眼眶下有一道白氣。乃是死氣。主不出此年。當有大災殃。你有
如此善緣與我。貧僧焉乃不預先説與你知。今後隨有甚事切
勿出境。戒之戒之。言畢作辭天秀而去。那消半月。天秀偶遊後
園。見其家人苗青。平白是個浪子。正與刀氏在亭側相倚私語。
不意天秀卒至。躲避不及。看見不由分説。將苗青痛打一頓。誓
欲逐之。苗青恐惧。轉央親隣。再三勸留得免。終是切恨在心。不

期有天秀表兄黄美。原是揚州人氏。乃舉人出身。在東京開封府做通判。亦是博學廣識之人也。一日差人寄了一封書來。揚州與天秀。要請天秀上東京。一則遊玩。二者為謀其前程。苗天秀得書不勝歡喜。因向其妻妾說道。東京乃輦轂之地。景物繁華所萃。吾心久欲遊覽。無由得便。今不期表兄書來相招。實有以大慰平生之意。其妻李氏便說。前日僧人相你面上有災厄囑付不可出門。且此去京都甚遠。況你家私沉重。拋下幼女病妻在家。未審此去前程如何。不如勿往為善。天秀不聽。反加怒叱說道。大丈夫生于天地之間。桑弧蓬矢。不能遨遊天下。觀國之光。徒老死牖下無益矣。況吾胸中有物。囊有餘貲。何愁功名之不到手。此去表兄必有美事于我。切勿多言。二人于是分付家人苗青。收拾行李衣裝。多打點兩廂金銀。載一船貨物。帶了兩個家童。并苗青來上東京取功名。如拾芥得美職猶啗手遺囑妻妾守家值日。起行正值秋末冬初之時。從揚州馬頭上船行了數日到徐州洪。但見一派水光。十分陰惡。

萬里長洪水似傾　東流瀉島若雷鳴
滔滔雪浪令人怕　客旅逢之誰不驚

前過地名陝灣。苗員外見看天晚。命舟人泊住船隻。也是天數將盡。合當有事。不料搭的船隻。却是賊船。兩個稍子皆是不善之徒。一個姓陳。名喚陳三。一個姓翁。乃是翁八。常言道。不着家人弄不得家鬼。這苗青深恨家主苗天秀日前被責之仇。一向要報無由。口中不言。心內暗道。不如我如此如此。這般這般。與兩個艄子做一路。拿得將家主害了性命。推在水內。盡分其財物。我這一囬去。再把病婦謀死。這分家私。連刀氏都是我情愛的。正是花枝葉下猶藏刺。人心怎保不懷毒。這苗青。由是與兩個艄子。密密商量說道。我家主皮廂中還有一千兩金銀。二千兩段疋衣服之類極廣。汝二人若能謀之。願將此物均分。陳三翁八笑道。汝若不言。我等不瞞你說。亦有此意久矣。是夜天氣陰黑。苗天秀與安童在中艙睡。苗青在艙後。將近三鼓時分。那苗青故意連叫有賊。苗天秀從夢中驚醒。便探頭出艙外觀看。被陳三手持利刀。一下刺中脖下。推在洪波蕩裡。那安童正要走時。乞翁八一悶棍打落于水中。三人一面在船艙內。打開廂籠。取出一應財帛金銀。并其段貨衣服。點數均分。二艄便說我

哥。若留此貨物。必然有犯。你是他手下家人。載此貨物。到於市
店上發賣。沒人相疑。因此二艄盡把皮廂中一千兩金銀。并苗
員外衣服之類分乞。依前撑船回去了。這苗青另搭了船隻。載
至臨青馬頭上。鈔關上過了。裝到清河縣城外。官店內卸下。見
了揚州故舊商家。只說家主在後船便來也。這個苗青在店發
賣貨物不題。常言人便如此如此。天理未然未然。可憐苗員外。
平昔良善。一旦遭其從僕人之害。不得好死。雖則是不納忠言
之勸。其亦大數難逃。不想安童被艄一棍打昏。雖落水中。幸得
不死。浮沒芦港。得岸上來。在於堤邊號泣連聲。看看天色微明
之時。忽見上流有一隻漁船。撑將下來。船上坐着個老翁。頭頂
箬笠。身披短蓑。只聽得岸邊芦荻深處有啼哭。移船過來看時。

却是一個十七八歲小廝。滿身是水。問其始末情由。都是揚州苗員外家童。在洪上被劫之事。這漁翁帶下船。撐回家中。取衣服與他換了。給以飲食。因問他你要回去乎。却同我在此過活。安童哭道。主人遭難。不見下落。如何回得家去。愿隨公公在此。漁翁道也罷。你且隨我在此。等我慢慢替你訪此賊人是誰。再作理會。安童拜謝公公。遂在此翁家過其日月。一日也是合當有事。年除歲末。漁翁忽帶安童正出河口賣魚。正撞見陳三翁八。在船上飲酒。穿着他主人衣服。上岸來買魚。安童認得。即密與漁翁說道。主人之冤當雪矣。漁翁道。如何不具狀官司處告理。當下落安童將情具告到巡河周守備府內。守備見沒贓証。不接狀子。又告到提刑院。夏提刑見是強盗劫殺人命等事。把狀批行了。從正月十四日。差緝捕公人。押安童下來拿人。前至新河口。把陳三翁八。獲住到於案。責問了口詞。二艄見安童在傍執証。也沒得動刑。一一招承了供。称下手之時。還有他家人苗青。同謀殺其家主。分贓而去。這裡把三人監下。又差人訪拿苗青。拿到一起定罪。因節間放假。提刑官吏。一連兩日沒來衙門中問事。早有衙門首透信兒的人。悄悄報與苗青。苗青把這件事兒慌了。把店門鎖了。暗暗躲在經紀樂三家。這樂三就在獅子街石橋西首。韓道國家隔壁。門面一間。到底三層房兒居住。他渾家樂三嫂。與王六兒所交敬厚。常過王六兒這邊來做伴兒坐。王六兒無事。也常往他家行走。彼此打的熱鬧。這樂三見苗青面帶憂容。問其所以。說道不打緊。間壁韓家就是提刑

西門老爹的外室。又是他家夥計和俺家交往的甚好。凡事百
依百隨。若要保得你無事。破多少東西。教俺家過去、和他家說
說。這苗青聽了。連忙就下跪。說道但得除割了我身上沒事。恩
有重報。不報有忘。于是寫了說帖。封下五百兩銀子。兩套粧花
段子衣服。樂三教他老婆拿過去。如此這般。對王六兒說。喜歡
的要不的。把衣服和銀子并說帖都收下。单等西門慶不見來
到。十七日。日西時分。只見玳安夾着毡包。騎着頭口。從街心裡
來。王六兒在門首。叫下來問道。你往那裡去來。玳安道。我跟了
爹走了個遠差。往東平府送禮去來、王六兒道。你爹如今在那
裡。來了不曾。玳安道。爹和賁四先往家去了。王六兒便叫進去
和他如此這般說話。拿帖兒與他瞧。玳安道。韓大嬸。管他這事。

休要把事輕看了。如今衙門裡監着。那兩個船家供着。只要他
哩。拿過幾兩銀子來。也不勾打發脚下人的哩。我不管別的帳。
韓大嬸和他說。只與我二十兩銀子罷。等我請將俺爹來。隨你
老人家與俺爹說就是了。王六兒笑道。怪油嘴兒要飯吃。休要
惡了火頭。事成了。你的事甚麼打緊。寧可我們不要。也少不得
了你的。玳安道韓大嬸不是這等說。常言君子不羞當面。先斷
過後商量。王六兒當下。以備幾樣菜。留玳安吃酒。玳安道吃的
紅頭紅臉。咱家爹問却怎的回爹。王六兒道。怕怎的。你就說在
我這裡來。于是玳安只吃了一甌子就走了。王六兒道。你到好
歹累你說我這裡等着哩。玳安一直上了頭口來家。交進毡包
後邊立等的。西門慶房中睡了一覺出來。在廂房中坐的這玳

安慢慢走到根前、無淂說。小的囘來、韓大嬸吽住小的。要請爹快些些過去、有句要緊話和爹說、西門慶說甚麼話。我知道了。說是正值劉學官來借銀子。打發劉學官去了。西門慶騎馬、帶着眼紗小帽。便吽玳安琴童。兩個跟隨。來到王六兒家下馬進去。到明間客位坐下。王六兒出來拜見了。那日韓道國因來前邊鋪子裡該上宿、沒來家、老婆買了許多東西。吽老馮廚下整治。等候西門慶、一面丫鬟錦兒拿茶上來、婦人遞了茶。西門慶分付琴童、把馬送到對門房子裡去。把大門關上。婦人且不敢就題此事。先只說爹家中連日擺酒辛苦。我聞得說。哥家中定了親事。你老人家喜呀。西門慶道。只因舍親吳大嫂那裡說起。和喬家做了這門親事。他家也只這一個女孩兒。論起來也還不敢陪。胡亂親上做親罷了。王六兒道。就是和他做親也好。只是爹如今居着恁大官。會在一處。不好意思的。西門慶道。說甚麼哩。說了一回。老婆道。只怕爹寒冷。往房裡坐去罷。一面讓至房中。一面安着一張椅兒。籠着火盆。西門慶坐下。婦人慢慢先把苗青揭帖。拿與西門慶看。說他央了間壁經紀樂三娘子過來。對我說。這苗青是他店裡客人。如此這般被兩個船家拽扯。只望除豁了他這名字。免提他。他備了些禮兒在此謝我。好歹望老爹怎的將就他罷。西門慶看了帖子。因問他拿了甚那禮物謝你。王六兒向廂中。取出五十兩銀子來。與西門慶瞧。說道。明日事成。還許兩套衣裳。西門慶看了。笑道。這些東西兒。平白你要他做甚麼。你不知道。這苗青乃揚州苗員外家人。因爲在船上與兩個船家商議。殺害家主。攛在河裡。圖財謀命。如今見打撈不着屍首。又當官兩個船家。招尋他原跟來的。一個小廝安童。又當官三口執証着要他這一個過去。穩定是個凌遲罪名。那兩個都是真犯斬罪。兩個船家。見供他有二千兩銀貨在身上。拿這些銀子來做甚麼。還不快送與他去。這王六兒一面到廚下。使了丫頭錦兒。把樂三娘子兒叫了來。將原禮交付與他。如此這般對他說了去。那苗青不聽便罷。聽他說了。猶如一桶水。頂門上直灌到脚底下。正是驚駭六葉連肝胆。諕壞三魂七魄心。即請樂三一處商議道。寧可把二千貨銀。都使了。只要救得性命家去。樂三道。如今老爹上邊。既發此言。一些半些。恒屬打不動兩位官府。須得湊一千貨物與他。其餘節級。原解緝捕。再

得一半纔得勾用。苗青道。況我貨物未賣。那討銀子來。因使過
樂三艘來。和王六兒說。老爹就要貨物。發一千兩銀子貨與老
爹。如不要伏望老爹再寬限兩三日。等我倒下價錢。將貨物賣
了。親往老爹宅裡進禮去。王六兒拿禮帖復到房裡。西門慶瞧。
西門慶道。既是恁般。我吩咐原觧。且寬限他幾日拿他。教他即便
進禮表當下。樂三娘子。得此口詞。回報苗青。苗青滿心歡喜。西
門慶見間壁有人。也不敢久坐。吃了幾鍾酒。與老婆坐了回房。
見馬來接。就起身家去了。次日到衙門早發放。也不題問這件
事。分付緝捕。你休捉這苗青。就托經紀樂三。連夜替他會了人。
攬掇貨物出去。那消三日。都發盡了。共賣了一千七百兩銀子。
把原與王六兒的不動。另的五十兩銀子。又另送他。四套上色

衣服。且說十九日。苗青打點一千兩銀子。裝在四個酒罈內。又宰一口猪。約掌燈已後時分。擡送到西門慶門首。手下人都是知道的。祇安平安書童琴童。四個禁子。與了十兩銀子纔罷。祇安在王六兒這邊。梯巳又要十兩銀子。須臾西門慶出來。捲棚內坐的。也不掌燈。月色朦朧纔上來。擡至當面。苗青穿青衣。望西門慶只顧磕着頭。說道。小人。蒙老爹超拔之恩。粉身碎骨。死生難報。西門慶道。你這件事情。我也還沒好審問哩。那兩個船家甚是攀你。你若出官也有老大一個罪名。既是人說。我饒了你一死。此禮我若不受你的。你也不放心。我還把一半送你掌刑夏老爹。同做分上。你不可久住。卽便星夜回去。因問你在楊州那裡。苗青磕頭道。小的在楊州城內住。西門慶分付。後邊拿

了茶來。那苗青在松樹下立着吃了。磕頭告辭回去。又叫回來
問下邊原解的。你都與他說了不曾說。苗青道。小的外邊人說
停當了。西門慶分付既是說了。你即回家。那苗青。出門走到樂
三家。收拾行李。還剩一百五十兩銀子。苗青拿出五十兩來。等
餘下幾疋段子。都謝了樂三夫婦。五更替他顧長行牲口。起身
往揚州去了。正是忙忙如喪家之狗。急急似漏網之魚。不說苗
青逃出性命不題。单表西門慶。夏提刑。從衙門中散了出來。並
馬而行。走到大街口上。夏提刑要作辭分路。西門慶在馬上舉
着馬鞭兒說道。長官。不棄。降到舍下一叙。把夏提刑邀到家來。門
首同下了馬。進到廳上叙禮。請入捲棚內。寬了衣服。左右拿茶
上來吃了。書童玳安走上。安放卓席擺設。夏提道。不當閙來打

攪長官。西門慶道。豈有此理。須臾兩個小廝。用方盒拿了小菜就

在傍邊擺下。各樣雞蹄鵝鴨。鮮魚下飯。就是十六碗。吃了飯。收

了家火去。就是吃酒的各樣菜蔬出來。小金把鍾兒。銀臺盤兒。

金鑲象牙筯兒。飲酒中間。西門慶慢慢題起苗青的事來。這廝

昨日央及了個士夫。再三來對學生說。又餽送了些禮在此。學

生不敢自專。今日請長官來。與長官計議。于於把禮帖遞與夏

提刑。夏提刑看了。便道。恁憑長官尊意裁處。西門慶道。依着學

生。明日只把那個賊人。眞贓送過去罷。也不消要這苗青。那個

原告小廝安童。便收領在外。待有了苗天秀屍首。歸結未遲。禮

還送到長官處。夏提刑道。長官這些意思。就不是了。長官見得極

是。此是長官費心一場。何得見讓於我。然使不得。彼此推辭了

半日。西門慶不得已。還把禮物兩家平分了。裝了五百兩在食盒內。夏提刑下席來也作揖謝說道。既是長官見愛我學生再辭。顯的迂濶了盛情感激不盡實爲多愧。又領了幾盃酒。方纔告辭起身。這裡西門慶隨即就差玳安拿了盒還當酒擡送到夏提刑家。夏提刑親在門上收了。拿回帖又賞了玳安二兩銀子。兩名排軍四錢。俱不在話下。常言道。火到猪頭爛。錢到公事办。且說西門慶夏提刑已是會定了。次日。到衙門裡陞廳。那提孔節級并緝捕觀察都被樂三替苗青上下打點停當了。擺設下刑具監中提出陳三翁八審問情由只是供称跟伊家人苗青同謀。西門慶大怒。喝令左右與我用起刑來。你兩個賊人專一積年在江河中。假以舟楫裝載爲名。實是刼幇鑿漏邀截客

旅。圖財致命。見有這個小廝供稱是你等持刀戳死苗天秀。波
中又將棍打傷他落水。見有他主人衣服存証。你如何抵頭賴
別人。因把戳安提上來問道。是誰刺死你主人。推在水中來安
童道。某日夜。至三更時分。先是苗青叫有賊。小的主人出艙
觀看。被陳三一刀戳死。推在水去。小的便被翁八一棍打落水
中。纔得迯出性命。苗青並不知下落。西門慶道。據這小廝所言。
就是實話。汝等如何展轉得過。於是每人兩夾棍。三十根。頭打
的脛骨皆碎。殺猪也似叫。動他一千兩贓貨。已追出大半。餘者
花費無存。這裡提刑連夜做了文書。歇過贓貨。申詳東平府。府
尹胡師文。又與西門慶相交。照依原行文書。疊成案卷。將陳三
翁八問成強盜殺人斬罪。只把安童保領在外聽候。有日走到

東京。投到開封府黃判通衙內。具訴苗青情奪了主人家事。使錢提刑除了他名字出來。主人冤仇何時得報。黃通判聽了。連夜修書并他訴狀。封在一處。與他盤費。就着他往巡按山東察院裡投下。這一來管教苗青之禍。從頭上起。西門慶往時做過事。今朝沒與一齊來。有詩爲証

善惡從來畢有因　吉凶禍福並肩行
平生不作虧心事　夜半敲門不乞驚

畢竟未知後來何如且聽下回分解

金瓶梅

第四十八回

弄私情戲贈一枝桃

走捷徑探歸七件事

第四十八回

曾御史參劾提刑官　蔡太師奏行七件事

格言

知危識險、終無羅網之門。舉善薦賢。自有安身之地。施恩布德。乃後代之榮昌。懷妒藏奸。爲終身之禍患。損人利己。終非遠大之圖。害衆成家。豈是長久之計。改名異體。皆因巧語而生。訟起傷財。蓋爲不仁之召。

話說安童領着書信。辭了黃通判。往山東大道而來。打聽巡按御史在東昌府察院住劄。姓曾雙名孝序。乃都御史曾布之子。新中乙未科進士。極是個清廉正氣的官。這安童自思我若說下書的。門上人決不肯放。不如我在此等着放告牌出來。我跪門進去。連狀帶書呈上。老爹見了。必然有個決斷。于是早已把狀子寫下。揣在懷裡。在察院門首等候多時。只聽裡面打的雲板响。開了大門二門。曾御史坐廳。頭面牌出來。大書告親王皇親駙馬勢豪之家。第二面牌出來。告都布按并軍衛有司官吏第三面牌出來。纔是百姓戶婚田土詞訟之事。這安童就隨狀牌進去。待把一應事情。發放淨了。方走在丹墀上跪下。兩邊左右。問是做甚麽的。這安童方纔把書雙手舉得高高的呈上。只聽公座上曾御史叫接上來。慌的左右吏典下來。把書接上去。安放于書案上。曾公拆開觀看。端的上面寫着甚言詞。書曰

寓都下年教生黃美端肅書奉大柱史少亭曾年兄先生大人門下　違越光儀。倏忽一載。知已難逢。勝游易散。此心耿

耿。常在左右。去秋忽報瑾章華扎。開軸啟函。捧誦之間。而神
遊恍惚。儼然長安對面時也。每有感愴。輒一歌之。足舒懷抱
矣。未幾年兄省親南旋。復聞德音。知年兄按巡齊魯。不勝欣
慰。叩賀叩賀。惟年兄忠孝大節。風霜貞操。砥礪其心。耿耿在
廊廟。歷歷在士論。今茲出巡。正當摘發官邪。以正風紀之日。
區區愛念。尤所不能忘者矣。竊謂年兄平日。抱可爲之器。當
有爲之年。値聖明有道之世。老翁在家康健之時。不乘此大
展才猷。以振揚法紀。勿使舞文之吏。以撓其法。而奸頑之徒
以逞其欺。胡乃如東平一府。而有撓大法如苗青者。抱大冤
如苗天秀者乎。生不意聖明之世而有此魍魎。年兄巡歷此
方。正當分理寃滯。振刷爲之一淸可也。去伴安童。持狀告訴。

幸垂察不宜。　仲春望後一日具。

這曾御史覽書已畢。便問有狀沒有。左右慌忙下來。問道老爺問你有狀沒有。這安童向懷中取狀遞上。曾公看了。取筆批仰東平府府官。從公查明。驗相屍首。連卷詳報。喝令安童東平府伺候。這安童連忙磕頭起來。從便門放出。這里曾公將批詞連狀。裝在封套內。鈐了關防。差人賫送東平府來。府尹胡師文。見了上司批下來。慌得手脚無措。即調委陽谷縣縣丞狄斯彬。本貫河南舞陽人氏。爲人剛而且方。不要錢。問事糊突。人都號他做狄混。明文下來。沿河查訪苗天秀屍首下落。也是合當有事。不想這狄縣丞。率領一行人。巡訪到清河縣城西河邊。正行之際。忽見馬頭前。起一陣旋風。團團不散。只隨着狄公馬走。狄縣丞道怪哉遂勒住馬令左右公人你去隨此旋風務要跟尋個下落那公人真個跟定旋風而來七八將近新河口而止走來回覆了狄公話狄公卽拘了里老來用鍬掘開岸上深數尺見一死屍宛然頸上有一刀痕命仵作檢視明白問其前面是那裡公人禀道離此不遠就是慈惠寺縣丞卽令拘寺中僧行問之皆言去冬十月中本寺因放水灯兒見一死屍從上流而來漂入港裡長老慈悲故收而埋之不知爲何而死縣丞道分明是汝衆僧謀殺此人埋于此處想必身上有財帛故不肯實說于是不由分說先把長老一篐兩桚一夾一百敲餘者衆僧都是二十板俱令收入獄中回覆曾公再行報看各僧皆稱寃不服曾公尋思旣是此僧謀死屍必棄于河中豈反埋于岸上又

說干礙人衆。此有可疑。因令將衆僧收監。將近兩月。不想安童
來告此狀。即令委官押安童前至屍所。令其認視。這安童見其
屍大哭道。正是我的主人。被賊人所傷。刀痕尚在。于是檢驗明
白。回報曾公。即把衆僧放回。一面查刷卷宗。復拔出陳三八審
問。執稱苗青主謀之情。曾公大怒。差人行牌。星夜往下州提苗
青去了。一面寫本參劾提刑院兩員問官。受贓賣法。正是

污吏贓官濫國刑　曾公判刷雪冤情
雖然號令風霆肅　夢裡輸贏總未真

話分兩頭。却表王六兒自從得了苗青幹事的那一百兩銀子。
四套衣服。夜間與他漢子韓道國就白日不閑。一夜沒的睡。計
較着要打頭面。治簪環。喚裁縫來裁衣服。從新抽銀絲䯼髻。用

十六兩銀子。又買了個丫頭。名喚春香。使喚。早晚教韓道國收用。不題。一日西門慶到韓道國家。王六兒接着裡面吃茶畢。西門慶往後邊淨手去。看見隔壁月臺問道是誰家的。王六兒道。是隔壁樂三家月臺。西門慶分付王六兒。你對他說。若不與我即便拆了。如何教他遮住了這邊風水。不然我教地方分付他這王六兒與韓道國說。隣舍家。怎好與他說的。韓道國道。咱不如瞞着老爹。廟上買幾根木植來。咱這邊也搭起個月臺來。上面晒醬。下邊不拘做馬坊。做個東淨。也是好處。老婆道。呸賊沒筭計的。比時搭月臺。買些磚瓦來。蓋上兩間廈子。却不好。韓道國道。蓋兩間廈子倒不好了。是東子房子了。不如蓋一層兩間小房罷。于是使了三二十兩銀子。又蓋了兩間平房起來。西門慶差玳安兒擡了許多酒肉燒餅來。與他家犒樂匠人。那條街上。誰人不知夏提刑得了幾百兩銀子在家。把兒子夏承恩年十八歲幹入武學肄業。做了生員。每日邀結師友。習學弓馬。西門慶約會劉薛二內相。周守備。荊都監。張團練。合衛官員。出人情與他掛軸文慶賀。俱不必細說。西門慶因墳上新蓋了山子捲棚房屋。自從生了官哥。并做了千戶。還沒往墳上祭祖。教陰陽徐先生看了。從新立了一座墳門。砌的明堂神路門首栽的檜週圍種松栢。兩邊疊的坡峯。清明日上墳。要更換錦衣牌面。宰猪羊。定卓面。三月初六日。清明預先發柬請了許多人。推運了東西酒米下飯菜蔬。叫的樂工雜耍扮戲的。小優兒是李銘吳惠。王柱鄭奉。唱的是李桂姐。吳銀兒。韓金釧。董嬌兒。官家請了張團練喬大戶。吳大舅。吳二舅。花大舅。沈姨夫。應伯爵。謝希大。傅夥計。韓道國。雲離守。賁地傳。并女婿陳經濟等。約二十餘人。堂客請了張團練娘子。張親家母。喬大戶娘子。來臺官娘子。尚舉人娘子。吳大妗子。二妗子。楊姑娘。潘姥姥。花大妗子。吳大姨。孟大姨。吳舜臣媳婦。鄭三姐。崔本妻。段大姐。并家中吳月娘。李嬌兒。孟玉樓。潘金蓮。李瓶兒。孫雪娥。西門大姐。春梅。迎春。玉簫。蘭香。妳子如意兒。抱着官哥兒。裏外也有二十四五頂轎子。先是月娘對西門慶說。孩子且不消教他往墳上去罷。一來還不曾過一周。二者劉婆子說。這孩子。顖門還未長滿。胆兒小。這一到墳上路遠。只怕諕着他。依着我不教他去。留下妳子。和老湯在家。和他做伴兒。只教他娘母子一個去罷。西門慶不聽。便道此來爲何。他娘兒兩個。不到墳前與祖宗磕個頭兒去。你信那婆子老淫婦胡說。可可就是孩子顖門未長滿。教妳子用被兒褁着在轎子裏。挖的孩兒牢牢的。怕怎的。那月娘便道。你不聽人說。隨你。從清早晨堂客都從家裡取齊。起身上了轎子。無辭出南門到五里外祖墳上。遠遠望見青松鬱鬱。翠栢森森。新盎的墳門。兩邊坡峯上去。週圍石墻。當中甬路。明堂神臺香爐燭臺。都是白玉石鑿的。墳門上新安的牌面。大書錦衣武畧將軍西門氏先塋。墳內正面土山環抱。林樹交枝。西門慶穿大紅冠帶。擺設猪羊祭品。卓席。祭奠。官家祭畢。堂客纔祭。響器鑼鼓。一齊打起來。那官哥兒諕的在妳子懷裡。磕伏着。只倒咽氣。不敢動一動兒。月娘便叫李大姐。你還不教妳子抱了孩子。往後邊去罷哩。你看謊的那腔兒。我說且不教孩兒來罷。恁濕的貨。只當教抱了他來。你看謊的那孩兒這模樣。李瓶兒連忙下來。分付玳安。且叫把鑼鼓住了。連忙攙掇掩着孩兒耳朵。快抱了後邊去罷。須臾祭畢。徐先生唸了祭文。燒了帋。西門慶邀請官客在前客位。月娘邀請堂客在後邊捲棚內。由花園進去。兩邊松墻普築。竹徑欄杆。週圍花草。一望無際。正是桃紅柳綠鶯梭織。都是東君造化成。當下扮戲的在捲棚內。扮與堂客們瞧。兩個小優兒在前廳官客席前。唱了一回。四個唱的輪番遞酒。春梅玉簫蘭香迎春四個都在堂客上邊。執壺斟酒。立在大姐卓頭。同吃湯飯點心。吃了一回。潘金蓮與玉樓。大姐。李桂姐。吳銀兒。同往花園裡。打了回鞦韆。原來捲棚後邊。西門慶收拾了一明兩暗三間床炕房兒。裏邊鋪陳床帳。擺放卓椅。梳籠抿鏡粧臺之類。預備堂客來上墳。在此梳粧歇息。或閒常接了妓者。在此頑耍。糊的。猶如雪洞般乾淨。懸挂的書画琴棋瀟洒。妳子如意兒。看守官哥兒。正在那洒金床炕兒。鋪着小褥子兒睡。迎春也在傍。和他頑耍。只見潘金蓮。獨自從花園。驀地走來。手中拈着一枝桃花兒。進屋裡。看見迎春便道你原來這一日。沒在上邊伺候。迎春道有春梅蘭香玉簫。在上邊哩。俺娘教我下邊來。看哥兒。拏了兩楪下飯點心。與如意兒吃。金蓮看見。那邊卓上放着一楪子鵝肉。一碟蹄子肉。并幾箇果子。妳子見金蓮來。便抱起官哥兒來。金蓮便戲他說道。小油嘴兒。頭裡見打起鑼鼓來。諕的不則聲原來這等小胆兒。于是一面解開藕絲羅襖兒接金衫見。接過孩兒抱在懷裡。與他兩個嘴對嘴親嘴兒。忽有陳經濟掀簾子走入來。看見金蓮鬪孩子頑耍。也鬪那孩子。金蓮道。小道兒。你也與姐夫個嘴兒。可霎作怪。那官哥兒便嘻嘻望着他笑。經濟不由分說。把孩子就摟過來。一連親了幾個嘴。金蓮罵道。怪短命。誰家親孩子。把人的鬢都抓亂了。經濟笑戲道。你還說。早時我沒錯親了哩。金蓮聽了。恐怕婢子瞧科。便戲發訕。將手中拏的扇子。倒過把子來。向他身上打了一下。打的經濟鯽魚般跳。罵道。怪短命。誰和你那等調嘴調舌的。經濟道。不是。你老人家。摸量惜些情兒。人身上穿着恁单衣裳。就打恁一下。金蓮道。我平白惜甚情兒。今後惹着我。只是一味打。如意兒見他頑的訕。連忙把官哥兒接過來抱着。金蓮與經濟兩個還戲謔做一處。金蓮將那一枝桃花兒做了一個圈兒。悄悄套在經濟帽子上。走出去。正值孟玉樓和大姐桂姐三個從那邊來。大姐看見。便問是誰幹的營生。經濟取下來去了。一聲兒也沒言語。堂客前戲文扮了四大摺。看看窗外日光彈指過。席前花影座間移。看看天色晚來。西門慶分付賁四。先把擡轎子的。每人一碗酒。四個燒餅。一盤子熟肉。摽散停當。然後纔把堂客轎子起身。官家騎馬在後。來興兒與廚役慢慢的抬食盒。煞後玳安來安畫童棋童兒跟月娘衆人轎子。琴童并四名排軍跟西門慶馬。奶子如意兒獨自坐一頂小轎。懷中抱着哥兒。用被裹得緊緊的進城。月娘還不放心。又使回畫童兒來叫他跟定着奶子轎子。恐怕進城人亂。且說月娘轎子進了城。就與喬家那邊衆堂客轎子分路來家。先下轎進去半日。西門慶陳經濟纔到家下馬。只見平安兒迎門就稟說今日掌刑夏老爹。親自下馬到廳。問了一遍去了。落後又差人問了兩遍。不知有甚勾當。西門慶聽了。心中猶豫。到于廳上。只見書童兒在傍接衣服。西門慶因問今日你夏老爹來。留下甚麼話來。書童道。他也沒說出來。只問爹往那去了。使人請去。我有句要緊話兒說。小的便道今日。都往墳上燒帋去了。至晚纔來。夏老爹說。我到午上還來。落後又差人來問了兩遭。小的說還未來哩。西門慶心中不足。心下轉道。却是甚麼。正疑惑之間。只見平安來報。夏老爹來了。那時已有黃昏時分。只見夏提刑便衣坡巾。兩個伴當跟隨。下馬到于廳上叙禮。說道長官。今日往寶庄去來。西門慶道。今日先塋祭掃不知長官下降失迎恕罪恕罪夏提刑道敢來有一事報與長官知道因說咱每往那邊客位內坐去罷西門慶令書童開捲棚門請往那裡說話左右都令下去夏提刑道今朝縣中李大人到學生那裡如此這般說大巡新近有參本上東京長官與學生俱在參例學生令人抄了個邸報在此與長官看西門慶聽了大驚失色急接過邸報來灯下觀看端的上面寫着甚言詞

巡按山東監察御史曾孝序一本參劾貪肆不職武官乞

賜罷黜以正法紀事臣聞巡蒐四方省察風俗乃

天子巡狩之事也彈壓官邪振揚法紀乃御史糾政之職也昔春秋載天王巡狩而萬邦懷保民風協矣王道彰矣四

民順矣。

聖治明矣。臣自去歲奉

命。巡按山東齊魯之邦。一年將滿。歷訪方面有司。文武官員

賢否。頗得其實。玆當差滿之期。敢不循例甄別。爲我

皇上陳之。除參劾有司方面官員。另具疏上請。參照山東提

刑所掌刑金吾衛正千戶夏延齡。闒茸之材。貪鄙之行。久

于物議。有玷班行。昔者典牧

皇畿。大肆科擾。被屬官陰發其私。今省理山東刑獄。復著狼

貪。爲同僚之箝制。縱子承恩。冒籍武舉。倩人代考。而士風

掃地矣。信家人夏壽。監索班錢。被軍騰詈。而政事不可知

乎。接物則奴顏婢膝。時人有丫頭之稱。問事則依違兩可

群下有木偶之誚。理刑副千戶西門慶，本係市井棍徒。貪
緣陞職。濫冒武功。菽麥不知。一丁不識。縱妻妾嬉遊街巷。
而帷薄為之不清。携樂婦而酣飲市樓。官箴為之有玷。至
于包養韓氏之婦。恣其歡淫。而行檢不修。受苗青夜賂之
金。曲為掩飾。而贓跡顯著。此二臣者。皆貪鄙不職。久乖清
議。一刻不可居任者也。伏望
聖明垂聽。
勅下該部。再加詳查。如果臣言不謬。將延齡等亟賜罷斥。則
官常有賴。而裨
聖德永光矣。
西門慶看了一遍。諕的面面相覷。默默不言。夏提刑道。長官似

此如何計較西門慶道常言兵來將擋水來土掩事到其間道在人爲少不的你我打點禮物早差人上東京央及老爺那裡去于是夏提刑急急作辭到家拏了二百兩銀子兩把銀壺西門慶這裡是金鑲玉寶石鬧粧一條三百兩銀子夏家差了家人夏壽西門慶這裡是來保將禮物打包端正西門慶修了一封書與翟管家兩個早顧了頭口星夜往東京幹事去了不題

且表官哥兒自從墳上來家夜間只是驚哭不肯吃妳但吃下妳去就吐了慌的李瓶兒走來告訴月娘月娘道我那等說還未到一周的孩子且休帶他出城門去獨溫貨他生死不依只說此來今日墳上祭祖爲甚麼來不教他娘兒兩個走走只像那裡攙了分兒一般睜着眼和我兩個叫如今却怎麼好李瓶

兒正沒法兒擺佈。况西門慶又是因巡按御史參本參了。和夏提刑在前邊說話。往東京打點幹事。心上不遂。家中孩子又不好。月娘使小廝。叫劉婆子來看。又請小兒科太醫。開門闔戶。亂了一夜。劉婆子看了。說哥兒着了些驚氣入肚。又路上撞見五道將軍。不打緊。燒些帋兒。退送退送。就好了。又留了兩服朱砂丸藥兒。用薄荷燈心湯送下去。那孩兒方纔寧貼睡了一覺。不驚哭吐妳了。只是身上熱還未退。李瓶兒連忙拏出一兩銀子。教劉婆子備帋去。後的帶了他老公。還和一個師婆來。在捲棚內。與哥兒燒帋跳神。那西門慶早五更打發來保夏壽起身。就亂着和夏提刑。往東平府胡知府那裡。打聽提苗青消息去了。吳月娘聽見劉婆說孩兒路上着了驚氣。甚麽抱怨如意兒說他不用心看孩兒。想必路上轎子裡諕了。他了不然怎的就不好起來。如意兒道我在轎子裡。將被兒裹得緊緊的。又沒磕着他。娘便回畫童兒來跟着轎子。他還好好的我按着他睡。只進城內七八到家門首。我只覺他打了個冷戰。到家就不吃妳。哭起來了。按下這裡家中燒帋。與孩子下神。且說來保夏壽一路攢行只六日就赶到東京城內到太師府內見了翟管家將兩家禮物交割明白翟謙看了西門慶書信說道曾御史參本還未到哩你且住兩日。如今老爺新近條陳奏了七件事在這里。旨意還未曾下來。待行下這個本去。曾御史本到。等我對老爺說交老爺閣中叫批與他該部知道。我這里差人再拏我的帖兒。分付兵部余尚書。把他的本只不覆上來。交你老爹只顧放

心管情一些些事兒沒有。于是把二人管待了酒飯。還歸到客店
安歇那里。等到一日。蔡太師條陳本。聖旨准下來了。來保央府
中門吏抄了個邸報。帶回家與西門慶瞧。端的上面奏行那七
件事

一崇政殿大學士吏部尚書魯國公蔡京一本陳愚見竭愚
衷收人才臻實效足財用便民情以隆
聖治事

第一曰罷科舉取士悉由學校陞貢
竊謂教化凌夷風俗頹敗皆由取士不得眞才而教化無
以仰賴書曰天生斯民作之君作之師漢舉孝廉唐興學
校我

國家始制考貢之法各執偏陋以致此輩無真才而民之司牧何以賴焉今

皇上寤寐求才宵旰圖治治在于養賢養賢莫如學校今後取士悉遵古由學校陞貢其州縣發解禮闈一切罷之每歲考試上舍則差知貢舉亦如禮闈之式仍立八行取士之科八行者謂孝友睦婣任恤忠和也士有此者即免試率相補太學上舍

二曰罷講議財利司切惟

國初定制都堂置講議財利司蓋謂人君節浮費惜民財也今陛下即位以來不寶遠物不勞逸民躬行節儉以自奉蓋天下亦無不可返之俗亦無不可節之財惟當事者以俗

化為心以禁令為信不忽其初不弛其後治隆俗美豐亨
豫大又何講議之為哉悉罷

三曰更塩鈔法切惟塩鈔乃
國家之課以供邊備者也今合無遵復祖宗之制塩法者部
雲中陜西山西三邊上納粮草關領舊塩鈔易東南淮浙
新塩鈔每鈔折派三分舊鈔搭派七分令商人照所派産
塩之地下場支塩亦如茶法赴官秤驗納息請批引限日
行塩之處販賣如遇過限並行拘收别買新引增販者俱
屬私塩如此則國課日增而邊儲不乏矣

四曰制錢法切謂錢貨乃
國家之血脉貴乎流通而不可淹滞如 拖阻淹滞不行者

則小民何以變通。而國課何以仰賴矣。自晉末鵝眼錢之
後。至
國初環屑不堪。甚至雜以鉛鐵夾錫。邊人販于虜。因而鑄兵
器。爲害不小。合無一切通行禁之也。以
陛下新鑄大錢。崇寧大觀通寶。一以當十。庶小民通行。物價
不致于踊貴矣。

五曰行結糴俵糴之法。

切惟官糴之法。乃賑恤之義也。近年水旱相仍。民間就食
上始下賑恤之詔。近有戶部侍郎韓侶題覆
欽依。將境內所屬州縣。各立社倉。行結糴俵糴之法。保之于
黨。黨之于里。里之于鄉。倡之結也。每鄉編爲三戶。按上上

中中下下。上戶者納粮。中戶者減半。下戶者遞減。粮數關
支。謂之俵糴。如此則斂散便民之法。得以施行。而
皇上可廣不費之仁矣。惟責守令。嚴切舉行。其關係益匪細
矣。

六曰詔天下州郡納免夫錢。切惟我
國初寇亂未定。悉令天下軍徭丁壯。集于京師。以供運餽。以
壯國勢。今
承平日久。民各安業。合頒　詔行天下州郡。每歲上納免
夫錢。每名折錢三十貫。解赴京師。以資邊餉之用。庶兩得
其便矣。而民力少蘇矣。

七曰置提舉御前人舡所。切惟

陛下自即位以來。無聲色犬馬之奉。所尚花石。皆山林間物。

乃人之所棄者。但有司奉行之過。因而致擾有傷

聖治。

陛下節其浮濫。仍請作御前提舉人船所。凡有用悉出內帑。

差官取之。庶無擾于州郡。伏乞　聖裁奉

聖旨。卿言深切時艱。朕心加悅。足見忠猷。都依擬行。該部知

道。

來保抄了。即報。等的翟管家。寫了回書。與了五兩盤纏。與夏壽

取路。回山東清河縣來。有日到家中。西門慶正在家。耽心不下。

那夏提刑一日一遍來問信。聽見來保二人到了。叫至後邊問

他。端的來保對西門慶。悉把上項事情。訴說一遍。遍府中見翟爹。

看了爹的書。便說此事不打緊。交你爹放心。見今巡按也滿了。另點新巡按下來了。況他的恭本還未到。等他本上時。等我對老爺說了。隨他本上參的怎麼重。只批了該部知道。老爺這里再拏帖兒。分付兵部余尚書。只把他的本立了案。不覆上去。隨他有撥天關本事。也無妨。西門慶聽了。方纔心中放下。因問他的本怎倒還不到。來保道。俺每一去時。晝夜馬上行去。只五日就赶到京中。可知在他頭里。俺每回來。見路上一簇响鈴驛馬過。背着黃包袱。插着兩根雉尾。兩面牙旗。怕不就是巡按衙門進送實封纔到了。西門慶道。到得他的本上的遲。事情就停當了。我只怕去遲了。來保道。爹放心。管情沒事。小的不但幹了這件事的。又打聽的兩椿好事來。報爹知道。西門慶問道。端的何

事。來保道。太師老爺。新近條陳了七件事。旨意已是准行。如今
老爺親家戶部侍郎韓爺題准事例。在陝西等三邊開引種鹽
各府州郡縣。設立義倉。官糴粮米。令民間上上之戶。赴倉上米
討倉鈔。派給鹽引支鹽。舊倉鈔七分。新倉鈔三分。咱舊時和喬
親家爹。高陽關上納的那三萬粮倉鈔。派三萬鹽引。戶部坐派
到好趂着蔡老爹巡鹽下塲。支種了罷。倒有好些利息。西門慶
聽言。問道真個有此事。來保道爹不信。小的抄了個邸報在此
向書篋中取出來。與西門慶觀看。因見上面許多字樣。前邊叫
了陳經濟來。唸與他聽。陳經濟唸到中間。只要結住了。還有幾
個眼生字不認的。旋叫了書童兒來唸。那書童到還是門子出
身。蕩蕩如流水不差。直唸到底。端的上面奏着那七件事。云云。

西門慶聽了喜。又看了翟管家書信。巳知禮物。交得明白。蔡狀元見朝。巳黙了兩淮巡塩。心中不勝歡喜。一面打發夏壽回家。報與你老爹知道。一面賞了來保五兩銀子。兩瓶酒。一方肉。回房歇息。不在話下。正是樹大招風風損樹。人爲名高傷喪身。有詩爲証。

得失榮枯命里該　皆因年月日時栽
胷中有志終須到　囊内無財莫論才

畢竟不知後來如何。且聽下回分解。

第四十九回　請巡按屈體求榮

遇胡僧現身施藥

第四十九回

西門慶迎請宋巡按　永福寺餞行遇胡僧

寬性寬懷過幾年　人死人生在眼前
隨高隨下隨緣過　或長或短莫埋怨
自有自無休歎息　家貧家富摠由天
平生衣祿隨緣度　一日清閑一日仙

話說夏壽到家。回覆了話。夏提刑隨卽就來。拜謝西門慶。說道長官活命之恩。不是托賴長官餘光。這等大力量。如何了得。西門慶笑道。長官放心。料着你我沒曾過爲。隨他說去便了。老爺那里。自有個明見。一面在廳上放卓兒留飯。談笑至晚。方總作辭回家。到次日依舊入衙門裡理事。不在話下。却表巡按曾公見本上去不行。就知道二官打點了。心中忿怒因蔡太師所陳七事內多乖方舛訛。皆損下益上之事。即赴京見朝。覆命上了一道表章。極言天下之財。貴于通流。取民膏以聚京師。恐非太平之治。民間結糶俵糴之法。不可行。當十大錢不可用。鹽鈔法不可屢更。臣聞民力殫矣。誰與守邦。蔡京大怒。奏上徽宗天子。說他大肆倡言。阻撓國事。那時將曾公付吏部考察。黜爲陝西慶州知州。陝西巡按御史宋盤。就是學士蔡攸之婦兄也。太史陰令盤就劾其私事。逮其家人。煅煉成獄。將孝序除名。竄于嶺表。以報其仇。此係後事表過不題。再說西門慶在家。一面使韓道國。與喬大戶外甥崔本。拏倉鈔早往高陽關戶部韓爺那里。趕着掛號。留下來保家中。定下果品。預備大卓面酒席。打聽蔡

御史船到。一日來保打聽得他與巡按宋御史船。一同京中起
身。都行至東昌府地方。使人先來家通報。這里西門慶。就會夏
提刑起身。知府州縣。及各衛有司官員。又早預備祗應人馬。鐵
桶相似。來保從東昌府船上。就先見了蔡御史。送了下程。然後
西門慶與夏提刑。出郊五十里迎接。到新河口地名百家村。先
到蔡御史船上。拜見了。備言邀請宋公之事。蔡御史道。我知道
一定同他到府。那時東平胡知府。及合屬州縣。方面有司。軍衛
官員吏典生員。僧道陰陽。都具連名手本伺候。迎接。帥府周守
備。荊都監。張團練。都領人馬披執跟隨。清蹕傳道。雞犬皆隱跡。
鼓吹進東平府察院。各處官員都見畢。呈遞了文書。安歇一夜。
到次日。只見門吏來報。巡塩蔡爺來拜。宋御史急令撤去公案。

連忙整冠出迎。兩個叙畢禮數。分賓主坐下。少頃獻茶已畢。宋御史便問年兄事期幾。時方行。蔡御史道。學生還待一二日。因告說清河縣。有一相識。西門千兵。乃本處巨族。爲人清慎。富而好禮。亦是蔡老先生門下。與學生有一面之交。蒙他遠接。學生正要到他府上。拜他拜。宋御史問道。是那個西門千兵。蔡御史道。他如今見是本處提刑千戶。昨日已叅見過年兄了。宋御史令左右取遞的手本來。看見西門慶與夏提刑名字。說道。此莫非與翟雲峯有親者。蔡御史道。就是他。如今見在外面伺候。要央學生奉陪年兄。到他家一飯。未審年兄尊意若何。宋御史道。學生初到此處。不好去得。蔡御史道。年兄怕怎的。既是雲峯分上。你我走走何害。于是分付看轎。就一同起行。一面傳將出來。

西門慶知了此消息。與來保賁四。騎快馬先奔來家。預備酒席。門首搭照山綵棚。兩院樂人奏樂。叫海鹽戲并雜耍承應。原來宋御史將各項伺候人馬都令散了。只用幾隊藍旗清道官吏跟隨。與蔡御史坐兩頂大轎。打着雙簷傘。同往西門慶家來。當時哄動了東平府。抬起了清河縣。都說巡按老爺也認的西門大官人。來他家吃酒來了。慌的周守備。荊都監。張團練。各領本哨人馬。把住左右街口伺候。西門慶青衣冠帶。遠遠迎接。兩邊鼓樂吹打。到大門道。下了轎。進去。宋御史與蔡御史都穿着大紅獬豸繡服。烏紗皂履。鶴頂紅帶。從人執着兩把大扇。只見五間廳上。湘簾高捲。錦屏羅列。正面擺兩張吃看卓席。高頂方糖。定勝簇盤。十分齊整。二官揖讓進廳。與西門慶敘禮。蔡御史令家人。其贄見之禮。兩端湖紬。一部文集。四袋芽茶。一面端溪硯。宋御史只投了個宛紅單拜帖。上書侍生宋喬年拜。向西門慶道。久聞芳譽。學生初臨此地。尚未盡情。不當取擾。若不是蔡年兄見邀。同來進拜。何以幸接尊顏。慌的西門慶。倒身下拜。說道。僕乃一介武官。屬于按臨之下。今日幸蒙清顧。蓬蓽生光。于是鞠恭展拜。禮容甚謙。宋御史亦答禮相還。敘了禮數。當下蔡御史讓宋御史居左。他自在右。西門慶垂首相陪。茶湯獻罷。堦下簫韶盈耳。鼓樂喧闐。動起樂來。西門慶遞酒安席已畢。下邊呈獻割道。說不盡餚列珍羞。湯陳桃浪。酒泛金波。端的歌舞聲容。食前方丈。西門慶知道手下跟從人多。堦下兩位轎上跟從人。每位五十瓶酒。五百點心。一百斤熟肉。都領下去。家人吏書門

手人等。另在廂房中管待。不必用說。當日西門慶這席酒也費
勾千兩金銀。那宋御史。又係江西南昌人。爲人浮躁。只坐了沒
多大回。聽了一摺戲文。就起來。慌的西門慶。再三固留。蔡御史
在傍便說。年兄無事。再消坐一時。何遽回之太速耶。宋御史道。
年兄還坐坐。學生還欲到察院中。處分些些公事。西門慶早令手
下。把兩張卓席。連金銀器。已都裝在食盒內。共有二十擡。叫下
人夫伺候。宋御史的。一張大卓席。兩壜酒。兩牽羊。兩對金絲花。
兩疋段紅。一副金臺盤。兩把銀執壺。十個銀酒盃。兩個銀折盂。
一雙牙箸。蔡御史的。也是一般的。都遞上揭帖。宋御史再三辭
道。這個我學生怎麼敢領。因看着蔡御史。蔡御史道。年兄貴治
所臨。自然之道。我學生豈敢當之。西門慶道。些些須微儀。不過乎

侑觴而已。何爲見外。比及二官推讓之次。而卓席已擡送出門矣。宋御史不得已。方令左右收了揭帖。向西門慶致謝。說道今日初來荊識。旣擾盛席。又承厚貺。何以克當。餘容圖報不忘也。因向蔡御史道。年兄還坐坐。學生告別。于是作辭起身。西門慶還要遠送。宋御史不肯。急令請回。擧手上轎而去。西門慶回來。陪侍蔡御史。解去冠帶。請去捲棚內後坐。因分付把樂人都打發散去。只留下戲子。西門慶令左右重新安放卓席。擺設珍羞果品上來。二人飲酒。蔡御史道。今日陪我這宋年兄坐便僭了。又和曾待盛庫酒器。何以克當。西門慶咲道。微物惶恐。表意而已。因問道。宋公祖尊號。蔡御史道。號松原。松樹之松。原泉之原。又說起頭里他再三不來。被我學生因稱道四泉盛德。與老先生那邊相熟。他纔來了。他也知府上與雲峯有親。西門慶道想必翟親家有一言于彼。我觀宋公。爲人有些蹺蹊。蔡御史道。他雖故是江西人。倒也没甚蹺蹊處。只是今日初會。怎不做些模樣。説畢咲了。西門慶便道今日晚了。老先生不回舡上去罷了。蔡御史道。我明早就要開舡長行。西門慶道。請不棄在舍畱宿一宵明日學生長亭送餞。蔡御史道。過蒙愛厚。因分付手下人都回門外去罷。明早來接。衆人都應諾去了。只留下兩個家人伺候。西門慶見手下人都去了。走下席來。來叫玳安兒。附耳低言。如此這般。分付即去院中坐名。叫了董嬌兒韓金釧兒兩個打後門裡。用轎子擡了來。休交一人知道。那玳安一面應諾去了。西門慶復上席。陪蔡御史吃酒。海鹽子弟。在傍歌唱。西門慶因問老先生。到家多少時。就來了。令堂老夫人。起居康健麼。蔡御史道老母倒也安。學生在家。不覺荏苒半載。回來見朝。不想被曹禾論劾。將學生敝同年一十四人之在史館者。一時皆黜授外職學生便選在西臺新點兩淮巡鹽。宋年兄便在貴處巡按。他也是蔡老先生門下。西門慶問道。如今安老先生在那里。蔡御史道。安鳳山他已陞了工部主事。往荊州催儹皇木去了。也待好來也。說畢。西門慶交海鹽子弟。上來遞酒。蔡御史分付你唱個漁家傲我聽。子弟排手在傍唱道。

別後杳無書。不疼不痛病難除。恨淒淒旅館有誰相知。魚沉不見雁傳書。三山美人知何處。眠思夢想此情爲誰。懨懨憔瘦。一似風中柳絮。知他幾時再得重相會。

皂羅袍

滿目黄花初綻。怪淵明怎不囘還。交人盼得眼睛穿。寃家怎不行方便從伊別後。相思病纏。昏昏如醉。汪汪淚漣。知他幾時再得重相見。

我愛他桃花爲面。笋生成十指纖纖。我愛他春山淡淡柳拖烟。我愛他清俊一雙秋波眼。烏鴉堆鬓。青絲翠綰。玳鈎月鈎。丹霞襯臉。交人想得肝腸斷。

戍鼓鼕鼕初轉。聽樓頭畫角聲殘。起床搗枕數千番。長呼短嘆千千遍。精神撩亂。語言倒顛。忘飡廢寢。和衣淚漣。終朝懞懂昏沉倦。

我爲你終朝思念。在那里要笑貪歡。忽然想起意懸懸。一番題起一番怨恩深如海情重似山佳期非偶離別最難常言道藕斷絲不斷。

正唱着只見玳安走來請西門慶下邊說話玳安道叫了董嬌兒韓金釧兒打後門來了在娘房裡坐着哩西門慶道你分付把轎子擡過一邊纔好玳安道擡過一邊了這西門慶走至上房兩個唱的向前磕了頭西門慶道今日請你兩個來晚夕在山子下扶侍你蔡老爹他如今見在巡按御史你不可怠慢了他用心扶侍他我另酬荅你兩個那韓金釧兒咲道爹不消分付俺每知道西門慶因戲道他南人的營生好的是南風你每休要扭手扭脚的董嬌兒道娘在這裡聽着爹你老人家羊角葱靠南墻越發老辣已是了王府門首磕了頭俺們不吃這井

里水了。這西門慶笑的往前邊來。走到儀門首。只見來保。和陳經濟。拏着揭帖走來。與西門慶看。說道剛纔喬親家爹。說趂着蔡老爹這回閑。爹倒把這件事。對蔡老爹說了罷。只怕明日起身忙了。西門慶道。交姐夫寫了俺兩個名字在此。你跟了來。那來保跟到捲棚槅子外邊跪着。西門慶飲酒中間。因題起有一事在此。不敢于瀆。蔡御史道。四泉有甚事。只顧分付。學生無不領命。西門慶道。去歲因舍親那邊。在邊上納過些粮草。坐派了有些鹽引。正派在貴治楊州支鹽。只是望乞到那里。青目青目。早些支放。就是愛厚。因把揭帖遞上去。蔡御史看了。上面寫着商人來保。崔本。舊派准鹽三萬引。乞到日早掣。蔡御史看了。笑道這個甚麼打緊。一面把來保。叫至近前跪下。分付與你蔡爺磕頭。蔡御史道。我到揚州。你等逕來察院見我。我比別的商人早掣取你鹽一個月。西門慶道。老先生下顧。早放十日就勾了。蔡御史把原帖就袖在袖內。一面書童傍邊斟上酒。子弟又唱下山虎。

中秋將至。漸覺心酸。只見穿窓月。不見故人還。聽叮噹砧聲滿耳。嘹嚦嚦非雁南還。怎不交人心中慘然。料想相思斷送少年。黄昏後。更漏殘。把銀燈剔盡方眠。

當初携手。月下並肩。說下山盟海誓。對天禱言。若有個負意忘恩。早歸九泉。一向如何音信遠。空教我卜金錢。廢寢忘飡。有誰見怜。黄昏後。更漏殘。把銀燈剔盡方眠。

尾聲

蒼天若肯行方便。早遣情人到枕邊。免使書生獨自眠。

唱畢。當下掌燈時分。蔡御史便說深擾一日。酒告止了罷。因起身出席。左右便欲掌燈。西門慶道。且休掌燭。請老先生後邊更衣。于是從花園里遊翫了一回。讓至翡翠軒那里。又早湘簾低簇。銀燭熒煌。設下酒席完備。海鹽戲子。西門慶已命手下管待酒飯。與了二兩賞錢。打發去了。書童把捲棚內家活收了。關上角門。只見兩個唱的。盛粧打扮。立于堦下。向前花枝招颭磕頭。但見

綽約容顏金縷衣　香塵不動下堦墀
時來水濺羅裙濕　好似巫山行雨歸

蔡御史看見。欲進不能。欲退不可。便說道。四泉。你如何這等愛厚。恐使不得。西門慶笑道。與昔日東山之遊。又何別乎。蔡御史

道。恐我不如安石之才。而君有王右軍之高致矣。于是月下與二妓攜手。不啻恍若劉阮之入天台。因進入軒內。見文物依然。因索帋筆。要留題。西門慶即令書童連忙將端溪硯。研的墨濃拂下錦箋。這蔡御史。終是狀元之才。拈筆在手。文不加點。字走龍蛇。灯下一揮而就。作詩一首。詩曰。

不到君家半載餘　軒中文物尚依稀
雨過書童開樂圃　風回仙子步花臺
飲將醉處鍾何急　詩到成時漏更催
此去又添新悵望　不知何日是重來

寫畢。交書童粘于壁上。以爲後日之遺焉。因問二妓。你等叫甚名字。一個道小的姓董。名喚嬌兒。他叫韓金釧兒。蔡御史又道你二人有號沒有。董嬌兒道。小的無名娼妓。那討號來。蔡御史道。你等休要太謙。問至再三。韓金釧方說小的號玉卿。董嬌兒道。小的賤號薇仙。蔡御史一聞薇仙二字。心中甚喜。遂留意在懷。令書童取棋卓來。擺下棋子。蔡御史與董嬌兒。兩個着棋。西門慶陪侍韓金釧兒把金樽在旁邊遞酒。書童拍手歌唱。玉芙蓉。唱道

東風柳絮飄。玉砌蘭芽小。這春光豔冶。巧鬧難描。牆頭紅粉佳人笑。蹴罷鞦韆香汗消。尋芳與。不辭路遙。我只見酒旗搖曳杏花梢。

唱畢。蔡御史贏了董嬌兒一盤棋。董嬌兒吃過。回奉蔡御史韓金釧這里。遞與西門慶。陪飲一盃。書童又唱道。

風吹蕉尾翻。雨洒荷珠亂。見佳人盤髻如蟬。湘裙半掩。芙蓉面。綵袖輕飄賽小蠻。秋波臉。兩情牽好難。引的人意遲寂寞泪闌干。

飲了酒。兩人又下。董嬌兒贏了。連忙遞酒一盃。與蔡御史。西門慶在傍。又陪飲一盃。書童又唱。

黃花遍地開。百草皆凋敗。小蛩吟唧唧空堦。牛郎夜夜依然在織女緣何不見來。懨懨害。糊突夢怎猜。我爲他淚滴濕衣記鳳頭鞋。

唱畢。蔡御史道四泉夜深了不勝酒力了。于是走出外邊來。站立在于花下。那時正是四月半頭時分。月色纔上。西門慶道。老先生。天色還早哩。還有韓金釧。未曾賞他一盃酒。蔡御史道。正是你喚他來。我就此花下。立飲一盃。于是韓金釧拏大金桃盃滿斟一盃。用纖手捧遞上去。董嬌兒在傍捧菓。書童拍手。又唱第四個。

梨花散亂飛。不見遊蜂翅。小窓前鵲踏枯枝。愁聞月雪尋梅至。忽聽銅壺更漏遲。傷心事。把離情自思。我爲他寫情書。閣
不住筆尖兒。

蔡御史吃過斟上一盃。賞與韓金釧兒。因告辭道。四泉。今日酒太多了。令盛价收過去罷。于是與西門慶握手相語說道。賢公盛情盛德。此心懸懸。若非斯文骨肉。何以至此。向日所貸學生耿耿在心。在京已與雲峯表過。倘我後日有一步寸進。斷不敢有辜盛德。西門慶道。老先生何出此言。倒不消介意。那韓金釧

見他一手拉着董嬌兒知局就往後邊去了到了上房里月娘便問你怎的不陪他睡來了韓金釧笑道他留下董妞兒了我不來只在那裡做甚麼良久西門慶亦告了安置進來叫了來興兒分付明日早五更打發食盒酒米點心下飯叫了廚役跟了往門外永福寺去那里與你蔡老爹送行叫兩個小優兒答應休要悞了來興兒道家里二娘上壽沒人看來西門慶道留下棋童兒買東西叫廚子後邊大灶上做罷不一時書童玳安收下家活來又討了一壺好茶往花園里去與蔡老爹漱口翡翠軒書房床上鋪陳衾枕俱各完備蔡御史見董嬌兒手中拏着一把湘妃竹泥金面扇兒上面水墨畫着一種湘蘭平溪流水董嬌兒道敢煩老爹賞我一首詩在上面蔡御史道無可爲

題。就指着你這薇仙號。于是灯下來與拈起筆來。寫了四句在上。

小院閒庭寂不譁　一池月上浸窓紗
邂逅相逢天未晚　紫薇郎對紫薇花

寫畢。那董嬌兒連忙拜謝了。兩個收拾上床就寢。書童玳安與他家人。在明間里睡。一宿晚景不題。次日早辰蔡御史與了董嬌兒一兩銀子。用紅帋大包封着。到于後邊。拿與西門慶瞧。西門慶笑說道。文職的營生。他那里有大錢與你。這個就是上上籤了。因交月娘每人又與了他五錢。早從後門打發他去了。書童舀洗面水。打發他梳洗穿衣。西門慶出來。在廳上陪他吃了粥。手下又早伺候轎馬來接。與西門慶作辭。謝了又謝。西門慶

又道學生日昨所言之事。老先生到彼處。學生這里書去。千萬
留神一二。足仞不淺。蔡御史道。休說賢公華扎下臨。只盛价有
片帋到學生無不奉行。說畢。二人同上馬。左右跟隨出城外。到
于永福寺。借長老方丈。擺酒餞行。來興兒與廚役。早已安排卓
席停當。李銘吳惠。兩個小優彈唱。數盃之後。坐不移時。蔡御史
起身。夫馬坐轎。在于山門外伺候。臨行西門慶。說起苗青之事。
乃學生相知。因詿誤在舊大巡曾公案下。行牌往揚州。案候捉
他此事情已問結了。倘見宋公。望乞借重一言。彼此感激。蔡御
史道。這個不妨。我見宋年兄說。設使就提來。放了他去就是了。
西門慶又作揖謝了。看官聽說。後來宋御史往濟南去。河道中
又與蔡御史會。在那舡上。公人楊州提了苗青來。蔡御史說道。

此係曾公手裡案外的。你管他怎的。遂放回去了。倒下詳去東平府。還只把兩個舡家。决不待時。安童便放了。正是人事如此如此。天理未然未然。有詩單表人情之有虧人處。詩曰

公道人情兩是非　人情公道最難爲
若依公道人情失　順了人情公道虧

胡知府已受了。西門慶夏提刑囑託。無不做分上。要說此係後事。當日西門慶。要送至舡上。蔡御史不肯。說道賢公不消遠送。只此告別。西門慶道。萬惟保重。容差小价問安。說畢。蔡御史上轎而去。西門慶回到方丈坐下。長老走來遞茶。頭戴僧伽帽。身披袈裟。小沙彌拿着茶托。遞茶去。合掌道了問訊。西門慶答禮相還。見他雪眉交白。便問長老多大年紀。長老道。小僧七十有

五。西門慶道。倒還這等康健。因問法號。稱呼甚麼。長老道。小僧法名道堅。有幾位徒弟。長老道。止有兩個小徒。本寺也有三十余僧行。西門慶道。你這等院。倒也寬大。只是欠修整。長老道。不瞞老爹說。這座寺。原是周秀老爹蓋造。長署裏沒錢粮修理。丢得壞了。西門慶道。原來就是你守備府周爺的香火院。我見他家庄子不遠。不打緊處。你稟了你周爺。寫個緣簿。一般別處也再化着來。我那里。我也資助你些些布施。道堅連忙合掌問訊謝了。西門慶分付玳安兒。書袋內取一兩銀子。謝長老。今日打攪長老這里。道堅道。小僧不知老爺來。不曾預備齋供。西門慶道。我要往後邊更更衣去。道堅連忙叫小沙彌開便門。西門慶更了衣。因見方丈後面。五間大禪堂。有許多雲遊和尚在那里。敲著木魚念經西門慶不因不由信步走入裡面觀看見一個和尚形骨古怪相貌搊搜生的豹頭凹眼色若紫肝戴了雞蠟箍兒穿一領肉紅直裰頦下髭鬚亂拃頭上有一腦光簷就是個形容古怪眞羅漢未除火性獨眼龍在禪床上旋定過去了垂着頭把脖子縮到腔子裏鼻口中流下玉筯來西門慶口中不言心內暗道此僧必然是個有手段的高僧不然如何有此異相等我叫醒他問他個端的于是應聲叫那位僧人你是那里人氏何處高僧雲遊到此叫了頭一聲不荅應第二聲也不言語第三聲只見這個僧人在禪床上把身子打了個挺伸了伸腰睜開一隻眼跳將起來向西門慶點了點頭兒麄聲應道你問我怎的貧僧行不問名坐不改姓乃西域天竺國密松林齊

腰峯寒庭寺下來的胡僧雲遊至此施藥濟人官人你叫我有甚話說西門慶道你旣是施藥濟人我問你求些滋補的藥兒你有也沒有胡僧道我有我有又道我如今請你到家你去不去胡僧道我去我去西門慶道你說去卽此就行那胡僧直竪起身來向床頭取過他的鐵柱杖來拄着背上他的皮褡褳褡褳內盛着兩個藥葫蘆兒下的禪堂就往外走西門慶分付玳安叫了兩個驢子同師父先往家去等着我就來胡僧道官人不消如此你騎馬只顧先行貧僧也不騎頭口管情比你先到西門慶道巳定是個有手段的高僧不然如何開這等朗言恐怕他走了分付玳安好歹跟着他同行于是作辭長老上馬僕從跟隨逕直進城來家那日四月十七日不想是王六兒生日

家中又是李嬌兒上壽。有堂客吃酒。後晌時分。只見王六兒家
沒人使使了他兄弟王經。來請西門慶。分付他宅門首。只尋玳
安兒說話。不見玳安在門首。只顧立。立了約一個時辰。正值月
娘與李嬌兒。送院里李媽媽出來上轎。看見一個十五六歲扎。
包髻兒小廝。問是那里的。那小廝三不知走到根前。與月娘磕
了個頭。說道我是韓家。尋安哥說話。月娘問那安哥。平安在傍
邊。恐怕他知道是王六兒那里來的。恐怕他說岔了話。向前把
他拉過一邊。對月娘說他是韓夥計家使了來尋玳安兒。問韓
夥計幾時來。以此哄過月娘。不言語回後邊去了。不一時玳安
與胡僧先到門首。走的兩腿皆酸。渾身是汗。抱怨的要不的。那
胡僧躰貌從容。氣也不喘。平安把王六兒那邊。使了王經。來請

爹尋他說話一節。對玳安兒說了。不想大娘正送院里李奶奶出來門首上轎。看見他冐冐勢勢。走到根前。與大娘磕頭。大娘問他。說我是韓家的。早是我在傍邊拉過一邊。落後大娘問我我說是韓夥計家的使他來問他韓夥計幾時來。大娘纔不言語了。早是沒曾碼覺出來。等住回娘若問你。也是這般說。那玳安走的睁睁的。只顧搧扇子。今日造化低的也。怎的平白爹交我領了這賊禿囚來。好近遠兒。從門外寺里直走到家。路上通沒歇脚兒。走的我上氣兒接不着下氣兒。爹交顧驢子與他騎。他又不騎。他便走着沒事沒事的。難爲我這兩條腿了。把鞋底子也磨透了。脚也踏破了。攮氣的營生。平安道。爹請他來家做甚麼。玳安道。誰知道他。說問他討甚麼藥哩。正說着。只聞喝道之聲。西門慶到家。看見胡僧在門首。說道吾師眞乃人中神也。果然先到。一面讓至裏面大廳上坐。西門慶叫書童接了衣裳。換了小帽。陪他坐的。那胡僧睁眼觀見廳堂高遠。院宇深沉。門上掛的是龜背紋蝦鬚織抹綠珠簾。地下鋪獅子滚綉毬絨毛線毯。正當中放一張蜻蜓腿螳螂肚肥皂色起楞的卓子。卓子上安着緑環樣。湏彌座大理石屏風。週圍擺的。都是泥鰍頭楠木靶腫觔的校椅。兩壁掛的畫。都是紫竹桿兒綾邊瑪瑙軸頭。正是鼉皮画皷振庭堂。烏木春檯盛酒器。胡僧看畢。西門慶問道。吾師用酒不用。胡僧道。貧僧酒肉齊行。西門慶。一面分付小厮。後邊不消看素饌。拿酒飯來。那時正是李嬌兒生日。廚下肴饌下飯。都有。安放卓兒。只顧拿上來。先綽邉兒放了。四碟果子四碟小菜。又是四碟案酒。一碟頭魚。一碟糟鴨。一碟烏皮雞。一碟舞鱸公。又拿上四樣下飯來。一碟羊角葱炒的核桃肉。一碟細切的餶飿樣子肉。一碟肥肥的羊貫腸。一碟光溜溜的滑鰍。次又拿了一道湯飯出來。一個碗內兩個肉圓子。夾着一條花筋滾子肉。名喚一龍戲二珠湯。一大盤裂破頭高裝肉包子。西門慶讓胡僧吃了。教琴童拏過團靶鈎頭雞脖壺來。打開腰州精製的紅泥頭。一股一股邈出滋陰摔白酒來。傾在那倒垂蓮蓬高脚鍾內。遞與胡僧。那胡僧接放口內。一吸而飲之。隨卽又是兩樣添換上來。一碟寸扎的騎馬腸兒。一碟子醃臘鵝脖子。又是兩樣艶物。與胡僧下酒。一碟子癩葡萄。一碟流心紅李子。落後又是一大碗鱔魚麵。與菜卷兒。一齊拏上來。與胡僧打散登時把胡僧吃的楞子眼兒便道貧僧酒醉飯飽足可以勾了。西門慶吽左右。拏過酒卓去。因問他求房術的藥兒。胡僧道我有一枝藥。乃老君煉就。王母傳方。非人不度。非人不傳。專度有緣。既是官人厚待于我。我與你幾丸罷。于是向禣褳內。取出葫蘆兒。傾出百十丸。分付每次只一粒。不可多了。用燒酒送下。又搬向那一個葫兒捏了。取二錢一塊。粉紅膏兒。分付每次只許用二釐。不可多用。若是脹的慌。用手捏着兩邊腿上。只顧摔打百十下。方得通。你可樽節用之。不可輕泄于人。西門慶雙手接了。說道我且問你這藥。有何功効。胡僧說形如鷄卵。色似鵞黃。三次老君炮煉。王母親手傳方。外視輕如糞土。內覷貴乎玕琅。比金金豈換。比玉玉何償。任你腰金衣紫。任你大厦高堂。任你輕裘肥馬。任你才俊棟梁。此藥用托掌內。飄然身入洞房。洞中春不老。物外景長芳。玉山無頹敗。丹田夜有光。一戰精神爽。再戰氣血剛。不拘嬌艷寵。十二美紅妝。交接從吾好。徹夜硬如鎗。服久寬脾胃。滋腎又扶陽。百日鬚髮黑。千朝躰自强。固齒能明目。陽生姤始藏。恐君如不信。拌飯與貓嘗。三日淫無度。四日熱難當。白貓變爲黑。尿糞俱停亡。夏月當風臥。冬天水裏藏。若還不解泄。毛脫盡精光。每服一厘半。陽興愈健强。一夜歇十女。其精永不傷。老婦顰眉蹙。淫娼不可當。有時心倦怠。收兵罷戰場。冷水吞一口。陽回精不傷。快美終宵樂。春色滿蘭房。贈與知音客。永作保身方。西門慶聽了。要問他求方兒。說道請醫須請良。傳藥須傳方。吾師不傳于我方兒。倘或我久後用沒了。那里尋師父去。隨師父要多少東西。我與師父。因令玳安後邊快取二十兩白金來。遞與胡僧。要問他求這一枝藥方。那胡僧咲道貧僧乃出家之人。雲遊四方。要這資財何用。官人趁早收回去。一面就要起身。西門慶見他不肯傳方。便道師父。你不受資財。我有一疋四丈長大布。與師父做件衣服罷。即令左右取來。雙手遞與胡僧。僧方纔打問訊謝了。臨出門。又分付不可多用。戒之戒之。言畢。背上褡褳。拴定拐杖。出門楊長而去。正是拄杖挑擎雙日月。芒鞋踏遍九軍州。有詩為證。

彌勒和尚到神州　布袋橫拖拄杖頭
饒你化身千百化　一身還有一身愁

畢竟未知後來何如。且聽下回分解。

第五十回

琴童潛聽燕鶯歡

玳安嬉遊蝴蝶巷

第五十回

琴童潛聽燕鶯歡　玳安嬉遊蝴蝶巷

天與胭脂點絳唇　東風滿面笑欣欣
芳心自是歡情足　醉臉常含喜氣新
傾國有情偏惱客　向陽無語咲撩人
紅塵多少愁眉者　好入花林結近隣

話說那日李嬌兒上壽。觀音庵王姑子。請了蓮華庵薛姑子來了。又帶了他兩個徒弟。妙鳳妙趣。月娘聽薛師父來了。知道他是個有道行的姑子。連忙出來迎接。見他戴着清淨僧帽。披着茶褐袈裟。剃的青旋旋頭兒。生的魁肥胖大。沿口豚腮。進來與月娘衆人。合掌問訊。王姑子便道。這個就是主家大娘。與列位娘慌的月娘衆人連忙下頭去見他在人前鋪眉苫眼拏班做勢口裡咬文嚼字一口一聲只稱呼他薛爺他便叫月娘是在家菩薩或稱官人娘子月娘甚是取重他十分那日大妗子楊姑娘都在這里月娘擺茶與他吃整理素饌鹹食菜蔬點心擺了一大卓子比尋常分外不同兩個小姑子妙趣妙鳳纔十四五歲生的甚是清俊就在他傍邊卓頭吃東西吃了茶都在上房內坐的月娘李嬌兒孟玉樓潘金蓮李瓶兒西門大姐都聽着他講道說話只見小廝畫童兒前邊收下家活來月娘便問道前邊那吃酒肉的和尚去了畫童道剛纔起身爹送出他去了吳大妗子因問是那里請來的僧人月娘道是他爹今日與蔡御史送行門外寺里帶來的一個和尚酒肉都吃問他求甚

麽藥方。與他銀子也不要。錢也不受。誰知他幹的甚麽營生。吃了這日。纔去了。那薛姑子聽見。便說道茹葷飲酒。這兩件事也難。倒還是俺這比丘尼。還有些戒行。他這漢僧們。那里管。大藏經上。不說的。如你吃他一口。到轉世過來。須還這他。吳大妗聽了。道像俺們終日吃肉。却不知轉世有多少罪業。薛姑子道。似老菩薩。都是前生修來的福。享了榮華。受富貴。譬如五谷。你春天不種下。到那有秋之時。怎望收成。這里說話不題。且說西門慶。送了胡僧進來。只見玳安悄悄向前。說道頭里韓大嬸那里使了他兄弟來請爹。說今日是他生日。請爹好歹過去坐坐。西門慶得了胡僧藥。心里定要去。和婦人試驗。不想他那里來請。正中下懷。即分付玳安備馬。使琴童先送一罈酒去。于是逕走到潘金蓮房里取了淫器包兒。便衣小帽。帶着眼紗。玳安跟隨。逕往王六兒家來下馬。到裏面就分付。留琴童兒在這里伺候。玳安回了馬家去。等家里問。只說我在獅子街房子里筭帳哩。玳安應諾。小的知道。說畢。騎馬回家去了。王六兒出來。戴着銀絲鬏髻。金纍絲釵梳。翠鈿兒。二珠環子。露着頭。穿着玉色紗比甲兒。夏布衫子。白腰挑線單拖裙子。與西門慶磕了頭。在傍邊陪坐。說道無事。請爹過來散心坐坐。又多謝爹送酒來。西門慶道我忘了你生日。今日往門外送行去。纔來家。因向袖中取出一對簪兒。就來遞與他。今日與你上壽。婦人接過來觀看。却是一對金壽字簪兒。說道。倒好樣兒。連忙道了萬福。西門慶又遞與他五錢銀子。分付你秤五分。交小厮有南燒酒。買他一瓶來。我吃。那王六兒笑道。爹老人家。別的酒吃厭了。想起來又要吃南燒酒了。于是連忙稱了五分銀子。使琴童兒拏瓶買去了。王六兒。一面替西門慶脫了衣裳。請入房里坐的。親自洗手剔甲。剝果仁兒。交丫頭揀好茶。拿上來西門慶吃。在房內放小卓兒。看牌耍子。看了一回。纔收拾吃酒。按下這頭不題。單表玳安回馬到家。辛苦了一日。跟和尚走了來乏困了。走到前邊屋裡倘了一覺直睡到掌燈時分。纔醒了。揉了揉眼見天晚了。走到后邊要燈籠。要接爹去。只顧立着。月娘因問他。頭里你爹打發和尚去了。也不進來換衣裳。三不知就去了。端的在誰家吃酒哩。玳安沒的回答。說道爹沒往人家去。在獅子街房子里。和你哥筭帳哩。月娘道。就是筭帳。沒的筭恁一日。玳安道。筭了帳。爹自家吃酒哩。月娘道。又没人陪他。他莫不平白的。自家吃酒。眼見的就是兩樣話。頭里韓道國家小厮來尋你做甚麽。玳安道。他來問韓大叔幾時來。月娘罵道。賊囚根子。你又不知弄甚麽鬼。那玳安不敢多言。月娘交小玉。拏了灯籠與他。你説家中你二娘。等着上壽哩。小玉一面拏了個灯籠。遞與玳安。來到前邊鋪子里。只見書童兒和傅夥計。坐着水櫃上。放着一瓶酒。兩雙鍾筯。幾個碗碟。一盤牛肚子。平安兒從外邊。拏了兩瓶鮓來。正飲酒中間。只見玳安走來。把灯籠掠下。説道。好呀。我赶着了。因見書童兒戲道。好淫婦。你在這里做甚麽。交我那里没尋你。你原來躲在這里吃酒兒。書童道。你尋我做甚麽。心里要與我做半日孫子兒。玳安罵道。村村小厮。你也回嘴。我尋你要合你的屁股。

于是走向前。按在椅子上。就親嘴。那書童用手推開。說道怪行貨子。我不好罵出來的。把人牙花都磕破了。帽子都抓落了人的。傳夥計見他帽子在地下。說道新一盞灯帽兒。交平安兒。你替他拾起來。只怕躧了。被書童拏過。往炕上只一摔。把臉通紅了。玳安道。好淫婦。我鬪了你鬪兒。你惱了。不由分說。掀起腿把他按在炕上。儘力向他口裏吐了一口唾沫。把酒推撒了。流在水櫃上。傳夥計。恐怕他濕了帳簿。連忙取手巾來抹了。說道骨情住回。兩個頑惱了。玳安道。好淫婦。你今日討了誰口裏話。這等扭手扭腳。那書童把頭髮都揉亂了。說道耍便耍。笑便笑。臢剌剌的屣水子。吐了人恁一口。玳安道。賊秫村村。你今日纔吃屣。你從前已後。把屣不知吃了多少。平安篩了一甌子酒。遞與玳安。說道你快吃了。接爹去罷。有話回來。和他說。玳安道。等我接了爹回來。和他答話。我不把秫秫小厮。不攞布的見神見鬼的。他也不怕我使。一些唾沫。也不是人養的。我只一味乾粘于是吃了酒。門班房內。叫了個小伴當。拏着灯籠。他便騎着馬到了王六兒家。叫開門。問琴童兒。爹在那里。琴童道。爹在屋里睡哩。于是關上門。兩個走到後邊廚下。老馮便道。安官見來。你韓大嬸。只顧等你不見來。替你留下分兒了。向廚櫃里。拏了一盤驢肉。一碟臘燒鷄。兩碗壽麵。一素子酒。玳安吃了一回。又讓琴童吃酒。叫道你過來。這酒我吃不了。咱兩個噤了這素子酒罷。琴童道。留與你的。你自吃罷。玳安道。我剛纔吃了[illegible]了來了。于是二人吃畢。玳安便叫道。馮奶奶。我有句話兒說。你休惱我想着你老人家。在六娘那里。與俺六娘當家。如今在韓大嬸這里又與韓大嬸當家。等我到家看。我對六娘說。不對六娘說。那老馮便向他身上拍了一下。說道怪倒路死猴兒。休要是言不是語。到家里說出來。就交他惱我一生。我也不敢見他去。這里玳安兒。和老馮說話。不想琴童走到臥房。窓子底下。悄悄聽覷。原來西門慶。用燒酒把。胡僧藥。吃了一粒下去。脫了衣裳。上床和老婆行房。坐在床沿上打開淫器包兒。先把銀托束在根下。龜頭上使了硫黄圈子。把胡僧與他的粉紅膏子藥兒。盛在個小銀盒兒內。挑了有一厘半兒來。安放在馬眼內。登時藥性發作。那話暴怒起來。露稜跳腦。凹眼圓睜。横觔皆見。色若紫肝。約有六七寸長。比尋常分外粗大。西門慶心中暗喜。果然胡僧此藥有些意思。婦人脫得光赤條。坐在他懷里。一面用手籠揝。說道怪道你要燒酒吃。原來幹這個營生。因問你是那里討來的藥。西門慶急把胡僧與他的藥。從頭告訴一遍。先令婦人仰臥床上。背靠雙枕。手搴那話。往里放。龜頭昂大。濡研半晌。方纔進入些須。婦人淫津流溢。少頃滑落。已而僅沒龜稜。西門慶酒興頗作。淺抽深送。覺翕翕然暢美不可言。婦人則淫心如醉。酥癱于枕上。口內呻吟不止。口口聲聲只叫大𩬘𩭿達達。淫婦今日可死也。又道我央及你。好歹留些工夫。在後邊耍耍。西門慶于是把老婆。倒蹶在床上。那話頂入戶中。扶其股而極力搧磞。搧磞的連聲响喨。老婆道達達。你好生搧打着淫婦。休要住了。再不你自家拏過灯來。照着瞧耍。西門慶于是移灯近前。令婦人在下。直舒雙足。他便騎在上面。兜其股。蹲踞而提之。老婆在下。一手揉着花心。挾其股而就之。顫聲不已。西門慶因對老婆說道。等你家的來。我打發他和來保崔本揚州支塩去。支出塩來賣了。就交他往湖州織了絲紬了。好不好。老婆道。好達達。隨你交他那里。只顧去。閑着王八在家里做甚麽。因問這鋪。那交誰管。西門慶道。我交賁四在家。且替他買着。王六兒道。也罷。且交賁四看着罷。這里二人行房。不想都被琴童兒窓外聽了。不亦樂乎。玳安正從後邊來。見他在窓下聽覷。向身上推了一下。說道平白聽他怎的。趂他正未起來。咱每去來。琴童跟出他到外邊。玳安道。你不知。後面小衚衕子里。新來了兩個好丫頭子。我頭里騎馬。打那里過。看見了。來在曾長腿屋里。一個金兒。一個叫賽兒。却不上十六七歲。交小伴當在這里看着。咱往混一回子去。一面分付小伴當。你在此聽着門。俺每往街上淨淨手去。等裏邊尋你。往小衚衕口兒上。那里叫俺每去。分付了。兩個月亮地裡。走到小巷內。原來這條巷。喚做蝴蝶巷。裡邊有十數家。都是開坊子。吃衣飯的。那玳安一來也有酒了。叫門叫了半日。纔開。原來王八正和虔婆魯長腿。在灯下。拏黃桿大等子稱銀子。哩。見兩個兇神也般撞進來。裏間屋里。連忙把灯來。一口吹滅了。王八認的玳安是提刑所西門老爹家管家。便讓坐。玳安道叫出他姐兒兩個。唱個曲兒俺每聽。就去。王八道。管家你來的遲行一步兒。兩個劉繞都有了人了。這玳安不由分說。兩步就揷進裡面。只見黑洞洞。燈也不點。炕上有兩個戴白毡帽子的

酒太公一個炕上睡下那一個纔脫褁脚便問道是甚麽人進
屋里來了耿安道我合你娘的眼不防聽的只一拳去打的那
酒子只叫着褁脚襪子也穿不上往外飛跑那一個在炕上扒
起來一步一跌也走了耿安叫掌起燈來罵道賊野蠻流民他
倒問我是那里人剛纔把毛搞淨了他的纔好平白放了他去
了好不好拏到衙門里去且交他且試試新夾棍着曾長腿向
前掌上灯拜了又拜說二位官家哥哥息怒他外京人不知道
休要和他一般見識因令金兒賽兒出來唱與二位叔叔聽只
只見兩個都是一窩絲盤髻穿着洗白衫兒紅綠羅裙兒向前
道今日不知叔叔來夜晚了沒曾做得準備一面放了四碟乾
菜其餘幾碟都是鴨鴠蝦米熟鮓鹹魚猪頭肉乾板腸兒之類

玳安便摟着賽兒一處。琴童便擁着金兒。玳安看見賽兒帶着銀紅紗香袋兒。就拏袖中汗巾兒兩個換了。少頃篩酒上來。賽兒拏鍾兒斟上酒。遞與玳安。先是金兒取過琵琶來唱。頓開喉音。就是山坡羊下來。金兒就奉酒與琴童。唱道。

烟花寨。委實的難過。白不得清涼倒坐。逐日家迎賓待客。一家兒吃穿。全靠着奴身一個。到晚來印子房錢。逼的是我。老虔婆他不管我死活。在門前站到那更深兒夜晚。到晚來有那個問聲我那飽餓。烟花寨。再住上五載三年來。奴活命的少來。死命的多。不由人眼淚如梭。有英樹上開花。那是我收圓結果。

金兒唱畢。賽兒又斟一盃酒。遞與玳安兒。接過琵琶來。唱道。

進房來。四下觀看。我自見粉壁墻上。排着那琵琶一面。我看琵琶上塵灰兒倒有。那一隻袖子裡掏出個汗巾兒來。把塵灰攤散。抱在我懷中。定了定子絃。彈了個孤悽調。淚似湧泉。有我那寃家。何等的歡喜。寃家去。撇的我和琵琶一樣。有他在同唱同彈里來嚛。到如今。只剩下我孤单。不由人雨淚兒傷殘。物在存留。不知我人兒在那廂。

正唱在熱閙處。忽見小伴當來叫。二人連忙起身。玳安向賽兒說。俺每改日。再來望你。說畢。出門來到王六兒家。西門慶緫起來。老婆陪着吃酒哩。兩個進入廚房內。玳安問老馮。爹尋俺每來。老馮道。你爹沒尋。只問馬來了。我回說來了。再沒言語。兩個坐在廚下。問老馮要茶吃。每人呵了一甌子茶。交小伴當點上灯籠牵出馬去、西門慶臨起身。老婆道爹好暖酒兒。你再吃上一鍾兒你到家莫不又吃酒。西門慶道到家可不吃了。于是拏起酒兒又吃了一鍾。老婆問道你這一去。幾時來走走。西門慶道我待的打發了他每起身。我纔來哩。説畢。了頭點茶來漱了口。王六兒送到門首。西門慶方上馬歸家。却表潘金蓮同衆人在月娘房內。听薛姑子徒弟兩個小姑子。唱佛曲兒到起更時分。纔回房來想起頭里月娘罵玳安説兩樣話。不知弄的甚麽鬼。因是向床上摸那淫器包兒又没了。叫春梅問説不曾拏頭里娘不在時。爹進屋里來。向床背閣抽替內翻了一回去了。誰知道那包子放在那裡。金蓮道他多咱進來。我怎就不知道。春梅道娘正往後邊瞧薛姑子去了。爹帶着小帽兒進屋里來我問着他又不言語金蓮道已定拏了這行貨往院中那淫婦家去了等他來家我好生問他不想西門慶來家見夜深了也没往後邊去琴童打着燈籠送到花園角門首西門慶就往李瓶兒屋里去了琴童兒把灯籠還交送到後邊小玉收了月娘與李嬌兒孟玉樓潘金蓮李瓶兒孫雪娥大姐并兩個姑子正在上房坐着月娘問道你爹來了琴童道爹來了往前邊六娘房里去了月娘道你看是有個槽道的這里人等着就不進來了李瓶兒慌的走到前邊對西門慶說道他二娘在後邊等着你上壽你怎的平白進我這屋里來了西門慶笑道我醉了明日罷李瓶兒道就是你醉了到後邊也接個鍾兒你不去惹他二娘不惱麼于是一力攛掇西門慶進後邊來李嬌兒遞了酒月

娘問道你今日獨自一個在那邊房子里坐到這早晚西門慶
道我和應二哥吃酒來月娘道可又來我說沒個人兒自家怎
麼吃說了丟開了就罷了西門慶坐不移時提起腳兒還踅到
前邊李瓶兒房里來原來在王六兒那里因吃了胡僧藥被藥
性把住了與老婆弄聳了一日恰好過沒曾去身子那話越發
堅硬形如鐵杵進房交迎春脫了衣裳上床就要和李瓶兒睡
李瓶兒只說他不來和官哥在床上已睡下了回過頭來見是
他便道你在後邊睡罷了又來做甚麼孩子纔睡下了睡的甜
甜兒的我心里不奈煩又身上來了不方便你往別人屋裏睡
去不是好來這里纏被西門慶摟過脖子來按着就親了個嘴
說道怪奴才你達心里要和你睡睡兒因把那話露出來與李

瓶兒瞧。諕的李瓶兒要不的。說道耶嚛。你怎麼弄的他這等大。西門慶笑着告他說。吃了胡僧藥一節。你若不和我睡。我就急死了。李瓶兒道可怎樣的。我身上纔來了兩日。還沒去。亦發等等着兒去了。我和你睡罷。你今日且往他五娘屋里歇一夜兒也是一般。西門慶道我今日不知怎的。一心只要和你睡。我如今殺個雞兒。央及你央及兒再不你交丫頭。掇些水來洗洗和我睡睡也罷了。李瓶兒道。我到好笑起來。你今日那里吃了酒吃的恁醉醉兒的來家。恁歪斯纏。我就是洗了。也不乾淨。一個老婆的月經。沾污在男子漢身上。臢剌剌的也晦氣。我到明日死了。你也只尋我。于是乞逼勒不過。交迎春掇了水下來。澡牝乾淨。方上床與西門慶交房。可霎作怪。李瓶兒慢慢拍哄的官哥兒睡下。只剛扒過這頭來。那孩子就醒了。一連醒了三次。李瓶兒交迎春拏愽浪鼓兒哄着他抱與奶子那邊屋里去了。這里二人方纔自在頑耍。西門慶坐在帳子里。李瓶兒便馬爬在他身邊。西門慶倒插那話入牝中。已而燈下窺見他雪白的屁股兒。用手抱着股。且觀其出入。那話已被吞進半截。興不可遏。李瓶兒恐怕帶出血來。不住取巾帕抹之。西門慶抽拽了一個時辰。兩手抱定他屁股。只顧揉搓。那話盡入至根。不容點毛髮臍下毳毛皆刺其股。覺翕翕然暢美不可言。李瓶兒達達慢着些。頂的奴裏邊好不疼。西門慶道。你既害疼。我丟了罷。于是向卓上取過茶來。呷了一口冷茶。登時精來。一泄如注。正是

四體無非暢美。一團却是陽春。西門慶方知胡僧有如此之妙

藥。睡下時三更天氣。且說潘金蓮那邊。見西門慶在李瓶兒屋里歇了。自知他偷去淫器包兒。和他耍頑。更不體察外邊勾當。是夜暗咬銀牙。關門睡了。月娘和薛姑子。王姑子。在上房宿歇。王姑子。把整治的頭男衣胞。并薛姑子的藥。悄悄遞與月娘薛姑子教月娘。揀個壬子日。用酒兒吃下去。晚夕與官人同床一次。就是胎氣。不可交一人知道。月娘連忙的將藥收了。拜謝了兩個姑子。月娘向王姑子道。我正月裡。好不等着你。就不來了。王姑子道。你老人家。倒說的好。我正來見你老人家。我說亦發等四月裡。他二娘生日。會了薛師父。一答兒里來罷。不想虧我這師父。好不與難。尋了這件物兒出來。也是個人家媳婦兒養頭次娃兒。可可薛爺在那里。悄悄與了個熟老娘。三錢銀子。纔得了拏在這里替你老人家剗磬水。打磨乾淨。兩盒鴛鴦新瓦泡煉如法。用重羅篩過。攪在符藥一處。纔拏來了。月娘道。只是多累了薛爺。和王師父。于是兩個姑子。每人拏出二兩銀子來相謝。說道明日。若坐了胎氣。還與薛爺一疋黃褐段子做袈裟穿。那薛姑子。合掌道了問訊。多承菩薩好心。常言十日賣一担針賣不得。一日賣一担甲倒賣了。正是

若教此輩成佛道　　天下僧尼似水流

畢竟未知後來何如。且聽下回分解。

第五十一回　打貓兒金蓮品玉

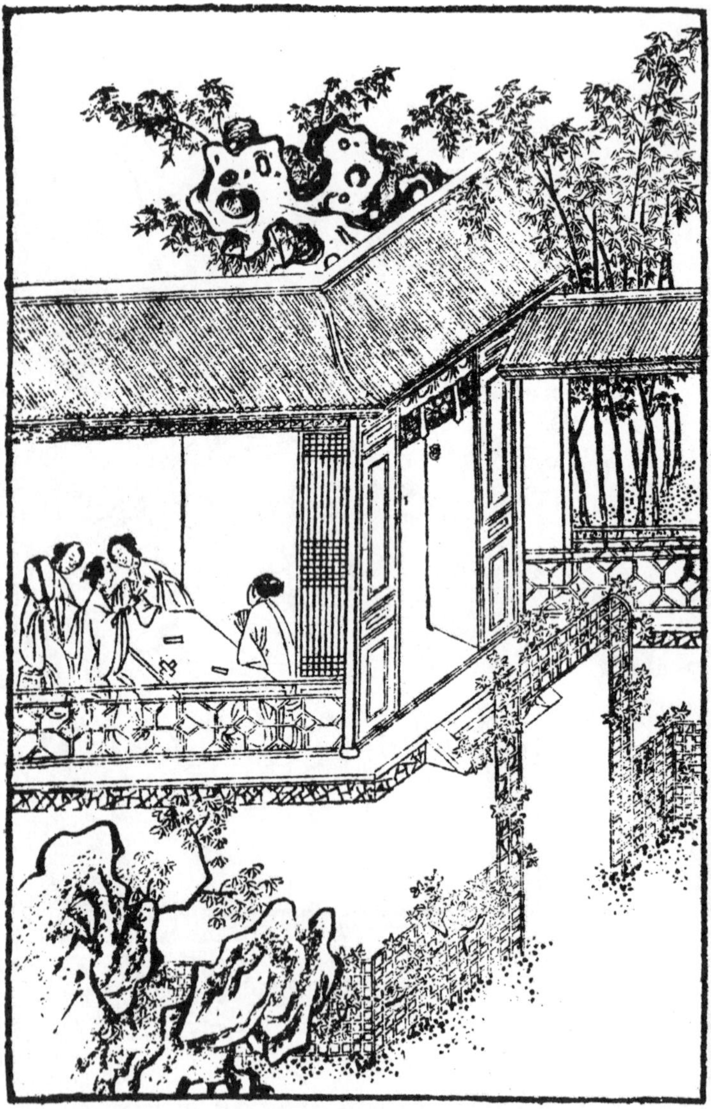

鬭葉子敬濟輸金

新刻金瓶梅詞話卷之六

第五十一回

月娘聽演金剛科　桂姐躲在西門宅

羞看鸞鏡惜朱顏　手托香腮懶去眠
瘦損纖腰寬翠帶　淚流粉面落金鈿
薄倖惱人愁切切　芳心撩亂恨綿綿
何時借得來風便　刮得檀郎到枕邊

話說潘金蓮見西門慶拏了淫器包兒。在李瓶兒房里歇了。足惱了一夜沒睡。懷恨在心。到第二日。打聽西門慶往衙門裡去了。李瓶兒在屋里梳頭。老早走到後邊。對月娘說。李瓶兒背地。好不說姐姐哩。說姐姐會那等虔婆勢。喬作衙。別人生日。喬作家管。你漢子吃醉了。進我屋里來。我又不曾在前邊。平白對着人羞我望着我丢臉兒。交我惱了。走到前邊。把他爹趁到後邊來。落後他怎的。也不在後邊。還往我房裡來了。他兩個黑夜說了一夜梯巳話兒。只有心腸五臟。沒曾倒與我罷了。這月娘聽了。如何不惱。因向大妗子。孟玉樓說。果是你昨日也在根前看着。我又沒曾說他甚麼。小厮交灯籠進來。我只問了一聲。你爹怎的不進來。小厮倒說往六娘屋裡去了。我便說你二娘這里等着。恁沒槽道。却不進來。論起來也不傷他。怎的說我虔婆勢。喬作衙。我是淫婦老婆。我還把他當好人看成。原來知人知面不知心。那里看人去。乾凈是個綿裏針。肉里刺的貨。還不知背地在漢子根前。架的甚麼舌兒哩。恠道他昨日决烈的。就往前走了。俊姐姐。那怕漢子成日在你那屋里不出門。不想我這心動一動兒。一個漢子。丢與你們。隨你們去。與寡的不過。想着一娶來之時。賊强人和我門裡門外不相逢。那等怎麽過來。大妗子在傍勸道。姑娘罷麽。那看着孩兒的分上罷。自古宰相肚裡好行舡。當家人是個惡水缸兒。好的也放在你心裡。反的也放在心裡。月娘道不拘幾時。我也要對這兩句話。等我問着他。我怎麽虔婆勢。喬作衙。金蓮慌的。没口子説道。姐姐寛恕他罷。常言大人不責小人過。那個小人没罪過。他在屋里。背地調唆漢子。俺每這幾個。誰没吃他排説過。我和他緊隔着壁兒。要與他一般見識起來。倒了不成行動。只倚逞着孩子降人。他還説的好話兒哩。説他的孩兒到明日長大了。有恩報恩。有仇報仇。俺們都是餓死的數兒。你還不知道哩。吳大妗子道。我的奶奶。那里有此話說。月娘一聲兒也沒言語。常言路見不平。也有向燈向火。不想西門大姐。平日與李瓶兒最好。常沒針線鞋面。李瓶兒不拘好綾羅叚帛。就與之。好汗巾手帕兩三方。背地與大姐。銀錢是不消說。當日聽了此話。如何不告訴他。李瓶兒正在屋裡。與孩子做那端午戴的那絨線符牌兒。及各色紗小粽子兒。并解毒艾虎兒。只見大姐走來。李瓶兒讓他坐。同看做生活。李瓶兒交迎春。拏茶與你大姑娘吃。一面吃了茶。大姐道。頭里請你吃茶。你怎的不來。李瓶兒道。打發他爹出門。我赶早凉兒。與孩子做這戴的碎生活兒來。大姐道。有椿事兒。我也不是舌頭敢來告你說。學說你說俺娘虔婆勢。你沒曾惱着五娘。他在後

邊對着俺娘如此這般說了你一篇是非如今俺娘要和你對
話哩你別要說我對你說交他怪我你湏預備些話兒打發他
這李瓶兒不聽便罷聽了此言手中拏着那針兒通拏不起來
兩隻肐膊都軟了半日說不出話來對着大姐吊眼淚說道大
姑娘我那里有一字兒閑話昨晚我在後邊聽見小厮說他爹
往我這邊來了我就來到前邊催他往後邊去了再誰說一句
話兒來你娘恁覷我一場莫不我恁不識好歹敢說這個話設
使我就說對着誰說來也有個下落大姐道他聽見俺娘說不
掏幾時要對這話他如何就慌了要着我你兩個當面鑼對面
鼓的對不是李瓶兒道我對的過他那嘴頭子自憑天罷了他
左右晝夜筭計的我只是俺娘兒兩個到明日料里吃他筭計

了一個去。也是了當說畢哭了。大姐坐着。勸了一回。只見小玉來請六娘大姑娘吃飯。就後邊去了。李瓶兒丟下針指。同大姐到後邊。也不曾吃飯。回來房中。倒在床上。就睡着了。西門慶衙門中來家。見他睡。問迎春。迎春道。俺娘一日飯也還沒吃哩。慌了西門慶。向前。問道。你怎的不吃飯。你對我說。又見他哭的眼紅紅的。只顧問你心里怎麽的。對我說。那李瓶兒連忙起來。揉了揉眼。說道。我害眼疼。不怎的。今日心裡懶待吃飯。並不題出一字兒來。正是滿懷心腹事。盡在不言中。有詩為証。

莫道佳人揔是痴　惺惺伶俐沒便宜
只因會盡人間事　惹得閑愁滿肚皮

大姐在後邊。對月娘說。我問他來。他說沒有此話。我對着誰說。

來。且是好不賭身罰呪。望着我哭哩。說娘這般看顧他。他肯說
此話。吳大妗子道。我就不信。李大姐。好個人兒。他原肯說這等
謊。月娘道。想必兩個不知怎的有些小節不足。哄不動漢子。走
來後邊戳無路兒。沒的拏我墊舌根。我這裡還多着個影兒哩。
大妗子道。大姑娘。今後你也別要虧了人。不是我背他說。潘五
姐一百個。不及他。爲人。心地兒又好。來了咱家恁二三年。要一
些歪樣兒也沒有。正說着。只見琴童兒藍布大包袱背進來。月
娘問是甚麽。琴童道。是三萬鹽引韓夥計和崔本纔從關上掛
了號來。爹說打發飯與他二人吃。如今兊銀子打包。後日二十
一日好日子起身。打發他三個往楊州去。吳大妗子道。只怕姐
夫進來。我和二位師父往他二娘房里坐去罷。剛說未畢。只見

西門慶掀簾子進來。慌的吳妗子和薛姑子。王姑子。往李嬌兒屋里走不迭。早被西門慶看見。問月娘那個是薛姑子賊胖禿淫婦。來我這裡做甚麽。月娘道。你好恁枉口拔舌。不當家化化的罵他怎的。他惹着你來。你怎的知道他姓薛。西門慶道你還不知他弄的乾坤兒哩。他把陳叅政家小姐。七月十五日。吊在地藏菴兒里。和一個小夥阮三偷奸。不想那阮三。就死在女子身上。他知情受了三兩銀子。事發拏到衙門裡。被我褪衣。打了二十板交他嫁漢子還俗。他怎的還不還俗。好不好。拏到衙門里。再與他幾拶子。月娘道。你有要没緊。恁毀神謗佛的。他一個佛家弟子。想必善根還在。他平白還甚麽俗。你還不知他。好不有道行。西門慶道。你問他有道行。一夜接幾個漢子。月娘道。你就休汗邪叉討我那沒好口的罵你。因問幾時打發他三個起身。西門慶道。我剛纔使來保會喬親家去了。他那裡出五百兩我這里出五百兩。二十是個好日子。打發他每起身去罷了。月娘道。線舖子卻交誰開。西門慶道。且交賁四替他開着罷。說畢。月娘開箱子。拏出銀子。一面兊了出來。交付與三人。正在捲棚內看着打包。每人兊與他五兩銀子。交他家中收拾衣裝行李。不在話下。只見應伯爵走到捲棚里。見西門慶看着打包便問哥打包做甚麼。西門慶因把二十日。打發來保等。往楊州支塩去一節。告訴一遍。伯爵舉手道。哥恭喜此去回來。必有大利息。西門慶一面讓他坐。喚茶來吃了。因問李三黃四銀子幾時關。應伯爵道。也只不出這個月里。就關出來了。他昨日對我說。如今東平府又派下二萬香來了。還要問你挪五百兩銀子。接濟他這一時之急。如今關出這批的銀子。一分也不動。都擡過這邊來西門慶道。到是你看見我這里打發楊州去。還没銀子。問喬親家那裡。借了五百兩在裡頭。那討銀子來。伯爵道。他再三央及將我。對你說。一家不煩二主。你不接濟他這一步兒。交他又問那裡借去。那西門慶道。門外街東徐四鋪。少我銀子。我那裡挪五百兩銀子與他罷。伯爵道。可知好哩。正說着。只見平安兒拏進帖兒來。說夏老爹家。差了夏壽。道請爹明日坐坐。西門慶展開柬帖云云。伯爵道。我今敢來有椿事兒來報與哥你知道。院里李桂兒勾當。他没來。西門慶道。他從正月去了。再幾時來。我並不知道甚麼勾當。伯爵因說起王招宣府里第三的原來是東京六黄太尉姪女兒女婿。從正月往東京拜年。老公公賞了一千兩銀子。與他兩口兒過節。你還不知六黄太尉。這姪女兒生。的怎麼標致。上畫兒。委的只畫半邊兒。也有恁俊俏相的。你只守着你家里的罷了。每日被老孫。祝麻子。小張閑。三四個摽着。在院里撞。把二條巷齊家。那小丫頭子齊香兒搊籠了。又在李桂兒家走。把他娘子兒的頭面。都拏出來當了。氣的他娘子兒。家里上吊。不想前日這月裏。老公公生日。他娘子兒到東京。只一說。老公公惱了。將這幾個人的名字送與朱太尉。朱太尉批行東平府。着落本縣拏人。昨日把老孫祝麻子。與小張閑。都從李桂兒家。拏的去了。李桂兒便躲在隔壁朱毛頭家。過了一夜。今日說來你這里。央及你來了。西門慶道。我說正月裡都摽着他走這里誰人家銀子。那裡誰人家銀子。那祝麻子還對着我搗生鬼說。畢伯爵道。我去罷。等住回只怕李桂兒來。你管他不管他。他又說我來串作你。西門慶道你且坐着。我還和你說哩。李三你且別要許他。等我門外討銀子出來。和你說話去。伯爵道。我曉的。剛走出大門首只見李桂姐轎子在門首。又早下轎進去了。西門慶正分付陳經濟。交他騎騾子。往門外徐四家。催銀子去。只見琴童兒走到捲棚內。請西門慶道大娘後邊請。有李桂姨來了。這西門慶走到後邊。只見李桂姐身穿茶色衣裳也不搽臉用白挑線汗子。搭着頭。雲鬟不整花容淹淡。與西門慶磕着頭。哭起來。說道爹可怎麼樣兒的。恁造化低的營生。正是關着門兒家里坐。禍從天上來。一個王三官兒。俺每又不認的他。平白的祝麻子。孫寡嘴領了來俺家來討茶吃。俺姐姐又不在家。依着我說。別要招惹他。那些兒不是。俺這媽越發老的韶刀了。就是來宅里。與俺姑娘做生日的這一日。你上轎來了就是了。見祝麻子打旋磨兒跟着。從新又回去。對我說姐姐。你不出去。待他鍾茶兒。却不難爲嚚了人了。他便生爺這里來了。交我把門揷了。不出來。誰想從外邊撞了一夥人來把他三個。不由分說都拏的去了。王三官兒便奪門走了。我便走在隔壁人家躲了。家里有個人牙兒。纔使保兒來這里。接的你家去。到家。把媽諕的魂兒也沒了。只要尋死。今日縣里皂隷。又拏着票。喝囉了一清早起去了。如今坐名兒。只要我往東京回話去。爹。你老人家。不可怜見救救兒。却怎麼樣兒的。娘在傍邊也替我說說兒西門慶笑道。你起來因問票上。還有誰的名字。
桂姐道還有齊香兒的名子。他梳籠了齊香兒。在他家使錢着
便該當。俺家若見了他一個錢兒。就把眼睛珠子吊了。若是沾
他沾身子兒。一個毛孔兒里。生一個天疱瘡。月娘對西門慶道
也罷省的他恁說誓剌剌的你替他說說罷。西門慶道。如今齊
香兒拏了不曾。桂姐道。齊香兒他在王皇親宅里躲着里。西門
慶道。既是恁的。你且在我這里住兩日。倘人來尋你。我就差人
往縣里替你說去。于是就叫書童兒。你快寫個帖兒往縣裡見
你李老爹。就說桂姐常在我這里答應。看怎的免提他罷。書童
應諾。穿青絹衣服去了。不一時拏了李知縣回帖兒來。書童道
李老爹。多上覆你老爹。別的事無不領命。這個却是東京上司

行下來批文委本縣拏人縣里只拘的人在既是你老爹分上我這里且寬限他兩日要免提還往東京上司處說去西門慶聽了只顧沉吟說道如今來保一兩日起身東京沒人去月娘道也罷你打發他兩個先去存下來保替桂姐往東京說了這勾當交他隨後邊赶了去也是不遲你看謊的他那腔兒那桂姐連忙與月娘和西門慶磕頭西門慶隨使人叫將來保來分付二十日你且不去罷交他兩個先去你明日且往東京替桂姐說說這勾當來見你翟爹如今這般好歹差人往衛里說說桂姐連忙就與來保下禮慌的來保頂頭相退說道桂姨我就去西門慶一面交書童兒寫就一封書致謝翟管家前日曾巡按之事甚是費心又封了二十兩折節禮銀子連書交與來保

桂姐便歡喜了。拏出五兩銀子。來與來保路上做盤纏。說道相
李及媽還重謝保哥西門慶不肯還交桂姐收了銀子。交月娘
另拏五兩銀子。與來保盤纏桂姐道。也沒這個道理。我央及爹
這裡說人情又交爹出盤纏。西門慶道你笑話我沒這五兩銀
子盤纏了。要你的銀子。那桂姐方纔收了。向來保拜了又拜。說
道累保哥明日好歹起身罷。只怕遲了。來保道。我明日早五更
就走道兒了。于是領了書信。又走到獅子街韓道國家。王六兒
正在屋里替他縫小衣兒哩。打窓眼看見是來保。忙道你有甚
說話。請房里坐。他不在家。往裁縫那裡討衣裳去了。便來也。便
叫錦兒還不往對過徐裁家。叫你爹去。你說保大爺在這里來
保道。我敢來說聲我明日且去不成。又有椿業障鑽出來。當家

的留下。交我往東京。替院里李桂姐說人情去哩。他剛纔在爹根前再三磕頭禮拜。央及我娘和爹說。也罷。你且替他往東京走一遭。說說這勾當。且交韓夥計和崔大官兒先去。你回來再趕了去也是不遲。我明日早起身了。剛纔書也有了。因問嫂子你做的是甚麼。王六兒道。是他的小衣裳兒。來保道。你交他少帶衣裳。到那夫處是出紗羅段絹的窩兒裡。愁沒衣裳穿。正說著。韓道國來了。兩個唱了喏。因把前事說了一遍。因說我到明日楊州那裡尋你們。韓道國道。老爹分付。交俺每馬頭上投經紀王伯儒店里下。說過世老爹曾和他父親相交。他店內房屋寬廣。下的客商多。放財物不躭心。你只往那裡尋俺每就是了。又說嫂子。我明日東京去。你沒甚鞋腳東西。稍進府里與你大姐去。王六兒道。沒甚麼。只有他爹。替他打的兩對簪兒。并他兩雙鞋。起動保叔。稍稍進去與他。于是用手帕包纏停當。遞與來保。一面交春香看菜兒篩酒。婦人連忙丢下生活。就放卓兒。來保道。嫂子。你休費心。我不坐。我到家還收拾了褡褳。明日好起身。王六兒笑嘻嘻道。耶嚛。你怎的上門怪人家。夥計家。自恁與你餞行。也該吃鍾兒。因說韓道國。你好老實。卓兒不穩。你也撒撒兒。讓保叔坐。只相沒事的人兒一般兒。于是拿上菜兒來。斟酒遞與來保。王六兒也陪在傍邊。三人坐定吃酒。來保吃了幾鍾。說道我家去罷。晚了。只怕家里關門早。韓道國問道。你頭口顧下了不曾。來保道。明日早顧罷了。說鋪子里鑰匙。并帳簿都交與賁四罷了。省的你又上宿去。家里歇息歇息。好走路兒。韓道國道。衆計說的是。我明日就交與他。王六兒又斟了一甌子。說道保叔你只吃這一鍾。我也不敢留你了。來保道嫂子你旣要我吃。再篩熱着些。那王六兒連忙歸到壺裏。交錦兒炮熱了。傾在盞內。雙手遞與來保。說道沒甚好菜兒。與保叔下酒。來保道嫂子好說。家無常禮。拏起酒來。與婦人對飲。一吸而同乾。方纔作辭起身。王六兒便把女兒鞋脚。遞與他。說道累保叔好歹到府里問聲。孩子好不好。我放心些。于是道了萬福兩口兒齊送出門來。不說來保到家。收拾行李。第二日起身東京去了。不題。單表月娘上房。擺茶與桂姐吃。吳大妗子楊姑娘兩個姑子。都做一處坐。有吳大舅前來對西門慶說。有東平府行下文書來。派俺本衛兩所掌印千戶管工脩理社倉。題准旨意。限六月工完陞一級遣限聽巡按御史查叅姐夫有銀子借得幾兩工上使用待関出工價來一一奉還西門慶道大舅用多少只顧拏去吳大舅道姐夫下顧與二十兩罷一面進入後邊見了月娘說了話交月娘拏二十兩出來交與大舅又吃了茶出來因後邊有堂客不好坐的交西門慶晋大舅大廳上吃酒正飲酒中間只見陳經濟走來回話說門外徐四家銀子頂上爹再讓兩日兒西門慶道胡說我這里用銀子使再讓兩日兒照舊還去罵那狗弟子孩兒經濟應諾吳大舅讓姐夫坐的陳經濟作了揖打橫坐了琴童兒連忙安放了鍾筯這里前邊吃酒且說後邊大妗子楊姑娘李嬌兒孟玉樓潘金蓮李瓶兒大姐都伴桂姐在月娘房裡吃酒先是郁大姐數了回張生遊寶塔放下

琵琶孟玉樓在傍斟酒喃菜兒與他吃說道賊瞎賤磨的唱了
這一日又說我不疼你那潘金蓮又大筯子夾腿肉放在他鼻
子上戲弄他頑耍桂姐因叫玉簫姐你遞過那郁大姐琵琶來
我唱個曲兒與姑奶奶和大妗子聽月娘道桂姐你心里熱剌
剌的不唱罷桂姐道不妨事等我唱見爹娘替我說人情去了
我這回不焦了孟玉樓笑道李桂姐倒還是院中人家娃娃做
臉兒快頭里一來時把眉頭忔𢝕着焦的茶兒也吃不下去這
回說也有笑也有當下桂姐輕舒玉指頓撥冰絃唱了一回正
唱着只見琴童兒收進家活來月娘便問道你大舅去了琴童
兒道大舅去了吳大妗子道只怕姐夫進來俺每活變活變兒
琴童道爹不往後邊來了往五娘房里去了這潘金蓮聽見往

他屋里去了就坐不住趨趄着脚兒只要走又不好走的月娘也不等他動身說道他往你屋里去了你去罷省的你欠肚兒親家是的那潘金蓮嚷可可兒的走來卩兒的硬着那脚步兒且是去的快來到前邊入房來西門慶已是吃了胡僧藥交春梅脫了衣裳在床上帳子里坐着哩金蓮看見笑道我的兒今日好呀不等你娘來就上床了俺每剛纔在後邊陪大妗子楊姑娘吃酒被李桂姐唱着灌了我幾鍾好的獨自一個兒黑影子里一步高一步低不知怎的就走的來了叫春梅你有茶倒甌子我吃那春梅真個點了茶來金蓮吃了撇了個嘴與春梅那時春梅就知其意那邊屋早早巳替他熱下水婦人抖些檀香白礬在裏面洗了牝向灯下摘了頭止撇着一根金簪子拏

過鏡子來。從新把嘴唇抹了些〻臙脂。口中噙着香茶。走過這邊
來。春梅床頭上取過睡鞋來。與他換了。帶上房門出來。這婦人
便將灯臺挪近床邊卓上放着。一手放下半邊紗帳子來。褪去
紅裩。露見玉體。西門慶坐在枕頭上。那話帶着兩個托子。一位
弄的大大的。露出來與他瞧。婦人燈下看見。諕了一跳。一手搭
不過來。紫巍巍。沉甸甸。約有虎二。便睨瞅了西門慶一眼。說道
我猜你沒別的話。已定吃了那和尚藥。弄聳的恁般大。一位要
來奈何老娘。好酒好肉。王里長吃的去。你在誰人根前試了新
這回剩了些〻殘軍敗將。纔來我這屋里來了。俺每是雌剩𩬜髮
貨的。你還詭不偏心哩。嗔道那一日。我不在屋裏。三不知把那
行貨包子。偷的往他屋里去了。原來晚夕。和他幹這個營生。他

還對着人撇清搗鬼哩你這行貨子乾淨是個沒挽和的三寸貨想起來一百年不理你纔好西門慶咲道小淫婦兒你過來你若有本事把他咂過了我輸一兩銀子與你婦人道汗邪了你了你吃了甚麼行貨子我禁的過他于是把身子斜嚲在衽席之上雙手執定那話用朱唇吞裹說道好大行貨子把人的口也撑的生疼的說畢出入嗚咂或舌尖挑弄蛙口舐其龜弦或用口噙着往來哺摔或在粉臉上偎提百般搏弄那話越發堅硬攛崛起來裂瓜頭凹眼圓睜落腮鬍挺身直竪西門慶垂首窺見婦人香肌掩映于紗帳之內纖手捧定毛都魯那話往口里吞放灯下一往一來動旦不想傍邊蹲踞着一個白獅子猫兒看見動旦不知當做甚物件兒撲向前用爪兒來撾這西

門慶在上。又將手中拏的酒金老鴉扇兒。只顧引鬭他耍子。被婦人奪過扇子來。把猫儘力打了一扇把子。打出帳子外去了。昵向西門慶道。怪發訕的冤家。緊着這扎扎的不得人意。又引鬭他恁上頭上臉的。一時間撾了人臉。却怎樣的好不好。我就不幹這營生了。西門慶道。怪小淫婦兒。會張致死了。婦人道。你怎的不交李瓶兒替你咂來。我這屋裡儘着交你撥弄。不知吃了甚麼行貨子。咂了這一日。亦發咂了沒事沒事。西門慶于是向汗巾兒上。小銀盒兒裏。用挑牙挑了些三粉紅膏子藥兒。抹在馬口內。仰卧于上。交婦人騎在身上。婦人道。等我攤着。你往裏放。龜頭昂大。濡研半晌。僅沒龜稜。婦人在上。將身左右捱擦。似有不勝隱忍之態。因叫道。親達達。裏邊緊澁住了。好不難捱。一而用手摸之。灯下窺見麈柄。已被牝戶吞進半截。撑的兩邊皆滿。無復作往來。婦人用唾津塗抹牝戶兩邊。已而稍寬滑落。頗作往來。一舉一坐。漸沒至根。婦人因向西門慶說。你每常使的顫聲嬌在裏頭。只是一味熱痒不可當。怎如和尚這藥。使進去。從子宮冷森森直掣到心上。這一回把渾身上下。都酥麻了。我曉的今日這命。死在你手里了。好難捱忍也。西門慶笑道。五兒我有個笑話兒。說與你聽。是應二哥說的。一個人死了。閻王就拏驢皮披在身上。交他變驢。落後判官查簿籍。還有他十三年陽壽。又放回來了。他老婆看見渾身都變過來了。只有陽物還是驢的。未變過來。那人道。我往陰間換去。他老婆慌了。說道我的哥哥。你這一去。只怕不放你回來怎了。由他等我慢慢兒的

挨罷。婦人聽了。吠將扇把子。打了一下子說道。怪不的應花子
的二老婆。捱慣了驢的行貨。硶說嘴的貨。我不看世界。這一下
打的你。兩個足纏了一個更次西門慶精還不過。他在下合着
眼。由着婦人蹲踞在上。極力抽提。提的龜頭刮答刮答怪响。提
勾良久。又吊過身子去。朝向西門慶。西門慶雙足舉其股。沒稜
露腦而提之。往來甚急。西門慶雖身接目視。而猶如無物。良久。
婦人情極。轉過身子來。兩手摟定西門慶脖項。合伏在身上。舒
舌頭在他口裡。那話直抵牝中。只顧揉搓。沒口子叫親達達罷
了。五兒的死了。須臾一陣昏迷。舌尖冰冷。泄訖一度。西門慶覺
牝中一股熱氣。直透丹田。心中翕翕然。美快。不可言也。已而淫
津溢出。婦人以帕抹之。兩個相摟相抱。交頭疊股。嗚咂其舌。那

話通不拽出來。睡時沒半個時辰。婦人淫情未定。扒上身去。兩
個又幹起來。婦人一連丟了兩遭。身子亦覺稍倦。西門慶只是
佯佯不採。暗想胡僧之藥通神。看看窗外雞鳴。東方漸白。婦人
道。我的心肝。你不過卻怎樣的。到晚夕你再來。等我好歹替你
咂過了罷。西門慶道。就咂也不得過。管情只一樁事兒就過了。
婦人道。告我說是那一樁兒。西門慶道。法不傳六耳。再得我晚夕
來。對你說。早辰起來梳洗。春梅打發穿上衣裳。韓道國崔本又
早外邊伺候。西門慶出來。燒了紙。打發起身。交付二人兩封書。
一封到揚州馬頭上投王伯儒店里下。這一封就往揚州城內
抓尋苗青。問他的事情下落。快來回報我。如銀子不勾。我後邊
再交來保稍去。崔本道。還有蔡老爹書沒有。西門慶道。你蔡老

爹書還不曾寫。交來保後邊稍了去罷。二人拜辭上頭口去了。
不在話下。西門慶冠帶了。就往衙門中來。與夏提刑相會。道及
日昨多承見招之意。夏提刑道。今日奉屈長官佳敘。再無他客。
發放已畢。各分散來家。吳月娘又早上房擺下菜蔬。請西門慶
吃粥。只見一個穿青衣皂隷。騎着快馬。夾着氈包。走的滿面汗
流。到大門首。問平安。此是提刑西門老爹家。平安道。你是那里
來的。那人疾便下了馬。作揖。便說我是督催皇木的安老爹。先
差來送禮與老爹。俺老爹與管磚廠黃老爹。如今都往東平府。
胡老爹那里吃酒。順便先來拜老爹。這里看老爹在家不在。平
安道。有帖兒沒有。那人向氈包內取出連禮物都遞與平安。平
安拏進去。與西門慶。看見禮帖上寫着浙紬二端。湖綿四斤。香

帶一束。古鏡一圓。分付包五錢銀子。拏回帖打發來人。就說在家拱候老爹。那人急急去了。西門慶一面家中。預備酒菜等至日中。二位官員。喝道而至。此日乘轎。張蓋甚盛。先令人投拜帖。一個是侍生安忱拜。一個是侍生黃葆光拜。都是青雲白鷴補子。烏紗皂履。下轎揖讓而入。西門慶出大門迎接。至廳上敘禮各道契濶之情。分賓主坐下。黃主事居左。安主事居右。西門慶主位相陪。先是黃主事舉手道。久仰賢名。盛德芳譽。學生拜遲西門慶道。不敢辱承老先生先事枉駕。當容踵叩。敢問尊號。安主事道。黃年兄號泰宇。取履泰定而發天光之意。黃主事道。敢問尊號。西門慶道。學生賤號四泉。因小庄有四眼井之說。安主事道。昨日會見蔡年兄。說他與宋松原。都在尊府打攪。西門慶道。因承雲峯尊命。又是敝邑公祖。敢不奉迎。小价在京。已知曆翁榮選。未得躬賀。又問幾時家中起身來。安主事道。自去歲尊府別後。學生到家續了親。過了年。正月就來京了。選在工部。備員主事。欽差督運皇木。前往荊州。向來道經此處。敢不奉謁。西門慶又說盛儀感謝不盡。說畢。因請寬衣。令左右安放卓席。黃主事就要起身。安主事道。實告我與黃年兄。如今還往東平胡大尹那里赴席。因打尊府過。敢不奉謁。容日再來取擾。西門慶道。就是往胡公處去。路尚許遠。縱二公不餓。其如從者何。學生不敢具酌。只脩一飯在此。以犒手下從者。于是先打發轎上攢盤。廳上安放卓席。珍羞異品。極時之盛。就是湯飯點心。海鮮美味。一齊上來。西門慶將小金鍾只奉了三盃。連卓兒擡下去。管待親隨家人。吏典。少頃兩位官人。拜辭起身。向西門慶道。生輩明日。有一小柬到奉屈賢公。到我這黄年兄同僚劉老太監庄上一叙。未審肯命駕否。西門慶道。旣蒙寵招。敢不趨命。說畢。送出大門。上轎而去。只見夏提刑。差人來邀西門慶說道。我就去一面分付備馬。走到後邊。換了衣服出來上馬。玳安琴童跟隨排軍喝道。打着黑扇。逕往夏提刑家來。到廳上敘禮。說道適有工部督皇木安主政。和磚廠黄主政。來拜。留坐了半日去了。不然也來的早。見畢禮數。接了衣服下來。玳安叫排軍褶了。連帯放在氊包內。見廳上面。設放兩張卓席。讓西門慶居左。其次就是西賓倪秀才。座間因敘起來。問道老先生尊號。倪秀才道。學生賤名倪鵬。字時遠。號桂巖。見在府庠備數。在我這東主夏老先生門下。設館教習賢郎大先生舉業。友道之間。實有多愧。說話間。兩個小優兒上來磕頭。吃罷湯飯。廚役上來割道。西門慶喚玳安。拏賞賜。賞了廚役。分付取巾來。戴。把冠帶衣服。送回家去。晚上來接。罷。玳安應諾。吃了點心。回馬家來不題。且說潘金蓮。從打發西門慶出來。直睡到晌午。纔扒起來。甫能起來。又懶待梳頭。恐怕道後邊人說他。月娘請他吃飯。也不吃。只推不好。大後晌纔出房門來。到後邊。月娘因西門慶不在。要聽薛姑子講說佛法。演頌金剛科儀。正在明間內。安放一張經卓兒。焚下香。薛姑子與王姑子。兩個一對坐。妙趣妙鳳。兩個徒弟。立在兩邊。接念佛號。大妗子。楊姑娘。吳月娘。李嬌兒。孟玉樓。潘金蓮。李瓶兒。孫雪娥。和李桂姐。一個不少。都在根前。圍着他坐的。聽他演誦。先是薛姑子道。

蓋聞電光易滅。石火難消。落花無返樹之期。逝水絕歸源之路。画堂綉閣。命盡有若長空。極品高官。祿絕猶如作夢。黃金白玉。空爲禍患之資。紅粉輕衣。揔是塵勞之費。妻孥無百載之歡。黑暗有千重之苦。一朝枕上。命掩黃泉。空榜楊虛假之名。黃土埋不堅之骨。田園百頃。其中被兒女爭奪。綾錦千廂。死後無寸絲之分。青春不半。而白髮來侵。賀者纔聞。而吊者隨至。苦苦苦。氣化清風塵歸土。點點輪迴喚不回。改頭換面無遍數。

南無盡虛空遍法界過見未來佛法僧三寶。

無上甚深微妙法　百千萬劫難遭遇

我今見聞得受持　願解如來真實義

王姑子道。當時釋伽牟尼佛。乃諸佛之祖。釋敎之主。如何出家。願聽演說。薛姑子便唱五供養。

釋伽佛梵王子。捨了江山雪山去。割肉喂鷹鵲巢頂。只修的九龍吐水混金身。纔成南無大乘大覺釋伽尊。

王姑子又道。釋伽佛。既聽演說。當日觀音菩薩。如何修行。纔有莊嚴百化化身。有天道力。願聽其說。薛姑子又道。

大莊嚴。妙善主。辭別皇宮香山住。天人送供跏趺坐。只修的五十三叅變化身。纔成南無救苦救難觀世音。

王姑子道。觀音菩薩。既聽其法。昔日有六祖禪師。傳灯佛。教化行西域東歸。不立文字。如何苦功。願聽其詳。薛姑子又道。

達磨師。盧六祖。九年面壁功行苦。蘆芽穿膝伏龍虎。只修的隻履折蘆任往來。纔成了南無大慈大願毘盧佛。

王姑子道。六祖傳燈。既聞其詳。敢問昔日有個龐居士。捨家私送窮船歸海。以成正果。如何說。薛姑子道。

龐居士。善知識。放債來生濟貧苦。驢馬夜間私相居。只修的抛妻棄子上法舡。纔成了南無妙乘妙法伽藍耶。

月娘正聽到熱鬧處。只見平安兒慌慌張張走來。說道巡按宋爺家差了兩個快手。一個門子送禮來。月娘慌了。說道你爹往夏家吃酒去了。誰人打發他。正亂着。只見玳安兒放進氈包來。說道不打緊。等我拏帖兒對爹說去。交姐夫且讓那門子進來。管待他些酒飯兒着。這玳安交下氈包。拏着帖子。騎馬雲飛般

走到夏提刑家。如此這般。說了巡按宋老爺送禮來。西門慶看
了帖子。上面寫着鮮猪一口。金酒二尊。公帋四刀。小書一部。下
書侍生宋喬年拜。連忙分付到家。書童快拏我的官銜雙摺手
本回去。門子答賞他三兩銀子。兩方手帕。擡盒的。每人與他五
錢。玳安來家。到處尋書童兒。那里得來。急的只遊回磨轉。陳經
濟。又不在。交傅夥計陪着人吃酒。玳安旋打後邊樓房里。討了
手帕銀子出來。又沒人封。自家在櫃上彌封停當。交傅夥計寫
了大小三包。因向平安兒道。你就不知往那去了。平安道。頭里
姐夫。在家時。他還在家來。落後姐夫。往門外討銀子去了。他也
不見了。玳安道。別要題。已定秫秫小廝在外邊胡行亂走的。養
老婆去了。正在急唣之間。只見陳經濟。與書童兩個。疊騎着騾

子纔來。被玳安罵了幾句。交他寫了官銜手本。打發送禮人去了。玳安道。賊秫小廝。仰摺着掙了。合蓬着去。爹不在家里不看。跟着人養老婆兒去了。爹又沒使你。和姐夫門外討銀子。你平白跟了去。做甚麼。看我對爹說不說。書童道。你說不是我怕你。你不說。就是我的兒。玳安道。賊狗攮的秫秫小廝。你賭幾個真個。走向前一個湲脚撇翻倒。兩個就磆碌成一塊子。那玳安得手。吐了他一口唾沫。纔罷了。說道我接爹去。等我來家。和淫婦算帳。騎馬一直去了。月娘在後邊。打發兩個姑子。吃了些茶食兒。又聽他唱佛曲兒。宣念偈子兒。那潘金蓮不住在傍。先拉玉樓不動。又扯李瓶兒。又怕月娘說。月娘便道。李大姐。他叫你。你和他去不是。省的急的他在這裡恁有剛劃沒是處的。那李瓶兒。方纔同他出來。被月娘瞅了一眼。說道。拔了蘿蔔地皮寬。交他去了。省的他在這裡跑兔子一般。原不是那聽佛法的人。這潘金蓮拉着李瓶兒走出儀門。因說道。大姐姐好幹這營生。你家又不死人。平白交姑子家中宣起卷來了。都在那裡圍着他怎的。咱每出來走走。就看看大姐在屋裡做甚麼哩。于是一直走出大廳來。只見廂房內點着燈。大姐和經濟正在裡面絮聒。說不見了銀子了。被金蓮向窗櫺上打了一下。說道。後面不去聽佛曲兒。兩口子且在房里拌的甚麼嘴兒。陳經濟出來。看見二人。說道。早是我沒曾罵出來。原來是五娘六娘來了。請進來坐。金蓮道。你好胆子。罵不是。進來見大姐正在灯下納鞋。說道這咱晚熱剌剌的。還納鞋。因問你兩口子。攮的是些甚麼。陳經

濟道你問他爹使我門外討銀子去。他與了我三錢銀子。就交
我替他稍銷金汗巾子來不想到那里。袖子里摸銀子沒了。不
曾稍得來。來家他說我那里養老婆。和我嚷罵我這一日。急的
我賭身發咒。不想了頭掃地。地下拾起來。他把銀子收了不與。
還交我明日。買汗巾子來。你二位老人家。說却是誰的不是。那
大姐便罵道。賊囚根子。別要說嘴。你不養老婆。平白帶了書童
兒去做甚麼。剛纔交玳安。甚麼不罵出來。想必兩個打夥兒養
老婆去來。去到這咱晚纔來。你討的銀子在那里。金蓮問道。有
了銀子了不曾。大姐道。有了銀子。剛纔了頭地下掃地拾起來。
我拏着哩。金蓮道。不打緊處。我與你銀子。明日也替我帶兩方
銷金汗巾子來。李瓶兒便問姐夫。門外有買銷金汗巾兒也稍

幾方兒與我。經濟道。門外手帕巷。有名王家。專一發賣各色改樣銷金點翠手帕汗巾兒。隨你問多少也有。你老人家。要甚顏色。銷甚花樣。早說與我。明日一齊都替你帶來了。李瓶兒道。我要一方老金黃銷金點翠。穿花鳳汗巾。經濟道。六娘老金黃銷上金不現。李瓶兒道。你別要管我。我還要一方銀紅綾。銷江牙海水嵌八寶汗巾兒。又是一方閃色。是麻花銷金汗巾兒。經濟便道。五娘你老人家要甚花樣。金蓮道。我沒銀子。只要兩方兒勾了。要一方玉色綾瑣子地兒銷金汗巾兒。經濟道。你又不是老人家。白刺刺的。要他做甚麼。金蓮道。你管他怎的。戴不的。等我往後吃孝戴。經濟道。那一方。要甚顏色。金蓮道。那一方。我要嬌滴滴紫葡萄顏色。四川綾汗巾兒。上銷金間點翠。十樣錦。同心結方勝地兒。一箇方勝兒裡面。一對兒喜相逢。兩邊欄子兒。都是纓絡出珠碎八寶兒。經濟聽了。說道耶嚛耶嚛。再沒了賣瓜子兒開痏子打嚏噴瑣碎一大堆。那金蓮道。怪短命。有錢買了稱心貨。隨各人心裡所好。你管他怎的。李瓶兒便向荷包裡。拏出一塊銀子兒。遞與經濟。說連你五娘的都在裡頭哩。那金蓮搖着頭兒。說道等我與他罷。李瓶兒道。都一荅兒哩。交姐夫稍來的。又趄個窨兒經濟道。就是連五娘的。這銀子還多着哩。一面取等子。秤了一兩九錢。李瓶兒道剩下的。就與大姑娘稍兩方來。那大姐連忙道了萬福。金蓮道。你六娘替大姐買了汗巾兒。把那三錢銀子。拏出來。你兩口兒鬪葉兒。賭了東道兒罷。少便叫你六娘。貼些出來兒。明日等你爹不在了。買燒鴨子白酒咱每吃。經濟道。旣是五娘說。拏出來。大姐遞與金蓮。金蓮交付與李瓶兒。收着。拏出希𤙴來。灯下大姐與經濟鬬。金蓮又在傍替大姐指點登時贏了經濟三卓。忽聽前邉打門。西門慶來家。金蓮與李瓶兒纔回房去了。經濟出來迎接西門慶回了話。說徐四家銀子。後日先送二百五十兩來。餘者出月交還。西門慶罵了幾句。酒帶半酣。也不到後邉。逕往金蓮房里來。正是自有內事迎郎意何怕明朝花不云。畢竟未知後來何如。且聽下回分解。

金瓶梅

第五十二回　應伯爵山洞戲春嬌

潘金蓮花園調愛壻

第五十二回

應伯爵山洞戲春嬌　潘金蓮花園看蘑菇

海棠深院雨初收　苔徑無風蝶自由
百結丁香誇美麗　三眠楊柳弄輕柔
小桃酒膩紅尤淺　芳草寒餘綠漸稠
寂寂珠簾歸燕子　子規啼處一春愁

話說那日西門慶在夏提刑家吃酒。宋巡按送禮與他。心中十分歡喜。夏提刑亦敬重不同往日。攔門勸酒。吃至二更天氣纔放回家。潘金蓮又早向灯下。除去冠兒。露着粉面油頭。交春梅床上設放衾枕。搽抹凉蓆乾淨。薰香澡牝。等候西門慶。進門接着。見他酒帶半酣。連忙替他脫了衣裳。春梅點茶來吃了。打發上床歇息。見婦人脫得光赤條身子。坐着床沿。低垂着頭。將那白生生腿兒。橫抱膝上纏脚。換剛三寸。恰半窄。大紅平底睡鞋兒。西門慶一見。淫心輙起。麈柄挺然而興。因問婦人。要淫器包兒。婦人連忙向褥子底下。摸出來。遞與他。西門慶把兩個托子都帶上。一手摟過婦人。在懷裡。因說你達今日要和你幹個後庭花兒。你肯也不肯。那婦人瞅了一眼。說道。好個沒廉耻冤家。你成日和書童兒小厮。幹的不值了。又纏起我來了。你和那奴才幹去。不是。西門慶笑道。怪小油嘴兒。罷麼。你若依了我。又稀罕小厮做甚麼。你不知你達心里。好的是這椿兒。管情放到里頭去。我就過了。婦人被他再三纏不過。說道。奴只怕挨不的。你這大行貨。你把頭子上圈去了。一個。我和你耍一遭試試。西門慶

眞個除去硫黄圈根下只束着銀托子令婦人馬爬在床上屈
股高蹶將唾津塗抹在龜頭上往來濡研頂入龜頭昂健半晌
僅沒其稜婦人在下蹙眉隱忍口中咬汗子難捱叫道達達慢
着些這個比不的前頭撑得裏頭熱炙火燎疼起來這西門慶
叫道好心肝你叫着達達不妨事到明日買一套好顏色粧花
紗衣服與你穿婦人道那衣服倒也有在我昨日見李桂姐穿
的那五色線搯羊皮金挑的油鵞黄銀條紗裙子倒好看說是
裡邊買的他每都有只我沒這條裙子倒不知多少銀子你倒
買一條我穿罷了西門慶道不打緊我到明日替你買一壁說
着在上顛作抽拽只顧沒稜露腦淺抽深送不已婦人回首流
眄叫道好達達這里緊着人疼的要不的如何只顧這般動作

起來了。我央及你。好歹快些丟了罷。這西門慶不聽。且扶其股。翫其出入之勢。一面口中呼道。潘五兒。小淫婦兒。你好生浪浪的叫着達達。哄出你達達歷兒來罷。那婦人真個在下。星眼朦朧。鶯聲欵掉。柳腰欵擺。香肌半就。口中艷聲柔語。百般難述。良久。西門慶覺精來。兩手扳其股。極力而搧之。扣股之聲。响之不絕。那婦人在下邊呻吟成一塊。不能禁止。臨過之時。西門慶把婦人屁股只一扳。塵柄盡沒至根。直低于深異處。其美不可當。于是怡然感之。一泄如注。婦人承受其精。二軆偎貼良久。拽出塵柄。但見猩紅染莖。蛙口流涎。婦人以帕抹之。方纔就寢。一宿晚景題過。次日西門慶早辰到衙門中回來。有安主事黃主事那里差人來下請書。二十二日在磚廠劉太監庄上設席。請早去西門慶打發人去了。從上房吃了粥。正出廳來。只見篦頭的小周兒扒倒地下磕頭。在傍伺候。西門慶道。你來得正好。我正要尋你篦篦頭哩。于是走到花園翡翠軒。小捲棚內。西門慶坐在一張京椅兒上。除了巾幘。打開頭髮。小周兒在後面卓上。鋪下梳篦家活。與他篦頭櫛髮。觀其泥垢。辨其風雪。跪下討賞錢。說老爹今歲必有大迁轉。髮上氣色甚旺。西門慶大喜。篦了頭。又交他取耳。掐捏身上。他有滾身上一弄兒家活。到處都與西門慶滾捏過。又行導引之法。把西門慶弄的渾身通泰。賞了他五錢銀子。交他吃了飯伺候。與哥兒剃頭。西門慶就在書房內。倒在大理石床上。就睡着了。那日楊姑娘起身。王姑子與薛姑子要家去。吳月娘將他原來的盒子。都裝了些蒸酥茶食。打發起身。兩個姑子。每人又是五錢銀子。兩個小姑子。與了他兩疋小布兒。管待出門。薛姑子又囑付月娘。到壬子日。把那藥吃了。管情就有喜事。月娘道薛爺。你這一去八月裏到我生日。好歹走走。我這里盼你哩。薛姑子合掌問訊道。打攪菩薩這里。我到那日已定來。于是作辭月娘。衆人都送到大門首。月娘與大妗子。回後邊去了。只有孟玉樓。潘金蓮。李瓶兒。西門大姐。李桂姐。穿着白銀條紗對衿衫兒。鵞黃縷金挑線紗裙子。戴着銀絲鬏髻。翠水祥雲鈿兒。金累絲簪子。紫夾石墜子。大紅鞋兒。抱着官哥兒。來花園裡遊翫。李瓶兒道。桂姐。你遞過來。等我抱罷。桂姐道。六娘不妨事。我心里要抱抱哥子。孟玉樓道。桂姐。你還沒到你爹新收拾書房兒瞧瞧來。到花園內。金蓮見紫薇花開得爛燮摘了兩朶與桂姐戴。于是順着松墻兒到翡翠軒。見裡邊擺設的床帳屏几。書画琴棋。極其潇洒。床上綃帳銀鈎。氷簟珊枕。西門慶正倒在床上。睡思正濃。傍邊流金小篆。焚着一縷龍涎。綠窗半掩。窗外芭蕉低映。那潘金蓮且在卓上。掀弄他的香盒兒。玉樓和李瓶兒。都坐在椅兒上。西門慶忽翻過身來。看見衆婦人。都在屋裡。便道你每來做甚麽。金蓮道。桂姐要看看你的書房里。俺每引他來瞧瞧。那西門慶見他抱着官哥兒。又引鬭了一回。忽見画童來。說應二爹來了。衆婦人都亂走不迭。往李瓶兒那邊去了。應伯爵走到松墻邊。看見桂姐抱着官哥兒便道好呀。李桂姐在這里。故意問道。你幾時來。那桂姐走了。說道罷麽。怪花子。又不關你事。問怎的。伯爵道。好小淫婦兒。不關我事也罷你且與我個嘴罷于是摟過來就要親嘴被桂姐用手只一推罵道賊不得人意怪攮刀子若不是怕諕了哥子我這一扇把子打的你西門慶走出來看見伯爵拉着桂姐說道怪狗材看諕了孩兒因交書童你抱哥兒送與你六娘去那書童連忙接過來妳子如意兒正在松墻拐角邊等候接的去了伯爵和桂姐兩個站着說話問你的事怎樣的桂姐道多虧爹這里可怜見差保哥替我往東京說去了伯爵道好好也罷了如此你放心些說畢桂姐就往後邊去了伯爵道怪小淫婦兒你過來我還和你說話桂姐道我走走就來于是也往李瓶兒這邊來了伯爵與西門慶纔唱喏兩個在扞內坐的西門慶道昨日我在夏龍溪家吃酒大巡宋道長那里差人送禮送了一口

鮮猪。我恐怕放不的。今早旋叫了厨子來卸開。用椒料連猪頭
燒了。你休去了。如今請了謝子純來。咱每打雙陸同享了罷。一
面使琴童兒快請你謝爹去。你說應二爹在這裡。琴童兒應諾。
一直去了。伯爵因問徐家銀子。討了來了。西門慶道。賊沒行止
的狗骨禿。明日纔有。先與二百五十兩。你交他兩個後日來。少
我家里湊與他罷。伯爵道。這等又好了。怕不的他今月買些鮮
物兒來孝順你。西門慶道。倒不消交他費心。說了一回。西門慶
問道。老孫祝麻子。兩個都起身去了。不曾。伯爵道。這咱哩從李
桂兒家拏出來。在縣里監了一夜。第二日三個一條鐵索。都解
上東京去了。到那里沒個清潔來家的。你只說成日啚飲酒快
肉前架虫。好容易吃的果子兒。似這等苦兒也是他受。路上這

等大熱天着鉄索拴着。又没盤纏。有甚麽要緊。西門慶笑道。怪狗材。充軍擺站的不過。誰交他成日跟着王家小廝。只胡撞來。李三八他尋的苦兒他受。伯爵道。哥你說的有理。蒼蠅不鑽沒縫的雞彈。他怎的不尋我和謝子純。清的只是清。渾的只是渾。正說着。謝希大到了。唱畢喏坐下。只顧搧扇子。西門慶問道。你怎的走恁一臉汗。希大道。哥別題。大官兒去遲了一步兒。我不在家了。我剛出大門。可可他就到了。今日平白惹了一肚子氣。伯爵問道。你惹的又是甚麽氣。希大道。大清早辰。老孫媽媽子走到我那里。說我弄了他去。因王何故恁不合理的老淫婦。你家漢子成日摽着人在院里𩟚酒快肉吃。大把家撾了銀子錢家去。你過陰去來。誰不知道。你討保頭錢。分與那個一分兒使也。

怎的交我枉了兩句。走出來。不想哥這里呼喚。伯爵道。我剛纔這里和哥。不說新酒放在兩下哩。淸自淸。渾自渾。出不的咱每怎麼說來。我說跟着王家小廝到明日有一欠。今月如何撞到這網里。怨暢不的人。西門慶道。王家那小廝。看甚大氣槩。幾年兒了。腦子還未變全。養老婆。還不勾俺每那咱撒下的羞死鬼罷了。伯爵道。他曾見過甚麼大頭面。且比哥那咱的勾當。題起來。把他諕殺了罷了。說畢。小廝拿茶上來吃了。西門慶道。你兩個打雙陸。後邊做着個水面。等我叫小廝拿麵來咱每吃。不一時琴童來。放卓兒。畫童兒用方盒拿上四個靠山小碟兒。盛着四樣小菜兒。一碟十香瓜茄。一碟五方荳豉。一碟醬油浸的鮮花椒。一碟糖蒜。三碟兒蒜汁。一大碗猪肉滷。一張銀湯匙。三雙牙筯擺放停當。西門慶走來坐下。然後拿上三碗麵來。各人自取澆滷。傾上蒜醋。那應伯爵與謝希大。拏起筯來。只三扒兩嚥。就是一碗。兩人登時很了七碗。西門慶兩碗。還吃不了。說道我的兒。你兩個吃這些。伯爵道哥。今日這麵是那位姐兒下的。又爽口。又好吃。謝希大道。本等滷打的停當。我只是剛纔家里吃了飯來了。不然我還禁一碗。兩個吃的熱上來。把衣服脫了。搭在椅子上。見琴童兒收家活。便道大官兒到後邊取些水來。俺每漱漱口。謝希大道。溫茶兒又好。熱的湯盪的死蒜臭。少頃畫童兒拿茶至。三人吃了茶。出來外邊松墻外。各花臺邊。走了一遭。只見黃四家。送了四盒子禮來。平安兒掇進來。與西門慶瞧。一盒鮮烏菱。一盒鮮荸薺。四尾冰湃的大鰣魚。一盒枇杷果。伯爵看見說道。好東西兒。他不知那里剜的送来。我且嚐箇兒着。一手撾了好幾箇。遞了兩箇與謝希大說道。還有活到老死。還不知此是甚麽東西兒哩。西門慶道。怪狗才。還没供養佛。就先撾了吃。伯爵道。甚麽没供佛。我且入口無贓着。西門慶分付。交到後邊收了。問你三娘討三錢銀子賞他。伯爵問。是李錦送来。是黄寧兒。平安道。是黄寧兒。伯爵道。今日造化了這狗骨禿了。又賞他三錢銀子。這里西門慶看着他兩箇打雙陸不題。且說月娘和桂姐、李嬌兒、孟玉樓、潘金蓮、李瓶兒、大姐。都在後邊吃了飯。在穿廊下坐的。只見小周兒在影壁前探頭舒腦的。李瓶兒道。小周兒你来的好。且進来與小大官兒剃剃頭。他頭髮都長長了。小周兒連忙向前都磕了頭。

說。剛纔老爹分付。交小的進来與哥兒剃頭。月娘道。六姐你拿曆頭看看。好日子。歹日子。就與孩子剃頭。金蓮便交小玉取了曆頭来。揭開看了一回。說道。今日是四月廿一日。是箇庚戌日。金、定、婁金狗當直。宜祭祀。官帶出行。裁衣。沐浴。剃頭。修造。動土。宜用午時。好日期。月娘道。既是好日子。教丫頭熱水。你替孩兒洗頭。教小周兒慢慢哄着他剃。小玉在傍替他用汗巾兒接着頭髮。纔剃得幾刀兒。這官哥兒呱的怪哭起来。那小周兒連忙趕着他哭只顧剃。不想把孩子哭的那口氣嗷下去不做声了。臉便脹的紅了。李瓶兒諕慌手腳。連忙說。不剃罷。不剃罷。那小周兒諕的收不迭家活。往外沒腳的跑。月娘道。我說這孩子有些不長俊。護頭。自家替他剪剪罷。

本葉據明刊本金瓶梅鈔補

平白教来剃。剃的好麽。天假其便。那孩子嗽了半日氣。纔放出聲来。李瓶兒方纔放心。只顧拍哄他說道。好小周兒。恁大膽平白進来。把哥哥頭来剃了去了。剃的恁半落不合的。欺負我的哥哥。還不拏回来。等我打與哥哥出氣。于是抱到月娘跟前。月娘道。不長俊的小化子兒。剃頭耍了你了。這等哭剩下這些。到明日做剪毛賊。引鬬了一回。李瓶兒交與奶子。月娘分付。且休與他奶吃。等他睡一回兒與他吃。奶子抱的前邊去了。只見来安兒進来取小周兒的家活。說諕的小周兒臉焦黃的。月娘問道。他吃了飯不曾。来安道。他吃了飯。爹賞他五錢銀子。月娘教来安。你拏一甌子酒出去與他。諕着人家。好容易討這幾箇錢。小玉連忙篩了一盞。拏了一碟臘肉。

教来安與他吃了去了。吳月娘因教金蓮。你看看曆頭。幾時是壬子日。金蓮看了說道。二十三是壬子日。交芒種五月節。便道。姐姐。你問他怎的。月娘道。我不怎的。問一聲兒。李桂姐接過曆頭來。看了說道。這廿四日苦惱。是俺娘的生日。我不得在家。月娘道。前月初十日是你姐姐生日。過了。這廿四日。可可兒又是你媽的生日了。原来你院中人家。一日害兩樣病。做三箇生日。日里害思錢病。黑夜思漢子的病。早辰是媽的生日。晌午是姐姐生日。晚夕是自家生日。怎的都擠在一塊兒。趁着姐夫有錢。攛掇着都生日了罷。桂姐只是笑不做聲。只見西門慶使了畫童兒來請。桂姐方向月娘房中妝點匀了臉。往花園中来。捲棚內又早放下八僊桌兒。桌上擺設饌兩大盤燒猪肉。兩盤燒鴨子。兩盤新煎鮮鯽魚。四碟玫瑰點心。兩碟白燒笋鷄。兩碟𤏲爛鴿子雛兒。然後又是四碟臟子血皮猪肚釀腸之類。衆人吃了一回。桂姐在傍。拏鍾兒遞酒。伯爵道。你爹聽着說。不是我索落你。事情兒已是停當了。你爹又替你縣中說了。不尋你了。虧了誰。還虧了我。再三央及你爹。他纔肯了。平白他肯替你說人情去了。隨你心處的甚麼曲兒。你唱個兒我聽下酒。也是拏勤勞准折。桂姐笑罵道。怪碜花子。你虼蜾兒。好大面皮兒。爹他肯信你說話。伯爵道。你這賊小淫婦兒。你經還沒唸。就先打和尚趕來。要吃飯。休要惡了火頭。你敢笑和尚沒丈母。我就單丁。擺佈不起你。這小淫婦兒。你休笑話。我半邊俏。還動的。被桂姐拏手中扇把子儘力向他身上打了兩下。西門慶笑罵道。你這狗材。到明月論個男盜女娼。還虧了原問處。笑了一回。桂姐慢慢纔拏起琵琶。橫担膝上。啓朱唇。露皓齒。唱了個伊州三台令。

思量你好辜恩。便忘了誓盟。遇花朝月夕良辰。好交我虛度了青春。悶懨懨。把欄杆凭倚。凝望他怎生全無個音信。幾回自將。多應是我薄緣輕。

黃鶯兒

誰想有這一種。伯爵道。陽溝里翻了舡。後十年也不知道。藏香肌。憔瘦損。伯爵道。愛好貪他。悶在人水里。鏡鸞塵鎖。無心整。脂粉輕勻。花枝又懶簪。空教黛眉蹙破春山恨。伯爵道。你記的說接客千個。情在一人。無言對鏡長吁氣。半是思君半恨君。你兩個當初好如今就為他躭些驚怕兒也罷不抱怨了。桂姐道。汗邪了你怎的胡說。最難禁。伯爵道。你難禁。別人却怎樣禁的

樵樓上画角。吹徹了斷腸聲。伯爵道腸子倒沒斷這一回來提你的斷了線你兩個休提了
被桂姐儘力打了一下罵道賊們
摟的今日汗歪了你只鬼混人的

集賢賓

幽窗靜悄月又明。恨獨倚幃屏。驀聽的孤鴻只在樓外鳴。把
萬愁又還題醒。更長漏永。早不覺灯昏香盡眠未成。他那里
睡得安穩伯爵道傻小淫婦兒他怎的睡不安穩又沒挐了他去落合的在家里睡覺兒裡你便在人家躲着
逐日懷着羊皮兒直等東京人來一塊石頭方落地桂姐被
他說急了便道爹你看應花子來不知怎的只發訕纏我伯
爵道你這回纔認得爹了桂姐不理他彈着琵琶又唱

雙聲叠韻

思量起。思量起。怎不上心。伯爵道揉着你那痒痒處不由你不上心無人處。無人
處淚珠兒暗傾。伯爵道一個人慣溺床那一日他娘死了守孝打鋪在靈前睡晚了不想又溺下了人進
來看見褥子濕問怎的來那人沒的回荅只說你不知我夜

間眼淚打肚里流出來了䏻和你一般爲他聲說不的只好背地哭罷了桂姐道没羞的孩兒你看見來汗邪了你哩
我怨他。我怨他、說他不盡伯爵道我又一件說你怎的不怨天赤道得了他多少錢見今日躲在人家把買賣都悞了說他不盡是左門神白臉子極古來子不知道甚麼兒的好哄他誰知道這里先走滾伯爵道可知拏着到手中還飛了哩自恨我當初。不合地認真。伯爵道傻小淫婦兒如今年程在這里小歲小孩兒出來也哄不過何況風月中了弟你和他認真你且住了等我唱個南枝兒你聽風月事我說與你聽如今年程論不的假真個個人古怪精靈個個人久慣老誠倒將計活埋他瞎釘暗頂老虔婆只要圖財小淫婦兒少不的拽着脖子在前挣苦似投河愁如覔聲幾時得把業罐子填完就變驢變馬也不幹這個營生當下把桂姐說的哭起來了被西門慶向伯爵頭打了一扇子笑罵道你這斷了腸子的狗材生生兒吃你把人就歐殺了因呌桂姐你唱不要理他謝希大道應二哥你好没趣今日左來右去只欺負我這乾女兒你再言語口上生個大疔瘡那桂姐半日拏起琵琶又唱

簇御林

人都道他志誠伯爵纔待言語被希大把口捲了說道桂姐你唱林理他李桂姐又唱道却原來厮勾引。眼睁睁。心口不相應。希大放了手伯爵又說相應倒好了弄不出此事來了心口裏不相應如今虎口里倒相應不多也只兩三烓兒桂姐道白眉赤眼你看見來伯爵道我沒看見在樂星堂兒里不是連西門慶衆人都笑起來了山誓海盟。說假道眞。險些兒不爲他錯害了相思病。伯爵道好保兒只有錯買了的沒有錯賣了的你院中人肯把病兒錯害了貟人心。看伊家做作。如何交我有前程。伯爵道前程也不敢指望他到明日少不了他個招宣襲了罷

琥珀猫兒

日疎日遠。再相逢。枉了奴痴心寧耐等。伯爵道等到幾日到明日東京了畢事再回炉也是不遲想巫山雲雨夢難成。薄情。猛拚今生。和你鳳拚鸞鳳拆鸞。

尾聲

寃家下得忒薄倖。割捨的將人孤另。那世里恩情。番成做話柄餅
唱畢。謝希大道。罷罷。叫畫童兒接過琵琶去。等我酧勞桂姐一
杯酒兒。伯爵道。等我哺菜兒。我本領兒不濟事。拏勤勞准折罷
了。桂姐道。花子過去。誰理你。你大拳打了人。這回拏手來摸挲。
當下希大。一連遞了桂姐三杯酒。拉伯爵道。咱每還有那兩盤
雙陸打完了罷。于是二人又打雙陸。西門慶遞了個眼色與桂姐。就
在外走。伯爵道。哥你往後邊去。稍些香茶兒出來。頭里吃了些些
蒜。這回子倒反帳兒。惡泛泛起來了。西門慶道。我那里得香茶
兒來。伯爵道。哥你還哄我哩。杭州劉學官。送了你好少兒着。你
獨吃也不好。西門慶笑的後邊去了。那桂姐也走出來。在太湖

石畔。推揖花兒戴也不見了。伯爵與希大。一連打了三盤雙陸。等西門慶。白不見出來。問画童兒。你爹在後邊做甚麼哩。画童兒道。爹在後邊。就出來了。伯爵道。就出來。卻往那去了。因交謝希大。你這里坐着。等我尋他尋去。那謝希大且和書童兒。兩個在書卓上。下象棋。原來西門慶。只走到李瓶兒房里。就出來了。在木香棚下。看見李桂姐。就拉到藏春塢。雪洞兒里。把門兒掩着。兩個坐在矮床兒上說話。原來西門慶走到李瓶兒房里。吃了藥出來。把桂姐摟在懷中。坐于腿上。一徑露出那話來與他瞧。把桂姐諕了一跳。便問怎的就這般大。西門慶悉把吃胡僧藥。告訴了一遍。先交他低垂粉頸。款啟猩唇。品咂了一回。然後輕輕搊起他剛半扠恰三寸。好錐靶。賽藕芽。步香塵舞翠盤。千

人愛萬人貪兩隻小小金蓮來蹺在兩邊胳膊穿着大紅素段
白綾高底鞋兒粧花金欄膝褲腿兒用紗綠線帶紮着抱到一
張椅兒上兩個就幹起來不想應伯爵到各亭兒上尋了一遭
尋不着打滴翠巖小洞兒里穿過去到了木香棚抹轉葡萄架
到松竹深處藏春塢邊隱隱聽見有人笑聲又不知在何處這
伯爵慢慢躡足潛蹤掀開簾兒見兩扇洞門兒虛掩在外面只
顧聽覷聽見桂姐顫着聲兒將身子只顧迎播着西門慶叫達
達快些了事罷只怕有人來被伯爵猛然大叫一聲推開門進
來看見西門慶把桂姐扛着腿子在椅兒上正幹得好說道快
取水來潑潑兩個攮心的摟到一荅里了李桂姐道怪攮刀子
猛的進來諕了我一跳伯爵道快些兒了事好容易也得值那

些數兒。是的怕有人來看見。我就來了。且過來等。我抽個頭兒着。西門慶便道怪狗材。快出去罷了。休鬼混我。只怕小厮來看見。那應伯爵道。小淫婦兒。你央及我央及兒。不然。我就要喝起來。連後邊嫂子們。都嚷的知道。你既認做乾女兒了。好意交你躲住兩日兒。你又偷漢子。交你了不成。桂姐道去罷。應怪花子伯爵道。我去罷。我且親個嘴。着于是按着桂姐。親訖一嘴。纔走出來。西門慶。怪狗材。還不帶上門哩。伯爵一面走來。把門帶上。說道我見。兩個儘着搗。儘着搗搗吊底子。不關我事。纔走到那個松樹兒底下。又回來說道。你頭里許我的香茶。在那里。西門慶道。怪狗材。等住會。我與你就是了。又來纏人。那伯爵方纔一直笑的去了。桂姐道。好個不得人意的攮刀子的。這西門慶。和桂姐兩個在雪洞內。足幹勾約一個時辰。吃了一枚紅棗兒。纔得了事。雨散雲收。有詩為証。

海棠枝上鶯梭急　綠竹陰中燕語頻
閒來付與冊青手　一段春嬌画不成

少頃二人整衣出來。桂姐向他袖子內。掏出好些香茶來袖了。西門慶則使的滿身香汗。氣喘吁吁。走來馬纓花下溺尿。李桂姐腰里模出鏡子來。在月窗上擱着。整雲理鬢。往後邊去了。西門慶走到李瓶兒房里。洗洗手出來。伯爵問他要香茶。西門慶道。怪花子。你害了瘡。如何只鬼混人。每人掐了一撮與他。伯爵道。只與我這兩個兒。由他由他。等我問李家小淫婦兒要。正說着。只見李銘走來磕頭。伯爵道。李日新在那里來。你沒曾打聽得他每的事。怎麽樣兒了。李銘道。俺桂姐虧了爹這里。這兩日縣里也没人來催。只等京中示下哩。伯爵道。齊家那小老婆子出來了。李銘道。齊香兒還在王皇親宅内躲着哩。桂姐在爹這里好。誰人敢來尋。伯爵道。要不然也費手。虧我和你謝爹再三央勸你爹。你不替他處處兒。交他那里尋頭腦去。李銘道。爹這里不管。就了不成。俺三嬸老人家。風風勢勢的。幹出甚麽事。伯爵道。我記的這幾時是他生日。俺每會了你爹。與他做做生日。李銘道。爹們不消了。到明日事情畢了。三嬸和桂姐。愁不請爹們坐坐。伯爵道。到其間俺每補生日就是了。因叫他近前。你且替我吃了這鍾酒。着我吃了這一日了。吃不的了。那李銘接過銀把鍾來。跪着一飲而盡。謝希大。交琴童又斟了一鍾與他。伯爵道。你敢沒吃飯。卓上還剩了一盤點心。謝希大。又拏兩盤燒猪頭肉。和鴨子。遞與他。李銘雙手接的。下邊吃去了。伯爵用筯子又撥了半段鰣魚與他。說道。我見你今年。還沒食這個哩。且嘗新着。西門慶道。怪狗材。都拏與他吃罷了。又留下做甚麼。伯爵道。等任回。吃的酒闌上來。餓了我不會吃餅兒。你每那里江南此魚。一年只過一遭兒。吃到牙縫兒里。剔出來。都是香的。好容易。公道說就是朝廷還沒吃哩。不是哥這里誰家有。正說着。只見畫童兒。拿出四碟鮮物兒來。一碟烏菱。一碟荸薺。一碟雪藕。一碟枇杷。西門慶還沒曾放到口裏。被應伯爵。連碟子都撾過去。倒的袖了。謝希大道。你也留兩個兒我吃也得。手撾一碟子烏菱來。只落下藕在卓子上。西門慶掐了一塊。放在口內。別的與了李銘吃了。分付畫童後邊再取兩個枇杷來賞李銘李銘接的袖了。到家和與三媽吃。李銘吃了點心。上來拏箏過來繞彈唱了。伯爵道。你唱個花藥欄俺每聽罷。李銘調定箏絃拏腔唱道。

新綠池邊。猛捎欄杆。心事向誰論。花也無言。蝶也無言。離恨滿懷縈牽。恨東君不解留去客。嘆舞紅飄絮。蝶粉輕沾。景依然。事依然。悄然不見郎面。

俺想別時正逢春。海棠花初綻。韮微分開現。不覺的榴花賓。紅蓮放沉水。果避暑摇紈扇。霎時間菊花黃金風動。敗葉梧桐變。

邊逖見臘梅開水花墜。暖閣內把香醪旋。四季景偏多思想

心中怨。不知俺那俏冤家。冷清清獨自個。悶懨懨何處就寂
怨。
金殿喜重重嗟怨。自古風流悞少年。那堪暮春天。生怕到黃
昏。愁怕到黃昏。獨自個悶悶不成歡。換寶香薰被。誰共宿。嘆夜
長。枕冷衾寒。你孤眠我孤眠。只是夢里相見。

貨郎兒

有一日稱了俺平生心愿。成合了夫妻謝天。今生一對兒好
姻緣。冷清清就寂寞。愁沉沉受熬煎。

醉太平煞尾

只爲俺多情的業冤。今日恨惹情牽想當初說山盟言誓在
星前。擔閣了風流少年。有一日朝雲暮雨成姻眷。画堂歌舞

排歡宴。羅幃錦帳永團圓。花燭洞房。成連理。休忘了受過熬煎有萬千。

當日三個吃至掌燈時候。還等着後邊。拿出綠荳白米水飯來吃了纔去。伯爵道。哥明日不得閒。西門慶道。我明日往磚廠劉太監庄子上安主事。黃主事。兩個朏來請我吃酒。早去了。伯爵道。李三黃四那事。我後日會他來罷。西門慶點頭兒。分付交他那日後晌來。休來早了。三人也不等送。就去了。西門慶交書童看着收家活。就歸後邊孟玉樓房中歇去了。一宿無話。到次日西門慶早起。也沒往衙門中去。吃了粥。冠帶着。騎馬。拏着金扇。僕從跟隨。出城南三十里。逕往劉太監庄上來赴席。那日書童與玳安兩個。都跟去了。不在話下。潘金蓮赶西門慶不在家。與李瓶兒計較。將陳經濟輸的那三錢銀子。又交李瓶兒。添出七錢來。交來興兒。買了一隻燒鴨。兩隻雞。一錢銀子下飯。一罈金華酒。一瓶白酒。一錢銀子褁餡凉糕。交來興兒媳婦整理端正。金蓮對着月娘說。大姐姐。那日鬬牌。贏了陳姐夫三錢銀子。李大姐。又添七錢。今治了東道兒。請姐姐在花園里吃。㒷月娘就同孟玉樓。李嬌兒。孫雪娥。大姐。桂姐。先在捲棚內。吃了一回。然後拿了酒菜兒。在山子上。一個最高的卧雲亭兒上。那里下棋投壺耍子。孟玉樓。便與李嬌兒。大姐。孫雪娥。都往翫花樓上。夫凭兒欄杆。望下着那山子前面。牡丹畦。芍藥圃。海棠軒。薔薇架。木香棚。玫瑰樹。端的有四時不謝之花。八節長春之景。觀了一回。下來。小玉迎春。都在卧雲亭上。侍奉月娘斟酒下菜。月娘猛然想起今日。倒不請陳姐夫來坐坐。大姐道。爹又使他今日往門外徐家催銀子去了。也待好來也。不一時陳經濟來到。穿着玄色練絨紗衣。脚下凉鞋净襪。頭上纓子瓦楞帽兒。金簪子。向月娘衆人作了揖。就拉過大姐。一處坐下。向月娘說。徐家銀子討了來了。共五封。二百五十兩。送到房里。玉簫收了。于是穿杯換盞。酒過數巡。各添春色。月娘與李嬌兒桂姐。三個下棋。玉樓李瓶兒。孫雪娥。大姐。經濟。便向各處遊翫觀花草。惟有金蓮在山子後。那芭蕉叢深處。將手中白紗團扇兒。且去撲蝴蝶爲戲。不防經濟驀地走在背後。猛然叫道。五娘。你不會撲蝴蝶。等我與你撲。這蝴蝶。就和你老人家一般。有些毬子心腸。滚上滚下的走滚大。那金蓮扭回粉頸。斜睨秋波。對着陳經濟笑罵道。你這少死的賊短命。誰要你撲。將人來聽見。敢待死也。我曉得你。也不怕死了。搗了幾鍾酒兒。在這里來鬼混。因問你買的汗巾兒。怎了。那經濟笑嘻嘻。向袖子中取出。一手遞與他。說道六娘的。都在這里了。又道汗巾兒稍了來。你把甚來謝我。于是把臉子挨向他身邊。被金蓮只一推。不想李瓶兒抱着官哥兒并奶子如意兒跟着。從松墻那邊走來。見金蓮和經濟兩個在那里嬉戲撲胡蝶。李瓶兒這里趕眼不見。兩三步就鑽進去。山子里邊。猛叫道。你兩個撲個胡蝶兒與官哥兒耍子。慌的那潘金蓮恐怕李瓶兒瞧見。故意問道。陳姐夫與了汗巾子不曾。李瓶兒道。他還沒與我哩。金蓮道。他剛纔袖着對着大姐姐。不好與咱的。悄悄遞與我了。于是兩個坐在花臺石上打開。兩個分了。金蓮見官哥兒脖子里圍着條白挑線汗巾子。手裡把着個李子。往口裏吮。問道是你的汗巾子。李瓶兒道是剛纔他大媽媽。見他口裏吮李子。流下水。替他圍上這汗巾子。兩個只顧坐在芭蕉叢下。李瓶兒說道。這荅兒里到且是蔭凉。咱在這里坐一回兒罷。因使如意兒。你去叫迎春屋里。取孩子的小枕頭兒。帶凉蓆兒。放他在這里俏俏兒就取骨牌來。我和五娘在這里抹回牌兒。你就在屋里看罷。如意兒去了。不一時。迎春取了枕蓆并骨牌來。李瓶兒鋪下蓆。把官哥兒放在小枕頭兒上。俏着交他頑耍。他便和金蓮抹牌。抹了一回。交迎春往屋里頓一壺好茶來。不想孟玉樓在卧雲亭欄杆上。看見點手兒。叫李瓶兒。說大姐姐。叫你說句兒就來。那李瓶兒撇下孩子。交金蓮看着。我就來那金蓮。記掛經濟在洞兒里。那里又去顧那孩子。趕空兒兩三步。走入洞門首。叫經濟。說沒人。你出來罷。經濟便叫婦人進去。瞧蘑菇裏面長出這些大頭蘑菇來了。哄的婦人入到洞里。就折鉄腿跪着。要和婦人雲雨。兩個正接着親嘴。也是天假其便。李瓶兒走到亭子上。吳月娘說孟三姐。和桂姐投壺輸了。你來替他投兩壺兒。李瓶兒道。底下沒人看孩子哩。玉樓道。左右有六姐在那里。怕怎的。月娘道。孟三姐你去替他看看罷。李瓶兒道。三娘累你。亦發抱了他來罷。叫小玉你去。就抱他的蓆和小枕頭兒來。那小玉和玉樓走到芭蕉叢下。孩子便倘在蓆上。登手登脚的怪哭。並不知金蓮在那里。只見傍邊大黑猫。見人來。一滾烟跑了。玉樓道。他五娘那里去了。耶嚛耶嚛。把孩子丟在這里吃猫諕了他了。那金蓮便從傍邊雪洞兒里鑽出來。說道我在這里淨了淨手。誰往那去來。那里有猫來諕了他。白眉赤眼兒的。那玉樓也更不往洞裏看只顧抱了官哥兒。拍哄着他。往卧雲亭兒上去了。小玉拏着枕蓆。跟的去了。金蓮恐怕他學舌。隨屁股也跟了來。月娘問孩子怎的哭。玉樓道。我去時。不知是那里一個大黒猫。蹲在孩子頭根前。月娘說。乾淨諕着孩兒李瓶兒道。他五娘看着他哩。玉樓道。六姐往洞兒里淨手去來。金蓮走上來說。玉樓你怎的恁白眉赤眼兒的。我在那里討個猫來。他想必餓了。要奶吃哭。就賴起人了。李瓶兒見迎春拏上茶來。就使他叫奶子來。喂哥兒奶。那陳經濟見無人從洞兒鑽出來。順着松墻兒。抹轉過捲棚。一直行前邊角門往外去了。正是雙手劈開生死路。一身跳出是非門。月娘見孩子不吃妳。只是哭。分付李瓶兒你抱他到屋里。好好打發他睡罷。于是也不吃酒。衆人都散了。原來陳經濟。也不曾與潘金蓮得手。做爲燕侶鶯儔。只得做了個蜂頭花嘴兒。事情不巧。歸到前邊廂房中。有些咄咄不樂。正是無可柰何花落去。似曾相識燕歸來。有折桂令爲証。

我見他戴花枝。笑撚花枝。朱唇上不抹胭脂。似抹胭脂。逐日相逢。似有情兒。未見情兒。欲見許。何曾見許。似推辭。未是推辭。約在何時。會在何時。不相逢他又相思。既相逢我反相思。

畢竟未知後來何如且聽下回分解

第五十三回　潘金蓮驚散幽歡

吳月娘拜求子息

第五十三回

吳月娘承歡求子息　李瓶兒酬愿保兒童

人生有子萬事足　身後無兒揔是空
產下龍媒須保護　欲求麟種貴陰功
禱神且急酬心愿　服藥還教暖子宮
父母好將人事盡　其間造化聽蒼穹

話說吳月娘。與李嬌兒。桂姐孟玉樓。李瓶兒。孫雪娥。潘金蓮。大姐混了一塲。身子也有些不耐煩。徑進房去睡了。醒時約有更次。又差小玉去問李瓶兒道。官哥沒怪哭麽。叫妳子抱得緊緊的。拍他睡好。不要又去惹他哭了。妳子也就在炕上。吃了晚飯。沒待下來。又丟放他在那里。李瓶兒道。你與我謝聲大娘道。自進了房裡。只顧呱呱的哭。打冷戰不住。而今纔住得哭。磕伏在奶子身上睡了。額子上有些些熱剩剩的。奶子動也不得動。停會兒我也待換他起來。吃夜飯淨手哩。那小玉進房。回覆了月娘月娘道。他們也不十分當緊的。那里一個小娃兒。丟放在芭蕉脚下。徑倒別的走開。吃猫諕了。如今纔是愁神哭鬼的。定要弄壞了。纔住手。那時說了幾句。也就洗了臉。睡了一宿。到次早起來。別無他話。只差小玉問官哥。下半夜有睡否。還說大娘吃了粥。就待過來看官哥了。李瓶兒對迎春道。大娘就待過來。你快要拿臉水來。我洗了臉。那迎春飛搶的拿臉水進來。李瓶兒急攘攘的梳了頭。交迎春慌不迭的。燒起茶來。爇些些安息香在房里。三不知小玉來報。說大娘進房來了。慌得李瓶兒撲起的也似接了。月娘就到妳子床前。摸着官哥道。不長俊的小油嘴。常時把做親娘的。平白地提在水缸裡。這官哥兒呱的聲怪哭起來。月娘連忙引鬪了一番。就住了。月娘對如意兒道。我又不得養。我家的人種。便是這點點兒。休得輕覷着他。着緊用心纔好。妳子如意兒道。這不消大娘分付。月娘就待出房。李瓶兒道。大娘來。泡一甌子茶在那里。請坐坐去。月娘就坐定了。問道六娘。你。頭髮也是亂蓬蓬的。李瓶兒道因這冤家作怪攪氣頭也不得梳。又是大娘來。倉忙的扭一挽兒。胡亂磕上鬏髻。不知怎模樣的做笑話。月娘笑道。你看是有槽道的麼。自家養的親骨肉。倒也叫他是冤家。學了我成日要那冤家。也不能勾哩。李瓶兒道。是便這等說。沒有這些鬼病來纏擾他便好。如今不得二兩日安靜。常時一出。前日墳上去。鑼鼓諕了。不幾時。又是剃頭哭得耍不的。如今又吃猫諕了。人家都是好養。偏有這東西。是燈草一樣脆的。說了一場。月娘就走出房來。李瓶兒隨後送出。月娘道。你莫送我進去看官哥去罷。李瓶兒就進了房。月娘走過房裡去。只聽得照壁後邊。賊燒䞘的。說些什麼。月娘便立了聽着。又在板縫裡瞧照着。一名是潘金蓮。與孟玉樓兩個同靠着欄杆。嗽了聲氣。絮絮答答的。講說道姐姐。好沒正經。自家又沒得養。別人養的兒子。又去溜遭竈的。掇相知。呵卵脬。我想窮有窮氣。杰有杰氣。奉承他做甚的。他自長成了。只認自家的娘。那個認你。只見迎春走過去。兩個悶的走開了。假做尋猫兒喂飯。到後邊去了。月娘不聽也罷。聽了這般言語。怒生心上。恨落牙根那時節欲叫破罵他。又是爭氣不穿的事。反傷體面。只得忍耐了。一徑進房。睡在床上。又恐丫鬟每覺着了。不好放聲哭得。只管自埋自怨。短嘆長吁。真個在家不敢高聲哭。只恐後聞也斷腸。那時日當正午。還不起身。小玉立在床邊。請大娘起來吃飯。月娘道我身子不好。還不吃飯。你掩上房門。且燒些茶來吃小玉捧了茶進房去。月娘纔起來悶悶的坐在房裡。說道我沒有兒子。受人這樣懊惱。我求天拜地。也要求一個來。羞那些賊淫婦的毯臉。于是走到後房。文櫃梳匣內。取出王姑子整治的頭胎衣胞來。又取出薛姑子送的藥看。小小封筒上面。刻着種子靈丹四字。有詩八句。

姮娥喜竊月中砂　　咲取斑龍頂上芽

漢帝桃花勅特降　梁王竹葉誥曾加
須臾餌驗人堪羨　衰老還童更可誇
莫作雪花風月趣　烏鬚種子在些些

後有讚曰

紅光閃爍。宛如碾就之珊瑚。香氣沉濃。彷彿初燃之檀麝。嚐之口內。則甜津湧起于牙根。置之掌中。則熱氣貫通于臍下。直可還精補液。不必他求玉杵霜。且能轉女為男。何須別覓神樓散。不與爐邊鷄犬。偏助被底鴛鴦。乘興服之。遂入蒼龍之夢。按時而動。預徵飛燕之祥。求子者一投即效。修真者百日可僊。後又日服此藥後。凡諸腦損物。諸血敗血。皆宜忌之。又忌蘿蔔葱白。其交接単日為男。雙日為女。惟心所願。服此一年。可得長生矣。

月娘看畢。心中漸漸的歡喜。見封袋封得緊。用纖纖細指。緩緩輕挑。解包開看。只見烏金帋三四層。裹着一丸藥。外有飛金硃砂。妝點得十分好看。月娘放在手中。果然臍下熱起來。放在鼻邊。果然津津的滿口香唾。月娘咲道。這薛姑子果有道行。不知那里去。尋這樣妙藥靈丹。莫不是我合當得喜。遇得這個好藥。也未可知。把藥來看玩了一番。又恐怕藥氣出了。連忙把麵蘗來。依舊封得緊緊的。原進後房。鎖在梳匣內了。走到步廊下。對天長嘆道。若吳氏明日壬子日。服了薛姑子藥。便得種子。承繼西門香火。不使我做無祀的鬼。感謝皇天不盡了。那時日已近晚。月娘纔吃了飯。話不再煩。西門慶到劉太監庄上。投了帖兒那些役人。報了黃主事。安主事。一齊迎住。都是冠帶。好不齊整敘了揖坐下。那黃主事便開言道。前日仰慕大名。敢爾輕造。不想就擾執事。太過費了。西門慶道。多慢為罪。安主事道。前日要赴敝同年胡大尹召。就告別了。主人情重。至今心領。今日都要盡歡達旦。纔是。西門慶道。多感盛情。門子低報道。酒席已完備了。就邀進捲棚。解去冠帶。安席。送西門慶首坐。西門慶假意推辭。畢竟坐了首席。歌童上來。唱一隻曲兒。名喚錦橙梅。

紅馥馥的臉襯霞。黑鬒鬒的鬢堆鴉。料應他必是箇中人打扮的堪描畫。顫巍巍的插著翠花。寬綽綽的穿著輕紗。兀的不風韻煞人也。嗏。是誰家把我不住了偷睛兒抹。

西門慶讚好。安主事。黃主事。就送酒與西門慶。西門慶荅送過了。優兒又展開檀板。唱一隻曲名。喚降黃龍衮。

鱗鴻無便。錦箋慵寫。腕鬆金。肌削玉。羅衣寬徹。淚痕淹破胭脂雙頰。寶鑑愁臨。翠鈿羞貼。○等閑孤負。好天良夜。玉爐中。銀臺上。香消燭滅。鳳幃冷落。鴛衾虛設。玉筍頻搓。繡鞋重攧。

那時吃到酒後。傳盃換盞。都不絮煩。却說那潘金蓮在家。因昨日雪洞里。不曾與陳經濟得手。此時趂西門慶在劉太監庄上與黃主事。安主事吃酒。吳月娘又在房中。不出來。奔進奔出的。好像熬盤上蟻子一般。那陳經濟在雪洞裡跑出來。睡在店中。那話兒硬了一夜。此時西門慶不在家中。只㝵與金蓮兩個眉來眼去。直至黃昏時後。各房將待掌燈。金蓮躡足潛踪。踮到捲棚後面。經濟三不知走來。隱隱的見是金蓮。遂緊緊的抱着了。把臉子挨在金蓮臉上。兩個親了十來個嘴。經濟道。我的親親。昨夜孟三兒那寃家。打開了我每害得咱硬邦邦撑起了一宿。今早見你妖妖嬈嬈。搖颭的走來。教我渾身兒酥麻了。金蓮道。你這少死的賊短命。沒些槽道的。把小丈母。便揪住了親嘴。不怕人來聽見麽。經濟道。若見火光來。便走過了。經濟口裡。只故叫親親。下面單裙子內。却似火燒的一條硬鐵。隔了衣服。只顧挺將進來。那金蓮也不由人。把身子一聳。那話兒都隔了衣服。熱烘烘對着了。金蓮政忍不過。用手撇開經濟裙子。用力捏着陽物。經濟慌不迭的。替金蓮扯下褲腰來。劃的一聲。却扯下一個裙襇兒。金蓮笑罵道。蠢賊奴。還不曾偷慣食的。恁小着膽。就慌不迭。倒把裙襇兒扯吊了。就自家扯下褲腰。剛露出牝口。一腿趚在闌干上。就把經濟陽物。塞進牝口。原來金蓮鬼混了半晌。已是濕荅荅的。被經濟用力一挺。便撲的進去了。經濟道。我的親親。只是立了不盡根。怎麼處。金蓮道。胡亂抽送抽送。且再擺佈。經濟剛待抽送。忽聽得外面狗子。都嘷嘷的吽起來。却認是西門慶吃酒囘來了。兩個慌得一滚烟走開了。却是書童玳安。兩個拿着冠帶金扇。進來亂嚷道。今日走死人也。月娘差小玉出來看時。只見兩個小厮。都是醉糢糊的。小玉問道。爺怎的不歸。玳安道。方纔我每。恐怕追馬不及。問了爺。先走囘來。他的馬快也。只在後邊來了。小玉進去囘覆了。不一時西門慶已到門外。下了馬。本待到金蓮那里睡。不想醉了。錯走入月娘房里來。月娘暗想明日。二十三日。乃是壬子日。今晚若留他。反挫明日大事。又是月經左來日子。也至明日潔淨。對西門慶道。你今晚醉昏昏的。不要在這里鬼混。我老人家。月經還未淨。不如在別房去睡了。明日來罷。把西門慶帶笑的。推出來。走到金蓮那里去了。捧着金蓮的臉。道這個是小淫婦了。方纔待走進來。不想有了幾杯酒。三不知走入大娘房里去。金蓮道。精油嘴的東西。你便說明日要在姐姐房里睡了。硶說嘴的。在真人前赤巴巴弔謊。難道我便信了你。西門慶道。怪油嘴。專要歪斯纏人。真正是這樣的。着甚緊弔着謊來。金蓮道。且說姐姐怎地不留你住西門慶道。不知道他。只管道我醉了。推了出來。說明晚來罷。我便急急的來了。金蓮政待溁牝。西門慶把手來待摸他。金蓮雙手毿住。罵道短命的。且沒要動凬我有些不耐煩在這里。西門慶一手抱住。一手揷入腰下。竟摸着道怪行貨子。怎的夜夜乾卜卜的。今晚裡面有些濕答答的。莫不想着漢子。騷水發哩。原來金蓮想着經濟。還不曾澡牝。被西門慶無心中。打着心事。一時臉通紅了。把言語支吾。半笑半駡。就澡牝洗臉。兩個宿了一夜不題。却表吳月娘。次早起來。却正當壬子日了。便思想薛姑子。臨別時。千叮嚀。萬囑付。叫我到壬子日。吃了這藥。管情就有喜事。今日正當壬子。政該服藥了。又喜昨夜天然湊巧。西門慶飲醉回家。撞入房來。回到今夜。因此月娘心上。暗自喜歡。清早起來。即便沐浴梳粧完了。就拜了佛。念一遍白衣觀音經。求子的。最是要念他。所以月娘念他。也是王姑子教他念的。那日壬子日。又是個緊要的日子。所以清早閉了房門。燒香點燭。先誦過了。就到後房。開取藥來。叫小玉頓起酒來。也不用粥。先吃了些乾糕餅食之類。就雙手捧藥。對天禱告。先把薛姑子一丸藥。用酒化開。異香觸鼻。做三兩口。服完了。後見王姑子。製就頭胎衣胞。雖則是做成末子。然終覺有些洼疑。有些焦刺刺的氣子。難吃下口。月娘自忖道。不吃他。不得見効。待吃他。又只管生疑。也罷。事到其間。做不得主了。只得勉强吃下去罷。先將符藥一把。卷在口內。急把酒來。大呷半碗。幾乎嘔將出來。眼都忍紅了。又連忙把酒過下去。喉舌間。只覺有些膩格格的。又吃了幾口酒。就討溫茶來漱淨口。睡向床上去了。西門慶政走過房來。見門關着。叫小玉開了。問道。怎麽悄悄的。關上房門。莫不道我昨夜去了。大娘有些二十四麽。小玉道。我那里曉得來。西門慶走進房來。叫了幾聲。月娘吃了早酒。向裡床睡着去。那里答應他。
西門慶向小玉道。賊奴才。現今叫大娘。只是不應。怎的不是氣
我。遂沒些趣。向。走出房去。只見書童進來。說道應二爹在外邊
了。西門慶走出來。應伯爵道。哥。前日到劉太監庄上。赴黃安二
公酒席。得盡歡麼。直飲到幾時分。纔散了。西門慶道。承兩公十
分相愛。他前的下顧。因欲赴胡大尹酒席。倒坐不多時。我到他
那里。却情投意合。倒也被他多留住了。灌了好幾杯酒。直到更
次。歸路又遠。醉又醉了。不知怎的了。應伯爵道。別處人。倒也好
情分。還該送些下程與他。西門慶道。說得有理。就叫書童寫起
兩個紅禮帖來。分付裡面辦一樣兩副盛禮。枝圓。栆。鵞鴨羊
腿鮮魚。兩罈南酒。又寫二個謝宴名帖。就叫書童來。分付了。差

他送去書童荅應去了。應伯爵就挨在西門慶身邊來坐近了。哥前日說的。曾記得麽。西門慶道。記甚的來。應伯爵道。想是忤的都忘記了。便是前日。同謝子純在這里吃酒。臨別時說的。西門慶。呆登登。想了一會。說道。莫不就是李三黃四的事麽。應伯爵笑道。這叫做簷頭雨滴從高下。一點也不差。西門慶做攢眉道。教我那里有銀子。你眼見我前日支鹽的事。沒有銀子。與喬親家。挪得五百兩奏用。那里有許多銀子放出去。應伯爵道。左右生利息的。隨分箱子角頭。尋些湊與他罷。哥說門外徐四家的。昨日先有二百五十兩來了。這一半就易處了。西門慶道。是便是。那里去湊。不如且回他。等討徐家銀子。一搃與他罷。應伯爵正色道。哥君子一言。快馬一鞭。人而無信。不知其可也。哥前日不要許我便好。我又與他每說了。千眞萬眞。道今日有的了。怎好去回他。他們極服你做人慷慨。直甚麼事。反被這些經紀人。背地裡不服你。西門慶道。應二爹如此說。便與他罷。自巴走進去。收拾了二百三十兩銀子。又與玉簫。討昨日收徐家二百五十兩頭。一總彈准四百八十兩。走出來對應伯爵道。銀子只湊四百八十兩。還少二十兩。有些段疋作數。可使得麼。伯爵道。這個却難。他就要現銀去幹香的事。你好的段疋。也都沒放。你剩這些粉段。他又幹不得事。不如湊現物與他。省了小人腳步。西門慶道。也罷也罷。又走進來。稱了廿兩成色銀子。叫玳安遞共掇出來。那李三黃四。却在間壁人家坐久。只待伯爵打了照面。就走進來。謝希大適值進來。李三黃四。叙揖畢了。就見西門慶。行禮畢。就道前日蒙大恩。因銀子不得關出。所以遲遲。今因東平府。又派下二萬香來。敢再挪五百兩。暫濟燃眉之急。如今關出這批銀子。一分也不動。都盡這遭來。一齊筭利奉還。西門慶便喚玳安。鋪子裡取天平。請了陳姐夫。先把他討的徐家廿五砲彈准了。後把自家二百五十兩彈明了。付與黃四李三。兩人拜謝不已。就告別了。西門慶欲留應伯爵。謝希大再坐一回。那兩個那有心想坐。只待出去。與李三黃四。分中人錢了。假意說有別的事。急急的別去了。那玳安琴童。都擁住了伯爵。討些使用。買果子吃。應伯爵搓手道。沒有沒有。這是我認得的。不帶得來送你。這些狗弟子的孩兒。徑自去了。只見書童。走得進來。把黃主事。安主事。兩個謝帖回話。說兩個爺說。不該受禮。恐拂

盛意。只得收了。多去致意你爺。力錢二一封。西門慶就賞與他。又
稱出些。把倮來的挑盤人打發了。天色已是掌燈時分。西門慶
走進月娘房裡坐定。月娘道小玉說。你曾進房來叫我。我睡着
了。不得知。你叫。西門慶道。却又來。我早認你有些不快我哩。月
娘道。那里說起。不快你來。便叫小玉炮茶。討夜飯來吃了。西門
慶飲了幾杯。身子連日吃了些酒。只待要睡。因晃時不在月娘
房裡來。又待奉承他。也把胡僧的膏子藥來。用了些。脹得陽物
來鐵杵一般。月娘見了。道那胡僧這樣。沒槽道的。謊人的弄出
這樣把戲來。心中暗忖道。他有胡僧的法術。我有姑子的仙丹。
想必有些好消息也。遂都上床去。暢美的睡了一夜。次日起身。
都至日午時候。那潘金蓮。又是顛唇簸嘴。與孟玉樓道。姐姐前

日教我看幾時是壬子日。莫不是揀昨日。與漢子睡的。爲何恁的湊巧。玉樓笑道。那有這事。正説話間。西門慶走來。金蓮一把扯在西門慶道。那裡人家睡得這般早。起得恁的晏。日頭也沉沉的待落了。還走往那里去。西門慶被他鬼混了一塲。那話兒又硬起來。徑撇了玉樓。玉樓自進房去。西門慶摟金蓮在床口上。就戲做一處。春梅就討飯來。金蓮同吃了不題。却説那月娘。自從聽見金蓮背地。講他愛官哥。兩日不到官哥房裡去看。只見李瓶兒走進房來。告訴道。孩子日夜啼哭。只管打冷戰不住。却怎麽處。月娘道。你做一個攞佈。與他弄好了便好。把些香愿也許許。或是許了賽神。一定減可些。李瓶兒道前日身上發熱。我許拜謝城隍土地。如今也待完了心愿。月娘道。是便是。你的心愿。也還該再請劉婆來。商議商議。看他怎地說。李瓶兒政待走出來。月娘道。你道我昨日成日的不得看孩子。着甚緣故不得進來。只因前日我來看了孩子。走過捲棚照壁邊。只聽得潘金蓮在那里。和孟三兒說我自家沒得養。倒去奉承別人。扯淡得沒要緊。我氣了半日的。飯也吃不下。李瓶兒道。這樣怪行貨。歪剌骨。可是有槽道的。多承大娘好意思。着他甚的。也在那里搗鬼。月娘道。你只記在心。防了他。也沒則聲。李瓶兒道。便是這等前日迎春說。大娘出房後邊。迎春出來。見他與三姐立在那里說話。見了迎春就尋猫去了。政說話間。只見迎春氣吼吼的走進來。說道。娘快來。官哥不知怎麼樣。兩隻眼不住反看起來。口裡捲些白沫出來。李瓶兒說得頂口無言。攢眉欲淚。一面差小玉報西門慶。一面急急歸到房裡。見妳子如意兒。都失色了。剛看時西門慶也走進房來。見了官哥。放死放活。也吃了一驚。就道不好了不好了。怎麼處。婦人平日不保護他好。到這田地。就來叫我。如今怎好。指如意兒道。妳子不看好他。以致今日。若萬一差池起來。就搗爛你做肉泥。也不當稀罕。那如意兒慌得口也不敢開。兩淚齊下。李瓶兒只管看了暗哭。西門慶道。哭也沒用。不如請施灼龜來。與他灼一個龜板。不知他有甚禍福紙脉。與他完一完再處。就問書童討单名帖。飛請施灼龜來坐下。先是陳經濟陪了吃茶。琴童玳安。點燭燒香。舀淨水。擺桌子。西門慶出來相見了。就拿龜板對天禱告。作揖進人堂中。放龜板在桌上。那施灼龜雙手接着放上龜藥。點上了火。又吃一甌茶。西門慶正坐時。只聽一聲響。施灼龜看了。停一會不開口。西門慶問道。吉凶如何。施灼龜問甚事。西門慶道。小兒病症。大象怎的有紙脉也沒有。施灼龜道。大象目下沒甚事。只怕後來反覆牽延。不得脫然全愈。父母占子孫。子孫爻不宜晦了。又看朱雀爻大動。主獻紅衣神道城隍等類。要發猪羊去祭他。再領三碗羹飯。一男傷。一女傷。草船送到南方去。西門慶就送一錢銀子謝他。施灼龜極會諂媚。就千恩萬謝。蝦也似打躬去了。西門慶走到李瓶兒房裡。說道方纔灼龜的。說大象牽延。還防反覆。只是目下急急的。該獻城隍老太。李瓶兒道。我前日原許的。只不曾獻得。孩子只管駁雜。西門慶道。有這等事。即喚玳安。叫慣行燒帋的錢痰火來。玳安即便出門。西門慶和李瓶兒。擁着官哥道孩子。我與你賽神了。你好了些。謝天謝地。說也奇怪。那時孩子就放下眼。磕伏着有睡起來了。李瓶兒對西門慶道。好不作怪麼。一許了獻神道。就減可了大半。西門慶心上一塊石頭。纔得放了下來。月娘聞得了。也不勝喜歡。又差琴童去請劉婆子的來。劉婆急波波的。一步高。一步低。走來。西門慶不信婆子的。只為愛着官哥。也只得信了。那劉婆子。一徑走到廚房下去。摸竈門。迎春笑道。這老嫣。敢汗邪了。官哥倒不看。走到厨下去。摸竈門則甚的。劉婆道。小奴才。你曉得甚的。別要吊嘴說。我老人家。一年也大你三百六十日哩。路上走來。又怕有些邪氣。故來灶門前走走。迎春把他做了個臉。聽李瓶兒叫。就同劉婆進房來。劉婆磕了頭。西門慶要分付玳安。稱銀子買東西。殺猪羊獻神。

走出房來。劉婆便問道。官哥好了麽。李瓶兒道。便是凶得緊。請你來商議。劉婆道。前日是我說了。獻了五道將軍就好了。如今看他氣色。還該謝謝三界土便好。李瓶兒道。方纔施灼龜說。該獻城隍老太。劉婆道。他慣一不着的。曉得甚麽來。這個原是驚不如我收驚倒好。李瓶兒道。怎地收驚。劉婆道。迎春姐。你去取二米。舀一椀水來。我做你看。迎春取了米水來。劉婆把一隻高脚瓦鍾。放米在裡面。滿滿的。袖中摸出舊綠絹頭來。包了這鍾米。把手捏了。向官哥頭面上下手足。虛空運來運去的戰。官哥正睡着。妳子道。別要驚覺了他。劉婆搖手低言道。我曉得我曉得。運了一陣。口裡唧噥噥的念。不知是麽。中間一兩句嚮些。李瓶兒聽得。是念天驚地驚。人驚鬼驚。猫驚狗驚。李瓶兒道。孩子政是猫驚了起的。劉婆念畢。把絹兒抖開了。放鍾子在卓上。看了一囘。就從米搖實下的去處。撮兩粒米。投在水碗內。就曉得病在月盡好。也是一個男傷。兩個女傷。領他到東南方上去。只是不該獻城隍。還該謝土。纔是。那李瓶兒疑惑了一番。道我便再去謝謝土也不妨。又叫迎春出來。對西門慶說。劉婆看水碗說該謝土。左右今夜廟裡去不及了。留好東西明早志誠些去。西門慶就叫玳安。把拜廟裡的東西及猪羊收拾好了。待明早去罷。再買了謝土東西。炒米繭團。土筆土墨。放生麻雀鰍鱔之類。無物不備。件色整齊。那劉婆在李瓶兒房裡。走進來到月娘房裡坐了。月娘留他吃了夜飯。却說那錢痰火到來。坐在小廳上。琴童與玳安。忙不迭的。扶侍他謝土。那錢痰火吃了茶。先討個意看。西門慶叫書童寫與他。那錢痰火就帶了雷圈板巾。依舊着了法衣。仗劍執水。步罡起來。念淨壇呪。

呪曰

洞中玄虛。晃朗太元。八方威神。使我自然。靈寶符命。普告九天。乾羅荅那。洞罡太玄。斬妖縛邪。殺鬼萬千。中山神呪。元始玉文。持誦一遍。却病延年。按行五嶽。八海知聞。魔王束手。侍衛我軒。凶穢消散。道氣常存。云云

請祭主拈香。西門慶淨了手。漱了口。着了冠帶。帶了兜膝。孫雪娥。孟玉樓。李嬌兒。桂姐都幫他着衣服。都嘖嘖的讚好。西門慶走出來。拈香拜佛。安童背後。扯了衣服。好不冠冕氣象。錢痰火見主人出來。念得加倍響些。那些婦人。便在屏風後瞧着西門

慶。指着錢痰火。都做一團笑倒。西門慶聽見唬得慌。跪在神前。又不好發話。只顧把眼睛來打抹。書童就覺着了。把嘴來一挪。那衆婦人便覺住了些。金蓮獨自後邊出來。只見轉一拐兒。驀見了陳經濟。就與他親嘴摸㚜。袖裡拏出一把果子與他。又問道你可要吃燒酒。經濟道多少用些也好。遂吃金蓮乘衆人忙的時分。扯到屋裡來。叫春梅閉了房門。連把兕鍾與他吃了。就說出去罷。恐人來。我便死也。經濟又待親嘴。金蓮道。砕短命。不怕婢子瞧科。便戲發訕。打了恁一下。那經濟就慌跳走出來。金蓮就叫春梅先走。引了他出去了。正是雙手撥開生死路。一身跳出是非門。那時金蓮也就走外邊瞧了。不在話下。那西門慶拜了土地。跪了半晌。纔得起來。只做得開啟功德。錢痰火次拜懺。西門慶走到屏風後邊。對衆婦人道。別要嘻嘻的笑。引的我幾次忍不住了。衆婦人道。那錢痰火是燒昏的火鬼。又不是道士的。帶了板巾。着了法衣。這赤巴巴沒廉耻的。嘞嘍嘍的臭涎唾。也不知倒了幾斛出來了。西門慶道。敬神如神在。不要是這樣的寡薄嘴。調笑的他苦。錢痰火又請拜懺。西門慶走到毡單上。錢痰火通陳起頭。就念入懺科文。遂念起志心朝禮來。看他口邊涎唾。捲進捲出。一個頭。得上得下。好似磕頭蟲一般。笑得那些婦人。做了一堆。西門慶那里赶得他拜來。那錢痰火拜一拜。是一個神君。西門慶拜一拜。他又拜過幾個神君了。于是也顧不得他。只管亂拜。那些婦人。笑得了不的。適值小玉出來。請李桂姐吃夜飯。說道大娘在那里冷清清。和大姐劉婆。三個坐着講閑話。這里來這樣熱鬧得狠。嬌兒和桂姐。即便走進屋裡來。衆人都要進來。獨那潘金蓮。還要看後邊。看見都待進來。只得進來了。吳月娘對大姐道。有心賽神。也放他志誠些。這些風婆子。都擁出去。甚緊要的。有甚活獅子相咬。去看他。纔說得完。李桂姐進來。陪了月娘大姐。三個吃夜飯。不題。却說那西門慶。拜了滿身汗。走進裡面。脫了衣冠靴帶。就走入官哥床前。摸着說道。我的兒。我與你謝土了。對李瓶兒道。好呀。你來摸他額上。就凉了許多。謝天謝天。李瓶兒笑道。可要作怪。一從許了謝土。就也好些。如今熱也可些。眼也不反看了。冷戰也住些了。莫道是劉婆沒有意思。西門慶道。明日一發去完了廟裡的事便好了。李瓶兒道。只是做爺的。吃了勞碌了。你且揩一揩身上。

吃夜飯去。西門慶道。這里恐諕了孩子。我別的去吃罷。走到金
蓮那里來。坐在椅上。說道我兩個腰子。落出也似的痛了。金蓮
笑道。這樣奔心。怎地痛起來。如今吽那個替你拜拜罷。西門慶
道。有理有理。就叫春梅喚琴童。請陳姐夫替爺拜拜。送了紙馬。
誰想那經濟。在金蓮房裡。灌了幾鍾酒出來。恐怕臉紅了。小厮
們猜道出來。只得買了些淡酒。在鋪子裡。又吃了兇杯。量原不
濟。一霎地醉了。軃軃的睡着了。琴童那里吽得起來。一腳箭走
來回覆西門慶道。睡在那里。再叫不起。西門慶便惱將起來。道
可是個有槽道的。不要說一家的事。就是隣佑人家還要看看。
怎的就早睡了。就吽春梅來大娘房里。對大姐說。爺拜酸了腰
子。請姐夫替拜送紙馬。問怎的再不肯來。只管睡着。大姐道。這

樣沒長俊的。待我去叫他。徑走出房來。月娘就叫小玉。到舖子裡。叫起經濟來。經濟揉一揉眼。走到後邊。見了大姐道。你怎的忙不迭的叫命。大姐道。叫你替爺拜上送馬去。方纔琴童來叫你不應。又來與我歪斯纏。如今娘叫小玉來叫你。好歹去拜拜罷麼。遂半推半攙的。擁了經濟到廳上。大姐便進房去了。小玉回覆了月娘。又回復了西門慶。西門慶分付琴童玳安等伏侍錢痰火完了事。就睡在金蓮床上不題。却說那陳經濟。走到廳上。只見燈燭輝煌。纔得醒了。挣着眼。見錢痰火政收散花錢。遂與叙揖。痰火就待領羹飯。交琴童掌灯。到李瓶兒房首。迎春接香進去。遞與如意兒。替官哥呵了一呵。就遞出來。錢痰火捏神捏兒的念出來。到廳上。就待送馬。陳經濟拜了一回。錢痰火就送馬發檄。發了乾卦。說道檄向天門。一兩日就好的。縱有反覆。沒甚事。就放生。燒帋馬。奠酒辭神。禮畢。那痰火口渴肚飢。也待要吃東西了。那玳安收家活進去了。琴童擺下卓子。就是陳經濟陪他散堂。錢痰火千百聲謝去了。經濟也進房去了。李瓶兒又差迎春送果子福物到大姐房里來。大姐謝了不題。却說劉婆在月娘房里。謝了出來。剛出大門。只見後邊錢痰火提了燈籠醉醺醺的撞來。劉婆便道。錢師父。你們的散花錢可該送與我老人家麽。錢痰火道。那里是你本事。劉婆道。是我看水椀。作成你老頭子。倒不識好歹哩。下次落我頭也不薦你了。錢痰火再三不肯。道你精油嘴。老淫婦。平白說嘴。你那里薦的我。我是舊王顧。那里說起。分散花錢。劉婆指罵道。餓殺你這賊火鬼。經來求我哩。兩個鬼混的。鬪口一塲去了。不題。卻說西門慶。次早起來。分付安童。跟隨上廟。挑猪羊的跳猪羊。拏冠帶的拏冠帶。徑到廟裡。慌得那些道士。連忙鋪单讀疏。西門慶冠帶拜了。求了籤。交道士解說。道士接了籤。送茶畢。即便解說籤是中吉。解云病者即愈。只防反覆。須宜保重些西門慶打發香錢歸來了。剛下馬進來。應伯爵正坐在捲棚的下。西門慶道。請坐。我進去來。遂走到李瓶兒房。說求籤如此如此。這般這般。徑走到捲棚下。對伯爵道。前日中人錢盛麼。你可該請我一請。伯爵笑道。謝子純也得了些。怎的獨要我請。也罷。買些東西。與哥子吃也罷。西門慶笑道。那個真要吃你的。試你一試兒。伯爵便道。便是你今日猪羊上廟。福物盛得十分的。小弟又在此。怎的不散福。西門慶道。也說得有理。與琴童去請謝爹來同享。一面分付廚下整理菜蔬出來。與應二爹吃酒。那應伯爵坐了。只等謝希大到。那得見來。便道我們先坐了罷。等不得這樣喬做作的。西門慶就與應伯爵吃酒。琴童歸來。說謝爹不在家。西門慶道。怎去得恁久。琴童道。尋得要不的。應伯爵遂行口令。都是祈保官哥的意思。西門慶不勝歡喜。應伯爵道。不住的來擾宅。心上不安的緊。明後日待小弟做個薄主。約諸弟兄陪哥子一杯酒何如。西門慶咲道。賺得些些中錢。又來撒漫了。你別要費。我有些些猪羊剩的。送與你湊様數。伯爵就謝了。道只覺忒相知了些些。西門慶道。唱的優兒。都要你身上完備哩。應伯爵道。這却不消說起。只是没人伏侍。怎的好。西門慶道。左右是弟兄各家人都使得的。我家琴童玳安。將就用用罷。應伯爵道。這却全副了。吃了一回。遂別去了。正是百年終日醉。也只三萬六千場。畢竟不知如何。且聽下回分解。

第五十四回

應伯爵隔花戲金釧

任醫官垂帳診瓶兒

第五十四回

應伯爵郊園會諸友　任醫官豪家看病症

來日陰晴未可商　常言極樂起憂惶
浪遊年少耽紅陌　薄命嬌娥怨綠窗
乍入杏村沽美酒　還從橘井問奇方
人生多少悲歡事　幾度春風幾度霜

話說西門慶在金蓮房裡起身。分付琴童玳安。送猪蹄羊肉。到應二爹家去。兩個小厮。政送去時。應伯爵政邀客回來。見了就進房。帶邀。帶請的。寫一張回字。昨擾極。茲復承佳惠。謝謝。即刻屈吾兄過舍。同往郊外一樂。寫完了。走出來。將交與玳安。玳安道別要寫字去了。爹差我們兩個。在這里伏侍。也不得去了。應伯爵笑道。怎好勞動你兩個親油嘴。折殺了你二爹哩。就把字來袖過了。玳安道。二爹。今日在那箇兒吃酒。我們把卓子也擺擺麽。還是灰塵的哩。伯爵道。好人呀。正待要抹抹。先擺在家裡吃了便飯。然後到郊園上去頑耍。琴童道。先在家裡吃飯。也倒有理。省得又到那里吃飯。徑把攢盒酒。小碟兒拿去罷。伯爵道你兩個倒也聰明。正合二爹的粗主意。想是日夜被人鑽掘。掘開了聰明孔哩。玳安道。別要講閑話。就與你收拾起來。伯爵道。這叫做接連三個觀音堂。妙妙妙。兩個安童。剛收拾得七八分。只見搖搖擺擺的走進門來。却是白來創。見了伯爵拱手。又見了琴童玳安。道這兩個小親親。這等奉承你二爹。伯爵道。你莫待撚酸哩。笑了一番。白來創道。哥請那幾客。伯爵道。只是弟兄幾個坐坐就當會茶。沒有别的新客。白來創道。這却妙了。小弟極怕的。是面沒相識的人同吃酒。今日我們弟兄輩小敘。倒也好吃酒頑耍。只是席上少不得娼的。和吳銘李惠兒彈唱彈唱。倒也好吃酒。伯爵道。不消分付。此人自然知趣。難道悶昏昏的。吃了一塲便罷了。你幾曾見我是恁的來。白來創道。停當停當。還是你老幇襯。只是停會兒。少罰我的酒。因前夜吃了火酒。吃得多了。嗓子兒惟疼的要不得。只吃些茶飯粉湯兒罷。伯爵道。酒病酒藥醫。就吃些何妨。我前日也有些嗓子痛。吃了幾杯酒。倒也就好了。你不如依我這方絶妙。白來創道。哥你只會醫嗓子。可會醫肚子麼。伯爵道。你想是沒有用早飯。白來創道。也差不遠。伯爵道。怎麼處。就跑的進去了。拿一碟子乾糕。一碟子檀香餅。一壺茶出來。與白來創吃。那白來創。把檀香餅。一個一口。都吃盡了。讚道這餅却好。伯爵道。糕亦頗過。白來創。就啤啤聲都吃了。只見琴童玳安。收迭家活。一霎地明窓净几。白來創道收拾恁的整齊了。只是弟兄們還未齊早些來多頑頑也得。怎地只管縮在家裡。不知做甚的來。伯爵政望着外邊。只見常時節。走進屋裡來。琴童政擬茶出來。常時節拱手畢。便瞧着琴童道。是你在這里。琴童笑而不荅。吃茶畢。三人剛立起散走。白來創看見橱上有一副棋枰。就對常時節道。我與你下一盤棋。常時節道。我方走了。熱剩剩的。政待打開衣帶。搧搧扇子。又要下棋也罷麼。待我胡亂下局罷。就取下棋枰來下棋。伯爵道。賭個東道兒麼。白來創道。今日擾兒了。不如着入巳的。倒也徑捷些些兒。省得虛脾胃。吃又吃不成。倒不如入已的有實惠。伯爵道。我做主人不來。你們也着東道來湊湊麽。笑了一番。白來創道。如今說了。着甚麽東西。還是銀子。常時節道我不帶得銀子。只有扇子在此。當得二三錢銀子起的。漫漫的贖了罷。白來創道。我是嬴別人的絨繡汗巾。在這里。也值許多。就着了罷。一齊交與伯爵。伯爵看看。一個是詩畫的白竹金扇。却是舊做骨子。一個是簇新的繡汗巾。說道都值的。徑着了罷。伯爵把兩件拿了。兩個就對局起來。琴童玳安。見家主不在。不在的走到椅子後邊。來看下棋。伯爵道。小油嘴。有心央及你來再與我泡一甌茶來。琴童就對玳安。暗暗裡做了一個鬼臉。走到後邊燒茶了。却說白來創與常時節棋子原差不多。常時節略高些些。白來創極會又悔。政着時。只見白來創一塊棋子。漸漸的輸倒了。那常時節暗暗決他要悔。那白來創果然要拆兊着子。一手撇去常時節着的子。說道差了差了。不要這着。常時節道。哥子來。不好了。伯爵奔出來道。怎的。鬧起來。常時節道。他下了棋。差了三四着。後又重待拆起來。不筭帳。哥做個明府。那里有這等率性的事。白來創面色都紅了。太陽裡都是青筋綻起了。滿面涎唾的嚷道。我也還不曾下。他又撲的一着了。我政待看個分明。他又把手來影來影去。混帳得人眼花撩亂了。那一着方纔着下。手也不曾放。又道我悔了。你斷一斷。怎的說我不是。伯爵道。這一着便將就着了。也還不叫悔。下次再莫待恁的了。常時節道便罷。且容你悔了這着。後邊再不許你白來創我的子了。白來創笑道你是常時節輸慣的。倒來說我。政說話間。謝希大也到了。琴童掇茶吃了。就道你們自去完了棋。待我看着。正看時。吳典恩也正走到屋裏來了。都敘過寒溫。就問可着甚的來。伯爵把二物與衆人看。都道旣是這般。須着完了。白來創道。九阿哥。完了罷只管思量甚的。常時節政在審局。吳典恩與謝希大旁賭。希大道。九弟勝了。吳典恩道。他輸了。恁地倒說勝了。賭一杯酒。常時節道。看看區區叨勝了。白來創臉都紅了。道難道這把扇子。是送你的了。常時節道。也差不多。于是塡完了官着。就數起來。白來創看了五塊棋頭。常時節只得兩塊。白來創又該找還常時節三個棋子。口裏道輸在這三着了。連忙數自家棋子。輸了五個子。希大道。可是我決着了。指吳典恩道。記你一杯酒。停會一准要吃還我。吳典恩笑而不答。伯爵就把扇子。併原楫汗巾。送與常時節。常時節把汗巾原袖了。將扇子拽開賣弄。品評詩画。衆人都笑了一番。玳安外邊奔進來。報却是吳銀兒與韓金釧兒。兩個相牽相引。嬉笑進來了。深深的相見衆位。白來創意思還要下盤。却被衆人笑了。伯爵道。罷罷。等大哥一來。用了飯。就到郊園上去。着到幾時。莫要着了。于是琴童忙收棋子。都吃過茶。伯爵道。大哥此時也該來了。莫待弄宴了。須要不來。剛說時。西門慶來到。衣帽齊整。四個小廝跟隨。衆人都下席迎接。敘禮讓坐。兩個妓女。都磕了頭。吳銘李惠。都到來磕頭過了。伯爵就催琴童。玳安。斉上入個靠山小碟兒。盛着十香瓜。五方豈豉醬。油浸的花椒釀醋。滴的苔菜。一碟糖蒜。一碟糟筍乾。一碟辣菜。

一碟醬的大通薑。一碟香菌。擺放停當。兩個小厮見西門慶坐
地。加倍小心。比前越覺有些馬前健。伯爵見西門慶看他擺放
家活。就道戲了他兩個。收拾了許多事。替了二爹許多力氣。西
門慶道。恐怕也伏侍不來。伯爵道。忒會了些。謝希大道。自古道
强將手下無弱兵。畢竟經了他們。自然停當。那兩個小厮擺完
小菜。就拿上大壺酒來。不住的拿上廿碗下飯菜兒。蒜燒荔枝
肉。葱白椒料檜皮煮的爛羊肉燒魚燒鷄酥鴨熟肚之類。說不
得許多色樣。原來伯爵在各家吃轉來。都學了這些好烹庖了。
所以色色俱精。無物不妙。衆人都拏起筯來。嗒嗒聲都吃了。幾
大杯酒就拿上飯來吃了。那韓金釧吃素。再不用葷。只吃小菜。
伯爵道。今日又不是初一月半。喬作衙甚的。當初有一個人。吃

了一世素。死去見了閻羅王。說我吃了一世素。要討一個好人
身。閻王道。那得知你吃不吃。且割開肚子驗一驗。割開時。只見
一肚子涎唾。原來平日見人吃葷。嚥在那裡的。衆人笑得翻了。
金釧道。這樣搗鬼。是那里來。可不怕地獄拔舌根麽。伯爵道。地
獄裡只拔得小淫婦的舌根。道是他親嘴時。會活動哩。都笑一
陣。伯爵道。我們到郊外去一遊何如。西門慶道。極妙了。衆人都
說妙。伯爵就把兩個食盒。一罈酒。都央及玳安。與各家人。擡在
河下。喚一隻小舡。一齊下了。又喚一隻空舡載人。衆人逐一上
舡。就搓到南門外三十里有餘。徑到劉太監庄前。伯爵叫灣了
船。就上岍扶了韓金釧。吳銀兒。兩個上岍。西門慶問道。到那一
家園上走走倒好。應伯爵道。就是劉太監園上也好。西門慶道

也罷。就是那笪也好。衆人都到那里。進入一處廳堂。又轉入曲廊深徑。茂林修竹。說不盡許多景致。但見
翠栢森森。修篁簌簌。芳草平鋪青錦褥。垂楊細舞綠絲絲。曲砌重欄。萬種名花紛若綺。幽窓密牖。數聲嬌鳥弄如簧。真同閬苑風光。不減清都景致。散淡高人。日涉之以成趣。往來游女。每樂此而忘疲。果屬奇觀。非因過譽。
西門慶携了韓金釧吳銀兒手。走往各處。飽玩一番。到一木香棚下。蔭凉的緊。兩邊又有老大長的石櫈琴臺。恰好散坐的。衆人都坐了。伯爵就去交琴童兩個舡上人。拿起酒盒菜蔬風爐器皿等上來。都放在綠陰之下。先吃了茶。閑話起孫寡嘴祝麻子的事。常時節道。不然今日。也在這里。那里說起。西門慶道。也

是自作自受。伯爵道。我們坐了罷。白來創道。也用得着了。于是就擺列坐了。西門慶首席坐下。兩個妓女。就坐在西門慶身邊。吳銘李惠。立在太湖石邊。輕撥琵琶。漫擊檀板。唱一隻曲。名曰水仙子。

據着俺老母情。他則待祆廟火。刮刮匝匝烈焰生。將水面上鴛鴦。忒楞楞騰。生分開交頸。踈刺刺沙鞲雕鞍。撒了鎖鞓斷琅琅湯。偷香處喝號提鈴。支楞楞箏。絃斷了不續碧玉箏。咭叮叮璫。精轝上摔碎菱花鏡。撲通通鼕。井底墜銀瓶。

唱畢。又移酒到水池邊。鋪下毡單。都坐地了。傳盃弄盞。猜拳賽色。吃得恁地熱鬧。西門慶道。董嬌兒。那個小淫婦。怎地不來。應伯爵道。昨日我自去約他。他說要送一個漢子出門。約午前來的。想必此時。曉得我們在這里須要。他一定赶來也。白來創道。
這都是二哥的過。怎的不約實了他來。西門慶就向白來創耳
邊。說道我們與那花子賭了。只說過了日中。董嬌兒不來。各罸
主人三大碗。白來創對應伯爵說了。伯爵道便罷。只是日中以
前來了。要罸列位三大碗一個。賭便一時賭了。董嬌兒那得見
來。伯爵慌的只管笑。白來創與謝希大西門慶。兩個妓女。這般
這般。都定了計。西門慶假意净手起來。分付玳安。交他假意嚷
將進來。只說董姑娘在外來了。如此如此。玳安曉得了。停一會
時。伯爵正在遲疑。只見玳安慌不迭的。奔將來道董家姐姐來
了。不知那里尋的來。那伯爵嚷道。樂殺我老太婆也。我說就來
的。快把酒來。各請三碗一個。西門慶道。若是我們贏了。要你吃

你怎的就肯吃。伯爵道。我若輸了。不肯吃。不是人了。衆人道。是
便是了。你且去叫他進來。我們纔好吃。伯爵道。是了。好人口裡
的言語呢。一走出去。東西南北。都看得眼花了。那得董嬌兒的
覓靈。望空罵道。賊淫婦。在二爺面上這般的扳短梯。喬作衙哩。
走進去。衆人都笑得了不的。擁住道。如今日中過了。要吃還我
們三碗一個。伯爵道。都是小油嘴哄我。你們倒做實了我的酒
了。怎的擺佈。西門慶不由分說。滿滿捧一碗酒。對伯爵道。方纔
說的。不吃不是人了。伯爵接在手。謝希大接連又斟一椀來了。
吃也吃不完。吳典恩又接手斟一大椀酒來了。慌得那伯爵了
不的。嚷道不好了。嘔出來了。拏些小菜我過過。便好。白來創倒
取甜東西去。伯爵道。賊短命。不把酸的。倒把甜的來混帳。白來

創笑道。那一椀就是酸的來了。左右鹹酸苦辣、都待嚐到罷了。且沒慌着。伯爵道。精油嘴。硶誇口得好。常時節又送一碗來了。伯爵只待奔開躲避。西門慶和兩個妓女。擁住了。那里得去。伯爵叫道。董嬌兒賊短命。小淫婦。害得老子好苦也。衆都笑做一堆。那白來創。又交玳安拿酒壺。滿滿斟着。玳安把酒壺嘴支入椀內一寸許多。骨都都只管篩那里肯住手。伯爵瞧着道。痂客勸主人也罷。那賊小淫婦。慣打閙閙的。怎的把壺子都放在椀內了。看你一千年。我二爺也不攛掇你討老婆哩。韓金釧吳銀兒。各人斟了一碗。送與應伯爵。伯爵道。我跪了殺雞罷。韓金釧道。都免禮。只請酒便了。吳銀兒道。怎的不向董家姐姐殺鷄。求他來了。伯爵道。休見笑了。也勾吃了。兩個一齊推酒到嘴邊。伯爵不好接一頭兩手各接了一楪。就吃完了。連忙吃了些小菜。一時面都通紅了。叫道我被你們弄了。酒便漫漫吃還好。怎的灌得悶不轉的。衆人只待斟酒。伯爵跪着西門慶道。還求大哥說個方便。饒恕小人窮性命。還要留他陪客。若一醉了。便不知天好日暗。一些典子也沒有了。西門慶道。便罷。這兩楪一個你且盛着。儧徹了罷。伯爵就起來謝道。一發蠲免了罷。足見大恩。西門慶道也罷。就恕了你。只是方纔說我們不吃。不是個人。如今你漸有些沒人氣了。伯爵道。我倒灌醉了。那淫婦不知那里歪斯纏去了。吳銀兒笑伯爵道。咳。怎的大老官人在這里。做東道須要。董嬌姐也不來來。伯爵假意道。他是上檯盤的名妓。倒是難請的。韓金釧兒道。他是趕勢利去了。成甚的行貨。叫他是名妓。伯爵道。我曉得你。想必有些吃醋的宿帳哩。西門慶認是蔡公子那夜的故事。把金釧一看。不在話下。那時伯爵。已是醉醺醺的。兩個妓女。又不是耐靜的。只管調唇弄舌。一句來。一句去。歪斯纏到吃得冷淡了。白來創對金釧道。你兩個唱個曲兒麼。吳銀兒道。也使得。讓金釧先唱。常時節道。我勝那白阿弟的扇子。倒是板骨的。倒也好打板。金釧道。借來打一打板。接去看看。道我倒少這把打板的扇子。不如作我贏的棋子。送與我罷。西門慶道。這倒好。常時節吃衆人攛掇不過。只得送與他了。金釧道。吳銀姐。在這裡。我怎的好獨要。我與你猜色。那個色大的。拿了罷。常時節道。這却有理。就猜一色。是吳銀兒贏了。金釧就遞與銀兒了。常時節假冠冕道。這怎麼處。我還有一條汗巾。送與金釧姐。補了扇罷。遂送過去。金釧接了道。這却撒漫了。西門慶道。我可惜不曾帶得好川扇兒來。也賣富賣富常時節道。這是打我一下了。那謝希大驀地懷起來道。我幾乎忘了。又是說起扇子來。交琲安斟了一大杯酒送與吳典恩道。請完了。旁睹的酒。吳典恩道。這罷了。停了。幾時纔想出來。他每的東西都花費了。那在一杯酒。被謝希大逼勒不過。只得呷完了。那時金釧就唱一曲。名喚茶蘼香。

記得初相守。偶爾間因循成就。美滿效綢繆。花朝月夜。同宴賞。佳節須酬。到今日一旦休。常言道 好事天慳。美姻緣他娘間阻。生拆散鸞交鳳友。 坐想行思。傷懷感舊。辜負了 星前月下深深呪。願不損。愁不煞。神天還祐。他有日不測相逢。話別離。情取一場消瘦。

唱畢。吳銀兒接唱一曲名青杏兒。

風雨替花愁。風雨過花也應休。勸君莫惜花前醉。今朝花謝。白了人頭。　乘興再三甌。揀溪山好處追遊。但教有酒身無事。有花也。無花也。好選甚春秋。

唱畢。李惠吳銘排立。謝希大道。還有這些伎藝不曾做哩。只見彈的彈。吹的吹。琵琶簫管。又唱一隻小梁州。

門外紅塵滾滾飛。飛不到魚鳥清溪。綠陰高柳聽黃鸝。幽棲意。料俗客幾人知。　山林本是終焉計。用之行。舍之藏。兮悼後世。追前輩。五月五日。歌楚些弔湘纍。

唱畢。酒興將闌。那白來創尋見園廳上。架着一面小小花框羯

鼓。被他馱在湖山石後。又折一枝花來。要催花擊鼓。西門慶叫
李惠吳銘擊鼓。一個眼色。他兩個就曉得了。從石孔內瞧着。到
會吃的面前。鼓就住了。自來創道畢竟賊油嘴。有些作弊。我自
去打鼓。也弄西門慶。吃了兕杯。正吃得熱鬧。只見書童搶進來。
到西門慶身邊。附耳低言道。六娘身子。不好的緊。快請爹回來。
馬也備在門外接了。西門慶聽得。連忙走起告辭。那時酒都有
了。衆人都起身。伯爵道。哥今日不曾奉酒。怎的好去。是這些耳
報法。極不好。便待留住西門慶。以實情告訴他。就謝了上馬來。
伯爵又留衆人。一個韓金釧霎眼挫不見了。伯爵躡足潛踪尋
去。只見在湖山石下撒尿。露出一條紅線。抛却萬顆明珠。伯爵
在隔籬笆眼。把草戲他的牝口。韓金釧撒也撒不完。吃了一驚。

就立起。裩腰都濕了。罵道。硶短命。恁尖酸的没槽道。面都紅了。帶笑帶罵出來。伯爵與衆人說知。又笑了一番。西門慶原留琴童與伯爵收拾家活。琴童收拾風爐食具下 船。都進城了。衆人謝了伯爵。各散去訖。伯爵打發兩隻船錢。琴童送進家活。伯爵就打發琴童吃酒。都不在話下。却說西門慶來家。兩步做一步走。一直走進六娘房里。迎春道。俺娘了不得病。爹快看看他。走到床邊。只見李瓶兒呻嘤的叫疼。却是胃脘作疼。西門慶聽他叫得苦楚。連忙道。快去請任醫官來看你。就叫迎春。喚書童寫帖。去請任太醫。迎春出去說了。書童隨寫侍生帖。去請任太醫了。西門慶攙了李瓶兒。坐在床上。李瓶兒道。恁的酒氣。西門慶道。是胃虛了。便厭着酒氣。又對迎春道。可曾吃些粥湯。迎春回道。今早至今。一粒米也沒有用。只吃了兩三匙湯兒。心口肚腹兩腰子。都疼得異樣的。西門慶攢着眉皺着眼。歎了幾口氣。又問如意兒。官哥身子好了麼。如意兒道。昨夜還有頭熱。還要哭哩。西門慶道。恁的晦氣。娘兒兩個都病了。怎的好。留得娘的精神。還好去支持孩子哩。李瓶兒又叫疼起來了。西門慶道。且耐心着。太醫也就來了。待他看過脈。吃兩鍾藥。就好了的。迎春打掃房裡。抹淨卓椅。燒香點茶。又支持妳子。引鬪得官哥睡着。此時有更次了。外邊狗叫得不迭。却是琴童歸來。不一時。書童掌了燈。照着任太醫。四角方巾。大袖衣服。騎馬來了。進門坐在軒下。書童走進來說請了來了。坐在軒下了。西門慶道好了。快拿茶出去。玳安即便掇茶。跟西門慶出去迎接任太醫。太醫道。不

知尊府。那一位看脈失候了。負罪實多。西門慶道。昏夜勞重。心
切不安。萬惟亟諒。太醫着地打躬道不敢。吃了一鍾燻豆子撒
的茶。就問看那一位尊恙。西門慶道是第六個小妾。又換一鍾
鹹櫻桃的茶。說了幾句閒話。玳安接鍾。西門慶道裡面可曾收
拾。你進去話聲。拿燈出來。照進去。玳安進到房裡去。話了一聲
就掌燈出來回報。西門慶就起身打躬。邀太醫進房。太醫遇着
一個門口。或是階頭上。或是轉灣去處。就打一個半喏的躬。渾
身恭敬。滿口寒溫。走進房裡。只見沉烟繞金鼎。蘭火爇銀缸。錦
帳重圍。玉鉤齊下。真是繁華深處。果然別一洞天。西門慶看了
太醫的椅子。太醫道不消了。也答看了西門慶椅子。就坐下了。
迎春便把繡褥來。襯起李瓶兒的手。又把錦帕來。擁了玉臂。又

把自巳袖口。籠着他纖指。從帳底下露出一段粉白的臂來。與太醫看脉。太醫澄心定氣。候得脉來。却是胃虚氣弱。血少肝筋王。心境不清。火在三焦。須要降火滋榮。就依書據理。與西門慶說了。西門慶道。先生果然如見。實是這樣的。這個小妾。性子極忍耐得。太醫道。政爲這個緣故。所以他肝筋原王。人却不夘他。如今木尅了土。胃氣自弱了。氣那里得滿。血那里得生。水不能載火。火都升上截來。胸膈作飽作疼。肚子也時常作疼。血虚了。兩腰子渾身骨節裡頭。通作酸痛。飲食也吃不下了。可是這等的。迎春道。正是這樣的。西門慶道。眞正任仙人了。貴道裡望聞問切。如先生這樣明白脉理。不消問的。只管說出來了。也是小妾有幸。太醫深打躬道。晚生曉得甚的。只是猜多了。西門慶道。

太謙遜了些。又問如今小妾。該用甚麼藥。太醫道。只是降火滋
榮。火降了。這胸膈自然寬泰。血足了。腰脅自然不作疼了。不要
認是外感。一些也不是的。都是不足之症。又問道經事來得勻
麼。迎春道。便是不得准。太醫道。幾時便來一次。迎春道。自從養
了官官。還不見十分來。太醫道。元氣原弱。産後失調。遂致血虛
了。不是壅積了。要用疏通藥。要逐漸吃些丸藥養他轉來纔好。
不然。就要做牢了病。西門慶道。便是極看得明白。如今先求煎
劑。救得目前痛苦。還要求些丸藥。太醫道。當得。曉生返舍。即便
送來。沒事的。只要知此症。乃不足之症。其胸膈作痛。乃火痛。非
外感也。其腰脅怪疼。乃血虛。非血滯也。吃了藥去。自然逐一好
起來。不須焦躁得。西門慶謝不絕口。剛起身。出房。官哥又醒覺

了。哭起來。太醫道。這位公子好聲音。西門慶道。便是也會生病。不好得緊。連累小妾。日夜不得安扰。一路送出來了。却說書童對琴童道。我方纔去請他。他巳早睡了。敲得半日門。纔有人出來。那老子一路揉眼出來。上了馬。還打盹不住。我只愁突了下來。琴童道。你是苦差使。我今日遊玩得了不的。又吃了一肚子酒。政在閑話。玳安掌燈跟西門慶送出太醫來。到軒下。太醫只管走。西門慶道。請寬坐。再奉一茶。還要便飯點心。太醫搖頭道。多謝盛情。不敢領了。一直走到出來。西門慶送上馬。就差書童掌燈送去。別了太醫。飛的進去。交玳安拿一兩銀子。赶上隨去討藥。直到任太醫家。太醫下了馬。對他兩個道。阿叔們。且坐着吃茶。我去拿藥出來。玳安拿禮盒。送與太醫道。藥金請收了。太醫道。我們是相知朋友。不敢受你老爺的禮。書童道。定求收了。纔好領藥。不然。我們藥也不好拿去。恐怕回家去。一定又要回來。空走脚步。不如作速收了。候的藥去便好。琹安道。無錢課不靈。定求收了。太醫只得收了。見藥金盛了。就進去簇起煎劑。連瓶內丸子藥。也倒了淺半瓶。兩個小廝。吃茶畢裡面打發回帖出來。與琹安書童。徑開了門。兩個小廝回來。西門慶見了藥袋厚大的。說道怎地許多。拆開看時。却是丸藥也在裡面了。笑道有錢能使鬼推磨。方纔他說先送煎藥。如今都送了來。也好也好。看藥袋上。是寫着降火滋榮湯。水二鍾。姜不用。煎至捌分。食遠服。查再煎。忌食煎熨油膩炙煿等物。又打上世醫任氏藥室的印記。又一封筒大紅票簽。寫着加味地黃丸。西門慶把藥交迎春。先分付煎一帖起來。李瓶兒又吃了些些湯。迎春把藥熬了。西門慶自家看藥。濾清了查出來。捧到李瓶兒床前。道六娘藥在此了。李瓶兒翻身轉來。不勝嬌顫。西門慶一手拿藥。一手扶着他頭頸。李瓶兒吃了叫苦。迎春就拿滚水來過了口。西門慶吃了粥。洗了足。就伴李瓶兒睡了。迎春又燒些些熱湯護着。也連衣服假睡了。說也奇怪。吃了這藥。就有睡了。西門慶也熱睡去了。官哥只管要哭起來。如意兒恐怕哭醒了李瓶兒。把妳子來放他吃。後邊也寂寂的睡了。到次早西門慶將起身。問李瓶兒。昨夜覺好些些兒麼。李瓶兒道。可霎作怪。吃了藥不知怎地睡的熟了。今早心腹裡。都覺不十分怪疼了。學了昨的下半晚。真要疼死人也。西門慶笑道。謝天謝天。如今再煎他二鍾吃了。就全好了。迎春就煎起第二鍾來吃了。西門慶一個驚塊落向瓜哇國去了。怎見得。有詩爲証。

西施時把翠蛾顰　幸有仙丹妙入神
信是藥醫不死病　果然佛度有緣人

畢竟未知如何。且聽下回分解。

全本金瓶梅詞話

肆

第五五回至六八回

第五十五回 西門慶兩番慶壽誕

苗員外一諾贈歌童

第五十五回

西門慶東京慶壽旦　苗員外楊州送歌童

千歲蟠桃帶露擕　擕來黃閣祝期頤
八仙下降稱觴日　七鳳團花織錦時
六合五溪輸賀軸　四夷三島獻珍奇
羲和莫遣兩丸速　願壽中朝帝者師

却說任醫官。看了脉息。依舊到廳上坐下。西門慶便開言道。不知這病症。看得何如。沒的甚事麽。任醫官道。夫人這的病。原是產後不慎調理。因此得來。目下惡路不淨。面帶黃色。飲食也沒些些要緊。走動便覺煩勞。依學生愚見。還該謹慎保重。大凡婦人產後。小兒痘後。最難調理。畧有些些差池。便種了病根。如今夫人兩手脉息虛而不實。按之散大。却又軟不能自固。這病症。都只爲火炎。肝脾土虛木旺。虛血妄行。若今番不治。他後邊一發了不的了。說畢。西門慶道。如今該用甚藥纔好。任醫官道。只是用些清火止血的藥。黃栢知母爲君。其餘只是地黃黃芩之類。再加減些吃下看住。就好了。西門慶听了。就叫書童封了一兩銀子。送任一官做藥本。任一官作謝去了。不一時送將藥來。李瓶兒屋里煎服。不在話下。且說西門慶送了任一官去。回來。與應伯爵坐地。想起東京蔡太師壽旦已近。先期曾差玳安往杭州買辦龍袍錦繡。金花寶貝上壽禮物。俱已完備。即日要自往東京拜賀。筭來日期已近。自山東來到東京。也有半個月日路程。連夜收拾行李進發。剛剛正好。再遲不的了。便進房來。和月娘說知如此這般。月娘道。這咱時不說。如今怍匆匆的。你擇定几時起身。西門慶道。明日起身也纔彀到哩。還得几個日頭。西門慶說畢。就走出外來分付。玳安書童画童打點衣服行李。明日跟隨東京走一遭。四個小廝。各各收拾行李。不說月娘。便教小玉去請你各房娘。都來收拾你爹行李。當下只有李瓶兒。一來有了孩子。二來服了藥。不出房來。其餘各房孟玉楼潘金蓮。一齊都到。走來的多動手。把皮廂涼廂。裝了蟒衣龍袍段匹。上壽等物。共有二十多扛。又整頓了應用冠帶衣服等件。一齊完了。晚夕三位娘子。擺設酒殽。和西門慶送行。席上西門慶各人叮囑了几句。自進月娘房里宿歇。次日把二十扛行李。先打發出門。又發了一張通行馬牌。仰經過驛遞。起夫馬迎送。各各停當。

然后進李瓶兒房里來。看了官哥兒。與李瓶兒說了句話。教他好好調理。我不久便來家看你。那李瓶兒閣着淚道。路上小心保重。直送出所來。和月娘玉樓金蓮。打夥兒送出了大門。西門慶乘了凉轎。四個小厮騎了頭口。望東京進。發迤邐行來。却走了百里路程。那時日已傍晚。西門慶分付駐劄。驛官厮兒送供應過了一宵。明日天早。西門慶催趲人馬。扛箱快行。一路看了些山明水秀。午牌時打中火又行。路上相遇的。無非各路文武官員。進京慶賀壽旦的。也有進生辰擔的。不計其數。又行了十來日。算前途路已不多。趲到劉劉湊巧。宿了一晚。又行勾兩日早到東京。進了萬壽城門。那時天色將晚。趕到龍德街牌樓底下。就投翟家屋裏去住歇。那翟管家聞知西門慶到了。忙的出

來迎接。各敘寒暄吃了茶。西門慶叫玳安專管行李。一一交盤
進了翟家裏來。翟謙交府幹收了。就擺酒。和西門慶洗塵。不一
時。只見剔犀官卓上。列着幾十樣大菜。幾十樣小菜。都是珍羞
美味。燕窩魚刺絕好下飯。只沒有龍肝鳳髓。其餘奇巧富麗。便
是蔡太師自家受用。也不過如此。當直的。拿着通天犀杯。斟上
麻姑酒兒。遞與翟謙。接過滴了天然後又斟上來把盞與西門
慶。西門慶也回敬了。兩人坐下。糖菓熟楪按酒之物流水也似
遞將上來。酒過兩巡。西門慶便對翟謙道。學生此來單為老太
師慶壽。聊備些微禮。孝順太師。想不見却。只是學生向有相攀
的心。欲求親家預先稟過。但拜太師門下。做個乾生子。也不枉
了一生一世。不知可以啓口帶攜的學生麼。翟謙道。這個有何

難哉我們主人雖是朝廷大臣却也極好奉承今日見了這般盛禮自然還要陞選官爵不惟拜做乾子定然允哩西門慶听說不勝之喜飲數多時西門慶便推不吃酒罷翟管家道再請一杯怎的不吃了西門慶道明日有正經事却不敢多飲再四相勸只得又吃了一杯翟管家賞了隨從人酒食分付叫把牲口牽到後槽去當下收過了家活就請西門慶到後邊書房裏安歇排下好描金暖床綾綃帳兒把銀鈎掛起露出一床好錦被香噴噴的一班小廝扶侍西門慶脫衣脫襪上床獨宿孤眠西門慶一生不慣那一晚好難捱過也巴到天明正待起身那翟家門户重掩着那里討水來淨臉直挨到巳牌時分纔有個人把匙鑰一路開將出來隨后一個小廝拿着手巾一個捧着

銀面盆。傾了香湯。進書房來。西門慶梳洗完畢。戴上忠靖冠。穿着外盖衣服。一個在書房里坐。只見翟管家出來。和西門慶廝見了坐下。當直的托出一個朱紅合子。里邊有三十來樣美味。一把銀壺。斟上酒來。吃早飯。翟謙道。請用過早飯。學生先進府去。和主翁。說過。然后親家搬禮物進來。西門慶道。多勞費心。酒過數杯。就拏早飯來吃了。收過家活。翟管家道。且權坐一回。學生進府去。便來。翟家去不多時。慌忙跑來家。向西門慶說。老爺正在書房梳洗。外邊滿朝文武官員。都各伺候拜壽。未得廝見哩。學生已對老爺說過了。如今先進去拜賀者的泒襍。學生也隨後便到了。西門慶。不勝歡喜。便教跟隨人拉同翟家幾個伴當。先把那二十扛金銀段疋。擡到太師府前。一行人應聲去了。西門慶。冠帶乘了轎來。只見亂哄哄的挨肩擦背。都是大小官員來上壽的。西門慶遠遠望見一个官員。也乘着轎進龍德坊來。西門慶仔細一認。倒是揚州苗員外。却不想苗員外。也望見西門慶了。兩個同下轎作揖。叙來寒溫。原來這苗員外。是第一個財主。他身上也現做個散官之職。向來結交在蔡太師門下。那時也來上壽。恰遇了故人。當下兩個忙匆匆。路次話了㡬句。分手而別。西門慶來到太師府前。但見。

堂開綠野。彷彿雲霄閣起凌烟。依稀星斗門。前寬綽堪旋馬閥閱巍峩好竪。旂錦綉叢中。風送到畫眉聲巧。金銀堆裏。日映出琪樹花香旃檀香。截成梁棟醒酒。石滿砌階除左右玉屏風一個個夷光紅拂滿堂羅寶玩一件件周鼎商彝明。晃晃懸掛着明珠十二。黑夜里何用燈油。猊堂堂招致得珠履三千。彈短鋏盡皆名士。恁地九州四海。大小官員。多來慶賀。就是六部尚書。三邊總督。無不低頭。正是除却萬年天子貴。只有當朝宰相尊。

西門慶恭身進了大門。只見中門關着不開。官員都打從角門而入。西門慶便問。為何今日大事。却不開大門。翟管家道。原來中門曾經官家行幸。因此人不敢打這門出入。西門慶和翟管家進了幾重門。門上都是武官把守。一些兒也不混亂。見了翟謙。一個個都欠身。問管家從何處來。翟管家答道。舍親打山東來拜壽老爺的。說罷。又走過幾座門。轉幾個灣。無非是画棟雕梁。金張甲第。隱隱听見鼓樂之聲。如在天上的一般。西門慶又問道這里民居隔絕那里來的鼓樂喧嚷翟管家道這是老爺教的女樂一班共二十四人也曉得天魔舞霓裳舞觀音舞凡老爺早膳中飯夜燕都是奏的如今想是早膳了西門慶听言未了又鼻子裏覺得異香馥馥樂聲一發近了翟管家道這里老爺書房將到了脚步兒放鬆些轉個廻廊只見一座大廳如寳殿仙宮廳前仙鶴孔雀種種珍禽又有那瓊花曇花佛桑花四時不謝開的閃閃爍爍應接不暇西門慶還未敢闖進交翟管家先進去了然后挨挨排排走到堂前堂上虎皮太師交椅上坐一个大猩紅蟒衣的是太師了屏風後列有四三十个美女一个个都是宮樣粧束執巾執扇捧擁着他翟管家也站在一邊西門慶朝上拜了四拜蔡太師也起身就毯單上回了个

禮。這是初相見了。落后翟管家走近蔡太師耳邊暗暗說了几
句話下來。西門慶理會的是那話了。又朝上拜四拜。蔡太師便
不答禮。這四拜是認乾爺了。因受了四拜。后來都以父子相称。
西門慶開言道。孩兒沒恁孝順爺爺。今日華誕。家里備的几件
菲儀。聊表千里鵝毛之意。願老爺壽比南山。蔡太師道。這怎的
生受。便請坐下。當直的拏了把椅子上來。西門慶朝上作了個
揖道。告坐了。就西邊坐地吃茶。翟管家慌跑出門來。叫擡禮物
的都進來。二十來扛禮物。揭開了凉箱蓋。呈上一个禮目。大紅
蟒袍一套。官綠龍袍一套。漢錦二十疋。蜀錦二十疋。火浣布二
十疋。西洋布二十疋。其余花素尺頭共四十疋。獅蠻玉帶一圍。
金鑲奇南香帶一圍。玉杯犀杯各十對。赤金攢花爵杯八隻。明

珠十顆。又梯巳黃金二伯兩。送上蔡太師做贄見的禮。蔡太師看了禮目。又瞧了抬上二十來扛。心下十分懽喜。連聲称多謝不迭。便教翟管家收進庫房去罷。一面分付擺酒欵待。西門慶因見忙冲冲。推事故辭別了蔡太師。太師道。旣如此。下午早早來罷。西門慶作个揖起身。蔡太師送了幾步。便不送了。西門慶依舊和翟管家同出府來。翟管家府内有事。也作別進去。西門慶竟回到翟家來。脫下冠帶。又整的好飰吃了一頓。回到書房打了个盹聯。恰好蔡太師差舍人邀請赴席。西門慶謝了些扇金。着先去。隨后就來了。便重整冠帶。預先吽玳安封下許多賞封。做一拜匣盛了。跟隨着四個小廝。乘轎望太師府來不題。且說蔡太師。那日滿朝文武官員來慶賀的。各各請酒。自次日爲

始。分做三停。第一是皇親內。相第二日是尚書顯要衙門官員
第三日是內外大小等職。只有西門慶。一來遠客。二來送了許
多禮物。蔡太師到十分歡喜他。因此就是正日。獨獨請他一个。
見說請到了新乾子西門慶。忙走出軒下相迎。西門慶再四謙
遜。讓爺爺先行。自家屈着背。輕輕跨入檻內。蔡太師道。遠勞駕
從。又損隆儀。今日畧坐。少表微忱。西門慶道。孩兒戴天履地。全
賴爺爺洪福。些小敬意。何足掛懷。兩个喁喁笑語。真似父子一
般。二十個美女。一齊奏樂。府幹當直的。斟上酒來。蔡太師要與
西門慶把盞。西門慶力辭不敢。只領的一盞。立飲而盡。隨即坐
了筵席。西門慶教書童。取過一隻黃金桃杯。斟上杯[illegible]滿滿走
到蔡太師席前。雙膝跪下道。願爺爺千歲。蔡太師滿面歡喜道。

孩兒起來。接過便飲个完。西門慶纔起身。依舊坐下。那時相府華筵。珍奇萬狀。都不必說。西門慶直飲到黃昏時候。拿賞封賞了諸執役人。纔作謝告別道。爺爺貴冗。孩兒就此叩謝。后日不敢再來求見了。出了府門。仍到翟家安歇。次日要拜苗員外。着玳安跟尋了一日。却在皇城后。李太監房中住下。玳安拏着帖子通報了。苗員外來出迎道。學生一个兒坐着。正想个知心的朋友講講。恰好來湊巧。就留西門慶筵燕西門慶推却不過。只得便住了。當下山餚海錯。不記其數。又有兩个歌童。生的眉清目秀。開喉音唱兇套曲兒。西門慶指着玳安琴童書童畫童。向苗員外看着。那班蠢材。只顧吃酒飯。却怎地比的那兩个。苗員外咲道。只怕伏侍不的。老先生若愛時。就送上也何難。西門慶謙謝。不敢奪人之好。飲到更深。別了苗員外。依舊來翟家歇那晚日內相府管事的。各各請酒。留連了八九日。西門慶歸心如箭。便叫玳安收拾行李。那翟管家苦死留住。只得又吃了一夕酒。重敘姻親。極其眷戀。次日早起辭別。望山東而行。一路水宿風餐。不在話下。且說自從西門慶往東京慶壽。姊妹每眼巴巴望西門慶回來。多有懸掛在屋里做些些針指。通不出來閒耍。只有那潘金蓮打扮的如花似玉。嬌模喬樣。在丫鬟夥裏。或是猜枚或是抹牌。說也有。咲也有。狂的通沒些些成色。嘻嘻哈哈。也不顧人看見。只想着與陳經濟勾搭。便心上亂亂的焦燥起來。多少長吁短嘆。托着腮兒。呆登登本待要等經濟回來。和他做些些營生。又不道經濟每日在店里沒的閒。欲要自家出來尋着他。

又有許多了頭往來不方便。日里便似熬盤上蟻子一般。跑進跑出。再不坐在屋里。那一日正是風和日暖。那金蓮身邊帶着許多麝香合香。走到捲棚後面。只望着雪洞里。那經濟日在店里。那得脫身進來。望了一回不見。只得來到屋里。把筆在手。吟哦了几声。便寫一封書封着。叫春梅遞送與陳姊夫。經濟接着。拆開從頭一看。却不是書。一個曲兒。經濟看罷。慌的丟了買賣。跑到捲棚後面看。只見春梅回房去時。潘金蓮說了。不一時也跑到捲棚下。兩箇遇着。就如餓眼見瓜皮一般。禁不的一身直鑽到經濟懷里來。捧着經濟臉一連親了幾個嘴。咂的舌頭一片声响道。你負心的短命賊囚。自從我和你在屋里。被小玉撞破了去後。如今一向都不得相會。這几日你爺爺上東京去了。

我一個兒坐炕上。淚汪汪只想着你。你難道耳根兒也不熱的。我仔細想來。你恁地薄情。便去着也索羅休。只到了其間。又丟你不的。常言痴心女子負心漢。只你也全不留些些情。正在熱鬧間。不想那玉樓冷眼瞧破。忽然抬頭看見。順手一推。險些些兒經濟跌了一交。慌忙驚散不題。那日吳月娘。孟玉樓。李嬌兒。同一處坐地。只見玳安慌慌的跑進門來。見月娘磕了個頭道。爹回來了。小的一路騎頭口。拏着馬牌先行。因此先到家。爹這時節也差不上二十里遠近了。月娘道。你曾吃飯沒有。玳安道。從早上吃來。却不曾吃中飯。月娘便教玳安厨下吃飯去。又教整飯待大官人回來。自和六房姊妹。同夥兒到廝上迎接。正是

詩人老去鶯鶯在　公子歸時燕燕忙

四人閑話多時。却早西門慶到門前下轎了。衆妻妾一齊相迎進去。西門慶先和月娘厮見畢。然后孟玉楼。李瓶兒。潘金蓮。依次見了西門慶。和六房妻小。各叙寒温。落后書童画童也來磕了六房的頭。自去厨下吃飯。西門慶把路上辛苦。并到翟家住下。明日蔡太師厚情。與内相日日吃酒事情。備細説了一遍。因問李瓶兒孩子。這幾時好麽。你身子怎地調理。吃的任官藥有些應騐麽。我雖則往東京。一心只吊不下家事哩。店里又不知怎樣。因此急忙回來。李瓶兒道。孩子也没甚事。我身子吃藥后。畧覺好些。月娘一面教衆人收好行李。及蔡太師送的下程。一面做飯與西門慶吃。到晚又設酒和西門慶接風。西門慶晚就在月娘房裏歇了兩夜。是久旱逢甘雨。他鄉遇故知。懽愛之情。多不必說。次日陳經濟和大姐來厮見了。說了些些店里的帳目。應伯爵和常時節打听的大官人來家。都來望西門慶出門厮見畢。兩個一齊說哥哥一路辛苦。西門慶便把東京富麗的事情。及太師管待情分。備細說了一遍。兩人只顧称羨不巳。當日西門慶留二人吃了一日酒。常時節臨起身。向西門慶道。小弟有一事相求。不知哥可照顧麼。說着只是低了臉。半含半吐。西門慶道。但說不妨。常時節道。實爲住的房子不方便。待要尋間房子安身。却没有銀子。因此要求哥周濟些兒。日后少不的加些利錢。送還哥哥。西門慶道。相處中說甚利錢。我如今忙忙地。那討銀子。且待到韓夥計貨船來家。自有个處。說罷。常時節應伯爵作謝去了。不在話下。且說苗員外。自與西門慶相會。在太師府前便請了一席酒。席上又把兩个歌童許下了。那一日西門慶歸心如箭。却不曾作別的他。竟自歸來了。員外還道西門慶在京。伴當來翟家問着。那翟家說三日前西門大官家去了。伴當回話苗員外纔曉的。却不道君子一言快馬一鞭。不送去也罷。不和我合着氣。只后邊說不的話了。便叫過兩个歌童分付道。我前日請山東西門大官。席上把你兩个許下他如今他離東京回家去了。我目下就要送你們過去。你們早收拾包裹。待我稍下書打發你們。那兩个歌童。一齊陪告道。小的每伏侍的員外多年了。却為何今日閃的小的們不好。又不知西門大官性格怎地。今日還要員外做主。員外道。你們却不曉的。西門大官家里。豪富潑天。金銀廣布。身居着右班左職。現在蔡太師門下做个乾兒子。就是內相朝官。那个不與他心腹往來。家里開着兩个綾段鋪。如今又要開个標行。進的利錢也委的無數。況兼他性格溫柔。吟風弄月。家里養个七八十个着頭。那一个不穿綾着襖。後房里攏着五六房娘子。那一个不插珠挂金。那些小優們戲子們。个个借他錢鈔。服他差使。平康巷青水巷。這些角伎。人人受他恩惠。這也不消說的。只是咱前日酒席之中。已把小廝子許下他了。如今終不成改个口哩。那歌童又說道。員外這几年上不知費盡多少心力。教的俺們彈唱哩。如今才曉得些絃索。却不留下自家歡樂。怎地到送與別人。快話。說罷不覺地撲簌簌哩吊下淚來。那員外也覺慘然不樂。說道。小廝子你也說的是。咱也何苦定要是這等。只是人而無信。

不知其可也。那孔聖人說的話。怎麽違得。如今也由不得你。待咱修書一封。差个伴當。送你去。教他把隻眼兒好生看覷你們。你到那邊快活也。強似在我這里一般。就叫那門管先生寫着一封通候的八行書信。後面又寫那相送歌童。求他親目的話兒。又寫个禮单兒。把些尺頭書帕。做个通問的禮兒。差了苗秀苗實。齎擎書信。護送兩个歌童。一霎時拴上了頭口。帶了被囊行李。直到山東西門慶家來。那兩個歌童。當時忍不住腮邊淚滴。又是主命難違。只得補燭也似磕了幾個頭。謝辭了員外。番身上馬。迤邐行來。見那青山疊馬首。綠水繞行鞭。酒帘深樹里。草舍落霞前。止爲那邊行雲歌声絕代。不覺的辭恩主跋涉風烟。這兩个思鄉念主。把那些檀板風流。陽春白雪兒多揔却這兩個忙投急趲。止思量早完公事。披星帶月的夜忘眠。正是朝爲苗府清哥客。暮作西門侑酒人。遠遠望見綠樹林中。挂着一個望子。那歌童道。哥走了這一日了。肚里有些飢了。且吃盃酒兒去。只見四个人兒滚鞍下馬。走入店中。那招牌上面寫的好說。神仙留玉佩。卿相解金貂。真个是好酒店也。四人坐下喚顧買。打上兩角酒來。擺个葱兒蒜兒。大賣肉兒荳腐菜兒鋪上幾碟。正待舒懷暢飲。忽地哩回頭看時。止見粉壁上飛白字寫着兩行說道。千里不爲遠。十年歸未遲。揔在乾坤內。何須嘆別離。正對着兩个歌童眼兒。不覺的賣藥有病的了。動人心處撲簌簌流下兩行淚來。說道。哥我們隨着員外。指望一蒂兒到底。誰想酒席中間。一言兩句。竟把我們送與別人。人離鄉賤。未知去後若何。那苗秀苗實。把好言知慰了一番。吃了飯上馬。又走四个生口。十六个蹄兒。端的是走的好不多几个日頭。就到東平洲。清河縣地面。四人拴了生口。下馬訪問端的。一直地竟到紫石街。西門慶家府裡投下。却說那西門慶。自從東京到家。每日忙不迭送禮的。請酒的。日日三朋四友。既要與大娘兒接風。又要與各房兒纏綿。朝朝殢雨尤雲。以此不曾到衙門里去走。連那告篤的帖兒。也不曾消的。那日清閒無事。且到衙門里升堂。画卯。把那些解到的人犯。也有姦情的。鬪毆的。賭賻的。竊盜的。一一重問一番。又把那些投到文書。一一押到日僉押了一會。乘了一乘京轎。几个牢子喝道了簇擁來家。只見那苗秀苗實。與那两个歌童。已是候的久了。就跟着西門慶的轎子。隨到前廳。雙膝跪下。稟說小的是楊州苗員外有書拜候老爺。磕个頭起在一邊。那西門慶舉个手。說着起來。就把苗員外別來的行徑。寒暄的套語。問了一會。就吽書童。把那銀剪子。剪開護封。拆了內函封袋。打開副啓。細細看時。只見那苗秀苗實。依先跪下。奉過那許多禮物。說道。這是俺員外一點孝心。求老爹俯納。西門慶喜之不勝。連忙吽玳安。收起禮物。請起苗秀苗實。說道。我與千里相逢。不想就蒙員外情投意合。十分相愛。就把歌童相許。那時酒中說話。咱也忘却多時。因爲那歸的怍促。不曾叩府辭別。正在想着。不意一諾千金。遠蒙員外記憶。我記得那古人交誼。止有那范張結契。千里相從。古今以爲美談。如今你們那个員外。委的也是難的。稱長道好。細細又感謝了一番。只見那两个歌童。遞新走過。又磕几个頭說道。員外着小的們伏侍老爺。萬求老爺親目。西門慶見两个兒。生得清秀。真真嬌嬌媚媚。雖不是两節穿衣的婦人。却勝似那唇紅齒白的妮子。懽天喜地。就請四位管家。前廳茶飯。一面整辦厚禮。綾羅細軟。修書答謝員外。一面收拾房間。就吽两个歌童。在于書房伺候着。只見那應伯爵諸人。聞此事知此事。遞來探望。西門慶就吽玳安。里邊討出菜蔬嗄飯。點心小酒。擺着八仙卓兒。就與諸人燕飲。就吽两个歌童前來唱。只見捧着檀板。拽起歌喉。唱一个。

新水令　小園昨夜放江梅。另一番動人風味。梨花迎笑臉。楊柳妬腰圍。試問荼蘼開到海棠未。

駐馬聽　野徑疎籬。陣陣香風來燕子。小園幽砌。紛紛晴雨過林西。芳心不與蝶潛知。暗香未許蜂先覺。闌遍倚不知多少傷心處。

雁兒落帶得勝令　我則見碧陰陰西施鎖翠。紅點點趧鴂抛珠泪。舞仙仙砑。光帽帽簪。虛飄飄花谷樓前墜。尚兀是芳氣襲人衣。艷質易沾泥。落處魚驚。飛來蝶欲迷。尋思憑誰寄還悲。花源未可期

那西門慶點着頭道。果然唱得好。那兩个歌童打个半跪兒。跪將下告道。小的們還學得些小詞兒。一發歌與老爹听。西門慶說道這却更好。便教歌詞。

試裂齊紈　施鉛槧　爰菌春妝　草浅浅細鋪平野　散騎黃犢　一卷殘書牛背穩　数聲短笛烟光綠　想按菌

題詠　賦新詞　勞心曲

文章妙傳芸局　音調促偕絲竹　倚清歌追和　陽春難續　一代風流誇好事　可堪膾炙人爭錄　羨先生想像賦高唐情詞足

又

畫出耕啚　郊原外東阡西陌　町疃曲　羣山環翠　岸塍聯絡　綠遍田疇多黍稌　麥旆纂纂蚕盈箔　彷彿有溪小繞柴門山如削　扶藜杖　徑丘壑　穿林藪　聽猿鶴　子耕耘　前妻饁服　勞耕作喬木陰森　流甜憩處饁然捫腹　舒雙　羨先生想像詠豳風　村田樂

寫就册青　新啚好　溪山環繞　隱隱遍沙汀水岸　綠

蘋紅蓼　一泒秋光連浦溆　短蓑蒻笠　烟波渺　看此
時釋得幾鮮鱗　鰤魚小　漁唱起　飛鴻杳　江月白
歸雲少　倚蓬窓　試覓舊盟鷗鳥　借問忘機當日事
何如此際心情悄　羡先生想像詠滄浪　起塵表

又

四野雲垂　冰花醉平鋪茅屋紅炉暖　妻爨山芋自斟醲
酥　課僕採薪外戶　呼兒引鶴　翻平阯　攬此景寫入
画圖中娛心目　鍾貴富天之祿愳盛满吾之欲　騁妍奇
攄寫好詞盈軸　愧我倡酬才思澁　輸他文采機閑熟
羡先生想像樂桑榆顏如玉

果然是声遏行雲。歌成白雪。引的那後邊娘子們。吳月娘。孟玉樓潘金蓮。李瓶兒。都來听着。十分懽喜齊道唱的好。只見潘金蓮在人叢裡雙眼直射那兩个歌童。口里暗暗低言道。這兩个小廝子。不但唱的好。就他容貌也標致的緊。心下便已有几分喜他了。當下西門慶打發兩个歌童東廂房安下。一面吽擺飯與苗秀苗實吃。一面整頓禮物回書。答謝苗員外。畢竟未知何如且听下回分解。

第五十六回

西門慶捐金助朋友

常峙節得鈔傲妻兒

第五十六回

西門慶周濟常時節　應伯爵舉薦水秀才

斗積黃金傍素封　蘧蘧莊蝶夢魂中
曾聞郿塢光難駐　不道銅山運可窮
此日分籯推鮑子　當年沉水笑龎公
悠悠末路誰知巳　惟有夫君尚古風

這八句单說人生世上。榮華富貴。不能常守。有朝無常到來。恁地堆金積玉。出落空手歸陰。因此西門慶仗義疎財。救人貧難。人人都是贊嘆他的。這也不在話下。當日西門慶留下兩個歌童祗候着。遇有呼喚。不得有違。兩人應諾去了。隨即打發苗家人回書禮物。又賞了些些銀錢苗實苗秀。磕頭謝了出門。後來兩個歌童。西門慶畢竟用他不着。都送太師府去了。正是千金散盡教歌舞。留與他人樂少年。却說常時節自那日席上求了西門慶的事情。還不得個到手。房主又日夜催逬了不的。恰遇西門慶自從在東京來家。今日也接風。明日也接風。一連過了十來日。只不得個會面。常言道見面情難盡。一個不見却告訴誰每日央了應伯爵。只走到大官人門首。問聲說不在。就空回了。回家又被渾家埋怨道。你也是男子漢大丈夫。房子沒間住。吃這般懊惱氣。你平日只認的西門大官。今日求些周濟也做了瓶落水。說的常時節有口無言。呆登登不敢做聲。到了明日。早起身尋了應伯爵。來到一個酒店內。只見小小茅簷兒。靠着一灣流水。門前綠樹陰中。露出酒望子來。五七個火家。搬酒搬肉不住的走。店裡橫着一張櫃檯。掛幾樣鮮魚鵝鴨之類。到潔淨可坐。便請伯爵店裡吃三盃去。伯爵道這却不當生受。常時節拉了到店裡坐下。量酒打上酒來。擺下一盤薰肉。一盤鮮魚。酒過兩巡。常時節道。小弟向求哥。和西門大官人說的事情。這幾日通不能勾會。房子又催逬的緊。昨晚被房下聒絮了半夜。耐不的五更抽身。專求哥趂早大官人還沒出門時。慢慢地候他。不知哥意下如何。應伯爵道。受人之托。必當終人之事。我今日好歹要大官人助你些就是了。兩個又吃過幾盃。應伯爵便推早酒不吃罷。常時節又勸一盃。筭還酒錢。一同出門。逕逩西門慶屋裡來。那時正是新秋時候。金風荐爽。西門慶連醉了幾日。覺精神減了幾分。正遇周内相請酒。便推事故不去。自在花園藏春塢遊玩。原來西門慶后園。那藏春塢有的是菓樹鮮花兒四季不絶。這時雖是新秋。不知開着多少花朶在園裡。西門慶無事在家。只是和吳月娘。孟玉樓。潘金蓮。李瓶兒。五個在花園裡頑耍。只見西門慶頭戴着忠靖冠。身穿柳緑緯羅直身。粉頭靴兒。月娘上穿柳緑杭絹。對衿襖兒。淺藍水紬裙子。金紅鳳頭高底鞋兒。孟玉樓上穿鴉青段子襖兒。鵝黃紬裙子。桃紅素羅羊皮金滚口高底鞋兒。潘金蓮上穿着銀紅縐紗。白絹裏對衿衫子。荳緑沿邊金紅心比甲兒。白杭絹畫拖裙子。粉紅花羅高底鞋兒。只有李瓶兒上穿素青杭絹大衿襖兒。月白熟絹裙子。淺藍玄羅高底鞋兒四個妖妖嬈嬈。伴着西門慶尋花問柳。好不快活。且說常時節和應伯爵來到廳上問知大官人在屋裡。

懽的坐着等了好半日。却不見出來。只見門外書童和畫童兩個。擡着一隻箱子。都是綾絹衣服。氣吁吁走進門來。亂嚷道。等了這半日。還只得一半。就廳上歇下。應伯爵便問。你爹在那裡。書童道。爹在園裡頑耍哩。伯爵道。勞你說聲。兩個依舊擡着進去了。不一時書童出來道。爹請應二爹。常二叔少待。便出來。兩人坐着等了一回。西門慶纔走出來。二人作了揖。便請坐地。伯爵道。連日哥吃酒忙。不得些空。今日却怎的在家裡。西門慶道。自從那日別後。整日被人家請去飲酒。醉的了不的。通沒些精神。今日又有人請酒。我只推有事不去。伯爵道。方纔那一箱衣服。是那里擡來的。西門慶道。這目下交了秋。大家都要添些秋衣。方纔一箱是你大嫂子的。還做不完。纔勾一半哩。常時節伸着舌道。六房嫂子。就六箱了。好不費事。小戶人家。一疋布也難的。恁做着許多綾絹衣服。哥果是財主哩。西門慶和。應伯爵都笑起來。伯爵道。這兩日杭州貨船。怎地還不見到。不知他買賣貨物何如。前日哥許下李三黃四的銀子。哥許他待門外徐四銀到手。湊放與他罷。西門慶道。貨船不知在那里擔閣着。書也沒稍封寄來。好生放不下。李三黃四的。我也只得依你了。應伯爵挨到身邊坐下。乘間便說常二哥。那一日在哥席上。求的事情。一向哥又沒的空。不曾說的。常二哥被房主催逬慌了。每日被嫂子埋怨。二哥只麻做一團。沒個理會。如今又是秋涼了。身上皮襖兒。又當在典舖哩。哥若有好心。常言道救人須救時無省的他嫂子。日夜在屋裡絮絮叨叨。况且尋的房子住着了。人

走動。也只是哥的體面。因此常二哥央小弟。特地來求哥。早些
周濟他罷。西門慶道。我當先曾許下他來。因為東京去了這番。
費的銀子多了。本待等韓夥計到家。和他理會。要房子時。我就
替他兌銀子買。如今又恁地要緊。伯爵道。不是常二哥要緊。當
不的他嫂子聒絮。只得來哥早些便好。西門慶躊躕了半晌道。
旣這等也不難。且問你要多少房子。纔勾住了。伯爵道。他兩口
兒。也得一間門面一間客坐。一間床房。一間廚灶。四間房子是
少不得的。論着價銀。也得三四個多銀子。哥只早晚湊些。交他
成就了這樁事罷。西門慶道。今日先把幾兩碎銀與他拏去。買
件衣服。辦些家活。盤攪過來。待尋下房子。我自兌銀與你成交
可好麽。兩個一齊謝道。難得哥好心。西門慶便叫書童去。對你

大娘說皮匣內一包碎銀。取了出來。書童應諾去了。不一時取了一包銀子出來。遞與西門慶。西門慶對常時節道。這一包碎銀。是那日東京太師府。賞封剩下的十二兩。你拿去好襍用。打開與常時節看。都是三五錢一塊的零碎紋銀。常時節接過放在衣袖裡。就作揖謝了。西門慶道。我這幾日不是要遲你。只等你尋下房子。一攬果和你交易。你又沒曾尋的。如今即忙便尋下。待我有銀。一起兌去便了。常時節又稱謝不迭。三個依舊坐下。伯爵便道。幾個古人。輕財好施。到後來子孫高大門閭。把祖宗基業一發增的多了。慳吝的積下許多金寶。後來子孫不好。連祖宗墳土也不保。可知天道好還哩。西門慶道。兀那東西是好動不喜靜的。曾肯埋沒在一處。也是天生應人用的。一個人堆積。就有一個人缺少了。因此積下財寶。極有罪的。有詩爲証。

積玉堆金始稱懷　誰知財寶禍根荄
一文愛惜如膏血　仗義翻將笑作呆
親友人人同陌路　存形心死定堪哀
料他也有無常日　空手傳伶到夜臺

正說着。只見書童托出飯來。三人吃了。常時節作謝起身。袖着銀子。懽的走到家來。剛剛進門。只見那渾家鬧炒炒。嚷將出來。罵道。梧桐葉落滿身光棍的行貨子。出去一日。把老婆餓在家裡。尚兀是千懽萬喜到家來。可不害羞哩。房子沒的住。受別人許多酸嘔氣。只教老婆耳聒裡受用。那常二只是不開口。任老婆罵的完了。輕輕把袖裡銀子。摸將出來。放在卓兒上。打開瞧

着道。孔方兄孔方兄。我瞧你光閃閃。响噹噹的無價之寶。滿身
通麻了。恨沒口水嚥你下去。你早些來時。不受這淫婦幾塲合
氣了。那婦人明明看見包里。十二三兩銀子。一堆喜的搶近前
來。就想要在老公手裡奪去。常二道。你生世要罵漢子。見了銀
子。就來親近哩。我明日把銀子去買些衣服穿好。自去別處過
活。却再不和你鬼混了。那婦人陪着笑臉道。我的哥端的此是
那里來的。這些銀子。常二也不做聲。婦人又問道。我的哥。難道
你便怨了我。我只是要你成家。今番有了銀子。和你商量停當。
買房子安身。却不好。到恁地喬張智。我做老婆的。不曾有失花
兒。憑你怨我。也是枉了。常二也不開口。那婦人只顧饒舌。又見
常二一不揪不採。自家也有幾分慚愧了。禁不的吊下淚來。常二

看了嘆口氣道。婦人家不耕不織。把老公恁地發作。那婦人一發吊下淚來。兩個人都閉着口。又沒個人勸解。悶悶的坐着。常一尋思道。婦人家也是難做。受了辛苦埋怨人也怪他不的。我今日有了銀子。不採他。人就道我薄情。便大官人知道。也須斷我不是。就對那婦人笑道。我自要你。誰怪你來。只你時常聒噪。我只得忍着出門去了。卻誰怨你來。我明白和你說。這銀子原是早上耐你不的。特地請了應二哥。在酒店裡吃了三盃。一同往大官人宅裡等候。恰好大官人正在家。沒曾去吃酒。多虧了應二哥。不知費許多唇舌。纔得這些銀子到手。還許我尋下房子。一頓對銀與我成交哩。這十二兩是先教我盤攪過日子的。那婦人道。原來正是大官人與你的。如今又不要花費開了。尋件衣服過冬。省的耐冷。常二道。我正要和你商量。十二兩紋銀買幾件衣服。辦幾件家活。在家裡。等有了新房子。搬進去也好看些。只是感不盡大官人恁好情。後日搬了房子。也索請他坐坐是。婦人道。且到那時再作理會。正是惟有感恩并積恨。萬年千載不生塵。常二與婦人兩個說了一回。那婦人道。你那里吃飯來沒有。常二道。也是大官人屋裡吃來的。你沒曾吃飯。就拿銀子買了米來。婦人道。仔細拴着銀子。我等你就來。常二取栲栳望街上便走。不一時買了米。栲栳上又放着一大塊羊肉兒笑哈哈跑進門來。那婦人迎門接住道。這塊羊肉。又買他做甚。常二笑道。剛纔說了許多辛苦。不爭這一些羊肉。就牛也該宰幾個請你。那婦人笑指着常二罵道。狠心的賊。今日便懷恨在心。看你怎的奈何了我。常二道只怕有一日。叫我一萬聲親哥。饒我小淫婦罷。我也只不饒你哩。試試手段看。那婦人聽說。笑的走井邊打水去了。當下婦人做了飯。切了一碗羊肉。擺在卓兒上。便叫哥吃飯。常二道。我纔在大官人屋裡吃的飯。不要吃了。你餓的慌。自吃些罷。那婦人便一個自吃了。收了家活。打發常二去買衣服。常二袖着銀子。一直奔到大街上來。看了幾家。都不中意。只買了一領青杭絹女襖。一條綠紬裙子。月白雲紬衫兒。紅綾襖子兒。白紬子裙兒。共五件。自家也對身買了件鵝黃綾襖子。丁香色紬直身兒。又有幾件布草衣服。共用去六兩五錢銀子。打做一包。背着來。到家中。教婦人打開看看。那婦人忙打開來瞧着。便問多少銀子買的。常二道。六兩五錢銀子買來。婦人道雖沒的便宜。却直這些銀子。一面收拾箱籠放妥。明日去買家活。當日婦人懽天喜地過了一日。埋怨的話都吊在東洋大海去了。不在話下。再表應伯爵和西門慶兩個。自打發常時節出門。依舊在廳上坐的。西門慶因說起。我雖是個武職恁的一個門面。京城內外也交結的許多官員。近日又拜在太師門下。那些通問的書柬。流水也是往來。我又不得細工夫。多不得了理。我一心要尋個先生們在屋裡。好教他寫寫。省些力氣也好。只沒個有才學的人。你看有時。便對我說。我須尋間空房與他住下。每年算還幾兩束脩與他養家。却也要是你心腹之友便好。伯爵道。哥不說不知。你若要別樣却有。要這個到難。怎的要這個到沒。第一要才學。第二就要人品了。又要好相處。

沒些說是說非。翻唇弄舌。這就好了。若只是平平才學。又做慣搗鬼的。怎用的他。小弟只有祖父相處一個朋友。生下來的孫子。他現是本州一個秀才。應舉過幾次。只不得中。他胷中才學。果然班馬之上。就是他人品。也孔孟之流。他和小弟通家兄弟。極有情分的。曾記他十年前應舉兩道策。那一科試官。極口贊他好。却不想又有一個賽過他的。便不中了。後來連走了幾科不中。禁不的髮白鬢斑。如今他雖是飄零書劍。家裡也還有一百畝田。三四帶房子。整的潔淨住着。西門慶道。他家幾口兒也勾用了。却怎的肯來人家坐館。應伯爵道。當先有的田房。都被那些大戶人家買去了。如今只剩得雙手皮哩。西門慶道。原來是賣過的田。算甚麼數。伯爵道。這果是算不的數了。只他一個渾家。年紀只好二十左右。生的十分美貌。又有兩個孩子。纔三四歲。西門慶道。他家有了美貌渾家。那肯出來。伯爵道。喜的是兩年前。渾家專要偷漢。跟了個人上東京去了。兩個孩子。又出痘死了。如今止存他一口。定然肯出來。西門慶笑道。恁地說的他好。都是鬼混。你且說他姓甚麼。伯爵道。姓水。他才學果然無比。哥若用他時。管情書柬詩詞歌賦。一件件增上哥的光輝哩。人看了時。都道西門大官。恁地才學哩。西門慶道。你纔說這兩椿。都是吊慌。我却不信你的吊慌。你有記的他些書柬兒念來我聽。看好時。我便請他來家。撥間房子住下。只一口兒也好看承的。尋個好日子。便請他也罷。伯爵道。曾記得他稍書來。要我替他尋個主兒。這一封書。畧記的幾句。念與哥聽。黃鶯兒。

書寄應哥前。別來思不待言。滿門兒托賴都康健。舍字在邊
傍立着官。有時一定求方便。羨如椽。往來言疏落笔起雲烟
西門慶聽畢。呵呵大笑將起來道。他滿心正經。要你和他尋個
主子。却怎的不稍封書來。到寫着一隻曲兒。又做的不好。可知
道他才學荒疎。人品散彈哩。伯爵道。這到不要作准他。只爲他
與我是三世之交。小弟兩三歲時節。他也纔勾四五歲。那時就
同吃糖糕餅果之類。也没些兒爭論。後來大家長大了。上學堂
讀書寫字。先生也道應二學生子。和水學生子。一般的聰明伶
俐。後來巳定長進。落後做文字。一樣同做。再没些妬忌。日裡同
行同坐。夜裡有時也同一處歇。到了戴網子。尚兀是相厚的。因
此是一個人一般。極好兄弟。故此不拘形迹。便隨意寫個曲兒。

我一見了。也有幾分着惱。後想一想。他自托相知。纔敢如此。就不惱罷了。况且那隻曲兒。也到做的有趣。哥却看不出來。第一句。說書寄應哥前。是啓口。就如人家寫某人見字一般。却不好哩。第二句。說別來思。不待言。這是叙寒溫了。簡而文。又不好哩。第三句。是滿門兒托賴都康健。這是說他家沒事故了。後來一發好的緊了。西門慶道。第五句是甚麼說話。伯爵道。哥不知道。這正是拆白道字。尤人所難。舍字在邊旁。立着官字。不是個館字。若有館時。千萬要舉荐。因此說有時定要求方便。羨如椽。他說自家一筆如椽。做人家往來的書疏。筆兒落下去。其烟滿紙。因此說落筆起雲烟。哥你看他詞裡。有一個字兒是閑話麼。只這幾句。穩穩把心窩里事。都寫在紙上。可不好哩。西門慶被伯爵說了他恁地好處。到沒的說了。只得對伯爵道。你既說他許多好處。且問你有甚正經的書札。拏些我看看。我就請了他。伯爵道。他做的詞賦。也有在我處。只是不曾帶得來哥看。我還記的他一篇文字。做得甚好。就念與哥聽着。

一戴頭巾心甚懽。豈知今日悮儒冠。別人戴你三五載。偏戀我頭三十年。要戴烏紗求閣下。做篇詩句別尊前。此番非是吾情薄。白髮臨期太不堪。今秋若不登高第。踹碎寃家學種田。

維歲在大比之期。時到揭曉之候。訴我心事。告汝頭巾。為你青雲利器望榮身。誰知今日白髮盈頭戀故人。嗟乎。憶我初戴頭巾。青青子襟。承汝枉顧。昂昂氣忻。既不許我少年早發。

又不許我欠屈待伸。上無公卿大夫之職。下非農工商賈之民。年年居白屋。日日走黌門。宗師案臨膽怯心驚。上司迎接東走西奔。思量爲你。一世驚驚嚇嚇。受了若干辛苦。一年四季。零零碎碎。被人賴了多少束修銀。告狀助貧。分穀五斗。祭下領支肉半斤。官府見了。不覺怒嗔。早快通稱盡道廣文。東京路上陪人幾次。兩齋學霸惟吾獨尊。你看我兩隻皁靴穿到底。一領藍衫剩布筋。埋頭有年。說不盡艱難悽楚。出身何日。空歷過冷淡酸辛。賺盡英雄。一生不得文章力。未沾恩命。數載猶懷霄漢心。嗟乎哀哉。哀此頭巾。看他形狀。其實可矜。後直前橫。你是何物。七穿八洞。真是禍根。嗚呼。冲霄鳥兮未垂翅。化龍魚兮已失鱗。豈不聞久不飛兮。一飛登雲。久不鳴兮一鳴驚人。早求你脫胎換骨。非是我棄舊憐新。斯文名器。想是通神。從茲長別。方感洪恩。短詞薄奠。庶其來歆。理極數窮。不勝具懇。就此拜別。早早請行。

伯爵念罷。西門慶拍手大笑道。應二哥。把這樣才學就做了班揚了。伯爵道。他人品比才學又高。如今且說他人品罷。西門慶道。你且說來。伯爵道。前年他在一個李侍郎府裏坐館。那李家有幾十個丫頭。一個個都是美貌俊俏的。又有幾個伏侍的小廝。也一個個都標致龍陽的。那水秀才。連住了四五年。再不起一些邪念。後來不想被幾個壞事的丫頭小廝。見是一個聖人一般。反去日夜括他。那水秀才。又極好慈悲的人。便口軟勾搭上了。因此被主人逐出門來。鬨動街坊。人人都說他無行。其實水秀才原是坐懷不亂的。若哥請他來家。憑你許多丫頭小廝。同眠同宿。你看水秀才亂麽。再不亂的。西門慶道。他既前番被主人趕了出門。一定有些不停當哩。二哥雖與我相厚。那椿事不敢領教。前日敝僚友倪桂岩老先生。曾說他有個姓溫的秀才。且待他來時再處。畢竟未知何如。且聽下回分解

第五十七回　開緣簿千金喜捨

戲雕欄一笑回嗔

第五十七回

道長老募修永福寺　薛姑子勸捨陀羅經

本性員明道自通　番身跳出網羅中
修成禪那非容易　煉就無生豈俗同
清濁幾番隨運轉　闢門数仭任西東
逍遥萬億年無計　一點神光永注空

話說那山東。東平府地方。向來有個永福禪寺。起建自梁武帝。普通二年。開山是那萬廻老祖。怎麼叫做萬廻老祖。因那老師父七八歲的時節。有個哥兒。從軍邊上。音信不通。不知生死。因此上那老娘兒。思想那大的孩兒。撐不下的心腸。時常在家啼哭。忽一日那孩子問着毋親。說道娘這等清平世界。孩兒們又没的打攪你。頭頭兒小米飯兒。咱家也儘挨的過。恁地哩你時時弔下泪來。娘你說與咱。咱也好分憂哩。那老娘兒就說。小孩子你還不知道。老人家的苦哩。自從你老頭兒去世。你大哥兒到邊上去做了長官。四五年地信兒也不捎一個來家。不知他死生存亡。教我老人家怎生弔的下。說了又哭起來。那孩子說早是這等。有何難哉。娘如今哥在那裏。咱做弟郎的早晚間走去。抓着哥兒討個信來回覆你老人家。却不是好。那婆婆一頭哭。一頭笑起來。說道怪呆子。說起你哥。在恁地。若是那一百二百里程途。便可去的。直在那遼東地面去此一萬餘里。就是那好漢子。也走得要不的。直要四五個月纔到哩。笑你孩兒家怎麽去的。那孩子就說嗄。若是果在遼東。也終不在個天上。我去去。尋哥兒就回也。只見把靸鞋兒繫好了。把直裰兒整一整。望着婆兒拜個揖。一溜烟去了。那婆婆叫之不應。追之不及。愈添愁悶也有隣舍街坊婆兒婦女捱肩搥背。拏湯送水。說長道短前來解勸。也有說的是的。說道孩兒門怎去的遠。早晚間却回也。因此婆婆也收着兩眶眼淚。悶悶的坐地。看看紅日西沉。東隣西舍。一個個燒湯煮飯。一個上榻閉門。那婆婆探頭探腦。那兩隻眼珠兒一直向外。恨不的趕將上去。只見遠遠的望見那黑魆魆影兒頭。有一個小的兒來也。那婆婆就說。靠天靠地靠着日月三光。若得俺小的子兒來也。也不負了俺修齋吃素的念頭。只見那萬廻老祖。一忽地跪到跟前。說娘你還未睡炕哩。咱已到遼東抓着哥兒。討的平安信家來也。婆婆笑道。孩兒你不去的正好。兒教你老人家挂心。只是不要弔着謊哄着老娘那里有一萬里路程。朝暮徃還的。孩兒道娘你不信不信麼。一直里卸下衣包取出平安家夜信。果然是那哥兒手筆。又取出一件汗衫帶囘漿洗的。也是那個婆婆親手縫紉的。毫厘不差。因此哄動了街坊。呌做萬囘。日後捨俗出家。就呌做萬囘長老。果然是道德高妙。神通廣大。曾在那後趙皇帝。石虎跟前。呑下兩升鐵針兒。又在那梁武皇殿下。在頭頂上取出舍利三顆。因此勑建那永福禪寺。做那萬囘老祖的香火院。正不知費了多錢糧。正是

神僧出世神通大　聖主尊隆聖澤深

不想那歲月如梭。時移事改。只見那萬迴老祖歸天圓寂。那些

得皮得肉的上人們。一個個多化去了。只見有個憊賴的和尚。撇賴了百丈清規。養婆兒吃燒酒。咱事兒不弄出來。打哄了燒苦葱。咱勾當兒不做。却被那些潑皮賴虎。常常作酒撈錢抵當。不過一會兒。把袈裟也當了。鍾兒磬兒。多典了。殿上一椽兒賣了。沒人要的。燒了磚兒瓦兒。換酒吃了。弄得那雨淋風刮。佛像兒倒了。荒荒凉凉。燒香的也不來了。主顧門徒。做道場的。荐亡的。多是関大王賣荳腐。鬼兒也沒的上門了。一片鍾鼓道場。忽變做荒烟衰草。驀地里。三四十年。那一個扶衰起廢。原來那寺里有個道長老。原是西印度國出身。因慕中國清華。發心。要到上方行脚。打從那流沙河星宿海。潅兒水地方。走了八九個年頭。才到中華區處。迤邐來到山東地方。卓錫在這個破寺院裏面。面壁九年。不言不語。眞個是。

佛法原無文字障　工夫好向定中尋

忽一日。發個念頭。說道呀。這寺院兒。坍塌的這模樣了。你看這些蠢頭村腦的禿廝。止會吃酒噇飯。把這古佛道場。弄得赤白白地。豈不可惜。那一個尋得一磚半瓦。重整家風。常記的古人說得好。人傑地靈。事到今日。咱不做主。那個做主。咱不出頭。那個出頭兒。且前日山東有個西門大官。官居錦衣之職。他家私巨萬。富比王侯家中。那一件沒有。前日餞送宋西廉御史。曾在咱這裏擺設酒席。他因見咱這裏寺宇傾頹。就有個舍錢布施。鼎建重新的意思。咱那時。口雖不言。心窩里已有下幾分了。今日呵若得那個檀越。爲主作倡。管情早晚間把咱好事成就也。

咱須辦自家去走一遭。當時間喚起法子徒孫。打起鐘。敲起鼓。舉集大衆。上堂宣揚此意。那長老怎生打扮只見

身上禪衣猩血染　雙環掛耳是黃金
手中錫杖光如鏡　百八胡珠耀日明
開覺明路現金繩　提起凡夫夢亦醒
龐眉紺髮銅鈴眼　道是西天老聖僧

那長老宣揚已畢。就教行者。拏過文房四寶。磨起龍香劑。飽揩。鬚筆展開烏絲欄。寫着一篇疏文。先叙那始末根由。後勸人捨財作福。寫的行行端正。字字清新。好長老。真個是古佚菩薩現身。從此辭了大衆。着上了禪鞋。戴上個斗蓬笠子。一壁廂直遶到西門慶家府里來。且說西門慶辭別了。應伯爵轉到後廳。直

到捲棚下卸了衣服。走到吳月娘房內。把那應伯爵荐水秀才的事體說了一番。就說道咱前日東京去的時節。多虧那些親朋齊來。與咱把盞。如今少不的也要整辦些兒小酒。回答他倒今日空閒。沒件事體。就把這事兒完了也罷。當下就叫了玳安拿了籃兒到十市街坊。買下些時鮮菓品猪羊魚肉。奄臘鷄鵞嗄飯之類。分付了。當就分付小廝。分頭去請各位。一面拉着月娘。一同走到李瓶兒房裏來。看官哥。李瓶兒笑嘻嘻的。接住了月娘西門慶。西門慶道。娘兒來看孩子哩。李瓶兒就叫奶子。抱出官哥。見眉目稀疎。就如粉塊裝成一般。笑欣欣直攢到月娘懷里來。月娘把手接着抱起道。我的兒。恁地乖覺。長大來定是聰明伶俐的。又向那孩子說。兒長大起來。恁地奉養老娘哩。那李瓶兒就說。娘說那里話。假饒兒子長成。討的一官半職。也先向上頭封贈起娘。那鳳冠霞帔。穩穩兒先到娘哩。好生奉養老人家。西門慶接口便說。兒你長大來。還掙個文官。不要學你家老子。做個西班出身。雖有興頭。却沒十分尊重。正說着。不想那潘金蓮。正在外边聽見。不覺的怒從心上起。就罵道。沒廉耻。弄虛脾的臭娼根。偏你會養兒子哩。也不曾徑過三個黃梅。四個夏至。又不曾長成十五六歲。出幼過關。上學堂讀書。還是水的泡。與閻羅王合養在這裡的。怎見的就做官。就封贈那老夫人。我那惟賊囚根子。沒廉耻的貨。怎地就見的要他做個文官。不要像你。正在嘮嘮叨叨。喃喃洞洞。一頭罵。一頭着惱的時節。只見那玳安走將進來。叫聲五娘。說道。爹在那裡。潘金蓮便罵怪尖嘴的賊囚根子。那个曉的你什麼爹在那裡。爹怎的到我這屋裡來。他自有五花官誥的太奶奶。老封婆。八珍五鼎奉養。他的在那裡。那裡問着我討。那玳安就曉的不是路了。說是了。望六娘房裡便走。走到房門前打个咳嗽。朝着西門慶道。應二爹在所上。西門慶道。應二爹纔選的他去。又做甚。玳安道。爹自家出去便知。西門慶只得撇了月娘李瓶兒。仍到那捲棚下。面穿了衣服。走到外边迎接伯爵。正要動問間。只見那募緣的來。長老巳到西門慶門首了。高聲叫阿彌陀佛。這是西門老爹門首。麼。那箇掌事的管家。與吾傳報一聲。說道。扶桂子。保蘭孫。求福有福。求壽有壽。東京募緣的長老求見。原來西門慶。平日原是一箇撒漫好使錢的漢子。又是新得官哥。心下十分歡喜。也要

幹些好事保佑孩兒小廝。也通曉得。並不嗔道作難。一壁廂進
報西門慶。西門慶就說且教他進來看。只見管家的。三步那來
兩步走。就如見子活佛的一般。慌忙請了長老。那長老進到花
廳裡面。打了箇問訊。說道貧僧出身。西印度國行脚。到東京汴
梁。卓錫在永福禅寺。面壁九年。頗傳心印。止爲那殿宇傾頹。琳
宮倒塌。貧僧想的起來。爲佛弟子自然應的。爲佛出力。總不然
覆到那箇身上去。因此上貧僧發了這個念頭。前日老檀越餞
行各位老爹的時。悲憐本寺廢壞。也有個良心美腹。要和本寺
作主。那時諸佛菩薩。已作證盟。貧僧記的佛經上說的好。如有
世間善男子。善女人。以金錢喜捨。莊嚴佛像者。主得桂子蘭孫。
端嚴美貌。日後早登科甲。蔭子封妻之報。故此特叩高門。不拘

五百一千。要求老檀那開疏發心。成就善果。就把錦帕展開。取出那募緣疏簿。双手遞上。不想那一席話兒早巳把西門慶的心兒打動了。不覓的歡天喜地。接了疏簿。就叫小廝看茶。揭開疏簿。只見寫道。伏以白馬駝經。開象教竺騰衍法。啓宗門大地。衆生無不皈依佛祖。三千世界。盡皆蘭若裝成。看此尾礫。傾頹成甚名山勝境。若不慈悲喜捨。何稱佛子欽人。今有永福禪寺。古佛道塲。焚修福地。啓建自梁武皇帝。開山是萬廻祖師。規制恢弘。彷彿那給孤園黃金鋪地。雕鎪精製。依希似祇洹舍白玉爲堦。高閣摩空。旃檀氣直接九霄。雲表層基亘地。大雄殿可容千衆禪僧。兩翼嵬峩。盡是琳宮紺宇。廊房潔淨。果然精勝洞天。那時鍾鼓宣揚。盡道是寰中佛國。只這緇流濟楚。却也像塵界人天那知歲久年深一瞬地時移事異恭和尚縱酒撒潑首壞清規獃道人懶惰貪眠不行打掃漸成寂莫斷絕門徒以致淒涼罕稀瞻仰兼以烏鼠穿蝕那堪風雨漂搖棟宇摧頹一而二二而三支撐摩計墻垣坍塌日復日年復年振起無人朱紅櫺槅拾來煨酒煨茶合抱粱檻拿去換鹽換米風吹羅漢金消盡雨打彌陀化作塵吁嗟乎金碧熀炫一旦爲灌莽榛荊雖然有成有敗終須否極泰來幸而有道長老之虔誠不忍見梵王宮之費敗發大弘願遍叩檀那伏願咸起慈悲盡興惻隱粱柱椽楹不拘大小喜捨到高題姓字銀錢布幣豈論豐贏投櫃日疏簿標名仰仗着佛祖威灵福祿壽永永百年千載倚靠他伽藍明鏡父子孫個個原祿高官瓜瓞綿綿森挺三槐五桂門庭奕

奕煌煌金埒錢山。凡所營求吉祥如意。疏文到日。各破慳心。謹
疏。
看畢。西門慶就把冊葉兒收好。粧入那錦套裹頭。把插銷兒銷
着錦帶兒拴着。恭恭敬敬放在卓兒上面。叉手面言。對長老說。
實不相瞞。在下雖不成個人家。也有幾萬產業。忝居武職。交遊
世輩儘有。不想偌大年紀。未曾生下兒子。房下們也有五六房。
只是放心不下。有意做些些善果。去年第六房賤累生下孩子。咱
萬事已是足了。偶因餞送俺友。得到上方。因見廟宇傾頹。有個
捨才助建的念頭。蒙老師下顧。西門慶那敢推辭。拏着兔毫妙
筆。正在躊躇之際。那應伯爵就說。哥。你既有這片好心。為姪兒
發愿。何不一力獨成。也是小可的事體。西門慶拏着筆。哈哈哩

嘆道。力薄力薄。伯爵又道。極少也助一千。西門慶又哈哈地笑道。力薄力薄。那長老就開口說道。老檀越在上。不是貧僧多口。止是我們佛家的行徑。多要隨緣喜捨。終不強人所難。隨分但憑老爹發心便是。此外親友。更求檀越吹噓吹噓。西門慶又說道。還是老師體亮。少也不成。就寫上五百兩。閣了兎毫筆。那長老打個問訊謝了。西門慶之說。我這里內官太監。府縣倉巡。一個個多與我相好的。我明日就拿疏簿去。要他們寫。寫的來就不拘三百二百。一百五十。管教與老師成就這件好事。當日留了長老素齋相送出門。正是慈悲作豪家事。保福消灾父母心

又有一首詞。單道那有施主的事體。

佛法無多止在心　種瓜種果是根因

珠和玉珀寶和珍　誰人拏得見閻君
積善之人貧也好　豪家積業枉拋銀
若使年齡身可買　董卓還應活到今

却說西門慶送了長老。轉到廳上。與應伯爵坐地道。哥。我正要差人請你。你來的正好。我前日因往西京。多亏衆親友們。與咱把個盞兒。今日分付小的買辦。你家大嫂安排小酒。與衆人回答。要哥在此相陪。不想遇着這個長老。鬼混了一會兒。那伯爵就說道。好個長老。想是果然有德行的。他說話中間。連咱也心動起來做了施主。西門慶說道。二哥你又幾曾做施主來的。疏簿又是幾時寫的。應伯爵咲道。咦。難道我出口的不是施主不成。哥你也不曾見佛經過來。佛經上第一重的是心施。第二法

施。第三才是財施。難道我從傍攛掇的。不當個心施的不成。西
門慶又咲道。二哥又怕你有口無心哩。兩人拍手大笑。應伯爵
就說。小弟在此等待客來。哥有正事。自與嫂子商議去來。只見
西門慶別了伯爵。轉到內院裏頭。只見那潘金蓮哰哰唔唔。没
揪没採。不覺的睡魔纏擾。打了幾個噴啑。走到房中。倒在象牙
牀上。一忽地睡去了。那李瓶兒又為孩子啼哭。自與那奶子丫鬟
在房中坐地看官哥。喜咲。只有那吳月娘與孫雪娥。兩個伴當。
在那里整辦嗄飯。西門慶走到面前坐地。就把那道長老募緣
與那自巳開疏的事。備細對月娘說了一番。又把那應伯爵耍
咲打覷的說話。也說了一番。懽天喜地。大家嘻咲了一會。只見
那吳月娘。畢竟是個正經的人。不慌不忙。不思不想。說下幾句

話兒。到是西門慶頂門上針。正是妻賢每致雞鳴警。款語常聞藥石言。畢竟那說話怎麼講。月娘說道。哥你天大的造化。生下孩兒。你又發起善念。廣結良緣。豈不是俺一家兒的福分。只是那善念頭他怕不多。那惡念頭怕他不盡。哥你日後那沒來回沒正經養婆兒。沒搭煞貪財好色的事體。少幹幾椿兒也好。債下些陰功與那小的子也好。西門慶咲。娘你的醋話兒又來了。却不道天地尚有陰陽。男女自然配合。今生偷情的。苟合的。多都是前生分定。姻緣簿上註名。今生了還。難道是生刺刺攙攙胡扯歪斯纏做的。咱聞那佛祖西天也止不過要黃金鋪地。陰司十殿。也要些楮鏹營求。咱只消儘這家私廣為善事。就使強姦了常娥。和姦了織女。拐了許飛瓊。盗了西王母的女兒。也不減我潑天富貴。月娘咲道。咲哥狗吃熱屎。原道是個香甜的。生血弔在牙兒內。怎生改得。正在咲間。只見那王姑子。同了薛姑子。提一個合子。直闖進來。飛也似朝月娘道個萬福。又向西門慶拜拜了。說。老爹你到在家里。我自前日别了。因爲有些些小事。不得空。不曾來看得你老人家。心子裏吊不下。今日同這薛姑子來看你。原來這薛姑子。不是從幼出家的。少年間曾嫁丈夫。在廣成寺前居住。賣蒸餅兒生理。不料生意淺薄。那薛姑子就有些些不尷不尬。專一與那些些寺里的和尚行童。調嘴弄舌。眉來眼去。說長說短。弄的那些些和尚們的懷中。個個是硬幫幫的。乘那丈夫出去了。茶前酒後。早與那和尚們刮上了。四五六个。也常有那火燒波波饅頭栗子。拿來進奉他。又有那付應錢。與他

屎

買花。開地獄的布。送與他做褁脚。他丈夫那里曉得。以後丈夫得病死了。他因佛門情熟。這等就做了個姑子。專一在些士夫人家往來。包攬經懺。又有那些不長進。要偷漢子的婦人。叫他牽引和尚進門。他就做個馬八六兒。多得錢鈔。聞的那西門慶家里豪富。見他侍妾多。思想拐些用度。因此頻頻往來。那西門慶也不曉的。三姑六婆。人家最忌出入。正是

當年行經是窠兒。和尚闍黎鋪。中間打扮念弥陀。開戶兒就說西方路。尺布褁頭顱。身穿直裰。繫個黃縧。早晚挂門傍戶。騙金銀猶是可。心窩裏。畢竟胡塗。弄來不是好姑姑。幾个清名被點污。

又有一隻歌兒道得好。

尼姑生來頭皮光。拖子和尚夜夜忙。三个光頭好像師父師

兄并師弟。只是鐃鈸緣何在里床。
那薛姑子坐就把那個小合兒揭開說道。咱們沒有甚麽孝順
拏得施主人家。幾個供佛的菓子兒。權當獻新。月娘道。要來竟
來來便了。何苦要你費心。只見那潘金蓮睡覺。听得外邊有人
說話。又認是前番光景。便走向前來听看。見那李瓶兒在房中
弄孩子。因曉得王姑子在此。也要與他商議。保佑官哥。同到月
娘房中。大家道個萬福。各各坐地。西門慶因見李瓶兒。不曾曉
的。又把那道長老募緣。與那自家開疏捨財。替官哥永福的事
情。重新又說一番。不想道惱了潘金蓮。抽身竟走。喃喃噥噥。一
溜烟竟自去了。只見那薛姑子。站將起來。合掌着手。叫聲佛阿。
老爹你這等樣好心作福。怕不的壽年千歲。五男二女。七子團

圓。只是我還有一件。說與你老人家。這個因果費甚麽多。更自
獲福無量。嗳老檀越。你若幹了這件功德。就是那老瞿曇雪山
修道。迦葉尊散髮鋪地二祖可投崖飼虎給孤老滿地黃金。也
比不的你功德哩。西門慶咲道。姑姑且坐下。細說甚麽功果。我
便依你。那薛姑子就說我們佛祖。留下一卷陀羅經。專一勸人
法西方净土的。佛說那三禪天四禪天。切利天。兠率天。大羅天。
不周天。急切不能卽到。唯有西方極樂世界。這是阿弥陀佛出
身所在。沒有那春夏秋冬。也沒有那風寒暑熱常常如三春時
候。融和天氣也。沒有夫婦男女。其人生在七寶池中。金蓮臺上
西門慶道。那一朶蓮花有幾多大。生在上邊。一陣風擺。怕不骨
碌碌吊在池里麽。薛姑子道。老爹你還不曉的。我依那經上說

佛家以五百里為一由旬。那一朵蓮花好生利害。大的緊大的
緊大的五百由旬。寶衣隨願至。玉食自天來。又有那些好鳥和
鳴。如笙簧一般。委的好個境界。因為那肉眼凡夫。不知去向。不
生尊信。故此佛祖演說此經。勸人專心念佛。竟往西方。見了阿
弥陀佛。自此一世二世。以至百千萬世。永永不落輪廻。那佛祖
說的好。如有人持頌此經。或將此經印刷抄寫。轉勸一人。至千
萬人持誦。獲福無量。況且此經裏面。又有獲諸童子經咒。凡有
人家生育男女。必要從此發心。方得易長易養。災去福來。如今
這付經板現在。只沒人印刷施行。老爹你只消破些工料。印上
幾千卷。裝釘完成。普施十方。那個功德。真是大的緊。西門慶道。
也不難。只不知這一卷經。要多少紙札。多少裝釘工夫。多少印

刷。有個細数纔好動彈。薛姑子又道。老爹你一發呆了。說那里
話去。細細筭將起來。止消先付九兩銀子。交付那經坊裏。要他
印造幾千幾萬卷。裝釘完滿。以後一攬果筭還他工食紙札錢
兒就是了。却怎地要細細筭將出來。正說的熱鬧。只見那陳經
濟。要與西門慶說話。跟尋了好一囘不見。問那玳安。說在月娘
房里。走到捲棚底下。剛剛凑巧。遇着了那潘金蓮。凭闌獨咲。猛
然抬起頭來。見了經濟。就是个猫兒見了魚鮮飯。一心心要啖
他下去了。不覺的把一天愁悶。多改做春風和氣。兩个乘着沒
有人來。執手相偎。做剁嘴咂舌頭。兩下肉麻。好生兒頑了一囘
兒。因恐怕西門慶出來。撞見。連那筭帳的事情。也不吆呼兩雙
眼又像老鼠兒。見了猫來。左顧右盼。提防着。又沒个方便。一溜

烟自出去了。且說西門慶听罷了薛姑子的話頭。不覺心上打動了一片善念。就叫玳安取出拜匣。把汗巾上的小匙鑰兒。開了。取出一封銀子。准准三十两足色松紋。便交付薛姑子與那王姑子。即便同去。隨分那里經坊。與我印下五千卷經。待完了我就筭帳。找他。正話間。只見那書童忙忙的來報道。請的各位客人多到了。少不的是吳大舅。花二舅。謝希大。常時節這一班多各齊齊整整一齊到。西門慶忙的不迭。即便整衣出外。迎接升堂。就叫小廝擺下卓兒。放下小菜兒。請吳大舅上坐了。衆人一行兒分班列次。各叙長幼。各各坐地。那些奄臘煎熬。大魚大肉。燒鷄燒鴨。時鮮菓品。一齊兒多捧將出來。西門慶又叫道。開那麻菇酒兒盪來。只見酒逢知己。形迹多忘。猜拳的打鼓的。催花的三拳兩謊的歌的歌唱的唱談風月盡道是杜工部賀黃剝秉春賞翫掉文袋也曉的蘇玉局黃暮直赤壁清遊投壺的定要那正雙飛拗雙飛八仙過海擲色的又要那正馬軍拗馬軍鰍入菱窠輸酒的要喝个無滴不怕你玉山頹倒麤色的又要去掛紅誰讓你倒着接羅頑不盡少年塲光景說不了醉鄉裏日月正是

秋月春花隨處有　賞心樂事此時同
百年若不千塲醉　碌碌營營總是空

畢竟未知後來何如且聽下回分解

第五十八回　潘金蓮打狗傷人

孟玉樓周貧磨鏡

第五十八回

懷妬忌金蓮打秋菊　乞臈肉磨鏡叟訴寃

綉幃寂寂思懨懨　萬種新愁日夜添

一鴈叫羣秋度塞　亂蛩吟苦月當簷

藍橋失路悲紅線　金屋無人下翠簾

何似湘江江上竹　至今猶被淚痕沾

話說當日西門慶。前廳陪親朋飲酒。吃的酩酊大醉。走入後邊孫雪娥房裡來。雪娥正顧灶上看收拾家火。聽見西門慶往後邊去。慌的兩步做一步走。先前郁大姐。正在他炕上坐的。一面攛掇他往月娘炕屋裏。和玉簫小玉一處睡去了。原來孫雪娥在後邊。也住着一明兩暗三間房。一間床房。一間炕房。西門慶也有一年多。沒進他房中來。聽見今日進來。連忙向前替西門慶接了衣服。安頓中間椅子上坐的。一面在房中揩抹凉蓆。收拾床鋪。薰香澡牝。走來遞茶與西門慶吃了。攙扶進房中。上床脫靴解帶。打發安歇。一宿無話。到次日廿八。乃西門慶正生日。剛燒畢紙。只見韓道國後生胡秀。到了門首。下頭口。左右禀報與西門慶。西門慶叫胡秀到廳上。磕頭見了。問他貨船在那里。這胡秀遞上書帳。悉把韓大叔在杭州置了一萬兩銀子段絹貨物。見今直抵臨清鈔關。缺少稅鈔銀兩。方纔納稅起腳。裝載進城。這西門慶一面看了書帳。心中大喜。分付棋童看飯與胡秀吃了。教他往喬親家爹那里見見去。不一時胡秀吃畢飯去了。西門慶進來對吳月娘說。如此這般。韓夥計貨船到了臨清。

使了後生胡秀。送書帳上來。如今少不的把對門房子打掃。卸到那里。尋夥計收拾裝廂上庫。開鋪子發賣。月娘聽了。便說你上緊尋着。也不早了。還要慢慢的。西門慶道。如今等應二哥來。我就對他說。教他上緊尋覓。時應伯爵來了。西門慶在廳上陪着他坐。對他說韓夥計。杭州貨船到了。缺少個夥計發賣。伯爵就說哥恭喜。今日華誕的日子。貨船到。決增十倍之利。喜上加喜。哥若尋賣手不打緊。我有一相識。却是父交子往的朋友。原是這段子行賣手。連年運拙閒在家中。今年纔四十多歲。正是當年漢子。眼力看銀水。是不消說。寫筭皆精。又會做買賣。此人姓甘。名潤。字出身。見在石橋兒巷住。倒是自已房兒。西門慶道。若好。你明日請他見我。正說着。只見李銘吳惠鄭奉三個。先來

扒在地下磕頭起來旁邊跕立不一時雜耍樂工都到了廂房
中打發吃飯就把卓子擺下與李銘吳惠鄭奉三個同吃只見
荅應的節級拏票來回話小的叫了唱的止有鄭愛月兒不到
他家鴇子說收拾了纔待來被王皇親家人攔的往宅裡唱去
了小的只叫了齊香兒董嬌兒洪四兒三個收拾了便來也西
門慶聽見他不來便道胡說怎的不來便叫過鄭奉問怎的你
妹子我這裡叫他不來果係是被王皇親家攔了去那鄭奉跪
下便道小的另住不知道西門慶道你說往王皇親家唱就罷
了敢量我就拏不得來便叫玳安兒近前分付你多帶兩個排
軍就拏我個侍生帖兒到王皇親家宅內見你王二老爹就說
是我這里請幾位人吃酒這鄭月兒荅應下兩三日了好歹放

了他來。倘若推辭。連那鴇子。都與我鎖了。墊在門房兒裡。這等可惡。叫不得來。就罷了。一面叫鄭奉你也跟了去。那鄭奉又不敢不去。走出外邊來。央及玳安兒說道。安哥你進去。我在外邊等着罷。一定是王二老爹府裏叫。怕不的還沒收拾去哩。有累安哥。若是沒動身。看怎的將就教他。好好的來罷。玳安道。若果然往王家宅裡去了。等我拏帖兒討去。若是在家藏着。你進去對他媽說。教他快收拾一答兒來。俺就與你替他回護兩句言語兒。爹就罷了。你每不知道性格。他從夏老爹宅定下你。不來。他可知惱了哩。這鄭奉一面先往家中說去了。玳安同兩個排軍。一名節級。後邊去着。且說西門慶打發玳安鄭奉去了。因向伯爵道。這個小淫婦兒。這等可惡。在別人家唱。我這裡叫他不來伯爵道。小行貨子。他曉的甚麽。他還不知你的手段哩。西門慶道。我倒見他酒席上。說話兒伶俐。叫他來唱兩日試他倒這等可惡。伯爵道。哥今日揀的這四個粉頭。都是出類拔萃的尖兒了。再無有出在他上的了。李銘道。你沒見愛香兒的。伯爵道。我跟你爹在他家吃酒。他還小哩。這幾年倒沒曾見。不知出落的怎樣的了。李銘道。這小粉頭子。雖做好個身段兒。光是一味粧飾。唱曲也會。怎生赶的上桂姐的一半兒唱。爹這里是。那裡叫着。敢不來。就是來了。虧了你。還是不知輕重。只見胡秀來回話。小的到喬爹那邊。見了來了。伺候老爺示下。西門慶教陳經濟後邊討五十兩銀子來。令書童寫一封書。使了印色。差一名節級。明日早起身。一同去下。與你鈔關上錢老爹。教他過稅之時。青目一二。須史陳經濟。取了一封銀子。來交與胡秀。胡秀稟道。小的往韓大叔家歇去便領文書。并稅帖。次日早同起身。不在話下。忽聽喝的道子响。平安來報劉公公。與薛公公來了。西門慶。即冠帶迎接至大廳。見畢禮數。請至捲棚內。寬去上盔蟒衣。上面設兩張校椅坐下。應伯爵在下。與西門慶關席陪坐。薛內相便問。此位是何人。西門慶道。去年老太監會過來。乃是學生故友應二哥。薛內相道。却是那快耍笑的應先兒麼。那應伯爵欠身道。老公公還記的。就是在下。須史拿茶上來。吃了。只見平安走來稟道。府裡周爺差人拏帖兒來。說今日還有一席。來遲些。教老爹這裡先坐。不須等罷。西門慶看了帖兒便說我知道了。薛內相。因問西門大人。今日誰來遲。西門慶道。周南軒。那邊還有一席。使人來說。上坐休等他哩。只怕來遲些。薛內相道。既來說。咱虛着他席面。就是。上面只見兩個小廝上來。一邊一個打扇。正說話之間。王經拏了兩個帖兒進來。兩位秀才來了。西門慶見帖兒上。一個是侍生倪鵬。一個溫必古。西門慶就知倪秀才。舉薦了他同窓朋友來了。連作出來迎接。見都穿衣巾着進來。且不着倪秀才觀看。那溫必古年紀不上四旬。生的明眸皓齒。三牙鬚。丰姿洒落。舉止飄逸。未知行藏何如。見觀動靜若是有幾句道得他好。

雖抱不羈之才。慣遊非禮之地。功名蹭蹬。豪傑之志已灰。家業凋零。浩然之氣先喪。把文章道學。一併送還了孔夫子。將致君澤民的事業。及榮華顯親的心念。都撇在東洋大海。和光混俗。惟其利欲是前。隨方逐圓。不以廉耻為重。峩其冠。博其帶。而眼底旁若無人。席上闊其論。高其談。而胸中實無一物。三年叫案。而小考尚難。豈望月桂之高攀。廣坐啣盃。遯世無悶。且作岩穴之隱相。

西門慶讓至廳上敘禮。每人遞書帕二事與西門慶祝壽。交拜畢。分賓主而坐。西門慶問道。久仰溫老先生大才。敢問尊號。溫秀才道。學生賤名必古。字日新。號葵軒。西門慶道。葵軒老先生。又問貴庠。魁經。溫秀才道。學生不才。府學備數。初學易經。一向久仰尊府大名。未敢進拜。昨因我這敝同窓倪桂岩道及老先生盛德。敢來登堂恭謁。西門慶道。不敢承老先生先施。學生容日奉拜。只因學生一個武官。粗俗不知文理。往來書柬無人代筆。前者因在我這敝同僚府上。會遇桂岩老先生。甚是稱道老先生。大才盛德。正欲趨拜請教。不意老先生下降。兼承厚貺。感激不盡。溫秀才道。學生匪才薄德。謬承過譽。茶罷。西門慶讓至捲棚內。有薛劉二老太監在座。薛內相道。請二位老先生寬衣進來。西門慶。一面請寬了青衣進裡面各遜讓再四。方纔一邊一位。垂首坐下。正敘談間。吳大舅。范千戶到了。敘禮坐定。不一時。玳安與同答應的。和鄭奉都來回話。四個唱的都叫來了。西門慶。問是王皇親那裡不在。玳安道。是王皇親宅內叫。還沒起身。小的要拴他鵝子墩鎖。他慌了。纔上轎。都一答兒來了。西門慶卽出來。到廳臺基上站立。只見四個唱的。一齊進來。向西門慶花枝颭招。綉帶飄颻。都揷燭也似磕下頭去。那鄭愛月兒穿。

着紫紗衫兒。白紗挑線裙子。頭上鳳釵半卸。寶髻玲瓏。腰肢嬝娜。猶如楊柳輕盈。花貌娉婷。好似芙蓉艷麗。正是萬種風流無處買。千金良夜實難消。西門慶便向鄭愛月兒道。我叫你。如何不來。這等可惡。敢量我拏不得你來。那鄭愛月兒磕了頭起來。一聲兒也不言語。笑着。同衆人一直往後邊去了。到後邊與月娘衆人。都磕了頭。看見李桂姐。吳銀兒。都在跟前。各道了萬福。說道。你二位來的早。李桂姐道。俺每兩日沒家去了。因說你四個。怎的這咱纔來。董嬌兒道。都是月姐。帶累的俺每來遲了。收拾下。只顧等着。他白不起身。那鄭愛月兒用扇兒遮着臉兒。只是笑。不做聲。月娘便問。這位大姐。是誰家的。董嬌兒道。娘不知道。他是鄭愛香兒的妹子。鄭愛月兒。纔成人。還不上半年光景。

月娘道。可倒好個身段兒。說畢。看茶吃了。一面放卓兒擺茶與衆人吃。那潘金蓮。且只顧揭起他裙子。撮弄他的腳看。說道你每這裡邊的樣子。只是恁直尖了。不相俺外邊的樣子趫。俺外邊尖底停勻。你裡邊的後跟子大。月娘向大妗子道。偏他恁好百勝。問他怎的。一回又取下他頭上金魚撇杖兒來瞧。因問你這樣兒。是那裡打的。鄭愛月兒道。是俺裡邊銀匠打的。須臾擺下茶。月娘便叫桂姐銀姐。你陪他四個吃茶。不一時。六個唱的。做一處同吃了茶。李桂姐。吳銀兒。便向董嬌兒四個說。你每來花園裡走走。董嬌兒道。等我每到後邊就來。這李桂姐。和吳銀兒。就跟着潘金蓮。孟玉樓。出儀門往花園中來。因有人在大捲棚內。就不曾過那邊去。只在這邊。看了回花艸。就往李瓶兒房裡看官哥兒。官哥心中又有些不自在。睡夢中驚哭。吃不下妳去。李瓶兒在屋裡守着。不出來。看見李桂姐。吳銀兒和孟玉樓。潘金蓮進來。連忙讓坐的。桂姐問道。哥兒睡哩。李瓶兒道。他哭了這一日。我打發他面朝裡床。纔睡下了。玉樓道。大娘說。請劉婆子來看看他。你怎的不使小厮快請去。李瓶兒道。今日他爹好的日子。明日請他去罷。正說話中間。只見四個唱的和西門大姐小玉走來。大姐道。原來你每都在這裡。却教俺花園內尋你。玉樓道。花園內有人。在那里。咱每不好去的。瞧了瞧兒就來了。李桂姐。問洪四兒。你每四個在後邊做甚麽。這半日纔來。洪四兒道。俺每在後邊四娘房裡。吃茶來。坐了這一回。潘金蓮聽了。望着玉樓李瓶兒笑。問洪四兒。誰對你說是四娘來。董嬌兒道。他留俺每在房裡吃茶來。他每問來。還不曾與你老人家磕頭。不知娘是幾娘。他便說我是你四娘哩。金蓮道。沒廉耻的小婦人。別人称道你便好。誰家自巳稱是四娘來。這一家大小。誰與你。誰數你。誰吽你是四娘。漢子在屋裡。睡了一夜兒。得了些顏色兒。就開起染房來了。若不是大娘房里。有他大妗子。他二娘房裡。有桂姐。你房裡有楊姑奶奶。李大姐便有銀姐在這裡。我那屋裡。有他潘姥姥。且輪不到往你那屋里去哩。玉樓道。你還沒曾見哩。今日早辰起來。打發他爹往前邊去了。在院子裡呼張喚李的。便那等花哨起來。金蓮道。常言道。奴才不可逞。小孩兒不宜哄。又問小玉。我聽見你爹對你奶奶說。替他尋丫頭子與他。爹昨日到他屋裡。見他只顧收拾。不見問他到底是那小淫婦做勢兒對你爹說我昨日不得個閑收拾屋裡只好晚夕來這屋裡睡罷了你爹說不打緊到明日對你娘說尋一個了頭子與你使便了眞個有此話小玉道我不曉的敢是玉簫他聽見來金蓮向桂姐道你爹不是俺各房裡有人等閒不往他後邊去莫不俺每背地說他本等他嘴頭子不達時務慣傷犯人俺每急切不和他說話正說着綉春拿了茶上來每人一盞果仁泡茶正吃間忽聽前邊鼓樂响動荆都監衆人都到齊了遞酒上坐玳安兒來叫四個唱的就往前邉去了那日喬大戶沒來先是雜耍百戲吹打彈唱隊舞吊罷做了個笑樂院本割切上來獻頭一道湯飯只見任醫官到了冠帶着進來西門慶迎接至廳上敘禮任醫官令左右氊包內取出一方壽帕二

星白金來。與西門慶拜壽。說道昨日韓明川。纔說老先生華誕。恕學生來遲。西門慶道。豈敢動勞車駕。又兼謝盛儀。外日多謝妙藥。彼此拜畢。任醫官還要把盞。西門慶道。不消。剛纔巳見過禮就是了。一面脫了衣服。安在左手第四席。與吳大舅相近而坐。獻上湯飯。并手下攢盤。任醫官道多謝了。令僕從領下去。告坐。坐下。四個唱的。彈着樂器。在旁唱了一套壽詞。西門慶令上席。各分投遞酒。下邊樂工。呈上揭帖。到劉薛二內相席前。揀令一段韓湘子度陳半街升仙會雜劇。纔唱得一摺。只聽喝道之聲漸近。平安進來禀報。守備府周爺來了。西門慶冠帶迎接。未曾相見。就先令寬盛服。周守備道。我來非爲別務。要與四哥把一盞。薛內相向前來說道。周大人。不消把盞。只見禮兒罷。于是二人交拜。又道我學生來遲。恕罪恕罪。敘畢禮數。方寬衣解帶。纔與衆人作揖。左首第三席。安下鍾筯。下邊就是湯飯。割切一道添換。拿上來。席前打發馬上人兩盤點心。兩盤熟肉。兩瓶酒。周守備舉手謝道。忒多了。令左右上來。領下去。然後坐下。一面劉薛二內相。每人送周守備一大杯。觥籌交錯。歌舞吹彈。花攢錦簇飲酒。正是舞低楊柳樓心月。歌罷桃花扇底風。吃至日暮時分。先是任醫官。隔門去的早。西門慶送出來。任醫官因問老夫人貴恙。覺好了。西門慶道。拙室服了良劑。已覺好些些。這兩日不知怎的。又有些些不自在。明日還望老先生過來看看。說畢。任醫官作辭上馬而去。落後又是倪秀才溫秀才起身。西門慶再三欵留不住。送出大門。說道容日奉拜請教。寒家就在對門。收拾一所書院。與老先生居住。連寶眷多搬來一處方便。學生每月。奉上束修。以備薪水之需。温秀才道。多承盛愛。感激不盡。倪秀才道。觀此是老先生。崇尚斯文之雅意矣。打發二秀才去了。西門慶陪客飲酒吃至更闌方散。四個唱的。都歸在月娘房內。唱與月娘。大妗子。楊姑娘。衆人聽。西門慶還在前邊。留下吳大舅。應伯爵。復坐飲酒。看着打發樂工酒飯吃了。先去了。其餘席上家火。都收了。鮮果殘饌。都令手下人分散吃了。分付從新後邊。拿果碟兒上來。教李銘。吳惠。鄭奉上來彈唱。拏大杯賞酒與他吃。應伯爵道。哥。今日華誕設席。列位都是喜歡。李銘道。今日薛爺和劉爺。也費了許多賞賜。落後見桂姐銀姐。又出來。每人又遞了一包與他。只是薛爺比劉爺年小。快頑些。不一時。畫童

兒拿上添換果碟兒來。都是蜜餞減碟、榛松果仁、紅菱雪藕。蓮
子拳蘋。酥油蚫螺。冰糖霜梅。玫瑰餅之類。這應伯爵。看見酥油
蚫螺。渾白與粉紅兩樣。上面都沾着飛金。就先揀了一個。放在
口內。如甘露洒心。入口而化。說道倒好吃。西門慶道。我的兒。你
倒肯吃。此是你六娘親手揀的。伯爵笑道。也是我女兒孝順之
心。說道老舅。你也請個兒。于是揀了一個。放在吳大舅口內。又
吽李銘吳惠鄭奉近前。每人揀了一個賞他。正飲酒間。伯爵向
玳安道。你去後邊。吽那四個小淫婦出來。我便罷了。也教他唱
個兒與老舅聽。再遲一回兒。便好去。今日連用錢。他只唱了兩
套。休要便宜了他。那玳安不動身。說道小的吽了他了。在後邊
唱與妗子。和娘每聽哩。便來。伯爵道。賊小油嘴。你幾時去哩。還

哄我因吽王經你去。那王經又不動。伯爵道。我便看你每都不去。等我去罷。于是就往後走。玳安道。你老人家。趂早休進去。後邊有狗哩。好不利害。只咬大腿。伯爵道。若咬了我。我直賴到你娘那炕頭子上。玳安入後邊良久。只聽一陣香風過。覺有笑聲。四個粉頭。都用汗巾兒搭着頭出來。伯爵看見。我的兒。誰養的你恁乖。搭上頭兒。心裡要去的情。好自在性兒。不唱個曲兒與俺每聽。就指望去。好容易。連轎子錢就是四錢銀子。買紅梭兒來。買一石七八斗。勾你家鴇子和你一家大小吃一個月。董嬌兒道。哥兒恁便益衣飯兒。你也入了籍罷了。洪四兒道。大爺。這咱晚七八有二更。放了俺每去罷了。齊香兒道。俺每明日還要起早往門外送殯去哩。伯爵道。誰家。齊香兒道。是房簷底下開門兒那家子。伯爵道。莫不又是王三官兒家。前日被他連累你那場事。多虧你大爹這裡人情。替李桂兒說。連你也饒了。這一遭雀兒不在那窩兒罷了。齊香兒笑罵道。怪老油嘴汗邪了你恁胡說。伯爵道。你笑話我老。我那些兒放着老。我半邊俏。把你這四個小淫婦兒。還不勾擺布洪四兒笑道。哥兒。我看你行頭不怎麽好。光一味好撇。伯爵道。我那兒。到根前。看手段還錢。又道鄭家那賊小淫婦兒。吃了糖五老座子兒。百不言語有些出神的模樣。敢記掛着那孤老兒在家里。董嬌兒道。他剛纔聽見你說在這里有些怯床。伯爵道。怯床不怯床。拏樂器來。每人唱一套。你每去罷。我也不留你了。西門慶道。也罷。你每耳兩個遞酒。兩個唱一套與他聽罷。齊香兒道。等我和月姐唱。當下鄭月兒琵琶。齊香兒彈箏。坐在校床兒。兩個輕舒玉指。款跨鮫綃。啟朱唇。露皓齒。歌美韻。放嬌聲。唱了一套越調鬬鵪鶉夜去明來。倒有個天長地久。當下董嬌兒遞吳大舅酒。洪四兒遞應伯爵酒。在席上交杯換盞。倚翠偎紅。翠袖慇懃。金杯瀲灩。正是

朝赴金谷宴。　暮伴綺樓娃。
休道歡娛處。　流光逐落霞。

當下酒進數巡。歌吟兩套。打發四個唱的去了。西門慶還留吳大舅坐。教春鴻上來。唱南曲與大舅聽。分付棋童備馬來。拏燈籠送大舅。大舅道。姐夫不消備馬。我同應二哥。一路走罷。天色晚了。西門慶道。無是理。如此。教棋童打燈籠。送到家。當下唱了一套。吳大舅與伯爵起身作別。道深擾姐夫。西門慶送至大門

首因和伯爵說你明日好歹上心約會了那位夥計來見了
批合同我會了喬親家好收拾那邊房子一兩日卸貨伯爵道
哥不消分付我知道一面作辭與大舅同行棋童打着燈籠吳
大舅便問剛纔姐夫說收拾那裡房子伯爵悉把韓夥計貨船
到無人發賣他心內要開個段子舖收拾對門房子教我替他
尋個夥計一節對大舅說了大舅道幾時開張咱每親朋會定
少不的具果盒花紅來作賀作賀須臾出大街到伯爵小衚衕
口上大舅要棋童打燈籠送你應二叔到家伯爵不肯說道棋
童你送大舅我不消燈籠進巷內就是了一面作辭分路回來
棋童便送大舅去了西門慶打發李銘等唱錢關門回後邊月
娘房中歇了一夜到次日果然伯爵領了甘出身穿青衣走來

拜見講說了回買賣之事。西門慶叫將崔本來。會喬大戶那邊。收拾房子卸貨。修盖土庫局面。擇日開張舉事。喬大戶對崔本說。將來凡一應大小事。隨你親家爹。這邊只顧處。不消多較。當下就和甘夥計。批立了合同。就立伯爵作保。譬如得利十分為率。西門慶分五分。喬大戶分三分。其餘韓道國。甘出身。與崔本三分均分。一面收卸磚瓦木石。修盖土庫裡面。裝畫牌面。待貨車到日。堆卸貨物。後邊獨自收拾一所書院。請將溫秀才來。作西賓。專修書柬。回答往來士夫。每月三兩束修。四時禮物不缺。又撥了畫童兒小厮。伏侍他。半晚替他拿茶飯。舀硯水。他若出門望朋友。跟他拏拜帖匣兒。西門慶家中常筵客。就請過來陪侍飲酒。俱不必細說。不覺過了西門慶生辰。第二日。早辰。就請了任醫官來看李瓶兒討藥。又在對門看着收拾。楊姑娘先家去了。李桂姐。吳銀兒。還沒家去。吳月娘買了三錢銀子螃蟹。午間煮了。來在後邊院內。請大妗子。李桂姐。吳銀兒。衆人都圍着。吃了一回。只見月娘請的劉婆子來看官哥兒。吃了茶。李瓶兒就陪他往前邊房裡去了。劉婆子說。哥兒驚了。住了奶奶。又留下幾服藥。月娘與了他三錢銀子。打發去了。孟玉樓。潘金蓮和李桂姐。吳銀兒。大姐都在花架底下。放小卓兒。鋪氊條。同抹骨牌。賭酒頑耍。那個輸一牌。吃一大杯酒。孫雪娥。吃衆人贏了七八鍾酒。又不敢久坐。坐一回又去了。西門慶在對門房子內。看着收拾打掃。和應伯爵。崔本。甘夥計吃酒。又使小廝來家。要菜兒。慌的雪娥。往厨下打發。只拏李嬌兒頂缺。金蓮教吳銀兒桂姐你唱慶七夕俺每聽當下彈着琵琶唱商調集賢賓。
暑纔消大火即漸西。斗柄往次宮移。一葉梧桐飄墜。萬方秋意皆知。暮雲軒聒聒蟬鳴。晚風輕點點螢飛。天堦夜凉清似水。鵲橋高掛偏宜。金盤內種五生瑱樓上設筵席。

當日衆姊妹飲酒至晚。月娘裝了盒子。相送李桂姐吳銀兒家去了。潘金蓮吃的大醉歸房。因見西門慶夜間在李瓶兒房裡歇了一夜。早辰請任醫官又來看他。那惱在心裡。知道他孩子不好。進門不想天假其便。黑影中蹺了一脚狗屎。到房中叫春梅。點燈來看。大紅段子新鞋兒上滿幇子都展汚了。登時柳眉剔竪星眼圓睜。叫春梅打着燈。把角門關了。拏大棍把那狗沒高低只顧打打的怪叫起來。李瓶兒那邊使過迎春來說。俺娘說哥兒纔吃了老劉的藥睡着了教五娘這邊休打狗罷這潘金蓮坐着半日不言語一面把那狗打了一回開了門放出去了又尋起秋菊的不是來看着那鞋左也惱右也惱因把秋菊喚至跟前說論起這咱晚這狗也該打發去了只顧還放在這屋裡做甚麼是你這奴才的野汗子你不發他出去教他恁遍地撒尿把我恁雙新鞋兒連今日纔三四日兒躧了恁一鞋幫子屎知道了我來你與我點箇燈兒出來你如何恁推聾粧啞裝憨兒春梅道我頭裡又對他說你趁娘不來早喂他些飯關到後邊院子裡去罷他佯打耳睜的不理我還拏眼兒瞟着我婦人道可又來賊胆大萬殺的奴才怎麽恁把屁股兒懶待動我知道你在這屋裡成了把頭便說你恁久慣牢頭把這打

來不作理因叫他到跟前叫春梅拏過燈來教他瞧躧的我這鞋上的齷齪我纔做的恁奴心愛的鞋兒就教你奴才遭塌了我的哄得他低頭瞧提着鞋拽巴拽臉就是幾鞋底子打的秋菊嘴唇都破了只顧搵着搽血那秋菊走開一邊婦人罵道好賊奴才你走了教春梅與我採過跪着取馬鞭子來把他身上衣服與我扯了好好教我打三十馬鞭子便罷但扭一扭兒我亂打了不筭春梅于是扯了他衣裳婦人教春梅把他手拴住雨點般鞭子輪起來打的這丫頭殺猪也似叫那邊官哥纔合上眼兒又驚醒了又使了綉春來說俺娘上覆五娘饒了秋菊不打他罷只怕諕醒了哥哥那潘姥姥正搕在裡間屋裡炕上聽見金蓮打的秋菊叫一砧碌子扒起來在旁邊勸解見金蓮

不依。落後又見李瓶兒。使過綉春來說。又走向前。奪他女兒手中鞭子。說道姐姐。少打他兩下兒罷。惹的他那邊姐姐說。只怕諕了哥哥。爲驢扭棍。不打緊。倒没的傷了紫荆樹。金蓮緊自心裡惱。又聽見他娘說了這一句。越發心中撞上把火一般須臾紫漒了面皮。把手只一推。險些兒不把潘姥姥推了一交。便道怪老貨。你不知道。與我過一邊坐着去。不干你事。來勸甚麽。腌子甚麽紫荆樹。驢扭棍。单骨外合裏差。潘姥姥道。賊作死的短壽命。我怎的外合裏差。我來你家討冷飯吃。教你恁頓摔我。金蓮道。你明日說與我來。看那老毯走。怕是他家。不敢拏長鍋煑吃了我。那潘姥姥。聽見女兒這等證他。走那裡邊屋裡。嗚嗚咽咽哭起來了。內着婦人打秋菊。打勾約二三十馬鞭子。然後又蓋了十闌杆。打得皮開肉綻。纔放起來。又把他臉和腮頰。都用尖指甲掐的稀爛。李瓶兒在那邊。只是雙手握着孩子耳朶腮頰痛淚。敢怒而不敢言。不想那日西門慶在對門房子裡吃酒散了。逕往玉樓房中。歇了一夜。到次日。周守備家請吃補生日酒。不在家。李瓶兒。見官哥兒。吃了劉婆子藥。不見動靜。夜間又着驚諕。一雙眼只是往上吊吊的。因那日薛姑子。王姑子家去。來對月娘說。向房中拏出他壓被的銀獅子一對來。要教薛姑子。印造佛頂心陀羅經。赶八月十五日。嶽廟裡去捨。那薛姑子。就要拏着走。被孟玉樓在旁說道。師父你且住。大娘你還使小厮。叫將賁四來。替他兊兊多少分兩。就同他往經鋪裡。講定個數兒來。每一部經。多少銀子。咱每捨多少。到幾時有。纔好。你教薛師父去。他獨自一個。怎弄的過來。月娘道。你也說的是一面使來安兒。你去瞧賁四來家不曾。你叫了他來。來安兒。一直去了。不一時。賁四來到。向月娘衆人。作了揖。把那一對銀獅子。上天平兊了。重四十九兩伍錢。月娘分付。同薛師父往經舖請印造經數去了。潘金蓮。隨即叫孟玉樓。咱送送他兩位師父去。就前邊看看大姐。他在屋裡做鞋哩。兩個携着手兒。往前邊來。賁四同來安兒。薛姑子。王姑子。往經舖裡去。金蓮與玉樓。走出大廳前來。東廂房門首。見他正守着針線筐兒。在簷下納鞋。金蓮拏起來看。却是沙綠潞紬子鞋面。玉樓道。大姐。你不要這紅鎖線子。爽利着藍頭線兒。却不老作些。你明日還要大紅提跟子。大姐道。我有一雙是大紅提根子的。這個我心裡要藍提跟子。

所以使大紅線鎖口。金蓮瞧了一回。三個都在廳臺基上坐的。玉樓問大姐。你女婿在屋裡不在。大姐道。他不知那裡吃了兩鍾酒。在屋里睡哩。孟玉樓便向金蓮說。剛纔若不是我在旁邊說着。李大姐恁哈帳行貨。就要把銀子交。姑子拏了印經去。經也印不成。沒脚蠏行貨子。藏在那大人家。你那里尋他去。早時我說。叫將賁四來。同他去了。金蓮道。你看麽。你教我幹。恁有錢的姐姐。不撰他些兒。是傻子。只相牛身上拔一根毛了。你孩兒若沒命。休說捨經。隨你把萬里江山捨了。也成不的。正是饒你有錢拜井斗。誰人買得不無常。如今這屋裡只許人放火。不許俺每點燈。大姐聽着。也不是別人偏染的白兒不上色。偏你會那等輕狂百勢。大清早辰。刁蹬着漢子。請太醫看。他亂也的。俺每又不骨。每每當在人前。會那等做清兒說話。我心裡不耐煩。他爹要便進我屋裡。推看孩子睡着。和我睡。誰耐煩。教我就攛掇往別人屋裡睡去了。俺每自恁好罷了。背地還嚼說俺每。那大姐姐。偏聽他一面詞兒說話。不是俺每爭這個事。怎麼昨日漢子。不進你屋裡去。你使丫頭在角門子首。叫進屋裡。推看孩子。你便吃藥。一徑把漢子。作成在那屋裡。和吳銀兒睡了一夜去了。一徑顯你那乖覺。教漢子喜歡你。那大姐姐。就有的話兒說了。昨日晚夕。人進屋裡。躧了一雌狗屎。打丫頭赶狗。也嗔起來。使丫頭過來說。諕了他孩子了。俺娘那老貨。又不知道。走過他那嘴吃。教他那小買手。走來勸甚麼的。驢扭棍。傷了紫荊樹。我惱他。這等輕聲浪氣。他又來我跟前。說話長短。教我墩了他兩句。

他今日使性子家去了。去了罷。教我說他家有你這樣窮親戚也不多。沒你也不少。比時恁他快使性子。到明日不要來他家。怕他拏長鍋煑吃了我。隨他和他家纏去。玉樓笑道。你這個沒訓教的子孫。你一個親娘母。見你這等訌他。金蓮道。不是這等說。惱人子腸了。单管黃貓黑尾。外合裡差。只替人說話。吃人家碗半被人家使喚。得不的人家一個甜頭兒。千也說好萬也說好。想着迎頭兒養了這個孩子。把漢子調唆的生根也似的。把他便扶的正正兒的。把人恨不的躧到那泥裡頭還躧。今日怎的天也有眼。你的孩兒生出病來了。我只說日頭常晌午。如何也有個錯了的時節兒。正說着。只見賁四和來安兒往經舖裡交了銀子。來回月娘話。看見玉樓金蓮和大姐都在廳臺基上坐的只顧在儀門外立着不敢進來來安走來說道娘每閃閃見賁四來了金蓮道怪囚根子你教他進去不是纔乍見他來安說了賁四于是低着頭一直後邊見月娘李瓶兒把上項兌了銀子四十一兩五錢眼同兩個師父交付與翟經兒家收了講定印造綾殼陀羅五百部每部五分絹殼經一千部每部三分筭共該五十五兩銀子除收過四十一兩五錢還找與他十三兩五錢俱在十四日早擡經來李瓶兒連忙向房里取出一個銀香毬來教賁四上天平兌了十五兩李瓶兒道你拏了去除找與他別的你收着換下些錢到十五日廟上捨經與你每做盤纏就是了省的又來問我要賁四于是留香毬出門月娘使來安送賁四出去李瓶兒道四哥多累你賁四躬着身說道

小人不敢。走到前邉。金蓮玉樓。又叫住問他。銀子交付與經舖了。賁四道。已交付明白。共一千五百部經。共該給五十五兩銀子。除收過那四十一兩五錢剛纔六娘。又與了這件銀香毬。玉樓金蓮。瞧了瞧。没言語。賁四便回家去了。玉樓向金蓮說道。李大姐。相這等。都枉費了錢。他若是你的兒女。就是榔頭。也椿不死。他若不是你兒女。你捨經造像。隨你怎的。也留不住。他信着姑子。甚麼繭兒幹不出來。剛纔不是我說着。把這些東西。就託他拏的去了。這等着咱家個人兒去。却不好。金蓮道。總然他背地落也落不多兒。兩個說了一回。都立起來。金蓮道。咱每往前邉大門首走走去。因問大姐。你不出去。大姐道。我不去。這潘金蓮。便拉着玉樓手兒。兩個同來。到大門裡首站立。因問平安兒對門房子。都收拾了。平安道。這咱哩。從昨日爹看着。都打掃乾淨了。後邊樓上堆貨。昨日教陰陽來破土。樓底下要裝廂三間。土庫閣叚子。門面打開一溜三間。鋪子局面。都教漆匠裝新油漆。地下鏝磚鑲地平打架子。要在出月開張。玉樓又問那寫書溫秀才家小。搬過來了不曾。平安道。從昨日就過來了。今早爹分付。把後邊堆放的那一張涼床子。拆了與他。又搬了兩張卓子。四張椅子。與他坐。金蓮道。你沒見他老婆怎的模樣兒。平安道。黑影子坐着轎子來。誰看見他來。正說着。只聽見遠遠一個老頭兒。斯琅琅搖着驚閨葉過來。潘金蓮便道磨鏡子的過來了。教平安兒你叫住他。與俺每磨磨鏡子。我的鏡子。這兩日都使的昏了。分付你這因根子。看着過來。再不叫。俺每出來。跕了多大囘。怎的就有磨鏡子的過來了。那平安一面叫住磨鏡老兒放下擔兒。見兩個婦人在門里首。向前唱了兩個喏。立在旁邊。金蓮便問玉樓道。你也磨。都教小厮帶出來。一答兒里磨了罷。于是使來安兒。你去我屋裡。問你春梅姐。討我的照臉大鏡子。兩面小鏡子兒。就把那大四方穿衣鏡。也帶出來。教他好生磨磨。玉樓分付來安。你到我屋裡。教蘭香。也把我的鏡子。拏出來。那來安兒去。不多時。兩隻手。提着大小八面鏡子。懷裡又抱着四方穿衣鏡出來。金蓮道。賊小肉兒。你拏不了。做兩遭兒拏。如何恁拏出來。一時叮噹了我這鏡子。怎了。玉樓道。我没見你這面大鏡子。是那里的。金蓮道。是鋪子人家當的。我愛他。且是曉。安在屋里。早晚照照。因問我的鏡子。只三面。玉樓道。我的大小只兩面。金蓮道。這兩面是誰的。來安道。這兩面。是俺春梅姐的稍出來。也教磨磨。金蓮道。賊小肉兒。他放着他的鏡子不使成日只撾着我的鏡子照。弄的恁昏昏的。共大小八面鏡子。交付與磨鏡老叟。教他磨。當下絆在坐架上。使了水銀。那消頓飯之間。睜磨的耀眼爭光。婦人拏在手內。對照花容。猶如一汪秋水相似。有詩為証。

蓮萼菱花共照臨　風吹兒動影沉沉
一池秋水芙蓉現　好似嫦娥入月宮
翠袖拂塵霜暈退　朱唇呵氣碧雲深
從教粉蝶飛來撲　始信花香在畫中

那磨鏡老子。須臾將鏡子磨畢。交與婦人看了。付與來安兒收進去了。玉樓便令平安。問鋪子里傳夥計櫃上要五十文錢兒與磨鏡的。那老子一手接了錢。只顧立着不去。玉樓教平安問那老子。你怎的不去。敢嫌錢少。那老子不覺眼中。撲簌簌流下淚來哭了。平安道。俺當家的奶奶問你。怎的煩惱。老子道。不瞞哥哥說老漢今年痴長六十一歲。老漢前者。丟下個兒子。二十二歲。尚未娶妻。專一狗油。不幹生理。老漢日逐出來挣錢。便養活他。他又不守本分。常與街上搗子要錢。昨日惹了禍。同拴到守備府中。當土賊打了他二十大棍。歸來把媽媽的裙襖。都去當了。媽媽便氣了一場病。打了寒。睡在炕上半個月。老漢說了他兩句。他便走出來。不往家去。教老漢日逐抓尋他。不着個下落。待要賭氣不尋他。況老漢恁大年紀。止生他一個兒子。往後無人送老。有他在家。見他不成人。又要惹氣。似這等。乃老漢的業障。有這等負屈啣寃。各處告訴。所以這等淚出痛腸。玉樓教平安兒。你問他。你這後娶婆兒。是今年多大年紀了。老子道。他今年痴長五十五歲了。男女花兒沒有。如今打了寒。纔好些。只是沒將養的。心中想塊臘肉兒吃。老漢在街上。恁問了兩三日。走了十數條街巷。白不討出塊臘肉兒來。甚可嗟歎人子。玉樓笑道。不打緊處。我屋里抽替內。有塊臘肉兒哩。卽令來安兒。你去對蘭香說。還有兩個餅錠。敎他拿與你來。金蓮叫那老頭子。問你家媽媽兒吃小米兒粥不吃。老漢子道。怎的不吃。那里可知好哩。金蓮于是叫過來安兒來。你對春梅說。把昨日你姥姥稍來的新小米兒量二升。就拏兩個醬瓜兒出來。與他媽媽兒吃。那來安去不多時。拏出半腿臘肉。兩個餅錠。二升小米。兩個醬瓜茄。吽道老頭子過來。造化了你。你家媽媽子。不是害病。想吃。只怕害孩子坐月子。想定心湯吃。那老子連忙雙手接了。安放在担內。望着玉樓金蓮。唱了個喏。楊長挑着担兒。搖着驚閨葉去了。平安道。二位娘子。不該與他這許多東西。被這老油嘴設智誆的去了。他媽媽子是個媒人。昨日打這街上走過去。不是。幾時在家不好來。金蓮道。賊囚你早不說。做甚麼來。平安道。罷了。也是他的造化。可可二位娘。出來看見。吽住他照顧了他。這些東西去了。正是

閒來無事倚門楣　正是驚閨一老來
不獨纖微能濟物　無緣滴水也難爲

畢竟未知後來何如。且聽下回分解。

第五十九回　西門慶露陽驚愛月

李瓶兒睹物哭官哥

第五十九回

西門慶摔死雪獅子　李瓶兒痛哭官哥兒

日落水流西復東　春風下盡折何窮
巫娥廟裡低含雨　宋玉門前斜帶風
莫將榆莢共爭翠　深感杏花相映紅
灞上漢南千萬樹　幾人遊宦别離中

話說孟玉樓和潘金蓮在門首打發磨鏡叟去了。忽見從東一人帶着大帽眼紗。騎着騾子。走得甚急。逕到門首下來。慌的兩個婦人。往後走不迭。落後揭開眼紗。却是韓夥計來家了。平安忙問道。貨車到了不曾。韓道國道。貨車進城了。稟問老爹。卸在那里。平安道。爹不在家。往周爺府裡。吃酒去了。收拾了。交卸在對門樓上哩。你老人家請進裡邊去。不一時。陳經濟出來。陪韓道國。入後邊。見了月娘。出來廳上。拂去塵土。把行李搭連。教王經送到家去。月娘一面打發出飯來。與他吃了。不一時貨車纔到。經濟拏鑰匙。開了那邊樓上門。就有卸車的小脚子。領籌搬運貨。一箱箱堆卸在樓上。十大車段貨。運家用酒米。直卸到掌燈時分。崔本也來幫扶照管堆卸。完畢查數鎖門貼上封皮。打發小脚錢出門。早有玳安往守備府。報西門慶去了。西門慶聽見家中卸貨。吃了幾鍾酒。約掌燈以後就來家。韓夥計等着見了。在廳上坐的。悉把前後往回事說了一遍。西門慶因問錢老爹書。下了。也見些分上不曾。韓道國道。全是錢老爹這封書。十車貨。少使了許多稅錢。小人把段箱。兩箱併一箱。三停只報了兩停。都當茶葉馬牙香櫃上稅過來了。通共十大車貨。只納了三十兩五錢鈔銀子。老爹接了報单。也没差巡攔下來查點。就把車喝過來了。西門慶聽言。滿心歡喜。因說到明日。少不的重重買一分禮。謝那錢老爹。于是分付陳經濟。陪韓夥計。崔大哥坐。後邊拏菜出來。留吃了一回酒。方纔各散回家。王六兒聽見韓道國來了。王經替他馱行李搭連來家。連忙接了行李。因問你姐夫來了麽。王經道。俺姐夫看着卸行李。還等着見俺爹。纔來哩。這婦人分付丫頭。春香錦兒。伺候下好茶好飯。等的晚上韓道國到家。拜了家堂。脫了衣裳。淨了面目。夫妻二人各訴離情一遍。韓道國悉把買賣得意一節。告訴老婆。老婆又見搭連內。沉沉重重。許多銀兩。因問他替已。又帶了一二百兩。貨物酒米。卸在門前店里。漫漫發賣了銀子來家。老婆滿心歡喜。聽見王經說。又尋了個甘夥計。做賣手。咱每和崔大哥。與他同分利錢使。這個又好了。到出月開鋪子。韓道國道。這裡使着了人。做賣手。南邊還少個人。立庄置貨。老爹已定還裁派我去。老婆道你看貨才料。自古能者多勞。你看不會做買賣。那老爹託你麽。常言不將辛苦意。難得世人財。你外邊走上三年。你若懶得去。等我對老爹說了。教姓甘的和保官兒打外。你便在家賣貨就是了。韓道國道。外邊走熟了。也罷了。老婆道。可又來。你先生迷了路。在家也是閒。說畢。擺上酒來。夫婦二人。飲了幾盃濶別之酒。收拾就寢。是夜歡娛無度。不必用說。次日却是八月初一日。韓道國早到西門慶。教同顧本甘夥計。在房子內。看着收卸磚

瓦木石。收拾裝修土庫。不在話下。却說西門慶。見卸貨物。家中
無事。忽然心中想起。要往鄭愛月兒家去。暗暗使玳安兒。送了
三兩銀子。一套紗衣服。與他鄭家鴇子。聽見西門老爹。來請他
家姐兒。如天上落下來的一般。連忙收了禮物。沒口子向玳安。
你多頂上老爹。就說他姐兒兩個。都在家里伺候老爹。請老爹
早些兒下降。玳安走來家中。書房內回了西門慶話。西門慶約
午後時分。分付玳安。收拾着涼轎。頭上戴着披巾。身上穿青緯
羅暗補子直身。粉底皂靴。先走在房子。看了一回裝修土庫。然
後起身。坐上涼轎。放下斑竹簾來。琴童玳安跟隨。留王經在家。
止着春鴻背着直袋。逕往院中鄭月兒家來。正是

天仙機上整香羅　入手先拖雪一窩

不獨桃源能問渡　却來月窟伴嫦娥

却說鄭愛香兒頭戴着銀絲鬏髻。梅花鈿兒周圍金纍絲簪兒。打扮的粉面油頭。花容月貌。上着藕絲裳。下着湘紋裙。見西門慶到。笑吟吟在半門里首。迎接進去。到于明間客位。道了萬福。西門慶坐下。就分付小厮琴童。把轎回了家去。晚夕騎馬來接。琴童跟轎家去了。不題。止留玳安和春鴻兩個伺候。良久。只見搗子出來拜見。說道外日姐兒在宅內。多有打攪。老爹家中悶的慌。來這里自恁散心走走罷了。如何多計較。又見賜將禮來。又多謝與姐兒的衣服。西門慶道。我那日叫他。怎的不去。只認王皇親家了。搗子道俺每如今還怪董嬌兒和李桂兒。不知是老爹生日。叫唱。他每都有了禮。只俺每姐兒沒有。若早知時。已不荅應王皇親家唱。先往老爹宅裡去了。老爹那里呌唱在後。咱姐兒纔待收拾起身。只見王家人來。把姐兒的衣包拏的去。落後老爹那里。又差了人來。他哥子鄭奉。又說你若不去一時老爹動意怒了。慌的老身。背着王家人。連忙攛掇姐兒。打後門起身。上轎去了。西門慶道。先日我在他夏老爹家。酒席上。已定下他了。他若那日不去。我不消說的就惱了。怎的他那日。不言不語。不做喜歡。端的是怎的說。鴇子道。小行貨子家。自從梳弄了。那里好生出去供唱去。到老爹宅內。見人多。不知謊的怎樣的。他從小是恁不出語。嬌養慣了。你看甚時候。纔起來。老身該催促了幾遍。說老爹今日來。你早些起來。收拾了罷。他不依還睡到這咱晚。不一時。丫鬟拏茶上來。鄭愛香兒向前遞了茶吃了。

鴇子道。請老爹到後邊坐罷。原來鄭愛香兒家門面四間。到底五層房子。轉過軟壁。就是竹槍籬。三間大院子。兩邊四間廂房。上首一明兩暗。三間正房。就是鄭愛月兒的房。他姐姐愛香兒的房。在後邊第四層住。但見簾櫳香靄。進入明間內。供養着一軸海潮觀音。兩旁掛四軸美人。按春夏秋冬。惜花春起早。愛月夜眠遲。掬水月在手。弄花香滿衣。上面挂着一聯。捲簾邀月入。諧瑟待雲來。上首列四張東坡椅。兩邊安二條琴光漆春撓。西門慶坐下。看見上面楷書愛月軒三字。坐了半日。忽聽簾櫳响處。鄭愛月兒出來。不戴鬏髻。頭上挽着一窩絲杭州攢。梳的黑鬖鬖。光油油的。烏雲霞着四髩。雲髩堆縱。猶若輕烟密霧。都用飛金巧貼。帶着翠梅花鈿兒。周圍金纍絲簪兒。齊插後髩。鳳釵

半卸。耳邊帶着紫瑛石墜子。上着白藕絲對衿仙裳。下穿紫綃
翠紋裙。腳下露一雙紅鴛鳳嘴。胸前搖珮瑲寶玉玲瓏。正面貼
三顆翠面花兒越顯那芙蓉粉面。四周圍香風縹緲。偏相襯楊
柳纖腰。正是若非道子觀音畫。定然延壽美人圖。望上不當不
正與西門慶道了萬福。就因洒金扇兒掩着粉臉。坐在旁邊。西
門慶注目停視比初見時節兒越發齊整。不覺心搖目蕩。不能
禁止不一時。丫鬟又拿一道茶來。這粉頭輕搖羅袖微露春纖。
取一鍾茶過來。抹去盞邊水漬。雙手遞與西門慶。然後與愛香
各取一鍾相陪。吃畢。收下盞托去。請寬衣服。房裡坐。西門慶叫
玳安上來。把上蓋青紗衣寬了。搭在椅子上。進入粉頭房中。但
見瑤窗素紗罩。淡月半浸繡幕。以夜明懸伴光高燦。正面黑漆

鏤金床。床上帳懸綉錦。褥隱華裀。旁設褆紅小几。博山小篆。靄
沉檀樓鼻壁上文錦囊象筌瓶。插紫笋其中。床前設兩張綉甸
矮椅。旁邊放對鮫綃錦帨。雲母屏。模寫淡濃之筆。鴛鴦榻。高閣
古今之書。西門慶坐下。但覺異香襲人。極其清雅。眞所謂神仙
洞府。人跡不可到者也。彼此攀話之間。語言調笑之際。只見丫
鬟進來。安放卓兒。四個小翠碟兒。都是精製銀絲細菜。割切香
芹鱘絲鰉鮓鳳脯鸞羹。然後拿上兩筯賽團圓如明月。薄如帋。
白如雪。香甜美口。酥油和蜜餞麻椒鹽荷花細餅。鄭愛香兒與
鄭愛月兒親手揀攢各樣菜蔬肉絲捲就。安放小泥金碟兒內。
遞與西門慶吃。旁邊燒金翡翠甌兒斟上苦艷艷桂花木樨茶。
須臾姊妹二人。陪吃了餅。收下家火去。揩抹卓席。鋪茜紅氊條。

床几上取了一個沉香雕漆匣。內盛象牙牌。三十二扇。兩個與西門慶抹牌。當下西門慶出了個天地分。劍行十道。那愛香兒出了個地牌。花開蝶滿枝。那愛月兒出了個人牌。搭梯望月。須臾收過去。擺上酒來。但見盤堆異果。酒泛金波。桌上無非是鵝鴨雞蹄。烹龍炮鳳。珍果人間少有。佳肴天上無雙。正是舞回明月墜秦樓。歌過行雲遮楚館。鸚鵡杯。翡翠盞。飲玉液。泛瓊漿。姊妹二人。遞上酒去。在旁箏排鴈柱。款跨鮫綃。當下鄭愛香兒彈箏。愛月兒琵琶。唱了一套。兜的上心來。端的詞出佳人口。有裂石遶梁之聲。唱畢。又是十二碟果仁。減碟細巧品類。姊妹兩個。促席而坐。拏骰盆兒。二十個骰兒。與西門慶搶紅猜枚。飲勾多時。鄭愛香兒。推更衣出去了。獨有愛月兒陪着西門慶吃酒。先是西門慶向袖中取出白綾雙欄子汗巾兒上一頭拴着三事挑牙兒一頭束着金穿心盒兒鄭愛月兒只道是香茶便要打開西門慶道不是香茶是我逐日吃的補藥我的香茶不放在這面只用帋包兒包着于是袖中取出一包香茶桂花餅兒遞與他那月兒不信還伸手往他這邊袖子裡掏又掏出個紫縐紗汗巾兒上拴着一副揀金挑牙兒拏在手中觀看甚是可愛說道我見桂姐和吳銀兒都拏着這樣汗巾兒原來是你與他的西門慶道是我楊州船上帶來的不是我與他誰與他的你若愛與了你罷到明日再送一副與你姐姐說畢西門慶就着鍾兒裡酒把穿心盒兒內藥吃了一服把粉頭樓在懷中兩個一遞一口兒飲酒咂舌無所不至西門慶又舒手向他身上摸

弄他香乳兒。緊緊就就。賽麻團滑膩。一面推開衫兒。觀看白馥馥猶如瑩玉一般。揣摩良久。淫心輒起。腰間那話。突然而興。解開褲帶。令他纖手籠揝。粉頭見其偉是粗大。諕的吐舌害怕。雙手摟定西門慶脖心。說道我的親親。你今日初會。將就我只放半截兒罷。若都放進去。我就死了。你敢吃藥養的這等大。不然如何天生恁怪剌剌的兒。紅赤赤。紫漒漒。好砢磣人子。西門慶笑道我的兒。你下去替我品品。愛月兒道慌怎的。往後日子多如樹葉兒。今日初會。人生面不熟。再來等我替你品。說畢。西門慶欲與他講歡。愛月兒道。你不吃酒了。西門慶道我不吃了。咱睡罷。愛月兒便呌丫鬟把酒卓擡過一邊。與西門慶脫靴。他便就往後邊。更衣溺尿去了。西門慶脫靴時。還賞了丫頭一塊銀

子。打發先上床睡。炷了香。放在薰籠內。良久婦人進房。問西門
慶。你吃茶不吃。西門慶道。我不吃。一面掩上房門。放下綾綃來。
將絹兒安在褥下。解衣上床。兩個枕上鴛鴦。被中鸂鶒。西門慶
見粉頭脫了衣裳。肌膚纖細。牝淨無毛。猶如白麵蒸餅一般。柔
嫩可愛。抱了抱腰肢。未盈一掬。誠為軟玉溫香。千金難買。于是
把他兩隻白生生銀條般嫩腿兒來。夾在兩邊腰眼間。那話上
使了託子。向花心裡頂入。龜頭昂大。濡攪半晌。方纔沒稜。那鄭
月兒把眉頭緊在一處兒。兩手攀閣在枕上。隱忍難挨。朦朧着
星眼。低聲說道。今日你饒了鄭月兒罷。西門慶于是扛起他兩
隻金蓮。于肩膀上。肆行抽送。不勝歡娛。正是得多少春點碧桃
紅綻蕋。風欺楊柳綠翻腰。有詩為証。

帶雨籠烟匝樹奇　妖嬈身勢似難支
水推西子無雙色　春點河陽第一枝
濃艷正宜吟郡子　功夫何用寫王維
含情故把芳心束　留住東風不放歸

當下西門慶。與鄭月兒。留戀至三更。方纔回家。到次日。吳月娘打發他往衙門中去了。和玉樓金蓮。李嬌兒。都在上房坐的。只見玳安進來。上房取尺頭匣兒。往夏提刑送生日禮去。四樣鮮看。一罈酒。一疋金段。月娘因問玳安。你爹昨日坐轎子。往誰家吃酒。吃到那咱晚纔來家。想必又在韓道國家。望他那老婆去來。原來賊囚根子。成日只瞞着我。背地替他幹這等繭兒。玳安還道。不是。他漢子來家。爹怎好的。月娘道。不是那里。却是誰家。

那玳安又不說只是笑取了䟦匣送禮去了潘金蓮道娘你不消問這賊囚根子他也不肯實說我聽見說蠻小廝昨日也跟他爹去來你只叫了蠻小廝來問他就是了一面把春鴻叫到跟前金蓮問你昨日跟了你爹轎子去在誰家吃酒來你實說便罷不實說如今你大娘就要打你那春鴻跪下便道娘休打小的待小的說就是來小的和玳安琴童哥三個跟俺爹從一座大門樓進去轉了幾條街巷到個人家只半截門兒都用鋸齒兒鑲了門裡立着個娘娘打扮的花花黎黎的金蓮聽見笑了說道囚根子一個院裡半門子也認不的了趕着粉頭叫娘娘起來金蓮問道那個娘娘怎麼模樣你認的他不認的春鴻道我不認的他生的相菩薩樣也相娘每頭上戴着這個假殼

進入裡面。一個年老白頭的阿婆出來。望俺爹拜了一拜。落後請到大後邊。竹篛笆進去。又是一位年小娘娘出來。不戴假殼。生的銀盆臉。瓜子面。搽的嘴唇紅紅的。陪着俺爹吃酒。金蓮道。你每都在那裡坐來。春鴻道。我在俺玳安琴童哥便在阿婆房裡。陪着俺每吃酒并肉兜子來。把月娘玉樓笑的了不得。因問道你認的他不認的。春鴻道那一個好似在咱家唱的。玉樓笑道。就是李桂姐了。月娘道原來摸到他家去了。李嬌兒道俺家沒半門子。也沒竹槍籬。金蓮道只怕你不知道。你家新安的半門子是的問了一回。西門慶來家。往夏提刑家拜壽去了。卻說潘金蓮房中。養活的一隻白獅子猫兒。渾身純白只額兒上帶龜背一道黑。名喚雪裡送炭。又名雪獅子。又善會口啣汗巾兒拾扇兒。西門慶不在房中。婦人晚夕。常抱着他在被窩裡睡。又不撒尿屎在衣服上。婦人吃飯。常蹲在肩上喂他飯。呼之即至。揮之即去。婦人常喚他是雪賊。每日不吃牛肝乾魚。只吃生肉半斤。調養得十分肥壯。毛内可藏一雞彈。甚是愛惜他。終日抱在膝上摸弄。不是生好意。因李瓶兒官哥兒平昔好猫。尋常無人處在房裡用紅絹裹肉。令猫撲而撾食。也是合當有事。官哥兒。心中不自在。連日吃劉婆子藥。畧覺好些。李瓶兒與他穿上紅段衫兒。安頓在外間炕上。鋪着小褥子兒頑耍。迎春守着。奶子便在旁拏着碗吃飯。不料金蓮房中。這雪獅子。正蹲在護炕上。看見官哥兒在炕上穿着紅衫兒。一動動的頑耍。只當平日哄喂他肉食一般。猛然望下一跳。撲將官哥兒身上。皆抓破了。

只聽那官哥兒呱的一聲。倒咽了一口氣。就不言語了。手脚俱被風搐起來。慌的奶子丟下飯碗。摟抱在懷。只顧唾噦。與他收驚。那猫還來赶着他要撾。被迎春打出外邊去了。如意兒實承望孩子搐過一陣好了。誰想只顧常連。一陣不了。一陣搐起來。李瓶兒。入在後邊。一面使迎春後邊。請娘去。哥兒不好了。風搐着哩。叫娘快來。那李瓶兒不聽便罷。聽了正是驚損六葉連肝肺。諕壞三毛七孔心。連月娘慌的兩步做一步。走逕撲到房中。見孩子。搐的兩隻眼。直往上弔。通不見黑眼睛珠兒。口中白沫流出。咿咿猶如小鷄叫。手足皆動。一見心中猶如刀割相侵一般。連忙摟抱起來。臉揾着他嘴兒。大哭道。我的哥哥。我出去好好兒。怎麽的搐起來。迎春與奶子。悉把被五娘房裡猫。所諕一

節說了。那李瓶兒越發哭起來。說道我的哥哥。你緊不可公婆
意。今日你只當脫不了。打這條路兒去了。月娘聽了一聲兒沒
言語。一面叫將金蓮來問他。說是你屋裡的猫諕了孩子。金蓮
問是誰說的。月娘指着是奶子。和迎春說來。金蓮道你着這老
婆子。這等張睛。俺猫在屋裡好好兒的卧着不是。你每亂道。怎
的把孩子諕了。沒的賴人起來。爪兒只揀軟處捏。俺每這屋裡
是好纏的。月娘道。他的猫怎得來這屋里。迎春道。每常也來這
邊屋裡走跳。那金蓮接過來道早時你說每常。怎的不撾他。可
可今日兒。就撾起來。你這丫頭。也跟着他恁張眉瞪眼兒。六說
白道的。將就些兒罷了。怎的要把弓兒扯滿了。可可兒俺每自
恁沒時運來。于是使性子。抽身往房里去了。看官聽說。常言道

花枝葉下猶藏刺。人心怎保不懷毒。這潘金蓮。平日見李瓶兒從有了官哥兒。西門慶百依百隨。要一奉十。每日爭妍競寵。心中常懷嫉妬不平之氣。今日故行此陰謀之事。馴養此貓。必欲諕死其子。使李瓶兒寵衰。教西門慶復親于已。就如昔日屠岸賈。養神獒害趙盾丞相一般。正是

湛湛青天不可欺　未曾舉意早先知
休道眼前無報應　古往今來放過誰

月娘衆人。見孩子只顧搐起來。一面熬姜湯灌他。一面使來安兒。快叫劉婆去。不一時。劉婆子來到。看了脉息。只顧跌脚。說道此遭驚諕重了。是驚風。難得過來。急令快熬燈心薄荷湯。金銀湯。取出一丸金箔丸來。向鍾兒內研化。牙關緊閉。月娘連忙拔

下金蓮兒來。撬開口。灌下去。過得來便罷。如過不來。告過主家奶奶。必須要灸幾醮纔好。月娘道。誰敢耽。必須還等他爹來問了他爹。不然灸了。惹他來家喓喝。李瓶兒道。大娘救他命罷若等來家。只恐遲了。惹是他爹罵。等我承當就是了。月娘道。孩兒是你的孩兒。隨你灸。我不敢張主。當下劉婆子。把官哥兒。眉攢脖根。兩手關尺。并心口。共灸了五醮。放他睡下。那孩子昏昏沉沉。直睡到日暮時分。西門慶來家。還不醒。那劉婆見西門慶來家。月娘與了他五錢銀子藥錢。一溜烟從夾道內出去了。西門慶歸到上房。月娘把孩子風搐不好。對西門慶說了。西門慶連忙走到前邊來看視。見李瓶兒哭的眼紅紅的。問孩兒怎的風搐起來。李瓶兒來滿眼落淚。只是不言語。問丫頭奶子。都不敢說西門慶又見官哥兒手上皮兒去了灸的滿身火艾心中焦噪又走到後邊問月娘月娘隱瞞不住只得把金蓮房中猫驚諕之事說了劉婆子剛纔看說是急驚風若不針灸難過得來若等你來又恐怕遲了他娘母子主張教他灸了孩兒身上五醮纔放下他睡了這半日還未醒西門慶不聽便罷聽了此言三尸暴跳五臟氣沖怒從心上起惡向胆邊生直走到潘金蓮房中不由分說尋着猫提溜着脚遠向穿廊望石臺基輪起來只一摔只聽响喨一聲腦漿迸萬朶桃花滿口牙零濺碎玉正是不在陽間擒鼠耗却歸陰府作狸仙那潘金蓮見他拏出猫去摔死了坐在炕上風紋也不動待西門慶出了門口裡喃喃吶吶罵道賊作死的强盜把人糠出去殺了纔是好漢一個猫

兒碍着你。味屎亡神也似走的來捽死了。他到陰司裡。明日還
問你要命。你慌怎的。賊不逢好死。變心的强盜。這西門慶走到
李瓶兒房里。因說奶子迎春。我教你好生看着孩兒。怎的教貓
諕了他。把他手也撾了。又信劉婆子那老淫婦。平白把孩子灸
的恁樣的。若好便罷。不好把這老婬婦。拏到衙門裡。與他個兩
拶。李瓶兒道你着孩兒緊日不得命。你又是恁樣的孝順。是兒
家他也巴不得要好哩。當下李瓶兒只指望孩兒好來。不料被
艾火把風氣反于內。變爲慢風。內裡抽搐的腸肚兒皆動。尿屎
皆出。大便屙出五花顏色。眼目忽睁忽閉。中朝只是昬沉不省。
奶也不吃了。李瓶兒慌了。到處求神問卜打卦。家有凶無吉。月
娘瞞着西門慶。有請劉婆子來家調神。又請小兒科太醫來看。

都用接鼻散試之。若吹在鼻孔內打鼻涕。還看得。若無鼻涕出
來則看陰騭守他罷了。于是吹下去。茫然無知。並無一個噴涕
出來。越發晝夜守着哭涕不止。連飲食都減了。看看到八月十
五日將近。月娘因他不好。連自家生日都回了不做。親戚內眷。
就送禮來也不請。家中止有吳大妗子。楊姑娘。并大師父來相
伴。那薛姑子和王姑子兩個。在印經處爭分錢不平。爭又使性
兒。彼此互相揭調。十四日賫四同薛姑子催討。將經卷挑將來。
一千五百卷都完了。李瓶兒又與了一吊錢買紙馬香燭。十五
日同陳經濟早往岳廟裡進香紙。把經來看着。都散施盡了。走
來回李瓶兒話。喬大戶家一日一遍使孔嫂兒來看。又舉薦了
一個看小兒的鮑太乙來看。說道這個變成天弔客忤。治不得

了。白與了他五錢銀子。打發去了。灌下藥去。也不受。還吐出來了。只是把眼合着。口中咬的牙格支支响。李瓶兒通衣不解帶。晝夜口接在懷中。眼淚不乾的。只是哭。西門慶也不往那裡去。每日衙門中來家。就進來看孩兒。那時正值八月下旬天氣。李瓶兒。守着官哥兒。睡在床上。卓上點着銀燈。丫鬟養娘。都睡熟了。覷着滿窻月色。更漏沉沉。見那孩兒。只是昏昏不省人事。一向愁腸萬結。離思千端。正是人逢喜事精神爽。悶來愁腸磕睡多。

但見

銀河耿耿。玉漏迢迢。穿窻皓月耿寒光。透戶凉風吹夜氣。鴈聲嘹喨。孤眠才子夢魂驚。蛩韻淒凉。獨宿佳人情緒苦。譙樓禁鼓。一更未盡一更敲。別院寒砧。千搗將殘千搗起。畫簷前可噹鐵馬。敲碎仕女情懷。銀臺上閃爍燈光。偏照佳人長歎。
一心只想孩兒好。誰料愁來在夢多。
當下李瓶兒。卧在床上。似睡不睡。夢見花子虛從前門外來。身穿白衣。恰活時一般。見了李瓶兒。厲聲罵道。潑賊淫婦。你如何抵盜我財物。與西門慶。如今我告你去也。被李瓶兒。一手扯住他衣袖。央及道好哥哥。你饒恕我則個。花子虛一頓撒手驚覺却是南柯一夢。醒來手裡扯着。却是官哥兒的衣衫袖子。連噦了幾口。道怪哉怪哉。一聽兩更鼓時。正打三更三點。這李瓶兒諕的渾身冷汗。毛髮皆豎起來。到次日西門慶進房來。把夢中之事。告訴與西門慶。西門慶道。知道他死到那裡去了。此是你夢想舊境。只把心來放正着。休要理他。你休害怕。如今我使小厮。拏轎子接了吳銀兒。晚夕來與你做伴兒。再把老媽叫來。伏侍你兩個。琴安打院裡接了吳銀兒來。那消到日西時分。那官哥兒在奶子懷裡。只搐氣兒了。慌的奶子叫李瓶兒。娘你來看哥哥這黑眼睛珠兒。只往上翻。口裡氣兒只有出來的。沒有進去的。這李瓶兒走來。抱到懷中。一面哭起來。叫丫頭快請你爹去。你說孩子。待斷氣也可好。常時節。又走來說話。告訴房子兒尋下了。門面兩間二層。大小四間。只要三十五兩銀子。西門慶聽見後邊。官哥兒重了。就打發常時節起身。說我不送你罷。改日我使人拏銀子。和你看去。急急走到李瓶兒房中。月娘眾人連吳銀兒。大妗子。都在房里瞧着那孩子在他娘懷里。把嘴一口口搐氣兒。西門慶不忍看他。走到明間椅子上坐着。只長吁短氣那消半盞茶時官哥兒嗚呼哀哉斷氣身亡時八月廿三日申時也只活了一年零兩個月合家大小放聲號哭那李瓶兒撾耳撓腮一頭撞在地下哭的昏過去半日方纔甦省樓着他大放聲哭叫道我的沒救星兒心疼殺我了寧可我同你一答兒裡死了罷我也不久活于世上了我的拋閃殺人的心肝撇的我好苦也那妳子如意兒和迎春在旁哭的言不得動不得西門慶即令小厮收拾前廳西廂房乾淨放下兩條寬櫈要把孩子連枕席被褥擡出去那裡挺放那李瓶兒倘在孩兒身上兩手摟抱着那里肯放口口聲聲直哭沒救星的寃家嬌嬌的兒生揭了我的心肝去了撇的我枉費辛苦乾生受一場再不得見你了我的心肝月娘衆人哭了一回在旁勸他不住西門

慶走來。見他把臉抓破了。滾的寶髻鬅鬆。烏雲散亂。便道。你看
蠻子。他既然不是你我的兒女。乾養活他一場。他短命死了。哭
兩聲。丟開罷了。如何只顧哭了去。又哭不活他。你的身子也要
緊。如今擡出去。好叫小廝請陰陽來看。那是甚麼時候。月娘道。
這個也有申時前後。玉樓道。我頭裡怎麼說來。他管情還等他
這個時候。纔閃去。原是申時生。還是申時死。日子又相同。都是
二十三日。只是月分差些。圓圓的一年零兩個月。李瓶兒見小
廝每伺候兩旁。要擡他。又哭了。說道。慌擡他出去怎麼的。大媽
媽。你伸手摸摸他身上還熱的。叫了一聲我的兒嘍。你教我怎
生割捨的。你去。坑得我好苦也。一頭又撞倒在地下。放聲哭道
有山坡羊為證。

叫一聲靑天。你如何坑陷了人奴性命。叫一聲我的嬌兒呵。恨不的一聲兒就要把你叫應。也是前緣前世。那世裡少欠下你冤家債不了。輪着我今生今世。爲你眼淚也拋流不盡。每日家另胆提心。費殺了我心。從來我又不曾坑人陷人。蒼天如何恁不睜眼。非是你無緣。必是我那些兒薄倖。撇的我四撲着地。樹倒無陰。來的竹籃打水落而無効。叫了一聲痛腸的嬌生。奴情愿和你陰靈路上。一處兒行。

當下李瓶兒哭了一回。把官哥兒擡出停在西廂房內。月娘向西門慶計較。還對親家那里。并他師父廟裡說聲去。西門慶道。他師父廟裡明早去罷。一面使玳安往喬大戶家說了。一面使人請了徐陰陽來批書。又拏出十兩銀子。與賁四教他快擡了一付平頭杉板。令匠人隨即儹造了一具小棺槨兒。就要入殮。喬宅那里一聞來報。隨即喬大戶娘子。就坐轎子。進門來就哭。月娘衆人。都陪着大哭了一場。告訴前事一遍。不一時。說了陰陽徐先生來到。看了。說道哥兒還是正申時永逝。月娘分付出世。教與他看看黑書。徐先生掐指尋復。又檢閱了陰陽秘書。瞧了一回。哥兒生時八字。生于政和丙申六月廿三日申時。卒于政和丁酉八月廿三日申時。月令丁酉。日干壬子。犯天地重春。本家却要忌忌哭聲。親人不忌。入殮之時。蛇龍鼠兎四生人避之則吉。又黑書上云。壬子日死者。上應寶瓶宮。下臨齊地。他前生曾在兖州蔡家作男子。曾倚力奪人財物。吃酒落魄。不敬天地六親。橫事牽連。遭氣寒之疾。久臥床席。穢汚而亡。今生爲小見赤患風癇之疾。十日前。被六畜驚去魂魄。又犯土司太歲先亡。攝去寃死。託生往鄭州王家爲男子。後作千戶。壽六十八歲而終。須臾徐先生看了黑書。請問老爹。明日出去。或埋或化。西門慶道。明日如何出得。三日念了經。到五日出去。墳上埋了罷。徐先生道。二十七日丙辰。合家本命都不犯。宜正午時掩土。批畢書。一面就收拾入殮。已有三更天氣。李瓶兒哭着往房中。尋出他幾件小道衣道髻鞋襪之類。替他安放在棺槨內。釘了長命釘。合家大小。又哭了一塲。打發陰陽去了。次日西門慶亂着。也沒往衙門中去。夏提刑打聽得知。早辰衙門散時。就來弔問致賻慰懷。又差人對吳道官廟裡說知。到三日。請報恩寺八衆僧人。在家誦經。吳道官廟裡。并喬大戶家。俱備折卓三牲來

祭奠。吳大舅。沈姨夫。門外韓姊夫。花大舅。都有三牲祭卓來燒
帋。應伯爵。謝希大。溫秀才。常時節。韓道國。甘出身。賁地傳。李智。
黃四。都鬬了分資。晚夕來與西門慶宿伴。打發僧人去了。叫了
一起提偶的。先在哥兒靈前祭畢。然後西門慶在大廳上。放卓
席管待衆人。那日院中李桂姐。吳銀兒。幷鄭月兒三家。都有人
情來上帋。李瓶兒思想官哥兒。每日黃懨懨。連茶飯兒都懶待
吃。題起來只是哭涕。把喉音都哭啞了。西門慶怕他思想孩兒。
尋了拙智。白日裡分付奶子丫鬟。和吳銀兒相伴他。不離左右。
晚夕西門慶。一連在他房中。歇了三夜。枕上百般解勸。薛姑子
夜間又替他念楞嚴經。解寃呪。勸他休要哭了。經上不說的好
改頭換面。輪迴去來。世愰緣莫想他當來世。他不是你的兒女。

都是宿世冤家債主。託出來。化財化目。騙劫財物。或一歲而亡。二歲而亡。三六九歲而亡。一日一夜。萬死萬生。陀羅經上不說的好。昔日有一婦人。常持佛頂心陀羅經。日以供養不缺。乃于三生之前。曾置毒藥。殺害他命。此冤家不爭離于前後。欲求方便。致殺其母。遂以托蔭此身。向母胎中。抱母心肝。令母至生產之時。分解不得。萬死千生。及至生產下來。端正如法。不過兩歲。即便身亡。母思憶之。痛切號哭。遂即把他孩兒拋向水中。如是三遍。托蔭此身。向母腹中。欲求方便。致殺其母。至第三遍。准前得生。向母胎中。百千計較。抱母心肝。令其母千生萬死。悶絕叫喚。准前得生下。特地端嚴。相見具足。不過兩歲。又以身亡。母既見之。不覺放聲大哭。是何惡業因緣。准前把孩兒。直至江邊。已經數時。不忍拋棄。感得觀世音菩薩。遂化作一僧。身披百衲。直至江邊。乃謂此婦人曰。不用啼哭。此非是你男女。是你三生前冤家。三度托生。欲殺母不得。爲緣你常持誦佛頂心陀羅經。并供養不缺。所以殺汝不得。若你要見這冤家。但隨貧僧手指看之。道罷。以神通力一指。其兒遂化作一夜叉之形。向水中而立。報言緣汝曾殺我來。我今故來報冤。葢緣汝有大道心。常持佛頂心陀羅經。善神日夜擁護。所以殺汝不得。我已蒙觀世音菩薩受度了。從今永不與汝爲冤。道畢。沉水中不見。此女人兩淚交流。禮拜菩薩。歸家益修善事。後壽至九十七歲而終。轉女成男。不該我貧僧說。今你這兒子。必是宿世冤家。托來你蔭下。化目化財。要惱害你身。爲緣你供養修時。那捨了此經。一千五百卷。有此功行。他投害你不得。今此離身。到明日再生下來。纔是你兒女。這李瓶兒聽了。終是愛緣不斷。但題起來。輒流涕不止。須臾過了五日光景。到廿七日早辰。雇了八名青衣白帽小童。大紅銷金棺。與旛幢雲蓋。玉梅雪柳圍隨。前首大紅銘旌。題着西門冢男之柩。吳道官廟裡。又差了十二衆青衣小道童兒來。遶棺轉咒生神玉章。動清樂送殯。衆親朋陪西門慶穿素服走至大街東口。將及門上。纔上頭口西門慶恐怕李瓶兒到墳上悲慟。不叫他去。只是吳月娘。李嬌兒。孟玉樓。潘金蓮。大姐。家里五頂轎子。陪喬親家母。大妗子。和李桂姐。鄭月兒。吳舜臣媳婦鄭玉姐。往內頭去。留下孫雪娥。吳銀兒。并個姑子在家。與李瓶兒做伴兒。那李瓶兒見不放他去。見棺材起身。送出到大門首。

趕着棺材大放聲。一口一聲。只叫不來家虧心的兒喋。叫的連聲氣破了。不防一頭撞在門底下。把粉額磕傷。金釵墜地。慌了吳銀兒與孫雪娥。向前攙扶起來。勸歸後邊去了。到了房中。見炕上空落落的。只有他要的那壽星博浪鼓兒。還掛在床頭上。一面想將起來。拍了卓子。由不的又哭了。山坡羊全腔為証。

進房來。四下靜由不的我俏嘆。想嬌兒。哭的我肝腸兒氣斷。想着生下你來。我受盡了千辛萬苦。說不的偎乾就濕成日把你耽心兒來看。教人氣破了心腸。和我兩個結冤。實承望你與我做生兒。團圓久遠。誰知道天無眼。又把你殘生喪了。撇的我前不着村。後不着店。明知我不久也命喪在黃泉。來的咱娘兒兩個。鬼門關上。一處兒眠。叫了一聲。我嬌嬌的心脈。皆因是前世裡無緣。你今生壽短。
那吳銀兒在旁。一面拉着他手。勸說道娘。少哭了。哥哥已是拋
閃了你去了。那裡再哭得活。你須自解自歎。休要只顧煩惱了。
雪娥道。你又年少青春。愁到明日養不出來也怎的。這裡墻有
縫。壁有眼。俺每不好說的。他使心用心。反累已身。誰不知他氣
不忿。你養這孩子。若果是他害了。當當來世。教他一還一報。問
他要命。不知你我也被他話埋了幾遭哩。只要漢子常守着他
便好。到人屋裡睡一夜兒。他就氣生氣死。早時前者。你每都知
道。漢子等閒不到我後邊。到了一遭兒。你看背地亂都唧喳成
一塊。對着他姐兒每說我長道我短。那個㑳包兒里也看哩。俺
每也不言語。每日洗着眼兒。看着他這個淫婦到明日還不知

怎麼死哩。李瓶兒道。罷了。我也惹了一身病在這裡。不知在今日明日死也。和他也爭執不得了。隨他罷。正說着。只見妳子如意兒。向前跪下。哭道小媳婦。有句話不敢對娘說。今日哥兒死了。乃是小媳婦沒造化。只怕往後爹的大娘。打發小媳婦出去。小媳婦。男子漢又沒了。那裡投奔。李瓶兒見他這般說。又心中傷痛起來。說我有那冤家在一日。去用他一日。他豈有此話說便道怪老婆。你放孩子便沒了。我還沒死哩。總然我到明日死了。你恁在我手下一場。我也不教你出門。往後你大娘身子。若是生下哥兒小姐來。你就接了妳。就是一般了。你慌亂的是此甚麼。那如意兒方纔不言語了。這李瓶兒良久。又悲慟哭起來。

前腔。

想嬌兒想的我無顛無倒盼嬌兒除非是夢兒中來到白日裡覩物傷情如刀剜了肺腑到晚間睡醒來再不見你在我這懷兒中抱由不的珎珠望下抛你再不來在描金床兒上睡着須要你再不來在我手掌兒上引笑你再不來相靠着我胸膛兒來的生抱這熱笑笑心肝割上一刀奴為你乾生受枉費了徒勞稱怨了别人撇的我無有個下梢

雪娥與吳銀兒兩個在旁解勸了一回說道你肚中吃了些甚麼兒這般只顧哭了去一面綉春後邊拿了飯來擺在卓上陪他吃那李瓶兒怎生嚥得下去只吃了半甌兒就丢下不吃了西門慶在墳上教徐先生畫了穴把官哥兒就埋在先頭陳氏娘懷中抱孫葬了那日喬大戶山頭并衆親戚都在祭祀就在

新蓋捲棚管待飲酒一日。來家李瓶兒與月娘喬大戶娘子。大妗子。磕着頭又哭了。向喬大娘子說道。親家誰似奴養的孩兒不氣長短命死了。旣死了。你家姐姐做了望門無力。勞而無功。親家休要笑話。那喬大戶娘子說道。親家怎的這般說話。孩兒每各人壽數。誰人保得後來的事。常言先親後不改。親家每又不老往後愁沒子孫。須得慢慢來。親家也少要煩惱了。說畢。作辭回家去了。西門慶在前廳。教徐先生洒掃。各門上都貼辟非黃符。死者煞高三丈。向東北方而去。遇日遊神冲回不出。斬之則吉。親人勿避。西門慶拏出一疋大布。二兩銀子。謝了徐先生。管待出門。晚夕入李瓶兒房中。陪他睡。夜間百般言語溫存。見官哥兒的戲耍物件。都還在根前。恐怕李瓶兒看見。思想煩惱。

都令迎春。拏到後邊去了。正是

思想嬌兒晝夜啼。寸心如割命懸絲。

世間萬般哀苦事。除非死別共生離。

畢竟未知後來何如。且聽下回分解。

第六十回　李瓶兒病纏死孽

西門慶官作生涯

第六十回

李瓶兒因氣惹病　西門慶立段舖開張

赤繩緣盡再難期　造化無端敢恨誰
殘淚驚秋和葉落　斷魂隨月到窓遲
金風拂面思兒處　玉燭成灰墮淚時
任是肝腸如鉄石　不生悲也自生悲

話說當日孫雪娥。吳銀兒兩個在旁邊。勸解了李瓶兒一回云云。到後邊去了。那潘金蓮。見孩子沒了。李瓶兒死了生兒。每日抖擻精神。百般的稱快。指着丫頭罵道賊淫婦。我只說你日頭常晌午。却怎的今日。也有錯了的時節。你班鳩跌了。彈也嘴荅谷了。春櫈折了靠背兒。沒的倚了。王婆子賣了磨。推不的了。老鴇子死了粉頭沒指望了。却怎的也和我一般。李瓶兒。這邊屋裡。分明聽見。不敢聲言。背地裡只是吊淚。着了這暗氣暗惱。又加之煩惱憂戚。漸漸心神恍亂。夢魂顛倒兒。每日茶飯都減少了。自從墳上葬埋了官哥兒回來。第二日吳銀兒就家去了。老馮領了十三歲丫頭。來賣與孫雪娥房中使喚。要了五兩銀子。改名翠兒不在話下。這李瓶兒。一者思念孩兒。二者着了重氣。把舊時病症。又發起來。照舊下邊經水淋漓不止。西門慶請任醫官來看一遍。討將藥來吃下去。如水澆石一般。越吃藥越旺。那消半月之間。漸漸容顏頓減。肌膚消瘦。而精彩丰標。無復昔時之態矣。正是肌骨大都無一把。如何禁架許多愁。一日九月初旬。天氣凄涼。金風漸漸。李瓶兒夜間獨宿在房中。銀床枕冷。

紗窻月浸。不覺思想孩兒。欷歔長歎。似睡不睡。恍恍然恰似有
人彈的窻欞响。李瓶兒呼喚丫鬟。都睡熟了不荅。乃自下床來
倒靸弓鞋。翻披綉襖。開了房門。出戶視之。彷彿見花子虛。抱着
官哥兒。叫他新尋了房兒。同去居住。這李瓶兒還捨不的西門
慶。不肯去。雙手就去抱那孩兒。被花子虛只一推。跌倒在地。撒
手驚覺。却是南柯一夢。嚇了一身冷汗。嗚嗚咽咽。只哭到天明。
正是有情豈不等。着相自家迷。有詩爲証。

纖纖新月照銀屏　人在幽閨欲斷䰟
益悔風流多不足　須知恩愛是愁根

那時來保南京貨船又到了。使了後生王顯上來。取單稅銀兩。
西門慶這里寫書。差榮海。拏一百兩銀子。又具羊酒金叚禮物。

1645

謝主事就說此船貨過稅還望青目一二家中收拾鋪面完備又擇九月初四日開張就是那日卸貨連行李共裝二十大車那日親朋遞果盒掛紅者約有三十多人喬大戶叫了十二名吹打的樂工雜耍撮弄西門慶這裡李銘吳惠鄭春三個小優兒彈唱甘夥計與韓夥計都在櫃上發賣一個看銀子一個講說價錢崔本專管收生活不拘經紀買主進來讓進去每人飲酒二杯西門慶穿大紅冠帶着燒罷紙各親友都遞果盒把盞畢後邊廳上安放十五張卓席五果五菜三湯五割從新遞酒上坐鼓樂喧天那日夏提刑家差人送禮花紅來西門慶回了禮物打發去了在座者有喬大戶吳大舅吳二舅花大舅沈姨夫韓姨夫吳道官倪秀才溫葵軒應伯爵謝希大常時節原來

西門慶近日與了他五十兩銀子。使了三十五兩。典了房子十五兩銀子。做本錢。在家開了個小小雜貨鋪兒。過其日月不題近隨衆出分資來。與西門慶慶賀。還有李智黃四傅自新等衆夥計主管。并街坊隣舍。都坐滿了席面。三個小優兒在席前唱了一套南呂紅衲襖。混元初生太極云云。須臾酒過五巡。食割三道。下邊樂工吹打彈唱。雜耍百戲過去。席上觥籌交錯。當日應伯爵。謝希大飛起大鍾來。杯來盞去。飲至日落時分。把衆人打發散了。西門慶只留下吳大舅。沈姨夫。倪秀才。溫葵軒。應伯爵。謝希大。從新擺上卓席。留後坐。那日新開張。夥計攢帳。就賣了五百餘兩銀子。西門慶滿心歡喜。晚夕收了鋪面。把甘夥計。韓夥計。傅夥計。崔本賁四。連陳經濟都邀來到席上飲酒。吹打良久把吹打樂工打發去了。止留下三個小優兒在席前唱。那應伯爵坐了一日。吃的已醉上來。出來前邊解手。叫過李銘問李銘那個紫包髻兒的清俊小優兒是誰家的。李銘道。二爹不知道。因掩口說道。他是鄭奉的兄弟鄭春。前日爹在裡邊他家吃酒。請了他姐姐愛月兒了。伯爵道。真個。怪道前日上帋送殯都有他。于是歸到酒席上。向西門慶道。哥你又恭喜。又擡了小舅子了。西門慶笑道。怪狗材。休要胡說。一面叫過王經來。斟與你應二爹一大杯酒。伯爵向吳大舅說道。老舅你怎麽說。這鍾罰的我沒名。西門慶道。我罰你這狗材。一個出位妄言。那伯爵低頭想了想兒。呵呵笑了。道不打緊處。等我吃我吃死不了人。又道我從來吃不得啞酒。你叫鄭春上來。唱個兒我聽。我纔罷了。當下三個小優。一齊上來彈唱。伯爵令李銘吳惠下去。不要你兩個。我只要鄭春單彈着箏兒。只唱個小小曲兒。我下酒罷。謝希大叫道。鄭春你過來。依着你應二爹唱。西門慶道。和花子講過。有個曲兒。吃一鍾酒。于是玳安旋取了兩個大銀鍾。放在應二面前。那鄭春款按銀箏。低低唱清江引道。

一個姐兒十六七。見一對蝴蝶戲。香肩靠粉墻。春箏彈珠淚。喚梅香。赶他去別處飛。

鄭春唱了。個請酒。伯爵剛纔飲訖。那玳安在旁連忙又斟上一盃酒。鄭春又唱道。

轉過雕闌正見他。斜倚定荼蘼架。佯羞整鳳釵。不說昨宵話。笑吟吟。掐將花片兒打。

伯爵吃過。連忙推與謝希大。說道罷。我是成不的。成不的。道兩大鍾。把我就打發的了。謝希大道。俊化子。你吃不的。推于我來。我是你家有毯的蠻子。伯爵道。俊花子。我明日就做了堂上官兒。少不的是你替。西門慶道。你這狗材。到明日只好做個韶武。伯爵笑道。俊孩兒。我做了韶武。把堂上讓與你就是了。西門慶笑令玳安兒。拏磕爪來。打這賊花子。那謝希大悄悄向他頭上打了一個响爪兒。說道你這花子。溫老先生在這里。你口裡只恁胡說。伯爵道。溫老先生兒。他斯文人。不管這閒事。溫秀才道。二公與我這東君老先生。原來這等厚。酒席中間。誠然不如此。也不樂。悅在心。樂主發散在外。自不覺手之舞之。足之蹈之。如此。座上沈姨夫。向西門慶說。姨夫。不是這等。請大舅上席。還行個令兒。或擲骰。或猜枚。或看牌。不拘詩詞歌賦。頂真續麻急口令。說不過來。吃酒。這個庻幾均勻。彼此不亂。西門慶道。姨夫說的是。先斟了一杯。與吳大舅起令。吳大舅拏起骰盆兒來。說道列位。我行一令。說差了。罰酒一杯。先用一骰。後用兩骰。遇點飲酒。

一百萬軍中捲白旗　二天下豪傑少人知

三秦王斬了余元帥　四罵得將軍無馬騎

五謊得吾今無口應　六衮衮街頭脫去衣

七皂人頭上無白髮　八分屍不得帶刀歸

九一丸好藥無人點。　十千載終須一撇離

吳大舅擲畢。遇有兩點。飲過酒。該沈姨夫起令。說道用一骰六擲。遇點飲酒。說道

天象六色地象雙　人數推來中二紅
三見巫山梅五出　筭來花有幾人通

當下只遇了個四紅。飲過一杯。過盆與温秀才。秀才道。我學生奉令了。遇點要一花名。名下接四書一句頂。

一擲一點紅。紅梅花對白梅花。　二擲並頭蓮。蓮漪戲彩鴛。
三擲三春柳。柳下不整冠。　四擲狀元紅。紅紫不以爲褻服。
五擲腊梅花。花迎劍珮星初落。　六擲滿天星。星辰之遠也。

温秀才只遇了一鍾酒。該應伯爵行令。伯爵道。我在下一個字也不識。行個急口令兒罷。

一個急急脚脚的老小。左手拏着一個黃豆巴斗。右手拏着一條綿花叉口。望前只管跑走。撞着一個黃白花狗。咬着那

綿花叉口。那急急脚脚的老小。放下那左手提的那黃豆巴
斗。走向前去打黃白花狗。不知手鬬過那狗。狗鬬過那手。
西門慶笑罵道。你這賊謅斷了腸子的。天殺的。誰家一個手去
鬬狗來。一口不被那狗咬了。伯爵道。誰教他不拏個棍兒來。我
如今抄化子。不見了拐棒兒。受狗的氣了。謝希大道。大官人你
看花子。自家倒了柴。說他是花子。西門慶道。該罰他一鍾。不成
個令。謝子張你行罷。謝希大道。我這令兒比他更妙。說不過來。
罰一鍾。
墻上一片破瓦。墻下一疋騾馬。落下破瓦。打着騾馬。不知是
那破瓦打傷騾馬。不知是那騾馬蹅碎了破瓦。
伯爵道。你笑話我的令不好。你這破瓦倒好。你家娘子兒劉大

姐。就是個騾馬。我就是個破瓱。俺兩個破磨對腐驢。謝希大道。你家那杜蠻婆老淫婦。撒把黑豆。只好喂猪拱狗。也不要他。兩個人鬭了回嘴。每人罰了一鍾。該傅自新行令。傅自新道。小人行個江湖令。遇點飲酒。先一後二。

一冊二槽。三人摑出四川河。五音六律。七人齊唱八仙歌。九十春光齊賞翫。十一十二慶元和。

擲畢。皆不遇。吳大舅道。總不如傅夥計。這個令兒行得切實些。伯爵道。太平鍾。也該他吃一杯兒。于是親下席來。斟了一杯。與傅自新吃。如今該韓夥計。韓道國道。老爹在上。小人怎敢占先。西門慶道。你每行過。等我行罷。于是韓道國道。頭一句要天上飛禽。第二句要果名。第三句要骨牌名。第四句要一官名。俱要

貫串。遇點照席飲酒。說

天上飛來一仙鶴　落在園中吃鮮桃
却被孤紅拏住了　將去獻與一提學
天上飛來一鴨鶯　落在園中吃朱櫻
却被二姑拏住了　將去獻與一公卿
天上飛來一老鸛　落在園中吃菱芡
却被三綱拏住了　將去獻與一通判
天上飛來一班鳩　落在園中吃石榴
却被四紅拏住了　將來獻與一戶侯
天上飛來一錦雞　落在園中吃苦株
却被五岳拏住了　將來獻與一尚書

天上飛來一淘鵞　落在園中吃蘋菠
却被綠暗拏住了　將來獻與一照磨

擲畢。該西門慶擲。西門慶道。我只擲四擲。遇點飲酒

六口載成一點霞　不論春色見梅花
摟抱紅娘親個嘴　抛閃鶯鶯獨自嗟

擲到遇紅一句。果然擲出個四來。應伯爵看見說道哥。今年上冬。管情高轉加官。主有慶事。于是斟了一大杯酒。與西門慶。一面與李銘等。三個上來。彈唱頑耍。至更闌方散。西門慶打發小優兒出門。看着收了家火。派定韓道國。甘夥計。崔本來保。四人輪流上宿。分付仔細門戶。就過那邊去了。一宿晚景不題。却說次日應伯爵。領了李智黃四。來交銀子。說此遭只關了一千四

百五六十兩銀子。不勾還人。只挪了這三百五十兩銀子。與老爹。等下遭銀子關出來。再找完不敢遲了。伯爵在旁。又替他說了兩句美言。西門慶把銀子教陳經濟來。拏天平兊收明白。打發去了。銀子還擺在卓上。西門慶因問伯爵道。常二哥說。他房子尋下了。前後四間。只要三十五兩銀子。就賣了。他來對我說。正値小兒病重了。我心裡正亂着哩。打發他去了。不知他對你說來不曾。伯爵道。他對我說來。我說你去的不是了。他乲郎不好。他自亂亂的。有甚麼心緒。和你說話。你且休回那房主兒。等我見哥替你題就是了。西門慶聽了。便道也罷。你吃了飯。拏一封五十兩銀子。今日是個好日子。替他把房子成了來罷。剩下的教常二哥門面。開個小本鋪兒。月間撰的幾錢銀子兒。勾他

1657

兩口兒。盤攪過來。就是了。伯爵道。此是哥下顧他了。不一時。放卓兒。擺上飯來。西門慶陪他吃了飯道。我不留你。你拏了這銀子去。替他幹幹這勾當去罷。伯爵道。你這里還教個大官。和我兩個拏這銀子去。西門慶道。沒的扯淡。你袖了去就是了。伯爵道。不是這等說。今日我還有小事去。實和哥說。家表弟杜三哥生日。早辰我送了些禮兒去。他使小廝來。請我後晌坐坐。我不得來回你。教個大官兒。跟了去。成了房子。我教大官兒。好來回你說罷。西門慶道。若是恁說。教王經跟了你去罷。一面叫了王經跟伯爵去了。到了常時節家。常時節正在家。見伯爵至。讓進裡面坐。伯爵拏出銀子來。與常時節看。說大官人如此如此。教我同你今日成房子去。我又不得閒。杜三哥請我吃酒。我如今了畢你的事。我方纔得去。所以叫大官兒跟了我來。成了房子。我不回他爹話去。教他回回便了。常時節連忙叫渾家快看茶來。說道哥的盛情誰肯。一面吃畢茶。叫了房中人來。同到新市街。兌與賣主銀子。寫立房契。伯爵分付與王經歸家回西門慶話。剩的銀。教與常時節收了。他便與常時節作別。往杜家吃酒去了。西門慶看了文契。還使王經。送與你常二叔收了。不在話下。正是

求人須求大丈夫　濟人須濟急時無

一切萬般皆下品　誰知陰德是良圖

正是玉光有影遺誰繫。萬事無根只自生。畢竟未知後來何如。且聽下回分解。

第六十一回　西門慶乘醉燒陰戶

李瓶兒帶病宴重陽

新刻金瓶梅詞話卷之七

第六十一回

韓道國筵請西門慶　李瓶兒苦痛宴重陽

去年九日愁何限、重上心來益斷腸、
秋色夕陽俱淡薄、淚痕離思共凄涼、
征鴻有隊全無信、黃菊無情却有香、
自覺近來消瘦了、頻將鸞鏡照容光、

話說一日韓道國晚夕舖中散了。回家睡到半夜。他老婆王六兒與他商議。你我被他照顧。此遭挣了恁些些錢。就不擺席酒兒請他來坐坐兒。休說他又丢了孩兒。只當與他釋悶。也請他坐半日。他能吃多少。彼此好看些些。就是後生小郎。看着到明日。就到南邊去。也知財主和你我親厚。比別人不同。韓道國道。我心裡也是這等說。明日是初五日。月忌不好。到初六日。叫了廚子安排酒席。叫兩個唱的。具個柬帖。等我親自到宅內。請老爹散悶坐坐。我晚夕便往鋪子里睡去。王六兒道。平白又叫甚麽唱的。只怕他酒後。要來這屋裡坐坐。不方便。隔壁樂三嫂家。常走一個女兒申二姐。年紀小小兒的。打扮又風流。又會唱時興的小曲兒。倒請將他來唱。等晚夕酒闌上來。老爹若進這屋里來。打發他過去就是了。韓道國道。你說的是。一宿晚景題過。到次日。這韓道國走到鋪子里。央及溫秀才。寫了個請柬兒。走到對門宅內。親見西門慶。聲喏畢。說道。老爹明日沒事。小人家里治了一杯水酒。無事請老爹貴步下臨。散悶坐一日。因把請柬遞上去。西門慶看了說道。你如何又費此心。我明日倒沒事衙門中回家就去。那韓道國作辭。出門來到舖子做買賣。拏銀子叫後生胡秀。拏監子往街。買雞蹄鵝鴨鮮魚嗄飯菜蔬。一面叫廚子在家。整理割切。使小廝早拏轎子。接了申二姐來。王六兒同丫鬟伺候下好茶好水。客座內打掃收拾卓椅乾淨。單等西門慶來。到等到午後。只見琴童兒先送了一罈葡萄酒來。然後西門慶坐着涼轎。玳安王經跟隨到門首下轎。頭戴忠靖冠。身穿青水緯羅直身。粉頭皂靴。韓道國迎入內見畢禮數。說道又多謝老爹賜將來酒。正面獨獨安放一張校椅。西門慶坐下。不一時。王六兒打扮出來。頭上銀絲鬏髻。翠藍縐紗羊皮金滚邊的箍兒。週圍插碎金草蟲啄針兒。白杭絹對衿兒。玉色水緯羅比甲兒。鴉黃挑線裙子。腳上老鴉青光素段子高底鞋兒。羊皮金緝的雲頭兒。耳邊金丁香兒。打扮的十分精緻。與西門慶揷燭也似磕了四個頭兒。回後邊看茶去了。須臾王經紅漆描金託子。拿了兩盞八寶青荳木樨泡茶。韓道國先取一盞。舉的高高。奉與西門慶。然後自取一盞。旁邊相陪。吃畢。王經接了茶盞下去。韓道國便開言說道。小人承老爹莫大之恩。一向在外。家中小媳婦。蒙老爹看顧。王經又蒙擡舉。叫在宅中答應。感恩不淺。今日與媳婦兒商議。無甚孝順。治了一杯水酒兒。請老爹過來坐坐。前日因哥兒沒了。雖然小人在那里。媳婦兒因感了些風寒。不曾往宅裡弔問的。恐怕老爹惱。今日一者請老爹解解悶。二者就恕俺兩口兒罪。西門慶道。無事。又教你兩口兒費心說着。只見王六兒。也在旁邊小杌兒坐下。因向道國道。你和老爹說了不曾。道國道。我還不曾說哩。西門慶問道是甚麼。王六兒道。他今日心裡要內邊請兩位姐兒來伏侍老爹。恐怕老爹計較。又不敢請。隔壁樂家常走的一個女兒。姓申名喚申二姐。諸般大小時樣曲兒。連數落都會唱。我前日在宅里見那一位郁大姐。唱的也中中的。還不如這申二姐唱的好。教我今日請了他來。唱與爹聽。未知你老人家。心下何如。若好。到明日叫了宅裡去。唱與他娘每聽。他也常在各人家走。若叫他。預先兩日定下他。他並不敢悞了。西門慶道。既是有女兒。亦發好了。你請出來我看看。不一時。韓道國教玳安上來。替老爹寬去衣服。一面安放卓席。胡秀拿果菜案酒上來。無非是鴨腊蝦米海味燒餚饌之類。當下王六兒把酒打開。盪熱了。在旁執壺。道國把盞與西門慶安席坐下。然後纔叫上申二姐來。西門慶睜眼觀看他。高髻雲鬟。插着幾枝稀稀花翠。淡淡釵梳。綠衫紅裙。顯一對金蓮趫趫。桃腮粉臉。抽兩道細細春山。青石墜子耳邊垂。糯米銀牙噙口內。望上花枝招颭。與西門慶磕了四個頭。西門慶便道。請起。你今青春多少。申二姐道。小的二十一歲了。又問你記得多少小唱。申二姐道。小的大小也記百十套曲子。西門慶令韓道國。旁邊安下個坐兒與他坐。那申二姐向前行畢禮。方纔坐下。先拏箏來。唱了一套秋香亭。然後吃了湯飯。添換上來。又唱了一套半萬賊兵。落後酒闌上來。西門慶分付。把箏拏過去。取琵琶與他。等他唱小詞兒我聽罷。那申二姐一逕要施逞他能彈接唱。一面輕搖羅袖。欵跨鮫綃。頓開喉音。把絃兒放得低低的。彈了個四不應山坡羊。

一向來。不曾和寃家面會。脈脈情。難稍難寄。我的心誠想着你。你爲我懸心掛意。咱兩個相交。不分個彼此。山盟海誓。心中牢記。你比鶯鶯重生而再有。可惜不在那蒲東寺。不由人一見了。眼角留情。來呵。玉貌生春。你花容無比。聽了聲嬌姿。好教人目斷東墻。把西樓倦倚。

意中人。兩下裡懸心掛意。意兒里。不得和你兩個眉來眼去。去了時。强挨孤枕。枕兒寒。衾兒剩。瑶琴獨對。病軆如柴。瘦損了腰肢。知道你夫人行應難離。倒等的我寸心如醉。最關心。伴着這一盞寒燈。來呵。又被風弄竹聲。只道多情到矣。急怍忙。出離了書幃。不想是花影輕搖。月明如水。唱了兩個山坡羊。叫了斟酒。那韓道國教渾家篩酒上來。滿斟一盞。遞與西門慶因說申二姐。你還有好鎖南枝。唱兩個兒與老爹聽。那申二姐。改了調兒。唱鎖南枝道。

初相會可意人。年少青春。不上二旬。黑鬖鬖兩朶烏雲。紅馥馥一點朱唇。臉賽夭桃如嫩笋。若生在畫閣蘭堂。端的也有個夫人分。可惜在章臺出落做下品。但能勾改嫁從良。勝强似棄舊迎新。

初相會。可意嬌月貌花容。風塵中最少。瘦腰肢一捻堪描俏心腸百事難學。恨只恨和他相逢不早。常則願席上樽前。淺斟低唱相偎抱。一覷一個眞。一看一個飽。雖然是半霎歡娛權且將悶減愁消。

西門慶聽了這兩個鎖南枝。正打着他初請了鄭月兒。那一節事來。心中甚喜。又見他唓了個賞音。王六兒在旁。滿滿的又斟上一盞。笑嘻嘻說道。爹。你慢慢兒的消飲。申二姐這個。纔是零頭兒。他還記得好些小令兒哩。到明日閒了。拏轎子接了。唱與他娘每聽。又說宅中那位唱姐兒。西門慶道。那個是常在我家走的郁大姐。這好些年代了。王六兒道。管情申二姐到宅裡。比他唱的高。爹到明日呼喚他。早些兒來對我說。我使孩子。早拏轎子去接他。送到宅内去。西門慶因說申二姐。我重陽那日。使人來接你。去不去。申二姐道。老爹說那里話。但呼喚小的。怎敢違阻。西門慶聽見他說話兒。心中大喜。不一時。交杯換盞之間。

王六兒恐席間說話不方便。教他唱了幾套。悄悄向韓道國說。教小廝招弟兒。送過他那邊樂三嫂家歇去罷。臨去拜辭西門慶。門慶向袖中。掏出一包兒三錢。賞賜與他買絃。那申二姐。連忙花枝招颭。向西門慶磕頭謝了。西門慶約下我初八日。使人請你去。那王六兒道。爹只教王經來對我說。等這里教小廝送他去。那申二姐拜辭了韓道國夫婦。招弟領着。往隔壁去了。那韓道國。打發申二姐去了。與老婆說知。就往鋪子里睡去了。只落下老婆在席上。陪西門慶擲骰飲酒。吃了一回。兩個看看吃的涎將上來。西門慶推起身。往後邊更衣。就走入婦人房裡。兩個頂門頑耍。王經便把燈燭拿出來。在前半間內。和玳安琴童兒。三個做一處飲酒。那後生胡秀。不知道多咱時分。在後邊廚下偷吃多幾碗酒。打發廚子去了。走在王六娘隔壁半間供養佛祖先堂兒內地下。鋪着一領席。就睡着了。睡了一覺起來。原來與那邊卧房。止隔着一層板壁兒。忽聽婦人房裡聲喚起來。這胡秀只見板壁縫兒透過燈喨兒來。只道西門慶去了。韓道國在房中宿歇。暗暗用頭上簪子。取下來。刺破透板縫中糊的紙。打一往那邊張看。見那邊房中喨騰騰點着燈燭。不想西門慶和老婆在屋里。兩個正幹得好。伶伶俐俐看見把老婆兩隻腿。却是用脚帶。弔在床頂上。西門慶上身。止着一件綾襖兒。下身赤露。就在床沿上。兩個一來一往。一動一靜。揙揙打的連身響喨。老婆口裡。百般言語。都叫將出來。淫聲艷語。通做成一塊。良久。只聽老婆說。我的親達。你要燒淫婦。隨你心裡揀着那塊。只顧燒淫婦不敢攔你。左右淫婦的身子。屬了你。顧的那些兒了。西門慶道。只怕你家裡的嗔是的。老婆道。那忘八七個頭。八個膽。他敢嗔。他靠着那裡過日子哩。西門慶道。你既是一心在我身上。到明日等賣下銀子。這遭打發他。和來保起身。亦發留他長遠在南邊。立庄。做個買手。家中已有廿夥計發賣。那里只是缺少個買手。看着置貨。老婆道。等走過兩遭兒回來。却教他去省的閒着在家。做甚麼。他說道。倒在外邊走慣了。一心只要外邊去。他江湖從小兒走過。甚麼買賣。客貨中事兒。不知道。你若下顧他。可知好哩。等他回來。我房裡替他尋下一個。我也不要他。一心撲在你身上。隨你把安插在那里。就是了。我若說一句假。把淫婦不值錢身子。就爛化了。西門慶道。我兒。你快休賭誓。

這裡兩個。一動一靜。都被這胡秀聽了個不亦樂乎。那韓道國先在家中。不見胡秀。只說往鋪子裡睡去了。走到段子鋪裡。問王顯榮海。說他沒來。韓道國一面又走回家。叫開門。前後尋胡秀。那里得來。只見王經陪玳安琴童。三個在前邊吃酒。這胡秀聽見他的語音來家。連忙倒在席上。又推睡了。不一時。韓道國點燈。尋到佛堂地下。看見他鼻口內打鼾睡。用脚踢醒。罵道賊野狗死囚。還不起來。我只說先往鋪子裡睡去。你原來在這里。挺的好覺兒。還不起來跟我去。那胡秀起來。推揉了揉眼。睖睖睜睜。跟道國往鋪子里去了。西門慶弄老婆。直弄勾有一個時辰。方纔了事。燒了王六兒心口裡。并毴蓋子上。尾停骨兒上。共三處香。老婆起來穿了衣服。教丫鬟打發舀水。淨了手。重篩煖

酒。再上佳肴。情話攀盤。又吃了幾鍾。方纔起身上馬。琲安王經
琴童三個跟着到家中。巳有二更天氣。走到李瓶兒房中。李瓶
兒睡在床上。見他吃的酣酣兒的進來。說道你今日在誰家吃
酒來。西門慶悉把韓道國家請我。見我丟了孩子。與我釋悶。他
家叫了個女先生申二姐來。年紀小小。好不會唱。又不說郁大
姐。等到明日重陽。使小厮拏轎子。接他來家唱兩日你每聽就
與你解解悶。你緊心裡不好。休要只顧思想他了。說着就要叫
迎春來脫衣裳。和李瓶兒睡。李瓶兒道你没的說。我下邊不住
的長流。丫頭火上替我煎着藥哩。你往別人屋里睡去罷。你看
着我成日好模樣兒罷了。只有一口遊氣兒在這里邊來纏我
赵來。西門慶道。我的心肝。我心里捨不的你。只要和你睡。如之

柰何。李瓶兒瞟了他一眼。笑了。笑兒。誰信你那虛嘴掠舌的。我到明日死了。你也捨不的我罷。又道亦發等我好好兒。你再進來和我睡。也是不遲。那西門慶坐了一回。說道罷罷。你不留我等我往潘六兒那邊睡去罷。李瓶兒道着來。你去。省的屈着你那心腸兒。他那里正等的你火裡火發。你不去。却忙惚兒來我這屋裡纏。西門慶道你恁說。我又不去了。那李瓶兒微笑道我哄你哩。你去麽。于是打發西門慶過去了。這李瓶兒起來。坐在床上。迎春伺候他吃藥。拏起那藥來。止不住撲簌簌從香腮邊滚下淚來。長吁了一口氣。方纔吃那盞藥。正是心中無限傷心事。付與黃鸝叫幾聲。不說李瓶兒吃藥睡了。单表西門慶到于潘金蓮房里。金蓮纔教春梅罩了燈。上床睡下。忽見西門慶推開門進來。便道我兒又早睡了。金蓮道。稀罕那陣風兒。刮你到我這屋里來。因問你今日。往誰家吃酒去來。西門慶道。韓夥計打南邊來。見我沒了孩子。一者與我釋悶。二者照顧了他外邊走了這遭。請我坐坐。金蓮道。他便在外邊。你在家。却照顧了他老婆了。西門慶道。夥計家。那里有這道理。婦人道。夥計家。有這個道理。齊腰拴着根線兒。只怕合過界兒去了。你還搗鬼哄俺每哩。俺每知道的。不耐煩了。你生日時。賊淫婦。他沒在這里。你悄悄把李瓶兒壽字簪子。黃猫黑尾。偷與他。却教他戴了來這里施展。大娘孟三兒。這一家子。那個沒看見。乞我相問着他。那臉兒上紅了。他沒告訴你。今日又摸到那里去了。賊沒廉耻的貨。你家外頭還少哩。也不知怎的。一個大摔瓜。長淫婦。喬眉喬樣猫的那水鬢長長的。搽的那嘴唇鮮紅的。倒人家那血毯甚麽好老婆。一個大紫膛色黑淫婦。我不知你喜歡他那些兒。眞道把忘八舅子也招惹將來。却一早一晚。教他好往回傳稍話兒。那西門慶堅執不認。笑道怪小奴才兒。单管只胡説。那里有此勾當。今日他男子漢陪我坐。他又沒出來。婦人道。你拏這個話兒來哄我。誰不知他漢子。是個明忘八。又放羊。又拾柴。一徑把老婆丢與你。圖你家買賣做。要撰你的錢使。你這傻行貨子。是好四十里聽銃响罷了。見西門慶脱了衣裳。坐在床沿上。婦人探出手來。把褌子扯開。摸見那話。軟叮噹的。托子還帶在上面。説道可又來。你臘鴨子。煑到鍋裡。身子兒爛了。嘴頭兒還硬。見放着不語先生。在這里強道。和那淫婦。怎麽弄聳。聳到這咱

晚纔來家。弄的恁軟。如鼻涕濃瓜醬的。嘴頭兒還強哩。你賭幾
個誓。我教春梅舀一瓶子凉水。你只吃了。我就筭你好膽子。論
起來。盐也是這般鹹。醋也是這般酸。禿子包綱巾。饒這一抿子
兒也罷了。若是信着你意兒。把天下老婆都耍遍了罷。賊没羞
的貨。一個大眼裡火行貨子。你早是個漢子。若是個老婆。就養
遍街。合遍巷。屬皮匠的。逢着的就上。幾句說的西門慶。睜睜的
上的床來。教春梅篩熱了燒酒。把金穿心盒兒內。拈了一粒。放
在口裡嚥下去。仰卧在枕上。令婦人我兒。你下去。替你達品品
起來。是你造化。那婦人一徑做喬張智。便道好乾淨兒。你在那
淫婦窩窼子里。鑽了來。教我替你咂可不愛殺了我。西門慶道。
怪小淫婦兒。单管胡說白道的。那里有此勾當。婦人道。那里有

此勾當。你指着肉身子。賭個誓麼。亂了一回。教西門慶下去使
水。西門慶不肯下去。婦人旋向袖子裡。掏出通花汗巾來。將那
話抹展了一回。方纔用朱唇裹沒。嗚咂半晌。登時咂弄的那話。
奢稜跳腦。暴怒起來。乃騎在婦人身上。縱麈柄自後揷入牝中。
兩手兜其股。蹲踞而擺之。肆行搧打。連聲响喨。燈光之下。窺翫
其出入之勢。婦人倒伏在枕畔。舉股迎湊者久之。西門慶興猶
不愜。將婦人仰臥朝上。那話上使了粉紅藥兒。頂入去。執其雙
足。又舉腰沒稜露腦。掀騰者將二三百度。婦人禁受不的。瞋目
顫聲。沒口子叫達達。你這遭兒。只當將就我。不使上他也罷了。
西門慶口中呼叫道。小淫婦兒。你怕我不怕。再敢無禮不敢。婦
人道。我的達達。罷麼。你將就我些兒。我再不敢了。達達慢慢提

看提撒了我的頭髮。兩個顛鸞倒鳳。又狂了半夜。方纔體倦而寢。話休饒舌。又早到重陽令節。西門慶對吳月娘說。韓夥計家前日請我席上。唱的一個申二姐。生的人材又好。又會唱。琵琶箏都會。我使小廝接他去。等接了他來。留他兩日。教他唱與你每聽。于是分付廚下。收拾酒菓肴饌。在花園大捲棚。聚景堂內。安放大八仙卓席。放下簾來。合家宅眷。在那里飲酒。慶賞重陽佳節。不一時。王經轎子。接的申二姐到了。入到後邊。與月娘衆人磕了頭。月娘見他年小。生的好模樣兒。問他套數。倒會不多。若題諸般小曲兒。山坡羊。鎖南枝。兼數落。倒記的有十來個。一面打發他吃了茶食。先教在後邊唱了兩套。然後花園擺設下酒席。那日西門慶。不曾往衙門中去。在家看着栽了菊花。請了月娘李嬌兒。孟玉樓。潘金蓮。李瓶兒。孫雪娥。并大姐。都在席上坐的。春梅。玉簫。迎春。蘭香。在旁斟酒伏侍。申二姐。先拏琵琶在旁彈唱。那李瓶兒。在房中身上不方便。請了半日。纔請了來。恰似風兒刮倒的一般。強打着精神。陪西門慶坐。衆人讓他酒兒也不大好生吃。西門慶。和月娘見他面帶憂容。眉頭不展。說道。李大姐。你把心放開。教申二姐。唱個曲兒你聽。玉樓道你說與他。教他唱甚麽曲兒。他好唱。那李瓶兒只顧不說。正飲酒中間。忽見王經走來說道應二爹。常二叔來了。西門慶道。請你應二爹。常二叔。在小捲棚里坐。我就來。王經道。常二叔教人拏了兩個盒子在外頭。西門慶向月娘道。此是他成了房子。買了些禮來謝我的意思。月娘道。少不的安排些甚麽管待他。怎好空了他去。你陪他坐去。我這里分付看菜兒。西門慶臨出來。又叫申二姐。你好歹唱個好曲兒。與他六娘聽。一直往前邊去了。金蓮道。也沒見這李大姐。隨你心裡。說個甚麼曲兒。教申二姐唱個你聽。就是了。辜負他爹的心。此來爲你。叫將他來。你又不言語的。于是催逼的李瓶兒急了。半日纔說出來。你唱個紫陌紅徑俺每聽罷。那申二姐道。這個不打緊。我有。于是取過箏來。排開鴈柱。調定冰絃。頓開喉音。唱折腰一枝花。

紫陌紅徑。丹青妙手難畫成。觸目繁華如鋪錦。料應是春負我。非是辜負了春。爲着我心上人。對景越添愁悶。

東甌令花零亂。柳成陰。蝶困蜂迷鶯倦吟。方纔眼睜。心兒裡忘了。想啾啾唧唧。呢喃燕。重將舊恨。舊恨又題醒。撲簌簌淚珠兒暗傾。

（滿園春）悄悄庭院深。默默的情掛心。涼亭水閣。果是堪宜宴飲。不見我情人。和誰兩個問樽。把絲絃再理。將琵琶自撥。是奴欲歇悶情。怎如倦聽。

（東甌令）榴如火。簇紅錦。有焰無烟燒碎我心。懷着向前。欲待要摘一朶。觸觸拈拈不堪　怕奴家花貌。不似舊時人伶伶仃仃。怎宜樣簪。

（梧桐樹）梧葉兒飄。金風風動。漸漸害相思。落入深深井。一旦夜長。難捱孤枕。懶上危樓。望我情人。未必薄情。與奴心相應。他在那里。那里貪歡戀飲。

（東甌令）菊花綻。桂花零。如今露冷風寒。秋意漸深。蓦聽的窓兒外幾聲。幾聲孤鴈。悲悲切切。如人訴。最嫌花下砌畔小蛩吟。咭咭咶咶。惱碎奴心。

(浣溪沙)風漸急。寒威凛。害想思。最恐怕黃昏。沒情沒緒。對着一盞孤燈。窓兒眼數。教還再輪。畫角悠悠聲透耳。一聲聲哽咽難聽。愁來別酒强重斟。酒入悶懷珠泪傾。

(東甌令)長吁氣。兩三聲。斜倚定幃屏兒思量那個人。一心指望夢兒里。畧畧重相見。撲撲簌簌雪兒下。風吹簷馬。把奴夢魂驚。叮叮噹噹。攪碎了奴心。

(尾聲)為多情。牽掛心。朝思暮想淚珠傾。恨殺多才不見影。

唱畢。吳月娘道。李大姐。你好甜酒兒。吃上一鍾兒。那李瓶兒。又不敢違阻了月娘。拏起鍾兒來。咽了一口兒。又放下了。强打着

精神兒與衆人坐的。坐不多時。下邊一陣熱熱的來。又往屋里
去了。不說這里內眷。单表西門慶到于小捲棚翡翠軒。只見應
伯爵與常時節。在松墻下。正看菊花。原來松墻兩邊。擺放二十
盆。都是七尺高。各樣有名的菊花。也有大紅袍。狀元紅。紫袍金
帶。白粉西。黄粉西。滿天星。醉楊妃。王牡丹。鵞毛菊。鴛鴦花之類。
西門慶出來。二人向前作揖。常時節即喚跟來人。把盒兒擡進
來。西門慶一見便問。又是甚麽。伯爵道。常二哥。蒙你厚情。成了
房子。無甚麽酧荅。教他娘子製造了這螃蠏鮮。并兩隻爐燒鴨
兒。邀我來同和哥坐坐。西門慶道。常二哥。你又費這個心。做甚
麽。你令正病纔好些。你又禁害他。伯爵道。我也是恁說。他說道
别的東西兒來。恐怕哥不稀罕。西門慶令左右。打開盒兒觀看。

四十個大螃蠏。都是剔剝淨了的。裏邊釀着肉。外用椒料薑蒜米兒團粉裹就。香油煠。醬油醋造過。香噴噴酥脆好食。又是兩大隻院中爐燒熟鴨。西門慶看了。卽令春鴻。王經掇進去。分付拏五十文錢。賞拏盒人。因向常時節謝畢。琴童在旁。掀簾請入翡翠坐的。伯爵只顧誇獎不盡好菊花。問哥是那里尋的。西門慶道。是管磚廠劉太監。送我這二十盆。伯爵道。連這盆。西門慶道。就連這盆都送與我了。伯爵道。花到不打緊。這盆正是官窰雙箍鄧漿盆。又吃年袋。又禁水漫。都是用絹羅打用脚跐過泥。纔燒造這個物兒。與蘇州鄧漿磚。一個樣兒做法。如今那里尋去。誇了一回。西門慶喚茶來吃了。因問常二哥。幾時搬過去。伯爵道。從兊了銀子。三日就搬過去了。那家子已是尋下房子。兩三日就搬了。昨見好日子。買剖了些﹅雜貨兒門首把舖兒也開了。就是常二嫂兒弟。替他在舖兒里看銀子兒西門慶道。俺每幾時買些﹅禮來。休要人多了。再邀謝子純你三四位。我家裡整理菜兒。擡了去。休費煩常二哥。一些東西兒。叫兩個妓者。咱每替他煖煖房。耍一日。常時節道。小弟有心也要請哥坐坐。筭計來不敢請。地方兒窄狹。恐怕哥受屈馳。西門慶道。沒的扯淡。那里又費他的事。起來。如今使小廝。請將謝子純來。和他說說。即令琴童兒。快請你謝爹去。伯爵因問哥。你那日叫那兩個去。西門慶笑道。叫你鄭月娘和洪四兒去。洪四兒令打撥鼓兒。唱慢山坡羊兒。伯爵道哥。你是個人。你請他就不對我說聲。我怎的也知道了。比李桂兒風月如何。西門慶道。通色絲子女。不可言。

伯爵道。他怎的前日。你生日時。那等不言語。扭扭的。也是個肉佞賊小淫婦兒西門慶道。等我到幾時再去着。也携帶你走走。你月娘兒。會打的好雙陸。你和他打兩貼雙陸。伯爵道。等我去混那小淫婦兒。休要慣了他。西門慶道。你這歪狗材。不要惡識他便好。正說着。謝希大到了。聲喏畢。坐下。西門慶道。常二哥。如此這般。新有了華居。瞞着俺每。已搬過去了。咱每人隨意出些分資。休要費煩他絲毫。我這里整治停當。教小厮擡了他府上。我還邀兩個妓者。咱耍一日何如。謝希大道。哥分付每人出多少分資。俺每都送哥這里來。就是了。還有那幾位。西門慶道再没人。只這三四個兒。每人二星銀子。就勾了。伯爵道。十分人多了。他那裡没地方兒。正說着。只見琴童來說。吳大舅來了。西門慶道。請你大舅這里來坐。不一時吳大舅進入軒內。先與三人作了揖。然後與西門慶叙禮。坐下。小厮拿茶上來。同吃了茶。吳大舅起身説道。請姐夫到後邊。説句話兒。西門慶連忙讓大舅到于後邊月娘房里。月娘還在捲棚內。與衆姊妹吃酒聽唱。聽見小厮。説大舅來了。忙陪着在後邊坐着説話哩。一面走到上房。見大舅道了萬福。吽小玉遞上茶來。大舅向袖中取出十兩銀子。遞與月娘。説道。昨日府上。纔領了三錠銀子。姐夫且收了這十兩。餘者待後次再送來。西門慶道。大舅你怎的這般計較。且使着。慌怎的。大舅道。我恐怕遲了姐夫的。西門慶因問倉厫修理的也將完了。大舅道。還得一個月將完。西門慶道。工完之時。一定撫按有些奬勵。大舅道。今年考選軍政在邇。還望姐夫扶持。大巡上替我說說。西門慶道。大舅之事。都在于我。說畢話。月娘道請大舅來前邊坐。大舅道。我去罷。只怕他三位來。有甚話說。西門慶道。沒甚麽話。常二哥新近問我借了幾兩銀子。買下了兩間房子。已搬過去了。今日買了些禮兒來謝我節間。留他每坐坐。不想大舅來的正好。于是讓至前邊坐下。月娘連忙教廚下。打發菜兒上去。琴童與王經。先安放八仙桌席端正。拿上小菜果酒上去。西門慶旋教開庫房。拏去一罈夏提刑家送的菊花酒來。打開碧靛清。噴鼻香。未曾篩。先攙一瓶凉水。以去其蓼辣之性。然後貯于布甑內。篩出來。醇厚好吃。又不說葡萄酒。教王經用小金鍾兒斟一杯兒。先與吳大舅嘗了。然後伯爵等。每人都嘗訖。極口稱羨不已。須臾大盤大碗。嘎飯看品擺將上來堆滿桌上先拿了兩大盤玫瑰菓餡蒸糕蘸着白砂糖衆人乘熱一搶着吃了一頓然後纔拿上釀螃蟹并兩盤燒鴨子來伯爵讓大舅吃連謝希大也不知是甚麼做的這般有味酥脆好吃西門慶道此是常二哥家送來的大舅道我空癡長了五十二歲並不知螃蟹這般造作委的好吃伯爵又問道後邊嫂子都甞了甞兒不曾西門慶道房下每都有了伯爵道也難爲我這常嫂也這般好手段兒常時節笑道賤累還恐整理的不堪口教列位哥笑話吃畢螃蟹左右上來斟酒西門慶令春鴻和書童兩個在旁一遞一個歌唱南曲應伯爵忽聽大捲棚内彈箏歌唱之聲便問道哥今日有李桂姐在這里不然如何這等音樂之聲西門慶道你再聽着是不是伯爵道李桂姐不

是就是吳銀兒西門慶道你這花子单管只瞎謅倒是個女先生伯爵道不是郁大姐西門慶道不是他這個姓申二姐年小哩好個人材又會唱伯爵道眞個這等好哥怎的不擡出來俺毎瞧瞧又唱個兒俺毎聽西門慶道今日你衆娘毎大節間叫他來賞重陽頑耍偏你這狗材耳朶内聽的見伯爵道我便是千里眼順風耳隨他四十里有蜜蜂兒叫我也聽見了謝希大道你這花子兩耳朶似竹簽兒也似愁聽不見兩個又頑笑了一回伯爵道哥你好歹叫他出來俺毎見見俺毎不打緊教他只當唱個兒與老舅聽也罷了休要就古執了西門慶乞他逼迫不過一面使王經領申二姐出來唱與大舅聽不一時申二姐來望上磕了頭起來旁邊安放杌床兒與他坐下伯爵問申

二姐。青春多少。申二姐回道。屬牛的。二十一歲了。又問會多少小唱。申二姐道。琵琶箏上套數小唱。也會百十來個。伯爵道。你會許多唱也勾了。西門慶道。申二姐。你拏琵琶唱小詞兒罷。省的劳動了你。說你會唱四夢八空。你唱與大舅聽。吩付王經書童兒席間斟上酒。那申二姐。款跨鮫綃。微開檀口。唱羅江怨道。

懨懨病轉濃甚日消融。春思夏想秋又冬。滿懷愁悶。訴與天公也。天有知呵。怎不把恩情送。恩多也是個空情多也是個空。都做了南柯夢。

伊西我在東。何日再逢。花箋慢寫封又封。叮嚀囑付與鱗鴻也。他也不忠。不把我這音書送。思量他也是空。埋怨他也是空。都做了巫山夢。

恩情逐曉風。心意懶慵。伊家做作無始終。山盟海誓。一似耳邊風也。不記當時多少恩情重。虧心也是空。痴心也是空。都做了蝴蝶夢。

惺惺似懞懂。落伊套中。無言暗把珠淚湧。口心誰想不相同也。一片真心。將我廝調弄。得便宜也是空。失便宜也是空。都做了陽臺夢。

不說前邊彈唱飲酒。且說李瓶兒歸到房中。坐淨桶。下邊似尿也一般。只顧流將起來。登時流的眼黑了。起來穿裙子。忽然一陣旋暈的。向前一頭搭倒在地。饒是迎春在旁。攙扶着還把額角上磕傷了皮。和奶子攙到炕上。半日不省人事。慌了迎春。使綉春連忙快對大娘說去。那綉春走到席上。報與月娘衆人。俺娘在房中暈倒了。這月娘撇了酒席。與衆姊妹慌忙走來看視見迎春奶子兩個。摳扶着他。坐在炕上。不省人事。便問他好好的進屋里。端的怎麽來就不好了。迎春揭開淨桶。與月娘瞧。把月娘諕了一跳。説道此是他剛纔只怕吃了酒。助赶的他這血旺了。流了這些。玉樓金蓮。都説他幾曾大好生吃酒來。一面煎燈心薑湯灌他。半晌甦醒過來。纔説出話兒來了。月娘問李大姐你怎的來。李瓶兒道。我不怎的。坐下桶子。起來穿裙子。只見眼面前黑黑的一塊子。就不覺天旋地轉起來。由不的身子。就倒了。月娘便要使來安兒。請你爹進來對他説。教他請任醫官來看你。那李瓶兒。又嗔教請去。休要大驚小怪。打攪了他吃酒。月娘分付迎春。打鋪教你娘睡罷。月娘于是也就吃不成酒了。

分付收拾了家火都。歸後邊去了。西門慶陪侍吳大舅衆人至晚歸到後邊月娘房中。月娘告訴李瓶兒跌倒之事。西門慶慌走到前邊來看視。見李瓶兒睡在炕上面色臘査黄了。扯着西門慶衣袖哭泣。西門慶問其所以。李瓶兒道。我到屋裡坐榪子。不知怎的下邊。只顧似尿也一般流起來。不覺眼前一塊黑黑的起來。穿裙子。天旋地轉。就跌倒了。恁甚麽就顧不的了。西門慶見他額上。磕傷一道油皮說道。丫頭都在那里不看你怎的跌傷了面貌。李瓶兒道。還虧大丫頭。都在根前。和奶子攙扶着我。不然。還不知跌得怎樣的。西門慶道。我明日還早使小廝。請任醫官來看你看。當夜就在李瓶兒對面床上睡了。一夜。次日早辰。投往衙門里去。旋使琴童騎頭口。請任醫官去了。直到晌午纔來。西門慶先在大廳上。陪吃了茶。使小厮說進去。李瓶兒房里。收拾乾净。薰下香。然後請任醫官到房中。胗畢脉。走出外邊廳上。對西門慶說。老夫人脉息。比前番甚加沉重些。七情感傷肝肺火太盛。以致木旺土虛。血熱妄行。猶如山崩而不能節制。復使大官兒後邊問去。若所下的血。紫者猶可以調理。若鮮紅者。乃新血也。學生撮過藥來。若稍止則可有望。不然難爲矣。西門慶道。望乞老先生留神加減。學生必當重謝。任醫官道。是何言語。你我厚間。又是明川情分。學生無不盡心。西門慶待畢茶。送出門。隨即具一疋杭絹。二兩白金。使琴童兒討將藥來。名曰歸脾湯。乘熱而吃下去。其血越流之不止。西門慶越發慌了。又請大街口胡太醫來瞧。胡太醫說是氣冲血管。熱入血室。亦取將藥來吃下去。如石沉大海一般。月娘見前邊亂着請太醫。只留申二姐住了一夜。與了他五錢銀子。一件雲絹比甲兒并花翠裝了個盒子。打發他坐轎子去了。花子由自從開張那日。吃了酒去。聽見李瓶兒不好。至是使了花大嫂買了兩物禮來看他。見他瘦的黃懨懨兒。不比往時。兩個在屋裡。大哭了一回。月娘後邊擺茶。請他吃了。韓道國說。東門外住的一個看婦人科的趙太醫。指下明白。極看得好。前歲小姪媳婦。月經不通。是他看來。老爹這里差人。請他來看看六娘。管情就好。西門慶於是就使玳安同王經兩個。疊騎着頭口。往門外請趙太醫去了。西門慶請了應伯爵來。在廂房坐的。和他商議。第六個房下。甚是不好的重。如之柰何。伯爵失驚道。這個嫂子。貴恙說好些。怎的又不好起來。西門慶道。自從小兒沒了。一向着了憂慼。把病來又犯了。昨日重陽。我說接了申二姐。節間你每打夥兒散悶頑耍。他又沒大好生吃酒。誰知走到屋中。就不好暈起來。一交跌倒在地。把臉都磕破了。請任醫官來看。說脉息比前沉重。吃了藥。倒越發血盛了。伯爵道。哥。你請胡太醫來看。怎的說。西門慶道。胡太醫說。是氣冲了血管。吃了他的。也不見動靜。今日韓夥計說。門外一個趙太醫。名喚趙龍崗。專科看婦女。我使小廝騎頭口請去了一回。把我焦愁的了不得。生生為這孩子不好。是白日黑夜思慮起這病來了。婦女人家。又不知個回轉。勸着他。又不依你。教我無法可處。正說着。平安來報。喬親家爹來了。西門慶一面讓進廳上坐。敘禮已畢。坐下。喬大戶道。聞得六親家母。有些不安。昨日舍甥到家。請房下便來奉看。西門慶道。便是。一向因小兒沒了。他着了憂慼。身上原有些不調。又感發起來了。蒙親家甚心。喬大戶道。也曾請人來看不曾。西門慶道常吃任後溪的藥。昨日又請大街胡先生來看。吃藥越發轉盛。今日又請門外。專看婦人科趙龍崗去了。喬大戶道。咱縣門前住的行醫何老人。大小方脉俱精。他兒子何岐軒。見今上了個冠帶醫士。親家何不請他來看看親家母。西門慶道。既是好。等小价請了趙龍崗來。看了脉息。看怎的說。再請他來不遲。喬大戶道。親家依我愚見。如今請了何老人來。看了親家母脉息。講說停當。安在廂房內坐的。待盛价門外。請將趙龍崗來。看他脉了脉。怎麽說。教他兩個細講一講。就論出病原來了。然後下藥。無有個不效之理。西門慶道。親家說的是。一面使玳安拏我拜帖兒。和喬通去。請縣門前行醫何老人來。玳安等應諾去了。西門慶請伯爵到廳上。與喬大戶相見同坐一處吃茶。那消片晌之間。何老人到來。進門與西門慶喬大戶等。作了揖。讓于上面坐下。西門慶舉手道。數年不見你老人家。不覺越發蒼髯皓首。喬大戶又問令郎先生。肆業盛行。何老人道。他逐日縣中迎送也不得閒。倒是老拙常出來看病。伯爵道。你老人家高壽了。還這等健朗。何老人道。老拙今年痴長八十一歲。敘畢話。看茶上來吃了。小厮說進去。須臾請至房中。就床看李瓶兒脉息。旋攙扶起來。坐在炕上。挽着香雲。阻隔三焦。形容瘦的十分狼狽了。但見他面如金紙。體似銀條。看看減褪丰標。漸漸消磨精彩。胸中氣急。連朝水米怕沾唇。五臟膨脝。盡日藥丸難下腹。隱隱耳虛聞磬響。昏昏眼暗覺螢飛。六脈細沉。東岳判官催命去。一靈縹緲。西方佛子與同行。喪門弔客已臨身。扁鵲盧醫難下手。

那何老人。看了脈息。出來外邊廳上。向西門慶。喬大戶說道。這位娘子。乃是精沖了血管起。然後着了氣惱。氣與血相搏。則血如崩。細思當初起將病之由。看是也不是。西門慶道。你老人家。如何治療。正相論間。忽報琴童和王經。門外請了趙先生來了。何老人便問是何人。西門慶道。也是夥計舉來一醫者。你老人家。只推不知。待他看了脈息出來。你老人家。和他兩個相講一講。好下藥。不一時。從外而入。西門慶與他敘禮畢。然後與眾人相見何二老居中。讓他在左。應伯爵在右。西門慶主位相陪。來安兒拿上茶來吃了。收下盞託去。此人便問二位尊長貴姓。喬大戶道。俺二人一位姓何。一位姓喬。伯爵道。在下姓應。敢問先生高姓。尊寓何處。治何生理。其人荅道。不敢。在下小子。家居東門外頭條巷二郎廟。三轉橋。四眼井住的。有名趙搗鬼便是。平生以醫爲業。家祖見爲太醫院院判。家父見充汝府良醫。祖傳三輩。習學醫術。每日攻習王叔和。東垣勿聽子。藥性賦。黃帝素問難經。活人書。丹溪纂要。丹溪心法。潔古老脉訣。加減十三方。千金奇効良方。壽域神方。海上方。無書不讀。無書不看。藥用胸中活法。脉明指下玄機。六氣四時。辨陰陽之標格。七表八裡定関格之沉浮。風虛寒熱之症候。一覽無餘。弦洪芤石之脉理。莫

不通曉。小人拙口鈍腮。不能細陳。聊有幾句。道其梗槩。便道

我做太醫姓趙　門前常有人叫　只會賣杖搖鈴

那有眞材實料　行醫不按良方　看脉全憑嘴調

撮藥治病無能　下手取積兒妙　頭疼須用繩箍

害眼全憑艾醮　心疼定敢刀剜　耳聾宜將針套

得錢一味胡醫　圖利不圖見効　尋我的少吉多凶

到人家有哭無笑　正是

半積陰功半養身　古來醫道通仙道

衆人聽了。都呵呵笑了。何老人道。你門裡出身。門外出身。趙太醫道。門裡出身。怎的說。門外出身怎的說。何老人道。你門裡出身。有父待子接脉理之良法。若是門外出身。只可問病下藥而

巳。趙太醫道老先生。你就不知道古人云。望聞問切。神聖功巧。學生三輩門裡出身。先問病。後看脉。還要觀其氣色。就如同子平兼五星。還要觀手相貌。纔看得準。庶乎不差。何老人道既是如此。請先生進看去。西門慶卽令琴童後邊說去。又請了趙先生來了。不一時。西門慶陪他。進入李瓶兒房中。那李瓶兒方纔睡下。安逸一回。又攙扶起來。靠着枕褥坐着。這趙太醫先胗其左手。次胗右手。便教老夫人抬起頭來看看氣色。那李瓶兒真個把頭兒揚起來。趙太醫教西門慶老爹。你問聲老夫人。我是誰。西門慶便問李瓶兒你看這位是誰。那李瓶兒擡頭看了一眼。便低聲說道。他敢是太醫。趙先生道老爹。不妨事。死不成。還認的人哩。西門慶笑道。趙先生。你用心看。我重謝你。一面看視了半日。說道老夫人。此病休怪我說。據看其面色。又胗其脈息。非傷寒則為雜症。不是產後。定然胎前。西門慶道。不是此疾。先生你再仔細胗一胗。先生道。敢是飽悶傷食飲饌多了。西門慶道。他連日飯食通不十分進。趙先生又道。莫不是黃病。西門慶道。不是。趙先生道。不是如何面色這等黃。又道多管是脾虛泄瀉。西門慶道。也不是泄疾。趙先生道。不泄瀉。却是甚麽怎生的害個病。也教人摸不着頭腦。坐想了半日。說道。我想起來了。不是。便毒魚口。定然是經水不調勻。西門慶道。女婦人。那里便毒魚口來。你說這經事不調。倒有些近理。趙先生道。南無佛耶。小人可怎的。也猜着一庄兒了。西門慶問如何經事不調勻。趙先生道。不是乾血癆。就是血山崩。西門慶道。實說與先生。房下如此這般下邊月水淋漓不止所以身上都瘦弱了你有甚急方合些好藥與他吃我重重謝你趙先生道不打緊處小人有藥等我到前邊寫出個方來好配藥去西門慶一面同他來到前廳喬大戶何老人還未去問他甚麽病源趙先生道依小人講只是經水淋漓何老人道當用何藥以治之趙先生道我有一妙方用着這幾味藥材吃下去管情就好聽我說

甘草甘遂與硼砂藜蘆巴豆與芫花人言調着生半夏用烏頭杏仁天麻這幾味兒齊加葱蜜和丸只一撾清辰用燒酒送下

何老人聽了便道這等藥吃了不藥殺人了趙先生道自古毒藥苦口利于病若早得摔手伶俐强如只顧牽經西門慶道這

厮俱是胡說。教小厮與我杖出去。喬大戶道。數計既舉保來一場。醫家休要空了他。西門慶道。既是恁說。前邊鋪子裡稱二錢銀子。打發他去罷。那趙太醫得了二錢銀子往家。一心忙似箭。兩家走如飛。西門慶見打發趙太醫去了。因向喬大戶說。此人原來不知甚麽。何老人道。老拙適纔不敢說。此人東門外。有名的趙搗鬼。專一在街上賣杖搖鈴。哄過往之人。他那里曉的甚脉息病源。因說老夫人此疾。老拙到家。撮兩貼藥來。遇緣看服畢。經水少減。胸口稍開。就好用藥。只怕下邊不止。飲食再不進就難為矣。說畢起身。西門慶這里封白金一兩。使玳安拏盒兒。討將藥。晚夕與李瓶兒吃了。並不見其分毫動靜。吳月娘道。你也省可里與他藥吃。他飲食先阻住了。肚腹中有甚麽兒。只顧

拿藥陶碌他前者那吳神仙筭他二十七歲有血光之災今年
却不整廿七歲了你還使人尋這吳神仙去教替他打筭筭這
祿馬數上看如何只怕犯着甚麽星辰替他禳保禳保西門慶
這里旋差人拏帖兒往周守備府裡問去那裡說吳神仙雲遊
之人來去不定但來只在城南土地廟下今歲從四月裡往武
當山去了要打數筭命眞武廟外有個黃先生打的好數一數
只要三錢銀子不上人家門去一生別後事都如眼見西門慶
隨即使陳經濟拏三錢銀子逕到北邊眞武廟門首抄尋有黃
先生家門上貼着抄筭先天易數每命卦金三星陳經濟向前
作揖奉上卦金說道有一命煩先生推筭說與他八字女命年
二十七歲正月十五日午時這黃先生把筭子一打就說這女

命。辛未年。庚寅月。辛卯日。壬午時。理取印綬之格。借四歲行運。四歲己未。十四歲戊午。廿四歲丁巳。三十四歲丙辰。今年流年丁酉。比肩用事。歲傷日干。計都星照命。又犯喪門五鬼。災殺作抄。夫計都者。乃陰晦之星也。其像猶如亂絲而無頭。變異無常。人運逢之。多主暗昧之事。引惹疾病。主正二三七九月病災。有損暗傷財物。小口凶殃。小人所筭。口舌是非。主失財物。若是陰人。大爲不利。斷云。

計都流年臨照　命逢陸地行舟　必然家主皺眉頭
靜裡躊躇無奈　閒中悲慟無休　女人犯此問根由
必似亂絲不久　切記胎前產後　其數曰
莫道成家在晚時　止緣父母早先離

芳姿嬌媚年來美　百計俱全更有恩
傳揚伉儷當龍至　榮合屠羊看虎威
可憐情熟恩情失　命入鷄宮葉落裏

抄畢數封付與經濟拏來家。西門慶正和應伯爵。溫秀才坐的。見經濟抄了數來。拏到後邊。解說與月娘聽。命中多凶少吉。西門慶不聽便罷。聽了眉頭搭上三黃鎖。腹內包藏萬斛愁。正是

高貴青春遭大喪　伶俐醒然却受貧
年月日時該定載　筭來由命不由人

畢竟未知後來如何。且聽下回分解。

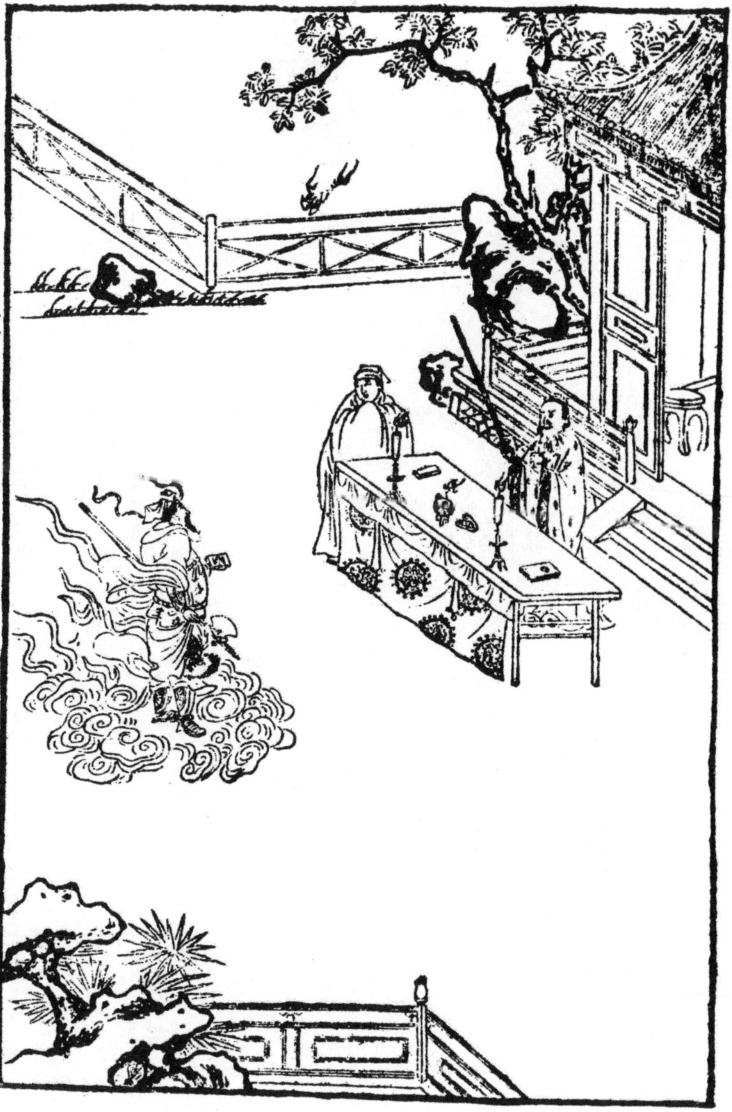

第六十二回　潘道士法遣黃巾士

西門慶痛哭李瓶兒

第六十二回

潘道士解禳祭燈法　西門慶大哭李瓶兒

行藏虛實自家知　禍福因由更問誰
善惡到頭終有報　只爭來早與來遲
閒中點檢平生事　靜裡思量日所爲
常把一心行正道　自然天理不相虧

話說西門慶見李瓶兒服藥百般醫治無効。求神問卜發課。皆有凶無吉。無法可處。初時李瓶兒還閘閘着梳頭洗臉。還自巳下炕來。坐淨桶。次後漸漸飲食減少。形容消瘦。下邊流之不止。那消幾時。把個花朶朶人兒。瘦弱的不好看。也不着的炕了。只在裀褥上。鋪墊草紙。恐怕人進來嫌穢惡。敎丫頭燒着下些香在房中。西門慶見他肐膊兒瘦的銀條兒相似。守着在房內哭泣。衙門中隔日去走一走。李瓶兒便道。我的哥。你還往衙門中去。只怕悞了你公事。我不妨事。只吃下邊流的虧。若得止住不流了。再把口裏放開。吃下些飲食兒就好了。你男子漢常絆住你在房中守着甚麼。西門慶哭道。我的姐姐。我見你不好。心中捨不的你。李瓶兒道。好傻子。只不死。將來你攔的住。那些又道。我要對你說。也沒與你說。我不知怎的。但沒人在房裡。心中只害怕。恰似影影綽綽。有人在我跟前一般。夜裡要便夢見他。恰似好時的。拏刀弄杖。和我廝嚷。孩子也在他懷裡。我去奪。反被他推我一交。說他那里。又買了房子。來纏了好幾遍。只叫我去。只不好對你說。西門慶聽了。說道。人死如燈滅。這幾年知道他

往那里去了。此是你病的久了。下邊流的你這神虛氣弱了。那
里有甚麼邪魔魍魎家親外祟。我明日往吳道官廟裡。討兩道
符來。貼在這房門上。看有那祟沒有。說話中間。走到前邊。即差
玳安騎頭口。往玉皇廟討符去。走到路上。迎見應伯爵。和謝希
大下頭口。因問你爹在家裡。玳安道。爹在家裡。又問你往那里
去。玳安道。小的往玉皇廟討符去。伯爵與謝希大到西門慶家。
因說道。謝子純聽見嫂子不好。諕了一跳。敬來問安。西門慶道。
這兩日較好些。告訴身上瘦的通不相模樣了。丟的我上不上。
下不下。却怎生樣的孩子死了。隨他罷了。成夜只是哭。生生憂
慮出病兒來了。勸着又不依你。教我有甚法兒處。伯爵道哥你
又使玳安往廟裡。做甚麼去。西門慶悉把李瓶兒房中無人害

怕之事。告訴一遍。只恐有邪祟。教小廝問吳道官那里討兩道符來。貼在房中。鎮壓鎮壓。謝希大道。哥此是嫂子神氣虛弱。那里有甚麽邪祟魍魎來。伯爵道。哥若遣邪也不難。門外五岳觀潘道士。他受的是天心五雷法。極遣的好邪。有名喚做潘捉鬼。常將符水救人。哥你差人請請他來。看看嫂子。房裡有甚邪祟。他就知道。你就教他治病。他也治得。西門慶道。等討了吳道官符來看。在那里住。沒奈何。你就領小廝。騎了頭口。請了他來。伯爵道。不打緊。等我去。天可憐見。嫂子好了。我就頭着地也走。說了一回話。伯爵和希大吃了茶起身。自勾當去了。玳安兒討了符來。貼在房中。晚間李瓶兒還害怕。對西門慶說。死了的他剛纔和兩個人來拏我。見你進來。躲出去了。西門慶道。你休信邪。

不妨事昨日應二哥說此是你虛極了他說門外五岳觀有個潘道士好符水治病又遣的好邪我明日早教應二哥去請他來看你有甚邪祟教他遣遣李瓶兒道我的哥哥你請他早早來那廝他剛纔發恨而去明日還來拏我哩你快些使人請去西門慶道你若害怕我使小廝拏轎子接了吳銀兒和你做兩日伴兒李瓶兒搖頭兒說你不要叫他只怕悞了他家里勾當西門慶道叫老馮來伏侍你兩日兒如何李瓶兒點頭兒這西門慶一面使來安往那邊房子裡叫馮媽媽又不在鎖了門出去了對與一丈青說下等他來好歹教他快來宅内六娘叫他哩西門慶一面又差下玳安明日早起你和應伯爵往門外五岳觀請潘道士去了俱不在話下次日只見觀音庵王姑子跨

着一盒兒粳米。二十塊大乳餅。一小盒兒十香瓜茄來看。李瓶兒見他來。連忙教迎春攙扶起來坐的。王姑子道了問訊。李瓶兒道請他坐下。王師父。你自印經時去了。影邊兒通不見你。我恁不好。你就不來看我看兒。王姑子道。我的奶奶。我通不知你不好。昨日他大娘。使了大官兒。到庵里。我纔曉得的。又說印經來。你不知道。我和薛姑子老淫婦。合了一場好氣。與你老人家。印了一場經。只替他赶了網兒。背地裡和印經家。打了一兩銀子夾帳。我通沒見一個錢兒。你老人家作福。這老淫婦到明日墮阿鼻地獄。為他氣的我不好了。把大娘的壽日都悞了。沒曾來。李瓶兒道。他各人作業。隨他罷。你休與他爭執了。王姑子道誰和他爭執甚麼。李瓶兒道。大娘好不惱你哩。說你把他受生的經都悞了。王姑子道。我的菩薩。我雖不好。敢悞了他的經。在家整誦了一個月受生。昨日纔圓滿了。今日纔來。先到後邊見了他。把我這些屈氣。告訴了他一遍。我說不知他六娘不好。沒甚麽。這盒粳米。和些十香瓜。幾塊乳餅。與你老人家吃粥兒。大娘纔教小玉姐。領我來看你老人家。小玉打開盒兒。與李瓶兒看了。說道多謝你費心。王姑子道。迎春姐。你把這乳餅。就蒸兩塊兒來。我親看你娘吃些粥兒。那迎春一面收下去了。李瓶兒分付迎春。擺茶來與王師父吃。王姑子道。我剛纔後邊大娘屋裡吃了茶。煎些粥米。我看着你吃些粥兒。不一時。迎春安放卓兒。擺了四樣茶食。打發王姑子吃了。然後拿上李瓶兒粥來。一碟十香甜醬瓜茄。一碟蒸的黃霜霜乳餅。兩盞粳米粥。一雙小牙快。迎春拏着奶子如意兒。在旁拏着甌兒。喂了半日。只呷了兩三口粥兒。咬了一些乳餅兒。就搖頭兒不吃了。教拏過去罷。王姑子道。人以水食爲命。恁煎的好粥兒。你再吃些些兒不是。李瓶兒道。也得我吃的下去是怎的。迎春便把吃茶的卓兒掇過去。王姑子揭開被。看李瓶兒身上肌體。都瘦的沒了。諕了一跳說道。我的奶奶。我去時。你好些些了。如何又不好了。就瘦得恁樣的了。如意兒道。可知好了哩。娘原是氣惱上起的病。爹請了太醫來看。每日服藥。已是好到七八分了。只因八月內哥兒着了驚諕不好。娘晝夜憂慼。那樣劳碌。連睡也不得睡。實指望哥兒好了。不想沒了。成日着了那哭。又着了那暗氣暗惱。在心裡。就是鐵石人。也禁不的。怎的不把病又犯了。是人家有些些氣惱兒。

對人前分解分解。也還好。娘又不出語。着緊問還不說哩。王姑
子道。那討氣來。你爹又疼他。你大娘又敬他。左右是五六位娘。
端的誰氣着他。奶子道。王爺你不知道。誰氣着他。因使綉春外
邊瞧瞧看。關着門不曾。路上說話。草裡有人。不備俺娘都因為
着了那邊五娘一口氣。他那邊貓撾了哥兒手。生生的諕出風
來。爹來家。那等問着娘。只是不說。落後大娘說了。纔把那貓來
摔殺了。他還不承認。拏俺每煞氣。八月裡哥兒死了。他每日那
邊指桑樹罵槐樹。百般称快。俺娘這屋裡。分明聽見。有個不惱
的。左右背地裡氣。只是無眼淚。因此這樣暗氣暗惱。纔致了這
一場病。天知道罷了。娘可是好性兒。好也在心裡。歹也在心裡。
姊妹之間。自來沒有個面紅面赤。有件稱心的衣裳不等的。別

人有了。他還不穿出來。這一家子。那個不叨貼他娘些兒。可是說的。饒叨貼了娘的。還背他不道是。王姑子道。怎的不道是。如意兒道。相五娘那邊潘姥姥來一遭。遇着爹在那邊歇。就過來這屋裡。和娘做伴兒。臨去娘與他鞋面衣服銀子。甚麼不與他。五娘還不道是。李瓶兒聽見。便嗔如意兒。你這老婆。平白只顧說他怎的。我已是死去的人了。隨他罷了。天不言而自高。地不言而自卑。王姑子道。我的佛爺。誰知道你老人家。這等好心。天也有眼。望下看着哩。你老人家。往後來還有好處。李瓶兒道。王師父。還有甚麼好處。一個孩兒也存不住去了。我如今又不得命。身底下弄這等疾。就是做鬼。走一步也不得個伶俐。我心裡還要與王師父些銀子兒。望你到明日。我死了。你替我在家。請幾位師父。多誦些血盆經懺。我這罪業。還不知墮多少罪業哩。王姑子道。我的菩薩。你老人家。忒多慮了。天可憐見。到明日假若好了。是的你好心人。龍天自有加護。正說着。只見琴童兒進來對迎春說。爹分付把房內收拾收拾。花大舅便進來看娘。在前邊坐着哩。王姑子便起身說道。我且往後邊走走去。李瓶兒道。王師父你休要去了。與我做兩日伴兒。我還和你說話哩。王姑子道。我的奶奶。我不去。不一時。西門慶陪花大舅進來看問。見李瓶兒睡在炕上。不言語。花子油道。我不知道。昨日聽見這邊大官兒去說。纔曉的。明日你嫂子來看你。那李瓶兒只說了一聲。多有起動。就把面朝裡去了。花子油坐了一回。起身到前邊。向西門慶說道。俺過世公公老爺。在廣南鎮守。帶的那三七藥曾吃來不曾。不拘婦女甚崩漏之疾。用酒調五分末兒吃下去即止。大姐他手裡有收下此藥何不服之。西門慶道這藥也吃過了。昨日本府胡大尹來拜。我因說起此疾。他也得了個方兒。棕灰與白鷄冠花。煎酒服之。只止了一日。到第二日。流的比常更多了。花子油道這個就難爲了。姐夫你早替他看下副板兒。預備他罷。明日教嫂子來看他。說畢起身。西門慶再三款留不住。作辭去了。妳子與迎春正與李瓶兒墊草帋在身底下。只見馮媽媽來到。向前道了萬福。如意兒道馮媽媽貴人。怎的不來看看娘。昨日爹使來安兒叫你去來。說你鎖着門。往那里去來。馮婆子道說不得我這苦。成日往廟裡修法。早辰出去了。是也直到黑不是也直到黑。來家倘有那些張和尚。李和尚。王和尚如意兒道。你老人家。怎的這些。和尚早時沒王師父在這裡。那李瓶兒聽了。微笑了一笑兒。說道這媽媽子。单管只撒風。如意兒道。馮媽媽。叫着你還不來。娘這幾日粥兒也不吃。只是心內不耐煩你剛纔來到。就引的娘笑了一笑兒。你老人家伏侍娘兩日。管情娘這病就好了。馮媽媽道。我是你娘退灾的博士。又笑了一回。因向被窩裡。摸了摸他身上。說道我的娘。你好些兒也罷了。又問坐榪子。還下的來。迎春道。下的來倒好。前兩遭娘還閒闡俺每攙扶着下來。這兩日通只在炕上。鋪墊草紙。一日冏兩三遍。如意兒道。本等沒吃甚麼大食力。怎禁的這等流。正說着。只見西門慶進來。看見馮媽媽。說道老馮。你也常來這邊瞧瞧。怎的去了。就不來。婆子道。我的爺我怎不來。這兩日。醃菜的時候。挣兩個錢兒。醃些些菜在屋裡。遇着人家。領來的業障。好與他吃。不然。我那討閒錢。買菜兒與他吃。西門慶道。你不對我說。昨日俺庄子上起菜。撥兩三畦與你也勾了。婆子道。又敢纏你老人家。說畢。老馮過那邊屋裡去了。西門慶便坐在炕沿上。迎春在旁薰熱芸香。西門慶便問。你今日心裡覺怎樣。又問迎春。你娘早辰。吃了些些粥兒不曾。迎春道。吃的倒好。王師父送了乳餅蒸來。娘只咬了一些些兒。呷了不上兩口粥湯。就丟下了。西門慶道。剛纔應二哥小廝。門外請那潘道士。又不在了。明日我教來保騎頭口再請去。李瓶兒道。你上緊着人請去。那廝但合上眼。只在我根前纏。西門慶道。此是你神弱了。只把心放正着。休要疑影他。官情請了他。替你把這那祟遣遣。再服他些些藥兒管情你就好了。李瓶兒道。我的哥哥。奴已是得了這個拙病。那裡好甚麽。若好只除非再與兩世人是的。奴今日無人處。和你說些話兒。奴指望在你身邊團圓幾年死了。也是做夫妻一場。誰知到今二十七歲。先把寃家死了。奴又沒造化。這般不得命。拋閃了你去了。若得再和你相逢。只除非在鬼門關上罷了。說着。一把拉着西門慶手。兩眼落淚。哽咽再哭不出聲來。那西門慶亦悲慟不勝。哭道我的姐姐。你有甚話。只顧說。兩個正在屋裡哭。忽見琴童兒進來。說荅應的稟爹。明日十五衙門裡拜牌。畫公座。大發放。爹去不去。班頭好伺候。西門慶道我明日不得去。拏我帖兒。回你夏老爹。自家拜了牌罷。琴童應諾去了。李瓶兒道。我的哥哥。你依我還往衙門去。休要悮了你公事要緊。

我知道幾時死還早哩西門慶道我在家守你兩日兒其心安忍你把心來放開不要只管多慮了剛纔他花大舅和我說教我早與你看下副壽木冲你冲管情你就好了李瓶兒點頭兒便道也罷你休要信着人使那憨錢將就使十來兩銀子買副熟料材兒把我埋在先頭大娘墳旁只休把我燒化了就是夫妻之情早晚我就搶些漿水也方便些你惹多人口往後還要過日子哩這西門慶不聽便罷聽了如刀剜肝膽劍挫身心相似哭道我的姐姐你說的是那裡話我西門慶就窮死了也不肯虧負了你正說着只見月娘親自拏着一小盒兒鮮蘋菠進來說道李大姐他大娘子那裡送蘋菠兒來與你吃因令迎春你洗淨了拏刀兒切塊來你娘吃李瓶兒道又多謝他大娘子

掛心。不一時迎春旋去皮兒切了。用匙兒盛貯。西門慶與月娘
在旁看着。抬喂了一塊。與他放在口內只嚼了些味兒。還吐出
來了。月娘恐怕勞碌他。安頓他面朝裡就睡了。西門慶與月娘
都出來外邊商議。月娘便道李大姐。我看他有些沉重。你不早
早與他看一副材板兒來。預備着他。直到那臨時到節熱亂。又
亂不出甚麼好板來。馬捉老鼠一般。不是那幹營生的道理。西
門慶道。今日花大哥。也是這般說。適纔我略與他題了題兒。他
分付休要使多了錢。將就擡副熟板兒罷。你惹多人口。往後還
要過日子。倒把我傷心了這一會。我說亦發請潘道士來看了
他看板去罷。月娘道你看沒分曉。一個人的形也脫了。關口都
鎖住。勺水也不進來。還妄想指望好。咱一壁打鼓。一壁磨旗。幸

的他若好了。把棺材就捨與人。也不値甚麼。西門慶道。既是恁說。同月娘到後邊使小厮叫將賁四來。在廳上問他。誰家有好材板。你和姐夫兩個拏銀子看一副來。賁四道。大街上陳千戶家。新到了幾副好板。西門慶道。既有好板。即令陳經濟。你後邊問你娘。要四錠大銀子來。你兩個看去。那陳經濟少頃取了五錠元寶出來。同賁地傳去了。直到後晌。纔來回話。西門慶問怎的這咱纔來。他二人回說。到陳千戶家看了幾副板。都中等。又價錢不合。回來到路上。撞見喬親家爹。說尚舉人家。有一副好板。原是尚舉人父親在四川成都府做推官時帶來。預備他老夫人的。兩副桃花洞。他使了一副。只剩下這一副。墻磕底蓋堵頭俱全。共大小五塊。定要三百七十兩銀子。喬親家爹同俺每

過去看了板是無比的好板喬親家與做舉人的講了半日只
退了五十兩銀子不是明年上京會試用這幾兩銀子便也還
捨不得賣這副板還看咱這裡要別人家定要三百五十兩西
門慶道既是你喬親家爹主張兑三百二十兩擡了來罷休要
只顧搖鈴打鼓的了陳經濟道他那裡收了咱二百五十兩還
找與他七十兩銀子就是了一面問月娘又要出七十兩雪花
銀子二人去了比及黃昏時分只見許多閒漢用大紅氊條裹
着擡板進門放在前廳天井內打開西門慶觀看果然好板隨
即叫匠人來鋸開裡面噴香每塊五寸厚二尺五寸寬七尺五
寸長與伯爵觀看滿心歡喜向伯爵道這板也看得過了伯爵
口不住只顧喝采不已說道原說是姻緣板大抵一物還有

一王嫂子嫁哥一場今日賠受這副材板勾了分付匠人你用心只要做的好你老爹賞你五兩銀子匠人道小人知道一面在前廳七手八脚連夜攢造棺槨不題伯爵囑來保明日早五更去請潘道士他若來就同他一答兒來不可遲滯說畢陪西門慶晚夕在前廳看着做材到一更時分纔家去了西門慶道明日早些來只怕潘道士來的早伯爵道我知道作辭出門去了却說老馮與王姑子晚夕都在李瓶兒屋里相伴只見西門慶前邊散了進來看視要在屋裡睡李瓶兒不肯說道沒的這屋裡齷齷齪齪的他每都在這裡不方便你往別處睡去罷西門慶又見王姑子都在這裡遂過那邊金蓮房中去了李瓶兒教迎春把角門關了上了拴教迎春點着燈打開箱子取出幾

件衣服銀飾來放在旁邊先叫過王姑子來與他了五兩一錠
銀子一疋紬子等我死後你好歹請幾位師父與我諷血盆經
懺王姑子道我的奶奶你忒多慮了天可憐見你只怕好了李
瓶兒道你只收着不要對大娘說我與你銀子只說我與了你
這疋紬子做經錢王姑子道我理會了于是把銀子和紬子接
過來了又喚過馮媽媽來向枕頭邊也拿過四兩銀子一件白
綾襖黃綾裙一根銀掠兒遞與他說道老馮你是個舊人我從
小兒你跟我到如今我如今死了去也甚麽這一套衣服并這
件首飾兒與你做一念兒這銀子你收着到明日做個棺材本
兒你放心那房子等我對你爹說你只顧住着只當替他看房
兒他莫不就攆你不成馮媽媽一手接了銀子和衣服倒身下

拜。哭的說道。老身沒造化了。有你老人家。在一日。與老身做一日主兒。你老人家。若有些好歹。那裡歸着李瓶兒。又叫過奶子如意兒。與了他一襲紫紬子襖兒。藍紬裙一件。舊綾披襖兒兩根金頭簪子。一件銀滿冠兒。說道也是你奶哥兒一場。哥兒死了。我原說的。教你休撅上奶去。實指望我在一日。占用你一日。不想我又死去了。我還對你爹。和你大娘說。到明日。我死了。你大娘生了哥兒。也不打發你出去了。就教接你的奶兒罷。這些衣物與你做一念兒。你休要抱怨。那奶子跪在地下。磕着頭哭道小媳婦。實指望伏侍娘到頭。娘自來沒曾大氣兒呵着小媳婦。還是小媳婦沒造化。哥兒死了。娘又這般病的不得命。好歹對大娘說。小媳婦。男子漢又沒了。死活只在爹娘這裡答應了。

出去投奔那里。說畢。接了衣服首飾。磕了頭起來。立在旁邊。只顧揩眼淚。李瓶兒。一面叫過迎春綉春來跪下。囑付道。你兩個也是你從小兒在我手裡答應一塲。我今死去。也顧不得你每了。你每衣服。都是有的。不消與你了。我每人與你這兩對金裹頭簪兒。兩枝金花兒。做一念兒。那大丫頭迎春。已是他爹收用過的。出不去了。我教與你大娘房裡拘管着。這小丫頭綉春。我教你大娘尋家兒人家。你出身去罷。省的觀眉說眼。在這屋裏。教人罵沒主子的奴才。我死了。就見出樣兒來了。你伏侍別人。還相在我手裡。那等撒嬌撒痴。好也罷。歹也罷了。誰人容的你。那綉春跪在地下。哭道。我娘。我就死也不出這個門。李瓶兒道。你看傻丫頭。我死了。你在這屋裡伏侍誰。綉春道。我守着娘的靈。李瓶兒道。就是我的靈。供養不久。也有個燒的日子。你少不的也還出去。綉春道我和迎春都荅應大娘。李瓶兒道。這個也罷了。這綉春還不知甚麼。那迎春聽見李瓶兒囑付他。接了首飾。一面哭的言語說不出來。正是流淚眼觀流淚眼。斷腸人送斷腸人。當夜李瓶兒都把各人囑付了。到天明。西門慶走進房來。李瓶兒問買了我的棺材來了。沒有。西門慶道。從昨日就擡了板來。在前邊做材哩。且冲你冲。你若好了。情愿捨與人罷。李瓶兒。因問是多少銀子買的。休要使那枉錢。往後不過日子哩。西門慶道。沒多只給了百十兩來銀子。李瓶兒道。也還多了。預備下與我放着。那西門慶說了回。出來前邊。看着做材去了。只見吳月娘。和李嬌兒先進房來。看見他十分沉重。便問道。李大姐你心裡却怎樣的。李瓶兒揝着月娘手。哭道大娘。我好不成了。月娘亦哭道。李大姐。你有甚麽話兒。二娘也在這裡。你和俺兩個說。李瓶兒道。奴有甚話說。奴與娘做姊妹。這幾年。又沒曾虧了我。實承望和娘相守到白頭。不想我的命苦。先把個冤家沒了。如今不幸我又得了這個拙病。死去了。我死之後。房裡這兩個丫頭無人收拘。那大丫頭。已是他爹收用過的。教他往娘房裡。伏侍娘。小丫頭。娘若要使喚留下。不然。尋個单夫獨妻。與小人家。做媳婦兒去罷。省的教人。罵沒主子的奴才。也是他伏侍奴一場。奴就死。口眼也閉。又奶子如意兒。再三不肯出去。大娘也看着奴分上。也是他奶孩兒一場。明日娘十月已滿生下哥兒。就教接他奶兒罷。月娘道。李大姐。你放寬心。都在俺兩個身上。說凶得吉。你若有些山高水低。迎春教他伏侍我。綉春教他伏侍二娘罷。如今二娘房裡。丫頭不老實做活。早晚要打發出去。教綉春伏侍他罷。奶子如意兒。既是你說他沒頭奔。咱家那裡占用不下他來。就是我有孩子。沒孩子。到明日。配上個小厮。與他做房家人媳婦也罷了。李嬌兒在旁。便道李大姐。你休只要顧慮。一切事。都在俺兩個身上。綉春到明日。過了你的事。我收拾房內伏侍我。等我擡舉他。就是了。李瓶兒一面教奶子。和兩個丫頭過來。與二人磕頭。那月娘由不得眼淚出。不一時。孟玉樓。潘金蓮。孫雪娥。都進來看他。李瓶兒都留了幾句姊妹仁義之言。不必細記。落後待的李嬌兒。玉樓。金蓮衆人。都出去了。獨月娘在屋裡守着他。李瓶兒悄悄向月娘哭泣。說道娘到明日好生看養着。與他爹做個根蒂兒。休要似奴 心粗。吃人暗筭了。月娘道姐姐。我知道。看官聽說。自這一句話。就感觸月娘的心來。後次西門慶死了。金蓮就在家中住不牢者。就是想着李瓶兒臨終這句話。正是惟有感恩并積恨。千年萬載不成塵。

正說話中間。只見琴童。分付房中。收拾焚下香。五岳觀請了潘法官來了。月娘一面看着。教丫頭收拾房中乾淨。伺候淨茶淨水。焚下百合真合。月娘與衆婦女。都藏在那邊床屋裡聽覷。不一時。只見西門慶領了那潘道士進來。怎生形相。但見

頭戴雲霞五岳觀。身穿皂布短褐袍。腰繫雜色綵絲縧。背上橫紋古銅劒。兩隻脚穿雙耳麻鞋。手執五明降鬼扇。八字眉。兩個杏子眼。四方口。一道落腮鬍。威儀凛凛。相貌堂堂。若非

霞外雲遊客。定是蓬萊玉府人

只見進入角門。剛轉過影壁。恰走到李瓶兒房。穿廊臺基下。那道士往後退訖兩步。似有呵叱之狀。爾語數四。方纔左右揭簾進入房中。向病榻而至。運雙睛努力。以慧通神目一視。仗劍手內。掐指步罡。念念有辭。早知其意。走出明間。朝外設下香案。西門慶焚了香。這潘道士。焚符喝道。直日神將。不來等甚。噀了一口法水去。見一陣狂風所過。一黃巾力士現于面前。但見

黃羅抹額。紫綉羅袍。獅蠻帶緊束狼腰。豹皮裩牢拴虎體。常遊雲路。每歷罡風。洞天福地片時過。岳瀆酆都撚指到。業龍作孽。向海底以擒來。妖魅爲殃。劈山穴而提出。玉皇殿上。稱爲符使之名。北極車前。立有天丁之號。常在壇前護法。每來

世上降魔。胸懸雷部赤銅牌。手執宣花金蘸斧。那位神將。拱立堦前。大言召吾神。那廂使令。潘道士便道。西門氏門中。李氏陰人不安。投告于我案下。汝即與我拘當坊土地。本家六神。查考有何邪祟。即與我擒來。毋得遲滯。言訖。其神不見。須臾潘道士瞑目變神。端坐于位上。據案擊令牌。恰似問事之狀。久久乃止。出來。西門慶讓至前邊捲棚內。問其所以。潘道士便說。此位娘子。惜乎爲宿世寃愆。所訴于陰曹。非邪祟也。不可擒之。西門慶道。法官可解禳得麼。潘道士道。寃家債主。須得本人。可捨則捨之。雖陰官亦不能强。因見西門慶禮貌虔切。便問娘子年命若干。西門慶道。屬羊的。二十七歲。潘道士道也罷。等我與他祭祭本命星壇。看他命燈何如。西門慶問幾時祭。用

何香燭祭物潘道士道就是今晚五更正子時用白灰界畫建
立燈壇以黃絹圍之鎮以生辰壇斗祭以五穀棗湯不用酒脯
只用本命燈二十七盞上浮以華蓋之儀餘無他物壇內俯伏
行禮貧道祭之雞犬皆關去不可入來打攪可齋戒青衣在內
這西門慶都一一備辦停當就不敢進入在書房中沐浴齋戒
換了淨衣那日留應伯爵也不家去了陪潘道士吃齋饌到三
更天氣建立燈壇完備潘道士高坐在上下面就是燈壇按青
龍白虎朱雀玄武上建三台華蓋周列十二宮辰下首纔是本
命燈共合二十七盞先宣念了投詞西門慶穿青衣俯伏堦下
左右盡皆屏去再無一人在左右燈燭熒煌一齊點將起來那
潘道士在法座上披下髮來仗劍口中念念有詞望天罡取眞

炁。布步訣躡罡壇。正是三信焚香三界合。一聲令下一聲雷。但見晴天星明朗燦。忽然一陣地黑天昏。捲棚四下皆垂着簾幙須臾起一陣怪風。所過正是

非干虎嘯。豈是龍吟。彷彿入戶穿簾。定是摧花落葉。推雲出岫。送雨歸川。鴈迷失伴作哀鳴。鷗鷺驚群尋樹杪。嫦娥急把蟾宮閉。列子空中叫故人。

大風所過三次。一陣冷氣來。把李瓶兒二十七盞本命燈盡皆刮盡。惟有一盞復明。那潘道士明明在法座上。見一個白衣人。領着兩個青衣人。從外進來。手裡持着一紙文書。呈在法案下。潘道士觀看。却是地府勾批。上面有三顆印信。諕的慌忙下法座來。向前喚起西門慶來。如此這般說道官人請起來罷。娘子

巳是獲罪于天。無所禱也。本命燈巳滅。豈可復救乎。只在旦夕之間而巳了。那西門慶聽了。低首無語。滿眼落淚。哭泣哀告。萬望法師搭救則個。潘道士道。定數難逃。難以搭救了。就要告辭。西門慶再三欵留。等天明早行罷。潘道士道。出家人草行露宿。山栖廟止。自然之道。西門慶不復强之。因令左右捧出布一疋。白金三兩。作經襯錢。潘道士道。貧道奉行皇天至道。對天盟誓。不敢貪受世財。取罪不便。推讓再四。只令小童收了布疋。作道袍穿。就作辭而行。囑付西門慶。今晚官人。切忌不可往病人房裡去。恐禍及汝身。慎之慎之。言畢。送出大門。拂袖而去。西門慶歸到捲棚內。看着收拾燈壇。見沒救星。心中甚慟。向伯爵坐的。不覺眼淚出。伯爵道。此乃各人稟的壽數。到此地位。强求不得。

哥也少要煩惱。因打四更時分。說道哥你也辛苦了。安歇安歇罷。我且家去。明日再來。西門慶道。教小廝拿燈籠送你去。即令來安取了燈。送伯爵出去。關上門進來。那西門慶獨自一個坐在書房內。掌着一枝蠟燭。心中哀慟。口裡只長吁氣。尋思道法官戒我休往房里去。我怎坐忍得。寧可我死了也罷。須得厮守着。和他說句話兒。于是進入房中。見李瓶兒面朝裡睡。聽見西門慶進來。翻過身來。便道。我的哥哥。你怎的就不進來了。因問那道士。點的燈怎麽說。西門慶道。你放心。燈上不妨事。李瓶兒道。我的哥哥。你還哄我哩。剛纔那厮領着兩個人。又來在我根前。鬧了一回。說道。你請法師來遣我。我已告准在陰司。決不容你。發恨而去。明日便來拿我也。西門慶聽了。兩淚交流。放聲大

哭道。我的姐姐。你把心來放正着。休要理他。我實指望和你相
伴幾日。誰知你又抛閃了我去了。寧教我西門慶口眼閉了。倒
也沒這等割肚牽腸。那李瓶兒雙手摟抱着西門慶脖子。嗚嗚
咽咽。悲哭半日。哭不出聲。說道。我的哥哥。奴承望和你並頭相
守。誰知奴家今日死去也。趁奴不閉眼。我和你說幾句話兒。你
家事大。孤身無靠。又沒幫手。凡事斟酌。休要那一冲性兒。大娘
等。你也少要虧了他的。他身上不方便。早晚替你生下個根絆
兒。庶不散了你家事。你又居着個官。今後也少要往那裡去吃
酒。早些兒來家。你家事要緊。比不的有奴在。還早晚勸你。奴若
死了。誰肯只顧的苦口說你。西門慶聽了。如刀剜心肝相似。哭
道。我的姐姐。你所言我知道。你休掛慮我了。我西門慶那世裡

絕緣短倖。今世裡與你夫妻不到頭。疼殺我也。天殺我也。李瓶兒。又說迎春繡春之事。奴已和他大娘說來。到明日我死。把迎春伏侍他大娘。那小丫頭。他二娘已承攬他。房內無人。便教伏侍二娘罷。西門慶道。我的姐姐。你沒的說。你死了。誰人敢分散你丫頭。奶子也不打發他出去。都教他守你的靈。李瓶兒道。甚麼靈。回個神主子。過五七兒燒了罷了。西門慶道。我的姐姐。你不要管他。有我西門慶在一日。供養你一日。兩個說話之間。李瓶兒催促道。你睡去罷。這咱晚了。西門慶道。我不睡了。在這屋裡守你守兒。李瓶兒道。我死還早哩。這屋裡穢惡薰的你慌。他每伏侍我不方便。西門慶不得已。分付丫頭。仔細看守你娘。往後邊上房裡。對月娘說。悉把祭燈不濟之事。告訴一遍。剛纔我到他房中。我覷他說話兒還伶俐。天可憐。只怕還熬出來了。也不見得。月娘道。眼眶兒也塌了。嘴唇兒也乾了。耳輪兒也焦了。還好甚麽。也只在早晚間了。他這個病。是恁伶俐。臨斷氣還說話兒。西門慶道。他來了咱家這幾年。大大小小。沒曾惹了一個人。且是又好個性格兒。又不出語。你教我捨得他那些兒。題起來。又哭了。月娘亦止不住落淚。不說西門慶與月娘說話。且說李瓶兒喚迎春奶子。你扶我面朝裡畧倒倒兒。因問道。天有多咱時分了。奶子道。雞還未叫。有四更天了。叫迎春替他鋪墊了身底下草紙。搊他朝裡。盖被停當睡了。衆人都熬了一夜沒曾睡。老馮與王姑子。都已先睡了。那邊屋裡鎖着。迎春與綉春在面前地坪上。搭着鋪。那裡剛睡倒。沒半個時辰。正在睡思昏沉之際夢見李瓶兒下炕來推了迎春一推囑付你每看家我去也忽然驚醒見卓上燈尚未滅向床上視之還面朝裡摸了摸口內已無氣矣不知多咱時分嗚呼哀哉斷氣身亡可惜一個美色佳人都化作一場春夢正是閻王教你三更死怎敢留人到五更迎春慌忙推醒衆人點燈來照果然見沒了氣兒身底下流血一窪慌了手腳走去後邊報知西門慶西門慶聽見李瓶兒死了和吳月娘兩步做一步奔到前邊揭起被但見面容不改體尚微溫脫然而逝身上止着一件紅綾抹胸兒這西門慶也不顧的甚麼身底下血漬兩隻手抱着他香腮親着口口聲聲只叫我的沒救的姐姐有仁義好性兒的姐姐你怎的閃了我去了寧可教我西門慶死了罷我也不久活于世了平白

活着做甚麽。在房裡離地跳的有三尺高。大放聲號哭。吳月娘亦揾淚哭涕不止。落後李嬌兒孟玉樓潘金蓮孫雪娥合家大小丫鬟養娘。都擡起房子來也一般哀聲動地哭起來。月娘向李嬌兒。孟玉樓道。不知晚夕多咱死了。恰好衣服兒也不曾得穿一件在身上。玉樓道。娘。我摸他身上還溫溫兒的。也纔去了不多回兒。咱不趁熱腳兒。不替他穿上衣裳。還等甚麽。月娘因見西門慶搕伏在他身上。撾臉兒那等哭。只叫天殺了我西門慶了。姐姐。你在我家三年光景。一日好日子沒過。都是我坑陷了你了。月娘聽了。心中就有些不耐煩了。說道。你看韶刀。哭兩聲兒丟開手罷了。一個死人身上。也沒個忌諱。就臉撾着臉兒哭。倘忽口裡惡氣。撲着你是的。他沒過好日子。誰過好日子來人死如燈滅半晌時不借留的住他倒好各人壽數到了誰人不打這條路兒來因令李嬌兒孟玉樓你兩個拏鑰匙那邊屋裡尋他裝防的衣服出來咱與他眼看着與他穿上叫六姐咱兩個把這頭來整理整理西門慶又向月娘說多尋出兩套他心愛的好衣服與他穿了去月娘分付李嬌兒玉樓你尋他新裁的大紅段遍地錦襖兒柳黃遍地金裙并他今年喬親家去那套丁香色雲紬粧花衫翠藍寬拖子裙并新做的白綾襖黃紬子裙出來罷當下迎春拏着燈孟玉樓拏鑰匙開了床屋裡門向步床上第二個描金箱子裡都是新做的衣服揭開箱蓋玉樓李嬌兒尋了半日尋出三套衣裳來又尋出件綀襯身紫綾小襖兒一件白紬子裙一件大紅小衣兒白綾女襪兒粧花

膝庫腿兒。李嬌兒抱過這邊屋裡。與月娘瞧。月娘正與金蓮燈下。替他整理頭髻。用四根金簪兒。綰一方大鴉青手帕。旋勒停當。李嬌兒因問尋雙甚麽顏色鞋。與他穿了去。潘金蓮道。姐姐。他心裡只愛穿那雙大紅遍地金鸚鵡摘桃白綾高底鞋兒。只穿了沒多兩遭兒。倒尋那雙鞋出來與他穿了去罷。吳月娘道。不好。倒沒的穿上陰司裡。好教他跳火坑。你把前日門外往他嫂子家去穿的那雙紫羅遍地金高底鞋。也是扣的鸚鵡摘桃鞋。尋出來與他裝綁了去罷。這李嬌兒聽了。走來向他盛鞋的四個小描金箱兒。約百十雙鞋。翻遍了都沒有。迎春說俺娘穿了來。只放在這裡。怎的沒有。走來廚下問繡春。繡春道我看見娘包放在箱坐廚里。扯開坐廚子尋。還有一大包。都是新鞋。尋出來了。衆人七手八脚。都裝𢷬停當。西門慶率領衆小厮在大廳上。收捲書畫。圍上幃屏。把李瓶兒用板門擡出。停于正寢。下鋪錦褥。上覆紙被。安放几筵。香案。點起一盞隨身燈來。專委兩個小厮在旁侍奉。一個打磬。一個炷香。一面使玳安快請陰陽徐先生來看時批書。月娘打點出裝𢷬衣服來。就把李瓶兒床房門鎖了。只留炕屋裡。交付與丫頭養娘。那馮媽媽見沒了主兒。哭的三個鼻頭。兩個眼淚。王姑子且口裡喃喃吶吶。替李瓶兒念密多心經。藥師經。解寃經。楞嚴經。并大悲中道神咒。請引路王菩薩與他接引冥途。西門慶在前廳。手拘着胸膛。由不的撫尸大慟。哭了又哭。把聲都呼啞了。口口聲聲只叫我的好性兒有仁義的姐姐。不要比及亂着鷄就叫了。玳安請了徐先生來向西門慶施禮說道老爹煩惱奶奶沒了在于甚時候西門慶道因此時候不眞睡下之時巳打四更房中人都困倦睡熟了不知多咱時分沒了徐先生道此是第幾位奶奶西門慶道乃是第六的小妾生了個拙病淹淹纏纏也這些時了徐先生道不打緊因令左右掌起燈來廳上揭開紙被觀看手稻丑五更說道正當五更二點徹還屬丑時斷氣西門慶即令取筆硯請徐先生批書這徐先生向燈下打開青囊取出萬年曆通書來觀看問了姓氏并生時八字批將下來一故錦衣西門夫人李氏之喪生于元祐辛未正月十五日午時卒于政和丁酉九月十七日丑時今日丙子月令戊戌犯天地往亡日重喪之日煞高一丈向西南方而去遇太歲煞冲迎斬之局避本家忌哭聲

成服後無妨。入殮之時。忌龍虎鷄蛇四生人。外親人不避。吳月娘使出玳安來。教徐先生看看黑書上。往那方去了。這徐先生一面打開陰陽秘書觀看說道。今日丙子日。乃是巳丑時死者。上應寶瓶宮。下臨齊地。前生曾在濱州王家作男子。打死懷胎母羊。今世爲女人屬羊。稟性柔婉。自幼陰謀之事。父母雙亡。六親無靠。先與人家作妾。受大娘子氣。及至有夫主。又不相投。犯三刑六害。中年雖招貴夫。常有疾病。比肩不和。生子夭亡。主生氣疾。肚腹流血而死。前九日魂去。托生河南汴梁開封府。袁指揮家爲女。艱難不能度日。後躭閣至二十歲。嫁一富家。老少不對。中年享福。壽至四十二歲。得氣而終。看畢黑書。衆婦女聽了皆各嘆息。西門慶教徐先生看破土安葬日期。徐先生請問老爹停放幾時。西門慶哭道。熱突突怎麽就打發出去的。須放過五七纔好。徐先生道。五七裡沒有安葬日期。倒是四七裡。宜擇十月初八日丁酉午時破土。十二日辛丑巳時安葬。合家六位本命都不犯。西門慶道也罷。到十月十二日發引。再沒那移了。徐先生當寫殃榜。盖伏死者身上。向西門慶道十九日辰時大殮。一應之物。老爹這里偹下。于是剛打發徐先生出了門。天巳發曉。西門慶使琴童兒騎頭日徃門外請花大舅。然後分班差家下人各親眷處報喪。又使人徃衙門中給假。在家整理喪事。使玳安徃獅子街取了二十桶瀼紗漂白。三十桶生眼布來。教趙裁顧了許多裁縫在西廂房。先顧人造幃幕帳子卓圍。并入殮衣衾纏帶。各房裡女人衫裙。外邊小廝伴當每人都是白唐巾一件白直裰又兊了一百兩銀子。教賁四往門外店裡攤了三十桶魁光麻布。二百疋黃絲孝絹。一面又教搭匠在大天井內。搭五間大棚。西門慶因想起李瓶兒動止行藏模樣兒來。心中忽然想起忘了與他傳神。叫過來保來問。那裡有寫真好畫師。尋一個傳神。我就把這件事忘了。來保道。舊時與咱家畫圍屏的韓先兒。他原是宣和殿上的畫士。革退來家。他傳的好神。西門慶道。他在那里住。快與我請來。這來保應諾去了。西門慶熬了一夜沒睡的人。前後又亂了一五更。心中感着了悲慟。神思恍亂。只是沒好氣。罵了頭。踢小厮。守着李瓶兒屍首。由不的放聲哭叫。那玳安在傍亦哭的。言不的語不的。吳月娘正和李嬌兒孟玉樓潘金蓮在帳子後。打發兒分散各房裡丫頭。并家人媳婦。看見西門慶只顧哭起來。把喉音也叫啞了。問他與茶也不吃。只顧沒好氣。月娘便道你看恁勞叨。死也死了。你沒的哭的他活哭兩聲丟開手罷了。只顧扯長絆兒哭起來了。三兩夜沒睡。頭也沒梳。臉也還沒洗。亂了恁五更。黃湯辣水還沒嘗着。就是鐵人也禁不的。把頭梳了出來。吃些甚麼。還有個主張。好小身子。一時摔倒了却怎樣兒的。玉樓道。他原來還沒梳頭洗臉哩。月娘道。洗了臉倒好。我頭裡使小廝請他後邊洗臉。他把小廝踢進來。誰再問他來。金蓮接過來道。你還沒見頭裡進他屋裡尋衣裳。教我是不是。倒好意說他都相恁一個死了。你恁般起來把骨禿肉兒也沒了。你在屋裡吃些甚麼兒出去再亂也不遲。他倒把眼睜紅了的罵我狗攮的淫婦。管你甚麼事。

我如今鎮日不教狗攮。却教誰攮哩。恁不合理的行貨子。只說人和他合氣。月娘道。熱突突死了。怎麼不疼。你就疼也還放心裡。那裡就這般顯出來。人也死了。不管那有惡氣沒惡氣。就口搵着口那等叫喚。不知甚麼張致。吃我說了兩句。他可可兒來。三年沒過一日好日子。鎮日教他挑水挨磨來。孟玉樓道。娘不是這等說。李大姐倒也罷了。沒甚麼倒吃了他爹恁三等九格的。金蓮道。他得過好日子。那個偏受用着甚麼哩。都是一個跳板兒上人。正說着。只見陳經濟手裡拿着九疋水光絹。爹說。教娘每剪各房裡手帕。剩下的與娘每做裙子。月娘收了絹。便道。姐夫去請你爹進來扒口子飯。這咱七八待晌午。他茶水還沒嚐着哩。經濟道。我是不敢請他。頭裡小廝請他吃飯。差些沒一

脚踢殺了。我又惹他做甚麽。月娘道。你不請他等我另使人請
他來吃飯。良久叫過玳安來。說道你爹還沒吃飯。哭這一日了。
你拿上飯去。趂温先生在陪他吃些兒。玳安道。請應二爹和謝
爹去了。等他來時。娘這裡使人拿飯上去。消不的他幾句言語
兒。管情爹就吃了飯。月娘道。硶說嘴的囚根子。你是你爹肚裡
蛔蟲。俺每這幾個老婆。倒不如你了。你怎的就知道他兩個來
纔吃飯。玳安道。娘每不知爹的好朋友。大小酒席兒。那遭少了
他兩個。爹三錢。他也是三錢。爹二星。他也是二星。爹隨問怎的
着了惱。只他到畧說兩句話兒。爹就眉花眼笑的。說了一回。棋
童兒請了應伯爵謝希大。二人來到。進門撲倒靈前地下。哭了
半日。只哭我的有仁義的嫂子。被金蓮和玉樓駡道。賊油嘴的

四根子。俺每都是沒仁義的。二人哭畢扒起來。西門慶與他回禮兩個又哭了。說道哥煩惱煩惱。一面讓至廂房內。與溫秀才叙禮坐下。先是伯爵問道嫂子甚時候沒了。西門慶道。正丑時斷氣。伯爵道我到家已是四更多了。房下問我。我說看陰騭嫂子這病已在七八了。不想剛睡就做了一夢。夢見哥使大官兒來請我。說家裡吃慶官酒。教我急急來到。見哥穿着一身大紅衣服。向袖中取出兩根玉簪兒。與我瞧說一根折了。教我瞧了半日。對哥說可惜了。這折了是玉的。完全的倒是硝子石。哥說兩根都是玉的。俺兩個正睡着。我就醒了。教我說此夢做的不好。房下見我只顧咂嘴。便問你和誰說話。我道你不知。等我到天曉告訴你。等到天明。只見大官兒到了。戴着白教我只顧跌腳。果然哥有孝服。西門慶道。我前夜也做了恁個夢。和你這個一樣兒。夢見東京翟親家那裡。寄送了六根簪兒。內有一根砑折了。我說可惜兒的。教我夜裡告訴房下。不想前邊斷了氣。好不睜眼的天撇的我真好苦。寧可教我西門慶死了。眼不見就罷了。到明日一時半霎想起來。你教我怎不心疼。平時我又沒曾虧欠了人。天何今日奪吾所愛之甚也。先是一個孩兒也沒了。今日他又長伸腳子去了。我還活在世上做甚麼。雖有錢過北斗。成何大用。伯爵道哥你這話就不是了。我這嫂子與你是那樣夫妻。熱突突死了。怎的不心疼。爭耐你惹大的家事。又居着前程。這一家大小。太山也似靠着你。你若有好歹。怎麼了得。就是這些嫂子都沒主兒。常言一在三在。一亡三亡。哥你聰明。

你伶俐。何消兄弟每說。就是嫂子他青春年少。你疼不過。越不過他的情。成服令僧道念幾卷經。大發送塟埋在墳裡。哥的心也盡了。也是嫂子一場的事。再還要怎樣的。哥你且把心放開。當時被伯爵一席話。說的西門慶心地透徹。茅塞頓開。也不哭了。須臾拿上茶來吃了。便喚玳安後邊說去看飯來。我和你應二爹温師父謝爹吃。伯爵道。哥原來還未吃飯哩。西門慶道。自後你去了。亂了一夜。到如今誰嘗甚麽兒來。伯爵道。哥你還不吃飯。這個就糊突了。常言道。寧可折本。休要饑損。孝經上不說的。教民無以死傷生。毀不滅性。死的自死了。存者還要過日子。哥要做個張主。正是數語撥開君子路。片言題醒夢中人。畢竟未知後來如何。且聽下回分解。

第六十三回　韓畫士傳真作遺愛

西門慶觀戲動深悲

第六十三回

親朋祭奠開筵宴　西門慶觀戲感李瓶兒

十二瑤臺七寶欄　瓊花落後再開難
龍鬚煮藥醫無效　熊胆爲丸曬未乾
蓉帳夜愁紅燭冷　紙窗秋暮翠衾寒
應憐失伴孤飛雁　霜落風高一影單

話說當日應伯爵。勸解了西門慶一回。拭淚而止。令小厮後邊看飯去了。不一時吳大舅吳二舅都到了。靈前行畢禮。與西門慶作揖。道及煩惱之意。請至廂房中與衆人同坐。玳安走至後邊。向月娘說。如何我說。娘每不信。怎的應二爹來了。一席話說的爹就吃飯了。金蓮道。你這賊。積年久慣的囚根子。鎮日在外

邊替他做牽頭。有個拿不住他性兒的。玳安道。從小兒答應主
子。不知心腹。月娘問道。那幾個在廂房子裡坐着。陪他吃飯。玳
安道。大舅二舅。劉𦆮來。和温師父。連應二爹。謝爹。韓夥計。姐夫
共爹八位人哩。月娘道。請你姐夫來後邊吃罷了。也擠在上頭。
玳安道。姐夫坐下了。月娘分付。你和小廝往厨房裡拿飯去。你
另拿甌兒拿粥與他吃。清早辰不吃飯。玳安道。再有誰。止我在
家。都使出報喪。燒帋買東西。王經又使他往張親家爹那裡借
雲板去了。月娘道。書童那奴才。和他拿去是的。怕打了他紗絹
展脚兒。玳安道。書童和畫童兩個在靈前。一個打磬。一個伺候
焚香燒紙哩。春鴻爹又使他跟賁四換絹去了。嫌絹不好。要換
六錢一疋的絹破孝。月娘道。論起來五錢銀子的也罷。又巴巴

兒換去。又道你叫下畫童兒。那小奴才。和他快拿去。只顧還挨磨甚麼。玳安于是和畫童兩個。大盤大碗。拿到前邊安放八仙卓席。衆人正吃着飯。只見平安拿進手本來。稟衙門中夏老爹。差寫字的送了三班軍衛來。這裡答應。討回帖。西門慶看了放下。分付討三錢銀子賞他。寫期服生雙。回帖兒回你夏老爹。多謝了。一面吃畢飯。收了家火。只見來保請的畫師韓先生來到。西門慶與他行畢禮。說道。煩先生揭白傳個神子兒。那韓先生道。小人理會得了。吳大舅道。動手遲了些。倒只怕面容改了。韓先生道。也不妨。就是揭白也傳得。正吃茶畢。忽見平安來報門外花大舅來了。西門慶陪花子油。靈前哭涕了一回。見畢禮數。與衆人一處。因問甚麼時候。西門慶道。正丑時斷氣。臨死還伶伶俐俐說話兒倒睡下。丫頭起來瞧。就沒了氣兒。因見韓先生傍邊小童。拿着屏插。袖中取出抹筆顏色來。花子油道。姐夫如今要傳個神子。西門慶道。我心裡疼他。少不的留了個影像兒。早晚看着題念他題兒。一面分付後邊堂客躲開。掀起帳子。領韓先生。和花大舅。衆人到根前。這韓先生用手揭起千秋旛。用五輪寶翫。着兩點神水。打一觀。看見李瓶兒勒着鴉青手帕。雖故久病。其顏色如生。姿容不改。黃懨懨的。嘴唇兒紅潤可愛。那西門慶由不的掩淚而哭。當下來保與琴童。在傍捧着屏插顏色。韓先生一見就知道了。衆人圍着他求畫。應伯爵便道。先生此是病容。平昔好時。比此還生的面容飽滿。姿容秀麗。韓先生道。不須尊長分付。小人知道。不敢就問老爹。此位老夫人。前者五月初一日曾在岳廟裡燒香親見一面可是否西門慶道正是那時還好哩先生你用心想着傳畫一軸大影一軸半身靈前供養我送先生一疋段子上盖十兩銀子韓先生道老爹分付小人無不用心須臾描染出個半身來端的玉貌幽花秀麗肌膚嫩玉生香拿與衆人瞧就是一幅美人圖兒西門慶看了分付玳安拿到後邊與你娘每瞧瞧去看好不好有那些兒不是說來好改這玳安拿到後邊向月娘道爹說交娘每瞧瞧上六娘這影看畫的如何那些兒不像說出去教韓先生好改月娘道成精鼓搗人也不知死到那裡去了又描起影來了畫的那些兒像潘金蓮接過來道那個是他的兒女畫下影傳下神來好替他磕頭禮拜到明日六個老婆死了畫下六個影纔好孟

玉樓和李嬌兒。拿過來觀看。說道。大娘你來看李大姐。這影倒
像似好時那等模樣。打扮的鮮鮮兒只是嘴唇畧匾了些些兒。月
娘道。這左邊額頭畧低了些些兒。他的眉角比這眉角兒還灣些些。
廝道這漢子揭白怎的畫來。玳安道。他在廟上曾見過六娘一面。
剛纔想着就畫到這等模樣。少頃。只見王經進來說道娘每看
了。快教拿出去。喬親家爹來了。等喬親家爹瞧哩。玳安走到前
邊。分付韓先生道。這裡邊說來嘴唇畧匾了些些。左額角稍低。眉
還畧放灣着些些兒。韓先生道。這個不打緊。隨即取描筆改正了。
呈與喬爹瞧。喬大戶道。親家母這幅尊像。是畫得通。只是少了
口氣兒。西門慶滿心歡喜。一面遞了三鍾酒與韓先生管待了
酒飯江漆盤捧出一疋尺頭。十兩白金與韓先生。教他先攢造

出半身來。就要挂大影。不悮出殯就是了。俱要用大青大緑。珠翠圍髮冠大紅通袖五彩遍地金袍兒百花裙。衢花綾裱。象牙軸頭。韓先生道。不必分付。小人知道。領了銀子。教小童拿着挿屏。拜辭出門。喬大戸與衆人。又看了一回。做成的棺木。便道親家毋。今日小殮罷了。西門慶道。如今仵作行人來。就小殮。大殮還等到三日。喬大戸吃畢茶。就告辭起身去了。不一時仵作行人來伺候。紙劄打捲鋪下衣衾。西門慶要親與他開光明強着陳經濟做孝子。與他抿了目。西門慶旋尋出一顆胡珠安放在他口裡。登時小殮停當。照前停放端正。放下帳子。合家大小哭了一場。來興又早冥衣鋪裡。做了四座堆金瀝粉。侍奉的捧盆巾盥櫛。毛女兒。都是珠子纓絡兒。銀廂墜兒。似真的。色綾衣服。

一邊兩座攏下。靈前供養彝爐商瓶。燭臺香盒。教錫匠打造停當。擺在卓上。耀日爭輝。又兊了十兩銀子。教銀匠打了三付銀爵盞。正在廂房中與應伯爵定管喪禮簿籍。先兊了五百兩銀子。一百弔錢來。委付與韓夥計管帳。賁四與來興兒專管大小買辦。兼管外厨房。應伯爵。謝希大。溫秀才。甘夥計。四人輪番陪待往來弔客。崔本專管付孝帳。來保管外庫房。王經管酒房。春鴻與畫童專管靈前伺候。平安逐日與四名排軍。单管人來打雲板。捧香紙。又是一個寫字。帶領四名排軍。在大門首記門簿。值念經日期打傘。相搭梩旛幢。無事把門都派委已定。寫了告示。貼在影壁上。各遵守去訖。只見皇莊上薛內相。差人送了六十根杉條。三十條毛竹。三百領蘆蓆。一百條麻繩拿帖兒與西門慶瞧。連忙賞了來人五錢銀子。拿朞服生回帖兒。打發去了。分付搭採匠。把棚起脊搭大着些。留兩個門走。把影壁夾在中間。前廚房內。還搭三間罩棚。大門首紮七間榜棚。請報恩寺十二衆僧人。先念倒頭經。每日兩個茶酒。在茶坊內伺候茶水。外廚房兩名廚役。答應各項飯食。花大舅吳二舅坐了一回。起身去了。西門慶交温秀才起孝帖兒。要開刊去。令寫荆婦奄逝。悄悄拿與應伯爵看。伯爵道。這個理上說不通。見有如今吳家嫂子在正室。如何使得這一個出去。不被人議論。就是吳大哥心內也不自在。等我慢慢再與他講。你且休要寫着。陪坐至晚。各散歸家去了。西門慶晚夕也不進後邊去。就在李瓶兒靈傍邊。裝起一張凉牀。拿圍屏圍着。鋪陳停當。獨自宿歇。有春鴻書童兒。近前伏侍。天明便往月娘房裡梳洗。裁縫做白唐巾。孝冠孝衣。白絨襪。白履鞋。經帶隨身。第二日清晨。夏提刑就來探喪。弔問慰其節哀。西門慶還禮畢。溫秀才相陪。待茶而去。到門首分付寫字的。好生在此答應。查有不到的排軍。呈來衙門內懲治。說畢。騎馬往衙門中去了。西門慶令溫秀才。發帖兒。差人請各親眷。三日做齋誦經。早來赴會。後晌鋪排來收拾道場。懸挂佛像不必細說。那日院中吳銀兒。打聽得知。坐轎子來靈前。哭泣上紙。到後邊。月娘相接引去。吳銀兒與月娘磕頭。哭道。六姐沒了。我通一字不知。就沒個人兒和我說聲兒。可憐傷感人也。孟玉樓道。你是他乾女兒。他不好了。這些時你就不來看他看兒。吳銀兒道。好三娘。我但知道。有個不來看的。說句假就死了。委實不知道。月娘道你不來看你娘。他還挂牽着你。留了件東西兒與你。做一念兒。我替你收着哩。因令小玉你取出來。與銀姐兒看。那小玉走到裡間。取出包袱内。包着一套叚子衣服。兩根金頭簪兒。一件金花兒把吳銀兒哭的淚人也相似。說道我早知他老人家不好。也來伏侍兩日兒。說着。一面拜謝了月娘。月月待茶與他吃。留他過了三日去。到三日和尚打起磬子。揚旛道場諷經。挑出紙錢去。合家大小。都披麻帶孝。陳經濟穿重孝。經巾。佛前拜禮。街坊隣舍。親朋官長。來弔問上紙祭奠者。不計其數。陰陽徐先生早來伺候。大殮祭告已畢。擡屍入棺。西門慶交吳月娘。又尋出他四套上色衣服來。裝在棺内。四角安放了四錠小銀子兒。依着花子油說。姐夫倒不消安他在裡面。金銀日久。定要出世。倒非久遠之居。西門慶不肯安放如故。放下一七星板。閣上紫盖。作作四面用長命丁。一齊釘起來。一家大小放聲號哭。西門慶亦哭的呆了。口口聲聲。哭叫我的年小的姐姐。再不得見你了。良久哭畢。管待徐先生齋饌。打發去了。酒花米貼神燈安真四個大字在靈前。親朋夥計人等。都是巾帶孝服。行香之時。門首一片皆白。溫秀才舉薦北邊杜中書來題名旌。名子春。號雲野。原侍真宗寧和殿。今坐閑在家。西門慶備金幣請來。在捲棚內備菓盒。西門慶親遞三杯酒。應伯爵與溫秀才相陪。鋪大紅官紵題旌。西門慶要寫詔封錦衣西門慶恭人李氏柩。十一字。伯爵再三不肯。說見有正室夫人在。如何使得杜中書道。說曾生過子。於禮也無碍。講了半日。去了恭字。改了室人。溫秀才道。恭人係命婦有爵。室人乃室內之人。只是個渾然通常之稱。于是用白粉題畢。詔封二字。貼了金。懸於靈前。又題了神主。叩謝杜中書。管待酒饌。拜辭而去。那日喬大戶。吳大舅。花大舅。門外韓姨夫。沈姨夫。各家都是三牲祭卓來燒紙。喬大戶娘子。并吳大妗子。二妗子。花大妗子。坐轎子來弔喪。祭祀哭泣。月娘等皆孝髻頭鬚。繫腰麻布孝裙。出來回禮舉哀。讓後邊待茶擺齋。惟花大妗子。與花大舅。便是重孝直身道袍兒。餘者都是輕孝。那日院中李桂姐。打聽得知。坐轎子也來上紙。看見吳銀兒在這裡。說道。你幾時來的。怎的也不會我會兒。好人來。原來只顧你。吳銀兒道。我也不知道娘沒了。早知是也來看看兒。月娘後邊管待。俱不必細說。須臾過了。看看到首七。正是報恩寺十六衆上僧。黃僧官爲首座。引領做水陸道場。誦法華經。拜三昧水懺。親朋夥計。無不畢集。那日玉皇廟吳道官。來上紙弔孝。攬二七經。西門慶留在捲棚内。衆人吃齋。忽見小廝來報。韓先生送半身影來。衆人觀看。但見頭戴金翠圍冠。雙鳳珠子。挑牌。大紅粧花袍兒。白馥馥臉兒。儼然如生時一般。西門慶見了。滿心歡喜。懸挂像材頭上。衆人無不誇奬。只少口氣兒。一面讓捲棚吃齋。囑付大影。比長還要加工夫些。韓先生道。小人隨筆潤色。豈敢粗心。西門慶厚賞而去。午間喬大戶那邊來上祭。猪羊祭品。吃看卓面。高頂簇盤。五老錠勝。方糖樹果。金碟湯飯。五牲看碗。金銀山段帛綵繒冥紙炷香。共約五十餘擡。地弔高撬。鑼鼓細樂。吹打纓絡。打挑宣闖而至。官堂客約許多人。陰陽生讀祝。西門慶與陳經濟穿孝衣。在靈前還禮。應伯爵謝希大。與溫秀才。甘夥計等。迎待賓客。那日喬大戶。邀了尚舉人。朱堂官。吳大舅。劉學官。花千戶。段親家。七八位親朋。各在靈前上香。三獻已畢。俱跪聽讀祝文曰。

維政和七年歲次丁酉。九月庚申朔越二十二日辛巳。眷生喬洪等。謹以剛鬣柔毛庶羞之奠。致祭于

故親家母西門孺人李氏之靈曰。嗚呼。孺人之性。寬裕溫良。治家勤儉。御衆慈祥。克全婦道。譽動鄉邦。閨閫之秀。蘭蕙之芳。夙配君子。効聘鸞凰。撫字子性。以義以方。効翟大德。以柔以良。施懿範於家室。悚和粹於娣嫜。藍玉已種。浦珠已光。正期諧琴瑟於有永。享彌壽於無疆。胡為一疾。夢斷黃粱。善人之

殁跳不哀傷。弱女襁褓。沐愛姻嬙。不期中道。天不從願。鴛伴失行。恨隔幽冥。莫覩行藏。悠悠情誼。寓此一觴。靈其有知。來格來歆。尚饗。

官客祭畢。回禮畢。讓捲棚內自有卓席管待。不在話下。然後喬大戶娘子。崔親家母。朱堂官娘子。尚舉人娘子。段大姐。衆堂家女眷。祭奠地弔。鑼鼓靈前。弔鬼判隊舞。戲將响樂。吳月娘陪着哭畢。請去後邊待茶。設席三湯五割。俱不必細說。西門慶正在捲棚內陪人吃酒。忽听前邊打的雲板响。荅應的荒荒張張進來禀報。本府胡爺上紙來了。在門首下轎子。慌的西門慶連忙穿孝衣。靈前伺候。即使溫秀才衣巾素服。出迎前廳伺候。換衣裳。左右先捧進香紙。然後胡府尹素服金帶。纔進來。許多官吏園隨扶衣攙帶。奔走不暇。于是靈前春鴻跪着。捧的香高高的上了香。展拜兩禮。西門慶便道。老先生請起。多有勞動。連忙下來回了禮。胡府尹道。弔遲弔遲。令夫人幾時沒了。學生昨日纔知。西門慶道。不想粗室。一疾不救。辱承老先生枉弔。溫秀才在傍作揖畢。與西門慶兩邊列坐。待茶一杯。胡府尹起身。溫秀才送出大門。上轎而去。上祭人吃至後晌時分方散。到第二日。院中鄭愛月兒家來上紙。愛月兒下了轎子。穿着白雲絹對衿襖兒藍羅裙子。頭上勒着珠子箍兒。白挑線汗巾子。進至靈前燒了紙。月娘見他擡了八盤餅饊。三牲湯飯來祭奠。連忙討了一疋整絹孝裙與他。吳銀兒與李桂姐都是三錢奠儀。告西門慶說。西門慶道。值甚麼。每人都與他一疋整絹頭鬚繫腰。後邊房兒裡擺茶管待過夜晚夕親朋夥計來伴宿呌了一起海鹽子弟搬演戲文李銘吳惠鄭奉鄭春都在這裡荅應晚夕西門慶在大棚內放十五張卓席爲首的就是喬大户吳大舅吳二舅花大舅沈姨夫韓姨夫倪秀才温秀才任醫官李智黄四應伯爵謝希大祝日念孫寡嘴白來創常時節傅日新韓道國甘出身賁地傳吳舜臣兩個外甥還有街坊六七位人都是十菜五菓開卓兒點起十數枝高檠大燭來廳上垂下簾堂客便在靈前圍着圍屏放卓席徃外觀戲當時衆人祭奠畢西門慶與經濟回畢禮安席上坐下邊戲子打動鑼鼓搬演的是韋皐玉簫女兩世姻緣玉環記西門慶分泒四名排軍单管下邊拿盤琴童棋童畫童來安四個单管下菓兒李銘吳惠鄭奉鄭春四個

小優兒席上斟酒。不一時弔場。生扮韋皐。唱了一回下去。貼旦扮玉簫。又唱了一回下去。厨房裡厨役上湯飯割鵝。應伯爵便向西門慶說我聞的院裡姐兒。三個在這裡。何不請出來。與喬老親家老舅席上遞杯酒兒。他到是會看戲。又倒便益了他。西門慶便使玳安。進入說去。請他姐兒三個出來。喬大戶道這個却不當。他來弔喪。如何吽他遞起酒來。伯爵道老親家你不知。相這樣小淫婦兒。別要閑着他。快與我牵出來。你說應二爹說六娘沒了。只當行孝順。也該與俺每人遞杯酒兒。玳安進去半日說。聽見應二爹在坐。都不出來哩。伯爵道旣恁說我去罷。走了兩步。又回坐下。西門慶笑道。你怎的又回了。伯爵道。我有心待要扯那三個小淫婦出來。等我罵兩句。出了我氣。我纔去落後又使了玳安請了一遍。那三個纔慢條條出來。都一色穿着白綾對衿襖兒。藍段裙子。向席上不端不正拜了拜兒。笑嘻嘻立在傍邊。應伯爵道。俺每在這裡。你如何只顧推三阻四。不肯出來。那三個也不答應。向上邊遞了回酒。號設一席坐着。下邊鼓樂响動。關目上來。生扮韋皐。淨扮包知木。同到勾欄裡玉簫家來。那媽兒出來迎接。包知木道。你去叫那姐兒出來。媽云。包官人。你好不着人。俺女兒等閒不便出來。說不的一個請字兒。你如何說叫他出來。那李桂姐向席上笑道。這個姓包的。就和應花子一般。就是個不知趣的蹇味兒。伯爵道。小淫婦。我不知趣。你家媽兒喜歡我。桂姐道。他喜歡你。過一邊兒。西門慶道。且看戲罷。且說甚麼。再言語。罰一大杯酒。那伯爵纔不言語了。那戲子。又做了一回。並下。這裡廳內左邊。吊簾子看戲的。大妗子二妗子。楊姑娘潘媽媽。吳大姨孟大姨吳舜臣媳婦。鄭三姐段大姐。并本家月娘。衆姊妹。右邊吊簾子看戲的。是春梅玉簫。蘭香迎春。小玉。都擠着觀看。那打茶的鄭紀。正拿着一邊菓仁泡茶。從簾下頭過。被春梅叫住問道。拿茶與誰吃。鄭紀道那邊大妗子娘每要吃。這春梅取一盞在手。不想小玉聽見下邊扮戲的。旦兒名子也叫玉簫。便把玉簫拉着說道。淫婦你的孤老漢子來了。鴇子叫你接客哩。你還不出去。使力往下一推。直推出簾子外。春梅手裡拿着茶。推潑一身。罵玉簫。怪淫婦。不知甚麼張致。都頑的這等。把人的茶都推潑了。早是沒曾打碎盞兒。西門慶聽得。使下來安兒來問。誰在裡面喧嚷。春梅坐在椅上道。

你去就說。玉簫浪淫婦。面見了漢子。這等浪想。那西門慶問了一回。亂着席上遞酒就罷了。月娘便走過那邊。數落小玉。你出來這一日。也往屋裡瞧瞧去都在這裡屋裡有誰。小玉道大姐劉纔後邊去的。兩位師父也在這裡坐着。月娘道教你們賊狗胎。在這裡看看。就恁惹是招非的。春梅見月娘過來。連忙立起身來說道。娘你問他都一個個。只像有風出來。狂的通沒些成色兒。嘻嘻哈哈。也不顧人看見那月娘數落了一回。仍過那邊去了。那時喬大户與倪秀才先起身去了。沈姨夫與任醫官。韓姨夫也要起身。被應伯爵攔住道。東家你也說聲兒。俺們倒是朋友不敢散。一個親家都要去。沈姨夫。又不隔門韓姨夫與任大人。花大舅。都在門裡。這咱纔三更天氣。門也還未開。慌的甚麼。都來大坐回兒。左右鬬目還未了哩。西門慶又令小厮。提四罈麻姑酒。放在面前。說列位只了此四罈酒我也不留了。因拿大賞鍾。放在吳大舅面前。說道那位離席破坐說起身者。任大人舉罰。于是衆人又復坐下了。西門慶令書童催促子弟快吊關目上來。分付揀省熱鬧處唱罷。須臾打動鼓板。扮末的上來。西門慶請問小的寄真容的那一摺唱罷。西門慶道我不管你只要熱鬧。貼旦扮玉簫唱了一回。西門慶看唱到今生難會因此上寄丹青一句。忽想起李瓶兒病時模樣。不覺心中感觸起來。止不住眼中淚落。袖中不住取汗巾兒搽拭。又早被潘金蓮在簾內冷眼看見。指與月娘瞧說道。大娘你看他。好個沒來頭的行貨子。如何吃着酒。看見扮戲的哭起來。孟玉樓道。你聰明一場。這些兒就不知道了。樂有悲歡離合想。必看見那一段兒觸着他心。他覩物思人。見鞍思馬。纔落淚來。金蓮道。我不信打啖的弔眼淚。替古人躭憂。這個都是虛。他若唱的我淚出來。我纔筭他好戲子。月娘道。六姐悄悄兒。咱毎聽罷。玉樓因向大娘子道。俺六姐不知怎的。只好快説嘴。那戲子又做了一回。約有五更時分。衆人齊起身。西門慶拿大杯攔門遞酒。欵留不住。俱送出門看收了家火。留下戲廂。明日有劉公公薛公公。來祭奠白日坐還做一日。衆戲子答應。管待了酒飯。歸下處歇去了。李銘等四個。亦歸家不題。西門慶見天色已將曉。就歸後邊歇息去了。正是待多少紅日映窓寒色淺。淡烟籠竹曙光微。畢竟後來如何。且聽下回分解。

第六十四回 玉簫跪受三章約

金瓶梅

書童私挂一帆風

第六十四回

玉簫跪央潘金蓮　合衛官祭富室娘

着人情思覺初闌　失把鮫綃仔細看
到老春蠶絲乃盡　成灰蠟燭淚初乾
鸞交鳳友鸞風散　軟玉嬌香異世間
西子風流誇未了　鷄鳴殘月五更寒

話說衆人散了。巳有鷄唱時分。西門慶歇息去了。玳安拿了一大壺酒。幾碟下飯。在前邊鋪子裡。還和傅夥計陳經濟同吃。傅夥計老頭子。熬到這咱。巳是不樂。坐搭下鋪倒在炕上就睡了。因向玳安道。你自和平安兩個吃罷。陳姐夫想是也不來了。這玳安櫃上點着夜燭。叫進平安來。兩個把那酒。你一鍾我一盞都吃了。把家火收過一邊。平安便去門房裡去睡了。玳安一面關上鋪子門。上炕和傅夥計。兩個通厮脚兒睡下。傅夥計閒中因話題話。問起玳安說道。你六娘沒了。這等樣棺槨。祭祀念經發送。也勾他了。玳安道。一來他是福好。只是不長壽。俺爹饒使了這些錢。還使不着俺爹的哩。俺六娘嫁俺爹。瞞不過你老人家是知道。該帶了多少帶頭來。別人不知道。我知道。把銀子休說。只光金珠玩好。玉帶縧環狄髻。值錢寶石還不知有多少。爲甚俺爹心裡疼。不是疼人。是疼錢。是便是說起俺這過世的六娘。性格兒這一家子都不如他。又有謙讓。又和氣。見了人只是一面兒笑。俺每下人自來也不曾呵俺每一呵。並沒失口罵俺每一句奴才。要的誓也沒賭一個。使俺每買東西只拈塊兒。俺每但說娘拿等子。你稱稱俺每好使他。他便笑道。拿去罷。稱甚麼。
你不圖落圖甚麼來。只要替我買值着這一家子。都那個不借
他銀使。只有借出來。沒有個不進去的。還也罷不還也罷。俺大
娘和俺三娘使錢也好。只是五娘和二娘。慳吝些。他當家俺每
就遭瘟來。會把腿磨細了。會勝買東西。也不與你個足數。綁着
鬼一錢銀子。拿出來只稱九分半。着緊只九分。俺每莫不賠出
來。傅夥計道。就是你大娘還好些。玳安道。雖做俺大娘好。毛司
火性兒。一回家好。娘兒每親親噠噠說話兒。你只休惱狠着他。
不論誰他也罵你幾句兒。總不如六娘。萬人無怨。又常在爹根
前替俺們說方便兒。誰問天來大事。受不的人央。俺們央他央
兒對爹說無有個不依。只是五娘快戳無路兒行動。就說你看

我對你爹說把這打只題在口裡。如今春梅姐。又是個合氣星
天生的。都出在他一屋裡。傅夥計道你五娘來這裡也好幾年
了。玳安道你老人家是知道他想的起那咱來哩。他一個親娘
也不認的。來一遭要便像的哭了家去。如今六娘死了。這前邊
又是他的世界。那個管打掃花園。又說地不乾淨。一清早辰吃
他罵的狗血噴了頭。兩個說了一回。那傅夥計在櫃上。躺躺就
睡着了。玳安亦有酒了。合上眼不知天高地下。直至紅日三竿。
都還未起來。原來西門慶每常在前邊靈前睡。早辰玉簫出來
收疊牀鋪。西門慶便往後邊梳頭去。書童蓬着頭要便和他兩
個。在前邊打牙犯嘴。互相嘲鬪。半日纔進後邊去。不想今日西
門慶歸後邊上房歇去。這玉簫赶人沒起來。暗暗走出來。與書

童遞了眼色。兩個走在花園書房裡幹營生去了。不料潘金蓮起的早。驀地走到廳上。只見靈前燈兒也沒了。大棚裡丟的桌椅。橫三豎四。沒一個人兒。只見畫童兒正在那裡掃地。金蓮道。賊囚根。乾淨只你在這裡掃地。都往那裡去了。畫童道。他每都還沒起來哩。金蓮道。你且丟下笤箒。到前邊對你姐夫說。有白絹拿一疋來。你潘姥姥還少一條孝裙子。再拿一副頭鬚繫腰來與他。他今日家去。畫童道。怕不俺姐夫還睡哩。等我問他去。良久回來道。姐夫說不是他的首尾。書童哥與崔大哥管孝帳。娘問書童哥要就是了。金蓮道。知道那奴才往那去了。你去尋他來。畫童向廂房裡瞧了瞧。說道。纔在這裡來。敢往花園書房裡梳頭去了。金蓮道。你自在這裡掃完了地。等我自家問這囚根子要去。于是輕移蓮步。款蹙湘裙。走到花園書房內。偶然聽見裡面有人笑聲。推開門。只見他和玉簫在床上正幹得好哩。便罵道。好囚根子。你兩個在此幹得好事。諕得兩個做手脚不迭。齊跪在地下。哀告。金蓮道。賊囚根子。你且拿一疋孝絹。一疋布來。打發你潘姥姥家去。那書童連忙拿來遞上。金蓮逕歸房來。那玉簫跟到房中。打旋磨兒跪在地下。央及五娘。千萬休對爹說。金蓮便問。賊狗囚。你和我實說。這奴才從前已往。偷了幾遭。一字兒休瞞我便罷。那玉簫便把和他偷的緣由。說了一遍。金蓮道。既要我饒恕你。你要依我三件事。玉簫道。娘饒了我。隨問幾件事。我也依娘。金蓮道。一件你娘房裡。但凡大小事兒。就來告我說。你不說。我打聽出。定不饒你。第二件我但問你要甚麽。你就稍出來與我。第三件你娘向來沒有身孕。如今他怎生便有了。玉簫道不瞞五娘說。俺娘如此這般。吃了薛姑子的衣胞符藥。便有了。這潘金蓮一一聽記在心。纔不對西門慶說了。那書童見潘金蓮冷笑。領進玉簫去了。知此事有幾分不諧。向書房廚櫃內。收拾了許多手帕汗巾。挑牙簪紐。并收的人情。他自已也儹勾十來兩銀子。又到前邊櫃上。誆了傅夥計二十兩。只說要買孝絹。逕出城外。顧了長行頭口。到馬頭上。搭在鄉里船上。往蘇州原籍家去了。正是撞碎玉籠飛彩鳳。頓開金鎖走蛟龍。不想那日李桂姐。吳銀兒。鄭愛月。都家去了。薛內相劉內相。早辰差了人。擡三牲卓面來。祭奠燒紙。又每人送了一兩銀子。伴宿分資。叫了兩個唱道情的來。白日裡要和西門慶坐坐。

緊等着要打發他孝絹。尋書童兒要鑰匙。一地裡尋不着。傳夥計道。他早辰問我櫃上要了二十兩銀子。買孝絹去了。口稱爹分付他孝絹不勾。敢是向門外買去哩。西門慶道。我並沒分付他。如何問你要銀子。一面使人往門外絹舖找尋。他那裡得來。月娘便向西門慶說。我猜這奴才。有些蹺蹊。不知弄下甚麼碎兒。拐了幾兩銀子走了。你那書房子裡開了門還大瞧瞧。沒腳蟹的營生。只怕還拿甚麼去了。西門慶走到兩個書房裡。都瞧了。見庫房裡鑰匙。挂在墻上。大櫥櫃裡。不見了許多汗巾手帕。并書禮銀子。挑牙紐扣之類。西門慶心中大怒。叫將該地方的管役來。分付各處三瓦兩巷。與我訪緝。那裡得來。正是不獨懷家歸興急。五湖烟水正茫茫。那時薛內相。從晌午時。就坐轎來。

了。西門慶請下吳大舅應伯爵溫秀才相陪。先到靈前上香打了個問訊。然後與西門慶敘禮說道可傷可傷。如夫人是甚麼病兒歿了。西門慶道不幸患崩漏之疾。看治不好歿了。又多謝老公公費心。薛內相道沒多兒將就表意罷了。因看見挂着影說道。好個標致娘子。正好青春享福。只是去世太早些。溫秀才在傍道。物之不齊。物之情也。窮通壽夭。自有個定數。雖聖人亦不能強。薛內相扭回頭來。見溫秀才衣巾穿着素服。說道此位老先兒是那學裡的。溫秀才躬身道。學生不才。備名府庠。薛內相道。我瞧瞧娘子的棺木兒。西門慶即令左右把兩邊帳子撩起。薛內相進去觀看了一遍。極口稱贊道。好付板兒。請問多少價買的。西門慶道。也是舍親的一付板。學生回了他的來了。應伯爵道請老公公試估估那裡地道甚麼名色薛內相仔細看了此板不是建昌是付鎮遠伯爵道就是鎮遠也值不多薛內相道最高者必定是楊宣榆伯爵道楊宣榆单薄短小怎麼看的過此板還在楊宣榆之上名喚做桃花洞在於湖廣武陵川中昔日唐漁父入此洞中曾見秦時毛女在此避兵是個人跡罕到之處此板七尺多長四寸厚二尺五寬還看一半親家分上要了三百七十兩銀子哩公公你不曾看見解開噴鼻香的裡外俱有花色薛內相道是娘子這等大福纔享用了這板俺每內官家到明日死了還沒有這等發送哩吳大舅道老公公好說與朝廷有分的人享大爵祿俺每外官焉能趕的上老公公日近清光代萬歲傳宣金口見今童老爺加封王爵子孫皆

服蟒腰玉。何所不至哉。薛内相便道。此位會說話的兄。請問上姓。西門慶道。此是妻兄吳大哥。見居本衛千户之職。薛内相道。就是此位娘子的令兄麼。西門慶道。不是。乃賤荊之兄。薛内相復於吳大舅聲諾。說道。吳大人失瞻。看了一回。西門慶讓至捲棚内。正面安放一把校椅。薛内相坐下。打茶的拿上茶來吃了。薛内相道。劉公公怎的這咱還不到。叫我答應的遡遡去。青衣人跪下禀道。公公起身時。差小的邀劉公公去。劉公公轎已伺候下了。便來也。薛内相又問道。那兩個唱道情的來了不曾。西門慶道。早上就來了。叫上來。不一時走來面前磕頭。薛内相道。你每吃了飯不曾。那人道。小的每得了飯了。薛内相道。既吃了飯。你每今日用心答應。我重賞你。西門慶道。老公公。學生這裡還預偹着一起戲子。唱與老公公聽。薛內相問是那裡戲子。西門慶道。是一班海鹽戲子。薛內相道。那蠻聲哈剌。誰曉的他唱的是甚麼。那酸子每在寒窻之下。三年受苦。九載遨遊。背着個琴劒書箱。來京應舉。怎得了個官。又無妻小在身邊。便希罕他這樣人。你我一個光身漢。老內相要他做甚麼。温秀才在傍笑說道。老公公說話太不近情了。居之齊則齊聲。居之楚則楚聲。老公公處於高堂廣廈。豈無一動其心哉。這薛內相便拍手笑將起來道。我就忘了温先兒在這裡。你每外官。原來只護外官。温秀才道。雖是士大夫。也只是秀才做的。老公公砍一枝損百林。兎死狐悲。物傷其類。薛內相道。不然。一方之地。有賢有愚。正說着。忽左右來報。劉公公下轎了。吳大舅等出去迎接進來。向靈前作了揖。叙禮已畢。薛內相道。劉公公你怎的這咱纔來。劉內相道。北邊徐同家來拜望。陪他坐了一回。打發去了。一面分席坐下。左右遞上茶去。因問答應的。祭奠卓面兒。都擺上了。下邊人說。都排停當了。劉內相道。咱每去燒了紙罷。西門慶道。老公公不消多禮。頭裡已是見過禮了。劉內相道。此來爲何。還當親祭祭。當下左右接過香來。兩個內相上了香。遞了三鍾酒。拜下去。西門慶道。老老公請起。于是拜了兩拜起來。西門慶還了禮。復至捲棚內坐下。然後收拾安席。遞酒上坐。兩位內相分左右坐了。吳大舅溫秀才。應伯爵從次。西門慶下邊相陪。子弟鼓板响動。遞上關目揭帖。兩位內相看了一回。揀了一段劉智遠紅袍記。唱了還未幾摺。心下不耐煩。一面吽上唱道情去。唱個道情兒耍耍到好。于是打起漁鼓。兩個並肩朝上高聲。唱了一套韓文公雪擁藍關故事下去。只見厨役上來磕頭。兩位内相都有賞賜。西門慶預備酒肉。賞賜跟隨人等。不用細說。薛内相便與劉内相。兩個席上說說話兒。道劉哥。你不知道。昨日這八月初十日。下大雨如注。雷電把内裡凝神殿上。鴟尾裘碎了。諕死了許多宮人。朝廷大懼。命各官修省。逐日在上清宮宣精靈疏建醮。禁屠十日。法司停刑。百官不許奏事。昨日大金遣使臣進表。要割内地三鎮。依着蔡京老賊。就要許他。掣童掌事的兵馬。交都御史譚積黄安。十大使節制三邊。兵馬又不肯還交。多官計議。昨日立冬。萬歲出來祭大廟。太常寺一員博士。名喚方軫。早辰直着打埽。看見太廟磚縫出血。殿東北上地陷了一角。

寫表奏知萬歲。科道官上本極言。童掌事大了。宦官不可封王。如今馬上差官。拿金牌去取童掌事回京。劉內相道。你我如今出來在外做土官。那朝裏事。也不干咱每。俗語道。咱過了一日是一日。便塌了天。還有四個大漢。到明日大宋江山。管情被這些酸子弄壞了。王十九咱每只吃酒。因與唱道情的上來。分付你唱個李白好貪杯的故事。那人立在席前。打動漁鼓。又唱了一回。直吃至日暮時分。分付下人。看轎起身。西門慶欵留不住。送出大門。喝道而去。回來分付點起燭來。把卓席休動。教廚役上來攢整停當。留下吳大舅。應伯爵。溫秀才。坐的。又使小廝請傳夥計。甘夥計。韓道國。賁地傳。崔本和。陳經濟。復坐。吽上子弟來。分付還找着昨日玉環記上來。因向伯爵道。內相家不曉的南戲滋味。早知他不聽。我今日不留他。伯爵道。哥到辜負的意思。內臣斜局的營生。他只喜藍關記搗喇小子。胡歌野調。那裡曉的大關目。悲歡離合。于是下邊打動鼓板。將昨日玉環記做不完的摺數。一一緊做慢唱。都搬演出來。西門慶令小厮。席上頻斟美酒。伯爵與西門慶同卓而坐。便問他姐兒三個還沒家去。怎的不叫出來遞杯酒兒。西門慶道。你還想那一夢兒。他每去的不耐煩了。伯爵道。他每在這裡住了。有兩三日。西門慶道。吳銀兒住的久了。當日眾人坐到三更時分。搬戲已完。方起身各散。西門慶邀下吳大舅。明日早些來陪上祭官員。與了戲子四兩銀子。打發出門。到次日周守備荊都監。張團練夏提刑。合衛許多官員。都合了分資。辦了一副猪羊。吃卓祭奠。有禮生讀祝。西門慶預備酒席。李銘等三個小優兒。伺候答應。到向午。只聽鼓响。祭禮到了。吳大舅應伯爵。溫秀才。在門首迎接。只見後擁前呼。衆官員下馬。在前廳換衣服良久。把祭品擺下。衆官齊到靈前。西門慶與陳經濟伺候還禮。禮生喝禮三獻畢。跪在傍邊讀祝。

維政和七年。歲次丁酉。九月庚申朔越二十五日。甲申寅侍生周秀。荆忠。夏延令。張關。文臣。范勳。吳鎧。徐鳳翔。潘磯等。謹以剛鬣柔毛。庶羞之儀。致奠于

故錦衣西門孺人李氏之靈曰。維靈秀毓閨閫善淑女紅金玉其德。蘭蕙其姿。相内政而有道。主中饋而無闕。重積學而和睦内眷。尊所天而舉案齊眉。人願者艾。天睎絕奇。正宜同諧

鸞琴。何乃齊後而促其期。噫。修短有數也。天厭善類。珠沉璧碎。雲慘風悲。扣玄扃而莫啟。歎薤露而易晞。秀等忝居僚儕。情重交誼。崇餚於俎。酌酒於巵。庶乎來享。鑒此哀辭。嗚呼尚饗。

祭畢。西門慶下來。謝禮已畢。吳大舅等讓衆官至捲棚內。寬去素服待茶。小優彈唱起來。安席上坐。手下跟隨之人。自有管待齊整。廚役上來三道五割。酒餚比前兩日更豐盛照席。還磕了頭。西門慶與吳大舅。應伯爵。溫秀才。下席相陪。觥籌交錯。慇懃勸酒。李銘等三個小優兒。銀箏象板。朝上彈唱。外邊自有夥計王經。將跟隨衆來各項人。後盒担錢。都照例打發銀子。停當。衆官坐到後晌時分。就要起身。西門慶不肯。與吳大舅伯爵等。拿大杯款留。教李銘等彈樂器。唱小曲兒。歡飲直到日暮時分方散。西門慶還要留吳大舅衆人坐。吳大舅道。各人連日打攪姐夫也辛苦了。各自歇息去罷。當時告辭回家。正是

天上碧桃和露種　日邊紅杏倚雲栽
家中巨富人趨附　手內多時莫論財

畢竟不知後來如何。且聽下回分解。

金瓶梅

第六十五回

願同穴一時喪禮盛

守孤靈半夜口脂香

第六十五回

吳道官迎殯頒真容　宋御史結豪請六黃

齊眉相見喜乘和　誰料参商發結歌
殘月雲邊懸破鏡　流光機上擲飛梭
愁隨草色春深謝　苦入連心夜幾何
試問流乾多少淚　楓林秋色一般多

話說到九月二十八日。李瓶兒死了。二七光景。玉皇廟吳道官受齋。請了十六個道衆。在家中揚旛修建。請去救苦。二七齋壇早修之時。有官安郎中來下書。西門慶待來人去了。吳道官廟中擡了三牲祭器。湯飯盤餅饊素食。金銀錠香紙之類。又是一疋尺頭。以爲奠儀。道衆遶棺傳呪。吳道官靈前展拜。西門慶與經濟回禮謝道。師父多有破費。何以克當。吳道官道。小道甚是惶愧。本當該助一經。追薦夫人。曾奈力薄。粗茶飯奠表意而已。望乞大人笑納。西門慶祭畢。即收了。打發擡盒人回去。那日三朝。轉經演生神章。破九幽獄。對靈攝召。拜進救苦朱表。領告諸真符命。整做法事。俱不必細說。第二日先是門外韓姨夫家來上祭。那時孟玉樓兄弟。外邊做買賣去了。五六年沒來家。昨至是來家。見他姐姐嫂子。西門慶這邊有喪事。跟隨韓姨夫那邊來上祭。討了一分孝去。送了許多人事兒。西門慶叙禮。進入玉樓房中。拜見至是堂客。約有十數位人。西門慶這邊亦設席管待。俱不在言表。那日午間。又是本縣知縣李拱極。縣丞錢斯成。主簿任良貴。典史夏恭基。又有陽谷縣知縣狄斯杇。共五員官。

都關了分。穿孝服來上紙帛弔問。西門慶備席在捲棚內管待。
請了吳大舅。與溫秀才相陪。三個小優兒彈唱。馬上人俱有攢
盤領下去。自有坐處吃。正飲酒到熱鬧處。當時沒巧不成話。忽
報管磚廠工部黃老爹來弔孝。慌的西門慶連忙穿孝衣。靈前
伺候。溫秀才又早迎接至大門外。讓至前廳。換了衣裳。跟從進
來。家下人手捧。香燭紙疋金段到靈前。用紅漆丹盤捧過香來
跪下。黃主事上了香。展拜畢。西門慶同經濟下來還禮。黃主事
道。學生不知尊閫沒了。弔遲。恕罪恕罪。西門慶道。學生一向欠
恭。今又承老先生枉弔。兼辱厚儀。不勝感激。敘畢禮。讓至棚內
上面坐下。西門慶與溫秀才下邊相陪。左右捧茶上來。吃了茶。
黃主事道。昨日宋松原。多致意先生。他也聞知令夫人作過。也

要來弔問。爭奈有許多事情羈絆。他如今在濟州任劄。先生還不知朝廷如今營建艮嶽。勑旨令太尉朱勔。往江南湖湘採取花石綱。運船陸續打河道中來。頭一運將次到淮上。又欽差殿前六黃太尉來。迎取卿雲萬態奇峯。長二丈。濶數尺。都用黃毡盖覆。張打黃旗。費數号船隻。由山東河道而來。况河中沒水。起八郡民夫牽挽。官吏倒懸。民不聊生。宋道長督率州縣。事事皆親身經歷。案牘如山。晝夜勞苦。通不得閑。况黃大尉不久自京而至。宋道長寀必須率三司官員。要接他一接。想此間無可相熟者。委托學生來敬煩尊府作一東。要請六黃太尉一飯。未審尊意可允否。因喚左右。呌你宋老爹承差上來。有二青衣官吏跪下。毡包內捧出一對金段。一根沉香。兩根白蠟。一分綿紙。此乃宋公致賻之儀。那兩封是兩司八府官員辦酒分資。兩司官十二員。每員三兩。府官八員。每員五兩。討二十二分。共一百零六兩。交與西門慶。有勞盛使一備之何如。西門慶再三辭道。學生有服在家。柰何柰何。因問迎接在於何時。黃主事道。還早哩。也得到出月半頭。黃太監京中還未起身。西門慶道。學生十月十二日纔發引。既是宋公祖老先生分付。敢不領命。又兼謝盛儀賻禮。且領下分資。決不敢收。該多少卓席。只顧分付。學生無不畢具。黃主事道。四泉此意差矣。松原委托學生來煩瀆。此乃山東一省各官公禮。又非松原之己出。何得見却。如其不納。學生即回松原。再不敢煩瀆矣。西門慶聽了此言。說道。學生權且領下。因令玳安王經接下去。問備多少卓席。黃主事道。六黃備一張吃着大卓面。宋公與兩司都是平頭卓席。以下府官。散席而巳。承應樂人。自有差撥伺候。府上不必再叫。說畢茶湯兩換。作辭起身。西門慶欵留。黃主事道。學生還到尚柳塘老先生那裡拜拜他。昔年曾在學生敝處作縣令。然後轉成都府推官。如今他令郎兩泉。又與學生鄉試同年。西門慶道。學生不知老先生與尚兩泉相厚。兩泉亦與學生相交。黃主事起身。西門慶煩老先生多致意宋公祖。至期寒舍拱候矣。黃主事道。臨期松原還差人來通報先生。亦不可太奢。西門慶道。學生知道。送出大門上馬而去。那縣中官員。聽見黃主事帶領巡按上司人來。說的都躲在山子下。小捲棚內飲酒。分付手下把轎馬藏過一邊。當時西門慶回到捲棚。與衆官相見。具說宋巡按率兩司入府。

來央煩出月迎請六黄太尉之事。衆官悉言。正是州縣不勝憂苦。這件事欽差若來。凡一應秪迎廪餼。公宴器用人夫。無不出於州縣。必取之于民。公私困極。莫此爲甚。我輩還望四泉。於上司處美言提援。足見厚愛之至。言訖都不久坐。告辭起身上馬而去。話休饒舌。到李瓶兒三七。有門外永福寺道堅長老。領十六衆上堂僧來念經。穿雲錦袈裟。戴毘盧帽。大鈸大鼓。早辰取水轉五方。請三寶浴佛。午間加持召亡破獄。禮拜梁皇懺。談孔雀甚是齊整。晚夕喬大戸娘子。與衆夥計娘子。與月娘等伴宿。在靈前看偶戲。西門慶與應伯爵。吳大舅溫秀才。在棚内東首另設圍屏飲酒。十月初八日。是四七。請西門外寶慶寺。趙喇嘛。亦十六衆來念番經。結壇跳沙洒花米。行香口誦眞言。齋供都用牛乳茶酪之類。懸挂都是九醜天魔變相。身披纓絡琉璃。項挂髑髏。口咬嬰兒。坐跨妖魅。腰纏蛇螭。或四頭八臂。或手執戈戟。朱髮藍面。醜惡莫比。午齋已後。就動葷酒。西門慶那日不在家。同陰陽徐先生。往門外墳上破土開壙去了。後晌方回。晚夕打發喇嘛散了。次日推運山頭酒米卓面肴品。一應所用之物。又委付主管夥計。庄上前後搭棚。四五處酒房廚坊。墳內穴邊。又起三間罩棚。先請附近地隣來坐席面。大酒大肉管待。臨散背肩背項負而歸。俱不必細說。十一日白日先是歌郎。并鑼鼓地弔來靈前參靈。弔五鬼鬧判。張天師着鬼迷。鍾馗戲小鬼。老子過函關。六賊鬧彌勒。雪裡梅。莊周夢蝴蝶。天王降地水火風。洞賓飛劍斬黃龍。趙太祖千里送荊娘。各樣百戲弔罷。堂客都在簾內觀看。祭罷靈去了。內眷親戚。都來辭靈燒紙。大哭一場。到次日發引。先絕早擡出名旌。各項旛亭紙劄、僧道鼓手。細樂人役。都來伺候。西門慶預先問帥府周守備。討了五十名巡捕軍士。都帶弓馬。全裝結束。留十名在家看守。四十名跟殯在材前擺馬道分兩翼而行。衙門裡又是二十名排軍打路、照管冥器。墳頭又是二十名把門。管收祭祀、那日官員士夫。親鄰朋友。來送殯者。車馬喧呼。填街塞巷。本家并親眷堂客、轎子也有百十餘頂。三院鴇子粉頭。小轎也有數十。徐陰陽擇定辰時起棺。西門慶留下孫雪娥并二女僧看家。平安兒同兩名排軍把前門。那女婿陳經濟跪在柩前、摔盆。六十四人上扛。有仵作一員官。立于增架上。敲響板指撥擡材人上肩。先是請了報恩寺朗

僧官來起棺。剛轉過大街口望南走。那兩邊觀看的。人山人海
那日正值晴明天氣。果然好殯。但見
和風開綺陌。細雨潤芳塵。東方曉日初升。北陸殘烟乍斂。鼕鼕。嚨嚨。花喪鼓不住聲喧。叮叮噹噹。地吊鑼連宵振作。名旌招颭。大書九尺紅羅。起火軒天。中散半空黃霧。猙猙獰獰。開路鬼斜担金斧。忽忽洋洋。險道神端秉銀戈。逍逍遙遙。八洞仙龜鶴遶定。窈窈窕窕。四毛女虎鹿相隨。地吊鬼晃一片鑼篩。烟火架。迸千枝花炮。熱熱鬧鬧。採蓮船撒科打諢。長長大大。高僑漢貫甲頂盔。清清秀秀。小道童十六衆。衆衆都是霞衣道髻。擊坤庭之金。奏八琅之璈。動一派之仙音。肥肥胖胖。大和尚二十四個。個個都是雲錦袈裟。排大鈸敲大鼓轉五

方之法事。一十二座大絹亭。亭亭皆綠舞紅飛。二十四座小絹亭。座座畫珠圍翠繞。左勢下天倉與地庫相連。右勢下金山與銀山作隊。掌醢厨列八珍之饌。香燭亭供三獻之儀。六座百花亭。現千團錦繡。一乘引魂轎。扎百結黃絲。這邊把花與雪柳爭輝。那邊寶盖與銀幢作隊。金字旛銀字旛。紫護棺輿。白絹織綠絹織。桐圍增架。斧符雲氣。一邊三把。皆彩畫鮮明。執檯捧巾。兩下侍妾。盡梳粧如活。功布招颭孝眷聲哀簇捧定五出頭。六八歌郎。仰覆運須彌座六十四名。青衣白幘。穩穩檯定五老雲。鶴華盖頂。四畨頭流蘇帶。大紅銷金寶象花棺舁。裡面安着巍巍不動錦繡棺輿。只見那兩邊打路排軍個個都頭戴孝巾。身穿青衲襖。腰繫孝帶。脚穀腿綳幹鞋。手靴攢杆。前呼後擁。兩邊走解的。頭戴芝蔴羅萬字頭巾。撲匾金環飛於腦後。穿的是兩三領紵絲衲襖。腰繫紫纏帶。足穿鷹爪四縫乾黃靴。襯着五彩翻身搶水獸納紗襪口。賣解猶如鷹鷂。走馬好似猿猴。執着一桿明鎗。顫秼紅桿令字藍旗。竪肩樁打斤斗。隔肚穿錢。金鷄獨立。仙人打過橋。鐙裡藏身。人人喝采。個個爭誇。扶肩擠背。紛紛不辨賢愚。挨覩並觀。擾那分貴賤。張三蠢胖。只把氣吁。李四矮矬。頻將腳躧。白頭老叟。盡將拐棒拄髭鬚。綠鬢佳人。也帶兒童來看頑。正是

鑼鼓鼕鼕靄路塵　花攢錦簇萬人瞻
哀聲隱隱棺輿過　此殯誠然壓帝京

吳月娘坐大轎在頭里。後面李嬌兒等。本家轎子十余頂。一字

兒緊跟材後走。西門慶總冠孝衣。同衆親朋在材後裡。陳經濟
絮扶棺輿走。出東街口。西門慶具禮。請玉皇廟吳道官來懸真。
身穿大紅五彩雲霞二十四鶴鶴氅。頭戴九陽玉環雷巾。脚登
丹舄。手執牙笏。坐在四人肩輿上。迎殯而來。將李瓶兒大影捧
于手內。陳經濟跪在面前。那殯停住了。衆人聽他在上高聲宣
念。

兎走烏飛西復東　百年光景侶風燈
時人不悟無生理　到此方知色是空

恭惟
故錦衣西門恭人李氏之靈。存日陽年二十七歲。元命辛未相
正月十五日午時受生。大限於政和七年。九月十七日。丑時

分身故。伏以尊靈名家秀質。綺閣嬌妹。稟花月之儀容。蘊蕙
蘭之佳氣。鬱德柔婉賦性溫和。配我西君。克諧伉儷。處閨門
而賢淑。資琴瑟以好和。曾種藍田。尋嗟楚畹。正宜享福百年。
可惜春光三九。嗚呼。明月易缺。好物難全。善類無常。修短有
數。今則棺輿載道。丹旐迎風。良夫躃踴於柩前。孝眷哀矜於
巷陌。離別情深而難已。音容日遠以日忘。其等謬忝冠簪。愧
領玄教。愧無新坦平之神術。恪遵玄元始之遺風。徒展崔微
鏡裡之容。難返莊周夢中之蝶。澈甘露而沃瓊漿。超仙識登
於紫府。拔百寶而面七眞。引淨魄出於冥途。一心無挂。四大
皆空。空苦苦。氣化清風形歸土。一靈眞性去弗迴。改頭換面
無遍數。眾所末後一句嘆。精爽不知歸何處。眞容留與後人

傳。

吳道官念畢。端坐轎上。那轎捲坐退下去了。這裡鼓樂喧天。哀聲動地。殯纔起身。迤浬出南門。衆親朋陪西門慶走。至門上方乘馬。陳經濟扶柩到于山頭五里原。原來坐營張團練帶領二百名軍。同劉薛二内相。又早在墳前高阜處搭帳房。吹響器。打銅鑼銅鼓。迎接殯到。看着裝燒冥器紙劄。烟焰漲天。墳内有十數家收頭祭祀。皆兩院妓女。擺列堂客内眷。自有幃幕棺輿到。落下扛。徐先生率領仵作。依羅經弔向。巳時祭告后土方隅後。纔下葬掩土。西門慶易服備一對尺頭禮。請帥府周守備點主。衛中官員至。衆親朋夥計皆爭拉西門慶祭畢遞酒。鼓樂喧天。烟火匝地。收祭祀者。自有所管人役。再無淆亂。那日待人齋堂。

也有四五處堂客。在後捲棚內坐。各有派定人數。熱鬧豐盛。不必細說。吃畢。各有邀占庄院。設席請西門慶收頭飲酒。賞賜亦費許多。後晌回靈。吳月娘坐魂轎抱神主魂旛。陳經濟扶靈牀。都是玄色宁絲靈衣。玉色銷金走水。四角垂流蘇吊挂大影亭。大絹亭。小絹亭。香燭亭。鼓手細樂十六衆。小道童兩邊吹打。吳大舅并喬大户。吳二舅。花大舅。沈姨夫。孟二舅。應伯爵。謝希大。溫秀才。衆主管夥計。都陪着西門慶進城。堂客轎子壓後。到家門首。燎火而入。李瓶兒房中安靈已畢。徐先生前廳祭神洒掃。各門户皆貼辟非黃符。管待徐先生。備一疋尺頭。五兩銀子。相謝。出門各項人役。打發散了。拿出二十五吊錢來。五吊賞巡捕軍人。五吊與衛中排軍。十吊賞營裡人馬。拿帖兒回謝周守備。

張團練。夏提刑。俱不在話下。西門慶還令左右放卓。留喬大戶。吳大舅。衆人坐。衆人都不肯。作辭起身。來保回說。搭棚在外伺候。明日來拆棚。西門慶道。棚且不消拆。亦發過了你宋老爹擺酒日子來拆罷。打發搭綵匠去了。後邊花大娘子。與喬大戶娘子。衆堂客還等着安畢靈。哭了一場。方纔去了。西門慶不忍遽捨。晚夕還來李瓶兒房中。要伴靈宿歇。見靈牀安在正面。大影挂在傍邊。靈牀內安着半身。裡面小錦被褥。牀几衣服粧奩之類。無不畢具。下邊放着他的一對小小金蓮。卓上香花燈燭。金碟樽俎。般般供養。西門慶大哭不止。令迎春就在對面炕上搭鋪。到夜半對着孤燈。半窓斜月。翻覆無寐。長吁短嘆。思想佳人。有詩爲証。

短嘆長吁對彼窓　舞鸞孤影寸心傷
蘭枯楚畹三秋雨　楓落吳江一夜霜
夙世已逢連理願　此生難滅返魂香
九泉果有精靈在　地下人間兩斷腸

白日間供養茶飯。西門慶在房中親看着。丫鬟擺下。他便對面桌兒和他同吃。舉起筯兒來。你請些飯兒。行如在之禮。丫鬟養娘都恐不住掩淚而哭。奶子如意兒無人處常在根前遞茶遞水。挨挨搶搶。掐掐捏捏。揷話兒應答。那消三夜兩夜。西門慶因陪人吃得醉了。進來。迎春打發歇下。到夜間要茶吃。叫迎春不應。如意兒起來遞茶。因見被拖下炕來。接過茶盞。用手扶起被。西門慶一時興動。摟過脖子就親了個嘴。遞舌頭在他口內。老婆就啞起來。一聲兒不言語。西門慶令脫去衣服上炕。兩個摟接在被窩內不勝歡娛。雲雨一處。老婆說既是爹擡舉。娘也沒了。小媳婦情愿不出爹家門。隨爹收用便了。西門慶便叫我兒你只用心伏侍我。愁養活不過你來。當下這老婆枕席之間。無不奉承。顛鸞倒鳳。隨手而轉。把西門慶歡喜要不的。次日老婆早辰起來。與西門慶拿鞋脚。叠被褥。就不靠迎春。極盡慇懃。無所不至。西門慶開門。尋出李瓶兒四根簪兒來賞他。老婆磕頭謝了。迎春亦知收用了他。兩個打成一路。老婆自恃得寵。脚跟已牢。無復求告於人。自從西門慶請了許多官客堂客并院中李桂姐。吳銀兒。鄭月兒。三個唱的。李銘。吳惠。鄭奉。鄭春。四名小優兒。墳上暖墓回家。這如意兒就不同往日。打扮。喬眉喬樣。在丫鬟夥兒內。說也有笑也有。早被潘金蓮看到眼裡。早辰西門慶正陪應伯爵坐的。忽報宋御史老爹差人來送客賀黃太尉一卓金銀酒器。兩把金壺。兩副金臺盞。十副小銀鍾。兩副銀折盂。四副銀賞鍾。兩疋大紅彩蟒。兩疋金段。十罈酒。兩牽羊。傳報太尉船隻。已到東昌地方。煩老爹這裡早先預備酒席。准在十八日迎請。西門慶收入明白。與了來人一兩銀子。打東。打發回去。隨即兌銀與賁四來興兒。定卓面。粘菓品。買辦整理。不必細說。因向應伯爵說。自從他不好起。到而今。我再沒一日兒心閒。剛剛打發喪事兒出去了。又鑽出這等勾當來。教我手杧脚亂。伯爵道。這個哥不消抱怨。你又不曾掉攬他。他上門兒來央煩你。雖然你這席酒。替他賠幾兩銀子。到明日休說朝廷一位欽

差。殿前大太尉來咱家坐一坐。[illegible]這山東一省官員并巡撫巡
按人馬散級。也與咱門戶添許多光輝。壓好些仗氣。西門慶道
不是此說。我承望他到二十已外也罷。不想十八日就迎接[illegible]
促急促忙。這十六日又是他五七。我前日已與了吳道官寫法
銀子去了。如何又改。不然雙頭火杖都擠在一處。怎亂得過來。
應伯爵道。這個不打緊。我筭來嫂子是九月十七日沒了。此月
二十一日。正是五七。你十八日擺了酒。二十日與嫂子念經也
不遲。西門慶道。你說的是了。我如今就使小厮回吳道官改日
子去。伯爵道。哥我又一件。如今趂着來京黃真人在廟裡住。朝
廷差他來泰安州進金鈴吊掛御香。建七晝夜羅天大醮。趂他
未起身。倒好教吳道官請他。那日來做高功。領行法事。咱留他

這個名聲也好看、西門慶道。自說這黃眞人有利益。少不的那日全堂添二十四衆道士、做一晝夜齋事。爭奈吳道官齋日受他祭禮。出殯又起動他懸眞。道童送殯。沒的酬謝他。教他念這個經兒表意而巳。今又請黃眞人主行。都不難爲他。伯爵道。齊一般還是他受。只教他請黃眞人做高功就是了。哥只是多費幾兩銀子。爲嫂子。沒曾爲了別人。西門慶一面教陳經濟寫帖子。又多封了五兩銀子。寫法教他早請黃眞人。改在二十日念經。二十四衆道士。水火煉度一晝夜。即令玳安騎頭口回去了。西門慶打發伯爵去訖。進入後邊。只見吳月娘說。賁四嫂買了兩個盒兒。他女兒長姐定與人家來磕頭。西門慶便問誰家。賁四娘子、穿着藍紬襖兒。白絹裙子。青叚披襖。他女兒穿着大紅

段襖兒。黃紬裙子。戴着花翠。插燭向西門慶磕了四個頭。月娘
在傍說。咱也不知道。原來這孩子。與了夏大人房裡擡舉。昨日
纔相定下。這二十四日就要過門。只得了他三十兩銀子。論起
來這孩子。倒也好身量。不相十五歲。倒有十六七歲的。多少時
不見。就長的成成的。西門慶道。他前日在酒席上和我說。要擡
舉兩個孩子學彈唱。不知你家孩子與了他。于是教月娘讓在
房內。擺茶留坐。落後李嬌兒。孟玉樓。潘金蓮。孫雪娥。大姐。却來
見禮陪坐。臨走。西門慶月娘。與了一套重絹衣服。一兩銀子。李
嬌兒眾人。都有與花翠汗巾。脂粉之類。晚上玳安回話。吳道官
收了銀子。知道了。黃眞人還在廟裡住過二十頭。纔回東京去。
十九日早來。鋪設壇場。西門慶次日家中廚役落作治辦酒席。

務要齊整大門上扎七級彩山廳前五級彩山十七日宋御史差委兩員縣官來觀看筵席廳正面屏開孔雀地匝氍毹都是錦繡卓幃粧花椅甸黃太尉便是肘件大飯簇盤定勝方糖五老錦豐堆高頂吃看大插卓觀席兩張小插卓是巡撫巡按陪坐兩邊布按三司有卓席列坐其餘八府官都在廳外棚內兩邊只是五菓五菜平頭卓席看畢西門慶待茶起身回話去了到次日撫按率領多官人馬早迎到船上張打黃旗欽差二字捧省勅書在頭裡走地方統制守禦都監團練各衛掌印武官皆戎服甲冑各領所部人馬圍隨藍旗纓鎗叉槊儀杖擺數里之遠黃太尉穿大紅五彩雙挂繡蟒坐八擡八簇銀頂暖轎張打茶褐傘後邊名下執事人役跟隨無數皆駿騎咆哮如萬花

之燦錦。隨路鼓吹而行。黃土墊道。雞犬不聞。樵採遁迹。人馬過東平府。進清河縣。縣官黑壓壓跪於道傍迎接。左右喝叱起去。隨路傳報。直到西門慶家中大門首。教坊鼓樂。聲震雲霄。兩邊執事人役。皆青衣排伏。雁翅而列。西門慶青衣冠冕。望塵拱伺良久。人馬過盡。太尉落下轎進來。後面撫按率領大小官員。一擁而入。到於廳上。廳上又是箏纂方響。雲璈龍笛鳳管細樂响動。為首就是山東巡撫都御史侯濛。巡按監察御史宋喬年。參見太尉。還依禮答之。其次就是山東左布政龔共。左參政何其高。右布政陳四箴。右參政季侃。左參議馮廷鵠。右參議汪伯彥。廉訪使趙訥。採訪使韓文光。提學副使陳正彙。兵備副使雷啟元等。兩司官參見。太尉稍加優禮。及至東昌府徐崧。東平府胡師文。兗州府凌雲翼。徐州府韓邦奇。濟南府張叔夜。青州府王士奇。登州府黃甲。萊州府葉遷等八府官行廳叅之禮。太尉答以長揖而已。至於統制制置守禦都監團練等官。太尉則端坐。各官聽其發放。各人外邊伺候。然後西門慶與夏提刑上來拜見獻茶。侯巡撫宋巡按向前把盞。下邊動鼓樂來。與太尉簪金花捧玉斝。彼此酧飲。遞酒已畢。太尉正席坐下。撫按下邊主席。其餘官員并西門慶等。各依次第坐了。教坊伶官遞上手本奏樂一應。呈應彈唱隊舞四數。各有節次。極盡聲容之盛。當筵搬演的裴晉公還帶記。一摺下去。廚役割獻燒鹿花猪。百寶攢湯。大飯燒賣。又有四員伶官。箏纂琵琶箜篌上來。清彈小唱。唱了一套南呂一枝花。

官居八輔臣。祿享千鍾近。功存遺百世。名播萬年春。拯溺亨迍。惟治國安邦。論調和鼎鼐。持義節。率忠貞。都則待報王施恩。秉賢烈。秉正直。也則是清德化民。

唱畢。湯未兩陳。樂巳三奏。下邊跟從執事官身人等。宋御史委差兩員州官。在西門慶捲棚內。自有卓席管待。守禦都監等官。西門慶都安在前邊客位。自有坐處。黃太尉令左右。拿十兩銀子來賞賜。各項人役。隨即看轎就要起身。衆官上來再三款留不住。都送出大門。鼓樂笙簧。迭奏兩街。儀衛喧闐。清蹕傳道。人馬森列。多官俱上馬遠送。太尉悉令免之。舉手上轎而去。宋御史候巡撫。分付都監以下軍衛有司直護送至皇船上來回話。卓面器皿。答賀羊酒。具手本差東平府知府胡師文。與守禦周秀。親送到船所交割明白。回至廳上。拜謝西門慶說。今日不當。負累取擾華府。深感深感。分資有所不足。容當奉補。西門慶慌躬身施禮道。學生屢承教愛。累辱盛儀。日昨又蒙賻禮。些三小微物。何足挂齒。蝸居卑陋。猶恐有不到處。萬望公祖諒宥。幸甚。朱御史謝畢。即令左右看轎。與侯巡撫一同起身。兩司八府官員。皆拜辭而去。各項人役。一鬨而散。西門慶回至廳上。將伶官樂人賞以酒食。俱令散了。止留下四名官身小優兒。伺候。廳內外各官卓面。自有本官手下人領不題。西門慶見天色尚早。收拾家火停當。攢下四張卓席。佳餚堆滿。使人請吳大舅。應伯爵。謝希大。溫秀才。傅自新。甘出身。韓道國。賁四。崔本。及女婿陳經濟從五更起來。各項照管辛苦。坐飲三杯。不一時。衆人來到。吳大舅與溫秀才應伯爵。謝希大。居上坐。西門慶關席。衆夥計兩邊列坐。左右擺上酒來飲酒。伯爵道。哥今日落忙。黃太尉坐了多大一回。喜歡不喜歡。韓道國道。今日六黃老公公。見咱家酒席齊整。無箇不喜歡的。巡撫巡按兩位。甚是知感不盡。謝了又謝伯爵道。若是第二家擺這席酒。也成不的。也沒咱家恁大地方。也沒府上這些人手。今日少說也有上千人進來。都要管待出去。哥就賠了幾兩銀子。咱山東一省。也响出名去了。溫秀才道。學生宗主提學陳老先生。也在這裡預席。西門慶問其故。溫秀才道。名陳正彙者。乃諫垣陳了翁先生乃郎。本貫河南鄄城縣人。十八歲科舉中壬辰進士。今任本處提學副使。極有學問。西門慶道。他今年纔二十四歲。正說着。湯飯上來。衆人吃畢。西門

慶吽上四個小優兒問道。你四人吽甚名字。答道。小的吽周釆
梁鐸。馬貞韓畢。伯爵道。你不是韓金釧兒。一面韓畢跪下。說金
釧兒玉釧兒。都是小的妹子。西門慶問。你們吃了酒飯不曾。周
釆道。小的剛纔都吃個酒飯了。西門慶因一回想起李瓶兒來。
今日擺酒。就不見他。分付小優兒。你每拿樂器過來。會唱洛陽
花梁園月不會。唱一個我聽。韓畢跪下。小的與周釆記的。一面
搊箏撥院板。排紅牙。唱道。普天樂。
洛陽花梁園月。好花須買。皓月須賒。花倚欄杆看爛熳開。月
曾把酒問團圞夜。月有盈虧。花有開謝。想人生最苦離別。花
謝了三春近也。月缺了中秋到也。人去了何日來也。
唱畢。應伯爵見西門慶眼裡酸酸的。便道。哥別人不知你心。自

我畧知一二。哥教唱此詞。關係心間之事。莫非想起過世嫂子來。就如同連理枝。比目魚。今分爲兩下。心中甚不想念。西門慶看見後邊上來菓碟兒。呌應二哥。你只嗔我說。有他在。就是他經手整定。從他沒了。隨着丫鬟掇弄。你看都相甚模樣。好應口菜也沒一根我吃。溫秀才道。這等盛設。老先生中饋也不謂無人。足可以勾了。伯爵道。哥休說此話。你心間疼不過。便是這等說。恐一時冷淡了別的嫂子們心。這裡酒席上說話。不想潘金蓮在軟壁後聽唱。聽見西門慶說此話。走到後邊。一五一十。告訴月娘。月娘道。隨他說去。就是了。你如今却怎樣的。前日是不是他在時。卽許下把綉春教伏侍。他倒睜着眼和我呌死了許多時兒。就分散他房裡丫頭。教我就一聲兒再沒言語這兩日你着他那媳婦子。和兩個了頭。狂的有些樣兒。我但開口。就說咱每擠撮他。金蓮道。娘我也見這老婆。這兩日有些別改模樣。的。怕這賊沒廉恥貨。鎮日在那屋裡。纏了這老婆也不出的。我聽見說。前日與了他兩對簪子。老婆戴在頭上。拿與這個瞧。拿與那個瞧。月娘道。豈芽菜兒。有甚綑兒。衆人背地裡都不做喜歡。正是遺蹤堪入時人眼。不買胭脂畫牡丹。有詩爲証

襄王臺下水悠悠　一種相思兩地愁
月色不知人事改　夜深還照粉墻頭

畢竟不知後來如何。且聽下回分解

第六十六回　翟管家寄書致賻

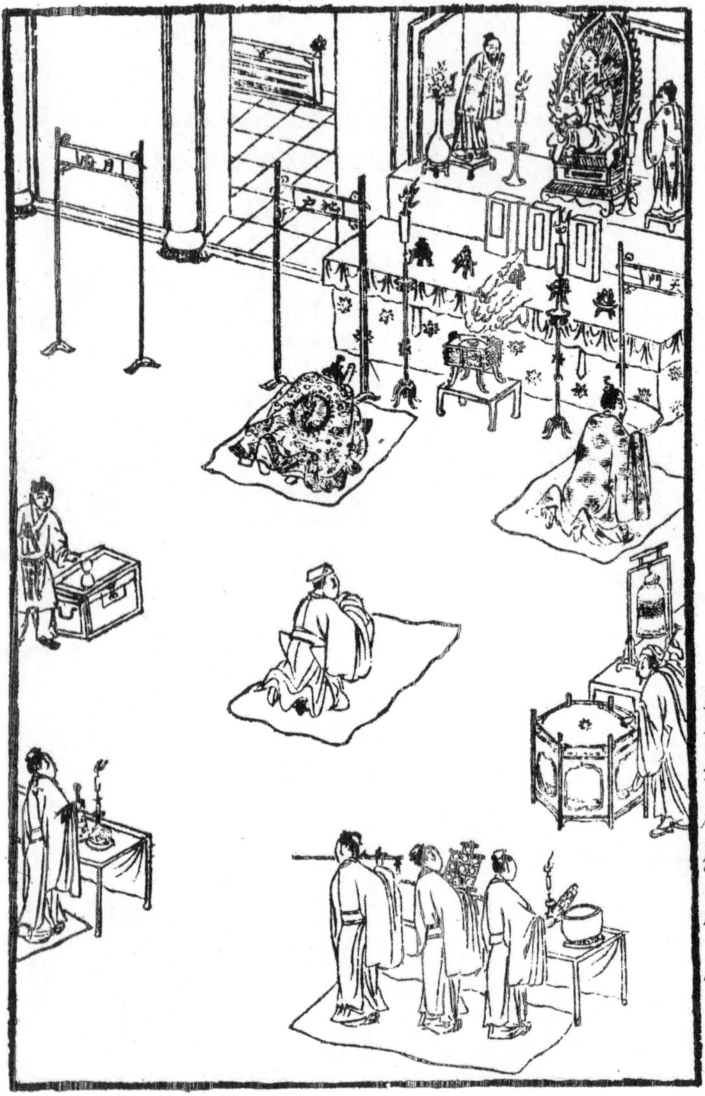

黃眞人發牒薦亡

第六十六回

翟管家寄書致賻　黃眞人煉度薦亡

八面明窗次第開　佇看環珮下瑤臺
閨門春色連新柳　山嶺寒梅帶早崖
影動梅梢明月上　風敲竹徑故人來
佳人留下鴛鴦錦　都付東君仔細裁

話說西門慶。那日陪吳大舅。應伯爵等。飲酒中間因問韓道國。客夥中標船幾時起身。咱好收拾打包韓道國道。昨日有人來會。也只在二十四日開船。西門慶道。過了二十念經。打包便了。伯爵問這遭起身那兩位去。西門慶道。三個人都去。明年先打發崔大哥。押一船杭州貨來。他與來保還往松江下五處置買些〻布貨來發賣。家中段貨紬綿。都還有哩。伯爵道。哥〻主張極妙。常言道要的般般有。纔是買賣。說畢已至起更時分。吳大舅起身。說姐夫你連日辛苦。俺每酒已勾了。告回。你可歇息歇息。西門慶不肯。還要留住。令小優兒奉酒唱曲每人吃三鍾。纔放出門。西門慶賞了小優四人六錢銀子。再三不敢接。說宋爺出票。叫小的每來官身。如何敢受老爺重賞。西門慶道。雖然官差。此是我賞你。怕怎的。四人方磕頭領去。不在話下。西門慶便歸後邊歇去了。次日早起往衙門中去。早有玉皇廟吳道官。差了一個徒弟。兩名鋪排。來在大廳上鋪設壇場。上安三清四御。中安太乙救苦天尊。兩邊東嶽酆都。下列十王九幽冥曹。幽壤監壇神虎二大元帥。桓劉吳魯四大天君。太陰神后。七真玉女倒真懸司。提魂攝魄。一十七員神將。內外壇場。鋪設的齊齊整整。香花燈燭。擺列的燦燦輝輝。爐中都焚百合名香。周圍高懸吊挂。經筵羅列。幕走銷金。法鼓高張。架彩雲鶴旋繞。西門慶來家。看見心中大喜。打發徒弟鋪排齋食吃了。回廟中去了。隨即令溫秀才寫帖兒。請喬大户吳大舅。吳二舅花大舅。沈姨夫孟二舅應伯爵謝希大。常時節吳舜臣。許多親眷。并堂客。明日念經家中厨役落作治辦齋供不題。次日五更。道衆皆挨門進城。到於西門慶家。叫開門進入經壇內。明起燈燭。沐手焚香。打動响樂。諷誦諸經。敷演生神玉章。鋪排大門首挂起長旛。懸吊榜文兩邊黃紙門對。一聯大書。東極垂慈。仙識乘晨而超登紫府。南丹赦罪。淨魄受煉而逕上朱陵。榜上寫着。

大宋國山東東平府。清河縣。某坊居住。奉
道追修孝夫信官西門慶。合家孝眷人等。即日皈誠。上干慈
造。意者伏爲室人李氏之靈存日陽年二十七歲先命辛未
相。正月十五日午時受生。大限於政和七年。九月十七日。丑
時分身故。伏以伉儷情深。嘆鳳鸞之先別。閨門月冷。嗟琴瑟
以斷鳴。徒追悼以何堪。憶音容而緬想。光陰易逝。五七俄臨
欲拔幽魂。敬陳丹悃。謹以今月二十日。伏延官道。爰就孝居。
建盟眞煉。度齋壇。肅頒玉簡。演九轉生神寶範奏啟瓊函。逕
獅馭以垂光。金燈破暗。降龍章而滅罪。鐵柱停酸。爰至深宵。
度絳橋而鳴玉珮頻飡流瀣。登碧落而謁金眞。伏願玉陛垂
慈。青宮降鑒。廣覃惻隱之仁。大賜提撕之力。亡魂早超逍遙

之境滯冥咸登極樂之天。存歿眷屬。均沐休祥。愿親人等。同登道岸。凡預薦修。悉希元化。故榜。

政和年月日榜。

上清大洞經籙。九天金闕大夫神霄玉府。上筆判。雷霆諸司府院事。清微弘道。體玄養素。崇教高士。領太乙官提點皇壇知磬。兼管天下道教事。高功黃元白奉行。

大歷經壇懸挂齋題二十字。大書。青玄救苦頒符告簡五七轉經。水火煉度薦揚齋壇。即日黃眞人穿大紅。坐牙轎。繫金帶。左右圍隨。儀從喧喝。次日高方到。吳道官率衆接至壇所。行畢禮。然後西門慶着素衣絰巾拜見。遞茶畢。洞案傍邊安設經筵法席。大紅銷金卓幃。粧花椅褥。二道童侍立左右。其人儀偉容貌。戴王冠。鞱以烏紗。穿大紅斗牛衣服。𩍐烏履。登文書之暁。西門慶備金段一疋。金字登壇之時。換了九陽雷巾。大紅金雲白鶴法氅。與䄂飛鬓。脚下白綾靸襪。朱紅登雲朝舄。朝外建天地亭。張兩把金傘。盖金童揚烟。玉女散花。執幢捧節。監壇神將。三界符使。四直功曹。城隍社令。土地祇迎。無不畢陳。高功香案上列五式天皇號令。召雷皂纛天蓬。玉尺七星寶劍。淨水法盂。先是表白宣畢。齋意齋官。沐手上香。詞懺。二人飄手爐。何外三信禮召請。然後高功繫令。焚香蕩穢淨壇。飛符召將。関發一應文書符命。啟奏三天。告盟十地。三獻禮畢。打動音樂。化財行香。西門慶與陳經濟。執手炉跟隨。排軍喝路。前後四把銷金傘。三對纓絡挑搭。孝眷列於大門首。孤魂棚建於街上。場飯淨供委付四名排軍看守。行香回來。安請監齋壇巳畢。在捲棚擺齋。那日各親友街隣夥計。迭茶者絡繹不絕。西門慶悉令玳安王經收記。打發回盒人銀錢。早辰開啟請三寶證盟。頒告符簡。破獄召亡。又動音樂。往李瓶兒靈前攝召引魂。朝參玉陛。傍設几筵。聞經悟道。高功撍高座。演九天生神經。焚燒太乙東嶽酆都十王。冠帔雲馭。午朝高功冠裳步罡踏斗。拜進朱表。逕達東極青宮。遣差神將。飛下羅酆。原來黃真人年約三旬。儀表非常。妝束起來。午朝拜表。儼然就是個活神仙。端的生成模樣。但見

星冠攢玉葉。鶴氅縷金霞。神清似長江皓月。貌古如太華喬松。踏罡朱履步丹霄。步虛琅函浮瑞氣。長髯廣頰。修行到無漏之天。皓齒明眸。佩籙掌五雷之令。三島十洲。存性到洞天福地。出神遊高倉沆瀣。靜裡朝元。三更步月鸞聲遠。萬里乘

雲鶴背高。就是都仙太史臨凡世。廣惠真人降下方。

拜了表文。吳道官當壇頒生天寶籙。神虎玉劄。行畢午香。回來捲棚內擺齋。黃真人前。大桌面定勝。吳道官等稍加差小。其餘散衆俱平頭桌席。黃真人。吳道官皆襯段尺頭。四位披花。四疋絲紬。散衆各布一疋。桌面俱令人擡送廟中。散衆各有手下徒弟收入箱中。不必細說。吃畢午齋。謝了西門慶。都往花園各亭臺洞內遊玩散食去了。一面收下家火。從新擺上下桌齋饌上來。請吳大舅等。衆親朋夥計來吃。正吃之間。忽報東京翟爺爺那裡差人來下書。西門慶即出到廳上。請來人進入。只見是府前承差幹辦。青衣窄褶。萬字頭巾。乾黃靴。全付弓箭。向前施禮。西門慶答還下禮。那人向身邊取出書來。遞上書。內封折賻儀銀十兩。問來人上姓。那人道。小人姓王名玉。蒙翟爺差遣送此書來。不知老爹這邊有喪事。安老爹書到京。纔知道。西門慶問道。你安老爹書幾時到來。那人說安老爹書十月纔到京。因催皇木一年已滿。陞都水司郎中。如今又奉勅修理河道。直到工完回京。西門慶問了一遍。即令來保廂房中管待齋飯。分付明日來討回書。那人問韓老爹在那里住。宅內捎信在此。小的見了。還要赶往東平府下書去。西門慶即喚出韓道國來見那人。陪吃齋食畢。同往家中去了。西門慶拆看書中之意。於是乘着喜歡。將書拿到捲棚內。教溫秀才看。說你照此修一封回書答他就稍寄十方綿紗汗巾。十方綾汗巾。十副揀金挑牙。十個烏金酒杯。作回奉之禮。他明日就來取回書。溫秀才接過書來觀看。

其書曰。

寓京都眷生翟謙頓首書奉

即擢大錦堂。西門四泉親家大人門下。自京邸執手話別之後。未得從容相叙。心甚歉然。其領教之意。生已與家老爺前悉陳之矣。迩者因安鳳山書到。方知與親家有鼓盆之嘆。但不能一弔爲悵。柰何柰何。伏望以禮節哀可也。外具賻儀。少表微忱。希笑納。又久仰貴任恭修德政。舉民有五袴之歌。境有三留之譽。今歲考績必有甄陞。昨日神運都功兩次工上。生已對　老爺說了。安上親家名字。工完題奏。必有恩典。親家必有掌刑之喜。夏大人年終類本。必轉京堂指揮列銜矣。謹此預報。伏惟高照不宣。附云。此書可自省覽。不可使聞之於渠。謹密謹密。又云楊老爺前月二十九日。卒於獄。

下書冬上澣具

却說溫秀才看畢。纔待袖單。被應伯爵取過來觀看了一遍。還付與溫秀才收了。說道老先生把回書千萬加意做好些。翟公府中人才極多。休要教他笑話。溫秀才道。貂不足。狗尾續。學生匪才。焉能在班門中弄大斧。不過乎塞責而已。西門慶道。老先生他自有個主意。你這狗才曉的甚麽。須臾。吃罷午齋。西門慶分付來興兒打發齋饌。送各親眷街隣家不題。玳安回院中李桂姐。吳銀兒。鄭愛月兒。韓釧兒。洪四兒。齊香兒。六家香儀人情禮去。每家還答一疋大布。一兩銀子。後晌就叫李銘。吳惠。鄭奉。三個小優兒來伺候。良久。道衆陞壇發擂。上朝拜懺觀燈解壇

送聖天色漸晚。及比設了醮。就有起更天氣。門外花大舅。被西
慶留下。巳不去了。喬大户。沈姨夫。孟二舅。告辭兒回家。止有吳
大舅。二舅。應伯爵。謝希大。溫秀才。常時節。并衆夥計在此晚夕
觀看水火煉度。就在大廳棚內搭高座。扎綵橋。安設水池火沼。
放擺斛食。李瓶兒靈位。另有几筵幃幕。供献齊整。傍邊一首魂
旛。一首紅旛。一首黃旛。上書制魔保舉受煉南宮。先是道衆音
樂兩邊列坐。持節捧盂劍。四個道童侍立法座兩邊。黃真人頭
戴黃金降魔冠。身披絳綃雲霞衣。登高座。口中念念有詞音樂
止。二人執手炉宣偈云。

太乙慈尊降駕臨　夜壑幽關次第開
童子雙雙前引導　死魂受煉步雲階

黃真人薰沐焚香。念曰。伏以玄皇闡教。廣開度於冥途。正一垂
科。俾煉形而昇舉。恩沾幽爽。澤被飢噓。謹運真香。志誠上請。東
極宮中大慈仁者。尋聲赴感太乙救苦天尊。青玄九陽上帝。十
方救苦諸大真人。天仙地仙。三界官屬。五岳十五。水府羅酆。聖
衆。伏此真香。來臨法會。伏望獅座浮空。龍斾耀日。空青枝酒頻
除熱惱。甘露食味。廣濟孤噓。今則暫供几告頒符命。九幽滅罪。
罷對停毆。切以人處塵凡。日縈俗務。不知有死。惟欲貪生。鮮能
種於善根。多墮入於惡趣。昏迷弗省。恣慾貪嗔。將謂自巳長存。
豈信無常易到。一朝傾逝。萬事皆空。業障纏身。冥司受苦。今奉
道伏爲亡過室人李氏靈魂。一棄塵緣。久淪長夜。若非薦拔於
行悉辜。必致難逃於苦報。恭惟天尊號隆億刧。氣應九陽。東好生

之仁政。尋聲之苦。洒甘露而普滋群類。放瑞光而遍燭昏衢。命
三官寬考較之條。詔十殿閣推研之筆。開囚釋禁。宥過解冤。各
隨符使盡出幽關。咸令登火池之沼。悉蕩滌黃華之形。凡得更
生俱歸道岸。高功念五廚經。變食神呪。散法食。聞天浮九炁。九
炁出乎太空之先。地凝九幽。九幽鬱於重陰之壘。九炁列正萬
物。並受生成。所以爲天地之根。各受生於胞胎。賴三光而育養。
人之有死壞者。皆所以不能受其形。保其神。貴其炁。固其根。離
其本真耳。若得還生須得濯形於太陰。煉質於太陽。復受九炁
凝合。三元結成胞。乃可成形。匪伏太上之金科玄元之秘旨。豈
可開度幽魂。全形復体。駕景朝元。制魔保舉。靈寶煉形真符。謹
當宣奏。

太微迴黃旗　無英命靈旛

攝召長夜府　開度受生魂

道衆先將魂旛。安於水池內焚。結靈符。換紅旛。次授火沼內焚。鬱儀符換黃旛。高功念天一生水。地二生火。水火交煉。乃成眞形。煉度畢。請神王冠帔。步金橋。朝參玉陛。皈依三寶。朝玉清。衆舉五供養。

道中尊玉清。王演滓無光。包梵炁萬象。森羅一黍珠。死魂受煉。受煉超仙界。

朝上清五供養

經中尊上清。王赤明開圖。推運極元綱。流演洞淵溟。死魂受煉。受煉超仙界。

朝太清五供養

師中尊太清。王道包天地。玄元始歷劫。度出迷魂。死魂受煉。

超仙界。

高功日。既受三皈。當宣九戒。

第一戒者。敬讓孝養父母。　第二戒者。克勤忠於君王。

第三戒者。不殺慈救衆生。　第四戒者。不淫正身處物。

第五戒者。不盜推義損己。　第六戒者。不嗔克怒凌人。

第七戒者。不詐諂賊害善。　第八戒者。不驕傲忽至眞。

第九戒者。不二奉戒專一。　汝當諦聽。戒之戒之。

九戒畢

道衆舉音樂。宣念符命。并十類孤魂。挂金索。

大慈仁者。救苦青玄帝。獅座浮空。妙化成神力。清淨斛食。示現焦面鬼。注界孤魂。來受甘露味。

北戰南征。貫甲披袍士。捨死忘生。報效於國家。砲响一聲。身
臥沙場裡。陣忘孤魂。來受甘露味。
好兒好女。與人為奴婢。暮打朝喝。衣不遮身體。逐赶出門。纏
臥長街內。饑死孤魂。來受甘露味。
坐賈行商。僧道雲遊士。動歲經年。在外尋衣食。病疾臨身。旅
店無依倚。客死孤魂。來受甘露味。
鬪惡爭強。枷鎖囹圄閉。斬絞凌遲。身喪長街裡。律有明條。犯
了王法罪。刑死孤魂。來受甘露味。
宿世冤仇。今世來相會。暗計陰謀。毒藥攪腸胃。九竅生烟。喪
了身和體。藥死孤魂。來受甘露味。
乳哺三年。父母恩難極。十月懷胎。坐草臨盆際。性命懸絲。子

毋歸陰世。產死孤魂來受甘露味。

急難顛危。受恐難迴避。私債官錢。逐日來催逼。自刎懸梁。斷了三十氣。屈死孤魂來受甘露味。

久病淹纏。氣盡癱癆類。疥癩痍瘡。遍體膿腥氣。菽水無親。醫藥無調治。病死孤魂來受甘露味。

巨浪風濤。洪水滔天至。纜斷舟沉。身喪長江裡。回首家鄉。無人稍書寄。溺死孤魂來受甘露味。

回祿風烟。一時難迴避。猛火無情。燒燬身和體。爛額焦頭。死作烟薰鬼。焚死孤魂來受甘露味。

附木精邪。無主魍魎輩。鱗介飛潛。莫不回生意。太上慈悲。廣垂方便澤。十類孤魂來受甘露味。

煉度已畢。黃真人下高座。道衆音樂。送至門外。化財焚燒箱庫
囘來齋功圓滿。道衆都換了冠服。鋪排收捲道像。西門慶又早
大廳上。盞燭齊明。酒筵羅列。三個小優彈唱。衆親友都在堂前。
西門慶先與黃真人把盞。左右捧着一疋天青雲鶴金段。一疋
色段。十兩白銀。叩首囘拜道。亡室今日巳賴我師。經功救拔。得
遂超生。均感不淺。微禮聊表寸心。黃真人道。小道謬忝冠裳。濫
膺玄教。有何德以達人天。皆賴大人一誠感格。而尊夫人巳篤
景朝元矣。此禮若受。實爲赧顏。西門慶道。此禮甚薄。有褻真人。
伏乞笑納。黃真人方令小童收了。西門慶遞了真人酒。又與吳
道官把盞。乃一疋金段。伍兩白銀。又是十兩經資。吳道官只受
了經資。餘者不肯受。說小道自愧效勞。誦經追拔夫人往生仙

界。以盡其心。受此經資。尚爲不可。又豈當此盛禮乎。西門慶道。師父差矣。眞人掌壇。其一應文檢法事。皆乃師父費心。此禮當與師父酧勞。何爲不可。吳道官不得已。方領下。再三致謝。西門慶與道衆。遆酒已畢。然後吳大舅。應伯爵等上來。與西門慶散福遆酒。吳大舅把盞。伯爵執壺。謝希大捧菜。一齊跪下。伯爵道。兒爲嫂子。今日做此好事。請得眞人在此。又是吳師父費心。方纔化財。見嫂子頭戴鳳冠。身穿素衣。手執羽扇。騎着白鶴。望空騰雲而去。此賴眞人追薦之力。哥的虔心。嫂子的造化。連我好不快活。于是滿斟一盃。送與西門慶。西門慶道。多蒙列位。連日勞神。言謝不盡。何敢當此盛意。說畢。一飲而盡。伯爵又斟一盞。說哥吃酒。吃個雙盃。不要吃单盃。希大慌忙遆一筯菜來吃了。

西門慶回敬衆人畢。安席坐下。小優彈唱起來。廚役上來割道。當夜在席前。猜拳行令。品竹彈絲。直吃到二更時分。西門慶已帶半酣。衆人方作辭起身而去。西門慶進來。賞小優兒三錢銀子。往後邊去了。正是人生有酒須當醉。一滴何曾到九泉。有詩爲證。

百年方誓日　一夕竟爲雲
飛鳳金鈿落　翔鸞寶鏡分
趁生空自喜　長恨不勝情
盃物頻頻飲　愁懷且懋清

畢竟不知後項如何。且聽下回分解。

第六十七回　西門慶書房賞雪

李瓶兒夢訴幽情

第六十七回

西門慶書房賞雪　李瓶兒夢訴幽情

終日思卿不見卿　數聲寒角未堪聞
匣中破鏡收殘月　篋裡餘衣歛斷雲
寒雀疎枝栖不定　征鴻斷字嘆離群
玉釵敲斷心難碎　想像傷心記未真

話說西門慶歸後邊。辛苦的人。直睡至次日。日色高還未起來。有來興兒進來說。搭綵匠外邊伺候。請問拆棚。西門慶罵了來興兒幾句。說拆棚教他拆就是了。只顧問怎的。搭綵匠一面外邊七手八脚。卸下蘆繩松條。拆了送到對門房子裡堆放不題。玉簫進房說。天氣好不陰的重。西門慶令他向煖炕上取衣裳

穿。要起來。有吳月娘便說。你昨日辛苦了一夜。天陰。大睡回兒
起來。慌的老早就扒起去做甚麼。就是今日不往衙門裡去也
罷了。西門慶道。我不往衙門裡去。只怕翟親家那人來討書。好
打發回書與他。月娘道。既是恁說。你起去。我叫丫頭熬下粥等
你來吃。這西門慶也不梳頭洗臉。髮蓬頭披着絨衣戴着毡巾。逕
走到花園裡。藏春閣書房中。原來自從書童去了。西門慶就委
王經管花園。兩邊書房門鑰匙。春鴻便收拾打埽大廳前書房。
冬月間。西門慶只在藏春閣書房中坐。那裡燒下的地炉煖炕。
地平上又安放着黃銅火盆。放下梅稍月油单絹煖簾來。明間
內擺着夾枝桃。各色菊花。清清瘦竹。翠翠幽蘭。裡面筆硯瓶梅。
琴書消灑。床炕上茜紅毡條。銀花錦褥。枕橫鸂鶒帳。挂鮫綃。西

門慶歪在牀上。王經連忙向卓上象牙盒內。炷蓋龍涎於流金小篆內。西門慶使王經你去叫來安兒請你應二爹去。那王經出來。分付來安兒請去了。只見平安走來。對王經說小周兒在外邊伺候。那王經走入書房。對西門慶說了。西門慶叫進小周兒來磕了頭。說道你來得好。且與我篦篦頭。揑揑身上。因說你怎一向不來。小周兒道。小的見六娘沒了。忙沒曾來。西門慶於是坐在一張醉翁椅上。打開頭髮。教他整理梳篦。只見來安兒請的應伯爵來了。頭戴氊帽。身穿綠絨襖子。腳穿一雙舊皂靴棕套。掀簾子進來。唱喏。西門慶正篦頭。說道不消聲喏。請坐。伯爵拉過一張椅子來。就着火盆坐下了。西門慶道。你今日如何這般打扮。伯爵道。你不知外邊飄雪花兒哩。好不寒冷。昨日家

去晚了。鷄也叫了。你還使出大官兒來。拉俺每就走不的了。我
見天陰上來。還付了個燈籠。和他大舅一路家去了。今日白扒
不起來。不是來安兒去叫。我還睡哩。哥你好漢。還起的早。若着
我。成不的。西門慶道。早是你看着我。怎得個心閒。自從發送他
出去了。又亂着接黃太尉。念經。直到如今。心上是那樣不遂。今
早房下說。你辛苦了。大睡回起去。我又記挂着。只怕翟親家人
來討回書。又看着拆棚。二十四日又打發韓夥計和小价起身。
打包寫書帳。喪事費勞了。人家親朋罷了。士夫官員。你不上門
謝謝孝。禮也過不去。伯爵道。正是我愁着哥謝孝。這一節。少不
的也謝。只摘撥謝幾家要緊的。胡亂也罷了。其餘相厚。若會見。
告過就是了。誰不知你府上事多。彼此心照罷。正說着。只見王

經搬簾子。畫童兒用彩漆方盒。銀廂雕漆茶鍾。拿了兩盞酥油白糖熬的牛奶子。伯爵取過一盞。拿在手內。見白瀲瀲鵝脂一般。酥油飄浮爲盞內。說道。好東西。滾熱。呷在口裡。香甜美味。那消費力。幾口就呵沒了。西門慶直待篦了頭。又教小周兒替他取耳。把奶子放在卓上。只顧不吃。伯爵道。哥且吃些不是。可惜放冷了。相你清辰吃恁一盞兒。倒也滋補身子。西門慶道。我且不吃。你吃了。停會我吃粥罷。那伯爵得不的一聲。拿在手中一吸而盡。畫童收下鍾去。西門慶取畢耳。又叫小周兒拿木滾子滾身上。行按摩導引之術。伯爵問道。哥滾着身子也通泰自在些麼。西門慶道。不瞞你說。相我晚夕。身上常時發酸起來。腰背疼痛。不着這般按捏。通了不得。伯爵道。你這胖大身子。日逐吃了這等厚味。豈無痰火。西門慶道。昨日任後溪。常說老先生雖故身體魁偉。而虛之太極。送了我一罐兒百補延齡丹。說是林眞人合與聖上吃的。教我用人乳常清辰服。我這兩日心上亂的。也還不曾吃。你每只說我身邊人多。終日有此事。自從他死了。誰有甚麼心緒。理論此事。正說着。只見韓道國進來。作揖坐下。說劉纔各家多來會了。船已顧下。准在二十四日起身。西門慶分付甘夥計。攢下帳目。兊了銀子。明日打包。因問兩邊鋪子裡賣下多少銀兩。韓道國說。共湊六千餘兩。西門慶道。兊二千兩一包。着崔本往湖州買紬子去。那四千兩。你與來保往松江販布。過年赶頭本船來。你每人先拿五兩銀子。家中收拾行李去。韓道國道又一件。小人身從鄆王府要正身上直。不納官錢。如何處置西門慶道。怎的不納官錢。和來保一般。也是鄆王差事。
他每月只納三錢銀子。韓道國道。保官兒那個虧了太師老爺。
那邊文書上註過去。便不敢纏擾。小人此是祖後。還要勾當餘
丁。西門慶道。既是如此。你寫個揭帖。我央任後溪到府中。替你
和王奉承說。把你官字註銷。常遠納官錢罷。你每月只委付家
下一個的當人打米就是了。那韓夥計作揖謝了。伯爵道。哥你
這一替他處了這件事。他就去也放心。少頃小周滾畢身上。西
門慶往後邊梳頭去了。分付打發小周兒吃了點心。良久西門
慶出來。頭戴白絨忠靖冠。身披絨氅。賞了小周三錢銀子。又使
王經請你溫師父來。不一時溫秀才峩冠博帶而至。叙禮已畢。
左右放卓兒。拿粥上來。四碟小菜。一碗頓爛蹄子。一碗黃芽韮

燗驢肉。一碗鮓燗饆飩鷄。一碗頓爛鴿子雛兒。四甌軟稻粳米粥兒。安放四雙牙筯。伯爵與温秀才上坐。西門慶觀席。韓道國打橫。西門慶分付來安兒。再取一盞粥。一雙快兒。請你姐夫來吃粥。不一時。陳經濟來到。頭戴孝巾。身穿白紬道袍。蔥白段韈衣。蒲鞋絨襪。與伯爵等作揖。打橫坐下。須臾吃了粥。收下家火去了。韓道國起身去了。只有伯爵温秀才在書房坐的。西門慶因問温秀才。書可寫了不曾。温秀才道。學生已寫稿在此。與老生看過。方可謄眞。一面袖中取出遞與西門慶觀看。其書曰。

寓清河眷生西門慶端肅書復大碩德柱國雲峰老親丈大人先生台下。自從京邸邂逅。數語之後。不覺違越光儀。倏忽半載。生以不幸。閨人不祿。特蒙親家遠致賻儀。兼領誨教足見爲我之深且厚也。感刻無任。而終身不能忘矣。但恐一時官守責成。有所疎陋之處。企仰門墻。有負薦拔耳。又賴在老翁釣前。當爲錦覆。則生始終蒙恩之處皆親家所賜也。今因便鴻。謹候起居。不勝馳恋。伏惟炤亮不宣。外具楊州綃紗汗巾十方。色綾汗巾十方。揀金挑牙二十付。烏金酒鍾十個少將遠意。希笑納

西門慶看畢。即令陳經濟書房内取出人事來。同温秀才封了。將書謄付錦箋。𢍰封停當。御了圖書。另外又封五兩白銀。與下書人王玉。不在話下。一回見雪下的大了。西門慶留下温秀才在書房中賞雪。搽抹卓兒。拿上案酒來。只見有人在煖簾外探頭兒。西門慶問誰。王經說。鄭春在這裡。西門慶叫他進來。那鄭

春手內拿着兩個盒兒。舉的高高的跪在當面。上頭又闔着個小描金方盒兒。西門慶問是甚麼。鄭春道。小的姐姐月姐。知道昨日爹與六娘念經。辛苦了。沒甚麼。送這兩盒兒茶食兒來。與爹賞人。揭開一盒菓餡頂皮酥。一盒酥油泡螺兒。鄭春道。此是月姐親手自家揀的。知道爹好吃此物。敬來孝順爹。西門慶道。昨日又多謝你家送茶。今日你月姐費心。又送這個來。伯爵道。好呀。拿過來。我正要嚐嚐。死了我一個女兒。會揀泡螺兒。如今又是一個女兒會揀了。先捏了一個放在口內。又拈了一個遞與溫秀才。說道老先兒你也嚐嚐。吃了牙老重生。抽胎換骨。眼見稀奇物。勝活十年人。溫秀才呷在口內。入口而化。說道此物出于西域。非人間可有。沃肺融心。實上方之佳味。西門慶又問那小盒兒內是什麼。鄭春悄悄跪在西門慶根前揭開盒兒說此是月姐稍與爹的物事。西門慶把盒子放在膝蓋兒上揭開纔待觀看。一邊伯爵一手搶過去。打開是一方廻紋錦雙攔子細撮古碌錢。同心方勝結穗梔紅綾汗巾兒裡面裹着一包親口磕的瓜仁兒。這伯爵把汗巾兒掠與西門慶。將瓜仁兩把喃在口裡都吃了。比及西門慶用手奪時。只剩下沒多些兒。便罵道。怪狗才。你害饞癆饞痞。留些兒與我見見兒也是人心。伯爵道。我女兒送來。不孝順我。再孝順誰。我兒你尋常吃的勾了。西門慶道。溫先兒在此。我不好罵出來。你這狗材。忒不相模樣。一面把汗巾收入袖中。分付王經。把盒兒掇在後邊去。不一時。杯盤羅列。篩上酒來。纔吃了一廵酒。玳安兒來說。李智黃四。関了銀子。送銀子來了。西門慶問多少。玳安道。他說一千兩。餘者再一限送來。伯爵道。你看這兩個天殺的。他連我也瞞了。不對我說嗔道他昨日你這裡念經。他也不來。原來往東平府關銀子去了。你今收了。也少要發銀子出去了。這兩個光棍。他攬的人家債也多了。只怕往後。後手不接。昨日北邊徐內相。發恨要親往東平府自家抬銀子去。只怕他老牛箝嘴箝了去。却不難爲哥的本錢了。西門慶道。我不怕他。我不管甚麼。徐內相李內相。好不好我把他小廝提留在監裡坐着。不怕他不與我銀子。一面教陳經濟。你拿天平出去收兌了他的。上了合同就是了。我不出去罷。良久陳經濟走來回話。說銀子已兌足一千兩。交入後邊大娘收了。黃四說。還要請爹出去說句話兒。西門慶道。你只說我陪着人坐着哩。左右他只要搗合同的話。教他過了二十四日來罷。經濟道。不是他有庄事兒要央煩爹。請爹出去親自對爹說。西門慶道。甚麼事。等我出去。一面走到廳上。那黃四磕頭起來。說銀子一千兩。姐夫收了。餘者下单找還與老爹。有小人一庄事兒。今央煩老爹。說着磕在地下哭了。西門慶拉起來。端的有甚麼事。你說來。黃四道。小的外父孫清搭了個夥計馮二。在東昌府販綿花。不想馮二有個兒子馮淮。不守本分。要便鎖了門。出去宿娼。那日把綿花不見了兩大包。被小人丈人說了兩句。馮二將他兒子打了兩下。他兒子就和俺小舅子孫文相廝打。攘起來。把孫文相牙打落了一個。他亦把頭磕傷。被客夥中解勸開了。不想他兒子到家遲了半月。破傷風身死。他又人。是河西有名土豪白五。綽號白千金專一與強盜作窩主教唆馮二具狀在巡按衙門。朦朧告下來。批雷兵備老爹問。雷老爹又伺候皇船。不得閑。轉委本府童推官問。白家在童推官處使了錢。教隣勸人供狀。說小人丈人在傍唱聲來。如今童推官行牌來提俺丈人。望乞老爹千萬垂憐。討封書對雷老爹說寧可監幾日。抽上文書去。還見雷老爹問。就有生路了。他兩人厮打委的不曾小人丈人事。又係歇後身死。出于保辜限外。先是他交馮二打來。何必獨賴在孫文相一人身上。西門慶看了說帖。寫着東昌府見監犯人孫清。孫文相。乞青目。因說雷兵備前日在我這裡吃酒。我只會了一面。又不甚相熟。我怎好寫書與他。那黃四就跪下。哭哭啼啼哀告說。老爹若不可憐見小的。

丈人子父兩個就多是死數了。如今隨孫文相頭去罷了。只是分豁小人外父出來。就是老爹莫大之恩。小人外父。今年六十歲。家下無人。冬寒時月。再放在監裡就死罷了。西門慶沉吟良久。說罷。我轉央鈔關錢老爹和他說說去。與他是同年。多是壬辰進士。那黃四又磕下頭去。向袖中又取出一百石白米帖兒。遞與西門慶。腰裡就觧兩封銀子來。西門慶不接。說我那裡要你這行錢。黃四道。老爹不稀罕。謝錢老爹也是一般。西門慶道不打緊。事成我買禮謝他。正說着。只見應伯爵從角門首出來。說哥休替黃四哥說人情。他閑時不燒香。忙時走來抱佛腿。昨日哥這裡念經。連茶兒也不送。也不來走走兒。今日還來說人情。那黃四便與伯爵唱喏。說道好二叔。你老人家殺人哩。我因這件事整走了這半月。誰得閒來。昨日又去府裡與老爹領這銀子。今日李三哥起早打卯去了。我竟來老爹這裡交銀子。就央說此事。救俺丈人。老爹再三不肯收這禮物。還是不下顧小人。伯爵看見是一百兩雪花官銀。放在面前。因問哥你替他去說不說。西門慶道。我與雷兵備不熟。如今又轉央鈔關錢主政替他說去。到明日我買分禮謝老錢就是了。又收他禮做甚麽伯爵道。哥你這等就不是了。難說他來說人情。哥你賠出禮去謝人。也無此道理。你不收。恰是你嫌少的一般。倒難爲他了。你依我收下他這個禮。雖你不稀罕。明日謝錢公。又是一個樣兒黃四哥在這裡聽着。看你外父和你小舅子造化。這一回求了書去。難得兩個多沒事出來。你老爹他恒是不稀罕你錢。你老院裡老實大大擺一席酒。請俺每要一日就是了。黃四道。二叔你老人家費心。小人擺酒不消。就還教俺丈人買禮來磕頭。酧謝你老人家。不瞞你我爲他爺見兩個這一場事。晝夜上下替他走蹝。還尋不出個門路來。老爹再不可憐怎了。伯爵道。傻氐。你摟着他女兒。你不替他上緊。誰上緊。黃四道。房下在家只是哭。俺丈人便躲了。家中連送飯人也沒一個兒。當下西門慶被伯爵說着。把禮帖收了。禮物還令他拿回去。黃四道。你老人家沒見好大事。這般多計較。就往外走。伯爵道。你過來。我和你說。你書幾時要。黃四道。如今緊等着救命。老爹今日下顧有了書。差下人。明早我使小兒同去走遭。于是央了又央。差那位大官兒去。我會他會。西門慶道。我就替你寫書。因叫過玳安來分付。

你明日就同黃大官一路去。那黃四見了玳安。辭西門慶出門。走到門首。問玳安要盛銀子搭連。玳安進入後邊。月娘房裡。正與玉簫小玉裁衣裳。見玳安站看等要搭連。玉簫道。使着手不得閒騰。教他明日來。與他就是了。玳安道。黃四緊等着明日早起身東昌府去。不得來了。你騰騰與他罷。月娘便說。你拿與他就是了。只教人家等着。玉簫道。銀子還在牀地平上。掠着不是。走到裡間把銀子往牀上只一倒。掠出搭連來。說拿去了。怪四根子。那個吃了他這條搭連。只顧立虰螞蝗的要。玳安道。人家不要。那好來來後邊取來。于是拿出走到儀門首。還抖出三兩一塊蘇姑頭銀子來。原來紙包破了。怎禁玉簫使性那一倒。漏下一塊在搭連底內。玳安道。且喜得我拾個白財。于是褪入袂中。

到前邊遞與黃四搭連約會下明早起身且說西門慶回到書房中即時教温秀才修了書付與玳安不題　一面覷那門外雪紛紛揚揚猶如風飄柳絮亂舞梨花相似西門慶另打開一罈雙料麻姑酒教春鴻用布甑篩上來鄭春在傍彈箏低唱西門慶令他唱一套柳底風微正唱着只見琴童進來說韓大叔教小的拿了這個帖兒與爹瞧西門慶看了分付你就拿往門外任醫官家替他說說去教他明日到府中　承奉處替他說說註銷差事琴童道今日晚了小的明早去罷西門慶道是了不一時來安兒用方盒拿了八碗下飯　一碗黃熬山藥鷄　一碗臊子韭　一碗山藥肉圓子　一碗頓爛羊頭　一碗燒猪肉　一碗肚肺羮　一碗血臟湯　一碗牛肚兒　一碗爆炒猪腰子又是兩大盤玫瑰

鷄油盪麵蒸餅兒連陳經濟共四人吃了。西門慶教王經拿盤兒。拿兩碗下飯。一盤點心。與鄭春吃。又賞了他兩大鍾酒。鄭春跪禀。小的吃不的。伯爵道。傻孩兒冷呵呵的。你爹賞你不吃。你哥他怎的吃來。鄭春道。小的哥吃的。小的本吃不的。伯爵道。你吃一鍾罷。那一鍾教王經替你吃。王經道。二爹。小的也吃不的。伯爵道。你這孩兒。你就替他吃些兒也罷。休說一個大分上。自古長者賜。少者不敢辭。一面站起來說。我好歹教你吃這一杯。那王經捏着鼻子。一吸而飲。西門慶道。怪狗材。小行貨子。他吃不的。只恁奈何他。吃還剩下半盞。教春鴻替他吃了。令他上來。排手唱南曲。西門慶道。咱每和溫老先兒行個令。飲酒之時。教他唱便有趣。于是教王經取過骰盆兒。就是溫老先兒先起。溫秀才道。學生豈敢僭。還從應老翁來。因問老翁尊號。伯爵道。在下號南坡。西門慶戲道。老先生你不知他家孤老多。到晚夕桶子搬出屎來。不敢在左近倒。恐怕街坊人罵。教丫頭直搬到大南首縣倉墻底下。那裡潑去。因起號叫做南潑。温秀才笑道。此坡字不同。那潑字乃是點水邊之發。這坡字却是土字傍邊着個皮字。西門慶道。老先兒倒猜的着。他娘子鎮日着皮子纏着哩。温秀才笑道。豈有此說。伯爵道。葵軒你不知道。他自來有些快傷叔人家。温秀才道。自古言不褻不笑。伯爵道。老先兒惧了咱每行令。只顧和他說甚麼。他快屎口傷人。你就在手。不勞謙遜。温秀才道。擲出幾點。不拘詩詞歌賦。要個雪字上。就照依點數兒上說過來。飲一小杯。說不過來吃一大盞。當夜温秀才擲了個么點。說道學生有了。雪殘鸂鶒亦多時。推過去。該應伯爵行。擲出個五點來。伯爵想了半日。想不起來。說逼我老人家命也。良久說道。可怎的也有了。說道雪裡梅花雪裡開。好不好。溫秀才道。老翁說差了。犯了兩個雪字。頭上多了一個雪字。伯爵道。頭上只小雪後來下大雪來了。西門慶道。這狗材。单管胡說。教王經。斟上大鍾。春鴻拍手唱南曲駐馬聽。

寒夜無茶。走向前村覓店家。這雪輕飄。僧舍密洒。歌樓遙阻歸槎。江邊乘興探梅花。庭中歡賞燒銀蠟。一望無涯。一望無涯。有似灞橋柳絮滿天飛下。

伯爵纔待拿起酒來吃。只見來安兒後邊拿了幾碟菓食。一碟菓餡餅。一碟頂皮酥。一碟炒栗子。一碟晒乾棗一碟榛仁。一碟瓜仁。一碟雪梨。一碟蘋波。一碟風菱。一碟荸薺。一碟酥油泡螺。一碟黑黑的團兒。用橘葉裹着。伯爵拈將起來。聞着噴鼻香。吃到口。猶如飴蜜。細甜美味。不知甚物。西門慶道。你猜。伯爵道。莫非是糖肥皂。西門慶笑道。糖肥皂那有這等好吃。伯爵道。待要說是梅蘇丸。裡面又有核兒。西門慶道。狗材過來。我說與你罷。你做夢也夢不着。是昨日小价杭州船上稍來。名喚做衣梅。都是各樣藥料。用蜜煉製過。滾在楊梅上。外用薄荷橘葉包裹。纔有這般美味。每日清晨呷一枚在口內。生津補肺。去惡味。煞痰火。解酒剋食。比梅蘇丸甚妙。伯爵道。你不說。我怎的曉的。因說。溫老先兒。咱再吃個兒。教王經。拿張紙兒來。我包兩丸兒。到家稍與你二娘吃。又拿起泡螺兒來問鄭春。這泡螺果然是你家月姐親手揀的。那鄭春跪下說。二爹莫不小的敢說謊。不知月姐費了多少心。揀了這幾個兒來供孝順爹。伯爵道。可也虧他。上頭紋溜就相螺螄兒一般。粉紅純白兩樣兒。西門慶道。我見此物不免又使傷我心。惟有死了的六娘。他會揀他。沒了。如今家中誰會弄他。伯爵道。我頭裡不說的。我愁甚麼。死了一個女兒。會揀泡螺兒孝順我。如今又鑽出個女兒會揀了。偏你也會尋。尋的多是妙人兒。西門慶笑的兩眼沒縫兒。赶着伯爵打說。你這狗材。単管只胡說。溫秀才道。二位老先生可謂厚之至極。伯爵道。老先兒你不知他。是你小姪人家。西門慶道。我是他家二十年舊孤老兒了。陳經濟見二人犯言。就起身走了。那溫秀才只是掩口而笑。須臾伯爵飲過大鍾。次該西門慶擲骰兒。

于是擲出個七點來想了半日說我打香羅帶一句唱東君去
意切梨花似雪伯爵道你說差了此在第八個字上了且吃一
大鍾于是流沿兒斟了一銀衢花鍾放在西門慶面前教春鴻
唱說道我的兒你肚子裡棗胡解板兒能有幾句兒春鴻又排
手唱前腔

四野彤霞回首江山自占涯這雪輕如柳絮細似鵝毛白勝
梅花山前曲徑更添滑材中魯酒偏增價疊墜天花疊墜天
花濠平滿滿令人驚訝

看看飲酒至昏掌燭上來西門慶飲過伯爵道姐夫不在溫老
先生你還該完令這溫秀才拿起骰兒擲出個幺點想了想見
書房墻掛着一幅吊屏泥金書一聯風飄弱柳平橋晚雪點寒

梅小院春說了末後一句。伯爵道。不箅不箅。不是你心上發出來的。該吃一大鍾。春鴻斟上那溫秀才不勝酒力。坐在椅上。只顧打盹起來。告辭。伯爵只顧留他不住。西門慶道。罷罷。老先兒他斯文人吃不的。令畫童兒你好好送你溫師父那邊歇去。溫秀才得不的一聲作別去了。伯爵道。今日葵軒不濟。吃了多少酒兒就醉了。于是又飲勾多時。伯爵起身說地下黑。我也酒勾了。因說哥明日你早教玳安替他下書去。西門慶道。你不見我交與他書。明日早去了。伯爵掀開簾兒見天陰地下滑。旋要了個燈籠。和鄭春一路去。西門慶又與了鄭春五錢銀子。盒內回了一礶衣梅。稍與他姐姐鄭月兒吃。臨出門。西門慶因戲伯爵你哥兒兩個好好去。伯爵道。你多說話。父子上山。各人努力。好不好。我如今就和鄭月兒那小淫婦兒答話去。說着。琴童送出門去了。西門慶看收了家火。扶着來安兒打燈籠入角門。從潘金蓮門首所過。見角門關着。悄悄就往李瓶兒房門首彈了彈門。有綉春開了門。來安就出去了。西門慶進入明間。見李瓶兒影。問供養了羹飯不曾。如意兒就出來應道。剛纔我和姐供養了。西門慶入房中。椅上坐了。迎春拿茶來吃了。西門慶令他解衣帶。如意兒就知他在這房裡歇。連忙收拾伸鋪。用湯婆熨的被窩暖洞洞的。打發他歇下。綉春把角門閂了。都在明間地平上支着板櫈打鋪睡下。西門慶要茶吃。兩個已知科範。連忙攛掇奶子進去和他睡。老婆脫了衣服。鑽入被窩內。西門慶乘酒興服了藥。那話上使了托子。老婆仰臥炕上。架起腿來。極力鼓搗沒高低搧磞搧磞的老婆舌尖水冷淫水溢下口中呼達達不絕夜靜時分其聲遠聆數室西門慶見老婆身上如綿瓜子相似用一雙肐膊摟着他令他蹲下身子在被窩內咂髱長老婆無不曲体承奉西門慶說我兒你原來身體皮肉也和你娘一般白淨我摟着你就如同和他睡一般你須用心伏侍我我看顧你老婆道爹沒的說將天比地折殺奴婢拿甚麼比娘奴婢男子漢已沒了早晚爹不嫌醜陋只看奴婢一眼兒就勾了西門慶便問你年紀多少老婆道我今年屬兎的三十一歲了西門慶道你原來小我一歲見他會說話兒枕上又好風月早辰起來老婆先起來伏侍拿鞋襪打發梳洗極盡殷懃把迎春繡春打靠後又問西門慶討葱白紬子做披襖兒與娘穿孝西門

慶。一一許他。教小厮舖子裡拿三疋葱白紬來。你每一家裁一件。以此見他兩三次打動了心。瞞着月娘背地銀錢衣服首飾甚麼不與他。次日潘金蓮。就打聽得知。西門慶在李瓶兒房内和奶子老婆睡了一夜。走到後邊對月娘說。大姐姐你不說他幾句。賊沒廉耻貨。昨日悄悄鑽到那邊房裡。與老婆歇了一夜。餓眼見瓜皮。甚麼行貨子。好的歹的攬搭下。不明不暗到明日弄出個孩子來。筭誰的。又相來旺兒媳婦子。往後教他上頭上臉。甚麼張致。月娘道。你每只要裁派教我說。他要了死了的媳婦子。你每背地多做好人兒。只把我合在缸底下。一般我如今又做傻子哩。你每說。只顧和他說。我是不管你這閑帳。金蓮見月娘這般說。一聲兒不言語。走回房去了。西門慶起早。見天晴了。打發玳安往錢主事處下書去了。往衙門回來。平安兒來稟翟爹人來討回書。西門慶打發去訖。因問那人你怎的昨日不來取。那人說。小的又往巡撫侯爺那裡下書來。擔閣了兩日。說畢。領書出門。西門慶吃了飯。就過對門房子裡。看着兌銀。打包寫書帳。二十四日燒帋。打發夥計崔本來保并後生榮海胡秀。五人起身往南邊去。寫了一封書。稍與苗小湖。就謝他重禮。看。看過了二十五六。西門慶謝畢孝。一日早辰在上房吃了飯坐的。月娘便說。這出月初一日。是喬親家長姐生日。咱也還買分禮兒送了去。常言先親後不改。莫非咱家孩兒沒了。斷了禮不送了。西門慶道。怎的不送。于是分付來興。買兩隻燒鵝。一副豕蹄。四隻鮮雞。兩隻燻鴨。一盤壽麵。一套粧花段子衣服。兩方銷金汗巾。一盒花翠。寫帖兒教王經送去。這西門慶分付畢。就往前邊花園藏春閣書房中坐的。只見玳安下了書回來回話。說錢老爹見了爹帖子。隨即寫書。差了一吏同小的和黃四兒子。到東昌府兵備道下與雷老爹。老爹旋行牌問童推官催文書。連犯人提上去。從新問理。連他家兒子孫文相都開出來。只追了十兩燒埋錢。問了個不應罪名。杖七十。罰贖。又到鈔關上回了錢老爹話。討了回帖。纔來了。西門慶見玳安中用。心中大喜。拆開回帖觀看。原來雷兵備回錢主事帖子。多在裡面上寫道。

來諭悉已處分。但馮二已曾責子在先。何況與孫文相忿毆。彼此俱傷。歇後身死。又在保辜限外。問之抵命。難以平允。量

追燒埋錢十兩。給與馮二一相應發落。謹此回覆下。書年侍生
雷起元再拜。

西門慶看了歡喜。因問黃四舅子在那裡。玳安道。他出來。都往家去了。明日同黃四來。與爹磕頭。黃四丈人與了小的一兩銀子。西門慶分付置鞋腳穿。玳安磕頭而出。西門慶就歪在牀炕上眠着了。王經在卓上小篆內炷了香。悄悄出來了。良久忽聽有人掀的簾兒响。只見李瓶兒驀地進來。身穿糝紫衫。白絹裙。亂挽烏雲。黃懨懨面容。向牀前叫道。我的哥哥。你在這裡睡哩。奴來見你一面。我被那厮告了我一狀。把我監在獄中。血水淋漓。與穢污在一處。整受了這些時苦。昨日蒙你堂上說了人情。減了我三等之罪。那厮再三不肯。發恨還要告了來拿你。我待

要不來對你說。誡恐你早晚暗遭他毒手。我今尋安身之處去也。你須防範來。沒事少要在外吃夜酒。往那去。早早來家。千萬牢記奴言。休要忘了。說畢。二人抱頭放聲而哭。西門慶便問姐姐。你往那去。對我說。李瓶兒頓脫撒手。却是南柯一夢。西門慶從睡夢中直哭醒來。看見簾影射入書齋。正當卓午。追思起由不的心中痛切。正是花落土埋香不見。鏡空鸞影夢初醒。有詩爲證。

殘雪初晴照紙窻　地爐灰燼冷侵牀
個中邂逅相思夢　風撲梅花斗帳香

不想早辰送了喬親家禮。喬大户娘子使了喬通來送請帖兒。請月娘衆姊妹。小厮說爹在書房中睡哩。都不敢來問。月娘在

後邊管待喬通。潘金蓮說拿帖兒等我問他去。于是驀地進書
房。上穿黑青廻紋錦對衿衫兒。泥金眉子。一溜攢五道金三川
鈕扣兒。下着紗裙。內襯潞紬裙。羊皮金滾邊。面前垂一雙合歡
鞖綃鸂鶒帶。下邊尖尖趫趫。錦紅膝褲。下顯一對金蓮。頭上寶
髻雲鬟。打扮如粉粧玉琢。耳邊帶着青寶石墜子。推開書房門
見西門慶搵着他一屁股坐在椅子上。說我的兒獨自個自言
自語。在這裡做甚麼。嗔道不見你。原在這裡好睡也。一面說話。
口中磕瓜子兒。因問西門慶。眼怎生揉的恁紅紅的。西門慶道。
我控着頭睡來。婦人道。倒只相哭的一般。西門慶道。怪奴才。我
平白怎的哭。金蓮道。只怕你一時想起甚心上人兒來是的。西
門慶道沒的胡說。有甚心上人。心下人。金蓮道李瓶兒是心上

的。奶子是心下的。俺每是心外的人。入不上數。西門慶道。惟小
淫婦兒。又六說白道起來。因問。我和你說正話。前日李大姐裝
槨。你每替他穿了甚麼衣服在身底下來。金蓮道。你問怎的。西
門慶道。不怎的。我問聲兒。金蓮道。你問必有個緣故。上面他穿
兩套遍地金段子衣服。底下是白綾襖。黃紬裙。貼身是紫綾小
襖白絹裙。大紅段小衣。西門慶點了點頭兒。金蓮道。你做獸醫
二十年猜不着驢肚裡病。你不想他。問他怎的。西門慶道。我纔
方夢見他來。金蓮道。夢是心頭想。噴嚏鼻子癢。饒他死了。你還
這等念他。相俺多是可不着你心的人。到明日死了。苦惱也沒
那人顯念。此是想的你這心裡胡油油的。西門慶向前一手摟
過他脖子來。就親了個嘴。說怪小油嘴。你有這些賊嘴賊舌的。

金蓮道。我的兒。老娘猜不着你。那黄猫黑尾的心兒。一面把榼了的瓜子仁兒滿口哺與西門慶吃。兩個又咂了一回舌頭。自覺甜唾溶心。脂滿香唇。身邊蘭麝襲人。西門慶于是淫心輒起。摟他在牀上坐。他便仰靠梳背。露出那話來。教婦人品簫。婦人眞個低垂粉項。吞吐裹沒。往來鳴咂有聲。西門慶見他頭上戴金赤虎。分心香雲。上圍着翠梅花鈿兒。後鬢上珠翹錯落。與不可遏。正做到美處。忽聽來安兒隔簾說應二爹來了。西門慶道。請進來。慌的婦人沒口子叫來安兒賊。且不要叫他進來。等我出去着。來安兒道。進來了。在小院內。婦人道。還不去教他躲躲兒。那來安兒走去說。二爹且悶悶兒。有人在屋裡。這伯爵便走松墻傍邊。看雪培竹子。王經掀着軟簾。只聽裙子响。金蓮一溜烟後邊走了。正是雪隱鷺鷥飛始見。柳藏鸚鵡語方知。伯爵進來。見西門慶唱喏坐下。西門慶道。你連日怎的不來。伯爵道。哥惱的我要不的。在這裡。西門慶問道。又怎的惱。你我告說。伯爵道。不告你說。紫自家中沒錢。昨日俺房下那個平白又桶出個孩兒來。但是人家白日裡還好。撾撓半夜三更。房下又七痛八病。少不得扒起來。收拾草紙被褥。陸續。看他叫老娘去。打緊應寶又不在家。俺家兒使了他往庄子上馱草去了。百忙撾不着個人。我自家打着燈籠。叫了巷口兒上鄧老娘來。及至進門。養下來了。西門慶問養個甚麼。伯爵道。養了個小廝。西門慶罵道。傻狗材。生了兒子。倒不好。如何反惱。是春花兒那奴才生的。伯爵笑道。是你春姨人家。西門慶道。那賊狗掇腿的奴才。誰教你要他來。吽吽老娘還抱怨。伯爵道。哥你不知冬寒時月。比不的你每有錢的人家。家道又有錢。又有若大前程官職。生個兒子上來。錦上添花。便喜歡。俺如今自家還多着個影兒哩。家中一窩子人口要吃穿盤攪。自這兩日。媒巴劫的魂也沒了。應寶逐日該操。當他的差事去了。家兄那裡是不管的。大小姐便打發出去了。天理在頭上。多虧了哥。你眼見的這第二個孩子。又大了。交年便是十三歲。昨日媒人來討帖兒。我說早哩。你且去着緊自焦的魂也沒了。猛可半夜又鑽出這個業障來。那黑天摸地。那裡活變錢去。房下見我抱怨。沒計奈何。把他一根銀挿兒與了老娘。發落去了。明日洗三。嚷的人家知道了。到滿月拿甚麼使。到那日我也不在家。信信拖拖。往那寺院裡且住幾日去罷。西門慶笑道。你去了。好了和尚却打發來好趕熱被窩兒。你這狗才。到底占小便益兒。又笑了一回。那應伯爵故意把嘴谷都着不做聲。西門慶道。我的兒不要惱。你用多少銀。一對我說等我與你處。伯爵道。有甚多少。西門慶道。也勾你攪纏是的。到其間不勾了。又拿衣服當去。伯爵道。哥若肯下顧。二十兩銀子就勾了。我寫個符兒在此。費煩的哥多了。不好開口的。也不敢嗔數兒。隨哥尊意便了。那西門慶也不接他文約。說沒的扯淡朋友家什麼符兒。正說着。只見來安兒拿茶進來。西門慶吽小廝。你放下盞兒。喚王經來。不一時。王經來到西門慶分付。你往後邊對你大娘說。我裡間牀背閣上有前日巡按宋老爹。擺卓兩封銀子。拿一封來。王經應諾去不多時。拿銀子來。西門慶就遞與應伯爵。說這封五十兩。你多拿了使去。省的我又拆開他。原封未動。你打開看看。伯爵道。忒多了。西門慶道。多的你收着。眼下你二令愛不大了。你可也替他做些鞋脚衣裳。到滿月也好看。伯爵道。哥說的是。將銀子拆開。都是兩司各府傾就分資。三兩一定。松紋足色。滿心歡喜。連忙打恭致謝。說道哥的盛情誰肯。真個不收符兒。西門慶道。傻孩兒。誰和你一般計較。左右我是你老爺老娘家。不然你但有事來。就來纏我。這孩子也不是你的孩子。自是咱兩個分養的。寔和你說過了。滿月把春花兒那奴才叫了來。且答應我些時兒。只當利錢不筭發了眼。伯爵道。你春姨這兩日瘦的相你娘那樣哩。不說兩個在書房中說話。伯爵因問黃四丈人那事怎樣了。西門慶把玳安往返的事告說了一遍。錢龍野書到雷兵備。旋行牌提了犯人上去。從新問理。把孫文相父子兩個都開出來了。只認十兩燒埋錢。打罰了杖罪沒事了。伯爵道。造化他了。他就點着燈兒。那裡尋這人情去。你不受他的。乾不受他的。雖然你不希罕。留送錢大人也好。別要饒了他。教他好歹擺一席大酒。裡邊請俺每坐一坐。你不說。等我和他說。饒了他小舅一個死罪。當別的小可事兒這裡說話。且說月娘在上房拿銀子與王經出來。只見孟玉樓走入房來。說他兄弟孟銳。在韓姨夫那裡。如今不久又起身。往川廣販雜貨去。今來辭辭他爹。在我屋裡坐着哩。爹在那裡。姐姐使個小厮對他爹說聲兒。月娘道。他在花園書房和應二坐着哩。又說請他爹哩。頭裡潘六姐倒請的好。他爹喬通送帖兒來等着問他爹去。就討他個話兒。到明日咱每好收拾了去。我便把喬通留下。打發吃茶。長等短等。不見來。熬的喬通也去了。半日只見他從前邊走將來。教我問他。你對他說了不曾。他沒的話說。噦我就忘了。和他說一回。應二來了。我就出來了。誰得久停久住。和他說話來。帖子還袖在袖子裡。交我說脆帮根兒哎早是沒甚緊勾當。教人只顧等着。你原來恁個沒尾八行貨子。不知在前頭幹甚麼營生。那半日纔進來。恰好還不曾說。乞我証了兩句。往前去了。少頃來安進來。月娘使他請西門慶。說孟二舅來了。西門慶便起身留伯爵。你休去了。我就來。走到後邊。月娘先把喬家送帖來請說了。西門慶說那日只你一人去罷。縶孝在身。莫不一家子都出來。月娘說他孟二舅來辭辭你。一兩日起身往川廣去也。在那邊屋裡坐着哩。又問頭裡你要那封銀子與誰。西門慶悉把應二哥房裡春花兒昨晚生了個兒子。問我借幾兩銀子使。告我說他第二個女兒又大。愁的要不的。借助幾兩銀子使罷了。月娘道。好好。他恁大年紀。也纔見這個兒子。應二嫂不知怎的喜歡哩。到明日。咱也少不的送些粥米兒與他。西門慶道。這個不消說。到滿月。不要饒花子。柰何他好歹發帖兒請你們往他家走走去。就瞧瞧春花兒怎麼模樣。月娘笑道。左右和你家一般樣兒。也有鼻兒有眼兒。莫非別些兒。一面使來安下邊請孟二舅來。不一時。玉樓同他兄弟來拜見。叙禮已畢。西門慶陪他叙了回話。讓至前邊書房內。與伯爵相見。分付小廝後邊看菜兒。于是放卓兒篩酒上來。三人飲酒。

西門慶教再取雙鍾筯。對門請温師父。陪你二舅坐。來安不一時回說。温師父不在。望倪師父去了。西門慶說。請你姐夫來坐坐。良久陳經濟來。與二舅見了禮。打横坐下。西門慶問二舅幾時起身。去多少時。孟銳道。出月初二日准起身。定不的年歲還到荆州買紙。川廣販香蠟。着緊一二年也不止。販畢貨。就來家了。此去從河南陝西漢州去。回來打水路從峽江荆州那條路來。徃回七八千里地。伯爵問二舅貴庚多少。孟銳道。在下虛度二十六歲。伯爵道。虧你年小小的。曉的這許多江湖道路。似俺每虛老了。只在家裡坐着。須臾添換上來。杯盤羅列。孟二舅吃至日西時分。告辭去了。西門慶送了回來。還和伯爵吃了一回。只見買了兩座等庫來。西門慶委付陳經濟裝庫。問月娘尋出李瓶兩套錦衣。攬金銀錢紙。裝在庫內。因向伯爵說今日是他六七。不念經。替他燒座庫兒。伯爵道。好快光陰。嫂子又早沒了個半月了。西門慶道。這出月初五日。是他斷七。少不的替他念個經兒。伯爵道。這遭哥念佛經罷了。西門慶道。大房下說他在時因生小兒。許了些血盆經懺。許下家中走的兩個女僧做首座。請幾衆尼僧。替他禮拜幾卷懺兒。說畢。伯爵見天晚。說道我去罷。只怕你與嫂子燒紙。又深深打恭。說蒙哥厚情。死生難忘。西門慶道。難忘不難忘。我兒你休推夢裡睡裡。你衆娘到滿月那日。買禮多要去哩。伯爵道又買禮做甚我就頭着地。好歹請衆嫂子。到寒家光降光降。西門慶道。到那日好歹把春花兒那奴才。收拾起來。牵了來我瞧瞧。伯爵道。你春姨他說來。有了兒子。不用着你了。西門慶道。別要慌。我見了那奴才。和他答話。伯爵伴長笑的去了。西門慶令小厮收了家火。走到李瓶兒房裡。陳經濟和玳安已把庫裝封停當。那日玉皇廟。永福寺。報恩寺。多送疏道家是寶肅昭成真君。像佛家是冥府第六殿變成大王門外花大舅家送了一盒担食。十分冥紙。吳大舅子家也是如此。西門慶看着迎春擺設羹飯完備。下出匾食來。點上香燭。使綉春請了後邊吳月娘眾人來。西門慶與李瓶兒燒了帋。擡出庫去。教經濟看着大門首焚化。不在話下。正是

芳魂料不隨灰死　再結來生未了緣

畢竟未知後來如何。且聽下回分解

第六十八回　應伯爵戲銜玉臂

玳安兒密訪蜂媒

第六十八回

鄭月兒賣俏透密意　玳安慇懃尋文嫂

雪壓殘紅一夜凋　曉來簾外正飄飄
數枝翠葉空相對　萬片香魂不可招
長樂夢回春寂寂　武陵人去水迢迢
欲將玉笛傳遺恨　若被東風透綺寮

話說西門慶與李瓶兒燒靈。歸潘金蓮房中歇了一夜。到次日。先是應伯爵家送喜麵來。落後黃四領他小舅子。孫文相。宰了一口猪。一罈酒。兩隻燒鴨。四隻燒鷄。兩盒菓子。來與西門慶磕頭。西門慶再三不受。黃四打旋磨兒跪着說。蒙老爹活命之恩。救出孫文相來。舉家感激不淺。今無甚孝順。些微薄禮與老

爹賞人罷了。如何不受。推阻了半日。西門慶止受猪酒。留下送
你錢老爹也是一様。黄四道。既是如此。難爲小人。一點窮心無
處所盡。只得把羮菓擡回去。又請問老爹。幾時閑暇。小人問了
應二叔。裡邊請老爹坐坐。西門慶道。你休聽他哄你哩。又費煩
你。不如不年下了。那黄四和他小舅子。千恩萬謝出門。這裡西
門慶賞拾盒錢。打發去訖。到十一月初一日。西門慶往衙門中
回來。又往李知縣衙內吃酒去。月娘獨自一人。素粧打扮。坐轎
子。往喬大户家。與長姐做生日。都不在家。到後晌有庵裡薛姑
子聽見月娘。許下他到初五日李瓶兒斷七。教他請八衆尼僧。
來家念經。拜血盆懺。于是悄悄瞞着王姑子。買了兩盒禮物來
見月娘。月娘不在家。李嬌兒孟玉樓。留下他陪他吃茶。說大姐

姐不在家。往喬親家與長姐做生日去了。你須等他來見他。他還和你說話。好與你寫法銀子。那薛姑子就坐住了。潘金蓮因想着玉簫告他說。月娘吃了他的符水藥。纔坐了胎氣。自從李瓶兒死了。又見西門慶在他屋裡。把奶子也要了。恐怕一時奶子養出孩子來。攙奪了他寵愛。于是把薛姑子。讓到前邊他房裡無人處。悄悄央薛姑子與他一兩銀子。替他配坐胎氣符藥吃。尋頭男衣胞。不在話下。到晚夕等的月娘來家。留他住了一夜。次日問西門慶討了五兩銀子。經錢寫法與他。這薛姑子就瞞着王姑子。大師父。不和他說。到初五日早請了八衆女僧在花園捲棚內。建立道場。各門上貼歡門吊子。諷誦華嚴金剛經呪。禮拜血盆寶懺。洒花米。轉念三十五佛明經。晚夕設放焰口

施食那日請了吳大妗子花大嫂官客吳大舅應伯爵溫秀才
吃齋尼僧也不打動法事只是敲木魚擊手磬念經而已那日
伯爵領了黃四家人具帖初七日在院中和愛月兒家置酒請
西門慶門慶見帖兒笑了說我初七日不得閒張西材家吃生
日酒倒是明日空閒問還有誰伯爵道再沒人只請了我李三
哥相陪又費事叫了四個女兒唱西廂記西門慶分付與黃四
家人齋吃了打發回去伯爵便問黃四那日買了分甚麼禮來
謝你西門慶如此這般我不受他的再三磕頭禮拜我只受了
豬酒添了兩疋白鷳紵絲兩疋京段五十兩銀子謝了龍野錢
先生伯爵道哥你不接錢儘勾了這個是你落得的少說四疋
尺頭值三十兩銀子那二十兩那裡尋這分上去便益了他救

了他父子二人性命。當日坐至晚夕方散。西門慶向伯爵說。你明日還到這邊。伯爵說。我知道。作別去了。八衆尼僧。直亂到一更天時分。方纔道場圓滿。焚燒箱庫散了。至次日西門慶早往衙門中去了。且說王姑子。打聽得知。大清早辰。走來西門慶家。說薛姑子攬了經去要經錢。月娘恠他。你怎的昨日不來。他說你往王皇親家做生日去了。王姑子道。這個就是薛家老淫婦的鬼。他對着我說。咱家挪了日子。到初六念經。經錢他多拿的去了。一些兒不留。下月娘道。這咱裡未曾念經。經錢寫法。都找完了與他了。早是我還與你留下一疋襯錢布在此。教小玉連忙擺了些昨日剩下的齋食與他吃了。把與他一疋藍布。這王姑子。口裡喃喃吶吶罵道。我教這老淫婦獨吃。他印造經轉了六娘許多銀子原說這個經兒咱兩個使你又獨自掉攬的去了月娘道老薛說你接了六娘血盆經五兩銀子你怎的不替他念王姑子道他老人家五七時我在家請了四位師父念了半個月哩月娘道你念了怎的挂口兒不對我題你就對我說我還送些襯施兒與你那王姑子便一聲兒不言語訕訕的坐了一回往薛姑子家攘去了看官聽說似這樣緇流之輩最不該招惹他臉雖是尼姑臉心同淫婦心只是他六根未淨本性欠明戒行全無廉耻已喪假以慈悲為主一味利慾是貪不管墮業輪迴一味眛下快樂哄了些小門閨怨女念了些大戶動情妻前門接施主檀那後門丟胎卵濕化姻緣成好事到此會佳期有詩為証

佛會僧尼是一家　法輪常轉度龍華
此物只好圖生育　枉使金刀剪落花

却說西門慶從衙門中回來。吃了飯。應伯爵又早到了。盔的新叚帽。沉香色旋褶。粉底皂靴。向西門慶聲喏。說這天也有晌午。咱也好去了。他那裡使人邀了好幾遍了。休要難為人家。西門慶道。咱今邀葵軒走走。使王經往對過請你溫師父來。王經去不多時。回說溫師父不在家。望朋友去了。書童兒請去了。伯爵便說。咱等不的。他秀才家。赤道有要沒緊望朋友。多咱來。倒沒的悞了勾當。西門慶分付琴童。備黃馬與應二爹騎。伯爵道。我不騎。你依我省的搖鈴打鼓。我先走一步兒。你坐轎子慢慢來就是了。西門慶道。你說的是。你先行罷。那伯爵舉手先走了。西

門慶分付玳安琴童四個排軍收拾下暖轎跟隨纔待出門忽
平安兒慌慌張張從外拿着雙帖兒來報說工部安老爹來拜
先差了個吏送帖兒後邊走着便來也慌的西門慶分付家中
廚下濁飯使來與兒買攢盤點心伺候良久安郎中來跟從許
多人西門慶冠冕出來迎接安郎中穿着粧花雲鷺補子員領
起花萌金帶進門拜畢分賓主坐定左右拿茶上來茶罷叙其
間濶之情西門慶道老先生榮擢失賀心甚缺然前日蒙賜華
扎厚儀生正値喪事匆匆未及奉候起居爲歉安郎中道學生
有失吊問罪罪生到京也曾道達雲峯未知可有禮到否西門
慶道正是又承翟親家遠勞致賻安郎中道四泉巳定今歲恭
喜在那西門慶道在下才微任小豈敢過于非望又說老先生

此令榮擢美差。足展雄才大畧。河治之功。天下所仰。安郎中道。蒙四泉過譽。一介寒儒。叨承科甲。處在下僚。若非蔡老先生檯舉。備員冬曹。謬典水利。奔走湖湘之間。一年以來。王事匆匆。不暇安跡。今又承命。修理河道。况此民窮財盡之時。前者皇船載運花石。毀閘折壩。所過倒懸。公私困弊之極。而今瓜州南旺。沽頭魚臺。徐沛呂梁。安陵濟寧。宿遷臨清。新河一帶。皆毀壞廢圮南河南。陡淤沙無水。八府之民。皆疲弊之甚。又兼賊盜梗阻。財用匱乏。大覃神輸鬼沒之才。亦無如之何矣。西門慶道。老先生自有才猷展布。不日就緒。必大陞擢矣。因問老先生勅書上。有期限否。安郎中道。三年欽限。河工完畢。聖上還要差官來祭謝河神。說話中間。西門慶令、放卓兒。安郎中道。學生實告。還要往

黃泰宇那裡拜拜去。西門慶道。既如此。少坐片時。教跟從者吃
些〻點心。不一時。放了卓。就是春盛案酒。一色十六碗。多是頓爛
下。飯鷄蹄鵝鴨。鮮魚羊頭。肚肺血臟。鮮湯之類。純白上新軟稻
粳飯。用銀廂甌兒盛着。裡面沙糖榛松瓜仁拌着飯。又小金鍾。
暖斟來釀。下人俱有攢盤點心酒肉。安郎中席間。只吃了三鍾。
就告辭起身。說學生容日再來請教。西門慶欵留不住。送至大
門首。上轎而去。回到聽上。解去了冠帶。換了巾幘。止穿紫絨獅
補直身。使人問溫師父來了不曾。玳安回說。溫師父未回家哩。
有鄭春和黃四叔家。來定兒來邀。在這裡半日了。西門慶即出
門上轎。左右跟隨。逕往院中。鄭愛月兒家來。比及進院門。架兒
門頭都躲過一邊。只該日俳長兩邊站立。不敢跪接。鄭春與來

定兒。先通報去了。應伯爵正和李三打雙陸。聽見西門慶來。連忙收拾不及。鄭愛月兒。愛香兒。戴着海獺臥兎兒。一窩來杭州攢翠重梅鈿。見油頭粉面。打扮的花仙也似的。都出來門首。迎接西門慶下了轎。進入客位內。西門慶分付不消吹打。止住鼓樂。先是李三黃四見畢禮數。然後鄭家鴇子出來拜見了。纔是愛月兒姊妹兩個插燭也似磕了頭。正面安設兩張交椅。西門慶與應伯爵坐下。李智黃四與鄭家姊妹兩個打橫。玳安在傍稟問。轎子在這裡。回了家去。西門慶令排軍和轎子多回去。分付琴童到家。看你溫師父家裡來了。拿黃馬接了來。琴童應喏去了。伯爵因問。哥怎的這半日纔來。西門慶悉把工部安郎中來拜留飯之事說了一遍。須臾鄭春拿茶上來。愛香兒拿了一盞遞與伯爵。愛月兒便遞西門慶。那伯爵連忙用手去接。說我錯接。只說你遞與我來。愛月兒道。我遞與你。沒修這樣福來。伯爵道。你看這小淫婦兒。原來只認的他家漢子。倒把客人不着在意裡。愛月兒笑道。今日輪不着你做客人。還有客人來。吃畢茶。收下盞托去。須臾四個唱西廂。妓女多花枝招颭綉帶飄飄出來。與西門慶磕頭。一一多問了名姓。西門慶對黃四說。等住回上來唱。只打鼓兒。不吹打罷。黃四道。小人知道。只見鴇子上來說。只怕老爹害冷。教鄭春放下煖簾來。火盆獸炭。頻加蘭麝香靄。只見幾個青衣圓社。聽見西門慶老爹進來。在鄭家吃酒。走來門首伺候。探頭舒腦。不敢進去。有認的玳安兒。向玳安打恭。央及作成作成。玳安悄悄進來。替他稟問。被西門慶喝了一聲讀的衆人一溜烟走了。不一時收拾菓品案酒上來。正面放兩張卓席。西門慶獨自一席。伯爵與溫秀才一席。留空着溫秀才坐位在左首。傍邊一席。李三和黃四。右邊是他姊妹二人。端的盤堆異品。花揷金瓶。鄭奉鄭春在傍彈唱。纔遞酒安席坐下。只見溫秀才到了。頭戴過橋巾。身穿綠雲袄。脚穿雲履絨襪。進門作揖。伯爵道。老先生何來遲也。留席久矣。溫秀才道。學生有罪。不知老先生呼喚。適往敝同窓處會書。來遲了一步。慌的黃四一面安放鍾筯。與伯爵一處坐下。不一時。湯飯上來。黃芽韮燒賣。八寶攢湯。薑醋碟兒。兩個小優兒彈唱一回下去。端的酒斟綠蟻。詞歌金縷。四個妓女纔上來。唱了一摺游藝中原。只見玳安來說。後邊銀姨那裡使了吳會和蠟梅送茶來了。原來吳銀兒就在鄭家後邊住。止隔一條巷。聽見西門慶在這裡吃酒。故使送茶。西門慶喚入裡面。吳惠蠟梅先磕了頭。說銀姐使我送茶來與爹吃。揭開盒兒。斟茶上去。每人一盞瓜仁栗絲鹽笋芝蔴玫瑰香茶。西門慶問銀兒在家做甚麼哩。臘梅道姐兒今日在家沒出門。西門慶吃了茶。賞了他兩個三錢銀子。即令玳安同吳惠。你快請銀姨去。鄭愛月兒急俐便就教鄭春你也跟了去。好歹纏了銀姨來。他若不來。你就說我到明日。就不和他做夥計了。應伯爵道我倒好笑。你兩個原來是販𢇛的夥計。溫秀才道。南老好不近人情。自古同聲相應。同氣相求。本乎天者親上。本乎地者親下。同他做夥計一般了。愛月兒道應花子你與鄭春他們多是夥計。當差供唱都在一處。伯爵道傻孩子我

是老王八。那咱和你媽相交。你還在肚子裡。說笑中間。厨下割
獻豕蹄一領。又是四碗下飯。羊蹄黃芽臊子韭。肚肺羹。血臟之
類。妓女上來唱了一套。半萬賊兵。西門慶叫上唱鶯鶯的韓家
女兒。近前問。你是韓家的愛香兒。說爹你不認的。他是韓金釧
侄女兒。小名消愁兒。今年纔十三歲。西門慶道。這孩子到明日
成個好婦人兒。舉止伶俐。又唱的好。因令他上席遞酒。黃四下
湯下飯。極盡慇懃。不一時。吳銀兒來到。頭上戴着白縐紗鬏髻。
珠子箍兒。翠雲鈿兒。周圍撇一溜小簪兒。耳邊戴着金丁香兒。
上穿白綾對衿袄兒。粧花眉子。下着紗綠潞紬裙。羊皮金滾邊。
脚上墨青素段雲頭鞋兒。笑嘻嘻進門。向西門慶磕了頭。後與
溫秀才等。各位多道了萬福。伯爵道。我倒好笑了。來到就教我

惹氣。俺每是後娘養的。只認的你爹。與他磕頭。望着俺每擩一拜。原來你這麗春院小娘兒。這等欺客。我若有五棍兒衙門定不饒你。愛月兒叫應花子。好沒羞的孩兒。你那裡哥兒你行頭不仔麼光。一味好撇。一面安座兒。讓銀姐坐就在西門慶卓邊坐下。連忙放鍾筯。西門慶見了。戴着白鬏髻。問你戴的誰人孝。吳銀兒道。爹故意又問個兒。與娘戴孝一向了。西門慶一聞與李瓶兒戴孝。不覺滿心歡喜。與他側席而坐。兩個說話。須臾湯飯上來。愛月兒下來與他遞酒。吳銀兒下席。說我還沒見鄭媽哩。一面走到搗子房內。見了禮出來。搗子叫月娘讓銀姐坐。只怕冷。教丫頭燒個火籠兒。與銀姐烤手兒。隨即添換熱菜。打發上來。吳銀兒在傍。只吃了半個點心。呵了兩口湯。放下筯兒。和西門慶拳話。因拿起鍾兒來。說爹這酒寔些。從新折了。另換上暖酒。鄭春上來把伯爵衆人等酒都斟上行過一巡。吳銀兒便問。娘前日斷七念經來。西門慶道。五七多謝你每茶。吳銀姐道好說。俺每送了些粗茶。倒教爹又把人情回了。又多謝重禮。教媽惶恐要不的。昨日娘斷七。我會下月娘和桂姐也要送茶來。又不知宅內念經不念。西門慶道。斷七那日胡亂請了幾衆女僧。在家拜了拜懺。親眷一個都沒請。恐怕費煩。飲酒說話之間。吳銀兒又問。家中大娘衆娘每多好。西門慶道。都好。吳銀兒道。爹乍沒了娘。到房裡孤孤兒的。心中也想。西門道。想是不消說。前日在書房中。白日要見他哭的。我要不的。吳銀兒道。熱突突沒了。可知想哩。伯爵道。你每說的只情說。把俺每這裡只顧旱着。

不說來遞鍾酒。也唱個兒與俺聽。俺每起身去罷。慌的李三黃四。連忙攛掇他姐兒兩個上來遞酒。安下樂器。吳銀兒也上來三個粉頭一般兒坐在席傍。躧着火盆。合着聲音。啟朱唇。露皓齒。詞出佳人口。唱了套中呂粉蝶兒三弄梅花端的有裂石流雲之响。唱畢西門慶向伯爵說。你落索他姐兒三個唱。你也下來酧他一杯兒。伯爵道。不打緊。死不了人。等我打發他仰靠着。直舒着。側卧着。金鷄獨立。隨我受用。又一件。野馬蹤塲。野狐抽絲。猿猴獻菓。黃狗溺尿。仙人指路。靠背將軍。柱夜對木。伴哥隨他揀着要。愛香道。我不好罵出來的汗邪了你。這賊花子。胡說亂道的。這應伯爵用酒碟安三個鍾兒。說我兒你們在我手裡吃兩鍾。不吃。望身上只一潑。愛香道。我今日忌酒。愛月兒道。你跪着。月姨兒教我打個嘴巴兒。我纔吃。伯爵道。銀姐你怎的說。
吳銀兒道。二爹我今日心内不自在。吃半盞兒罷。那愛月兒道。
花子你不跪。我一百年也不吃。黃四道。二爺你不跪。顯的不是
趣人也罷。跪着不打罷。愛月兒道。不。他只教我打兩個嘴巴兒。
我方吃這鍾酒兒。伯爵道。溫老先兒在這裡看着。怪小淫婦兒
只顧赶盡殺絶。于是奈何不過。真個直撅兒跪在地下。那愛月
兒。輕揎彩袖。欵露春纖。罵道。賊花子。再敢無禮傷犯月姨兒再
不敢高聲兒答應。你不答應。我也不吃。那伯爵無法可處。只得
應聲道。再不敢傷犯月姨了。這愛月兒一連打了兩個嘴巴。方
纔吃那杯酒。伯爵起來道。好個沒仁義的小淫婦兒。你也剩一
口兒我吃。把一鍾酒都吃的淨淨兒的。愛月兒道。你跪下。等我

賞你一鍾酒。于是滿滿斟上一杯。笑望伯爵口裡只一灌。伯爵道。怪小淫婦兒。使促挾灌撒了我一身酒。我老道只這件衣服。新穿了纔頭一日兒。就汚濁了我的。我問你家漢子要。亂了一回。各歸席上坐定。看看天色掌燭上來。下飯添換。都已上完。下邊玳安琴童畫童應寶。都在捲子房裡放卓兒。有湯飯點心酒餚管待。須臾拿上各樣菓碟兒來。那伯爵推讓溫秀才。只顧不住手拈放在口裡。一壁又往袖中褪。西門慶分付個骰盆兒來。先讓溫秀才。秀才道。豈有此理。還從老先兒那邊來。于是西門慶與吳銀兒用十二個骰兒搶紅。下邊四個妓女拿樂器彈唱。吽呀。酒飲過一巡。吳銀兒却轉過來與溫秀才伯爵搶紅。愛香兒却來西門慶席上遞酒猜枚。須臾過去。愛月兒近前與西門慶搶紅。吳銀兒却往下席遞李三黃四酒。原來愛月兒旋往房中。新粧打扮出來。上着烟裡火廻紋錦對衿襖兒。鵝黃杭絹點翠縷金裙。粧花膝褲。大紅鳳嘴鞋兒。燈下海獺臥兎兒。越顯的粉濃濃雪白的臉兒。猶賽美人兒一般。但見

芳姿麗質更妖嬈　秋水精神瑞雪標
鳳目半彎藏琥珀　朱唇一點櫻桃
露來玉笋纖纖細　行步金蓮步步嬌
白玉生香花解語　千金良夜寔難消

這西門慶一見如何不愛。吃了幾鍾酒半酣上來。因想着李瓶兒夢中之言。少貪在外夜飲。一面起身後邊淨手。慌的搗子連忙叫了鬟。點燈引到後邊解手出來。愛月隨即也跟來伺候盆

中淨手畢。拉着他手兒同到房中。房中又早月窗半啓。銀燭高燒。氣暖如春。蘭麝馥郁。牀畔則斗帳雲橫。鮫綃霧設。于是脫了上盖底下白綾道袍。兩個在牀上。腿壓腿兒做一處。先是愛月兒問爹。今日不家去罷了。西門慶道。我還去。今日一者銀兒在這裡。不好意思。二者我居着官。今年考察在邇。恐惹是非。只是白日來和你坐坐罷了。又說前日多謝你泡螺兒。你送了去倒惹的我心酸了半日。當初有過世六娘。他會揀。他死了。家中再有誰會揀他。愛月道。揀他不難。只是要拿的着禁節兒便好。那日我胡亂整治了不多兒。知道爹好吃。教鄭春送來。那瓜仁都是我口裡一個個兒磕的。汗巾兒是我閑着用工夫撮的穗子。瓜仁子。說應花子倒撾了好些吃了。西門慶道。你問那諂臉花子頭。我見他早時兩把撾去。喃了好些。只剩下簇爹我吃了。愛月兒道。倒便益了賊花子。恰好只孝順了他。又說多謝爹的衣梅媽看見吃了一個兒。喜歡的要不的。他要便痰火發了。晚夕咳嗽。半夜把人聒死了。常時口乾得恁一個在口內噙着他。倒生好些津液。我和俺姐姐吃了。沒多幾個兒。連罐兒他老人家都收了在房內。早晚吃。誰敢動他。西門慶道。不打緊。我明日使小廝再送一罐來你吃。又問爹連日會桂姐來沒有。西門慶道自從孝堂裡到如今。誰見他來。愛月兒道。六娘五七。他也送茶去來。西門慶道。他家使李銘送去來。愛月道。我有句話兒。只放在爹心裡。西門慶問甚麼話。那愛月又想了想。說我不說罷。若說了。顯得姊妹們。恰似我背地說他一般。不好意思的。西門慶

一面摟着他脖子。說怪小油嘴兒。甚麽話說與我不顯出你來
就是了。兩個正說得入港。猛然應伯爵走入來。大叫一聲。你兩
個好人兒。撇了俺每。走在這裡說梯巳話兒。愛月兒道。噦。好個
不得人意。怪訕臉花子。猛可走來。諕了人恁一䟦。西門慶罵怪
狗才。前邊去罷。丢的葵軒和銀姐在那裡。都往後頭來了。這伯
爵。一屁股坐在牀上說。你拿肐膊來。我且咬口兒。我纔去。你兩
個在這裡儘着合搗。于是不由分說。向愛月兒袖口邊。勒出那
賽鵝脂雪白的手腕兒來。帶着銀鐲子。猶若美玉。尖溜溜十指
春葱手。上籠着金戒指兒。誇道我兒你這兩隻手兒。天生下就
是發髩髮的肥一般。愛月兒道。怪刀攮的。我不好罵出來的。被
伯爵拉過來。咬了一口走了。咬的老婆怪叫罵怪花子。平白進

來鬼混人死了。便叫掩花兒你看他出去了。把籠道子門關一
面關上門。愛月便把李桂姐。如今又和王三官兒子女一節。說
與西門慶。怎的有孫寡嘴。祝麻子小張閑架兒。于是孫錫鉞踢
行頭白回子。沙三日逐嫖着在他家行走。如今丟開齊香兒。又
和王家王芝兒打熱。兩下裡使錢使沒了。包了皮襖。當了三十
兩銀子。拿着他娘子兒一副金鐲子。放在李桂姐家。筭了一個
月歇錢。西門慶聽了口中罵道。恁小淫婦兒我分付休和這小
厮纏。他不聽。還對着我賭身發咒。恰好只哄我。愛月兒道。爹也
別要惱。我說與爹個門路兒。管情教王三官打了嘴替爹出氣
西門慶把他摟在懷裡。用白綾袖子。兜着他粉項。揾着他香腮
他便一手拿着銅絲火籠兒內燒着沉速香餅兒將袖口籠着

燻襲身上便道我說與爹休教一人知道就是應花子也休望
他題只怕走了風西門慶問我的兒你告我說我傻了肯教人
知道端的甚門路兒鄭愛月悉把王三官娘林太太今年不上
四十歲生的好不喬樣描眉畫眼打扮狐狸也似他兒子鎮日
在院裡他專在家只送外賣假托在個姑姑庵兒打齋但去就
他說媒的文嫂兒家落腳文嫂兒单管與他做牵兒只說好風
月我說與爹到明日遇他遇兒也不難又一個巧宗兒王三官
兒娘子兒今纔十九歲是東京六黄太尉姪女兒上畫般標致
雙陸棋子都會三官常不在家他如同守寡一般好不氣生氣
死為他也上了兩三遭吊救下來了爹難得先刮剌上了他娘
不愁媳婦兒不是你的當下被他一席話說的西門慶心邪意

亂。摟着粉頭說我的親親。我又問你怎的曉的就裡這愛月兒
就不說常在他家唱。只說我一個熟人兒。如此這般。和他娘在
其處會過一遍。也是文嫂兒說合。西門慶問那人是誰。莫不是
大街坊張大户姪兒。張二官兒。愛月兒道。那張懋德兒好合的
貨。麻着七八個臉彈子。寮纏兩個眼。可不砢磣殺我罷了。只好
樊家百家奴兒接他一向。董金兒也與他丁八了。西門慶道。我
猜不着端的是誰。愛月兒道。教爹得知了罷。是原梳籠我的那
個南人。他一年來此做買賣兩遭。正經他在裡邊歇不的一兩
夜。倒只在外邊。常和人家偷猫遞狗。幹此勾當。這西門慶聽了。
見粉頭所事。合着他的板眼。亦發歡喜。說我兒。你既貼戀我心。
每日我送三十兩銀子與你媽盤纏。也不消接人了。我遇閒就

來。愛月兒道。爹你有我心時。甚麼三十兩。二十兩。兩月間掠幾兩銀子與媽。我自恁懶待留人。只是伺候爹罷了。西門慶道甚麼話。我决然送三十兩銀子來。說畢。兩個上牀交歡。牀上鋪的被褥。約一尺高。愛月道爹脫衣裳不脫。西門慶道咱連衣耍耍罷。只怕他們前邊等咱。一面扯過夏枕來。粉頭解去下衣。仰卧枕畔裡面。穿着紅潞紬底衣。褪下一隻膝褲腿來。這西門慶把他兩隻小小金蓮。扛在肩頭上。解開藍綾褲子。那話使上托子。但見花心輕折。柳腰款擺。正是花嫩不禁揉。春風卒未休。花心猶未足。脉脉情無那。低低喚粉郎。春宵樂未央。那當下兩個至精欲洩之際。西門慶幹的氣喘吁吁。粉頭嬌聲不絕。鬓雲拖枕。滿口只教道親達達。慢着些兒。良久樂極情濃。一泄如注。雲收雨散。各整衣裙。于燈下照鏡理容。西門慶在牀前盆中淨手。着上衣服。兩個携手來到席上。吳銀兒便守着。對愛香兒挨近。琴軒正擲色猜枚。觥籌交錯。要在熱鬧處。衆人見西門慶進入。多立起身來讓坐。伯爵道。你也下般的把俺每丟在這裡。你纔出來。拿酒兒且扶扶頭着。西門慶道。俺每說句話兒。有甚這閑勾當。伯爵道。好話。你兩個原來說梯巳話兒。當下伯爵拿大鍾斟上暖酒。衆人陪西門慶吃。四個妓女拿樂器彈唱。玳安在傍掩口說道。轎子來了。西門慶努了個嘴兒與他。那玳安連忙分付排軍。打起燈籠。外邊伺候。這西門慶也不坐。陪衆人執杯立飲。分付四個妓女。你再唱個一見嬌羞。我聽那韓愁消兒俺每會唱。于是拿起琵琶來。款放嬌聲。拿腔唱道。

一見嬌羞。雨意雲情。我見他千嬌百媚。萬種妖嬈。一捻溫柔。通書先把話兒勾。傳情暗裡秋波溜。記在心頭。心頭未審。何時成就。

唱了一個詞兒。吳銀兒遞西門慶酒。鄭香兒便遞伯爵。愛兒奉溫秀才。李智黃四都斟上。又唱道。

問尔了鬢欲鑄黃金拜將壇。莫道明曉寄與書生。雲雨巫山。重門今夜未曾拴。深閨特把情郎盼。夜靜更闌更闌。偷花妙手今番難拔。

吃畢。西門慶令再斟上。鄭香兒上來遞西門慶。吳銀兒遞溫秀才。愛月兒遞伯爵。鄭春在傍捧着蘂葉兒。又唱道。

夢入高堂。相會風流窈窕娘。我與他同攜素手。共入羅幃。求

結鸞鳳。靈犀一點透膏肓。鮫綃帳底翻紅浪。粉汗凝香。凝香

今宵一刻。人間天上。

唱畢。又吽呀酒。愛月兒却轉過捧西門慶酒。吳銀兒遞伯爵。愛香兒遞溫秀才。并李三黃四。從新斟酒。又唱第四個。

春暖芙蓉。鬢亂釵橫寶髻鬆。我爲他香嬌玉軟。燕侶鶯儔。意美情濃。腰肢無力眼朦朧。深情自把眉兒縱。兩意相同。相同

百年恩愛和偕鸞鳳。

唱畢。都飲過。西門慶起身。一面令玳安向書袋內。取出大小十一包。賞賜來。四個妓女。每人三錢。吽上厨役賞了五錢。吳惠鄭奉鄭春。每人三錢。攛掇打茶的。每人二錢。了頭。桃花兒也與了他三錢。俱磕頭謝了。黃四再三不肯放。遭道應二叔。你老人家

說聲。天還早哩。老爹大坐坐。也盡小人之情。如何就要起身。我的月姨兒你也留留兒。愛月兒道。我留他。他自不肯坐。西門慶道。你每不知。我明日還有事。一面向黃四李三作揖。道生受打攪。黃四道。惶恐沒的請老爹來受餓。又不肯久坐。還是小人沒敬心。說着三個唱的都磕頭。說道爹到家。多頂上大娘和衆娘們。俺每閑了。會了銀姐往宅內看看大娘去。西門慶道。你每閒了去坐上一日來。一面掌起燈籠。西門慶下臺基。鄭家鴇子迎着。道萬福。說道老爹大坐回兒。慌的就起身。嫌俺家東西不美口。還有一道米飯兒未曾上哩。西門慶道。勾了。我不是還坐回兒。許多事在身上。明日還要起早衙門中有勾當。教應二哥他沒事。教他大坐回兒罷。那伯爵就要跟着起來。被黃四死力攔任說道我的二爺你若去了就沒趣死了伯爵道不是你休攔我你把溫老先生有本事留下我就筭你好漢那溫秀才奪門就走被黃家小廝來安兒攔腰抱住西門慶到了大門首因問琴童兒溫師父有頭口在這裡沒有琴童道備了驢子在此畫童兒看着哩西門慶向溫秀才道既有頭口也罷老先兒你陪應二哥再坐坐我先去罷于是多送出門來那鄭月兒拉着西門手兒悄悄捏了一把臉上轉一徑揚聲說道我頭裡說的話爹你在心些知道了法不待六耳西門慶道知道了又道鄭春你送老爹到家多上覆娘們那吳銀兒也說多上覆大娘伯爵道我不好說的賊小淫婦兒們都攙行奪市的稍上覆偏我就沒個人兒上覆愛月道你這花子過一邊兒那吳銀兒就在門

首作辭了。衆人并鄭家姐兒兩個。吳惠打着燈回家去了。鄭月兒便叫銀姐。見了那個流人兒。好歹休要説。吳銀兒道。我知道。衆人。回至席上。重添獸炭。再泛流霞。歌舞吹彈。歡娛樂飲。直要了三更方散。黄四擺了這席酒。也與了他十兩銀子。西門慶賞賜了三四兩。俱不在話下。當日西門慶坐轎子。兩個排軍打着燈。逕出院門。打發鄭春回家一宿晚景題過。到次日夏提刑差答應的來請西門慶早往衙門中審問賊情等事。直問到晌午吃了飯。早是沈姨夫。差大官沈定。拿帖兒送了個後生來在段子舖。飯火頭名喚劉包。西門慶留下了。正在書房中拿帖兒與沈定回家去了。只見玳安在傍邊站立。西門慶便問道。温師父昨日多咱來了。玳安道。小的舖子裡睡了好一回。只聽見書童兒打對過門。那咱有三更時分。纔來了。我今早辰問温師父倒沒酒。應二爹醉了。吐了一地月娘恐怕夜深了。使鄭春送了他家去了。西門慶听了。呵呵笑了。因咩過玳安近前。說道舊時與你姐夫說媒的文嫂兒在那裡住。你尋了他來。對門房子裡見我。我和他說話。玳安道小的不認的文嫂兒家。等我問了姐夫去。西門慶道。你吃了飯問了他快去。玳安到後邊吃了飯走到舖子裡問陳經濟。經濟道尋他做甚麼。玳安道誰知他做甚麼猛可教我找尋他去。經濟道出了東大街一直往南去。過了同仁橋。牌坊轉過往東。打王家巷進去。半中腰裡有個發放巡捕的廳兒對門有個石橋兒。轉過石橋兒緊靠着個姑姑庵兒傍邊有個小衚衕兒。進小衚衕。往西走第三家荳腐舖隔壁上坡兒有雙扇紅封門兒的就是他家你只叫文媽他就出來答應你這玳安聽了說道再沒了小爐匠跟着行香的走鎖碎一浪湯你再說一遍我聽只怕我忘了那陳經濟又說了一遍玳安道好近路兒等我騎了馬去一面牽出大白馬來搭上替子㒆上嚼環躧着馬臺望上一騙打了一鞭那馬跑蹄踐躍一直去了出了東大街逕往南過同仁橋牌坊由王家巷進去果然中間有個巡捕廳兒對門就是座破石橋兒裡首半截紅墻是大悲庵兒往西是小衚衕北上坡挑着個豆腐牌兒門首只見一個媽媽曬馬糞玳安在馬上便問老媽媽這裡有個說媒的文嫂兒那媽媽道這隔壁封門兒就是玳安到他門首果然是兩扇紅封門兒連忙跳下馬來拿鞭兒敲着門兒叫道文媽在家

不在只見他兒子文纏兒開了門便問道是那裡來的玳安道我是縣門外提刑西門老爹來請教文媽快去哩文纏聽見是提刑西門大官府家來的便讓家裡坐那玳安把馬拴住進入裡面他明間內見上面供養着利市紙有幾個人在那裡會中倚記罷進香筭帳哩半日拿了鍾茶出來說道俺媽不在了來家說了明日早去罷玳安道驢子見在家裡如何推不在側身遥往後走不料文嫂和他媳婦兒陪着幾個道媽媽子正吃茶躲不及被他看見了說道這個不是文媽剛纔說回我不在家了教我怎的回俺爹話惹的不怪我文嫂笑哈哈與玳安道了個萬福說道累哥哥你到家回聲兒我今日家裡會茶不知老爹呼喚我做甚麼我明日早往宅內去罷玳安道只分付我來

尋你。誰知他做甚麼。原來不知你在這咭溜搭刺兒里住。教我
抓尋了個不發心。文嫂兒道。他老人家。這幾年宅內買使女說
媒。用花兒。自有老馮和薛嫂兒王媽媽子走跐。希罕俺每。今日
忽剌八又冷鍋中荳兒爆。我猜見你六娘沒了。已定教我去替
他打聽親事。要補你六娘的窩兒。玳安道。我不知道。你到那裡
見了俺爹。他自有話和你說。文嫂兒道。哥哥你略坐坐兒。等我
打發會茶人去了。同你去。玳安道。原來。等你會茶。馬在外邊沒
人看。俺爹在家緊等的火裡火發。分付了又分付。教你快去哩
和你說了話。如今還要往府裡羅同知老爹吃酒去哩。文嫂道。
也罷。等我拿點心吃了。同你去。玳安道。不吃罷。因問你大姐生
了孩兒沒有。玳安道。還不曾見哩。這文嫂。一面打發玳安吃了

點心。穿上衣裳。說道你騎馬先行一步兒。我慢慢走。玳安道你
老人家放着驢子。怎不備上騎。文嫂兒道。我那討個驢子來。那
驢子。是隔壁荳腐舖裡驢子。借俺院兒裡喂喂兒。你就當我的
驢子。玳安道。我記得你老人家。騎着匹驢兒來。往那去了。文嫂
兒道。這咱哩。那一年吊死人家了頭。打官司。爲了塲事。把舊房
兒也賣了。且說驢子哩。玳安道。房子到不打緊處。且留着那驢
子。和你早晚做件兒也罷了。別的罷了。我見他常時落下來。好
個大鞭子。那文嫂哈哈笑道。怪猴兒短壽命。老娘還只當好話
兒。側着耳躲聽你。什麼好物件兒。幾年不見你。也學的恁油嘴
滑舌的。到明日還教我尋親事哩。玳安道。我的馬走得快。你步
行赤道。挨磨到多咱。晚惹的爹說。你上馬咱兩個疊騎着。罷。文

嫂兒道。怪小短命兒。我又不是你影射的。街上人看着。惟刺刺的。玳安道。再不你備甚麽鋪子裡驢子騎了去。到那裡等我打發他錢就是了。文嫂兒道。這等還許說。一面教文䊵將驢子備了。帶上眼紗騎上。玳安與他同行。逕往西門慶宅中來。正是欲向深閨求艷質。全憑紅葉是良媒。有詩為証。

誰信桃源有路通　桃花含露笑春風
桃源只在山溪裡　今許漁郎去問津

畢竟未知後來如何。且聽下回分解。